Paul Beorn est né et a grandi à La Rochelle, en face de la mer. Alors que ses parents lisent Tolkien et Roald Dahl à ses frères et sœur aînés, à cinq ans il tend l'oreille et se promet lui aussi de devenir écrivain – si possible un bon écrivain, un de ceux qui vous font rire, pleurer et trembler d'émotion. Aujourd'hui encore, il n'a pas oublié sa promesse. Il a obtenu le prix Gulli en 2014 pour *14-14*, co-écrit avec Silène Edgar, été finaliste du grand prix de l'Imaginaire en 2013 et a reçu le prix Imaginales des lycéens en 2016 pour *Le Septième Guerrier-Mage* et le prix Imaginales des bibliothécaires en 2019 pour *Les Deux Visages*. Il vit actuellement dans la ville de Niort.

Du même auteur :

Le Septième Guerrier-Mage
Prix Imaginales des lycéens 2016

Calame :
1. *Les Deux Visages*
2. *Les Deux Royaumes*

Le Jour où…

Un Ogre en cavale

14-14
(en collaboration avec Silène Edgar)
Prix des Incorruptibles 2015-2016
Prix Gulli 2014

Lune rousse
(en collaboration avec Silène Edgar)

Chez d'autres éditeurs :

La Perle et l'enfant
Le Hussard amoureux
Les Derniers Parfaits

Le club des chasseurs de fantômes
1. *Le Navire de l'oubli*
2. *La Statuette mystérieuse*

Mélo-Méli :
1. *Mélo-Méli chez Alexander Fleming*
2. *Mélo-Méli chez Marie Curie*

Le dernier des dragons

Ce livre est également disponible
au format numérique

www.bragelonne.fr

Paul Beorn

Les Deux Royaumes

Calame – 2

Bragelonne

ISBN : 979-10-281-2057-3

Bragelonne
60-62, rue d'Hauteville – 75010 Paris

E-mail : info@bragelonne.fr
Site Internet : www.bragelonne.fr

Chapitre premier

C'était l'aube.

Le sergent Carl plissa les yeux face au soleil. La cité de Homgard formait une énorme masse noire à l'horizon, étalée au centre d'une cuvette enneigée.

— La cité des Gottarans ! fit le soldat Kop derrière lui, lissant sa moustache d'une main pendant qu'il tentait, de l'autre, de calmer son cheval agité.

— Ouais, répondit le sergent Carl.

Les fortifications n'étaient pas franchement impressionnantes. Murailles branlantes et tours de guingois, la capitale ne semblait pas avoir beaucoup investi dans ses remparts. Et le fait que la grande porte nord ne soit plus qu'un tas de moellons n'arrangeait rien. Les rebelles avaient peut-être perdu la bataille de Frankand, mais ils avaient fait des dégâts.

— Vous voyez cette grande forteresse, perchée au-dessus des toits ? reprit Kop. C'est Frankand, la prison royale, la plus haute construction humaine du monde connu. Dix siècles d'existence et elle est portée par une seule colonne, pas plus épaisse que mon bras !

— Ouais, répéta le sergent Carl.

Il remonta le col en fourrure de son manteau d'hiver. Derrière eux, vingt cavaliers avançaient sur la route gelée, la tête basse. C'étaient des soldats royaux et pourtant, aucun d'entre eux n'était vraiment pressé de se retrouver si près de Sa Majesté le Roi Lumière.

— Première fois à la capitale, hein, sergent ? Ça va vous changer de vos bourgades miteuses de montagne !

Pour toute réponse, le sergent Carl murmura « tout doux, Sainte-Reine », à l'oreille de sa jument. Il aimait les chevaux et il savait d'instinct les calmer. Ils traversèrent un village de paysans sous la neige. Les hommes et les femmes détournaient les yeux à leur vue, les enfants les regardaient bouche bée ou couraient se réfugier dans leurs maisons en torchis.

— On appelle Homgard « la cité imprenable », poursuivit l'autre en lissant de nouveau sa moustache.

Si elle était aussi imprenable qu'il le disait, sa cité, pourquoi tous les régiments de la région avaient reçu l'ordre d'en renforcer la garnison de toute urgence ?

— Tout autour de la ville, poursuivit Kop, les montagnes de Hom : un cercle presque parfait, dressé par le Grand Kàn lui-même à l'aube des temps. Sacrée protection. Les sommets les plus abrupts, les plus dangereux du monde. Aucune armée ne peut franchir les crêtes !

Les rebelles de Darran Dahl étaient pourtant bien arrivés à les traverser, pensa le sergent.

— Et entre les murs : notre Gottaran touché par la grâce de Kàn, le maître du feu, le Roi Lumière en personne. Imprenable, je vous dis. Darran Dahl devait être complètement fou pour croire qu'il pouvait y arriver.

Si le soldat Kop avait été l'un de ses hommes, le sergent lui aurait depuis longtemps fermé son clapet. Mais Kop n'était que leur guide et il appartenait à la garnison de Homgard.

— On m'a quand même raconté que votre régiment avait été saigné à blanc dans la bataille contre les rebelles, lâcha le sergent.

Kop baissa la tête et sa voix se fit moins assurée.

— Il reste à peine cinquante hommes valides dans toute la garnison. Heureusement, Sa Majesté avait tout prévu et elle avait fait venir à la capitale les Dragons de sa garde personnelle. Mais ça a été un rude combat.

Il serra le poing et murmura tout bas :

— Ce démon de Darran Dahl…

— Ouais, fit de nouveau le sergent. Ce démon de Darran Dahl.

Les ordres du capitaine étaient clairs : établir le contact avec le commandant de la garnison et préparer l'arrivée du régiment. Six cents hommes attendaient à une journée de marche, il allait bien falloir les loger et les nourrir. Le sergent Carl poussa un soupir.

— Cul-de-Kàn, mais qu'est-ce qui leur arrive, aux bourrins ?

Sainte-Reine ne cessait de remuer la tête et de dévier de sa route, il devait constamment serrer les genoux et donner des coups du plat de la main pour la faire avancer. Il jeta un œil derrière lui : ses hommes ne s'en tiraient pas mieux, ils pestaient tous contre leurs montures.

— Foutre-Kàn ! On dirait qu'ils flairent quelque chose… Il y a des loups, près de votre foutue cité ?

— Non, sergent, il n'y a plus un seul loup dans la cuvette de Homgard depuis des siècles.

Une ombre voila soudain le soleil du matin. Le sergent en fut soulagé pour un bref instant, mais la lumière lui revint aussitôt dans les yeux. La main en visière, il chercha le nuage qui était passé devant le soleil, mais il ne vit qu'un ciel d'un bleu intense.

Bizarre, pensa-t-il.

Il y eut un léger bruit dans son dos, comme celui d'une voile de bateau qui claque. Un vent tiède agita les crinières des chevaux, avant de retomber aussitôt. Une immense créature leur barra soudain le passage, comme surgie de nulle part. Son corps était plus grand que celui d'un cheval, et ses ailes déployées si vastes qu'elles dépassaient largement de la voie royale. Des yeux d'or où brillait une intelligence féroce, des traits délicats, presque humains, dans une peau écailleuse d'une belle couleur cuivrée.

— Kàn-aux-deux-visages…, murmura le sergent Carl. Qu'est-ce que c'est que cette chose ?

La créature allongea le cou, découvrit une rangée de dents aussi aiguisées que des poignards et feula comme un chat. Des fumerolles grises et une odeur de bois brûlé se répandirent dans l'atmosphère. Sainte-Reine se dressa de toute sa hauteur en hennissant de terreur et le sergent Carl se retrouva vidé de ses étriers, le dos dans la neige et la tête comme une cloche. À demi assommé par sa chute, il eut vaguement conscience du bruit des combats autour de lui et des hurlements des hommes, pendant que sa jument s'enfuyait au galop.

Puis le silence régna de nouveau.

Sa jambe lui faisait mal. Il avait de la neige dans la bouche et de la terre dans les yeux. Derrière lui : plus de colonne, plus de formation en deux rangs. Plus un seul cavalier, en fait. Des corps sans vie étaient étendus dans la neige, hommes et chevaux. Ils étaient noircis et fumants.

— S… Soldat Kop ?

Il le vit juste à côté de lui : Kop semblait le regarder de ses yeux vides, la tête penchée, le cou brisé. Il avait été écrasé sous son propre cheval – et celui-ci était mort tout autant, le ventre ouvert de bas en haut par une entaille bien nette, les entrailles répandues sur la route royale.

La neige autour de Carl disparut peu à peu sous l'effet d'une chaleur intense, laissant la place aux cailloux humides du chemin.

Le dragon cuivré s'approcha lentement du sergent, soudain en sueur sous ses fourrures et sa cotte de mailles. Le bout d'une botte de soldat, encore remplie d'un pied sanglant, dépassait de sa gueule. Il recracha la botte puis avança la tête si près que le sergent sentit le souffle brûlant de ses naseaux. Les yeux d'or observèrent un instant sur sa poitrine le blason de son uniforme royal, brodé en rouge sur fond noir. Le dessin représentait un dragon, l'emblème du Roi Lumière.

— Les… Les dragons de Homgard ont un pacte avec les rois et les reines, fit le sergent d'une voix tremblante. Ils les protègent des invasions, ils empêchent toute armée d'approcher la capitale. Vous… Vous devez le savoir, n'est-ce pas ?

Il ignorait si la créature pouvait le comprendre, mais il ne jugea pas utile de préciser que les dragons étaient censés avoir disparu, ni que c'était le Roi Lumière qui avait tué le dernier de la race dix ans plus tôt, de ses propres mains.

Un grondement sourd monta de la gorge de la créature. Le paysage derrière elle se mit à danser sous l'effet de l'air surchauffé. La gueule s'entrouvrit et un mugissement assourdissant en sortit. Puis, du bout de ses naseaux brûlants, le dragon repoussa le sergent appuyé sur les coudes, qui s'étala sur le dos dans la neige. À l'endroit où la bête avait touché son tabar de cavalier, le tissu grésilla et noircit. Le sergent haleta et cligna des yeux. C'était comme de s'approcher au plus près d'un brasier.

— Ne me tuez pas, je vous en supplie !

Est-ce que les dragons comprenaient la langue des hommes ? Le sergent Carl s'aperçut qu'il ne savait pratiquement rien de ces créatures. Il n'était pas né à Homgard, il n'avait jamais ouvert un livre de sa vie. D'ailleurs, il ne savait pas lire. La bête ferma un instant les paupières, comme si elle se concentrait intensément.

— PAS…, gronda-t-elle, et le sergent comprit qu'elle ne parlait pas à voix haute, mais dans sa tête… D'ARMÉE.

Et il sut enfin pourquoi on appelait Homgard « la cité imprenable » et pourquoi ses murailles étaient si faibles.

Pendant des siècles, la ville n'avait jamais craint la moindre attaque militaire : les dragons interdisaient à toute armée de franchir les montagnes qui l'entouraient, c'étaient les termes de leur pacte.

La créature qui venait de massacrer son escouade faisait peu de cas des uniformes et se moquait bien de savoir si les armées appartenaient au roi ou aux rebelles. Elle ne faisait que reprendre les termes du pacte millénaire : elle brûlait les soldats. Et si les hommes avaient cru cette race disparue, ils s'étaient trompés.

Les légendes ne meurent pas facilement.

Chapitre 2

Maura se réveilla en sueur, le cœur battant. Les images de son rêve la hantaient encore. Vingt cavaliers étendus sur une route, vingt carcasses de chevaux fumant dans la neige. Et dans l'air glacé du matin, un grondement formidable…

Grantë, pensa-t-elle, *est-ce que c'était toi ?*

Des bruits de pas dans le couloir achevèrent de lui rappeler l'endroit où elle se trouvait. Le cachot. Frankand. Elle s'épongea le front de l'intérieur du coude, les poignets toujours dans sa planche à trous.

— Maintenant que je peux enfin dormir, je fais des putois de cauchemars, bougonna-t-elle.

Elle n'avait plus à maintenir en permanence sa concentration pour éviter que Grantë ne disparaisse : de nouvelles forces à présent assuraient son existence.

Le calame.

Des milliers d'âmes à Homgard ont cru qu'il était un dragon, toutes sortes de rumeurs ont couru sur la « bête de Frankand » qui brûlait des maisons et tuait des soldats. Alors il est devenu un dragon.

Avec le pacte qui va avec et qui le lie à cette cité…

Maura avait la bouche pâteuse. Le froid était mordant sur sa peau et un air glacial passait en sifflant sous la porte. Dépliant les jambes avec une grimace, elle s'étira et bâilla avant de s'asseoir sur son banc. Le cachot sentait toujours aussi mauvais. Paille moisie, urine et sueur – elle ne s'y était toujours pas habituée.

Elle ôta tranquillement la main droite de sa planche à trous pour se gratter la tête, puis la remit en place. Les Dragons n'avaient pas besoin de savoir qu'elle pouvait maintenant se libérer les bras à volonté. En fait, elle pouvait maintenant se libérer *de la prison* à volonté.

— Merci pour ça, Grantë, fit-elle comme s'il était toujours là dans la pièce, à ronger le bois de la planche avec ses dents.

Pendant un moment, elle s'attendit presque à voir son museau poilu pointer hors du trou d'aération. Mais elle finit par détourner tristement le regard. Depuis hier soir, Grantë était libre et il avait trouvé sa voie. Tant mieux pour lui.

— Et maintenant, grommela-t-elle, il va falloir faire sortir de cette forteresse ce gros paresseux de Darran.

Darran est vivant.

Elle ôta ses mains de sa planche de prisonnière, se frotta les jambes pour en chasser le froid et fit deux pas jusqu'au trou d'aération – ou quelle que soit sa fonction. Elle l'avait agrandi la veille en arrachant plusieurs moellons qu'elle avait sommairement replacés depuis.

— Il se trouve quelque part dans cette forteresse. Et dans sa cellule à lui aussi, il y a sûrement un trou dans le mur comme celui-là.

Elle retira les pierres déjà descellées et fourra la main dans l'espace ainsi formé jusqu'à ce que ses doigts se referment sur un objet dur et froid : la poignée d'épée brisée qui lui avait servi à casser le mortier, et qu'elle devait à Grantë.

— Darran et les autres seront contents de t'avoir, toi. Même si tu as connu des jours meilleurs.

L'épée ne répondit rien.

Grand Kàn, ce que Grantë lui manquait !

Maura glissa la tête dans le tunnel avec un soupir.

— Si quelqu'un entre dans mon cachot et que je n'y suis pas, ce sera la fin de la fête..., murmura-t-elle. Putois, il faut que j'arrête de parler toute seule.

Elle se faufila de nouveau dans les boyaux obscurs de Frankand, se tortillant à l'intérieur comme un ver de terre. L'odeur minérale, les insectes qui couraient sur sa peau, le frottement sur ses hanches déjà endolories par ses ecchymoses de la veille, tout cela lui hurlait de revenir en arrière vers la sécurité de son cachot.

Raclant ses os contre la pierre humide, elle avança pouce par pouce, les yeux fermés, essayant de se remémorer les coudes et les embranchements qu'elle avait déjà rencontrés. Elle fut immédiatement en sueur, surprise par la tiédeur qui régnait dans les conduits.

Le temps s'est peut-être radouci, dehors ? pensa-t-elle.

Ce fut l'odeur d'huile brûlée qui lui sauva la vie – et aussi cette chaleur qui précédait toujours le phénomène. Un grincement métallique se répercuta à travers les tunnels puis il y eut les premières vibrations, presque imperceptibles encore. Frankand grondait. Frankand se préparait à muer. Les couloirs, les escaliers, les salles de garde allaient monter, descendre, tourner et s'emboîter les uns dans les autres, se reconfigurant entièrement selon une mécanique aléatoire. C'était sans doute à cela que servaient ces espaces obscurs où elle rampait : à s'élargir ou s'aplatir selon les mouvements de la forteresse...

La magie, vite.

Elle n'avait plus à consacrer tout son pouvoir à Grantë, elle pouvait désormais le concentrer sur elle-même.

Un air chaud siffla dans le passage. Maura, le cœur battant, lâcha l'épée brisée et s'écorcha les doigts contre la pierre pour que le sang goutte de ses ongles.

De ce que fit sa magie de mindaran, elle n'eut que des sensations chaotiques. Sa peau se couvrit de poils gris, son menton s'allongea, son corps s'étrécit…

Elle cria, mais sa voix était déjà un piaillement suraigu de rongeur. Elle courait toujours dans le passage, mais celui-ci avait soudain complètement changé. Il était devenu plus large, et rempli de centaines d'odeurs.

Elle courait, mais elle courait *au ras du sol.*

Maura n'avait plus forme humaine.

Chapitre 3

Jean d'Arterac leva des yeux haineux vers le grand escalier de marbre qui menait au palais royal. Celui-ci était bien moins haut que celui de Frankand, certes, mais à son âge, tout escalier était un ennemi.

Il lut et relut en soupirant le message officiel du Grand Kerr :

Comte d'Arterac

La volonté du puissant Kàn-aux-deux-visages est de vous voir demain matin, à la première heure, à la chapelle-aux-mille-visages du palais royal. Vous y recevrez la bénédiction des kerrs qui prépareront les pierres-qui-parlent en vue de votre nouvelle légende.

L'humble serviteur que je suis se fait le messager de sa divine volonté.

Grand Kerr Meteric.

— Encore leur cérémonie…, grommela-t-il. Une bénédiction du Grand Kàn… Comme si je n'avais que ça à faire.

Bien entendu, rien dans le message ne rappelait l'ordre secret des Grands Kerrs : placer Maura de Kenmare au cœur de son récit, en faire la nouvelle icône de la révolte pour qu'elle renverse le Roi Lumière et prenne sa place sur le trône. C'était un courrier officiel ; nul doute que les espions du roi l'avaient donc lu, eux aussi.

— Voulez-vous de l'aide pour monter l'escalier ? proposa l'un des deux Dragons qui l'escortaient, la voix rendue sourde et métallique par le casque.

Le conteur tourna la tête vers le soldat et vit son propre reflet sur la plaque d'acier lisse du heaume. C'était ce qui tenait lieu de visage aux soldats de la garde rapprochée du roi. Deux éclats de miroir en forme de triangle leur permettaient de voir sans que l'on puisse croiser leur regard.

— Merci, jeune homme, je ne suis pas encore grabataire.

Les portes du palais étaient sous bonne garde. Une escouade entière de miliciens les protégeait sous le commandement de Dragons impavides.

— Les rebelles ont encore fomenté des troubles en ville, n'est-ce pas ? demanda d'Arterac.

On ne lui répondit pas, mais tous les soldats semblaient nerveux. De nombreux rebelles avaient trouvé refuge en ville après leur défaite et ils se montraient de jour en jour plus hardis dans leurs escarmouches contre les soldats du roi.

Les deux Dragons le firent passer sous l'arche monumentale de l'entrée, épée au poing comme s'ils s'attendaient à tout moment à une attaque, écartant les domestiques sur leur passage. Les trois hommes montèrent de plus en plus haut, d'escalier en escalier. Ils franchirent des couloirs aux murs recouverts de miroirs, marchant en cadence avec une armée de soldats et de conteurs cent fois reflétés. Ils traversèrent des salles si hautes que l'on y distinguait à peine les immenses fresques guerrières aux plafonds, et d'autres où des rangées interminables de soldats de cristal semblaient les observer passer – la vieille garde de sainte Bianca la guerrière.

D'Arterac aurait pu faire ce chemin les yeux fermés, tant il l'avait parcouru autrefois.

— Nous y sommes presque, fit le premier Dragon en ouvrant grand les portes des jardins.

Au cœur du palais, des arbres millénaires côtoyaient ici des plantes et buissons colorés apportés de tous les fiefs du royaume, qui embaumaient même en plein hiver. L'on y avançait sur des sentiers de pierre dont on avait soigneusement balayé la neige. Mais ce n'était pas pour se rendre dans les jardins que d'Arterac avait été convoqué.

— La chapelle-aux-mille-visages, annonça l'un des Dragons.

C'était sans doute l'un des plus grands édifices religieux du royaume. Elle étincelait au centre des jardins et semblait presque entièrement faite de vitraux.

Que d'or quand le peuple de cette ville vit dans la misère..., pensa d'Arterac.

Les Dragons poussèrent les deux grandes portes monumentales puis déposèrent leurs épées à l'entrée, firent le signe du triangle sur leur épaule et entrèrent dans le lieu sacré, encadrant d'Arterac.

La lumière à l'intérieur était colorée. Les vitraux centenaires, traversés par le soleil, chatoyaient comme des bijoux. Dans l'immense salle ronde, des centaines de clercs, kerrs et novices étaient assis sur des bancs circulaires en position de prière. Et au centre de la chapelle, sous une gigantesque coupole d'or, les mille visages du dieu étaient tournés vers l'autel.

Encadré par les deux Dragons, d'Arterac traversa les rangées de novices par l'allée centrale, retrouvant cet endroit qu'il n'avait pas vu depuis des années. La chapelle du palais était le point de convergence symbolique entre les deux pouvoirs qui contrôlaient ce royaume : la couronne royale et l'Église de Kàn.

C'était le seul endroit au monde où le dieu n'était pas figuré avec un visage double, mais comme une véritable foule de visages. Ils étaient taillés dans la forêt de fins piliers de pierre qui soutenaient la coupole, caressés par la lumière colorée du soleil. Hommes et femmes, enfants et vieillards, traversés par les mille émotions humaines. La joie, la peur, la peine, l'extase, la tristesse et la surprise... Les uns riaient, les autres hurlaient de douleur.

Oui, d'Arterac avait bien connu cet endroit, autrefois. C'était exactement ici qu'il avait lu la légende du prince Erik dix ans plus tôt. Et cent mille temples, dans cent mille villes et villages de ce royaume, avaient relayé sa voix à travers les pierres-qui-parlent, ces statues de Kàn autour desquelles les fidèles venaient prier et écouter la parole sacrée.

— Messire d'Arterac ! fit la voix chaleureuse d'un Grand Kerr.

L'homme portait la traditionnelle toge en soie brodée à l'or fin et un masque de nacre. D'Arterac s'inclina à sa vue.

— Vous voici enfin de retour en ces lieux ! dit le Grand Kerr. Bienvenue dans la chapelle du Kàn-aux-mille-visages. Inutile que je vous fasse visiter, n'est-ce pas ? Le lieu de tous les pouvoirs. La fabrique des légendes !

Son masque perlé de petits diamants figurait une expression neutre, mais les plis aux coins de ses yeux montraient un grand sourire.

— La bénédiction de Kàn soit sur vous, Grand Kerr, fit le conteur.

— Sur vous aussi, mon ami, répondit l'homme.

Il se tourna vers l'assemblée des kerrs et, d'une voix forte qui se répercuta parfaitement sur les murs, il prononça quelques paroles en haut saméen :

— *Tev-litt Jean d'Arterac. Tev-litt kael denil al Westalia !*

Bénissez Jean d'Arterac. Bénissez-le avant son discours de ce jour devant la Westalie.

Mille voix clamèrent leur bénédiction au Grand Kàn, faisant vibrer les murs de verre de la chapelle. Les pierres-qui-parlent des cent mille églises ne s'activaient pas si facilement : il fallait un lieu sacré et la force de conviction cumulée de plusieurs milliers d'âmes pour amorcer leur pouvoir.

Le calame, pensa d'Arterac.

— J'ai une bonne nouvelle pour vous, conteur, reprit le Grand Kerr : vous allez pouvoir commencer votre légende ce matin même. Le royaume est prêt à vous écouter.

Le conteur pâlit.

— Quoi ? Je… Je ne comprends pas. Il était question d'une simple cérémonie de préparation.

Il ressortit fébrilement le message et le brandit d'une main tremblante.

— Tout le monde est là. Autant en profiter pour commencer, n'est-ce pas ? répondit le Grand Kerr sans regarder la lettre.

— Par tous les saints, je ne suis pas prêt ! Vous savez bien qu'il faut plus de temps à un conteur pour écrire une légende ! Je n'ai pas terminé d'interroger mes témoins, la vérité n'a pas encore éclos. Vous ne pouvez pas me demander ainsi de trahir mon art et le royaume tout entier avec une légende mutilée !

— Qu'importe si vous n'avez pas terminé. Cela ne vous empêche pas de commencer. Vous donnerez la fin demain : les braves gens seront probablement deux fois plus nombreux à vous écouter. Nous finirons plus tard. Vous êtes le meilleur légendier des deux royaumes, je suis certain que vous trouverez un moyen de faire au mieux.

Il pointa du doigt le gigantesque cadran de l'horloge sur le mur du fond – une merveille de mécanique dont le secret s'était perdu avec les siècles.

— J'ai déjà prononcé la grande prière de Kàn, le royaume est impatient de réentendre votre voix.

Pendant un moment qui sembla une éternité, la prière des mille novices continua à rouler et à gronder entre les murs de la chapelle, de plus en plus fort, de plus en plus vite.

Tev-litt Jean d'Arterac. Tev-litt kael denil al Westalia!

L'un des Dragons s'avança à son tour.

— J'ai pour mission de vous remettre un message personnel juste avant votre prise de parole, messire d'Arterac.

Il lui tendit un feuillet plié en quatre.

Le conteur le déplia aussitôt et vit qu'il était frappé du sceau royal.

Souvenez-vous que votre fille Hélène est entre mes mains. Si vous voulez la revoir un jour vivante, dites au royaume tout entier que Darran Dahl était un fou.

Il était bien sûr écrit de la main du roi lui-même.

Le roi accepte la demande de l'Église d'écrire cette légende, pensa d'Arterac. *En échange, l'Église lui prêtera des sommes colossales et ordonnera aux kerrs de chanter ses louanges à travers le royaume pour renforcer son calame… Ce que l'Église ne sait pas, c'est que le roi détient ma fille.*

Soudain, la bénédiction des mille kerrs prit fin et un silence étourdissant remplaça le grondement de leurs mille voix.

— Êtes-vous prêt, messire? murmura le Grand Kerr à son oreille. Des millions d'âmes vous attendent. De votre récit dépend le sort du royaume!

Non.

D'Arterac n'était pas prêt.

Il n'avait pas entendu la fin du témoignage de Maura.

— Il est trop tard pour refuser, conteur : la Westalie vous écoute.

L'homme lui tapota l'épaule et s'écarta lentement.

D'Arterac leva les yeux vers le dôme de lumière au-dessus de sa tête, comme pour y trouver secours. Ici, Kàn était représenté de manière traditionnelle : la face froide et réfléchie des mindarans, tournée vers leur force intérieure, la face expressive et chaleureuse des Gottarans, ouverte au monde. Il vit les sourires du dieu, ses regards pleins de sagesse.

Il n'y trouva aucune réponse.

— Je vais parler.

Il était un artiste.

Il était conteur.

Il était l'homme qui ne voulait pas mentir.

— Messires et gentes dames, je suis Jean d'Arterac, légendier royal, peut-être certains d'entre vous se souviennent-ils de moi.

Les mille novices le regardaient, les mains jointes. Le Grand Kerr lui fit un signe de tête, l'encourageant à continuer. Et derrière lui, les deux Dragons impassibles, comme deux statues de fer au milieu des visages de Kàn, attendaient en silence.

— Il y a dix ans, je vous ai conté la légende d'Erik de Kehen, comment il prit les armes contre la Princesse Sanglante avec une poignée de chevaliers et comment, au terme d'une guerre de dix ans, il remporta la victoire.

Il marqua une pause et observa l'assemblée.

— À présent, le prince est devenu roi. Et le roi a de nouveau connu la guerre. Un homme du nom de Darran Dahl se dressa contre lui, et c'est la légende de Darran Dahl que je vais vous conter. C'est une histoire pleine de fureur et de colère, de feu et de glace, d'amour et de haine. Je suis Jean d'Arterac, et je vous promets un récit qui ne ment pas…

Le masque du Grand Kerr ne laissait pas lire son visage, mais d'Arterac voyait ses yeux rieurs à travers les fentes.

— … c'est donc avec joie que je vous donne rendez-vous très bientôt, dans vos églises et dans vos temples, pour entendre ce nouveau récit.

Le Grand Kerr lâcha un juron et les deux Dragons firent un pas en avant. Mais d'Arterac savait qu'il était désormais intouchable. Des millions d'âmes l'écoutaient, à présent, il n'y avait pas de plus grande force au monde que celle-là et elle était au creux de ses mains.

Tu n'oseras pas toucher à un cheveu d'Hélène, Erik, pensa-t-il, *pas si tu veux un récit à ton avantage. Et le temps que je l'écrive, je trouverai la porte de sa cellule et je la libérerai.*

Chapitre 4

Lumière. De la lumière.

Maura sortit du tunnel. Elle le savait, parce que le bout de ses moustaches ne touchait plus les parois.

Le grondement ne s'arrêtait pas.

Le sol bougeait. Tournait.

Peur. Peur. Peur.

Quelque chose remua sur le côté.

Une bête argentée.

« Un rat ! » criait le gros animal argenté.

Une autre bête derrière. La même peau brillante.

« Y a toujours des rats qui sortent quand Frankand se transforme. »

Des sons. Plein de sons qui faisaient peur.

« … se cachent dans les conduits. »

« … énorme, celui-là. »

« On parie que je l'embroche avant toi ? »

Courir. Fuir.

Quelque chose claque sur le sol derrière.

Courir, encore.

« Tu l'as manqué, imbécile ! » cria l'une des deux bêtes, déjà loin derrière.

Je m'appelle Maura. Je suis humaine. Je ne suis pas un rat. Je m'appelle Maura. Je m'appelle… Comment je m'appelle ?

Elle aurait voulu se transformer, mais elle ne le pouvait pas sous le regard des soldats qu'elle croisait dans les couloirs qu'elle traversait.

Ses sursauts de conscience se firent plus rares et plus flous. Les grondements de Frankand avaient pris fin, maintenant, et la forteresse avait changé de visage, mais elle ne s'en rendit pas compte et continua à trotter sans s'arrêter.

Il y avait une chose qu'elle devait faire absolument, une chose urgente, capitale. Aussi importante que sa propre vie. Mais elle était totalement incapable de se rappeler laquelle.

En se glissant dans des conduits, elle visita plusieurs endroits très sombres, rencontra des femelles humaines immobiles, assises contre des murs. Puis il y eut une nouvelle pièce, très froide, au sol de pierre rugueux sous ses pattes griffues.

Les humains ici étaient des mâles. Ils ne bougeaient pas, mais en reniflant la sueur et l'angoisse qui émanaient de leurs corps, elle sut qu'ils souffraient. Et puis soudain, elle reconnut l'odeur ultime. Une odeur qu'elle cherchait depuis le début. Sans vraiment savoir pourquoi. C'est ça, la chose capitale ! La chose essentielle ! Pourquoi était-elle si importante ? Elle n'en avait pas la moindre idée.

— Qu'est-ce que c'est ? souffla une voix sourde et grave, qui résonna dans la pièce.

C'était LA voix. La voix essentielle. Si importante. Elle se glissa contre un corps chaud et doux, dans le creux de grosses mains où elle se sentit immédiatement heureuse.

— Est-ce que… Est-ce que c'est toi, Maura ?

Dans la pièce, toutes les respirations des humains s'arrêtèrent une seconde. Puis dans le noir, il y eut le bruissement de chuchotis, le halètement des bouches, les mains qui se tendaient vers elle.

« Hein ? » fit quelqu'un. « C'est vraiment elle ? » « Maura ! On est là ! »

Elle poussa un couinement joyeux. Elle ne savait pas exactement pour quelle raison, mais elle avait juste senti que c'était la chose à faire. Les grosses mains lui caressèrent doucement la tête.

— Maura, murmura encore la voix essentielle, tu dois reprendre forme humaine, vite !

Darran, pensa-t-elle.

Ce nom lui était revenu d'un coup. La voix donnait envie à Maura de sortir de cette bienheureuse inconscience. Reprendre forme humaine ? Oui, maintenant, elle le pouvait.

Elle grossit peu à peu, ses pattes s'allongèrent, ses poils gris commencèrent à disparaître… Mais soudain, la porte s'ouvrit et la pièce s'illumina de jaune et d'orange, révélant les corps entremêlés, les visages crasseux et barbus, maigres, les guenilles déchirées et la peau à vif de ces hommes affaiblis.

— Prisonniers, approchez ! hurla la voix métallique d'un Dragon dans son heaume. On demande le kerr Owain ! Qu'il sorte des rangs !

La peur saisit de nouveau Maura. Son corps cessa de se métamorphoser et redevint celui d'un rat.

— Tu es humaine, Maura ! chuchota la voix de Darran. Tu dois te souvenir que tu es humaine !

Je suis humaine, se répéta-t-elle en échappant à ses mains et en détalant jusqu'au trou par lequel elle était entrée.

Je dois me souvenir que je suis humaine.

Elle s'enfuit dans les conduits.

Dans la cellule, la silhouette voûtée d'un vieil homme au chapeau de cuir, illuminé par la lanterne, s'avança jusqu'au kerr Owain.

— Voudriez-vous avoir l'extrême obligeance de me suivre, kerr ?

Chapitre 5

— Par tous les dieux, vous avez maigri depuis notre dernière entrevue ! fit d'Arterac en jetant un regard embarrassé au prisonnier.

Le kerr Owain trottinait derrière lui d'un air épuisé, encadré par les deux Dragons. Le conteur ne put s'empêcher de penser à sa fille, dans cette même forteresse. La nourrissait-on aussi mal que le kerr ? Était-elle à moitié morte de faim après dix ans de ce traitement ?

— J'avais demandé que mes témoins soient convenablement nourris ! cria le conteur d'une voix aiguë aux deux soldats. Il faut augmenter leurs rations !

— Je suis navré, monseigneur, répondit l'un d'eux. Nous ne recevons nos ordres que du commandant Osgarat. Nous pouvons vous mener à lui, si vous le souhaitez.

D'Arterac grommela quelque chose de désagréable et jeta de nouveau un coup d'œil au kerr Owain. Sa barbe rousse était plus hirsute que jamais. En trois jours, l'homme n'avait bien sûr rien perdu de son aspect massif, mais il avait les traits creusés par la faim et par Kàn – il puait comme un bouc.

— Nous y voici, fit-il en ouvrant la porte du cachot qu'il avait fait aménager pour ses entretiens.

C'était petit et humide, mais au moins, on y était tranquille. Il déposa la lampe à huile sur la table un peu branlante et s'assit enfin, soulagé de pouvoir reposer ses jambes.

La légende puis Hélène, dans cet ordre : Owain pouvait lui apporter des renseignements sur l'une et l'autre. Il désigna la chaise restante au prisonnier.

— Je vous en prie.

Le kerr hésita un peu avant de prendre place.

— Vous êtes toujours en train d'écrire un récit de la vie de Darran Dahl pour le compte de notre sainte Église ? fit-il. Direz-vous du bien ou du mal de lui ?

— Sa *Légende*, kerr Owain, je rédige sa *Légende*. Et mes entretiens sont loin d'être terminés, je ne peux donc pas vous répondre.

D'Arterac soupira.

La légende, puis Hélène, pensa-t-il. *Je ne t'oublie pas, ma fille, mais la légende est pour l'instant le seul moyen de m'approcher de toi.*

S'il avait choisi d'interroger le kerr plutôt qu'un autre, c'est qu'il pressentait que cet homme calme et fiable accepterait de l'aider à la retrouver.

— Lors de notre dernière entrevue, reprit le conteur, nous avions parlé de la manière dont Darran Dahl était revenu à son village de Kenmare, après la guerre des Princes, comment il avait parcouru trois cents lieues à cheval malgré une flèche dans la jambe…

— … et aussi une terrible brûlure à l'épaule, le coupa Owain, comme celle d'un acide qui aurait rongé sa cotte de mailles et la chair en dessous. Elle aurait suffi à elle seule à envoyer n'importe quel autre homme que Darran dans le monde suivant.

— La brûlure. Encore un mystère qu'il me faudra résoudre…, marmonna d'Arterac.

De sa sacoche, il sortit ses feuillets, son encrier et sa plume, qu'il déposa bien soigneusement face à lui, puis une pomme un peu ridée mais encore juteuse qu'il s'apprêta à manger.

— Veuillez m'excuser, je n'ai pas eu le temps de prendre mon petit déjeun…

Il se ravisa en voyant l'expression tendue, presque douloureuse, sur le visage du kerr Owain. Et tout en murmurant : « Je suis navré, vraiment, quel sot je fais… », il tendit la pomme au prisonnier.

Le kerr la reçut entre ses mains d'un air stupéfait, jeta un regard au conteur, aux deux Dragons, puis de nouveau à la pomme.

— Mangez, kerr, je vous en prie, vous en avez plus besoin que moi.

— Le prisonnier ne doit pas…, commença l'un des soldats.

Mais le kerr Owain ne l'écouta pas. Il croqua dans la chair du fruit avec délice, laissant le jus couler dans sa barbe. En quelques bouchées, la pomme fut engloutie, jusqu'aux pépins et au trognon qu'il avala avec le reste.

— Je ne vais pas…, fit-il la bouche pleine. Je ne vais pas changer ce que j'ai à dire juste parce que vous m'avez donné une pomme, messire d'Arterac.

Le conteur éclata de rire.

— Surtout n'y changez rien ! C'est la vérité que j'attends de mes témoins, kerr Owain.

Et il ajouta, la voix vibrante d'émotion :

— La vérité… c'est le fondement de mon art.

Il jeta un coup d'œil aux deux Dragons impassibles dans leurs armures intégrales. Officiellement, ils guidaient le conteur dans la forteresse et le protégeaient contre les attaques de la rébellion. Mais bien sûr, ils rapportaient aussi ses moindres faits et gestes à leur commandant – et donc au Roi Lumière. Il allait devoir jouer finement s'il voulait en apprendre plus sur sa fille.

Le conteur tendit au kerr son propre mouchoir.

— Je vous rappelle les règles de mes entretiens. À partir de maintenant, si vous me mentez, je le saurai, fit-il en agitant sa main droite. Et ce sera la fin de notre collaboration. Si vous me cachez quelque chose, je le saurai aussi, fit-il en agitant cette fois sa main gauche. Je vous demanderai de quoi il s'agit, mais je ne vous en tiendrai pas rigueur si vous ne me le dites pas. Un témoin a besoin de liberté. Sans liberté, pas de vérité.

Le kerr Owain hocha la tête.

— Pourquoi…, fit Owain gêné d'avoir le menton humide de jus. Pourquoi avez-vous demandé à me parler, à moi ?

— Maura de Kenmare était plongée dans un profond sommeil quand je suis allé la trouver ce matin, répondit le conteur. Je ne sais pourquoi la pauvre enfant était à ce point épuisée, mais je n'ai pas réussi à la réveiller.

Le conteur sentit aussitôt une douleur fulgurante dans sa main gauche et la leva devant son visage : une plaie profonde venait d'y apparaître. Les deux hommes échangèrent un regard.

— Je ne pensais pas que cela commencerait si tôt…, fit le vieil homme. Vous me cachez quelque chose concernant Maura ?

— Oui, répondit le kerr. Et non, je ne vous dirai pas ce dont il s'agit. Vous venez bien de dire que je le pouvais, non ?

Le conteur soupira.

— À votre aise. La seconde raison pour laquelle je voulais vous parler, c'est que le récit de Maura s'est achevé au moment où elle a été capturée par la garde dans la forteresse de Kiell en flammes, et donc séparée de Darran Dahl.

Je compte sur vous pour me dire ce qui est arrivé à votre général pendant ce temps.

— Vous voulez savoir comment Darran s'est enfui de Kiell-la-Rouge ? Vous allez être déçu.

Chapitre 6

— C'était le chaos, conteur, dit Owain. Les soldats du vice-roi avaient essayé de nous massacrer et Darran nous avait protégés… Puis les panthères avaient pris le contrôle de la forteresse et elles y avaient mis le feu.

— Maura m'a raconté cela. Comment elle et Darran sont sortis pour monter à une tour et essayer d'ouvrir la grande porte, en laissant les gens de la colonne de Kenmare à l'abri dans le bâtiment principal.

— À l'abri, oui… sauf que l'incendie commençait à gagner ce bâtiment. Nous sommes tous sortis dans la cour, où les fumées commençaient à brûler les yeux, et des guerrières surgies de nulle part nous ont soudain encerclés.

— Déposez vos armes ! a crié l'une d'elles, une femme avec un foulard sur le visage et une lance à la main.

— Venez les chercher ! a répondu crânement la petite Gràinne Braddy, qui tenait une épée prise aux gardes.

La guerrière au foulard a d'abord fait semblant de ne pas l'entendre, mais soudain, elle a frappé de la pointe de sa lance. Mais ce n'est pas Gràinne Braddy que la pointe a touchée : Tara, l'ancienne régisseuse du château de Kenmare, a poussé la gamine au dernier moment et c'est à elle que le fer a entaillé l'épaule. Je l'ai prise dans mes bras, elle semblait stupéfaite.

— Kerr..., a-t elle murmuré, je... je croyais que des femmes ne frapperaient jamais d'autres femmes...

— Ne bougez pas, Tara.

Du sang coulait par la blessure et j'ai dû déchirer ma chemise pour lui faire un pansement de fortune.

La guerrière au foulard a crié à la ronde :

— Il y en a d'autres qui veulent désobéir ?

La petite Muette m'a aidé à faire s'asseoir Tara par terre et à resserrer le pansement.

— Lâchez vos armes ! ai-je crié.

Tout le monde m'a finalement obéi : la fille Braddy, Aedan et sa bonne amie Noreen, le petit Tomey, Edbert le juriste et tous les autres.

— Mes dames, ai-je ajouté, inutile d'employer la force ! Nous sommes vos prisonniers.

Les guerrières nous ont rassemblés en paquet. Nous étions mêlés à toutes ces filles de la Foire aux épouses que nous ne connaissions pas, ces malheureuses qui avaient été exposées comme des marchandises. Elles étaient à demi nues pour certaines, honteuses de leurs vêtements et du maquillage criard que les marchands les avaient obligées à porter.

— Le kerr est un lâche, a craché Gràinne Braddy dans mon dos.

— Laissez, m'a murmuré Tara. Vous avez raison, on ne peut pas leur résister pour l'instant. Quand Darran reviendra, il leur chantera une autre chanson.

Mais quand six de ces fameuses « panthères » sont soudain sorties de la tour Sainte Bianca en portant le corps de Darran sur leurs épaules, nous avons perdu espoir. Il était couvert de sang, avait les yeux clos, le visage blanc comme la craie. J'avais fini par le croire indestructible, comme tous les autres. Les gens de Kenmare l'ont regardé d'un air effaré. L'homme qui nous avait protégés et guidés jusqu'ici, cet homme gisait sans vie. On se sentait abandonnés. Tara a éclaté en sanglots.

À la pointe de leurs lances, les panthères nous ont poussés vers les tours du fond comme un troupeau de moutons. Leurs visages étaient effrayants : la plupart portaient des peintures de guerre, jaunes et noires, qui figuraient des têtes de félins. Et leurs yeux étaient féroces. On y lisait la haine et la violence, l'excitation morbide du combat : celle que l'on voit chez les hommes et les femmes qui viennent de remporter une victoire dans le sang. La fille Braddy a reçu un coup de poing, parce qu'elle ne se regroupait pas assez vite avec les autres. Elle s'est mise à hurler en plaquant les mains sur son nez en sang.

— S'il vous plaît, mes dames, ne faites pas de mal à ces jeunes filles ! ai-je dit aux panthères.

La femme au foulard m'a empoigné par les cheveux et a glissé une lame dans ma bouche, entre mes lèvres entrouvertes. Sur la langue, je sentais le goût du fer, mêlé à celui de mon sang.

— Ça, le kerr, c'est pour t'apprendre à garder fermée ta grande gueule de fouteur de nonne !

Elle m'a fait plier les genoux et chuter au sol.

— Si on m'demandait mon avis à moi, on prendrait vos filles pour en faire des panthères, et vous, les couillards, on vous crèverait comme des porcs.

— Tout doux, Cala, a dit une autre femme très grande et blessée au visage – j'ai appris plus tard qu'elle se faisait appeler « la grande Dounia ». Pour l'instant, on ne tue personne. Ordre de la princesse.

Ce « pour l'instant » m'a glacé les sangs. Je n'ai même pas osé me retourner pour regarder son visage.

— Qu'est-ce qui lui prend, à la princesse ? a marmonné la dénommée « Cala ». On n'a jamais gardé les couillards en vie jusqu'à présent. Tous des foutus violeurs.

Une petite femme habillée en domestique, mais couverte de taches de sang, a posé une main sur l'épaule de Cala. D'une voix qui trahissait les intonations d'une éducation raffinée, elle a dit :

— Ma bonne Cala, je te donne l'autorisation d'en écorcher un ou deux pour l'exemple, s'ils résistent.

— Merci, princesse, a répondu Cala.

J'ai regardé cette femme avec des yeux ronds : c'était donc la fameuse princesse Véra, la fille de la Princesse Sanglante ? J'avais toujours imaginé les princesses comme des saintes, presque comme des déesses. Cette femme semblait très ordinaire.

Un coup dans l'estomac m'a soudain plié en deux.

— T'as entendu la princesse, le kerr ? a craché Cala. Résiste un peu, moi j'attends qu'ça !

Elle m'a tiré en avant jusqu'au cadavre de Darran. Il y avait là Aedan, le fils de Breena, et le jeune Tomey qui était bâti comme un bœuf. Ils gardaient la tête baissée pour ne pas regarder le corps.

— Portez-le, a ordonné Cala.

— Ben, pourquoi ? a demandé timidement Tomey. Vous voulez l'enterrer ?

— Tu vas demander « pourquoi » chaque fois que j'te donne un ordre, gamin ? Portez-le, foutre-Kàn !

— Il est vivant, a soudain dit la princesse. Apparemment, cet homme ne meurt jamais.

J'ai d'abord cru à une plaisanterie morbide. Darran semblait aussi mort qu'on peut l'être.

— Oui ! Darran est vivant, oui ! a crié un homme courbé comme un gueux.

Le malheureux était aveugle et vêtu de guenilles ; j'apprendrais plus tard qu'il était un mindaran esclave des panthères, surnommé « Soigneur ».

Vivant ou mort, Darran semblait en fer tellement il était lourd. On s'y est mis à six, et quand on l'a soulevé, je me suis demandé si c'était un homme ou un cheval. Le petit Aedan était déjà rouge et les autres soufflaient comme des ânes en essayant de le hisser sur leurs épaules.

— Plus vite, les couillus, a fait la grande guerrière. Les soldats vont bientôt enfoncer la porte !

— Eh, regardez ! a soudain crié le petit Tomey en pointant le menton vers la muraille.

Erremon, l'ancien chef de la milice de Kenmare, avait dû réussir à échapper à la surveillance des panthères. Il avait ramassé une hache et nous saluait depuis le chemin de ronde.

— Fuyez, gens de Kenmare ! Je vous protégerai de l'ennemi, contrairement à votre Darran Dahl de pacotille ! Hourra pour la milice du baron de Kenmare !

Cala m'a donné un coup dans les côtes.

— Complètement branquignol, vot'copain. Allez, avancez !

Gràinne a fait le signe du triangle sur son épaule en signe de respect pour Erremon. Nous n'avons jamais revu ce malheureux après cela.

— Ne dites pas n'importe quoi, s'agaça le conteur. Bien sûr que vous avez revu Erremon, il est actuellement dans votre cellule !

Le kerr Owain ouvrit une bouche ronde et rougit jusqu'aux oreilles.

La main gauche du conteur le lança terriblement, mais c'était une sensation familière et il renonça à demander au kerr ce qu'il lui cachait à propos d'Erremon : il était trop occupé à griffonner dans la marge de sa page, au moindre temps mort, le prénom de sa fille, « Hélène Hélène Hélène ».

— Excusez-moi, dit finalement le conteur, je n'aurais pas dû vous interrompre. Ne traînons pas, voulez-vous ?

Les panthères nous ont poussés jusqu'à une tour de la forteresse. Ensuite, je ne me souviens plus très bien. Il y a eu un escalier, une cave, un tunnel étroit qui plongeait sous la terre, qu'elles appelaient « le passage secret de la princesse », et qui sentait le moisi.

— Courez ! ont hurlé les panthères.

Après ça, ce fut une suite de voûtes de pierre et de souterrains boueux, si sombres qu'on voyait à peine le sol sous nos pieds. Une femme tenait une torche quelque part loin devant nous et une autre femme derrière, mais nous n'y voyions presque rien. Courir était épuisant avec le corps de Darran sur nos épaules, mais les panthères hurlaient et nous menaçaient des pires châtiments si nous ralentissions. Parfois, un homme ou une femme butait contre des aspérités du sol et chutait en criant dans la semi-obscurité. Certains arrivaient à se redresser, d'autres étaient piétinés à mort par une foule de pieds aveugles.

— Alors le kerr, me susurrait parfois Cala dans mon dos, maintenant que tu es sous terre, tu crois que ton Kàn te voit encore de là-haut, avec ses deux visages ?

— Ma fille, certains d'entre nous sont blessés, ils ne peuvent pas continuer à courir ainsi…

— T'as qu'à t'arrêter pour leur tenir compagnie. J'serai la première à marcher sur ta grande gueule poilue.

Muette et Gràinne aidaient Tara à courir autant que possible malgré sa blessure à l'épaule, la soutenant quand elle flanchait. Je ne peux pas vous dire combien de temps ça a duré. Mon corps n'était plus qu'un entrelacs de douleurs, chaque muscle me hurlait de lâcher mon fardeau. À un moment, la grande Dounia a fait arrêter la troupe et nous a ordonné de déposer Darran au sol. Tous les six, nous nous sommes écroulés de soulagement. Le petit Aedan était rouge brique et ses yeux semblaient prêts à jaillir hors de leurs orbites. Les panthères ont désigné d'autres hommes de Kenmare pour nous relayer, mais au moment où Cahal-le-charpentier s'apprêtait à prendre ma place, Cala l'a retenu par le bras.

— Nan, le kerr va continuer à porter le corps ; pas vrai, l'ancien ? Le grand Kàn-aux-deux-visages va t'filer un coup de main, tu vas voir. Attends, on va lui demander ensemble : « Ô mon petit Kàn chéri, donne-moi la force de… »

— Laisse-le, Cala, lui a dit la grande Dounia. Tu vois bien que ce vieux bonhomme est à bout de forces, il va nous claquer entre les doigts.

Je me suis redressé et, assez stupidement peut-être, j'ai crié aussi fort que je pouvais :

— Je vais continuer !

Je m'attendais à un nouveau sarcasme de Cala, mais je l'avais prise de court. C'était une petite victoire, peut-être, et j'allais la payer cher, mais elle m'a rendu ma fierté, et rien que pour cela, j'étais prêt à souffrir de nouveau comme un damné.

Dès que les nouveaux porteurs ont remplacé les anciens, nous nous sommes remis à courir dans le tunnel. Il y a eu des embranchements, des portes, de l'eau qui coulait entre nos jambes. Et soudain, nous avons émergé d'une maison abandonnée dans les faubourgs de Kiell. Dans les rues, nous avons croisé des gens en chemise de nuit, complètement perdus.

À cette heure-là, il aurait dû faire nuit noire, mais une lumière intense nous inondait comme en plein jour : l'incendie derrière nous était devenu un immense brasier.

Je me suis tourné vers Cala et j'ai enfin contemplé son visage, car elle avait ôté son foulard. Elle était moins jeune que je ne pensais – l'âge d'avoir déjà des enfants, un métier, une vie dans une ferme. C'était une femme grande et maigre, qui sentait la sueur et le sang. Ses yeux étaient toujours en mouvement comme si au fond d'elle, une peur cachée ne la laissait jamais au repos. Elle portait une étrange tunique de cuir : des dizaines de lames tranchantes comme des rasoirs étaient cousues sur toute sa surface. Tout homme qui aurait voulu la toucher s'y serait blessé les doigts.

— T'as pas la permission de me r'garder ! Avance !

Les panthères avaient bien préparé leur fuite. Elles nous ont menés droit jusqu'au fleuve, où nous attendaient de longues embarcations à fond plat. C'était le meilleur moyen pour s'éloigner rapidement de la cité sans laisser de trace pour des pisteurs ou des chiens.

Nous avons déposé Darran sur le pont du premier navire. J'admirais cet homme et je respectais ce qu'il avait fait pour nous, mais, Kàn me pardonne, j'ai béni le moment où j'ai enfin pu me débarrasser de son poids !

Les panthères nous ont attachés aux rames avec des cordes, hommes et femmes. J'aurais voulu savoir si Tara avait tenu le coup malgré sa blessure, mais le hasard m'a placé dans un autre bateau, devant Breena-la-sorcière et Gràinne Braddy.

— Tout ira bien, petite, a dit Breena.

— Je ne suis plus une gamine, sorcière, a répondu Gràinne.

Et puis, elle a marmonné :

— Je croyais qu'il n'y avait rien de pire que de se faire enlever par des voleurs de femmes, mais ça, c'était avant de croiser ces folles.

— Ne t'inquiète pas, lui ai-je dit. Tu es une fille : elles ne te feront pas de mal.

— Ouais, elles m'obligeront juste à vivre dans les bois, à obéir aux ordres et à massacrer des gens. Tu parles de bienfaitrices !

Par rapport à ce qui attend les hommes de la colonne, c'est peut-être un sort enviable, ai-je pensé sans le lui dire.

J'ai jeté un coup d'œil à nos garçons du village : Aedan, assis devant, Tomey, un peu plus loin…

— Et toi, tu tiens le coup, Aedan ?

Il était assis à côté de Noreen, cette fille abandonnée par ses parents, qui ne le lâchait plus.

— Il est fatigué, a-t-elle dit sans lui laisser le temps de répondre par lui-même. Il a mal aux bras.

— Kerr…, a murmuré Aedan, la bouche sèche. Savez-vous où est Maura ?

— Tiens c'est vrai ça, a dit Gràinne, où est passée cette idiote ? Ça fait un moment que je n'ai pas vu sa tignasse carotte.

J'ai essayé de l'apercevoir dans la foule des filles autour de nous, avant de réaliser qu'elle n'était jamais revenue de cette tour d'où l'on avait redescendu Darran moribond.

— Elle est probablement dans un autre bateau, ai-je répondu finalement.

Mais j'ai pensé : *Par Kàn, elle est sûrement morte.*

Quelqu'un s'est soudain assis lourdement sur mon banc : c'était Cala.

— Tu parlais de moi, kerr ? J'te manquais, je parie.

Elle m'a craché au visage et a empoigné la rame, elle aussi.

— Je parlais d'une jeune fille du nom de Maura.

— Pourquoi ? Tu la pelotais après tes prêches ?

— Grand Kàn, je n'ai jamais porté la main sur elle !

Elle a réfléchi.

— Maura… J'crois que c'est la fille qui s'est pris un méchant coup d'épée de la grande Dounia, sur la tour.

Elle a ricané.

— C'est jamais une bonne idée, ça, de chercher des poux à la Dounia. Tu peux lui dire adieu, à ta pisseuse. Elle te sucera plus jamais l'jonc.

J'ai serré les poings de rage.

— Cessez vos obscénités ! Vous et vos semblables avez assassiné cette jeune fille, ayez au moins du respect pour sa mémoire !

Cala m'a regardé d'un air surpris.

— J'aurais pu te briser la mâchoire pour avoir dit ça.

Elle a hésité, et puis elle a ajouté :

— Tu sais quoi, l'ancien ? Sous tes faux airs d'imbécile, tu as du cran.

Chapitre 7

Nous avons descendu le courant pendant deux jours et deux nuits d'affilée. Soigneur venait chaque jour toucher le corps de Darran pour exercer sa magie sur lui, tout en jurant qu'il se portait bien.

Au matin du troisième jour, nous avons accosté sur une petite plage de galets où pourrissait un vieux ponton. Nous avons hissé les embarcations sur la berge avant de les camoufler sous la végétation. C'était l'orée de Torn-Val, une forêt sauvage et profonde. Le climat y était malsain, les villages rares et les chemins plus encore. Puis nous nous sommes enfoncés à travers les bois et les mares infectes, à suivre un sentier si ténu qu'on le voyait à peine et à porter Darran sur une civière de fortune. Et après plusieurs jours, nous sommes arrivés au campement des panthères.

C'était un amoncellement de toiles de tente et d'abris en torchis habilement camouflés sous des branchages ; il y régnait une odeur de feu de tourbe, de viande fumée, ainsi que la puanteur sucrée des marécages. Des cochons y déambulaient librement et aussi quelques chèvres assez curieuses pour venir jusqu'à nous. Nulle trace de poules, en revanche : elles auraient fait tant de bruit qu'on les aurait entendues à des lieues à la ronde.

Une demi-douzaine de fillettes crasseuses sont sorties des tentes et se sont mises à courir autour de nous en piaillant jusqu'à ce que l'une d'elles pousse un cri aigu : « Ce sont des hommes ! Ce sont des hommes ! » Alors elles ont reculé craintivement et se sont tues, à la fois fascinées et effrayées. Une gamine de huit ou neuf ans a fait un pas en avant et m'a touché la barbe avant de courir en arrière et de souffler à une amie : « On dirait du crin de bouc. » À quoi l'autre a répondu avec une pointe d'angoisse dans la voix : « Tu es folle de le toucher, y a rien de plus dangereux que des hommes. »

Nous avons traversé un enchevêtrement de tentes. Des femmes crasseuses et habillées de guenilles faisaient leurs ablutions matinales dans des baquets d'eau froide. À notre passage, elles tournaient la tête et nous fixaient du regard comme si nous avions été des animaux exotiques – ce qui m'a frappé le plus, c'était à la fois leur maigreur et la façon dont leurs corps semblaient durs et noueux. Par rapport aux femmes que j'étais habitué à voir, elles avaient les bras et le torse bien plus musclés, les mains calleuses, et plusieurs portaient des ecchymoses ou des cicatrices bien visibles. Certaines étaient à demi nues et semblaient se moquer éperdument du fait que des hommes puissent les regarder. Elles étaient sur leur territoire, un territoire de femmes, et n'éprouvaient ni crainte ni gêne.

Plusieurs guerrières du camp ont accueilli Dounia et la princesse Véra, la tête basse. Des propos ont été échangés et la princesse a vite semblé très en colère. Cala, qui me suivait toujours comme mon ombre, a murmuré entre ses dents :

— Il s'est passé que'que chose de pas prévu, ici.

— Foutues incapables ! a soudain crié la grande Dounia.

D'Arterac leva les yeux de ses notes, puis il saisit soudain une feuille de papier et la tendit au kerr.

— Pourriez-vous dessiner de mémoire le visage de cette « Dounia » ?

— Quel usage en ferez-vous ? répondit d'abord le kerr, méfiant.

Il baissa le regard sur le feuillet blanc et vit que le conteur y avait écrit quelque chose avec le fusain, en appuyant si peu sur le papier que le texte était à peine lisible :

En arrivant à Frankand, avez-vous croisé les prisonniers qui étaient déjà dans la forteresse ? Avez-vous vu une femme brune d'environ quarante ans ? C'est ma fille.

Le kerr Owain écarquilla les yeux, stupéfait. D'Arterac le regardait d'une façon intense et douloureuse, rempli d'espoir.

S'il aidait le conteur à retrouver sa fille, accepterait-il de les aider à son tour à sortir de Frankand ? Avec Jean d'Arterac pour allié, la rébellion pouvait peut-être renaître de ses cendres !

Le kerr Owain se souvenait parfaitement du jour de son arrivée dans ces lieux, le jour de la défaite. L'interminable escalier en colimaçon enroulé autour de la « colonne de Frankand », les ordres aboyés par les Dragons, la lumière crue des torches sur les murs… Oui, il avait croisé dans un couloir une file de prisonniers qui ne ressemblaient en rien à des rebelles. Des gens bien habillés, bien nourris, mais dont les visages étaient usés par le désespoir. Ces gens étaient coupés des personnes qu'ils aimaient et enfermés dans ces murs sinistres depuis des années. Cela se lisait sur leurs visages.

D'Arterac sortit de sa sacoche un fusain.

— Navré, fit l'un des Dragons. Vous ne pouvez pas confier un objet pointu au prisonnier.

— Rassurez-vous, répondit d'Arterac : dès que le kerr aura terminé son portrait, je le lui reprendrai. Dois-je vous rappeler que je suis ici en mission pour la très sainte Église de Kàn, avec la bénédiction de Sa Majesté le Roi Lumière ?

Le garde laissa faire quand le kerr attira lentement la feuille à lui et saisit le fusain.

Il commença à tracer à grands traits les contours d'un visage de femme qui ressemblait vaguement à la grande Dounia, assez maladroitement à cause de ses poignets liés. Le conteur scruta le visage de papier à la recherche d'un message caché et n'en trouva aucun. Mais quand le kerr eut terminé, il ajouta d'une voix douce :

— Elle avait aussi un tatouage sur le visage. Quelques mots d'un poème.

Le regard du conteur s'alluma aussitôt. Et le kerr écrivit quelques mots sur la joue de la femme qu'il venait de croquer :

« Prisonniers Montés Grande Tour de F. »

La Grande Tour de Frankand : toujours au centre de la forteresse, à ce que l'on disait. L'un des seuls éléments du bâtiment qui restait à la même place à chacune de ses métamorphoses et entièrement faite de pierre noire de dragon, selon la légende. Oui, ces prisonniers étaient en train de monter un escalier de pierre noire quand il les avait vus.

— V… Vous êtes sûr ? fit d'Arterac en se levant à demi de sa chaise. Et elle, *elle*, l'avez-vous vue ?

Y avait-il une femme brune de quarante ans parmi les prisonniers anciens que le kerr avait aperçus ? Il ne s'en souvenait pas. Mais il se souvenait de leurs visages emplis de désespoir : seul le vide effrayant dans leurs regards l'avait happé, et hanté. Et le hantait encore.

Chapitre 8

Le conteur s'apprêtait à poursuivre l'entretien mais un gamin entra en trombe dans la pièce et se mit à crier :

— Messire d'Arterac ! Le commandant Osgarat vous d'mande, c'est urgent !

Les deux Dragons se placèrent devant le conteur.

— N'approche pas messire d'Arterac, gronda l'un d'eux d'une voix menaçante.

— C'est l'commandant qui m'envoie, répéta le gamin. Il est au poste de garde à l'entrée de Frankand. Il m'a ordonné de lui ram'ner messire d'Arterac de toute urgence, alors j'l'ai cherché partout.

Le conteur soupira. Le poste de garde de l'entrée ? Cela lui demanderait de descendre les centaines de marches de l'escalier, et sans doute de les remonter ensuite.

— A-t-il dit pourquoi, jeune homme ?

— Non, messire. Mais j'crois que quelqu'un vous attend en bas.

Le Roi Lumière ! pensa-t-il.

Le gamin disparut, et les deux Dragons, après avoir reconduit le kerr Owain, menèrent d'Arterac à travers les couloirs jusqu'à l'antichambre de la forteresse. C'était une longue salle glaciale où se trouvait le seul accès de Frankand.

— Nous devons rester pour garder Frankand, fit l'un des Dragons. À partir d'ici, vous serez escorté par deux miliciens de la ville qui assureront votre protection.

Dans l'antichambre, une demi-douzaine d'hommes en guenilles jouaient aux dés à même le sol de pierre et s'exclamaient bruyamment à chaque lancer. Deux miliciens se levèrent à l'approche du conteur en bâillant et en s'étirant. Ils sentaient le crottin.

— Bonjour, messire, fit le premier d'une voix endormie. On vous attendait.

Il se tourna vers le plafond et cria :

— Eh, là-haut ! Descendez la passerelle !

On ne pouvait entrer et sortir de Frankand que par une passerelle qui s'ouvrait dans le plancher de la forteresse, pendue à deux chaînes. Elle formait un pont-levis étroit jusqu'à la première marche en contrebas. Ensuite, l'escalier interminable s'enroulait le long d'une unique et fine colonne de pierre. Les trois hommes patientèrent en silence, dans le grincement des chaînes et le brouhaha des joueurs, pendant que la salle s'emplissait peu à peu du froid du dehors au fur et à mesure que la passerelle s'abaissait.

— Elle ne s'abîme jamais ? demanda le conteur, un peu nerveux. Je veux dire, cette énorme forteresse, sur cette petite colonne ? Elle ne devrait pas tenir debout, si ? Comment toutes ces pierres peuvent-elles rester en l'air ainsi depuis des siècles ?

Les miliciens ne lui répondirent pas. Sous leurs yeux, la passerelle de bois buta contre la première marche de l'escalier avec un bruit mat. Elle était terriblement étroite.

— C'est Frankand, grommela finalement l'un des deux hommes en haussant les épaules. Elle a toujours été comme ça et elle sera toujours comme ça, c'est tout. Vous êtes pas de Homgard vous, hein ?

— Non, en effet, convint le conteur. Je crois que je ne m'y habituerai jamais.

Ils descendirent prudemment la passerelle en pente, luttant contre les vents traîtres qui soufflaient par bourrasques. Puis, le cœur au bord des lèvres, ils entamèrent la longue descente jusqu'aux deux tours de garde en contrebas qui défendaient l'accès à l'escalier.

La porte de l'une des deux tours s'ouvrit alors à la volée et la silhouette massive du commandant Osgarat en sortit. Il était en armure complète, à l'exception du heaume. Malgré le froid, son visage était ruisselant de sueur comme s'il venait d'un endroit très chaud.

—Ah, comte d'Arterac ! fit-il de sa grosse voix enjouée.

Osgarat était visiblement ravi de le voir. Malgré sa carrure d'ours des montagnes et sa barbe fournie, déjà grise, d'Arterac avait toujours de la peine à s'imaginer qu'il avait été un guerrier féroce et implacable sur le champ de bataille. Il lui semblait trop doux pour cela, et trop triste au fond de ses yeux de vieux guerrier.

—Commandant Osgarat, fit-il en inclinant la tête.

—Entrez, il est là, il vous attend.

—Je… Est-il visible ? Ai-je besoin d'un bandeau pour les yeux ?

—Non, entrez sans crainte, fit le commandant d'un air surpris.

Dès qu'il posa le pied à l'intérieur de la tour, le conteur sentit la température grimper considérablement. Il fut en nage en un clin d'œil et dut ôter son manteau de fourrure. Les deux miliciens l'attendirent sur le seuil.

—Il est à l'étage ! cria Osgarat dans son dos. J'vous accompagne pas, c'est vous qu'il veut voir.

D'Arterac pouvait comprendre le soulagement du commandant : la dernière fois qu'il avait rencontré Sa Majesté, dans une crise de rage, celle-ci avait consumé son propre cocher, deux de ses Dragons et plusieurs maisons du quartier. Aussi monta-t-il l'escalier avec prudence, sentant la chaleur augmenter encore, et il garda la tête baissée car la lumière était de plus en plus vive.

Le premier étage de la tour était une grande salle ronde. Il se protégea les yeux de la main et s'inclina profondément.

— Enfin vous voilà, comte d'Arterac, fit une voix beaucoup trop jeune pour être celle du roi.

Chapitre 9

Le conteur leva la tête et comprit son erreur : face à lui se dressait un tout jeune homme, presque un enfant, entouré par quatre Dragons. Il se tenait devant une grande vasque de cuivre remplie d'huile, où brûlait un feu d'enfer. La lueur des flammes se reflétait sur les fers des casques et sur les lames des hallebardes. L'enfant lui-même était engoncé dans une étrange armure très épaisse, sur laquelle on avait peint des flammes jaunes. Elle devait avoir été taillée sur mesure, avec un système de double paroi étanche : on pouvait y glisser des boulets de charbon chauffés au rouge tout en isolant suffisamment le corps pour que la haute température reste supportable – du moins pendant quelques instants. Le malheureux, à l'intérieur, était écarlate et semblait sur le point de s'évanouir sous l'effet de la chaleur, mais il serrait les dents et faisait semblant d'être, comme son père, le maître du feu.

— Prince Sebastian de Homgard ! fit d'Arterac. J'ignorais que Votre Seigneurie avait quitté le palais !

— Notre père nous contraint d'y rester depuis l'âge de nos cinq ans. Mais ce soir, nous avons décidé de braver son interdiction pour vous faire l'honneur de venir vous voir, légendier.

D'Arterac, fasciné, ne put quitter des yeux le spectacle de ce malheureux gamin si écrasé par la personnalité de son père qu'il avait mis au point cet appareillage ridicule pour se mettre en scène.

Tu n'es pas le Roi Lumière, pensa d'Arterac. *Et prie le bon Kàn-aux-deux visages pour ne jamais l'être, mon enfant.*

— Je suis aux ordres de Sa Seigneurie, répondit le conteur, qui toussa un peu sous l'effet de la fumée de plus en plus dense dans la pièce.

Si je lui désobéis, il serait capable de me faire battre à mort par ses soldats. Mais si je parle au fils sans l'aval du père, la colère de celui-ci ne s'abattra-t-elle pas sur moi ?

— Nous avons entendu dire que vous rédigiez la légende du rebelle Darran Dahl. Or nous prenons très à cœur vos travaux et avons en haute estime vos talents de conteur.

— Merci de votre confiance, Votre Seigneurie.

— Nous avons décidé de vous apporter notre témoignage, concernant votre affaire.

— Mon affaire, Votre Seigneurie ?

— L'histoire de Darran Dahl. Nous avons connu cet homme, nous aussi. Nous sommes un témoin. Vous devez recueillir nos déclarations.

Obéissant à ses vieux réflexes professionnels, d'Arterac ouvrit sa sacoche, sortit plume et encrier, puis à défaut de pupitre, étala une feuille blanche à même le sol.

— Je vous écoute, Votre Seigneurie. Avez-vous récemment vu Darran Dahl ? C'était au cours de sa rébellion contre votre père ?

— Non. Nous avons connu Darran Dahl alors que nous étions encore un enfant.

Quel âge pouvait avoir le prince aujourd'hui ? Quatorze ? Quinze ans, peut-être ?

Tu es toujours un enfant, pensa d'Arterac.

— Nous avions cinq ans quand nous l'avons vu pour la dernière fois. C'était déjà la guerre, conteur. Une autre guerre bien plus féroce que la petite rébellion de ces femmes.

La guerre des Princes a été plus longue, certes. Plus féroce ? C'est à voir…

— Notre père a aussi gagné cette guerre. Notre père gagne *toutes* les guerres.

Le conteur ne dit rien et attendit. La chaleur et la fumée lui piquaient les yeux.

— À cette époque, Darran Dahl était le garde du corps de notre père, et… et notre père disait de lui que c'était un très grand guerrier.

Le prince baissa la tête et dit d'une voix plus basse :

— Je le trouvais gentil. Il me disait que je serais un grand général, plus tard. J'ai le souvenir qu'il a même joué avec moi avec une épée de bois et qu'il m'a laissé le battre. Mon père disait que s'il pouvait dormir à poings fermés, la nuit, c'était parce que Darran Dahl était là pour surveiller sa porte.

Sans même s'en apercevoir, le prince venait d'oublier le « nous » de majesté et de redevenir l'enfant qu'il était.

— Votre père vous a-t-il emmené sur les champs de bataille ?

— Non, légendier, je vivais avec ma mère et voyais très rarement mon père. Mais il revenait parfois dans notre cité de Lasbourg, et chaque fois, il était accompagné des « licorniers » de sa garde personnelle, dont faisait partie Darran Dahl. Mon père me prenait sur ses genoux et me racontait les exploits de son meilleur soldat, et moi je regardais cet homme et il était… avec mon père, bien sûr, il était un peu le héros de mon enfance. Je les imaginais tous les deux, se battant contre les terribles « Tigres », les soldats d'élite de la Princesse Sanglante, et remportant victoire sur victoire…

Le prince poussa un soupir.

— Mais l'enfance passe, légendier, n'est-ce pas ? Je suis un homme à présent. Ma mère est morte d'une fausse couche dès que mon père est monté sur le trône.

Une fausse couche bien commode, pensa le conteur. *L'a-t-il fait assassiner ?*

Le Roi Lumière avait banni toute idée de retour possible du règne des reines. Or son épouse aurait été, de fait, une reine. Et donc un danger pour son trône.

Les yeux du prince se mouillèrent de larmes, bien que le conteur ne sût dire si c'était à cause de la tristesse ou de la chaleur.

— Quant à Darran Dahl, il a trahi mon père et il est désormais hors la loi et un rebelle. Ils sont devenus ennemis. Je n'ai pas eu de chance avec mes deux héros, n'est-ce pas ?

— Votre Seigneurie, je… je ne sais que dire…

— Le souvenir le plus précis que j'ai de Darran Dahl, c'est devant les montagnes de Hom qui entourent la capitale. Mon père nous avait invités, ma mère et moi, à venir assister à sa victoire sous les yeux de tous les puissants du royaume. Car l'armée de la Princesse Sanglante avait été battue et de nombreux seigneurs qui l'avaient autrefois soutenue s'étaient détournés d'elle pour prêter allégeance à mon père. Vous étiez là, vous aussi, je me souviens de vous.

— C'est vrai, reconnut le conteur.

Le prince Erik l'avait convié à assister à la prise de Homgard par son armée : il savait bien qu'aucun exploit n'existe vraiment aux yeux du royaume si personne ne peut en témoigner. Et quel meilleur témoin que le célèbre légendier d'Arterac ?

— Ma mère et moi étions dans un petit logement en bois que les domestiques avaient construit pour nous, mais j'aimais me promener avec ma préceptrice et rencontrer des soldats. La veille de l'assaut sur Homgard, je me souviens très bien que j'étais très excité et que je ne voulais pas dormir. Alors j'ai échappé à la vigilance de nos domestiques et je me suis faufilé hors de notre logement jusqu'à la grande tente de commandement de mon père. Je voulais le voir et lui dire que je prierais le Grand Kàn pour lui avant le combat. Mais il n'était pas là, alors j'ai appelé Darran Dahl, car il était toujours gentil avec moi et je voulais prier pour lui, aussi. C'est le commandant Osgarat qui m'a entendu et qui est entré.

— Vous trouverez pas Darran Dahl ici, mon prince, m'a-t-il dit. C'est un traître et il a été exécuté pour ses crimes.

J'ai cru que je n'avais pas bien entendu. Ou que le commandant avait mal compris. Darran Dahl était un héros et mon père n'aurait jamais permis qu'on lui fasse du mal.

Alors, j'ai vu que le commandant n'était pas seul : il soutenait un homme vêtu d'une longue cape à capuche qui lui couvrait le corps et presque tout le visage. Je n'ai pas reconnu cet homme, mais il faisait un bruit étrange, que je n'aurais jamais cru entendre de la part d'un soldat : cet homme pleurait. Je le jure sur les deux visages du Grand Kàn, légendier. Et quand il m'a tourné le dos, le fourreau de son épée a dépassé de sa cape et je l'ai reconnu : c'était celui de mon père. Oui, mon père pleurait d'avoir dû faire exécuter son plus fidèle et son meilleur guerrier. Il pleurait d'avoir été trahi.

Le prince se tut et resta un long moment debout à s'agiter discrètement pour essayer d'aérer un peu son armure brûlante.

— Je… Je vais rentrer, maintenant, ou mon père me fera battre.

— Votre Seigneurie, répondit humblement le conteur en inclinant la tête.

En un clin d'œil, le feu dans la vasque de cuivre fut éteint par les soldats et la pièce débarrassée de ses occupants, laissant le conteur la tête plus remplie de questions que de réponses.

Il rangea son encrier, sa plume et le feuillet. Puis il descendit les marches et retrouva Osgarat au pied de la tour. Le Matave l'attendait sans paraître souffrir le moins du monde du froid et du vent.

— J'vous demanderai pas ce que vous a dit Sa Seigneurie, fit-il avant même que d'Arterac n'ouvre la bouche. J'veux pas le savoir. Mais j'voulais vous poser une question, conteur : vous qui avez connu le roi quand il était enfant, est-ce qu'il ressemblait au prince Sebastian ?

D'Arterac considéra un instant le commandant, si obsédé par son roi qu'il avait attendu le conteur à la porte rien que pour savoir à quoi son maître ressemblait dans ses jeunes années. Les Gottarans produisaient souvent cette sorte de fascination…

— Tout le monde l'adorait, commandant, répondit-il. Le prince Erik était l'enfant le plus brillant à qui j'aie jamais eu l'occasion d'enseigner. Intelligent, l'esprit vif, et en même temps capable d'amour envers ses proches et de bonté envers ceux qui lui étaient de rang inférieur. J'ai aimé cet enfant, presque comme s'il avait été le mien.

Le commandant hocha la tête.

— J'aurais voulu l'connaître à cette époque.

Vous voulez dire : vous auriez voulu qu'il reste ainsi ? Moi aussi, Osgarat, moi aussi…

— J'ai à mon tour une question à vous poser, commandant.

Le Matave le regarda d'un air méfiant.

— Oui ?

— Vous avez été le maître d'armes de Darran Dahl pendant la guerre des Princes, n'est-ce pas ? Et aussi son capitaine, pendant près de dix ans ?

— J'vous ai déjà dit tout ça.

— Le jeune prince m'a affirmé que Darran avait « trahi » son père la veille de la bataille de Homgard. Et que Sa Majesté en avait été si peinée qu'elle en avait pleuré. Pouvez-vous me dire quelle sorte de trahison avait commise Darran Dahl envers son suzerain ?

Le commandant soupira et se dandina d'un pied sur l'autre, mal à l'aise.

— J'ai… J'ai jamais vraiment su. D'après ce que j'ai compris, il avait déserté. Et il avait volé autant d'or qu'il l'avait pu dans le trésor de guerre. J'étais pas là quand ça s'est passé. J'ai envoyé trois hommes le retrouver, lui régler son compte et récupérer l'or. Ils sont revenus le lendemain en me disant que le boulot était fait. Comment j'aurais pu savoir qu'ils m'avaient menti, moi ? Je les ai crus, voilà. Fin de l'histoire.

— Vous ne me dites pas la vérité, commandant Osgarat. Avec tout le respect que je vous dois.

Le conteur leva sa main droite couverte de cloques rouges.

Chapitre 10

Il y eut un silence, troublé par le sifflement du vent qui tourbillonnait autour des deux tours de garde et de la colonne de Frankand.

— Darran était votre élève, votre fierté, murmura le conteur d'une voix douce. Il était votre protégé, presque comme le fils que vous n'avez jamais eu. Vous n'auriez pas laissé quelqu'un d'autre l'exécuter. Alors vous y êtes allé vous-même, n'est-ce pas ?

Osgarat, la terreur des champs de bataille, se mit à pleurer en silence, et ses larmes gelaient sur ses joues.

— On v'nait de remporter une grande victoire sur l'armée de la Princesse Sanglante et on avait mis la main sur un trésor de guerre. J'l'avais placé sous bonne garde, vous pensez bien. Mais Sa Majesté est venue me trouver au milieu de la nuit. Il s'était enveloppé dans un vêtement bizarre qu'il avait pris pour passer inaperçu dans son propre campement, une robe de kerr, qui cachait son visage dans une capuche. Mais j'ai reconnu sa voix. Une voix fatiguée, tremblante. Et alors il m'a dit… j'oublierai jamais c'qu'il m'a dit, conteur :

— Les nouvelles que je vous apporte sont fort tristes, Osgarat, et plus encore le sont les ordres que je vais vous donner. Mais parfois, un prince doit prendre des décisions difficiles. Et parfois, un capitaine doit les exécuter. Comprenez-vous cela, Osgarat ?

J'ai dit que j'comprenais. De la sale besogne, j'en avais fait ma part pendant cette guerre. Brûler des villages, massacrer des prisonniers, livrer des femmes à mes soldats… J'suis pas fier de tout c'que j'ai fait, mais c'était la guerre.

— Je vous demanderai de garder tout cela secret, qu'il a dit aussi, car nous allons bientôt livrer notre dernière bataille, et si ceci venait à s'apprendre, le moral des hommes pourrait en être atteint.

— C'est compris, Vot'Majesté. Pour leur propre bien, y a des choses que les gars doivent pas savoir. J'dirai rien. Comme d'habitude.

— Je vous confie cette mission, car vous êtes l'un des seuls en mesure de l'accomplir. Puis-je avoir totalement confiance en vous ?

— Totalement, Vot'Majesté. Vous avez qu'à ordonner. J'ferai tout ce que vous m'demanderez.

— Alors suivez-moi, je dois vous montrer quelque chose.

Il m'a entraîné à sa suite, on a traversé le camp et j'ai vite compris où il m'emmenait : c'était au fourgon où était entreposé le trésor de guerre raflé à l'ennemi. L'or qui allait payer nos mercenaires et les nobles qui soutenaient le prince. L'or, aussi, qui lui servirait à reprendre le pays en main, quand il s'rait roi.

J'ai tout de suite vu les six corps étendus au sol dans une neige sale et piétinée, et les giclées sanglantes tout autour. Ces soldats avaient été massacrés à l'arme blanche, certains avaient le crâne défoncé, d'autres un bras ou une main tranchés. J'avais peine à croire qu'ils aient pu être tués si vite qu'ils n'avaient même pas eu le temps de donner l'alerte, alors qu'ils étaient en bordure du camp.

— C'est l'œuvre d'un déserteur et d'un voleur, Osgarat, d'un assassin. Cet homme a été blessé, mais il est parvenu à s'enfuir à cheval avec tout le butin qu'il a pu emporter.

J'ai écarquillé les yeux.

— L'fumier… Les six ? Il a eu les six à lui tout seul ?

J'voyais personne capable de réussir un combat pareil. Presque personne.

— Cet homme est un combattant hors pair. C'est bien la raison pour laquelle cette mission sera difficile, et pour laquelle je vous ai choisi pour la mener à bien. Cet homme, nous lui avions donné toute notre affection et notre confiance, vous et moi. Il m'a fidèlement servi pendant des années, et jamais je n'aurais pensé qu'il commettrait une pareille trahison.

— J'me fous pas mal de qui c'est, sauf vot'respect, Majesté, j'vais le retrouver et le saigner. C'est comme s'il était déjà mort.

À vrai dire, il y avait pas mal de brutes, dans la troupe. Des soldats utiles sur un champ de bataille, mais pourris jusqu'à la moelle, qui auraient tué père et mère pour un liard. Des gars à demi fous furieux, ou ivrognes, ou voleurs, qui savaient manier les armes, mais en qui j'avais aucune confiance.

J'ai fait à voix basse :

On va faire ça discret, comme vous avez dit. Et on vous f'ra pas perdre de temps pour pas retarder la bataille. J'vais prendre trois licorniers avec moi, de ceux qui savent tenir leur langue et à qui l'or ne fait pas tourner la tête. Et j'vous jure qu'on va lui apprendre la politesse, à ce p'tit fumier de troupier qui s'est permis de…

— L'homme n'est pas un simple « troupier », Osgarat. Il est de la Licorne.

— Q… Quoi ?

Là, j'ai vu rouge. Mes licorniers, j'les connaissais tous. On partageait tout, on avait fait mille combats ensemble. C'était pas juste les meilleurs guerriers du monde, c'était mes amis, mes frères d'armes, ma famille. L'idée que l'un d'eux nous avait tous trahis me causait autant de peine que de fureur.

— Par Kàn ! J'vais le massacrer moi-même ! Qui c'est, c'fils de catin ? Donnez-moi son nom et je le poursuivrai jusqu'au monde suivant, ouais ! J'vous rapporterai sa tête de traître !

Sa Majesté a encore baissé la voix. En fait, il a à peine murmuré :

— C'est notre petit Darran, Osgarat. Oui, notre petit Darran.

C'est la première et la dernière fois que je l'ai entendu pleurer. Ouais. Et j'peux vous dire que moi aussi, j'suis resté un moment la bouche ouverte, à ne pas savoir quoi dire, à ne pas savoir quoi faire, et à ne plus rien y voir tellement j'avais de larmes aux yeux. Darran ? Un voleur et un déserteur ? Un assassin ? Si ça n'avait pas été le prince en personne et si j'avais pas vu les corps de ces hommes de mes propres yeux, j'y aurais pas cru une seconde. En fait, j'aurais défoncé à coups de poing le premier qui aurait osé dire du mal de Darran devant moi.

Oh, conteur, ça m'a brisé le cœur. C'était comme si ce garçon que j'avais sauvé, formé, tiré de la boue d'où il venait, ce garçon qui m'avait suivi dans tous mes combats, eh bien, c'est comme si j'apprenais que cette personne n'avait jamais existé… Comme si le destin venait d'effacer une des personnes que j'aimais le plus au monde.

Le commandant garda un instant le silence.

J'ai pris avec moi trois de mes meilleurs hommes et on est partis en pleine nuit sur les traces encore fraîches de Darran, avant que la neige ne les mange. De toute façon, on était en pleine montagne et il n'avait pas vraiment le choix : sauf à s'enfoncer vers les lignes d'en face, il n'y avait qu'un seul chemin pour foutre le camp.

On n'avait pas beaucoup de temps, le prince nous attendait pour sa bataille. Alors on est partis à l'aube. Il y avait une tempête ce jour-là, le vent était si fort qu'il arrachait du sol des fragments de glace qui nous fouettaient le visage et nous brûlaient les yeux. Les chevaux avaient de la neige dans les narines, la sueur gelait sur leur dos. Il fallait les couvrir et les tirer par la longe, leurs sabots glissaient sur le verglas et ils n'arrêtaient pas de renâcler. Et puis les gars avançaient la mort dans l'âme : Darran était l'un des leurs, ils s'étaient cent fois sauvé la mise les uns les autres. Et maintenant, on leur demandait la tête de leur frère d'armes. Ils y allaient à reculons.

Ils savaient aussi à quoi ils s'attaquaient. Darran était un vrai fantôme, on l'voyait jamais venir. Quand il surgissait au milieu de ses ennemis, c'était déjà trop tard et il semait la mort. J'lui ai tout appris, à ce gamin, et il était doué j'peux vous le dire : personne ne tuait comme lui. Aussi vite. Aussi net.

C'est dans un défilé rocheux qu'on est tombés sur son cheval, sur le pont de la Passe des Anges – un ravin étroit où bouillonnait un torrent de montagne en contrebas et où le vent sifflait comme mille diables. Le pont n'avait même pas de rambarde, Darran avait dû aller trop vite, la pauv'bête avait dû glisser sur le bois verglacé et tomber dans le ravin. Le cheval s'était rompu l'échine et ouvert le flanc sur les rochers dix pas plus bas ; le froid était si vif que le corps de la bête était déjà couvert de givre. Ça avait été un bel animal : un hongre tout noir de grande taille, féroce au combat, que Darran avait appelé « Prince » et qu'il bichonnait comme si c'était sa femme. Ses fontes étaient ouvertes et j'ai pleuré quand j'ai vu ce qu'il y avait dedans. Sous un paquet de biscuits de guerre, une bourse pleine d'or entrouverte… Jusque-là, j'avais encore eu l'espoir que l'prince s'était trompé, que Darran n'avait pas pu faire ça. Mais en voyant les reines d'or, j'pouvais plus faire semblant de pas y croire…

On est allés jusqu'au fond de la ravine en risquant de se rompre les os. La lumière passait à peine ici, la pente était en surplomb et le vent sifflait un air lugubre à vous glacer les sangs. Là-dessous, le torrent grondait si fort qu'on pouvait à peine se parler. On a trouvé des traces de sang sur les caillasses, et c'est au bord du torrent qu'on a découvert le corps en miettes dans la pénombre. Darran avait dû basculer avec le cheval et se fracasser la tête contre les rochers. Allongé les bras en croix, déjà à demi enseveli sous la neige, on aurait dit qu'il nous attendait comme pour nous dire un dernier adieu. Les charognards avaient dévoré son visage découvert, il en restait plus que des lambeaux de chair et des touffes de cheveux, c'était pas beau à voir. On reconnaissait quand même sa taille imposante, ses mailles, ses vêtements, et surtout sa hache de bataille dans le dos. Ouais, sa hache, je l'aurais reconnue entre mille et il ne s'en séparait jamais.

Personne n'a rien dit. La tristesse s'est abattue sur nous, même si on se réjouissait de n'avoir pas eu à le tuer nous-mêmes. On a tranché ce qui restait de sa tête comme l'avait ordonné Sa Majesté. Mais c'était un camarade, alors on a couvert son corps de caillasses du mieux qu'on a pu et on a prié Kàn-aux-deux-visages pour le salut de son âme. Ensuite, on a ramassé la bourse d'or de son cheval. Quand on a eu terminé, les gars étaient épuisés et ne pensaient plus qu'à rentrer au camp. Mais je leur ai demandé un dernier moment avec Darran.

Je suis redescendu tout seul. Je me suis agenouillé devant le tas de caillasses où reposait son corps pour une dernière prière au Kàn. J'avais besoin d'ça.

C'est là qu'une voix a murmuré derrière moi :

— J'ai rien fait, commandant.

J'ai bondi sur mes pieds. Quelque chose a bougé dans mon champ de vision. Un tas de pierres, aussi rugueuses, aussi neigeuses que les autres, s'est peu à peu éboulé sur le côté et s'est changé en une forme humaine : c'était Darran.

Il s'était lui-même recouvert de cailloux et il n'avait plus bougé un doigt en attendant que la neige l'enveloppe peu à peu. Alors il nous avait attendus là pendant des heures, à moitié gelé, tellement silencieux et immobile qu'une armée entière aurait pu passer à côté de lui sans le voir. Je savais que Darran était capable de se fondre dans n'importe quel décor, mais là, il m'avait roulé comme une bleusaille.

— Le prince est devenu fou, commandant.

Ce cheval mort, ce corps de soldat, cette hache de bataille : ça n'avait été qu'une mise en scène habile, comme Darran savait si bien les faire. Les cadavres ne manquaient pas dans cette guerre. Foutre-Kàn, il avait dû lui-même bouffer le visage du gars pour faire croire que les charognards l'avaient rendu méconnaissable. Et ensuite il avait sacrifié son cheval pour survivre. Il devait en avoir un second planqué quelque part, avec bien plus d'or dans ses fontes qu'une simple bourse.

— C'est pas l'prince qu'est devenu fou, petit, j'ai répondu. C'est toi.

Je l'ai détaillé des pieds à la tête. La vérité, c'est qu'il était dans un sale état ; ouais, à moitié crevé qu'il était. Une flèche était fichée dans sa jambe et il avait une sacrée putain de plaie à l'épaule. Son manteau d'hiver était troué à cet endroit et quelque chose avait bouffé la peau et la chair en dessous. C'était rouge, boursoufflé, à vif. Et c'était pas dans un combat avec les six soldats du fourgon qu'il s'était fait ça : cette foutue blessure ne ressemblait à rien qu'un homme aurait écopé d'une lance ou d'une hache. J'voyais pas comment il s'était fait ça. En tout cas, c'était un vrai miracle qu'il tienne encore debout.

— J'vais pas t'combattre, Darran. J'vais te laisser partir.

Seul le vent m'a répondu. Et le torrent. Ceux-là, ils ont gueulé, ça oui, bien assez fort pour que les gars ne puissent pas nous entendre de là-haut.

— J'vais faire ça en souvenir du soldat qu't'as été.

J'ai revu ce gamin de seize ans qu'on m'avait confié, qui m'écoutait toujours sans parler, mais qui déchiffrait tout, qui apprenait tout, et qui me regardait comme si j'étais un dieu pour lui. Entre ce gamin et moi, les mots, c'était pas utile, on s'était toujours compris sans. C'était comme une évidence entre nous, tout passait par le regard, l'attitude, le geste. On était transparents l'un pour l'autre. Du moins c'est ce que j'avais cru.

— Mais pour moi, t'es plus un licornier. T'es plus un camarade. T'es même plus un troupier. T'existes plus, c'est comme si je t'avais jamais rencontré.

Il avait des yeux qui me suppliaient. De quoi exactement ? De le croire ? De le soigner ? Ou peut-être de l'achever ?

Osgarat s'arrêta de parler.

— Vous auriez pu le tuer, n'est-ce pas ? fit le conteur d'une voix douce. Vous aviez été son maître d'armes, aucune de ses ruses ne pouvait vous surprendre. Darran était peut-être une machine à tuer, mais vous aviez l'expérience, vous étiez indemne et vous auriez pu le battre. Même Darran Dahl n'aurait pas pu vaincre le guerrier formidable que vous étiez.

— Le vaincre ? Vous comprenez pas, conteur : Darran se s'rait jamais battu contre moi. Il se s'rait pas défendu si j'avais frappé. Il aurait même pas essayé d'éviter le coup : il aurait tendu le cou. Mais j'ai pas pu faire ça. J'ai pas pu… Je l'ai laissé où il était. Je suis resté un bon moment, à le regarder dans la tempête… J'ai pas pu, vous comprenez ?

J'me suis jamais pardonné d'avoir désobéi au roi, mais ce jour-là, j'ai appris qu'il y avait des limites à ce que peut faire un homme pour un autre homme. Et que j'avais trouvé la mienne.

J'ai remonté lentement la ravine. Chaque pas que je faisais, c'était comme un clou que j'enfonçais dans mon propre cœur. J'ai pas pleuré souvent dans ma vie, conteur, mais quand je suis arrivé en haut, j'y voyais plus rien, tellement j'avais de larmes.

Les autres ont fait semblant d'rien voir.

Après ça, j'ai ramené à Sa Majesté l'or qu'on avait trouvé dans les fontes du cheval, la tête du cadavre, et je lui ai juré que moi et mes hommes, on avait retrouvé Darran mort dans un ravin.

— Son visage n'est pas reconnaissable, Osgarat.

Le prince avait toujours son vêtement de kerr à capuche.

— Je sais, Vot'Majesté. Mais… les hommes et moi, on l'a trouvé comme ça. J'vous ai pas ramené de preuve identifiable, alors vous pouvez m'trancher la tête, Vot'Majesté, elle est à vous.

Il ne me l'a pas tranchée. Non : il a prié en silence, il a pris l'or et il ne m'a plus jamais reparlé de Darran.

En fait, il ne m'a plus *jamais* reparlé.

Le lendemain, il a tué de ses propres mains le dernier des dragons, il a remporté sa dernière victoire sur la Princesse Sanglante et il est devenu roi.

Chapitre 11

Dans les couloirs de Frankand, la fuite de Maura se poursuivit à un rythme effréné. Elle se souvenait d'avoir vécu quelque chose d'important. Une émotion, une rencontre. Des retrouvailles, peut-être. Mais avec qui ? Ce souvenir s'était estompé presque entièrement dans sa mémoire.

D'autres rats accaparaient maintenant toute son attention. Ils se comportaient désormais avec elle comme si elle était des leurs. Mieux : comme si elle était une femelle dominante. Elle avait donc pris leur tête dans leur exploration des gouttières, des conduites abandonnées et des chemins qui passaient par l'extérieur. Elle découvrait tout cela avec curiosité et mémorisait les lieux dans toutes leurs dimensions et leurs odeurs. C'était un bon endroit : de la nourriture, des cachettes, et il faisait moins froid que dehors.

Elle pourrait y mener une vie de rate, craintive et excitante, s'accoupler avec les mâles du clan et faire plusieurs portées. Elle était encore parfois traversée de pensées parasites, et l'une d'elles était très vague et très étrange : c'était la pensée qu'elle avait été *autre chose* avant. Cette pensée la dérangeait et, à la fois, l'intriguait.

Mais elle disparaissait peu à peu.

Perchée avec les autres sur une corniche de pierre, au-dessus d'une grille de métal, elle léchait le ventre d'une femelle et la femelle lui léchait le dos quand les rats entendirent s'approcher les animaux bruyants qui vivaient sur leur territoire. Ils dressèrent l'oreille puis reprirent leur toilette.

Mais pas elle. Elle continua d'écouter les bruits de ces grands animaux entre eux.

La voix de l'un d'eux lui était familière.

Et soudain, un mot émergea des méandres de son esprit animal, comme une bulle qui remonte d'une eau boueuse, et il s'imposa à elle comme une évidence.

« D'Arterac. »

Elle poussa un couinement, mi-animal, mi-humain, qui fit fuir la femelle perchée sur elle. D'un bond, elle sauta du promontoire, courut à la verticale sur le mur et rattrapa le groupe d'animaux d'où venait le son étrange.

— La Grande Tour de Frankand, disait d'Arterac. Je me demandais où elle se trouvait, il y en a tellement, des tours, ici. On prétend que celle-ci ne change jamais de place même lors des transformations de la forteresse.

— Vos témoins ne se trouvent pas dans cette tour, répondit une autre voix, sourde et métallique.

— N'est-elle pas celle que l'on appelait autrefois « la Grande Tour Royale » ?

Ils s'étaient arrêtés devant une porte en bois.

— Un rat ! fit l'un des soldats. Sale bête.

Un rat ? pensa Maura, en se glissant de l'autre côté par en dessous et en retrouvant les odeurs familières de son propre cachot.

Je suis un rat.

Puis elle ne pensa plus rien, car son corps était devenu une glaise de chair en souffrance, se transformait, s'allongeait, s'étirait, se gonflait douloureusement et se faisait abominablement lourd.

Son esprit fut bientôt une explosion de sensations et de souvenirs, d'idées, de mots, d'images innombrables. Comme si les portes s'étaient rouvertes d'un seul coup sur l'intégralité de sa mémoire et que sa tête devait absorber en un instant toute une vie d'humaine.

Elle était roulée en boule au milieu de sa cellule, le visage en larmes et le souffle court, ses mains et ses joues égratignées sur la pierre. Ses poumons gigantesques aspirèrent une goulée d'air qui fit craquer ses côtes et lui gonfla le ventre.

Nue, Maura était nue.

Et glacée.

Alors elle se souvint de sa situation : les tunnels, la forteresse qui changeait de place, l'écrasement entre les blocs de pierre et… sa transformation en rat.

Darran ! Elle avait vu Darran !

Et Owain, et les autres ! Et les couloirs, les escaliers, les salles de garde ! Tout le plan de la forteresse était gravé dans sa mémoire, comme il l'avait été dans la mémoire du rat.

Combien de temps était-elle restée animale ? Des heures ? Par quel miracle avait-elle pu redevenir humaine ? Avait-on remarqué son absence ?

Derrière la porte, le bruit de la première barre de sûreté qu'on relevait la frappa soudain comme une évidence. Dans quelques secondes, les Dragons seraient dans cette pièce. Et s'ils la voyaient libérée de ses entraves, alors aucune Église, aucun décret, aucune légende à écrire ne pourrait plus sauver sa tête. Ni celle de Darran ou des autres.

— Mais vous, insista le conteur derrière la porte, tandis que l'un des Dragons s'attaquait à la seconde barre de sûreté, vous, vous savez à quoi elle ressemble, cette Grande Tour ?

— Messire, s'agaça le Dragon qui lâcha la barre, je ne suis pas autorisé à parler de Frankand à une personne extérieure à la garnison.

— C'est évident, évident… cependant, c'est un peu comme si je faisais partie de la garnison. Vous ne croyez pas ?

— Non, messire, avec tout le respect que je vous dois.

Sans le savoir, d'Arterac donnait à Maura un peu de temps supplémentaire. Ses yeux d'humaine ne voyaient pratiquement plus rien dans cette obscurité, mais la lueur d'une bougie, à travers l'interstice sous la porte, éclaboussait le sol d'or et de rouge. Les pierres qu'elle avait descellées et le trou d'aération où elle s'était glissée étaient nettement visibles : le conteur et les Dragons ne pouvaient manquer de les remarquer. Elle s'y précipita, poussa les plus gros moellons dans leur logement, puis saisit son seau d'aisance et le plaça de manière à dissimuler le tout du mieux possible.

— Je posais juste la question, fit encore le conteur, car aucune tour ne dépasse de Frankand et aucune n'est particulièrement « grande ». C'est étrange tout de même, ce nom.

— La tour est grande par sa largeur et non par sa hauteur, répondit le Dragon. Et maintenant, si vous souhaitez en savoir plus, adressez-vous directement au commandant Osgarat.

La dernière barre de sûreté racla contre le bois de la porte.

Maura bondit jusqu'à son banc, essuya l'une contre l'autre ses mains pleines de poussière et les enfila dans sa planche à trous.

Grantë, où es-tu quand j'ai besoin de toi ?

Mais elle connaissait la réponse : il était sur les plaines de Frankand, occupé à réduire en cendres les armées du roi…

Chapitre 12

Le battant de la porte pivota soudain, frottant contre le sol. La petite flamme d'un bougeoir inonda de lumière les murs de pierre, faisant cligner Maura des yeux.

— Bonjour bonjour ! fit le conteur d'un ton joyeux en entrant. Enfin réveillée ? Bon sang, quel vent, dehors – sa veste de cuir avait cédé la place à un chaud manteau d'hiver où s'accrochaient encore des flocons de neige. Figurez-vous que depuis le dernier grand chamboulement de la forteresse, on ne peut venir à votre cellule qu'en passant par l'extérieur… Ah, vraiment, avec ce froid abominable, on est mieux à l'intérieur.

Il s'interrompit, se souvint qu'il était dans une prison et nuança en guise d'excuse :

— Simple façon de parler, bien sûr.

Le vieil homme secoua son chapeau trempé, poussa un soupir de satisfaction en s'asseyant sur son tabouret pliant et déposa sa sacoche sur le bureau en bois. Il se mit à fredonner gaiement l'air d'une ritournelle à la mode. Au fond de son regard dansait une petite lueur joyeuse, qui faisait presque oublier les rides profondes de son visage.

— Bonjour, conteur, fit Maura dans un bâillement. Qu'est-ce qui vous est arrivé ? Une bonne nouvelle ? Vous êtes aussi gai qu'une poule qui a pondu un œuf.

D'Arterac éclata de rire et déplia ses vieilles jambes.

— Ma chère Maura ! Imaginez que…

Il s'interrompit soudain au moment où il se tourna enfin vers elle et écarquilla les yeux de surprise.

Je suis entièrement nue, se souvint-elle.

Ses vêtements devaient reposer quelque part, en lambeaux, déchiquetés dans les conduits de la forteresse.

— Je…

Elle improvisa.

— Ouais… Je suis toute nue ! Ouais ! Vous me laissez crever de froid !

D'Arterac détourna le regard pour ne pas embarrasser Maura et interrogea les deux Dragons derrière lui :

— Pourquoi cette jeune fille a-t-elle subi cette humiliation ? Vous rendez-vous compte du froid qu'il fait ? Voulez-vous vraiment que mes témoins attrapent la mort et que j'en avertisse Sa Majesté ?

L'un des Dragons répondit d'une voix hésitante :

— Je… je ne comprends pas, seigneur… Cela ne fait pas partie de…

— Une domestique est passée ce matin, le coupa Maura. On m'a complètement dépouillée de mes vêtements, soi-disant pour lutter contre la vermine. On m'a promis qu'on m'en apporterait de nouveaux tout de suite, et puis… rien du tout ! Ça fait une heure que j'attends !

Quelque chose de lourd et de chaud tomba sur ses épaules, la recouvrant jusqu'aux cuisses. C'était le manteau de fourrure de d'Arterac, dont le vieil homme venait de se séparer sans hésiter malgré le froid qui régnait dans la pièce.

— Qui est passé ce matin, exactement ? demanda l'un des deux Dragons, suspicieux.

Les deux soldats continuaient de fixer leurs regards sur elle. Sa planche à trous abîmée était cachée par le manteau du conteur. Personne, pour l'instant, ne semblait avoir remarqué les gravillons et les petits éclats de mortier au fond du cachot, ni le seau d'aisance qui masquait à peine le trou mal rebouché dans le mur.

Maura saisit cette chance :

— Tournez-vous, sales pervers ! Ah, elle est belle, la troupe d'élite du Roi Lumière !

Elle avait touché juste. Les Dragons avaient sans doute reçu l'ordre de bien traiter les témoins de d'Arterac : ils reculèrent donc et détournèrent le regard. Les questions viendraient plus tard, sans doute, mais Maura avait déjà gagné un répit.

— Je suis vraiment navré, fit d'Arterac, c'est tout à fait inadmissible. Croyez bien que je n'y suis pour rien.

Il se tourna de nouveau vers les Dragons :

— Et vous ! Appelez donc quelqu'un ! Il nous faut des vêtements de femme, vite !

Il secoua la tête d'un air navré.

— Voulez-vous que je vous fasse apporter une boisson chaude ? Vous avez l'air frigorifiée.

Maura n'avait pas eu le temps d'avoir froid, mais elle faisait semblant de grelotter.

— Merci pour le manteau, grommela-t-elle.

Le vieil homme, plein d'attentions, se pencha pour en nouer les cordons autour de son cou, afin qu'il ne glisse pas.

— Alors ? demanda-t-elle. Qu'est-ce qui vous rendait si joyeux ? Vous ne l'avez toujours pas dit.

Il eut un petit rire et se rassit à sa table, un sourire aux lèvres.

— Imaginez que vous aimiez une personne profondément. Imaginez que vous pensiez ne plus jamais la revoir. Et maintenant, imaginez que vous ayez soudain l'espoir de tenir cette personne de nouveau entre vos bras ! Ne seriez-vous pas joyeuse, vous aussi, ma chère Maura ?

Maura eut un coup au cœur. Une personne qu'elle avait *pensé ne plus jamais revoir* ? Darran n'était pas mort. Est-ce que d'Arterac le savait ? Et est-ce qu'il savait qu'il était ici, à Frankand ? Mais elle comprit, en voyant le vieil homme si heureux, qu'il avait en tête une tout autre personne.

— Je ne sais pas de qui vous parlez, conteur, répondit-elle. Mais je vous souhaite de revoir très vite cette personne que vous aimez.

Le vieil homme sourit puis trempa sa plume dans l'encrier, avant de lever vers elle un regard où se reflétait une pointe de curiosité.

— Bon ! Vous voilà enfin réveillée. Vous m'aviez promis bien des histoires, la dernière fois que nous nous sommes parlé : comment vous avez revu votre mère, comment vous avez vaincu trois armées, et comment vous avez vu naître un dieu.

— J'ai dit ça, moi ?

Il fallait qu'elle se méfie du conteur, il avait le don de lui faire cracher un peu trop de secrets. Elle soupira et se gratta la tête du coude, essayant de remettre de l'ordre dans ses pensées.

— J'en étais où, déjà ?

— Vous aviez retrouvé les femmes de Kenmare à la Foire aux épouses de Kiell-la-Rouge. Vous m'avez raconté le mortel banquet du vice-roi, puis l'attaque de la citadelle par les panthères de la princesse Véra, surnommée « la dame-aux-cent-visages ».

— Ah oui, je m'étais arrêtée quand Darran avait été sauvé par cet homme mindaran du nom de « Soigneur ».

— Vous aviez refusé de vous enfuir avec la dame par le souterrain, croyant retrouver Darran aux remparts... Hélas, ce n'était pas Darran, mais Erremon qui défendait la muraille à lui tout seul une hache à la main. Erremon le milicien, répéta le conteur, songeur. J'ai hâte d'entendre comment il s'est sorti de cette mauvaise posture…

Maura devint blanche comme un linge.

Erremon est mort à Kiell, pensa-t-elle. *Et Darran se fait passer pour lui, ici, dans cette forteresse.*

— Vous… Vous ne lisez pas dans les pensées, n'est-ce pas, conteur ?

Celui-ci grimaça de douleur et tourna vers lui la paume de sa main gauche, couverte d'écorchures, avant de jeter un coup d'œil suspicieux à Maura.

— Vous me cachez quelque chose, n'est-ce pas ?

Elle éluda la question :

— J'ai dormi combien de temps ?

— Presque une journée entière. Je suis venu vous voir ce matin, mais votre sommeil était si profond que je n'ai pas eu le cœur à vous réveiller. Vous deviez être épuisée.

Cela faisait des jours que je ne pouvais pas dormir parce que je devais maintenir Grantë en vie par magie…, répondit-elle dans le secret de ses pensées.

— Remuer les souvenirs, c'est éprouvant.

Le conteur acquiesça de la tête et étala ses notes devant lui.

— J'ai vu certains de mes témoins tomber littéralement d'épuisement sous mes yeux, quand l'émotion était trop forte. Sa Majesté elle-même autrefois, au moment de me relater son affrontement avec le dernier des dragons, tremblait tellement qu'elle était à peine cohérente dans ses propos.

— Je ne suis pas du genre à tomber dans les pommes, le coupa Maura. Mais mon histoire arrive à un point où… ça va être douloureux pour moi.

— Vous avez perdu un ami, peut-être ?

Maura se pencha en avant et, dans sa tête, les souvenirs remontèrent lentement à la surface. L'air de la pièce lui parut soudain plus froid et la pénombre plus épaisse.

— J'ai rencontré un monstre.

— Un monstre ? À Kiell-la-Rouge ? Quel genre d'animal ?

— Le plus immonde que vous puissiez imaginer. Aussi froid que la mort, aussi dangereux que la peste. Le genre de monstre qui devrait faire trembler les enfants dans leur lit, quand la nuit tombe, et contre lesquels leurs parents devraient les mettre en garde.

— Je… J'ignorais que de telles créatures foulaient le sol de notre royaume. À quoi ressemblait-il ?

— Grand, brun, diaboliquement intelligent. Et beau comme un dieu.

Le conteur leva un sourcil, surpris.

— C'était Bragal, le frère d'Alendro, poursuivit Maura. Vous vous souvenez ? Il m'a capturée dans la citadelle en flammes, au moment où j'essayais de rejoindre le souterrain pour rattraper Darran et les autres.

— Ah oui… C'était un sorcier, n'est-ce pas ? Dans la salle du banquet, il avait prédit l'avenir de plusieurs convives. Ressemblait-il à son frère Alendro ?

Maura eut un rire amer.

— À peu près autant qu'une vipère ressemble à une mésange. Il avait les mêmes yeux noirs qu'Alendro et le même adorable accent chantant du royaume de Veronao, mais pour le reste, on ne peut pas imaginer deux frères plus différents. Alendro était doux comme une laine d'agnelet, il n'aurait pas fait de mal à une mouche. Bragal était aussi froid et mortel que l'acier. Je crois que personne ne m'a jamais…

Elle hésita, retint sa respiration comme une personne qui s'apprête à plonger dans une eau glacée, et acheva finalement sa phrase :

— … personne ne m'a jamais inspiré autant de terreur que cet homme.

Chapitre 13

Le feu avait pris simultanément dans plusieurs quartiers de Kiell-la-Rouge : partout, en fait, où les panthères avaient envoyé leurs maudits projectiles enflammés avec les catapultes de la citadelle. C'était la fin de l'été, il n'y avait pas eu une goutte de pluie depuis des semaines et la plupart des bâtiments étaient en bois – ce fameux chêne rouge qui avait donné son nom à la cité. Le temps que les gens soient réveillés par les hurlements et la fumée, l'incendie était déjà devenu incontrôlable. Il a progressé vers le fleuve à une vitesse inouïe. Des témoins prétendent que des démons à l'apparence de chevaux de feu galopaient de toit en toit en hennissant. Ou encore que, sous l'effet de la chaleur, les palais des grandes familles ont volé en éclats dans un vacarme de tonnerre, faisant trembler le sol à des lieues à la ronde. Des foules immenses se sont massées aux abords des ponts, et des milliers de gens ont été piétinés, jetés à l'eau ou piégés dans les flammes. L'incendie a duré trois jours entiers et il a tout dévoré, il a été si violent que le fer des chaînes de la citadelle a fondu, ainsi que le verre des fenêtres des temples. Et il a été si intense qu'il n'a laissé presque aucune trace des morts : même les os ont été réduits en poussière par le feu et les décombres.

Mais Bragal, lui, n'était pas du genre à mourir avec le reste de la ville. S'il avait émis le souhait de franchir une montagne, je pense qu'elle se serait aplatie toute seule devant lui juste pour son bon plaisir. Des choses qui auraient terrifié n'importe quel autre homme lui arrachaient à peine un sourire. Le plus grand incendie que les deux royaumes avaient connu depuis des siècles ne pouvait pas grand-chose contre cet homme.

— Il maîtrisait une magie du feu, c'est cela ? l'interrompit le conteur.

— Non, répondit Maura. Il connaissait l'existence du passage secret.

Peu de gens pouvaient en dire autant. En tout cas, aucun des soldats qui sont entrés dans la citadelle en enfonçant la grande porte. Mais Bragal savait tout, lui : il avait été le maître-espion du seigneur de Kiell pendant des années, et la citadelle n'avait aucun secret pour lui. Alors bien sûr, quand elle est devenue un brasier infernal, il a très vite su comment prendre la fuite : la seule issue était celle que la princesse Véra et ses panthères venaient d'emprunter.

Des centaines de soldats, après avoir enfoncé les portes au bélier, ont cherché le vice-roi à travers toute la citadelle pour le sauver. Ils n'ont sans doute pas tout de suite vu son cadavre dans la cour avec le carreau d'arbalète que je lui avais tiré en pleine poitrine. Ils ont tous péri brûlés, je suppose.

Bragal, lui, n'a même pas essayé de retrouver son maître. Quand il m'a croisée dans l'escalier de la tour, il a ordonné à deux hommes de me nouer les mains dans le dos et de le suivre. Il a simplement dit « par ici », et les deux soldats ont oublié leurs ordres et leurs capitaines pour se mettre à son service.

Quant à moi, j'étais complètement abasourdie à l'idée que Darran était parti sans moi par le souterrain et m'avait laissée toute seule dans la forteresse en flammes. C'est pour ça, je crois, que je me suis laissé faire sans réagir.

Abandonnée, il m'a abandonnée, voilà tout ce que j'étais capable de penser.

On a descendu les escaliers de la tour carrée. L'air tourbillonnait sous l'effet de la chaleur, déjà chargé de cendres.

— Descendez encore ! Descendez ! criait Bragal.

On a déboulé au rez-de-chaussée de la tour puis dans une petite salle voûtée. Les murs étaient couverts d'étagères remplies de bouteilles et de fûts.

Bragal a sorti un sac en cuir caché dans un creux entre deux tonneaux, sans doute préparé et caché ici pour les cas d'urgence. Puis, par une série de gestes rapides, il a actionné un mécanisme dissimulé dans le mur. Un passage sombre s'est ouvert, qui s'enfonçait sous la terre.

— Suivez-moi !

Les deux soldats ont jeté un regard en arrière et l'un d'eux a murmuré, penaud :

— On ne prévient pas les autres ?

Pendant qu'ils attendaient une réponse, Bragal a sorti de son sac une petite lanterne qu'il a soigneusement remplie d'huile puis allumée avec un briquet d'amadou. Et puis, il a fini par dire :

— Ce ne sera pas nécessaire.

Les deux hommes, la mort dans l'âme, l'ont suivi sans mot dire. On s'est retrouvés dans un escalier de pierre, humide et voûté, si bas de plafond que j'étais la seule à pouvoir entrer sans avoir à pencher la tête. L'air sentait le rat crevé, mais après la fumée irrespirable, je l'ai aspiré avec délice. D'ailleurs pendant un moment, on n'a rien fait d'autre que reprendre notre souffle, les yeux remplis de larmes et la gorge brûlante. Grand Kàn, ce qu'il faisait frais, ici, comparé au dehors ! C'était le paradis.

Bragal a bloqué la dalle de pierre derrière nous. Dans l'escalier obscur, nos ombres tremblaient sur les murs à la lueur de sa lanterne.

— Messires, auriez-vous l'extrême amabilité de bâillonner notre prisonnière, à présent, je vous prie ?

L'un des deux soldats a déchiré un morceau de son propre uniforme pour en faire un bâillon et ils m'ont empoignée par les épaules. J'ai tiré sur mes liens comme j'ai pu, j'ai crié, j'ai mordu, j'ai donné des coups de pied. L'un des deux s'est cogné contre le mur en essayant de me maîtriser, il m'a traitée de putain et m'a frappée du poing au visage. Une giclée d'étoiles a traversé mon champ de vision et la douleur a fait comme une boule sur ma joue qui a grossi et irradié dans tout mon crâne.

Bragal est devenu blanc comme un linge et il s'est jeté sur le soldat. L'autre a reculé d'un pas, instinctivement. Il s'attendait à une gifle, peut-être, ou à une réprimande. Mais au lieu de ça, Bragal a refermé sa main sur son poignet et l'a fixé d'un regard plein de rage. Et puis, il a dit en détachant bien chaque mot :

— Vous ne frapperez plus jamais Maura de Kenmare, pourceau brutal et sans cervelle… Répétez après moi.

— Je… Je ne frapperai plus jamais Maura de Kenmare.

Un demi-sourire glacial s'est dessiné sur le visage de Bragal.

— … car vous ne méritez pas de vivre plus longtemps.

Le soldat a brutalement changé d'expression. Son visage s'est décomposé, des larmes ont coulé sur ses joues, et ses lèvres se sont mises à trembler.

— Vous avez raison. Je… Je ne mérite pas de vivre plus longtemps.

— Excellent. Dans ce cas, agissez, au lieu de geindre comme un âne.

Le soldat a penché la tête. De sa main libre, il a empoigné le manche de son poignard à sa ceinture, et, tout en sanglotant comme un enfant, il a contemplé la pointe du regard.

— Allez ! a fait Bragal d'une voix ferme.

Les yeux écarquillés, comme hypnotisé, cet homme s'est enfoncé lui-même un empan d'acier dans le ventre. Avec un cri de douleur, il est tombé à genoux dans l'escalier en répétant d'une voix de plus en plus faible, la bouche en sang : « Je ne mérite pas de vivre plus longtemps, je ne mérite pas de vivre plus longtemps… » Alors Bragal lui a enfin lâché la main et s'est tourné vers l'autre soldat, qui le dévisageait la bouche ouverte avec une expression ahurie.

— Je croyais vous avoir sollicité pour bâillonner notre prisonnière, jeune homme. Serait-ce trop vous demander que de faire diligence ?

Tout… Tout de suite, seigneur.

J'étais tellement horrifiée par ce que je venais de voir que je ne me suis même pas défendue, cette fois. Pourtant ça aurait été facile : comme si j'avais été en porcelaine, le soldat a pris mille précautions pour ne pas me faire le moindre mal quand il a enfoncé un chiffon dans ma bouche.

— Navré de ce petit désagrément, ma chère amie, m'a dit Bragal, mais la princesse Véra se trouve quelque part devant nous, accompagnée de ses féroces panthères et de vos compagnons de Kenmare. Il serait fâcheux que vous tentiez d'attirer leur attention si jamais nous venions à croiser leur route.

Je l'ai copieusement insulté dans mon bâillon, mais le soldat avait bien fait son travail et j'ai été incapable de proférer le moindre son, à part quelques gémissements étouffés.

— J'espère que cette brute ne vous a pas fait trop mal, a-t-il dit en inspectant l'ecchymose qui commençait à gonfler sur ma joue. Je m'en veux terriblement.

J'ai coulé un regard vers le cadavre du soldat avec son poignard dans le ventre. Un tas de chair ensanglanté sur les marches, qui ne bougeait plus. Et de voir cet homme dans cet état-là, ça lui faisait quoi ?

— Bien bien bien. Ne nous attardons pas ici. La citadelle ne demande qu'à s'effondrer au-dessus de nos têtes comme un château de cartes. Avançons. Et vous, soldat, je vous saurais gré de ne pas faire de bruit excessif, tant que la dame-aux-cent-visages et ses gardiennes sont dans notre environnement immédiat.

Le soldat a acquiescé en silence. Je crois qu'il ne tenait pas vraiment à se faire couper les couilles et pendre par les pieds par les panthères. La clémence n'était pas le point fort de ces filles, à ce que j'avais pu en juger.

Darran, je suis derrière toi. Attends-moi, je t'en supplie.

Chapitre 14

Bragal a rabattu les vantaux de la lanterne au maximum et l'a confiée au soldat. On a enjambé le cadavre et descendu une volée de marches qui débouchaient sur un tunnel au sol boueux. On aurait dit les boyaux puants d'une gigantesque baleine assoupie, qui nous aurait avalés vivants. La terre avait été foulée récemment par de nombreux pieds et bottes, certaines filles de la foire s'étaient débarrassées de chaussures de luxe trop serrées, de châles clinquants et autres accessoires futiles qui les gênaient dans leur fuite. Un chapeau à plumes et à rubans gisait aussi au milieu du chemin, tellement massacré à coups de pied que je me suis demandé si la femme qui le portait n'avait pas passé sa rage dessus.

— Bien bien bien, a répété Bragal en marchant sur les plumes répandues au sol. Avançons, *damasella*, voulez-vous ?

La température montait. La fumée commençait à s'infiltrer un peu dans le tunnel, par je ne sais quels interstices entre les jointures des pierres. J'imaginais l'enfer au-dessus de nous et j'ai maudit Véra, Dounia et les autres panthères pour avoir condamné à mort des milliers de gens qui n'avaient rien demandé à personne. J'ai essayé de tirer discrètement sur mes liens, mais ils étaient solides. Impossible d'utiliser ma magie de mindaran : elle nécessitait l'usage des mains et Bragal le savait bien.

Après un tournant, on est tombés sur l'une des femmes de la foire allongée par terre. Elle avait le visage tuméfié et tout son corps était brisé comme si elle avait été piétinée par une foule. Elle a ouvert un œil vitreux quand on l'a enjambée, elle avait la respiration haletante des malheureux qui sont sur le point de mourir.

De petits éclats de mortier sont soudain tombés du plafond et j'ai senti d'instinct que tout allait s'écrouler. J'ai échappé à la poigne du soldat et j'ai couru droit devant moi, par réflexe. La terre a poussé un grondement, le sol s'est dérobé sous mes pas et la voûte de pierre a crevé, libérant un flot de moellons. Un souffle d'air chaud, chargé de débris, m'a couchée dans la boue. La lanterne s'est éteinte et l'obscurité m'a engloutie en une seconde.

Après, ça a été le silence.

La poussière m'a fait tousser. J'avais des fragments de pierre dans le nez, mais je n'étais pas blessée. Un vrai miracle…

— Mmh ! j'ai crié dans mon bâillon.

Personne n'a répondu. Est-ce qu'ils étaient morts tous les deux ? L'angoisse m'a noué les tripes quand j'ai réalisé que j'étais enfermée à quarante pas sous terre, dans l'obscurité la plus totale et les mains attachées. Comment me libérer ? Comment faire de la lumière ? Un briquet ! Bragal avait un briquet dans son sac pour allumer la lanterne. Il fallait d'abord que je tâte autour de moi pour retrouver son cadav…

— Bien bien bien, a fait sa voix de velours dans le noir, à peine un peu essoufflée.

« Tchac, tchac », j'ai entendu le frottement de la pierre à briquet et des étincelles ont illuminé le visage de mon geôlier, concentré sur sa tâche.

Il avait survécu.

Et quand il a levé bien haut la petite flammèche de l'amadou, j'ai vu l'étendue des dégâts : le tunnel était totalement obstrué derrière nous, des blocs de pierre avaient roulé presque jusqu'à nos pieds.

— Remarquable prescience animale que vous avez eue, ma chère. Vous nous avez sauvé la vie à tous les deux.

Du soldat, il ne restait qu'une main aux doigts brisés qui émergeait d'un amas de moellons, encore crispée sur la lanterne, miraculeusement intacte.

— Paix à votre âme, mon ami, a fait Bragal. Mais merci d'avoir sauvé notre lumière.

Bragal l'a arrachée des doigts du mort et a entrepris de la rallumer.

— Il semblerait que nous soyons désormais seuls au monde, chère Maura. N'est-ce pas romantique ?

J'ai d'abord cru qu'il plaisantait, mais quand je l'ai vu nettoyer son visage avec un mouchoir, puis sortir de son sac un miroir et un peigne pour se recoiffer, j'ai compris qu'il était sérieux. J'allais bientôt apprendre que Bragal plaisantait rarement.

— Inutile de nous cacher longtemps la vérité, a-t-il dit en rangeant son miroir et son peigne, nous sommes faits l'un pour l'autre, vous et moi.

J'ai dû produire un son étrange dans mon bâillon, un mélange entre le hoquet et l'éclat de rire. Est-ce qu'il était complètement fou ?

— Je sais que vous me trouvez beau, a-t-il dit soudain.

Ce n'était pas une question, c'était un constat. Et le pire, c'est qu'il avait raison. Il avait quelques années de plus que moi : vingt-quatre ou vingt-cinq ans, peut-être. C'était un bel homme aux traits fins, aux gestes élégants, avec les mêmes cheveux et les mêmes yeux d'un noir profond que j'aimais chez Alendro. Il était beau comme un palais aux symétries parfaites, comme un diamant taillé aux facettes tranchantes. Alendro, lui, était beau comme un chat sauvage.

— En route, ne traînons pas dans ce tunnel.

Après quelques pas, le chemin est arrivé à un embranchement et Bragal s'est engagé sans hésiter sur le plus étroit. Les parois ont été si rapprochées que nous devions avancer collés l'un contre l'autre. J'ai cherché par terre des traces des panthères, mais il n'y en avait plus. Elles avaient dû emprunter l'autre voie.

— Vous me résisterez peut-être un temps. Je reconnais que mon système de valeurs n'est guère conventionnel. Mais tôt ou tard, vous admettrez l'évidence. Vous êtes mon âme sœur.

Il m'a regardée de haut en bas, couverte de boue, le visage en sang. Mais ce n'était pas le regard d'un marchand d'esclaves sur sa prise, ni même celui d'un homme sur une femme qu'il désire : je crois que c'était le regard d'un homme en train d'imaginer sa fiancée devant l'autel, dans une robe de mariée. Soudain, il m'a touché le poignet avec la main. J'ai retiré mon bras comme s'il m'avait brûlée.

— Je peux lire les pensées des gens quand je les touche.

Lire les pensées ? Une bouffée de panique m'a saisie. Comment ? Combien ? *Toutes* les pensées ? Il m'a regardée avec une intensité qui avait de quoi faire vraiment peur.

— J'ai lu les esprits de milliers d'hommes et de femmes, chère Maura. Des milliers de vies sans le moindre intérêt, remplies de peurs stupides et de petites joies pathétiques. Bienheureuse Maura ! Vous qui n'avez pas ce pouvoir en vous, vous ignorez l'insondable médiocrité de ceux qui nous entourent. Et je ne vous parle pas seulement des malheureux qui ont passé leur existence dans la misère. Je vous parle aussi des bourgeois, des marquis et des rois. De ceux que tout un peuple nourrit de son sang pour qu'ils deviennent une élite !

Il a soupiré et a secoué la tête.

— Mon père, par exemple. Il était prince de Veronao. On le disait brillant et généreux, visionnaire, on lui prêtait du génie... Tant de gens l'admiraient, hommes et femmes. Ils lui sacrifiaient tout ce qu'ils avaient à offrir, par pure dévotion envers lui. Oh, certes, il avait un beau visage et de belles paroles à la bouche... Mais quelle déception, quand j'ai lu ses pensées. Son esprit était entièrement centré sur lui-même, obsédé de pouvoir et d'ambition. Il n'avait même pas la moindre tendresse pour ses propres enfants, Alendro et moi.

Il a baissé la voix. Pendant une seconde, j'ai presque eu de la pitié pour lui. Qu'est-ce que j'aurais lu, moi, dans l'esprit de Darran, si j'avais eu le pouvoir de m'y plonger ? Est-ce qu'il y aurait eu la moindre tendresse pour moi ?

— Un fils ne devrait jamais avoir à lire l'esprit de son père. Ce pouvoir que je porte en moi, c'est une malédiction... Mais aujourd'hui, chère Maura, pour la première fois, je vois enfin cette magie comme un cadeau du dieu-aux-deux-visages.

Il me fixait toujours de ses grands yeux exaltés, courbé sous la voûte basse, son visage bien trop proche du mien à mon goût.

— Car aujourd'hui, je suis entré par hasard dans un esprit qui ne ressemblait à aucun autre. Imaginez une cathédrale de lumière ! Un lieu enchanteur, d'une beauté à couper le souffle, où chaque pensée, chaque souvenir irradie de puissance et de sincérité !

J'ai froncé un sourcil. De quoi parlait-il, avec sa cathédrale ?

Il a éclaté de rire et rejeté la tête en arrière.

— C'est de *votre* esprit que je parle, Maura ! *Vos* pensées ! *Vos* souvenirs !

Moi ??

Oh misère… Au village, j'avais eu droit à « jolie pouliche », « coquelicot fragile », et même « belle carotte à éplucher » (de loin celui qui m'avait fait le plus rire). Mais « cathédrale de lumière », aucun garçon ne me l'avait encore jamais faite, celle-là.

— Votre esprit est un joyau, Maura, un diamant brut ! La pensée des mindarans a toujours quelque chose d'exceptionnel, des esprits créatifs et magnifiques à contempler. Mais vous, vous êtes l'exception parmi les exceptions ! Dans le monde entier, je doute qu'il existe plus d'une poignée de mindarans aussi puissants que vous. Combien de pouvoir avez-vous ?

Un seul : celui des animaux de ma forêt. Pourquoi ? On peut en avoir plusieurs ?

Il a agité les mains en l'air, surexcité. Il semblait avoir complètement oublié la voûte qui pouvait s'écrouler d'un instant à l'autre, les flammes au-dessus de nos têtes et l'air qui devenait de plus en plus irrespirable. Il me regardait, moi, tout en marchant. Et apparemment, j'occupais toute sa pensée.

— Le mindaran ! Un pouvoir qui ne repose que sur vous-même, sur votre nature profonde et sur votre propre force. Il est constant, brillant, il ne ment jamais. Et le vôtre, Maura, est le plus sublime que j'aie jamais contemplé !

Je me suis approchée de lui jusqu'à me trouver à quelques pouces de son visage. J'ai senti son souffle sur mes lèvres, son désir de m'embrasser. C'était le moment idéal.

Viser l'entrejambe, mettre cet homme hors de combat. Lui fracasser la tête quand il serait au sol et récupérer un objet tranchant pour me débarrasser de mes liens. Courir jusqu'à l'autre bout du tunnel pour retrouver mon père et mes compagnons de Kenmare.

Mon plan était simple, il aurait pu marcher.

Mais quand j'ai envoyé mon genou lui aplatir les testicules, je n'ai rencontré que du vide et je me suis étalée lamentablement sur la terre battue.

— Voyons, ma chère. Il est parfaitement vain d'essayer de me résister : je *lis* dans votre esprit.

Il m'a empoignée par le bras pour m'aider à me relever, mais je me suis dégagée rageusement d'un mouvement d'épaule. J'avais de la terre plein les cheveux.

— Si seulement vous possédiez le pouvoir qui est le mien, vous pourriez voir dans mon âme que notre amour est inéluctable. Peu importe, je suis patient et j'atteins toujours mon but.

Vous pourrez attendre jusqu'à ce que vos os tombent en poussière, avant que j'éprouve le moindre sentiment pour vous.

— Vous changerez d'avis, a-t-il dit en posant sa main sur mon épaule.

J'ai sursauté et j'ai secoué mon bras pour échapper à son contact.

Ne pas le toucher, surtout ne pas le toucher.

Et puis, je me suis ravisée. J'ai agrippé sa main dans la mienne en serrant jusqu'à lui faire mal. Et j'ai pensé très fort :

Je vous hais.

Il a sursauté.

Vous avez fait du mal à Darran.

Il est resté un moment sans rien dire. Peut-être qu'il fouillait encore dans ma tête ? Je détestais cette idée.

— Avec moi, vous pouvez cesser de l'appeler « Darran ». Nous savons tous les deux qu'il s'agit de votre père.

Je suis restée sans voix. Pendant un moment, il n'y a pas eu d'autre bruit que nos pas feutrés sur le sol terreux.

— J'ai sondé l'esprit de Darran Dahl, vous savez ? Je peux lire son esprit ; en revanche, c'est un homme que l'on ne peut pas influencer. Un peu comme vous. Certains esprits sont faits ainsi.

Darran trace lui-même sa voie et il s'y tient. Peu importe les obstacles sur son chemin.

— Par le passé, a répondu Bragal, cet homme a dû être trahi ou profondément déçu par quelqu'un qu'il aimait. Aujourd'hui, l'opinion des autres lui est totalement indifférente, sauf pour de très rares personnes – dont vous faites partie, assurément.

J'ai crié dans mon bâillon et, à ma grande surprise, il l'a ôté pour moi. Il devait juger que les panthères étaient déjà loin, maintenant.

— J'en fais vraiment partie ? Mon opinion compte pour Darran ?

Malgré moi, j'ai senti mon cœur battre un peu plus fort dans ma poitrine. Mon père était un tel mystère, un tel silence.

— Bien sûr.

Pourquoi m'a-t-il abandonnée ? Est-ce qu'il pense à moi ? Est-ce qu'il m'aime ?

J'ai lâché la main de Bragal.

— Ne me dites rien, je ne veux pas le savoir ! j'ai crié. Je ne veux pas qu'on me rapporte ses pensées comme une voleuse. Je ne veux pas le trahir.

— Ne voulez-vous pas connaître les sentiments qu'il éprouve pour vous ? Ne voulez-vous pas savoir la raison qui l'a poussé à reprendre les armes et à poursuivre les voleurs de femmes jusqu'à l'autre bout du royaume ? Alors qu'il avait passé ces dernières années à se morfondre dans l'alcool ?

Si ! Si ! Si ! Dites-moi tout ! Par pitié, dites-le-moi !

— Non. Je ne veux pas.

L'air se faisait de plus en plus moite, jusqu'à être saturé de vapeur. Nos vêtements étaient maintenant trempés et nous collaient à la peau. Bragal a hoché la tête et un étrange sourire a flotté sur ses lèvres.

— D'habitude, les gens me supplient de lire dans la tête des autres. Presque tous n'ont que cette question en tête : *« Suis-je aimé ? »* Mais vous, Maura, je vous offre les secrets du cœur de votre père et vous n'en voulez pas ?

Évidemment que si !

— Pas de cette manière. Et si jamais vous m'en dites un seul mot, vous savez que je vous haïrai jusqu'à la fin de mes jours pour cela. Vous le savez, puisque vous lisez mes pensées.

— Bien bien bien.

Il a soupiré, apparemment un peu déçu.

Il y a encore eu plusieurs autres embranchements puis le tunnel a débouché sur une porte en bois. Bragal a essayé de l'ouvrir, mais elle est restée coincée. Il s'est agrippé à la poignée et a tiré de toutes ses forces.

— Au fait, j'ai deux nouvelles à vous annoncer, mon amour, a-t-il fait tout en peinant sous l'effort.

Je lui ai jeté un regard glacial. Je lui aurais collé ma main sur la joue si je n'avais pas été attachée. De quel droit m'appelait-il ainsi ?

— La première nouvelle, c'est que j'ai retrouvé votre mère adoptive, Onagh. Elle a hâte de vous revoir.

Je suis restée un moment la bouche grande ouverte de surprise.

— Ma… Ma mère ? Elle était à la Foire aux épouses ? Vous l'avez achetée ?

L'espoir est revenu en moi. J'allais revoir ma mère ! C'était pour elle que j'avais quitté Kenmare et suivi la colonne. Je n'avais peut-être pas fait tous ces efforts et ces sacrifices pour rien !

— Vous ne voulez pas connaître la seconde nouvelle ?

Eh voilà, j'ai pensé, *il m'offre ma mère, et maintenant, il va me demander quelque chose en échange. Allez-y, crachez le morceau.*

Il a abandonné un instant sa porte et sa serrure pour se tourner vers moi. Il avait le visage rouge et en sueur, mais un sourire satisfait lui barrait le visage.

— C'est quoi, la seconde nouvelle ? j'ai demandé finalement.

Il a sorti un petit poignard de la poche de sa veste, puis il a tranché les liens de mes poignets.

— La voici : vous êtes libre.

Chapitre 15

Bragal a tiré de nouveau sur la poignée et la porte s'est ouverte en grand. Une vapeur brûlante nous a enveloppés aussitôt et une masse vivante composée de milliers de rats s'est engouffrée dans notre tunnel en poussant des cris aigus. La panique et la chaleur les rendaient fous. Instinctivement, j'ai passé une main devant ma poitrine et j'ai laissé la magie me traverser : une onde de peur s'est diffusée autour de moi chez les rats, qui ont reflué en piaillant. Bragal, lui, a glissé et perdu l'équilibre. Je l'ai rattrapé de justesse.

Le souterrain du château débouchait sur les égouts. Ces eaux putrides charriaient des planches noircies, des morceaux de poutres et d'étais dont quelques-uns brûlaient encore en flottant à la surface, et elles étaient si chaudes qu'elles produisaient une épaisse vapeur. L'odeur de pourriture était décuplée par la chaleur suffocante.

— Pro… prodigieux, a-t-il murmuré, admiratif. Vous commandez à ces horribles monstres.

— Il n'y a qu'un seul monstre, ici, et ce n'est pas un rat.

Il a eu de nouveau un faible sourire.

— J'aurais pu tomber dans ce cloaque et en mourir. C'est donc que vous tenez déjà à moi, n'est-ce pas ?

— Je tiens à ma mère. Et vous seul pouvez me conduire à elle.

Les rats avaient maintenant disparu et on s'est engagés sur un rebord glissant qui longeait les eaux brûlantes.

— L'effondrement des bâtiments a dû crever le sol en amont et faire tomber dans l'eau toutes sortes de débris enflammés ! a crié Bragal pour couvrir les grondements au-dessus de nos têtes.

Nous avons avancé à pas prudents vers l'aval. La vapeur brûlait mes poumons. Chaud, il faisait si chaud. Ma tête bourdonnait et tanguait sur mes épaules, mes jambes ont commencé à flancher sous moi.

Bragal m'a rattrapée. Il a sorti de son sac une grosse pierre d'aspect ordinaire, d'un gris sombre, et soudain l'air s'est fait moins brûlant. Une fraîcheur délicieuse irradiait de cette pierre. Je me suis collée tout contre elle et j'ai aspiré l'air à grandes goulées. Il était toujours gorgé d'humidité, mais il était respirable. Sans elle, nous n'aurions jamais survécu au tunnel.

— C'est une *caledà* ! a-t-il crié. Une pierre de mon pays. Elle absorbe la chaleur. Ici, on l'appelle « pierre froide » !

Alors c'était ça, son secret pour rester aussi en forme jusqu'ici, à ce petit malin ? La pierre devait lui avoir tenu le dos au frais pendant tout ce temps, à travers le cuir du sac.

— Quand elle sera rouge, elle deviendra dangereuse, il faudra la jeter.

Je suis restée un petit moment à reprendre mon souffle, la bouche contre la *caledà*. Puis Bragal m'a tirée en avant et nous avons continué à avancer, tenant la pierre entre nos quatre mains. L'obscurité du tunnel a peu à peu laissé place à une lumière orangée, d'abord faible puis de plus en plus forte, jusqu'à devenir si intense qu'elle en était douloureuse pour les yeux : c'était la lueur de l'incendie qui filtrait à travers une arche. Les égouts se déversaient ici dans le fleuve, et une barque solitaire, attachée par une chaîne, semblait n'attendre que nous.

— Je vais détacher la chaîne ! a crié Bragal.

Il a enfilé des gants de cuir pour manipuler le métal brûlant, on a grimpé tous les deux dans la barque et déposé la pierre entre nous. Elle avait perdu sa couleur gris sombre et elle était devenue jaune vif. En quelques coups de rames, on a manœuvré notre embarcation jusque dans le fleuve et on s'est éloignés le plus possible de la rive.

— Essayez de ramer vers l'aval !

Soudain, le ciel est devenu blanc à en brûler les yeux. Un bruit de tonnerre nous a crevé les tympans, suivi d'un souffle brûlant. Sans comprendre comment, je me suis retrouvée plongée dans le fleuve, un sifflement suraigu aux oreilles. Pendant une seconde, l'intensité lumineuse de l'incendie a pâli et s'est effacée, presque jusqu'à rendre à la nuit son obscurité ordinaire : c'était l'effet du souffle de l'explosion. À la place de la citadelle de Kiell sur la colline, une gigantesque colonne de fumée noire s'élevait haut dans le ciel. Une pluie de blocs de pierre s'est abattue sur la ville en ruine, les plus gros autour de la colline et les plus petits gravats jusque dans le fleuve. J'ai plongé sous l'eau, mais des éclats de pierre brûlants ont touché mon dos malgré cette protection. Quand j'ai sorti la tête, j'ai nagé de toutes mes forces pour rejoindre la barque miraculeusement encore à flot. Bragal est remonté en même temps que moi.

— Qu'est-ce que c'était ? ai-je hurlé.

Il a secoué la tête : le bruit avait été si fort qu'il n'entendait plus rien et moi non plus. L'explosion n'avait pourtant pas réussi à éteindre l'incendie, qui a repris de plus belle. La cité n'était plus qu'un immense brasier et le fleuve était sans doute le seul endroit où il était encore à peu près possible de respirer. Sur les deux rives, à travers un brouillard de cendres, les flammes s'élançaient à des hauteurs vertigineuses, dansant et crépitant dans la nuit. Au-dessus de nos têtes, le ciel était un océan de fumées qui tourbillonnaient furieusement, tandis que des rues montaient les hurlements des mourants et le craquement des bâtiments dévorés par le feu.

Darran, où es-tu ? Est-ce que tu as pu te mettre à l'abri ? Et Aedan ? Et Tara ? Et Alendro ?

Je me suis tournée vers Bragal et j'ai hurlé, à moitié suffoquée :

— Dites-moi… Dites-moi que ma mère n'est pas là-dedans !

Incapable de parler, il a secoué la tête et agité le bras derrière lui, désignant un point quelque part en aval : non, elle n'était pas dans la cité. J'ai ressenti un poids en moins dans ma poitrine.

J'avais l'impression que mon sang bouillait dans mes veines. L'air était saturé de cendres. J'avais leur goût âcre sur mon palais, et ma langue était sèche comme du bois.

Même Bragal avait perdu son air bravache. Sa peau luisait de sueur, rougeoyante à la lueur de l'incendie. La *caledà* ne produisait plus le moindre froid : elle était devenue écarlate, presque lumineuse. Il s'en est débarrassé dans le fleuve en secouant la tête et j'ai lu sur ses lèvres le mot « dangereuse ». Ça a été un coup dur pour nous deux. Alors il s'est remis à ramer avec moi aussi fort qu'il le pouvait. Les veines battaient à son cou, saillantes et bleues, et derrière ses paupières qui clignaient, son regard n'avait plus son éclat triomphant. Par intervalles, on penchait l'un et l'autre la tête presque jusqu'au ras de l'eau, là où l'air était encore respirable, et on en avalait une grande goulée avant de tirer comme des fous sur les rames.

Je ne sais pas combien de temps ça a duré. J'ai glissé peu à peu dans un brouillard épais, celui des fumées ou celui de mon esprit. Ma bouche ouverte aspirait une matière sèche et ardente qui n'avait plus grand-chose de commun avec de l'air. Je rêvais que Darran me murmurait quelque chose à l'oreille, qu'il se confiait enfin à moi, je croyais l'entendre m'appeler sa fille, mais ses paroles étaient couvertes par le vacarme autour de moi, alors je le suppliais de répéter. Et puis je me suis rendu compte que je parlais à ma rame, tenue serrée contre mon corps. Je crois qu'à un moment, j'ai plongé la tête dans le fleuve et j'ai *respiré* l'eau – j'avais la peau grise, couverte d'écailles brillantes, et mon nez s'était fait pointu comme celui d'une énorme carpe.

« Tu es un poisson, me répétait Darran. *Tu es tous les animaux de ta forêt, ma fille, ne l'oublie jamais. »*

Mais peut-être ai-je aussi rêvé tout cela.

Chapitre 16

Quand je me suis réveillée, j'étais allongée dans l'herbe sur la berge, au centre d'un cercle de visages étonnés – c'étaient des paysans, au vu de leurs vêtements de travail. Les fumées couvraient tout l'horizon et le ciel était noir. Le soleil était peut-être levé, ou peut-être pas, c'était impossible à dire. Le rouge intense de l'incendie, loin au sud, donnait aux visages de ces gens des allures de démons. Il faisait abominablement chaud – une chaleur lourde et sèche. Mais l'air au moins était respirable. Bragal était étendu lui aussi, inconscient, et un vieil homme s'est penché vers moi quand j'ai commencé à ouvrir les yeux.

— Elle est point morte ! a crié une femme en sabots, en me pointant du doigt.

Une quinte de toux m'a tordue en deux. Le vieil homme m'a fait basculer la tête sur le côté et j'ai vomi de la morve mêlée de suie, qui avait un goût de charbon.

— Y'es-t'y brûlée ? m'a demandé le vieux avec un accent si fort que j'ai eu peine à le comprendre. Y'as-t'y mal ?

J'ai papillonné des yeux et j'ai essayé de reprendre mon souffle. Mes cheveux étaient gris comme ceux d'une vieille femme, tellement ils étaient couverts de cendres. Mes bras et mes pieds étaient rouges et douloureux, cloqués à certains endroits, et la peau de mon visage me brûlait elle aussi comme après un coup de soleil. Pourtant, je me suis sentie soulagée : c'étaient des blessures superficielles et, même si ma gorge me faisait mal, je pouvais de nouveau respirer.

— M… Merci, j'ai murmuré d'une voix rauque. S… Soif.

Le vieux m'a fait boire dans un grand verre en bois. Je jure que cette eau a été la chose la plus délicieuse que j'aie jamais avalée de ma vie entière. J'ai craché de la cendre, j'ai bu, puis craché à nouveau. Le vieux a rempli son verre plusieurs fois : j'ai avalé tant et tant d'eau que j'ai fini par m'étouffer avec.

Les autres paysans se sont mis à me poser toutes sortes de questions : on me demandait ce qui s'était passé à la ville, si j'avais vu le « deimonaran » Darran Dahl. Je n'ai pas osé leur répondre, mais j'ai été effrayée de voir que son nom circulait déjà dans toutes les bouches comme si c'était lui qui avait déclenché l'incendie.

« C'est vrai qu'y'a tué le vice-roi de ses propres mains ? »

« Et qu'y'a frappé les murs de la citadelle jusqu'à ce qu'ils tombent en poussière ? »

« Et que le tonnerre a jailli de sa hache chaque fois qu'y frappait ? On a entendu jusqu'ici des palais éclater en mille morceaux avec un vacarme de tous les diables ! »

J'étais trop faible pour argumenter. J'avais beau démentir, accuser les panthères et la princesse Véra, c'était peine perdue : personne n'avait entendu parler d'elle, ici. Ils en revenaient toujours à Darran Dahl, qui s'était vengé de la ville de Kiell-la-Rouge où l'on avait vendu les femmes de son village. On ne le décrivait pas comme fou, cependant : on le voyait comme un rebelle, un chef de guerre à la tête d'une armée, certains même prétendaient que c'était un fils caché du Roi Lumière qui réclamait son trône.

— Darran Dahl n'est rien de tout ça, j'ai répondu, c'est juste un homme qui…

Qui m'a abandonnée, ai-je pensé. *Et qui est peut-être mort.*

— Un homme aux pouvoirs fantastiques ! m'a dit le vieux.

D'autres s'inquiétaient pour des proches : ils me décrivaient des gens et me demandaient si je les avais vus en ville. Ils avaient des sœurs, des maris ou des parents qui se trouvaient à Kiell.

J'ai pensé à Darran, à Alendro et aux autres qui étaient peut-être quelque part là-bas, enfouis sous les décombres. Et curieusement, c'est en imaginant Rach, le vieux cheval de guerre, que j'ai éclaté en sanglots. Voilà un compagnon que j'étais sûre de ne plus jamais revoir. Il était resté attaché dans la cour du vieux temple où nous avions logé...

La femme aux sabots m'a prise dans ses bras.

— Pauv'petiote... T'es toute sale. Et ta chemise, c'est de la charpie. Viens donc par là.

Elle m'a prise par la main et emmenée dans une ferme où elle a ôté mes vêtements et m'a frotté le corps avec un linge humide. Puis elle m'a enfilé une chemise, des chausses en bon état et un bliaud de tissu grossier.

— Je... Je n'ai pas de quoi vous payer, ai-je bafouillé, encore trop faible pour refuser.

Elle m'a fait les gros yeux.

— Y a pas question d'ça, a répondu la femme. Dans l'malheur, on s'entraide.

C'était une femme bonne et je regrette ce qui s'est passé ensuite. J'ai eu à peine le temps de m'habiller que Bragal se réveillait à son tour. Il s'est vite remis sur pied, et à partir de ce moment, il n'a pas fallu longtemps pour que les paysans nous traitent comme des rois : il lui suffisait de toucher les gens de ses mains. Ensuite, on lui apportait victuailles, eau chaude ou boissons selon ses désirs. Je me suis évertuée à les mettre en garde contre ses manipulations mentales, mais ils me riaient au nez, redoublant d'efforts pour lui.

Quand nous avons été suffisamment solides sur nos jambes pour repartir, ces pauvres gens nous ont cédé deux mules, de la nourriture, des couvertures et le peu d'argent qu'ils avaient. Et encore, ce sont eux qui nous ont remerciés comme si on les avait honorés d'un grand cadeau.

— Je déteste votre pouvoir, j'ai murmuré une fois sur le dos de la mule, sous les vivats des paysans derrière nous.

— Vous dites cela mais vous êtes bien contente d'avoir une monture, plutôt que d'avoir à marcher.

Ces gens avaient donné à Bragal des vêtements propres ; en fait, ils lui avaient même donné leurs beaux vêtements de fête. Certes, il avait un peu moins de classe avec ses cheveux roussis, ses yeux injectés de sang et ses marques de brûlure sur le visage. Mais lui non plus n'avait aucune blessure sérieuse et il avait retrouvé toute son insupportable suffisance.

Un silence s'est fait entre nous, et nous avons parcouru des routes et chemins à une allure prudente. Kiell brûlait encore et le jour était en tout point semblable à la nuit, rougeoyant et étouffant, suffocant quand le vent soufflait du sud. Une cendre grise recouvrait peu à peu les champs, et les paysans essayaient de l'ôter pour sauver leurs récoltes d'automne.

Je lui ai demandé tout à coup :

— Vous n'êtes pas mindaran, n'est-ce pas ?

Il a eu un rire triste. Les traits de son visage étaient barrés d'ombres noires. Ses yeux semblaient surgir du néant, énormes et brillants dans la pénombre.

— Non, à mon grand regret. Mais je possède le pouvoir du Second Visage de Kàn.

Sa voix enrouée par la fumée, caverneuse, semblait celle d'une créature inhumaine.

— Le calame, ai-je dit.

Il a hoché tristement la tête.

— J'ai lu dans votre esprit que mon frère Alendro vous avait, fort imprudemment, instruite de ce secret. Mais ne prononcez pas ce mot trop fort.

J'ai hoché la tête.

— Mon père était prince de Veronao, second dans l'ordre de succession, a-t-il poursuivi. En tant qu'aîné de la famille, le calame m'a touché très tôt – bien avant mon frère. J'étais un enfant curieux de tout, et surtout curieux des gens. J'écoutais, je notais, je faisais parler les bavards, et le palais tout entier m'a rapidement désigné sous le nom de *Amalao d'Elgado*, « celui qui peut lire dans votre âme ». Ce surnom, des gens l'ont répété par milliers, au palais et dans la ville, puis dans d'autres villes. Mon père y a veillé : cela l'arrangeait bien.

Et un jour, j'ai ressenti une force m'envahir. C'était dans la salle du trône. J'ai suffoqué, je suis tombé sur les genoux, complètement paniqué. Mon père ne m'a même pas tendu la main. Il m'a regardé avec un sourire satisfait : il a su qu'il avait atteint son but, j'allais enfin pouvoir le servir. C'était l'appel du calame. Une exaltation si puissante, Maura, vous ne pouvez pas imaginer ce que c'est ! Comme une force qui à la fois vous dévore et vous remplit tout entier, qui vous habite et qui vous transforme. La capacité de lire et d'influencer les pensées ne m'a jamais quitté depuis ce jour, bien qu'elle s'affaiblisse peu à peu depuis que mon frère et moi avons fui le pays. Le calame est une catin, chère amie. Un jour, il vous habite, le lendemain, il vous abandonne.

Il vous donne du pouvoir, certes. Mais c'est un pouvoir inconstant. De moins en moins de gens se souviennent de moi, dans mon pays natal.

Jusqu'où va-t-il, ce pouvoir, maintenant que vous êtes affaibli ? ai-je pensé.

Les chemins étaient encombrés de réfugiés de la ville qui avançaient ou restaient assis sur le bord de la route, hébétés par le malheur et la perte des gens qu'ils aimaient. Il ne nous a pas fallu très longtemps pour arriver à un relais de poste qui servait également d'auberge. L'enseigne fraîchement peinte en rouge figurait une couronne royale, et Bragal a lu pour moi le nom de l'établissement :

— Voici le « *Vice-Roi Guy de Haumel* », nous y sommes attendus.

J'ai ricané.

— C'est dommage d'avoir repeint l'enseigne : ils vont devoir changer de nom.

Bragal a mis pied à terre et m'a tendu la main pour m'aider galamment à descendre de ma mule. Je ne lui ai pas fait le plaisir de la prendre.

— Il y a quoi, ici ? j'ai grommelé.

— Votre mère. J'ai réservé pour elle une chambre à l'étage.

Mon cœur a soudain battu plus fort et j'ai pris une grande inspiration. Ma mère ! Qu'est-ce que j'allais lui dire ? Qu'est-ce qu'elle allait penser de moi ?

La grande salle du relais débordait de réfugiés, mais ici, c'était uniquement des gens riches. Ils avaient sur eux tout ce qu'ils avaient pu emporter, leurs bijoux, leurs bourses et leurs plus beaux vêtements, et ils se méfiaient les uns des autres, terrifiés à l'idée d'être dépossédés de leurs derniers biens.

Malgré l'affluence, un jeune homme s'est précipité à notre rencontre.

— Ravi de vous revoir, messire ! a-t-il dit.

Mais quelque chose dans son regard m'a fait penser qu'il mentait.

— Bien le bonjour, mon petit Jeannot, a répondu Bragal en lui tapotant l'épaule. La chambre est-elle prête ? Avez-vous pris soin de dame Onagh en mon absence ?

— Nous sommes débordés, messire… Avec l'incendie, notre établissement a dû accueillir des dizaines de malheureux, leur donner à manger et à boire, un toit sur leurs têtes, et…

— La chambre est-elle prête ? a répété Bragal d'une voix glaciale, cette fois.

— Oui, messire, répondit le jeune homme d'une voix apeurée. Dois-je…

Il m'a regardée d'un air hésitant.

— … Dois-je faire monter un matelas plus large ?

J'ai craché par terre, ce qui l'a visiblement horrifié. Je n'étais pas la putain de Bragal, et ça lui coûterait un crachat à essuyer pour l'avoir cru.

— Je dormirai par terre.

— Bien, ma dame.

Il nous a précédés dans un escalier et nous a conduits au tout dernier palier, devant la seule chambre individuelle de l'établissement. C'était sans doute celle des riches marchands ou des petits seigneurs de passage.

— Un déjeuner pour trois, a ordonné Bragal. Qu'il nous soit servi sans tarder.

— Mais je…, a commencé le domestique, et puis il s'est ravisé. Tout de suite, messire.

Et le malheureux nous a quittés, marchant à reculons comme s'il craignait de se faire attaquer dans le dos. Il a failli dégringoler dans l'escalier, tellement il était mort de peur en présence de Bragal.

— Qu'est-ce que vous lui avez fait ?

Bragal a haussé les épaules.

— Rien de spécial. J'ai imprimé dans son esprit l'idée qu'il devait employer toute son énergie à me servir le mieux possible, et qu'il mourrait dans d'atroces souffrances s'il parlait à qui que ce soit de notre présence ici. Certains esprits réagissent bien à ce traitement, d'autres moins… Qu'importe, du moment qu'ils obéissent ?

— Plus je vous connais et plus je vous déteste.

Il a eu un petit rire exaspérant.

— Je vous l'ai dit : vous changerez d'avis.

Et il a ouvert la porte.

Ma mère était là ; assise devant une petite coiffeuse, elle chantonnait en se brossant les cheveux. Elle a tourné la tête à notre arrivée et m'a fait un sourire éclatant.

— Maura, ma chérie ! Où étais-tu encore passée ? Viens, nous allions passer à table.

Chapitre 17

Je l'ai regardée bouche bée. Elle portait une tunique d'intérieur en tissu bon marché, exactement la même que celle de mes souvenirs d'enfance, dans notre petite cabane à l'écart du village. Ou plutôt, *presque* la même : celle-ci était neuve et n'avait aucun accroc.

— Bonjour, ma chère, a dit Bragal.

Ma mère s'est levée et l'a pris dans ses bras.

— Comment s'est passée ta journée, mon amour ? As-tu enfin repéré ce fichu sanglier ? Tu es tellement occupé à servir le baron, mon Karech chéri.

Karech, mon père adoptif. Il était *mort* six ans plus tôt. Tué par un sanglier.

— Ma… Maman ? j'ai bredouillé, incapable de comprendre.

— Comme je suis contente que nous soyons tous les trois réunis pour le déjeuner ! a claironné maman. J'ai l'impression que cela fait une éternité que ce n'était pas arrivé. Voyons, quand était-ce, déjà ? Hier ? Avant-hier ? Ou bien…

Son regard s'est soudain troublé, comme si son esprit revenait en arrière et se heurtait aux murs de la folie que Bragal avait érigés autour d'elle.

— Trop longtemps, Onagh, trop longtemps, a-t-il répondu.

Au son de sa voix, ma mère a retrouvé son sourire et oublié de compter les jours.

— Le baron te fait vraiment travailler comme un fou, a-t-elle dit en fronçant les sourcils. Un de ces jours, tu seras si épuisé que tu auras un accident ! Il te faut absolument prendre un apprenti.

— Maman, ce n'est pas Karech !

— Ne fais pas d'histoires, Maura. J'ai eu une journée épouvantable, je suis épuisée !

Je me suis tournée vers Bragal. J'avais tant de rage et de haine en moi que, quand il a croisé mon regard, j'ai lu la peur sur son visage.

— Qu'est-ce que vous avez fait à ma mère ? j'ai sifflé entre mes dents.

Je l'ai empoigné par le col et je l'ai plaqué contre le mur.

— Voyons, jeune fille, a fait ma mère, est-ce ainsi que l'on traite son père ? Veux-tu bien le lâcher tout de suite !

Elle m'a donné une petite tape sur l'arrière de la tête et fait les gros yeux. Bragal a éclaté de rire.

— Maura n'est pas sérieuse, voyons ; c'est pour jouer. N'est-ce pas, jeune fille ?

J'aurais pu faire pousser des griffes au bout de mes doigts, lui ouvrir le ventre et dévider ses tripes comme une corde de saucisses. Je crois qu'il l'a vu, ou senti. Il a frémi, il s'est crispé sous mes doigts : Bragal s'y entendait peut-être à manipuler les gens et à les pousser à se tuer pour lui, mais j'ai su à cet instant qu'il ne savait pas se battre lui-même.

Ce qui m'a retenue au dernier moment, c'est de voir ma mère dans cet état. Il avait fait quelque chose à son esprit et lui seul savait quoi. Si je le massacrais sur place, je n'aurais pas su comment la guérir.

— Cette situation convient très bien à votre mère, vous savez ? a-t-il finalement dit.

Et il a soufflé tout bas :

— Elle n'a jamais été aussi heureuse qu'à cette période de sa vie, avec Karech et vous dans votre cabane à Kenmare. J'ai vu ces souvenirs dans son esprit et j'ai su que, si je la plongeais dans l'illusion qu'elle se trouvait encore là-bas, elle ne résisterait pas.

Ma mère s'est remise à chantonner, les yeux dans le vague, oubliant la dispute. Puis elle est allée se recoiffer devant son miroir.

— Elle n'est pas heureuse, j'ai répliqué : elle se ment à elle-même. Et vous l'y aidez.

— La plupart des gens n'ont pas votre force de caractère, Maura. Beaucoup d'entre eux préfèrent l'illusion à la réalité. Ils écoutent ma voix plutôt que celle de la raison.

Je l'ai considéré un bon moment en silence, pesant le pour et le contre. *Je lui ouvre le ventre ? Je lui ouvre pas ?*

Mes doigts ont glissé sur son cou et une traînée sanglante a suivi leur tracé.

— Vous… Vous avez de plus en plus de facilité à vous couler dans la peau d'un animal, a fait Bragal, admiratif. Mais n'oubliez pas votre mère.

J'ai tourné la tête : Onagh, devant son miroir, avait saisi un coupe-papier tranchant comme un rasoir. Sans même sembler s'en apercevoir, elle l'empoignait fermement par le manche et commençait à en enfoncer la pointe dans sa gorge.

— Tout va bien, ma chérie ? m'a-t-elle dit avec un grand sourire. Tu joues toujours avec papa ?

— Tout… Tout va bien, maman.

— Continuez à me menacer et votre mère achèvera son geste, a murmuré Bragal.

Quand je l'ai relâché, il a posé sa main sur l'entaille à son cou et il souriait malgré le sang qui coulait entre ses doigts.

— Comment l'avez-vous retrouvée ? ai-je chuchoté à son oreille. Quand nous sommes arrivés à la foire avec Darran et les autres, elle n'y était pas.

— Bien sûr : c'est moi qui l'avais achetée. Je travaillais pour le vice-roi, souvenez-vous, et il se préoccupait fort de cette affaire de vol de femmes. Votre mère était la maîtresse du baron de Kenmare et je pensais m'en servir pour en tirer des informations et faire pression sur lui.

— Charmant. Et maintenant ? Qu'est-ce que vous attendez de moi ?

— Bien bien bien, a-t-il fait en se frottant les mains. J'attendais impatiemment que vous me posiez cette question. J'ai des projets pour nous deux.

— Je ne me marierai jamais avec vous.

— Oh, le temps viendra. Non, il s'agit d'autre chose : il y a deux chevaux dans les écuries de cette auberge, deux très bons coursiers. Je suis sûr qu'avec votre don particulier de mindaran, vous faites une excellente cavalière.

J'ai grommelé :

— Deux chevaux ? Et alors ?

— Je souhaiterais que vous alliez retrouver Darran Dahl.

Je n'en croyais pas mes oreilles.

Depuis que j'avais été séparée de lui, retrouver Darran était tout ce qui occupait mes pensées. Je voulais savoir pourquoi il m'avait abandonnée. Je voulais l'entendre me demander pardon. Je voulais le voir, surtout, être auprès de lui.

Et Bragal me permettait de le faire ?

— Si Darran Dahl veut sauver les gens de la colonne de Kenmare, il devra gagner un pays ennemi de la Westalie. Et pour cela, il lui faudra traverser deux cents lieues avec toutes les armées du nouveau vice-roi à ses trousses. Il n'y arrivera certainement pas sans votre aide, ni la mienne. Vous n'avez pas idée à quel point je peux faire basculer la balance de son côté. Je suis toujours officiellement l'espion du vice-roi ou de son héritier, et il n'y a pas meilleur espion que celui qui travaille contre son propre camp.

Ma mère s'est levée et s'est approchée de nous.

— Qu'est-ce que vous complotez encore tous les deux ?

Elle semblait si heureuse, si détendue.

— Rien, maman. On… On parle de la chasse au sanglier de demain.

Elle est repartie à son miroir, comme un moulin qui répète toujours le même mouvement.

J'ai soufflé à Bragal :

— Et pourquoi vous feriez ça ? Qu'est-ce que vous avez à y gagner, vous ?

Il a souri et ses yeux se sont perdus dans le vague.

— Mon royaume, Maura, mon royaume… Il me manque l'argent pour m'acheter une armée, et surtout un chef légendaire dont le calame rallierait toutes les bonnes volontés sous ma bannière. Je m'engage à vous fournir toutes les informations nécessaires qui feront de toutes vos batailles des victoires. Et en échange de mon aide, vous vous engagerez à convaincre votre père de m'aider à reconquérir le trône de Veronao qui me revient de droit. C'est un guerrier exceptionnel et son pouvoir le rend virtuellement indestructible. Darran sera mon général et il me donnera une partie de l'or de ses victoires.

— Il ne vous fera jamais confiance.

— Sans doute pas, en effet. C'est pour cela que vous ne lui direz rien – du moins au début. Mais plus tard, quand vous lui expliquerez à quel point mon aide a été précieuse, il acceptera de m'aider en retour. D'abord parce que vous êtes la seule personne qu'il écoute. Ensuite parce que, une fois sur le trône de Veronao, je lui offrirai mon royaume comme refuge pour les gens de Kenmare – un refuge, c'est exactement ce qu'il cherchera très bientôt, vous verrez.

J'ai froncé les sourcils.

— Votre oncle a fait exécuter votre père et vous voulez le venger, c'est ça ?

— Vous plaisantez ? Je me moque éperdument de la mémoire de mon père. Mais Veronao est ma terre natale, à défaut d'être un grand royaume. Une fois sur le trône, je… je serai enfin exposé à tous les regards, en position de faire de nouveau affluer en moi le calame, au lieu de le sentir m'échapper année après année.

J'ai éclaté de rire.

— Le calame ! Évidemment, j'aurais dû m'en douter ! Tous ceux qui en possèdent rêvent d'en grappiller toujours plus.

— Le pouvoir conféré par des milliers d'âmes… Vous ne pouvez pas savoir ce que c'est, Maura, avant d'y avoir goûté vous-même.

J'ai pointé ma mère du doigt.

— Et elle ? Elle sait ce que c'est, que d'être manipulée par quelqu'un qui en possède ? C'est ce pouvoir-là que vous me demandez de renforcer ?

J'ai dû crier, car ma mère s'est retournée d'un air effrayé et, pendant un instant, j'ai presque cru qu'elle avait retrouvé ses esprits.

— Je…, a-t-elle murmuré. Maura, c'est toi ? Où sommes-nous ?

Je me suis précipitée vers elle.

— Maman ! Maman, écoute-moi, n'écoute que ma voix ! Tu n'es pas dans notre cabane, tu es dans une auberge, et papa est mort.

— Karech est… Karech est mort ?

Ses lèvres se sont mises à trembler, ses yeux se sont embués de larmes.

— Il ne faut pas rester un instant de plus ici, maman. Je t'emmène ! Lève-toi, vite !

Mais de nouveau, un sourire s'est plaqué sur son visage et son trouble a disparu.

— Et pour aller où, ma chérie ? a-t-elle répondu d'une voix soudain transformée. Pour une fois que nous sommes tous les trois réunis, je n'ai pas envie de sortir, ma fille !

Elle m'a serrée contre elle.

— Ne sommes-nous pas heureux, ici, à Kenmare ?

Chapitre 18

J'ai jeté un regard noir à Bragal qui nous observait en silence et j'ai fait un énorme effort sur moi-même.

— Je veux bien vous aider.

Mais j'ai aussitôt ajouté :

— En échange, vous allez libérer ma mère de votre sortilège.

Il a écarté les mains en signe d'impuissance.

— Vous surestimez mon pouvoir. Votre mère refuse la liberté.

— Je ne vous crois pas.

— Mais de quoi parlez-vous, tous les deux ? a protesté maman d'une petite voix.

Elle n'a pas attendu de réponse. Elle s'est remise à brosser nerveusement ses cheveux, ses beaux cheveux auburn.

— Vous ne comprenez pas, m'a soufflé Bragal. Je ne contrôle pas les esprits, je ne fais que les influencer. Je ne leur offre que ce qu'ils veulent profondément déjà.

J'ai su qu'il disait la vérité. Je ne sais pas exactement comment. Peut-être parce qu'il avouait une limite à son pouvoir et qu'il n'aurait pas fait cela s'il n'y avait pas été obligé.

— Écoutez, a-t-il dit, je vous jure de faire tout mon possible pour qu'elle retrouve ses esprits. Mais *plus tard*, quand je serai de nouveau sur le trône de mon pays et que mon calame sera plus puissant.

Je ne pouvais pas obtenir grand-chose de mieux pour le moment. Au moins, j'étais presque sûre qu'il la traiterait bien. Et puis, il avait raison : sans son aide, Darran allait certainement se faire tuer.

— Marché conclu.

— Bien bien bien. Je savais que vous seriez d'accord.

— Avez-vous la moindre idée de l'endroit où se trouve mon père ?

— Évidemment. N'ai-je pas mentionné que j'étais le maître-espion du vice-roi ? Les panthères sont en train de l'emmener à la forêt de Torn-Val, au nord d'ici. C'est là que se trouve leur campement, d'après les rapports de nos éclaireurs.

— Alors c'est parti.

Je me suis dirigée vers la porte à grandes enjambées. Voir ma mère dans cet état me brisait le cœur et j'étais pressée de mettre quelques dizaines de lieues entre moi et cet homme.

— Attendez ! Si vous voulez vraiment que j'aide votre père, vous devez faire une toute dernière chose pour moi.

— Si vous me demandez de coucher avec vous, je réduis vos noisettes en purée.

Bragal a balayé cette idée d'un revers de la main.

— Nous aurons tout le temps pour ces détails vulgaires quand nous serons mariés, ma chère. C'est une tout autre demande que je vous fais. Une demande beaucoup plus simple.

— Des… Des fiançailles ?

Je n'allais certainement pas me marier avec ce monstre. Mais des fiançailles, ça se rompt, pas vrai ? Alors ça ne coûtait pas grand-chose.

Au lieu de me répondre, il s'est approché de moi. Il a pris mon visage entre ses mains, et son regard a plongé dans le mien. Je me suis sentie comme un moineau entre les serres d'un oiseau de proie.

— Je vous demande de me faire confiance, c'est tout.

— Je vous fais confiance, ai-je menti.

— Je ne vous demande pas de me le *dire*. Je vous demande de me le *montrer*. Si vous voulez que j'aide Darran Dahl, alors il me faut quelqu'un, dans sa troupe, qui puisse être ma bouche et mes yeux, quelqu'un qui puisse être ma voix. Cette personne devra bien sûr accepter de me laisser profondément entrer dans son esprit et d'y créer un lien avec moi.

— Votre bouche ? Vos yeux ?

— Tout ce que vos yeux verront, je le verrai. Tout ce que vos oreilles entendront, je l'entendrai. Je pourrai sentir le vent caresser votre peau, le goût d'une pomme sur votre palais, l'odeur de votre parfum dans vos cheveux.

J'ai murmuré :

— Je n'ai jamais porté de parfum…

— Je pourrai aussi parler dans votre tête, Maura. Et vous pourrez me répondre. Vous ne serez plus jamais seule.

Ses yeux ne lâchaient pas les miens. Et si mes doigts se sont crispés dans mes poings, je ne l'ai pas repoussé.

Plus jamais seule…

Cela sonnait comme le pire cauchemar que je pouvais imaginer.

— J'ai conscience qu'un esprit indépendant tel que le vôtre peut éprouver quelque réticence à accepter une telle intimité mentale…

Quelque réticence ? J'ai envie de vous vomir dessus rien qu'à l'idée.

— … mais…, continua-t-il, songez que je ne pense qu'à vous protéger et vous choyer.

— Quel genre de renseignements pouvez-vous donner à Darran ?

— L'emplacement et la force des troupes adverses, leurs mouvements, leur armement, leur ravitaillement et les ordres de leurs capitaines. Les intentions de l'ennemi, ses alliances, ses ruses et ses pièges. Votre père et les siens affrontent le plus puissant royaume du monde, Maura, je suis le seul instrument par lequel leur fuite est possible. Il n'y a pas d'autre voie et vous le savez.

— Vous ne me dites pas tout, hein ? Ce lien magique entre vous et moi, il durera longtemps, pas vrai ?

— Jusqu'à ce que la mort nous sépare, mon amour.

— Ce ne sera pas seulement une voix dans ma tête. Vous pourrez aussi influencer mes pensées, effacer mes souvenirs. Et faire ce que vous voulez de moi, comme vous l'avez fait avec ma mère.

Il a souri.

— Faire ce que je veux de vous ? Personne ne peut une chose pareille, Maura, c'est bien ce qui vous rend si attirante à mes yeux.

Mais vous essaierez. Oui, vous essaierez.

— Allez en enfer, Bragal. Jamais vous ne tripoterez mon esprit avec vos sales pattes.

Avec un long soupir, il a baissé la tête.

— Bien bien bien. J'espérais ne pas en arriver là… mais vous ne me laissez guère le choix, mon amour.

Il s'est retourné vers ma mère et lui a dit d'une voix douce :

— Onagh, ma bonne amie, je crois qu'on a frappé à la porte. Veux-tu bien ouvrir ? Ce doit être le colporteur qui vient nous vendre du fil et des aiguilles.

Avec horreur, j'ai vu ma mère se lever avec un sourire et se diriger droit vers la fenêtre.

— Tout de suite, mon chéri.

— Il y a quatre étages à ce bâtiment, a murmuré Bragal à mon oreille. Et sous cette fenêtre, le sol est rocheux.

Ma mère a ouvert le battant et posé le pied sur le cadre en bois.

— Arrêtez-la ! j'ai hurlé. Allez-y, entrez dans ma tête, faites tout ce que vous voudrez, mais arrêtez-la !

— Onagh !

Ma mère s'est arrêtée net.

— Onagh, mon ange, ma colombe : ce n'est pas la porte d'entrée, que tu as ouverte, c'est la porte du placard.

Ma mère a baissé les yeux et froncé les sourcils.

— Quelle idiote ! Tu as raison ! Qu'est-ce qui m'est passé par la tête ?

Et elle est repartie droit vers le mur, où elle a ouvert une porte imaginaire.

— C'est bizarre, a-t-elle finalement murmuré pour elle-même, il n'y a personne.

— Vous ne sentirez rien, m'a soufflé Bragal. Tout ce que vous avez à faire, c'est d'abaisser les barrières qui m'empêchent d'entrer.

J'ai senti un frisson glacé me remonter l'échine. Je craignais ce moment depuis le début, et j'espérais qu'il n'arriverait jamais.

J'ai fermé les yeux, mâchoires serrées, poings crispés… et j'ai passé ce maudit pacte avec ce démon. C'était comme une porte dans mon esprit qu'il ne pouvait pas franchir et que j'ai déverrouillée pour lui.

— Si vous utilisez votre pouvoir pour coucher avec moi, je vous tuerai. Et si vous touchez à un cheveu de la tête de ma mère, j'arracherai une à une chaque miette de votre corps jusqu'à ce qu'il ne reste que les os.

Il s'est incliné jusqu'à poser son front contre le mien.

— Il ne se passera rien de tel, ma chère Maura. Laissez-vous aller, vous ne sentirez rien.

Je m'étais imaginé un contact glacial et repoussant. J'ai à peine perçu un frôlement léger, presque une caresse. Une ombre se glissait à l'intérieur de ma tête, puis se cachait parmi toutes celles de mon passé – mais c'était une ombre différente de toutes les autres, qui ne m'appartenait pas, qui n'était pas *moi*.

Il a chuchoté, mais je l'ai à peine entendu, comme si j'étais dans un demi-sommeil :

— Vous ne sentirez rien, mon amour, *et vous ne vous en souviendrez même pas…*

Chapitre 19

Une domestique entra soudain dans la cellule de Maura, portant dans ses bras des vêtements pliés. C'était une nouvelle, une petite femme effacée qui baissait la tête et se déplaçait aussi silencieusement qu'une souris.

Maura ouvrit de grands yeux paniqués.

Elle va voir ma planche à trous rongée !

— Je suis navrée que l'on vous ait pas apporté de nouveaux vêtements plus tôt, ma dame, lui dit la petite femme en s'approchant d'elle.

Maura releva la tête, stupéfaite : pas de protestation ? Pas de dénégation ? Cette histoire de vêtements récupérés pour les laver, c'était une pure invention ! Elle avait déjà préparé des répliques cinglantes et scandalisées pour contredire la domestique.

Alors la petite femme se plaça juste devant elle, de manière que son visage ne puisse plus être vu des trois hommes, et toute son expression se métamorphosa. Son regard se fit aussi dur et perçant que celui d'un faucon et la couleur de ses yeux passa du brun au vert.

La dame-aux-cent-visages ! comprit Maura.

— Y a-t-il quelque chose que je puisse faire pour votre service ? lui demanda la dame.

Maura réfléchit à toute vitesse.

— Passer le bonjour à un ami, peut-être ?

Le visage de la dame exprima soudain un vif intérêt.

— Un… Un ami ? Vous savez bien que c'est impossible.

Mais son regard exprimait tout autre chose : *« De qui parles-tu ? As-tu un message à faire passer ? »*

— Et sinon, me passer ces putois de vêtements avant que je meure de froid, ce serait trop demander ?

La dame hocha la tête et déplia une chemise qu'elle avait apportée. Son œil s'alluma quand elle voulut ouvrir la planche à trous et vit que Maura pouvait y entrer et sortir ses mains à sa guise. Elle remarqua aussi les ecchymoses et les éraflures qui ornaient la peau de Maura, ainsi que les éclats de pierre accrochés à ses cheveux.

Qu'est-ce que tu dis de ça, princesse ? pensa Maura. *Je ne me suis pas tourné les pouces, hein ?*

La dame retrouva son visage de domestique, se tourna vers d'Arterac et lui dit tout doucement :

— Messire, s'il vous plaît, je vais l'habiller.

Le conteur, en vrai gentilhomme, récupéra son manteau en prenant bien soin de ne pas regarder Maura nue, et le déploya devant les deux femmes comme un paravent.

— Vous croyez vraiment que je vais me rhabiller derrière ce manteau ? Dehors ! cria Maura. Sortez tous et tournez-vous !

À contrecœur, le conteur et les deux Dragons reculèrent jusque dans le couloir.

La dame en profita pour lui glisser à l'oreille :

« Tu peux t'échapper ? Qu'est-ce que tu fais encore là ? »

Maura chuchota à son tour, surexcitée :

« Darran est vivant. Il est ici, dans le cachot des gars de Kenmare. »

La dame cracha tout bas :

« Darran est mort. Tu dis cela pour que je fasse évader tes amis hommes. Moi c'est Dounia et La Beste que je cherche. »

« Il est vivant, je vous dis. Et vous avez besoin de lui. »

— Alors ? s'enquit d'Arterac qui s'impatientait derrière le manteau. Peut-on reprendre l'entretien ?

« Ton Darran n'était qu'un idiot, comme tous les hommes, chuchota encore la princesse. Son pouvoir était faible et il a succombé. »

« Je l'ai vu de mes propres yeux. Son cachot est du côté nord. »

« Alors tu n'as qu'à le libérer toi-même. »

« Je suis coincée ici pour l'instant et chaque minute compte. »

— Ma dame ! fit d'Arterac depuis le couloir. Nous sommes pressés !

À contrecœur, la princesse Véra passa le vêtement sur Maura et s'éclipsa en marmonnant un vague :

— Bonne journée, messires. Au revoir, ma dame.

« Au revoir » ? pensa Maura, le cœur battant. *Alors, je l'ai convaincue ? Va-t-elle revenir avec des renforts ?*

— Ah, enfin vous voilà rhabillée, dit d'Arterac en enfilant de nouveau son chaud manteau avec un soupir d'aise, avant de s'asseoir sur son tabouret. Vos dernières déclarations étaient fort intéressantes. J'ai plusieurs questions à vous poser. Maura ? M'écoutez-vous ?

La jeune fille releva la tête.

— Quoi ?

— Vous m'avez dit que Bragal avait effacé tout souvenir du moment où il était entré dans votre esprit, à l'auberge. Mais pourtant, vous venez de me raconter tout cela. Je suppose que cet épisode vous est revenu plus tard, n'est-ce pas ?

Maura eut un frisson au souvenir de Bragal.

— Oui…

Elle baissa la voix.

— La magie de l'esprit est une chose terrifiante, conteur. Quand je suis sortie de cette chambre d'auberge, j'avais le cœur gonflé d'amour pour Bragal et je rêvais du jour béni où je sortirais du temple à ses côtés, sous les acclamations d'une foule en liesse. Je me voyais fiancée. Je me croyais amoureuse. C'était l'effet que Bragal faisait sur les gens.

— Vous étiez réellement amoureuse de cet homme ? la coupa d'Arterac.

— Réellement ? Et qu'est-ce que c'est, que d'être réellement amoureux de quelqu'un, conteur ?

Elle soupira.

— Au début, ce n'était pas… vraiment un sentiment. C'était comme si mes parents, mes amis, tous les gens de mon village m'avaient tous répété depuis ma naissance : « *Tu es amoureuse de Bragal.* » Comme si toute ma vie avait été façonnée et préparée pour être la femme de cet homme : « *Tu épouseras Bragal.* » Je ne refusais même pas de l'aimer, parce que le refuser était une idée qui ne m'appartenait pas, c'était une pensée étrangère qui n'aurait jamais pu naître spontanément dans ma tête. Je l'aimais : c'était un fait aussi évident pour moi que le soleil sur ma peau ou la pluie sur mon visage. Mais avec le temps, oui, son emprise s'est renforcée et j'ai éprouvé peu à peu pour lui une sorte… d'obsession, plus que d'amour.

— Et le moment où il vous a forcée à le laisser entrer dans votre tête, vous l'avez oublié ?

— Je me souvenais de la chambre à l'auberge et du moment où il avait posé son front contre le mien. Je savais qu'il était entré dans mon esprit, mais il avait déformé ce souvenir. J'étais persuadée d'avoir accepté cela de mon plein gré, heureuse et reconnaissante. Ce n'était pas exactement comme s'il avait effacé cela de ma mémoire, je crois que mon esprit lui résistait trop pour cela. Mais il avait juste tordu mes souvenirs dans le sens qui lui était le plus favorable. C'était ce qu'il savait faire de mieux.

Chapitre 20

Bragal parlait dans ma tête toutes les deux minutes. *« Vous n'êtes partie qu'il y a un instant, mais votre présence me manque déjà comme si c'était un siècle. Je me sens de nouveau seul dans l'univers. »*

Les deux chevaux qu'avait achetés Bragal étaient excellents. Il y avait un hongre alezan et une femelle à la robe souris qui piaffait d'impatience.

« Comment s'appellent-ils ? »

Bragal ne m'a pas demandé de quoi je parlais : il le savait déjà. Non seulement il lisait mes pensées, mais dorénavant, il voyait par mes yeux.

« Je n'en ai aucune idée, ma douce. Je les ai fait livrer à l'auberge en mon absence. »

J'ai eu besoin de leur donner des noms. Les chevaux aiment en avoir.

Le hongre, je l'ai baptisé « Aedan », parce que Aedan était un ami d'enfance et qu'il me manquait. Mais aussi parce que cet imbécile se laissait mener par le bout du nez par cette garce de Noreen depuis qu'elle lui avait ouvert ses cuisses. Un hongre est un mâle castré, c'était une petite vengeance… L'autre, la jument, je l'ai appelée « Muette », comme cette fille que la colonne avait trouvée en chemin et qui n'avait pas dit un seul mot depuis. J'aimais bien Muette et je trouvais que cette jument avait le même regard intelligent.

« Bien bien bien. Ces deux bêtes ont maintenant un nom. Et moi, comment allez-vous m'appeler ? »

« Ben… Bragal ? Pourquoi ? »

« Je pensais à un petit nom affectueux, tel que les amoureux s'en donnent l'un à l'autre. Mon cœur, mon doux aimé, mon trésor… Je vous laisse choisir, quelque chose qui évoque pour vous l'amour. »

« Euh… Mon porc-épic, par exemple ? »

J'aimais tous les animaux. Et c'était celui qui me venait à l'esprit quand je pensais à Bragal. Comme je vous l'ai dit, au début, l'emprise de Bragal était encore faible. Je n'aurais jamais choisi ce nom une semaine plus tard.

« Je… Si vous voulez », a-t-il finalement répondu, un peu dépité.

« Alors va pour mon porc-épic. »

Je mourais d'impatience de retrouver Darran, ne serait-ce que pour lui hurler dessus à quel point il m'avait déçue. Il ne m'a pas fallu plus d'une journée avant d'atteindre les premières frondaisons de la forêt de Torn-Val, là où un homme à pied en aurait mis trois ou quatre.

Ici, les arbres ressemblaient un peu aux chênes des bois de mon enfance, mais ils étaient plus vieux et plus noueux – et les taillis plus denses.

« Si mes souvenirs sont bons, vous trouverez un sentier qui serpente dans la forêt. Il mène à des villages de forestiers. Soyez sur vos gardes : il est vrai que la pauvreté des lieux n'attire pas les brigands de grand chemin, mais il arrive parfois que des hors-la-loi viennent y trouver refuge pour échapper à la justice. »

« Ils ne me font pas peur. Moi aussi, je suis une hors-la-loi, mon petit porc-épic. »

Le sentier était étroit et traître. Et il s'est fait de plus en plus étroit et de plus en plus traître à mesure que je m'enfonçais dans Torn-Val. J'ai croisé peu de gens : quelques bûcherons méfiants et un charbonnier entre deux âges, très gai, qui avait de jolis yeux noirs et un sourire engageant.

Il m'a invitée à profiter de son feu pour la nuit. Nous avons bavardé un moment et il a gentiment proposé de partager son repas avec moi, ce que j'ai accepté avec joie, car il avait du pain. Je n'arrivais plus à manger la viande séchée que je transportais – je ne pouvais pas m'empêcher de m'imaginer les animaux dont elle provenait.

Mais j'ai dû lui coller mon poing dans le ventre au milieu de la nuit pour lui faire comprendre que partager son pain n'impliquait pas qu'il puisse se glisser sous ma couverture pendant mon sommeil pour me peloter. Il a bougonné qu'une jeune fille « honnête » ne courait pas les bois toute seule, ce à quoi j'ai répliqué qu'un homme « honnête » s'assurait qu'une fille voulait coucher avec lui, avant de lui poser les mains sur les fesses.

Bragal n'a pas réagi, curieusement. Je m'étais imaginé qu'il allait devenir fou de rage et obliger cet homme à se pendre ou à se couper lui-même la main. Mais non.

Et j'en ai été soulagée.

Chapitre 21

Le lendemain, mon charbonnier avait disparu, mais il m'avait laissé deux tranches de pain pour se faire pardonner.

Je me suis enfoncée encore plus profondément au cœur de la forêt. Rapidement, le sentier s'est effiloché jusqu'à disparaître ; j'ai dû mettre pied à terre. La forêt s'emplissait de bruits étranges et inquiétants, des craquements, des grognements, des hurlements de bêtes sauvages dans le lointain. Plusieurs couches de feuillages buvaient toute la lumière du soleil et plongeaient les sous-bois dans l'obscurité.

Je n'ai pourtant pas eu de difficulté à trouver le campement des panthères : j'ai projeté mon esprit dans celui des passereaux et des fauvettes qui volaient au-dessus des arbres. Ils ont aperçu de discrets filets de fumée au loin, comme des fils de coton blanc dans le ciel. Il m'a fallu deux jours avant de repérer la première sentinelle. Elle s'était rencognée dans le feuillage d'un saule et son camouflage était une véritable œuvre d'art : elle avait barbouillé son visage de boue et frotté sa peau de plantain pour couvrir son odeur, et elle avait accroché tant de branchages à ses vêtements qu'on ne la distinguait pas de l'arbre. Mais moi, j'entendais le souffle de sa respiration, douce et régulière, à cent pas de l'endroit où je me trouvais.

— Je parie que vous ne l'avez même pas vue, vous, espèces de gros balourds, ai-je murmuré à Aedan et Muette.

« Cessez de parler à vos chevaux, mon amour, c'est une habitude idiote. »

— Les chevaux ne sont pas des objets, Bragal, ils ont une âme, et cette âme a besoin qu'on leur parle.

« S'ils ont une âme, je ne l'ai jamais ressentie. »

« C'est toute la différence entre nos deux magies, mon aimé. »

Je ne disais déjà plus « porc-épic » et je me demandais comment j'avais pu choisir ce surnom pour l'amour de ma vie.

J'ai attaché les deux chevaux au tronc d'un frêne et je me suis avancée seule. Loin devant, j'entendais déjà des voix étouffées et des cris d'enfants, et je me suis approchée en silence. Le campement était presque vide : la princesse et ses guerrières du raid n'étaient pas rentrées.

Darran n'est pas encore ici...

J'ai passé une bonne heure à attendre, observant les femmes et les quelques fillettes qui vivaient ici une vie assez misérable. J'ai vu quelques sourires et des gestes de tendresse entre femmes, mais j'ai surtout assisté à des disputes violentes, des ordres, des cris. J'ai vu des regards tristes, des corps abîmés, malades et amaigris, des pleurs chez les enfants et de la dureté dans les relations entre ces filles. Colère, frustration, violence. Était-ce le lot de tous les camps de guerre ?

Mais ce qui m'a le plus frappée, c'était l'absence d'hommes. C'était comme si un dieu jaloux avait fait le tri parmi tous les êtres humains du camp et avait retiré un à un, avec de longs doigts noueux, tout ce qui portait une paire de testicules. Certes, depuis que le Roi Lumière avait banni les femmes de ses soldats, les armées ordinaires devaient sans doute produire l'effet inverse avec de grandes concentrations d'hommes de guerre. Mais j'avais entendu dire qu'elles comportaient malgré tout des femmes, cantinières, prostituées ou lavandières – au bas de l'échelle sociale, sans doute, mais non pas effacées ou niées comme les hommes l'étaient ici.

Et puis je me suis souvenue que, quand je m'étais portée volontaire pour la colonne de Kenmare, les hommes du village m'avaient exclue, eux aussi. Et cette petite bande avait été composée uniquement d'hommes jusqu'à ce que je m'y impose après plusieurs jours de voyage.

— Ouais, j'ai murmuré, y a du progrès à faire…

« Darran Dahl ne vous a pas exclue, lui, il vous a permis de les suivre à distance », m'a rappelé Bragal.

J'ai poussé un soupir.

Darran.

Qu'est-ce que j'avais bien pu dire pour qu'il me laisse en arrière ? Même ses silences me manquaient.

À un moment, une fillette s'est détachée de son groupe et a foncé droit vers moi. Je l'ai vue s'accroupir dans les taillis pour uriner. Son petit visage d'enfant était si sérieux et si fixe que cela m'a fait un peu peur.

— Eh ! ai-je soufflé.

Elle a tourné la tête et m'a aperçue dans les buissons.

— Qu'est-ce que tu fais là, petite ? Tu as été enlevée à tes parents ?

« Prenez garde, Maura, par le Kàn ! a hurlé Bragal dans ma tête. *Vous allez vous faire repérer ! Ces femmes sont extrêmement dangereuses ! »*

— Qui t'es, toi ? Pourquoi que tu te caches ? m'a-t-elle demandé avec son accent de forestière.

J'aurais tellement aimé, moi aussi, que quelqu'un me tende la main quand je m'étais retrouvée seule et à la merci d'une loi barbare à Kenmare. C'était Darran qui m'avait protégée, alors. Mal et pour de mauvaises raisons. Mais il m'avait protégée et j'avais finalement été heureuse auprès de lui.

— Je peux t'aider, si tu veux, j'ai dit à la gamine. Tu peux t'enfuir et rester avec moi.

La fillette s'est remise debout, elle a tranquillement remonté ses braies et elle a hurlé d'une voix suraiguë :

— Alerte ! Y a une traîtresse à son sexe, ici ! Une complice des hommes !

Une demi-douzaine de filles enragées m'ont littéralement sauté dessus et plaquée à terre. Elles m'ont tordu les bras en arrière, fouillée, dépouillée, elles ont noué mes poignets avec des cordes de tente, elles m'ont bâillonnée et saucissonnée jusqu'à ce que je puisse à peine respirer. Et puis, elles m'ont traînée à travers le camp jusqu'à une cabane en torchis. Je me suis retrouvée au sol, les yeux vers le plafond, incapable de faire un geste.

« Qu'avez-vous fait, mon amour ? Par Kàn, pourquoi êtes-vous allée vous jeter dans la gueule du loup ? J'avais imaginé tout un plan pour votre arrivée, mais cela impliquait que votre père soit ici, ainsi que la princesse Véra ! Vous risquez de vous faire tuer ! »

À l'intérieur de la cabane, un cercle de visages crasseux s'est penché sur moi. Quelqu'un a arraché mon bâillon et une petite femme maigre s'est placée au-dessus de ma tête. Je n'ai d'abord vu que la moitié droite de son visage. Elle avait la peau d'une étrange couleur brune comme l'écorce d'un arbre – c'était la première fois de ma vie que je voyais quelqu'un qui n'avait pas la peau blanche, et j'ai trouvé cette femme incroyablement jolie, quoiqu'elle ne soit plus très jeune. Puis elle a légèrement tourné la tête, et la lumière de l'entrée a frappé l'autre moitié : à gauche, c'était une atroce bouillie de chair boursoufflée, rougeâtre et grumeleuse. Il y avait des creux, des bosses, et un œil de verre au milieu de tout cela qui semblait énorme à cause de la peau qui manquait autour. C'était une brûlure depuis longtemps cicatrisée, mais si étendue, si profonde que c'était à se demander comment cette femme y avait survécu.

Je n'ai pas pu m'empêcher de fixer du regard cette hideuse moitié de visage. De toute ma vie, je n'avais vu qu'une seule autre cicatrice qui ressemblait à celle-là : c'était l'épaule brûlée de Darran, rongée par un acide assez puissant pour trouer sa cotte de mailles et attaquer le muscle presque jusqu'à l'os. Je me souvenais encore de l'odeur des chairs infectées, dix ans plus tôt, quand je l'avais trouvé à moitié mort dans le ruisseau. Et des mouches qui tournaient autour de la plaie comme sur un cadavre. Je n'avais jamais su comment il s'était fait ça.

— Salut, petite, a dit la femme noire au visage à moitié brûlé, on m'appelle La Beste. Et pour l'instant, c'est moi la cheffe de ce camp. Alors tu vas me dire comment tu as trouvé notre clairière, comment tu as pu échapper à nos sentinelles et, surtout, ce que tu es venue foutre ici.

Cette femme avait un accent chantant que je ne connaissais pas. J'ai d'abord cru qu'il s'agissait de celui d'un lointain pays exotique, à cause de la couleur de sa peau, mais j'ai appris plus tard que c'était celui des gens de Homgard.

— J'aime pas faire souffrir les gens, Kàn en est témoin, a-t-elle poursuivi. Comme disent les foutus kerrs des temples, les souffrances infligées à d'autres n'apaisent pas l'âme.

Quelque chose a brillé dans sa main et j'ai reconnu avec effroi la pointe effilée d'un couteau. Je me suis vue écorchée vive, hurlant dans mes liens à m'en briser la voix.

— Mais mes sœurs savent que je peux forcer ma nature. J'ai tout ce qu'il faut ici pour trancher, brûler ou écraser les parties les plus sensibles de ton corps, jusqu'à ce que tu me supplies d'arrêter. Je peux aussi t'amputer morceau par morceau de toutes tes facultés. Voir. Goûter. Marcher. Je peux te les arracher une par une et les remplacer par une immense souffrance.

« *La princesse Véra tient sa troupe d'une main de fer, elle punirait sûrement une lieutenante qui prendrait trop d'initiatives. Dites à cette femme que vous connaissez sa cheffe* », m'a soufflé Bragal.

Je lui ai fait confiance. Il s'y connaissait bien mieux que moi en menace de torture et en hiérarchie militaire.

— Je… Je ne parlerai qu'à la princesse en personne. Elle sera là d'ici quelques heures, une journée au plus tard.

La Beste m'a toisée d'un regard étrange. À gauche, son œil de verre lui donnait l'air complètement fou, écarquillé en permanence à cause de sa paupière manquante, tandis que son œil valide était étonnamment calme.

— Panthères, a-t-elle finalement dit, laissez-nous.

Les autres visages ont disparu de mon champ de vision. La Beste s'est assise en tailleur et elle a eu pour moi un sourire d'une telle douceur qu'il a un instant transfiguré ce malheureux visage mutilé, jusqu'à le rendre presque beau.

— Une étagère remplie de flacons d'acide s'est renversée sur ma tête. Vieux combat, vieille blessure. Curiosité satisfaite ? On peut passer à autre chose ?

Je n'ai pas pu m'empêcher d'être déçue. Alors, il n'y avait aucun rapport entre cette blessure et celle de Darran ?

— T'as pas vingt ans, a-t-elle continué dans un murmure, et malgré ton air fier, je parie que tu as passé la plus grande partie de ta vie dans un paisible petit village de pouilleux. Pas vrai ? Il t'en a fallu du cran pour venir jusqu'ici nous défier, gamine. Je dois dire que j'admire ça. Mais ce qui m'intéresse le plus, ce sont les petits talents cachés que tu as sûrement, pour avoir réussi à repérer notre camp et nos sentinelles.

Je n'ai rien répondu. Elle me faisait horriblement peur avec son visage inhumain et son couteau.

Elle s'est mise debout et elle a lentement descendu ses braies, dévoilant son mont de vénus en broussaille et sa cuisse. Mon cœur s'est mis à battre plus fort. Était-elle en train de me faire des avances ? Allait-elle me forcer à…

Elle a pointé quelque chose du doigt sur l'intérieur de sa jambe. Mes yeux s'étaient un peu habitués au manque de lumière et j'ai fini par distinguer d'autres cicatrices de brûlure sur sa cuisse, beaucoup plus petites. Cela formait des ronds boursoufflés d'un rouge clair sur sa peau brune, comme si quelque chose avait goutté sur elle et que chaque goutte avait rongé sa chair.

Et soudain, j'ai vu ce qu'elle voulait me montrer : ce n'était pas ses brûlures, c'était une marque noire semblable à celle que je portais moi aussi au creux du coude. La sienne était à moitié effacée par l'une des cicatrices, mais toujours visible. C'était une flèche, le signe des tireurs-nés.

— V… Vous êtes mindaran ?

— Et toi ? a-t-elle répondu. Quel est ton pouvoir ? Es-tu voleuse-née ? Une guerrière ? Une chasseuse ? Comment es-tu arrivée jusqu'au camp sans te faire voir ?

— Sorcière, ai-je murmuré. J'ai la marque des sorcières.

Je n'avais rien à perdre à le lui avouer, elle aurait pu la trouver toute seule si elle l'avait voulu. Elle n'a rien dit, elle a simplement hoché la tête. Mais j'ai senti un lien se former entre nous. Mindarans. Différentes des autres.

— Ça me rappelle le bon vieux temps. Toutes mes anciennes sœurs d'armes sont mortes, aujourd'hui… Dans ce camp, je suis la seule à porter la marque : on sera deux, maintenant.

— Vous avez fait la guerre, c'est ça ? La guerre des Princes ?

La Beste hocha la tête.

— Je faisais partie des « Tigres » de la garde rapprochée de la princesse Kristen.

C'était la première fois que j'entendais le vrai nom de la « Princesse Sanglante ».

— Il y avait pas mal de mindarans chez les Tigres. Ouais, c'était une autre époque, une autre vie.

« Une autre vie ? Pourtant, dix ans après, elle continue de servir sa fille », murmura Bragal dans ma tête.

J'ai revu mon père dans ce ruisseau, sa cotte de mailles, la licorne du prince Erik peinte sur l'écu. La Beste avait fait la même guerre, même si c'était dans l'autre camp, et à mes yeux, cette femme a soudain pris une importance capitale – comme si elle avait pu m'aider à percer enfin les secrets de mon père.

— Vous êtes une archère-née ?

Après un haussement d'épaules, elle a remonté ses braies.

— Dès que j'ai su comment tenir un arc, j'ai été la meilleure. Plus tard, j'ai eu la chance de mettre la main sur une arbalète, et j'ai encore été la meilleure. Puis le javelot, le couteau, et même les pierres : j'ai appris à maîtriser *toutes* les armes de jet. Aujourd'hui, celle qui me rend la plus mortelle est la fronde. Tu vois ? Les frondes ne tirent pourtant pas de flèches comme celle de ma marque. Notre âme change au cours de la vie, petite sœur mindaran, et notre pouvoir trouve de nouveaux chemins. Tu es sorcière : toi aussi, peut-être que t'apprendras à maîtriser plusieurs magies.

— Est-ce que votre pouvoir a diminué quand vous… quand ce qui a brûlé votre peau a effacé une partie de la marque ?

Un instant, j'ai eu peur qu'elle ne se fâche. Mais de la main, elle a caressé ma joue, et j'ai vu une larme perler à son œil unique.

— Je l'ai cru au début. Tout comme j'ai cru que ma vie avait été détruite en même temps que mon visage. J'ai fini par comprendre qu'un visage n'était qu'un visage et qu'une marque n'était qu'une marque. La source du pouvoir mindaran est en nous. Même avec un œil en moins, je suis restée la meilleure.

Le petit couteau dans sa main a soudain jailli en l'air, suivi de deux autres qu'elle a attrapés à sa ceinture à une vitesse folle. Ils se sont tous les trois fichés dans la porte à l'endroit où quelqu'un avait dessiné un visage à la craie : un dans chaque œil et le troisième dans la bouche.

Un quatrième couteau était déjà dans la main de La Beste, lové au creux de sa paume comme un petit animal dans le giron de sa maîtresse. Elle a écarté les doigts et m'a montré une minuscule entaille au niveau de l'index, où coulait une goutte de sang clair.

— Mais regarde bien ça : aucun pouvoir n'est absolu, petite sœur, méfie-toi du jour où tu atteindras tes limites.

« *Bien bien bien*, a fait Bragal. *Félicitations. Vous l'avez adroitement mise dans votre poche.* »

« *Ou alors, peut-être que je me suis juste fait une nouvelle amie ?* »

Finalement, j'ai passé la nuit dans cette cahute, à gigoter dans mes liens pour essayer de faire circuler le sang, avec pour seul réconfort le hennissement familier d'Aedan et de

Muette que les panthères avaient ramenés au camp. J'avais La Beste comme geôlière, mais son horrible tête me faisait maintenant moins peur.

— Bonne nuit, petite sœur mindaran, m'a-t-elle soufflé avant de s'endormir. J'espère sincèrement qu'on ne te tuera pas demain.

Chapitre 22

J'ai entendu arriver la dame et ses panthères bien avant de les voir. Par le bruissement des oiseaux quittant leurs branches, par la fuite des petits animaux effrayés à l'arrivée de cette troupe d'humains. Puis par les centaines de pieds écrasant des feuilles et marchant dans la boue.

Mon cœur s'est mis à battre plus vite.

Les voilà, Bragal, j'ai pensé très fort. *Les voilà !*

Il n'a rien répondu. C'était agaçant : parfois, il était bavard comme une pie, et parfois, il ne réagissait pas du tout.

Le conteur prit soudain la parole :

— Vous avez appris que Darran ne vous avait jamais laissée en arrière, n'est-ce pas ? Je n'ai pas voulu vous interrompre jusque-là, mais comment aviez-vous pu croire qu'il vous avait oubliée ? Qu'il vous avait laissée dans cet horrible endroit sans penser à vous ? Un père n'abandonne pas sa fille et… je sais que Darran ignorait qu'il était votre père… mais enfin depuis que vous aviez vécu chez lui, vous étiez comme une fille adoptive…

Il balbutiait, en proie à l'émotion. Visiblement, cette question le tourmentait et faisait écho chez lui à quelque chose ou quelqu'un, même si Maura ignorait qui.

— Et pourquoi pas ? Ce monde est rempli de pères qui abandonnent leurs filles, conteur.

— Mais pas tous ! fit-il. Certains essaient de toutes leurs forces de les aimer et de les protéger pendant toute leur vie !

— Eh, calmez-vous, qu'est-ce qui vous prend ?

— Comment une pareille idée avait-elle pu vous venir à l'esprit ? Darran ne vous avait jamais abandonnée avant !

— Darran était un mystère pour moi. J'ai vraiment imaginé qu'il m'avait laissée tomber. Et quand on m'a dit qu'il était resté inconscient tout ce temps, cette horrible pensée qui me rongeait l'esprit a disparu et c'était comme si elle n'avait jamais existé. Darran ne m'avait pas laissée en arrière. *Personne* dans la colonne de Kenmare ne m'avait laissée en arrière.

Un sourire aux lèvres, les yeux mi-clos, Maura laissa échapper un soupir de contentement.

— Mais cette peur-là a aussitôt été remplacée par une autre, poursuivit-elle : est-ce qu'il allait se réveiller ?

La princesse m'a fait entrer dans sa cahute personnelle, qui ressemblait aux autres sauf pour le bouclier aux armoiries de sa mère à l'entrée. Dounia m'y a quasiment traînée à cause de mes jambes attachées. La cahute n'était pas très différente de celle de La Beste. Aussi sombre, aussi humide et malodorante.

Quatre panthères ont tiré à l'intérieur une civière où gisait mon père, attaché et inconscient, les joues couvertes de barbe. C'était effrayant de le voir à ce point figé, les mains jointes comme celles d'un mort. Mais il avait au visage une expression étrangement apaisée, comme si cette presque mort était le seul repos qu'il ne connaîtrait jamais.

— Ça fait combien de jours qu'il est comme ça ? ai-je demandé. Vous lui avez donné à boire, au moins ? Et à manger ?

Les filles qui avaient déposé la civière sont reparties sans me répondre.

— Darran Dahl va très bien ! a couiné une petite voix plaintive.

C'était l'homme qu'elles appelaient « Soigneur », ce pauvre gars qui avait les yeux crevés et l'esprit en miettes, et qui n'avait pas le droit de toucher une femme. Elles lui avaient attaché une corde autour du cou que tirait cette garce de Dounia. À ce que j'avais pu en juger, c'était probablement le seul homme que ces femmes avaient toléré auprès d'elles depuis des années – mais pouvait-on encore parler d'homme ?

— Soigneur jure que Darran Dahl va bien ! Il avait perdu beaucoup, beaucoup de sang. Foie empoisonné. Blessures terribles. Son corps avait besoin de grand repos, oui, de grand repos ! Et c'est un grand repos que je lui ai donné !

Dounia s'est retournée et lui a flanqué une gifle.

— Ferme-la.

Il a glapi de douleur et s'est recroquevillé sur lui-même.

— Il a l'air mort, j'ai dit avec la voix nouée par l'émotion.

— Pas du tout ! Pas du tout ! a crié Soigneur, effrayé. Darran Dahl très résistant. Complètement guéri !

Il semblait terrifié à l'idée qu'on ne le croie pas et qu'on le punisse. La princesse lui a demandé de sa voix douce :

— S'il est guéri, mon ami, alors pourquoi ne se réveille-t-il pas ?

Le malheureux a rentré la tête dans les épaules, anticipant un coup.

— Soigneur ne sait pas. Peut-être… Peut-être que Darran Dahl n'a pas envie.

Elle s'est tournée vers moi :

— Tu étais proche de cet homme. Peut-être sauras-tu le réveiller, toi ?

— Moi ?

Dounia a gratté son pansement ensanglanté au visage – un petit souvenir de la blessure infligée par Darran – et elle a poussé un soupir.

— On devrait plutôt trancher la gorge à tous ces couillards comme on l'a toujours fait. Et à elle, aussi, a-t-elle ajouté en me pointant du doigt. Cette pisseuse ne nous apportera que des ennuis.

— La Beste dit qu'elle est puissante, lui a répondu la princesse comme si je n'étais pas là.

— La Beste se fait vieille, a rétorqué Dounia. À une époque, elle aurait fait moins de manières.

« Elles ne vous tueront pas, m'a soudain susurré Bragal. *Pas si vous jouez finement. »*

J'ai failli crier de surprise.

« Où étiez-vous passé ? »

« Je dois parfois m'occuper d'autres affaires que les vôtres, mon amour. J'ai dû quitter l'auberge avec votre mère et je suis en route pour rejoindre l'armée du Baron de Fer, que le vice-roi a chargé de retrouver Darran Dahl et les panthères. »

Soigneur geignait dans un coin, accroupi, les mains autour des jambes, se balançant d'avant en arrière.

— On n'a pas besoin de tous ces hommes ni de ce Darran, a poursuivi Dounia. La nouvelle de l'incendie de Kiell va se répandre dans tout le pays, les gens ne parleront plus que de vous, princesse, et des panthères. Les femmes afflueront dans nos rangs et le royaume tombera comme un fruit mûr.

Je n'ai pas pu m'empêcher d'éclater de rire.

— Vous croyez vraiment que le Roi Lumière n'a pas de soldats pour vous arrêter ?

Dounia a ricané d'un air méprisant.

— Des soldats, tu dis ? Que des hommes : on n'en fera qu'une bouchée !

— Êtes-vous stupide ou totalement inconsciente ?

« Maîtrisez-vous, voyons ! Vous êtes à la merci de ces femmes ! »

La princesse m'a fixée d'un regard froid et méfiant.

— Que penses-tu de la loi sur les femmes, Maura ? Crois-tu comme l'usurpateur que les femmes n'ont pas d'âme ?

J'ai craché par terre.

— Ce que je pense ? C'est que c'est lui, qui n'a pas d'âme.

Ça a fait naître un sourire amusé sur son visage.

— Et que penses-tu des hommes qui oppriment les femmes ? Qui les violentent, les soumettent et les exploitent ? Qui détruisent leurs talents, nient leurs réussites et ruinent leur avenir ?

— Tous ceux qui exploitent les autres…, ai-je commencé. Tous ceux-là devraient être punis.

Ma réponse a semblé les satisfaire. Il faut dire que je n'avais pas précisé que pour moi, homme ou femme, cela ne faisait aucune différence – et qu'elles faisaient partie de ces gens qui en exploitaient d'autres. Crever les yeux d'un soigneur et le traiter comme un esclave, ce n'était pas de l'exploitation ? À le regarder recroquevillé sur lui-même, j'avais de la pitié pour lui.

— Tu es une hors-la-loi, maintenant, petite Maura, a poursuivi la princesse. Mais tu te trompes si tu penses que ce Darran est ta dernière famille. Tu es la bienvenue parmi celles qui te ressemblent, celles qui refusent la loi des hommes et qui…

— Vous n'y arriverez jamais.

Fâchée d'avoir été interrompue dans sa tirade, la princesse m'a jeté un regard sombre.

— Pardon ?

— Renverser le Roi Lumière : vous n'y arriverez jamais de cette manière, seule, avec votre bande de filles en loques. Vous avez besoin de Darran. Tout au long de ma route, j'ai parlé aux gens et je les ai entendus discuter entre eux. Vous pensiez peut-être que l'incendie de Kiell allait faire de vous une femme célèbre dans le royaume ? C'est raté : les gens n'ont que le nom de Darran Dahl à la bouche. L'histoire du guerrier solitaire parti retrouver les femmes volées à son village à l'autre bout du monde, ça les fait frissonner d'excitation, ça les passionne. Ils sont tous d'accord pour dire qu'il n'est pas mort dans l'incendie puisqu'il est « Darran l'indestructible ». Pour eux, c'est soit un héros soit un démon. Mais en tout cas, c'est *de lui* qu'ils parlent et c'est *sur lui* qu'ils écrivent des chansons. Vous ? Vous êtes la grande oubliée de l'histoire. Les gens ne savent même pas que vous étiez là.

Dounia a eu un ricanement méprisant.

— Et alors ? Ça change quoi, les bavardages de quelques paysans ?

Mais la dame-aux-cents-visages n'a pas du tout réagi de la même manière. Elle devait bien avoir senti que le calame n'avait pas afflué en elle comme prévu. Elle avait dû le guetter, jour après jour, et s'inquiéter de son absence.

D'un seul coup, elle est devenue écarlate, chaque muscle de son corps s'est crispé comme si elle avait été frappée par la foudre, et elle s'est mise à hurler :

— C'est MOI qui ai préparé cette attaque depuis des mois ! C'est MOI qui ai rassemblé et entraîné mes panthères depuis des années. C'était MON idée, MON plan,

MON génie ! Cet imbécile n'a rien fait d'autre que de me débarrasser de quelques gardes. Et tout cela, il ne l'a fait que parce que c'est MOI qui l'ai manipulé, il n'était qu'un outil entre mes mains !

Ça a été plus fort que moi, j'ai crié à mon tour :

— Il ne l'a jamais demandée, votre gloire ! Tout ce qu'il voulait, c'était retrouver les filles de notre village. Il n'a jamais mis le feu à cette ville, et maintenant, c'est un monstre aux yeux de tout le royaume ! Il aura beau fuir et se cacher, il sera poursuivi et traqué jusqu'au bout du monde par votre faute, et pendant cent ans, les gens raconteront d'horribles mensonges sur son compte !

La dame m'a à peine écoutée. Son visage s'est tordu, sa peau s'est mise à onduler comme une boue à moitié liquide, jusqu'à ce qu'elle prenne les traits hideux de Fakou, l'horrible deimonaran peinte sur les vitraux des temples et qui semait la mort. Soigneur s'est recroquevillé au fond de la cabane en gémissant de peur comme un enfant. Et elle hurlait, elle hurlait d'une voix aussi inhumaine que le reste en s'adressant au corps endormi à ses pieds :

— Tu m'as volé ma victoire, Darran ! Tu m'as volé ma gloire et mes chansons ! C'était de moi qu'ils devaient parler, c'était moi qu'ils devaient craindre et admirer ! Mais je connais un moyen de rendre justice, je sais comment te reprendre un peu de ce que tu m'as arraché !

Ivre de rage, elle a empoigné un couteau à sa ceinture et s'est jetée sur lui. Je me suis démenée dans mes liens, j'ai rué, hurlé, sauté sur place. J'ai essayé de me changer en loup, en ours, en sanglier, mais toujours je butais sur cet obstacle : mes mains liées. Et ma magie de mindaran restait prisonnière de mon corps, incapable de se déployer.

— Ne faites pas ça ! Le calame sera perdu pour vous !

Le mot l'a arrêtée net.

Calame.

Elle a levé les yeux sur moi.

— Tu as dit quoi, la pisseuse ? a demandé Dounia, qui ne comprenait pas.

Dans le regard de la princesse, la petite lueur de la raison a commencé à se rallumer.

— Co... Comment connais-tu le secret du calame, toi ? Es-tu princesse ? Es-tu la bâtarde d'un roi, crachée par les entrailles d'une maîtresse ? Comment une paysanne comme toi peut-elle savoir cela ? Réponds-moi, idiote !

— Vous croyez que vous récupérerez une partie de sa célébrité en le tuant maintenant, en étant « la dame qui a tué l'indestructible » ? Vous vous trompez ! Qui vous verra le tuer ? Dounia, moi, quelques filles de votre camp qui vivent cachées dans les bois ? Les gens des villages n'en sauront jamais rien. Les foules des villes ne le chanteront jamais. Vous aurez peut-être tué l'homme d'une légende, mais la légende mourra avec lui et vous n'y gagnerez pas une miette de son calame.

Le poignard tremblait au-dessus de Darran, pris entre deux forces contraires.

— Vous voulez du calame ? Alliez-vous à Darran. Pour sauver les gens de Kenmare, il vous taillera un chemin sanglant d'ici à la frontière la plus proche. Et vous, vous ferez partie de son épopée : vous récolterez tout l'or, la gloire et les soutiens que vous apporteront ses victoires. Il sera votre étendard et la moitié du pays se rangera derrière lui. Vous préférez le tuer dans votre cabane, ici et maintenant ? Alors vous resterez dans votre forêt avec votre poignée de filles à moitié sauvages, à attendre une meilleure occasion de reprendre le trône – une occasion qui ne se représentera plus jamais, et vous le savez !

La Beste a poussé la porte à ce moment-là et je crois que ça valait mieux. Sinon, je ne sais pas ce que la princesse aurait fait de Darran et de moi.

— Est-ce que tout va bien ? J'ai entendu des cris.

Elle a vu le visage de deimonaran de la princesse. Celle-ci haletait comme une bête en chasse, mais peu à peu, les traits du démon ont disparu et elle a retrouvé son visage neutre et banal.

— Ça va, ça va…

Très lentement, elle a glissé la lame du poignard dans son étui.

— La patrouille est rentrée, a dit La Beste. Et elle rapporte des…

Elle m'a jeté un coup d'œil, hésitant à donner des informations précises en ma présence.

— … des mauvaises nouvelles.

— Le fils du vice-roi rassemble son armée pour vous exterminer dans cette forêt, ai-je dit. Vous n'avez plus que quelques jours pour déguerpir. Je me trompe ?

La Beste a hoché la tête d'un air approbateur.

— C'est… à peu près comme le dit la mindaran. Le Baron de Fer, un des seigneurs du vice-roi, a massé une armée de trois cents hommes au sud de la forêt. Ils ont de la cavalerie lourde et une compagnie d'archers. Et on signale une seconde troupe au nord, des mercenaires qui se déploient le long de…

Le regard de La Beste s'est soudain posé sur l'homme allongé sur la civière. Son œil valide s'est agrandi de stupeur.

— Qui… Qui c'est, ce gars ?

La princesse a répondu d'une voix pincée :

— Ma chère, je te présente l'homme soi-disant *indestructible*.

— Tu le connais, La Beste ? a demandé Dounia. Tu l'as déjà vu ?

— Je sais pas, c'était il y a longtemps. Mais il ressemble à quelqu'un que…

Elle a porté sa main à sa joue brûlée. Darran lui rappelait ce souvenir. Elle s'est accroupie auprès de lui et elle a tiré sur le col de sa capeline pour découvrir sa cotte de mailles, jusqu'au trou dans l'épaule.

— Par les deux visages de Kàn…, a-t-elle murmuré. C'est bien lui.

Des larmes ont perlé au coin de ses yeux, et l'une d'elles a commencé à rouler sur les creux et les bosses de sa joue ravagée.

— C'était… C'était l'un des hommes du prince Erik, autrefois, un des « licorniers » d'Osgarat. On s'est battus l'un contre l'autre, à la toute fin de la guerre.

— La guerre n'a *jamais* pris fin, a déclaré la princesse.

La Beste a détourné les yeux et a marmonné qu'elle demandait l'autorisation de se retirer.

Mais je l'ai à peine entendue ; j'ai répété, presque en criant :

— Vous avez rencontré Darran pendant la guerre ? Vous… Vous l'avez combattu ? C'était une bataille rangée ? Une embuscade ? Comment était-il à cette époque ? Attendez ! Racontez-moi !

Elle a repassé la porte en sens inverse. J'ai essayé de la suivre, oubliant mes jambes ligotées, et je me suis flanquée par terre.

Chapitre 23

— Cette femme connaît donc le passé de Darran ! fit le conteur. Ou du moins une partie de celui-ci !

Son intervention surprit Maura.

— Je suis désolée, conteur, je ne vais pas pouvoir vous en dire plus : je n'ai jamais réussi à lui tirer les vers du nez là-dessus. La Beste était bavarde et elle adorait me parler de tout et de n'importe quoi, mais elle se fermait complètement dès que je la questionnais sur le sujet.

Elle baissa les yeux.

— J'espère qu'elle n'a pas été tuée à la bataille de Homgard…

— « La Beste », dites-vous ? C'est bien cela ? demanda le conteur.

— On l'appelait comme ça à cause de son visage ravagé. Je n'ai jamais su son vrai nom.

Le conteur plongea la main dans sa mallette de cuir et en sortit plusieurs feuillets où figurait une longue liste de noms écrits à l'encre noire.

— Je suis presque sûr qu'il y a une « La Beste » parmi nos prisonnières… C'est un surnom que l'on n'oublie pas.

Le visage de Maura s'illumina d'un sourire.

— Kàn soit loué ! Alors elle est vivante !

— J'irai l'interroger, fit le conteur. Mais poursuivez, je vous prie.

La dame-aux-cent-visages était toujours en rage, mais cette rage commençait à se mêler de calcul : certes, elle n'avait pas reçu le calame escompté après l'incendie de Kiell, mais cette magie n'était pas allée bien loin. Elle était là, devant ses yeux, incarnée dans un homme qui pouvait encore être son allié.

— Réveille-le tout de suite, m'a-t-elle dit d'une voix sifflante. Sinon, je vous fais tous égorger, toi, lui et les gens de ton village.

Un doigt de sueur glaciale a coulé dans mon dos. Réveiller Darran ? Et comment je faisais, moi ?

« *Je vous aiderai*, m'a soufflé Bragal. *J'ignore ce qui le maintient ainsi dans le sommeil, mais à travers vous, je peux sonder son esprit.* »

Cette idée me répugnait.

Je lui ai répondu sans me rendre compte que je parlais à voix haute :

— Il n'y a pas un autre moyen ?

— Non, m'a répondu la princesse, croyant que je m'adressais à elle. Soigneur a échoué.

— Mais Soigneur a maintenu Darran en bonne santé pendant tout le trajet ! a gémi ce dernier dans son coin. Darran n'a pas souffert de la faim ni de la soif, Soigneur le jure ! Le corps de Darran est fort, il n'a plus aucune blessure !

« *Son corps, peut-être, mais pas son esprit. Quelque chose a dû se produire qui l'empêche de se réveiller.* »

— Rien ne l'en empêche, j'ai murmuré. C'est lui qui le refuse et je crois savoir pourquoi.

— Qu'est-ce que tu marmonnes, pisseuse ? m'a demandé Dounia.

— Détachez-moi les mains.

Elle a explosé de rire.

— Et puis quoi encore ? Tu voudrais pas un cheval et une épée, tant que tu y es ?

— J'ai besoin de mes mains de mindaran pour le réveiller.

« *Techniquement, c'est moi qui ai besoin de vos mains*, a dit Bragal. *Et je suis Gottaran.* »

— Pour que tu nous égorges avec ta sorcellerie, la princesse et moi, hein ? Tu nous prends pour des imbéciles ?

Cette fille est stupide ! j'ai pensé. *Qu'est-ce que je pourrais faire contre toute leur armée ?*

« *Vous n'avez pas idée comme les personnes dépourvues de magie craignent celles qui en possèdent, ma chère.* »

— Détache-la, Dounia, a dit la princesse d'une voix douce.

Sa lieutenante a blêmi. Elle a ouvert la bouche pour protester, mais la princesse lui a saisi la main et l'a pressée fermement.

— Je ne crois pas que cette enfant nous fera le moindre mal. Pas tant que nous tenons en otage les gens de son village.

Dounia a commencé à défaire mes liens en fulminant, tirant brutalement sur mes bras chaque fois qu'elle en avait l'occasion.

Une fois les mains libres, je me suis penchée sur Darran et j'ai effleuré ses cheveux du bout des doigts. Sa large poitrine se soulevait et s'abaissait doucement. Il semblait plus jeune, dans son sommeil.

— Darran ? j'ai murmuré. Tu m'entends ?

J'ai ressenti comme un picotement au bout de mes doigts et quelque chose a commencé à passer de ma main vers son corps. C'était le pouvoir de Bragal, je le savais. Ce que j'ignorais, c'était qu'un peu de moi entrait avec lui dans l'esprit de mon père. Je n'avais encore jamais utilisé la magie de l'esprit, celle des amin-guela, et ce voyage dans une autre tête que la mienne m'a complètement désorientée. C'était comme si je m'étais retrouvée devant des milliers de miroirs où se reflétaient des images en mouvement, pendant que des sons, des odeurs et des sensations se mêlaient dans tous les sens : j'étais dans les souvenirs de Darran. J'ai vu un géant hideux au visage rouge et à la voix terrifiante, peut-être son père – mon grand-père. Puis des femmes, des centaines de femmes identiques, toutes rousses, toutes souriantes, toutes sur un cheval au milieu des marais, et qui toutes disaient d'un ton amical : « Toi aussi, tu aimes les oiseaux ? Veux-tu qu'on se promène un peu ensemble ? » Ma mère, celle qui m'avait portée et mise au monde ! C'était le même souvenir, répété mille fois, éclaté, multiplié à l'infini comme si Darran l'avait fait renaître chaque jour de sa vie. Celui de la première rencontre entre ma mère et mon père.

« Je ne comprends pas. Je ne trouve pas ce qui l'empêche de se réveiller », a fait la voix de Bragal dans mon esprit.

Mais je l'ai à peine entendu, je me perdais dans les autres miroirs. Une hache. Des combats. Un homme en armure sur un cheval, illuminé de soleil et d'amour, oui, un homme que Darran avait aimé et admiré au-delà de tout. *Le prince Frik*. Puis il y eut le sang, la boue, la terreur des batailles. Un cheval mort dans la neige…

Darran, j'ai murmuré dans ma tête. *Où es-tu ?*

Alors je l'ai vu, lui. Ou plutôt l'idée qu'il se faisait de lui. Un enfant recroquevillé sur lui-même, les mains plaquées sur les oreilles. Un enfant qui portait sur ses bras les ecchymoses et les plaies des coups de son père.

Darran, c'est toi ?

L'enfant a desserré les mains. Il a levé la tête. Il avait de grands yeux tristes, mais quand il m'a reconnue, un peu de cette tristesse s'est estompée.

« *Maura ?* a-t-il dit. *Je n'en veux pas.* »

Et je savais de quoi il parlait. C'était à la fois invisible et omniprésent. Un flot continu, comme de l'eau vive qui se déversait sur lui. Mais ce n'était pas de l'eau. Cela ne faisait aucun bruit ni aucune éclaboussure, cela lui tournait autour et lui coulait dessus. Et il y en avait tant ! Une quantité gigantesque, qui venait bousculer ses souvenirs en miroirs, étouffer les sons et les odeurs, et envahir l'esprit de mon père pour le remodeler en quelque chose de différent.

Le calame.

Darran le refusait.

C'était pour cette raison qu'il restait endormi.

« *J'ai beau fouiller de fond en comble, je ne vois rien qui ressemble à l'esprit de votre père*, disait Bragal quelque part dans ma tête. *Ce doit être un homme d'une grande force mentale, pour se cacher ainsi à…* »

Mais je ne l'écoutais pas. L'esprit de Darran ne s'était pas caché, à moi.

Ne lutte pas, ai-je dit à mon père. *On ne peut pas lutter contre le calame. Laisse-toi traverser. Déploie tes ailes et laisse-toi porter.*

Il a regardé cette énergie qui menaçait de détruire entièrement son esprit.

J'ai confiance en toi, Darran, *tu as déjà reçu du calame et tu es resté toi-même. Tu es l'homme le plus fort que j'aie jamais rencontré. Tu es un dragon.*

Et puis soudain, tout a disparu.

Le contact s'est rompu.

Ma main touchait toujours son front, mais je n'étais plus dans son esprit, et tout ce que j'y avais vu me semblait déjà flou et irréel comme si cela avait été vécu par quelqu'un d'autre.

« Je… Je suis navré, a fait Bragal. *Cet homme m'a repoussé avec une telle force que je n'ai pas pu rester dans… Ah, mes pouvoirs doivent être affaiblis quand je ne suis pas physiquement présent.* »

« Ce n'est pas pour cette raison que vous avez été repoussé », ai-je répondu.

« Et qu'est-elle, alors, cette raison ? Jamais personne n'avait encore réussi à me refuser l'accès à son esprit ! »

— C'est le calame, ai-je répondu avec un sourire. Je crois qu'il l'a accepté. Et Darran est *indestructible*, n'est-ce pas ? Ça vaut pour son corps aussi bien que pour son esprit.

Les deux femmes dans la tente me toisaient d'un air perplexe, en train de parler toute seule.

Moi, je regardais Darran.

Parce qu'il avait enfin ouvert les yeux.

— Conteur, fit soudain Maura. Je suis épuisée, j'ai vraiment besoin de dormir.

Ma petite escapade sous forme de rat m'a vidée de mon énergie…

D'Arterac leva à regret les yeux de ses feuillets.

— Encore un tout petit peu ? Voulez-vous me dire la réaction de la princesse Véra et de Dounia quand elles l'ont vu se lever ?

— Oh, pour ça… Il y a encore eu des cris et des colères.

— S'il vous plaît, racontez-moi juste cela !

Maura acquiesça de la tête.

— Juste cela, alors.

Chapitre 24

Quand Darran s'est enfin réveillé, la princesse Véra a fait son plus beau sourire conquérant, prête à le prendre de haut et à imposer ses conditions. Après tout, il était couché à ses pieds, attaché, et elle tenait en otage les femmes et les hommes de son village pour faire pression sur lui.

Au lieu de ça, Darran s'est débarrassé de ses cordes comme si elles n'avaient même pas été nouées, et il s'est levé de sa civière. Il faut peut-être vous dire que, pendant que je touchais le front de Darran d'une main, de l'autre, je tranchais discrètement les cordes qui le retenaient avec des griffes pointues.

— Je… Je…, a couiné la princesse. Je vous ordonne de vous asseoir !

Darran l'a toisée d'un air indifférent.

— Dounia, fais asseoir cet homme !

Dounia a sorti son épée longue, mais Darran a eu l'air de s'en soucier autant que si un moucheron s'était mis à tourner dans la cabane. Une hache de bataille était apparue dans son poing, sa vieille hache au manche de bois poli par ses propres mains. Il a totalement ignoré les deux femmes et il s'est tourné vers moi comme si elles n'existaient pas.

— Combien de temps je suis resté endormi ?

— Six jours.

— C'est leur campement ?

J'ai acquiescé de la tête.

— La colonne de Kenmare est ici ? On est où ?

— Tout le monde est là. La forêt de Torn-Val. Les troupes royales savent déjà où on est.

— On trouvera refuge dans les montagnes Lehrs. La frontière est à deux cents lieues d'ici en marchant plein nord. Autant ne pas traîner.

— DARRAN DAHL ! a explosé la princesse Véra, qui n'était pas habituée à ce qu'on l'ignore. Vous allez vous battre pour moi. Oh oui, vous allez m'aider à arracher la couronne à l'usurpateur et à me rendre mon trône. Vous serez mon soldat, mon serviteur et mon esclave ! Et si vous ne m'obéissez pas, je tuerai un à un ces gens qui vous sont chers et dont je tiens la vie entre mes mains !

Il l'a regardée en haussant un sourcil.

— Si vous touchez à un seul cheveu des miens, je ferai une pyramide avec les têtes de vos panthères. Et la vôtre, je la planterai au sommet.

Dounia a fait mine de lever son épée, mais pas trop haut quand même : la dernière fois qu'ils s'étaient affrontés, cet homme à demi moribond et armé d'un malheureux poignard avait évité ses coups et l'avait tailladée au visage.

— Mais si vous êtes intelligente, a ajouté Darran, vous et vos guerrières, vous resterez à nos côtés. Le nouveau vice-roi va nous coller ses armées aux trousses et ce serait suicidaire de les affronter séparément. Avec moi, votre petite guerre devrait être nettement plus facile.

— Comment osez-vous me parler sur ce ton ? a hurlé la princesse.

— Marché conclu ? a-t-il dit en lui tendant la main qui ne tenait pas la hache.

— Voilà à peu près comment ça s'est passé, conclut Maura en bâillant. Je peux dormir, maintenant ?

— Il… Il bluffait, n'est-ce pas ? Quand Darran a dit qu'il pouvait tuer toutes les panthères de la princesse ? Il aurait forcément succombé sous le nombre !

— Probablement que oui. Le calame n'est pas infini, Darran n'a jamais été complètement indestructible. Il l'était juste… jusqu'à un certain point. Mais en tout cas, il aurait été capable de faire un sacré massacre avec sa hache, pour ça vous pouvez me faire confiance.

Le conteur écarquilla soudain les yeux, fixant Maura d'un air stupéfait.

— Vous en faites une tête, conteur. Qu'est-ce qui se passe ? Ben oui, Darran n'était pas un gentil petit agneau, c'était un guerrier, ça ne lui faisait pas peur de tuer cinquante femmes. Je pensais que vous aviez compris ça depuis longt…

Elle suivit soudain son regard, posé sur son propre bras.

Ce n'était pas à cause de la violence de Darran Dahl que d'Arterac la regardait ainsi : tout en parlant et sans s'en rendre compte, elle avait ôté une main de sa planche à trous et s'était gratté le nez. Une main dont plus aucune bandelette ne lui enserrait les doigts. Une main sans la moindre entrave pour l'empêcher d'aller et venir à sa guise.

Le conteur se redressa brusquement sur sa chaise, bouscula sa petite table et fit tomber son encrier par terre. Il leva le bougeoir bien haut et son regard fit le tour de la pièce : la poussière au sol, les éclats de mortier, les pierres disjointes autour du trou d'aération mal dissimulées derrière le seau d'aisance. Il vit aussi les égratignures sur les joues et les mains de Maura, récoltées dans les tunnels étroits, les toiles d'araignée dans ses cheveux, puis l'expression du visage apeuré de la prisonnière. Et il comprit tout.

Dans l'esprit de Maura, les questions fusèrent.

Tuer d'Arterac ?

Tuer les deux Dragons ?

Aucune griffe ne pouvait percer leurs armures, mais elle pouvait espérer leur briser les os en les projetant contre le mur. Et ensuite ? Les autres soldats de la forteresse ? Les épées tranchantes qu'elle ne pourrait éviter ?

Elle n'avait pas la moindre chance.

Et si elle se changeait en rat ? Pour leur échapper en courant ?

Puis elle se rendit compte que le conteur n'avait toujours rien dit aux deux soldats postés dans le couloir devant la porte ouverte.

L'un d'eux, sans doute alerté par le bruit de la table renversée, entra dans la pièce. Et, gêné par son heaume qui diminuait son champ de vision, il tenta de percer la pénombre de la cellule.

— Tout va bien, messire ?

D'Arterac lui tendit le bougeoir à hauteur des yeux, l'éblouissant de sa flamme nue.

— Vous tombez bien ! Je dois justement interroger une nouvelle prisonnière du nom de… de « La Beste », veuillez me conduire à elle.

Maura ne put retenir un soupir de soulagement.

Il n'a rien dit.

Le conteur se dirigea vers la porte, mais s'arrêta devant le Dragon, méfiant, qui n'avait toujours pas bougé.

— Vous êtes dans le passage, mon ami ! dit-il d'une voix un peu trop forte.

Le soldat finit par plier la chaise et la petite table puis sortit de la cellule avec le bougeoir. La porte racla la terre en se refermant derrière eux, mais Maura entendit encore la voix claire du conteur :

— Par Kàn, j'ai oublié mon encrier !

Il poussa de nouveau le battant et s'engouffra brusquement à l'intérieur pendant que les Dragons, pris de court, étaient restés dans le couloir.

— Merci de ne pas m'avoir dénoncée, chuchota Maura.

Il murmura si faiblement que pour le comprendre, elle dut tendre l'oreille :

— Vous devez avoir une bonne raison de rester ici alors que vous pourriez vous enfuir à tout moment.

Darran Dahl, conteur, pensa-t-elle. *Est-ce une raison suffisante pour vous ?*

— Allez à la Grande Tour de Frankand, ordonna-t-il soudain. Trouvez ma fille Hélène. Quarante ans, cheveux bruns. Faites-la sortir d'ici. Si je vous revois ici dans deux heures et qu'elle est toujours dans ces murs, je le saurai, vous ne pourrez pas me mentir. Et je vous dénoncerai.

— Mais je ne pourrai jamais…, commença Maura.

Dans l'encadrement de la porte, la silhouette menaçante d'un Dragon apparut, portant le bougeoir qui révéla immédiatement l'encrier renversé sur le sol.

— Messire, vous ne devez pas rester seul avec la prisonnière. Veuillez revenir dans le couloir.

« Faites-le ou je vous dénonce », souffla encore le conteur.

Le Dragon avança d'un pas et d'Arterac se tourna vers lui, son encrier à la main.

— Le voilà, ce petit fripon. Merci d'avoir apporté de la lumière, on n'y voit goutte, dans ces cachots.

Et la porte se referma de nouveau sur eux.

Chapitre 25

Un mélange d'émotions contradictoires embrasait le cœur du conteur. Malgré tous ses efforts pour afficher un visage calme et apaisé, son trouble était si grand qu'il était persuadé que ses gardes devaient le lire aisément sur sa figure. Il les observa, l'un et l'autre, mais ne vit rien d'autre que de l'acier, des hommes scrutant les passages, comptant les pas et essayant de trouver leurs repères dans les couloirs changeants de Frankand.

Sa fille ! Sa fille serait peut-être bientôt libérée ! Pouvait-il faire confiance à Maura pour la faire évader ? Oui, oui ! N'était-elle pas une très brillante sorcière ? Breena et les autres ne l'avaient-elles pas reconnue comme telle ? Elle avait réussi à libérer ses mains et elle avait même creusé un trou au fond de sa cellule. Le Grand Kàn seul savait ce qu'elle avait fait dans la forteresse et depuis combien de temps elle s'y promenait impunément !

Et si elle échouait à faire évader sa fille ? Si Hélène était capturée dans sa fuite et Maura prise sur le fait ?

Hélène ne risquait rien : le Roi Lumière avait trop besoin de son conteur, et donc de cet otage. Maura, en revanche, serait exécutée. Ainsi que tous ses compagnons, car leur sursis serait annulé…

C'était la seule chose qui venait ternir sa joie.

Il avait mis la jeune fille au pied du mur et il l'avait menacée de mort.

Tu aurais très bien pu la dénoncer tout de suite, pensa-t-il pour se donner bonne conscience. *Elle aurait déjà la tête tranchée à l'heure qu'il est. Tu lui as laissé une chance.*

— La cellule de la dénommée « La Beste » est encore loin d'ici ? demanda-t-il aux deux Dragons qui semblaient hésiter sur la direction à prendre.

Ils échangèrent un regard. L'un d'eux pointa le doigt vers la gauche, l'autre secoua la tête.

Retrouver une cellule dans une forteresse qui changeait tout le temps de plan, cela n'avait rien d'évident. D'autant plus que Frankand était immense et ses couloirs tortueux.

— Ça y est, je reconnais l'endroit où on est, murmura l'un des deux Dragons à son camarade, alors qu'ils s'engageaient dans un passage étroit. Je crois qu'il y a encore une porte à gauche avec une couronne royale gravée dessus et ensuite…

Mais ils se trouvèrent soudain face à une petite troupe de Dragons venant de l'autre côté. Ils furent obligés de se plaquer contre la pierre pour laisser passer ces hommes un par un. Certains tenaient de longues lances et d'autres des arbalètes ou des arcs longs, un armement qui ne convenait guère à une mission de gardiens de prison.

— Allez ! Allez ! gueula un sous-officier. On se bouge le cul, bande de pucelles !

Imbécile, pensa d'Arterac. L'une des combattantes les plus dangereuses qu'il eût jamais rencontrées était sans doute encore pucelle.

Pardonne-moi de t'avoir menacée, Maura.

— Ils ont envoyé la moitié de l'armée, murmura un Dragon à son camarade en passant devant lui. L'infanterie lourde et la cavalerie. Ils avaient aussi des balistes et des filins en acier, il y avait même des catapultes. Le dragon a tout réduit en cendre, un vrai massacre. C'est presque impossible de le toucher et rien ne perce sa peau.

— Foutaises ! grommela un autre. Une bestiole, ça se tue. Si les dragons étaient si invincibles, ils n'auraient pas disparu !

— Il paraît qu'il laisse toujours un soldat vivant pour qu'il aille tout raconter aux autres, continua le premier sans répondre.

— Sa Majesté n'en fera qu'une bouchée quand elle sortira du palais.

— Ouais, on verra bien si ce dragon pourra brûler le maître du feu !

— Silence dans les rangs ! gueula de nouveau le sous-officier, beaucoup plus proche cette fois.

La troupe reflua peu à peu. Le conteur et les deux Dragons reprirent leur chemin et débouchèrent dans une immense salle ronde, percée de douze portes massives, qui contrastait étrangement avec l'exiguïté des couloirs et des cellules. Le plafond ovale était si haut que des soldats n'auraient même pas pu le toucher avec des hallebardes, et des voûtes de pierre s'y entrecroisaient avec une élégance et une symétrie parfaites. Douze sages mindarans, figés sous forme de statues entre les douze passages, semblaient accueillir paisiblement les visiteurs, mains tendues et visages souriants.

— La « chambre des mindarans », fit l'un des deux Dragons, satisfait. C'est à gauche.

Douze pouvoirs…, pensa le conteur qui chercha des yeux la statue qui représentait le sien. *Comme c'est réducteur… La magie mindaran n'a pas plus de limites que la nature humaine !*

— À partir de là, murmura l'un des Dragons à son camarade en désignant la statue de l'amin-guela, c'est par ici, et ensuite…

Mais au moment où les deux soldats s'apprêtaient à s'engager dans un nouveau couloir, un commis arriva en courant. Il percuta violemment d'Arterac et tous les deux s'étalèrent au sol.

— Pardon, m'ssire, piailla-t-il en se relevant. J'suis pressé !

L'un des deux Dragons l'attrapa par le col et le plaqua au mur.

— Où crois-tu aller comme ça, vaurien ?

— J'dois… J'dois remettre ce message au commandant Osgarat, de la part du capitaine Javols ! cria-t-il en brandissant un papier griffonné au fusain.

Le conteur récupéra son chapeau de cuir et se redressa péniblement sur ses pieds, pendant que le Dragon secouait le gamin.

— Je vais t'apprendre, moi, à manquer de respect au légendier royal !

— Le… Le légendier royal ? fit le gamin en écarquillant les yeux.

Le Dragon fit mine de le frapper de sa main gantée de fer, mais d'Arterac le retint.

— Laissez-le, voyons, ce n'est qu'un enfant !

Il s'approcha et épousseta le vêtement sale du commis.

— Comment t'appelles-tu ?

Le gamin ne répondit pas, le Dragon le lâcha, et il fila aussitôt, non sans jeter un coup d'œil fasciné à d'Arterac.

Celui-ci haussa les épaules, remit son chapeau sur sa tête et… sentit sur son crâne le frottement d'un papier roulé en tube.

Ce jeune garçon ne m'est pas rentré dedans par hasard…, comprit-il.

Pendant que les Dragons suivaient des yeux le gamin en train de tourner au coin d'un couloir, il récupéra le message et le déroula discrètement :

Attaque de la rébellion attendue à Frankand. Votre vie est en jeu. Quittez les lieux dès que possible.

Un message de la sainte Église de Kàn. Les Grands Kerrs, ses employeurs, étaient toujours bien informés...

Le conteur soupira. Il ouvrit sa sacoche, considéra la pile de feuillets déjà rédigés et hocha la tête. Il lui manquait trop de matière pour partir maintenant. Avec un peu de chance, il aurait encore juste assez de temps.

— Mes entretiens ne sont pas terminés. Je dois interroger cette La Beste, murmura-t-il.

Chapitre 26

Maura se pinça la main pour tenir le sommeil en respect. Elle avait donné le change avec le conteur, mais la fatigue la rattrapait de nouveau.

— Hélène, murmura-t-elle à elle-même. Elle s'appelle Hélène, elle a quarante ans et elle est brune. C'est tout ce que je sais.

Et si je libérais moi-même Darran tout de suite ? Ouais, mais je fais comment sans l'aide des panthères ?

Se promener de nouveau sous forme de rat dans des conduits risquait de la faire sombrer dans l'oubli ; elle était d'ailleurs trop épuisée pour rester bien longtemps sous cette forme. Et quand bien même, ensuite, comment ferait-elle pour briser la porte ? Peut-être que si elle avait eu le temps de parler aux prisonniers, d'élaborer un plan, de leur trouver des armes… Mais ce n'était pas le cas.

Putois ! Juste au moment où la princesse et ses panthères allaient m'aider !

Accroupie devant le trou d'aération de son cachot, elle retira les moellons descellés du mur et sentit l'air doux et minéral qui soufflait des entrailles de Frankand.

Bon. Je trouve cette Hélène, je la libère vite fait et je retourne dans mon cachot.

Elle essaya de ne pas penser à ce qui se passerait si elle était capturée en train de faire évader cette femme.

Je serais exécutée dans l'heure qui suit.

Darran serait exécuté dans l'heure qui suit.

Tous mes amis seraient exécutés dans l'heure qui suit.

— Elle est emprisonnée dans la Grande Tour de Frankand, qu'il a dit. Et où est-elle, cette tour ?

Ses yeux se fermaient tout seuls. Elle se colla une gifle pour se réveiller.

Et comment ferait-elle, ensuite, pour sortir cette Hélène de son cachot et lui faire quitter Frankand ? La forteresse était perchée à plus de deux cents toises du sol. Maura pouvait toujours se changer en oiseau, mais pas porter le poids d'une femme avec elle.

— Sacré putois ! cria-t-elle à voix haute aux murs de son cachot et aux toiles d'araignée. J'ai autre chose à faire que d'aller sauver les fesses de cette vieille !

Darran était vivant. Se répéter cette pensée continuait à gonfler son cœur d'allégresse.

Mon père est le plus grand guerrier du monde.

Avec un soupir, elle se déshabilla entièrement, grimaçant sous l'effet du froid, et déposa ses vêtements pliés à côté du trou.

Comme ça, pas de risque de les perdre si je suis obligée de me changer en rat ou autre chose. Je les retrouverai à mon retour.

Du moins si personne n'ouvrait sa porte et ne se rendait compte qu'elle avait fichu le camp. Combien de temps avait-elle ? La toilette du matin et la soupe du déjeuner étaient passées, et le conteur la laisserait tranquille au moins deux heures.

— Conteur, je vous maudis.

Avec un frisson, elle se glissa dans le tunnel en essayant d'oublier la poussière et les aspérités de la pierre qui lui meurtrissait les genoux, et les grattements des araignées sur sa peau nue. Ces mêmes tunnels qui servaient aux transformations de Frankand et qui s'aplatissaient quand cela survenait… Elle se gifla de nouveau pour garder les yeux ouverts. Dormir n'était pas une option.

— Bon, je crois que j'ai un plan pour la faire descendre de Frankand, dit-elle finalement à voix haute, comme pour s'en persuader elle-même. Je vais appeler Grantë.

Son petit protégé viendrait-il à elle, maintenant qu'il s'était changé en dragon ? Grantë était né d'un fragment de son esprit, à elle. Un reflet d'amin-guela, son pouvoir de sorcière de l'esprit.

Il m'obéira, parce qu'il est une part de moi-même.

Sauf que s'il n'avait été que cela, il aurait disparu depuis bien longtemps. Dès qu'elle avait perdu sa concentration.

Le calame l'a touché. Les gens l'ont pris pour un dragon. Les gens de la région croient aux dragons depuis des siècles.

Le calame changeait et remodelait les esprits, mais Grantë ne pouvait pas avoir complètement oublié sa maîtresse, si ? Lui seul serait assez fort pour porter cette Hélène jusqu'en bas et pour calciner tous les soldats qui tenteraient de les arrêter.

Vous vous faites peut-être appeler « Dragons », les gars, mais vous ferez moins les malins quand vous en aurez un vrai devant vous.

La progression était lente. Plus d'une fois, le tunnel déboucha sur des ouvertures qui menaient à des pièces remplies de soldats. Alors, elle rebroussait chemin avec un juron. Au bout d'un long moment, elle trouva enfin ce qu'elle cherchait : une salle plongée dans l'ombre où elle distingua la forme d'une cheminée. Ce serait parfait pour monter jusqu'aux toits et repérer une « Grande Tour ».

D'un geste souple, elle se laissa tomber au sol et courut jusqu'à l'âtre froid où reposait une fine couche de cendres. Un vent glacial sifflait dans le conduit, lui faisant regretter amèrement ses vêtements laissés au cachot. Avec un grommellement, elle fourra sa tête dans l'étroit passage couvert de suie.

Enfant, elle avait toujours été douée pour grimper aux arbres et sur les murs. Elle montait sur le toit de la maison de Morregan juste pour le plaisir, en prétendant nettoyer les gouttières en plein été. Mais le soleil de Kenmare était loin et escalader un mur aussi lisse, c'était presque impossible. Du moins sous forme humaine…

De l'ongle, elle pressa une petite plaie qu'elle s'était faite en s'écorchant contre la pierre. Une grosse goutte de sang afflua, ainsi qu'une pointe de douleur – ce serait le prix de sa transformation. Elle la récupéra du bout de l'index et dessina, dans son esprit et avec ses mains, la forme de son animal préféré : l'écureuil.

— N'oublie pas que tu es humaine, Maura…

Plus la taille de la bête différait de la sienne et plus le changement de forme l'épuisait. Si elle arrivait à se changer en écureuil, c'était uniquement parce qu'elle avait toujours adoré cet animal, mais c'était la plus petite forme qu'elle était capable d'adopter.

Elle changea.

Il n'y eut bientôt plus de pensées abstraites, il n'y eut plus que le frottement de sa fourrure sur le sol froid, le grattement de ses petites pattes sur la pierre du conduit et le vent glacial qui soufflait du dessus. Mais une plaque de suie se détacha soudain. Son petit corps chuta, se cogna aux parois et un choc violent la cueillit à la tête.

Quand elle reprit conscience, elle était allongée sur le dos, humaine, à moitié dans l'âtre et à moitié sur le plancher de la salle. Son crâne lui faisait mal. Elle se retourna juste à temps pour vomir un flot de bile.

Les ténèbres de la salle s'éclaircirent graduellement lorsque quelqu'un s'approcha dans le couloir avec une source de lumière.

Les Dragons. Ils ont entendu quelque chose.

Elle tenta de se remettre debout, mais elle en fut incapable. Sa chute l'avait sonnée. C'était comme si la salle tanguait et que le sol menaçait de s'abattre sur sa figure. À quatre pattes, elle se rencogna derrière une petite pile de bûches, à côté de la cheminée.

Des pas résonnèrent, de plus en plus proches.

— Le bruit venait de là ! fit une voix sourde.

La flamme d'une lampe à huile illumina la salle. Plusieurs personnes martelèrent le sol de leurs bottes. Combien ? Deux ? Trois ? Les Dragons allaient toujours par paires. Elle estima qu'ils étaient quatre.

— Méfiez-vous, elle est sournoise, fit l'un d'eux.

Elle ? Comment savaient-ils déjà que c'était elle ?

— Elle a tué quatre hommes la dernière fois.

Quatre hommes ? De qui parlaient-ils ?

— C'était de la racaille de miliciens, répondit un autre. Tu parles d'un exploit…

— Elle a aussi balancé l'un des nôtres de la Grande Tour. Un Dragon.

Grantë ! Ils parlaient d'Ava Grantë ! Il avait démembré quatre miliciens quand il s'était enfui avec elle, deux jours plus tôt. Les hommes de la forteresse l'appelaient « la bête de Frankand » et ils n'avaient aucun moyen de savoir que Grantë s'était changé en dragon et avait quitté la ville. Ils le cherchaient toujours !

Maura sentit monter dans son nez la poussée irrésistible d'un éternuement. Par miracle, elle parvint à l'étouffer. Elle s'essuya le nez d'un revers de la main et leva la tête.

Par-dessus la pile de bûches, un homme la regardait, levant au-dessus d'elle sa lampe à huile.

Chapitre 27

La surprise lui donna une fraction de seconde de répit : à travers la fente du casque, Maura distingua deux yeux exorbités qui ne s'attendaient sans doute pas à trouver une prisonnière parmi les bûches d'une cheminée.

Elle donna un coup de poing dans la lampe à huile qui fit un arc de cercle dans les airs et se brisa dans l'âtre, où elle répandit un peu d'huile enflammée. Le Dragon voulut frapper de taille avec son épée longue, mais il manquait d'espace et la lame cogna contre la pierre.

Quatre, ils étaient bien quatre dans la salle.

Elle roula au sol jusqu'à l'âtre et jeta une poignée de cendres sur les gouttelettes d'huile enflammées. Une obscurité quasi complète retomba dans la salle. Seule une très faible clarté venait encore du couloir.

C'était suffisant pour Maura et ses yeux de chat sauvage, mais pas pour des humains encore éblouis par la lumière de la lampe à huile. Ils se ruèrent vers la cheminée, mais Maura s'était déjà glissée dans les ombres. La tête lui tournait toujours, mais elle avait pu retrouver ses esprits depuis sa chute.

— Empêchez-la de s'échapper ! beugla le sergent. Ronan, devant la porte avec moi, vite ! Jonas et Caderr, devant la cheminée !

Ils avaient donc des noms, ces fameux Dragons sans visages.

— Ronan, appelle du renfort dans le couloir ! Dragons, bouclier au bras !

Grantë, pensa-t-elle, *si seulement tu étais là…*

Elle était piégée dans la salle et le temps jouait contre elle, car leurs yeux allaient s'habituer à l'obscurité.

— Par ici, les gars ! hurla Ronan dans le couloir. C'est la bête de Frankand, on la tient, venez nous aider !

— C'était pas une bête, sergent, commença le dénommé Jonas, je l'ai vue, c'était une femmelette, rien qu'une femmelette !

Au moment où il finissait sa phrase, une masse en mouvement le percuta violemment. Une ourse venait de lui tomber dessus, qui faisait trois fois son poids, et de son énorme patte, elle le frappa au torse avec une force surhumaine. L'homme fut projeté contre le mur, où ses os se brisèrent dans son armure. Maura tenta de se déplacer jusqu'à la cheminée, mais l'autre Dragon, Caderr, s'était accroché à sa patte arrière, l'empêchant de fuir.

Les deux derniers soldats foncèrent sur elle, épées tirées.

— Crève, sale monstre !

Alors Maura eut recours à son autre magie.

Son corps touchait celui de Caderr et leurs esprits se touchèrent aussi, comme celui de Bragal autrefois avait envahi celui de Maura. Il n'y eut pas de mots échangés dans leurs têtes, pas d'illusions ou de manipulation. Maura ne savait rien faire de tout cela, car elle aurait détesté savoir le faire. Il n'y eut qu'une projection brutale de l'esprit de Maura dans celui de cet homme, une puissante et terrifiante menace : *Lâche-moi ou je te briserai l'esprit. Je suis plus forte que toi.* Tout ce qu'elle avait en elle de rage, de haine et d'envie de liberté, elle le déversa en lui, et ce fut plus terrifiant encore que son rugissement d'ourse.

La peur entra dans le cœur endurci du Dragon. Tétanisé, il lâcha Maura et tomba sur les genoux. Un liquide clair coula de son entrejambe entre les plaques et les rivets de son armure. Puis il se recroquevilla en position fœtale, implorant la pitié.

Merci au moins de m'avoir appris ça, Bragal, pensa Maura avec amertume, car c'était un pouvoir qu'elle aurait préféré ne jamais développer.

L'ourse fonça vers la cheminée et commença à se changer en un animal infiniment plus petit, l'écureuil, de nouveau... La suite ne fut plus qu'un tourbillon d'odeurs et de sensations, une grimpée épuisante, interminable, sur une surface lisse et noire. Mais cette fois, elle ne retomba pas. Ce fut une course contre la montre, entre son corps qui montait un par un les degrés de Frankand et son esprit qui peu à peu se diluait dans celui de l'animal.

— Caderr ? Ça va ? fit une voix en dessous d'elle.

— Où est-elle passée, foutre-Kàn ? hurla le sergent. Cherche-la, elle ne peut pas être loin !

Elle entendit aussi :

— Rien qu'une femmelette, qu'il disait, hein ? Abruti !

Puis il n'y eut plus que le vent, la neige et le froid à couper le souffle.

Cela l'aida à retrouver sa forme humaine. Elle fut bientôt sur les toits de Frankand, le visage couvert de suie, entièrement nue.

— P... Putois, murmura-t-elle. Je vais g... geler sur place.

Il faisait jour, mais c'était un jour terne et brumeux. Les toits de Frankand étaient sinistres et hérissés de croix où pourrissaient les cadavres des anciens condamnés à mort, dont les lambeaux de vêtements claquaient au vent.

— Où se trouve cette f… fichue Grande Tour, par les deux visages de Kàn ?

Des tours noires flanquaient les remparts tout autour de la forteresse, mais aucune ne semblait plus grande que les autres.

— Si elle est si spéciale, alors elle est peut-être au centre.

Elle se laissa glisser du haut de sa cheminée et se mit à courir sur les pentes en ardoise couvertes de neige, sous le regard étrange des squelettes sur leurs croix, dont les crânes jaunis semblaient rire d'elle à son passage. Si Frankand avait été une énorme bête, alors elle courait à perdre haleine sur son dos vers ce qu'elle estimait être son centre. Bientôt, la forme massive d'une tour ronde se dressa devant elle. Grande, cette tour ne l'était pas par sa hauteur : elle ne devait pas faire plus de trois ou quatre étages. Elle l'était par sa largeur.

— Chaque cellule doit faire la taille d'une petite église, là-dedans.

Elle s'approcha prudemment, au cas où un garde posté au sommet aurait surveillé les toits. Les murs de la tour étaient faits d'une pierre presque noire qu'on aurait dite tirée d'un antre de dragon. C'était un matériau extrêmement solide, mais rugueux, et qui offrait de nombreuses prises pour l'escalade.

— Et allons-y de nouveau…, fit-elle avec un soupir en réprimant un bâillement.

D'un mouvement leste, elle cala un pied dans un interstice entre deux pierres et se hissa d'une poussée. L'avantage d'être nue était que ses doigts de pied s'insinuaient plus facilement dans les prises. L'inconvénient était qu'elle s'y écorchait la peau, d'autant plus que cette pierre noire était tranchante comme du cristal.

Il lui fallut un petit moment pour se hisser jusqu'au premier étage et atteindre un volet de bois qu'elle entrouvrit. À travers le verre grossier, elle vit une très grande salle ronde éclairée par un feu qui ronflait dans une cheminée. Comme elle aurait voulu entrer et se réchauffer auprès des flammes… De petits lits avaient été disposés en cercle le long des murs. Combien ? Quinze ou vingt, peut-être. Des enfants étaient assis à une immense table au milieu de la salle. Certains parlaient entre eux et d'autres faisaient une partie de jeu de Kàn : elle pouvait voir les pions colorés à deux visages et les dés à douze faces sur le plateau de bois.

Ces prisonniers-là étaient en bonne santé, ils avaient de l'espace, des matelas de plumes et des couvertures brodées. Elle vit même des domestiques passer entre eux et leur proposer des boissons.

Des otages, pensa-t-elle. *Des enfants de nobles que le roi garde à sa merci pour faire pression sur les puissants.*

Mais elle eut beau scruter toute la salle, elle ne vit aucune femme adulte en dehors des domestiques. Avec un frisson de froid, elle continua donc son ascension.

Au second étage, elle eut la satisfaction de trouver les prisonnières femmes. Il y en avait une douzaine, toutes bien habillées, la plupart en train de se disputer tandis qu'un majordome essayait vainement de les séparer. Maura vit des brunes, des blondes et même une rousse comme elle, mais aucune qui eût quarante ans. Elles étaient toutes de jeunes, parfois de très jeunes femmes.

La valeur d'une femme noble se mesure au mariage auquel elle peut prétendre, pensa-t-elle. *Garder auprès de lui des femmes déjà mariées, ça n'aurait pas été un bon moyen de pression.*

Au troisième, elle vit uniquement des hommes et elle faillit se faire surprendre quand l'un d'eux s'approcha de la fenêtre.

Il ne restait qu'un dernier étage – heureusement, car les muscles de ses jambes s'engourdissaient sous l'effet du froid et de l'effort.

Chapitre 28

Elle se heurta cette fois à un barreau et à une double fenêtre en verre. Elle n'avait pas vu souvent de verre dans sa vie et encore moins deux fenêtres vitrées l'une derrière l'autre !

— Les otages de cette salle doivent être bougrement importants, grommela-t-elle, leur enviant toujours le feu dont elle pouvait voir les flammes danser à travers les petits carreaux déformés du verre.

Elle colla son visage à la première vitre et tenta de voir quelque chose à travers la seconde. Une table en bois précieux, sculptée et vernie avec soin, des tapis aussi épais qu'une herbe de printemps, des tapisseries magnifiques pendues aux murs… Il y avait même des plantes aux fleurs rouges et orange disposées en pots près d'une autre fenêtre.

Elle ne vit d'abord personne, puis une silhouette féminine traversa la pièce.

— Toi, tu es brune ! cria Maura, triomphante.

Oui, cette femme avait de longs cheveux bouclés, propres et bien brossés. Il était difficile d'estimer son âge, d'autant plus qu'elle lui tournait le dos. Mais elle crut distinguer quelques fils blancs dans cette chevelure, et quelque chose dans sa silhouette laissait deviner à Maura qu'elle n'était plus une jeune fille. Avait-elle quarante ans ? C'était possible.

— De toute façon, il ne reste plus que toi, bougonna-t-elle. Fichue bonne femme que je vais devoir faire sortir d'ici avant de retrouver Darran et les autres…

Elle s'agrippa d'une main au barreau de la fenêtre et ferma les yeux. Puis elle enduisit son doigt de son propre sang, prélevé à ses pieds égratignés, et dessina dans les airs. Des plumes blanches couvrirent son visage, sa bouche s'allongea et durcit jusqu'à devenir aussi solide que le bois. Bientôt, elle eut une tête de cigogne au bec long et terriblement pointu. D'un mouvement frontal, elle brisa les deux vitres l'une après l'autre et le verre explosa en petits éclats tranchants qui se répandirent sur le tapis aux franges de soie.

Puis Maura perdit de sa masse. Elle se fit grise et moustachue, et en rate, se faufila à travers le trou dans le verre brisé puis se coula dans la dernière salle de la Grande Tour, où elle retrouva sa forme humaine.

Mais elle avait trop demandé à sa magie : trop faible pour se relever, elle vit la femme brune s'approcher, paniquée, et se pencher vers elle.

— Qui êtes-vous ? Que faites-vous ici ?

— Hélène ? Je… Je suis venue vous sauver…

Malgré un dernier effort de volonté, ses yeux se refermèrent et elle sombra dans un profond sommeil.

Elle rêva qu'elle volait au-dessus des plaines enneigées de Frankand. Elle volait, les ailes déployées, et malgré le froid de l'hiver, son ventre se gonflait d'une chaleur intense et dévorante. Elle rêva qu'elle piquait sur une troupe de soldats en armure qui s'agitaient comme des fourmis. Puis elle sentit le choc d'une pierre jetée d'une catapulte, qui lui frappa la queue, et la morsure cuisante d'une de leurs longues armes pointues tirées depuis d'autres machines de guerre. La peur, la rage, la colère. Et le feu, bientôt, qui s'abattit sur ces humains et leurs piques de métal…

Petite maman, pensa Grantë en s'abattant sur eux, tandis que l'acier des armures ployait sous son poids et fondait sous sa chaleur, *je les repousse pour toi et pour tous les gens de Homgard.*

Une gifle d'eau glacée en plein visage réveilla brutalement Maura.

Elle était toujours allongée sur le tapis, mais quelqu'un l'avait traînée au milieu de la pièce et on lui avait jeté une couverture sur le corps. Le tapis avait été débarrassé de ses éclats de verre et un rideau tiré sur la double fenêtre brisée. Toujours aussi épuisée, Maura chercha des yeux la femme brune puis essaya de se remettre debout, mais elle eut la désagréable surprise de constater que ses mains étaient attachées dans son dos.

— Comment avez-vous réussi à vous introduire ici ? Qui vous envoie ?

La prisonnière se tenait au-dessus d'elle et brandissait un tisonnier. Elle était en chemise de nuit, un collier d'or au cou.

— Je… Vous m'avez attachée ? Putois ! Je risque ma vie pour vous délivrer et vous…

— Qui vous envoie ? répéta la femme d'une voix dure en levant un peu plus haut son tisonnier.

— Votre père !

La femme fronça les sourcils.

— Mon père est mort depuis plus de vingt ans, petite demoiselle.

— Je vous jure qu'il est vivant, je l'ai encore vu ce matin !

— Et moi je vous dis que j'ai veillé son corps toute une nuit dans le grand temple de Kiell devant cent cinquante personnes. Il a été assassiné par la Princesse Sanglante, veuillez lui accorder le respect dû aux défunts, jeune fille.

Elle parlait avec les intonations de la noblesse, qui adoucissaient les consonnes et montaient haut dans les aigus à la fin de certains mots.

— Vous dites que…, commença Maura, que Jean d'Arterac est mort ?

La femme baissa son tisonnier.

— Je ne comprends pas un traître mot de ce que vous dites.

— Vous êtes bien Hélène, sa fille ? Vous avez une quarantaine d'années, vous êtes brune, vous êtes dans la Grande Tour. Alors vous êtes forcément Hélène ! gémit Maura, au désespoir.

Elle avait fait tout ce qu'on lui avait demandé. Elle avait rampé, sué, gelé, escaladé, couru et combattu quatre hommes pour arriver jusqu'ici. Et maintenant qu'elle avait enfin réussi, elle tombait sur une folle qui lui disait que d'Arterac était mort.

— Vous faites erreur, répondit finalement la femme après un instant d'hésitation. Je ne suis pas Hélène d'Arterac. Je l'ai rencontrée une fois ou deux, peut-être, il y a bien des années. Mais en dehors de notre âge et de la couleur de nos cheveux, je ne pensais pas que l'on puisse nous confondre.

Le monde de Maura s'écroula et elle se mit à crier en agitant ses mains attachées.

— Mais alors, où est-elle, cette foutue Hélène, par le Kàn ?

Si elle avait été moins épuisée et désorientée, elle aurait peut-être remarqué que son juron et ses mauvaises manières avaient provoqué chez son interlocutrice un mouvement de recul indigné. Et elle aurait peut-être eu la présence d'esprit de poser une question plus pertinente, comme : qui était cette femme ?

— C'est *elle* qui vous envoie, n'est-ce pas ? fit la prisonnière d'une voix de nouveau dure, et serrant ses doigts sur le tisonnier jusqu'à en avoir les articulations blanchies.

— Putois ! Mais de qui parlez-vous ?

— La princesse ! C'est la princesse qui vous envoie pour me tuer !

Maura faillit répondre que la princesse Véra ne lui avait rien demandé, mais elle eut soudain un doute.

— De quelle princesse parlez-vous ?

— Ne me prenez pas pour une imbécile, jeune fille ! cria l'autre au bord des larmes. Il n'y a qu'une seule princesse dans ce royaume, une seule qui fasse jaillir le sang de ses ennemis et qui tue nos hommes pour son plaisir jusqu'à tapisser le plafond de son palais avec leurs crânes !

— La Princesse Sanglante ? Elle est morte il y a dix ans, répondit Maura d'une voix très douce, car elle commençait à soupçonner que cette femme était folle. Le prince Erik l'a fait crucifier ici même, sur le toit de cette forteresse.

Cette fois, la femme éclata en sanglots, lâchant son tisonnier, se laissant tomber par terre et s'arrachant les cheveux.

— Vous mentez ! hurla-t-elle. C'est impossible, elle est terriblement puissante et la moitié du royaume se bat encore à ses côtés ! Mon mari est toujours en guerre contre elle ! Il ne l'a pas tuée, il n'a pas pu…

— Votre *mari* ? répéta Maura, les yeux agrandis par la stupeur.

— Sinon…, reprit la femme entre deux sanglots. Sinon pourquoi m'aurait-il enfermée ici ?

— Vous êtes l'épouse du Roi Lumière ?

La femme se remit à hurler :

— Qu'est-ce que vous racontez ? Quel roi ? Quelle lumière ? Il n'y a jamais eu que des reines en Westalie ! Des reines démentes qui ont mené ce royaume à sa perte, génération après génération ! Mon mari mettra fin à leur règne, il se bat depuis vingt ans, il risque sa vie sur les champs de bataille afin que ce royaume connaisse enfin la paix !

La bouche de Maura s'ouvrit lentement et elle prit soudain conscience de l'enfer que cette femme avait vécu. Depuis combien de temps était-elle dans cette prison ? Depuis la fin de la guerre des Princes ?

Rester sept jours à Frankand avait suffi à rendre Maura à moitié enragée. Alors que cette femme était ici depuis *dix ans*. Pendant tout ce temps, son mari lui avait menti, l'avait privée de liberté, l'avait coupée de ses amis, de sa famille et de tout ce qui avait été sa vie.

— Vous voyez toujours les mêmes serviteurs, pas vrai ? demanda-t-elle. Combien sont-ils : trois ou quatre, au maximum ? Jamais personne d'autre ? Et les soldats à votre porte sont toujours les mêmes, non ? Laissez-moi deviner : ils ne vous parlent jamais de ce qui se passe à l'extérieur, ou alors seulement dans des termes vagues qu'ils répètent tous d'année en année. « La guerre continue », « la princesse est encore puissante », « il ne serait pas raisonnable pour vous de sortir » et blablabla…

La femme ne répondit rien.

— Vous avez quand même essayé de sortir, bien sûr, poursuivit Maura, imaginant avec horreur ces longues années d'enfermement. Je parie que vous avez demandé au moins mille fois à franchir cette putois de porte. Vous avez supplié, pleuré, crié, vous avez juré de vous déguiser, ou de sortir à la nuit noire, ou sous escorte. Mais on vous l'a toujours refusé. On vous a dit que c'était pour que la

Princesse Sanglante ne vous trouve jamais, que c'était pour votre *sécurité*.

— Co… Comment savez-vous tout cela ? répondit la prisonnière, stupéfaite.

— Moi aussi, j'ai connu un homme qui prétendait me protéger pour mieux me manipuler, répondit Maura avec une pointe de hargne. C'est bien ce que vous dit votre mari, hein ? Il prétend que vous êtes menacée, alors il vous enferme dans cette belle prison dorée.

Cette femme était reine de Westalie et elle ne le savait même pas. D'ailleurs, la Westalie ignorait qu'elle avait une reine…

— E… Erik n'aurait pas pu me faire une chose pareille.

Maura secoua tristement la tête.

— Ça, c'est ce que vous vous répétez en boucle depuis des années. Mais la vérité, c'est que vous aviez des doutes bien avant que je débarque par votre fenêtre. Sinon, vous ne m'auriez pas interrogée : vous auriez tout de suite appelé la garde. Si vous ne l'avez pas fait, c'est parce que vous aviez enfin une occasion de *savoir*.

Dans le regard de la reine, un voile passa, comme si elle acceptait enfin la vérité après dix ans de mensonges. Puis elle essuya ses larmes, sembla retrouver sa maîtrise d'elle-même et regarda Maura droit dans les yeux.

— Qui que vous soyez, jeune fille, dites-moi une chose. Une seule chose.

— Oui ?

— Mon fils. Sebastian. Est-ce qu'il est… Est-ce qu'il est vivant ?

— Le prince Sebastian est l'héritier du trône. Quoi ? Il vous a menti sur ça aussi ? Il vous a dit qu'il était mort ?

La reine pâlit. Puis un sourire timide l'éclaira peu à peu.

— Sebastian, murmura-t-elle.

Et ce nom fut prononcé avec un tel amour et une telle tendresse que Maura, douloureusement, imagina son père en train de prononcer ainsi le sien.

— Il faut vous cacher, vite ! s'écria soudain la reine.

— Quoi ?

— Je n'arrivais pas à vous réveiller, cela fait une bonne heure que vous dormez sur mon tapis, mais…

— Hein ? J'ai dormi une heure ?

Il fallait qu'elle rentre dans sa cellule, vite !

— … mais j'ai fini par vous jeter ce verre d'eau à la figure parce que le temps presse, poursuivit la reine. C'est son heure, il va arriver.

Maura la regarda un instant sans comprendre.

Puis elle s'aperçut que, sans y prêter attention, elle avait elle-même repoussé la couverture qui la maintenait au chaud, et que la température de la pièce avait graduellement augmenté. Elle jeta un coup d'œil sous la porte à l'autre bout de la salle et, avec un sursaut de frayeur, vit qu'une lumière très vive filtrait par les interstices et s'intensifiait de plus en plus.

— Il arrive ? Vous voulez dire… *votre mari* ? demanda-t-elle d'une voix étranglée.

La reine la saisit par le bras et l'aida à se remettre debout, puis elle regarda autour d'elle d'un air paniqué avant de l'emmener jusqu'à un gros coffre en bois sous la fenêtre, qu'elle ouvrit à la volée.

— Cachez-vous là-dedans !

— Quoi ? Vous n'allez pas me détacher et me laisser partir ?

— Désolée. J'ai encore trop de questions à vous poser.

Maura aurait sans doute pu lui donner un coup de pied et se débarrasser de ses liens en prenant une forme animale, mais quelque chose la retenait de frapper cette femme qui avait déjà subi la pire des tortures. Et elle était tellement vidée de son énergie qu'elle ignorait si elle aurait trouvé la force de faire de nouveau appel à la magie. Elle laissa donc la reine la fourrer au fond du coffre. Elle s'y enfonça dans une pile de vêtements si doux et si beaux que leur tissu précieux était une injure à toutes les autres étoffes du monde. Elle eut à peine le temps de baisser la tête que, déjà, la reine refermait sur son nez le rabat en chêne. Et que de l'autre côté de la salle, la porte s'ouvrait sur un flot de lumière.

Chapitre 29

Il faisait de plus en plus froid, dans la petite cellule qu'on avait aménagée pour les entretiens de d'Arterac. Même les deux Dragons dans son dos perdaient parfois leur immobilité le temps d'un mouvement des bras ou des jambes pour se réchauffer.

La clarté de la bougie tombait sur les ravines et saillies violacées qui déformaient la moitié du visage de La Beste. L'autre moitié était celle d'une belle femme à la peau noire, aux cheveux épais et crépus, dont l'œil unique brillait de mille nuances de brun.

—Alors c'est vous, le fameux d'Arterac ?

—Ai-je déjà eu l'honneur de vous rencontrer ? répondit-il avec un sourire.

La Beste parlait avec un calme que démentait la petite fiche du conteur : « *prisonnière extrêmement dangereuse, ne jamais lui délier les mains* ».

Le conteur remua un peu sur son siège pliant, les coudes plantés sur sa petite table, et fixa du regard la peau ravagée de la prisonnière pour s'y habituer une bonne fois pour toutes.

—Je sais, ça impressionne toujours, fit-elle. Je vais vous dire comment ça s'est passé, comme ça ce sera réglé et on en parlera plus, ça vous va ? Je me battais dans une grange en feu. Un gars m'a balancé un ballot de paille enflammé sur la tête. Mais je vous rassure : j'ai crevé ce bâtard.

La main droite du conteur lui cuisit aussitôt violemment. La Beste lui mentait, mais comme il ne lui avait encore posé aucune question, il ne lui en tint pas rigueur et se contenta de serrer les dents en attendant que passe la douleur.

— Non, vous m'avez jamais rencontrée, conteur, dit-elle finalement. Mais moi, bien sûr que je vous connais : j'ai entendu votre foutue voix résonner dans les foutues pierres-qui-parlent des temples, sermon après sermon, et dans la bouche de chaque cul-terreux de Westalie depuis dix ans. Oui, j'ai écouté votre façon de raconter la guerre des Princes à tout ce royaume. Et je l'ai pas aimée.

Un peu embarrassé par la tournure que prenait cet échange, le conteur fit quelques petits cercles dans le vide avec la pointe de sa plume, avant de renoncer à écrire quelque chose.

— Je n'ai jamais menti au cours de ce récit, se défendit-il.

— C'est ce que les gens disent. Vous êtes « l'homme dont les récits ne mentent jamais », à ce qu'on raconte. Mais sur la guerre des Princes, y a pas qu'une seule vérité. Il y en a autant que de pauvres bougres qui se sont retrouvés à s'étriper entre eux, le ventre vide et les pieds dans la boue – ces gens qui ont donné leur vie au nom d'un prince ou d'une princesse qui n'aurait même pas donné un liard pour leur trogne.

Dans la bouche d'une femme, et tout particulièrement d'une femme petite et gracile comme l'était La Beste, ce vocabulaire de soudard surprit quelque peu d'Arterac. Puis il se souvint que du temps de la Princesse Sanglante, les femmes étaient nombreuses dans les armées royales. La Beste *était* un soudard.

— J'ai cru comprendre que vous aviez combattu dans le camp de la princesse, dit-il. J'étais moi-même un homme du prince Erik. Mais je tiens à vous dire qu'à l'époque, j'ai interrogé plusieurs anciens officiers de votre camp afin de prendre en compte leur point de vue sur cette guerre.

— Des officiers, hein ?

Elle cracha par terre.

— C'est pas ce point de vue qu'il fallait prendre. Vous avez passé toute la guerre le cul sur votre selle à regarder de loin la sale besogne sans jamais vous salir les mains. On en trouve toujours, des petits plumiers dans votre genre, qui grouillent autour des belles armures des ducs. Mais jamais en première ligne. Cette guerre, c'était aux soldats de la raconter, pas aux comtes et aux marquis comme vous.

D'Arterac répondit par un sourire.

— Dans ce cas, ma dame, considérez que je suis en train de réparer cette erreur.

Elle soupira et son regard erra sur les murs de la petite cellule, comme s'il voyait loin au travers.

— On ne répare jamais ses erreurs, conteur : on relance le dé, c'est tout. Parfois, on fait pire. Parfois, on fait mieux.

— Et vous, La Beste, avez-vous fait mieux ?

— Oui, fit-elle avec un sourire. J'ai combattu pour Darran. Toute ma vie, j'ai fait la guerre pour un chef. Mais Darran, au moins, c'était un chef honnête et sa guerre était honnête. C'était la première fois que ça m'arrivait.

— Et la princesse Véra ? Vous avez passé dix ans de votre vie à son service. Ne la considérez-vous donc pas comme… « honnête » ?

La Beste haussa les épaules et répéta :

— Darran était un chef honnête.

— Vous me surprenez, ma dame. Maura m'a rapporté que Darran et vous, vous vous étiez pourtant durement affrontés pendant la guerre des Princes. N'en avez-vous gardé aucun ressentiment pour lui ?

La Beste eut un petit rire.

— Maura vous a dit ça ? Ah ah ! Sacré petit bout de magote…

« Magot » : le terme du jargon des batailles pour désigner les mages de guerre.

— Elle n'arrêtait pas de me tanner avec ses questions sur Darran, poursuivit-elle, et maintenant qu'elle est en cellule, elle envoie quelqu'un d'autre le faire à sa place ! Quand elle a une idée en tête, celle-là, même le Grand Kàn ne pourrait pas la lui ôter.

Dans la bouche de La Beste, cela sonnait comme une qualité, et un sourire flotta sur ses lèvres en repensant à la jeune fille.

— Qu'est-ce que je peux vous dire, conteur ? Oui, Darran et moi, on s'est affrontés pendant la guerre des Princes. Et oui, ça a été sanglant.

— L'avez-vous terrassé ? demanda le conteur.

— Vous êtes fou ? Personne ne peut terrasser Darran. Maintenant, ne me demandez pas de raconter ce qui s'est passé. Je n'en ai jamais parlé à personne et ce n'est pas aujourd'hui que je changerai d'avis. Ça nous appartient à lui et moi, et à personne d'autre.

Elle laissa passer un court silence.

— Mais c'est vrai que quand j'ai reconnu Darran pour la première fois, j'ai eu un choc. La première idée que j'ai eue, ça a été de l'égorger.

C'était le jour où la princesse Véra était revenue au campement avec ses prisonniers. Un jour de joie, pour nous, les panthères : Kiell était en cendres, le vice-roi était mort et on avait libéré une cinquantaine de filles de ces foutus marchands de chair humaine. La princesse m'a à peine parlé, comme d'habitude. J'avais dirigé le camp pendant des semaines en son absence, mais elle me traitait à peine mieux qu'un chien de garde.

Elle n'en avait que pour Dounia. Ça devait lui donner un air de reine, de se promener avec une fille qui pesait cent livres de muscle. Ouais, je fais peut-être pas plus de cinq pieds de haut, mais je pouvais l'étendre raide morte rien qu'en claquant des doigts, moi, sa Dounia.

Après son arrivée, la princesse s'est enfermée dans sa cabane avec Dounia et la petite Maura, et aussi ce mystérieux guerrier inconscient qu'elles avaient traîné avec elles pendant des jours.

Ce qu'elles se sont dit ce jour-là, je l'ai jamais su. Mais quand je suis entrée pour avertir la princesse qu'on devait lever le camp au plus vite, j'ai vu le visage de cet homme. Il était allongé devant moi sur une civière, les yeux fermés.

Il ressemblait beaucoup à ce soldat ennemi que j'avais combattu pendant la guerre. Mais celui-là avait déjà ses premières rides et le nez bourgeonnant des hommes qui ont abusé de l'alcool, alors que le soldat que j'avais connu était jeune et dans une santé insolente. Et puis, je me suis souvenue qu'il s'était passé dix ans et qu'il avait dû vieillir, comme moi. Aussi mal que moi, apparemment.

Je suis sortie tout de suite de la cabane. Sinon, je crois que je l'aurais étranglé de mes propres mains. J'aurais réduit sa tête en bouillie à coups de pied, j'aurais crevé sa panse à coups de poignard, j'aurais…

Enfin bref. Je suis sortie de là et je me suis effondrée.

J'avais le cœur qui battait le tambour et du mal à respirer. Le passé, conteur, ça vous hante. On croit que c'est juste une vieille douleur, mais il suffit de pas grand-chose pour qu'il vous revienne en pleine figure, aussi vivant, aussi terrifiant que si c'était aujourd'hui. Je m'y suis revue, je m'y suis *sentie*.

La peau de mon visage m'a brûlée de nouveau. J'ai ouvert la bouche pour hurler, mais aucun son n'en est sorti.

Je suis restée là un bon moment. Des filles sont passées devant moi sans se demander ce que je foutais à genoux. J'aurais sans doute pu crever sur place qu'elles l'auraient à peine remarqué.

C'est passé. Je m'en suis remise.

On s'en remet toujours, des épreuves de la vie, pas vrai conteur ? Un peu plus cabossée. Un peu plus abîmée chaque fois. Mais on s'en remet toujours.

Je me suis relevée. J'ai sorti mon poignard, je l'ai tenu caché sous ma cape. Et j'ai attendu pour le lui planter dans le dos.

Quand la porte de la cabane s'est ouverte et que cet homme est sorti, son regard a croisé le mien. Il m'a reconnue lui aussi, et tout de suite.

Mais il n'y avait pas de haine dans ce regard. Pas de remords non plus. Il n'y avait pas de ressentiment, ni de mépris, ni de joie particulière pour sa victoire du passé. Chez lui aussi, les souvenirs étaient vifs, et tout aussi douloureux que pour moi.

Dans ce regard, tout ce qu'il y avait, c'était juste une immense lassitude. Et aussi quelque chose qui m'a surprise : du respect.

— Si tu dois me tuer, il a dit, fais ça vite et bien.

Je n'ai pas fait un geste. Le crever : je m'étais promis ça depuis dix ans. Retrouver et massacrer ce gars. C'était même la haine de ce visage qui m'avait permis de tenir et de réapprendre à vivre pendant toutes ces années. Mais là, il m'a totalement prise au dépourvu.

Il a soupiré et il a secoué la tête.

— C'est de l'histoire ancienne. Je me battais pour un prince. Toi, pour une princesse. On se trompait tous les deux.

Et puis, il a ajouté dans un murmure :

— Il y a de meilleures causes à défendre que celles-là…

Il a levé les paumes de ses mains vers moi, le geste de la paix du Grand Kàn.

— Tu m'as battu, il a ajouté. Tu es la seule à m'avoir jamais battu.

Je me suis étranglée de surprise.

— C'est… C'est toi qui m'as battue !

Il a haussé les épaules.

— Oui, aussi. On a perdu ce combat tous les deux.

Je me suis aperçue que l'homme que j'avais tellement haï pendant toutes ces années n'avait jamais existé. Ce gars n'avait tiré aucune gloire ni aucun plaisir de ce qu'il avait fait, ça se voyait dans son regard et ça s'entendait dans sa voix. Et aujourd'hui, c'était un pauvre type d'une autre époque. Détruit par son passé. Comme moi.

Alors j'ai jeté mon poignard par terre, j'ai posé mes paumes sur les siennes. Ses mains étaient presque deux fois plus grandes que les miennes. Et puis, on a posé nos paumes sur nos joues.

— Que les deux visages de Kàn soient témoins de notre paix, on a murmuré à l'unisson.

C'était comme si un poids énorme m'avait été ôté des épaules.

Comme si c'était avec moi-même que je faisais le signe de paix.

— Vous ne me direz donc rien au sujet du combat qui vous a autrefois opposée à Darran ? demanda le conteur.

— Rien.

— Même pas les circonstances qui…

— Rien.

— Et le lieu ?

La Beste soupira.

— Rien.

— C'est votre droit, ma dame, répondit le conteur en se levant.

— Je peux juste vous dire que je n'ai pas regretté de l'avoir épargné ce jour-là. Je suis fière de notre guerre. Comment on l'a menée, comment on l'a gagnée.

— Vous ne l'avez pas… vraiment gagnée, répondit le conteur avec un sourire embarrassé.

— On est quand même allés loin, pour une bande de crève-la-faim qui se battaient contre le plus puissant roi du monde. Misère de Kàn, vous n'avez pas idée du pur *génie* que Darran a déployé pour en arriver là… Il n'avait peut-être pas fait l'école de guerre des officiers de grande famille, mais c'était un sacré foutu stratège et un sacré foutu meneur d'hommes.

— Un meneur de *femmes*, vous voulez dire ?

La Beste soupira de nouveau.

— Vous ramenez tout à ça, vous, hein ? C'était un meneur, c'est tout ce qui compte. Et maintenant, ramenez-moi en cellule, je suis fatiguée de parler.

Chapitre 30

Au fond de son coffre à vêtements, Maura s'était crue protégée de la chaleur et de la lumière du roi. Il n'en était rien. Mais quand par réflexe elle poussa légèrement le rabat du coffre pour mieux respirer, elle s'aperçut que c'était bien pire encore dans le reste de la pièce : l'air lui-même tremblait sous l'effet de la chaleur, et la peau de son visage la brûla.

Tout ce qu'elle eut le temps de voir à travers l'interstice, ce fut la reine de Westalie enveloppée de la tête aux pieds dans une sorte de longue pièce de cuir, le visage derrière un masque et les mains gantées. Elle faisait face à un soleil intense.

— Mon cœur, fit une voix d'homme, douce et emplie d'amour.

— Mon chéri, répondit-elle, la voix à demi étouffée dans son masque.

Il dut s'approcher, car la lumière se fit encore plus vive à travers la fente du coffre.

— Comment vas-tu, aujourd'hui ? demanda la reine.

— Le mal est contenu grâce à mes soigneurs. Je brûle, mais je ne meurs pas.

Il y eut un long silence entre eux.

— Je m'en veux tellement de ne pas venir plus souvent, dit-il. Hier, j'ai encore été retenu par une offensive surprise de nos ennemis, qui s'enhardissent de jour en jour.

Grantë ? pensa Maura avec un sourire narquois. *Grantë te pose de petits problèmes imprévus, peut-être, sale menteur ?*

— Bientôt, tu seras couronné roi dans la ville sainte d'Ennead, dit la reine.

— Oui, bientôt, répondit le roi.

— Et alors nous pourrons de nouveau nous aimer. Je pourrai sortir d'ici, me présenter à la cour, donner des bals, nous pourrons visiter ensemble tes fiefs et tes vassaux.

— Oui.

— Tu mettras fin aux souffrances du peuple de Westalie, à cette dynastie de reines qui a ruiné ce pays pendant tant d'années, et tu enfermeras l'horrible folle que cette lignée maudite a engendrée.

— Oui, mon cœur ! fit le roi. Plus jamais de jeunes hommes sacrifiés à ses dieux innommables, plus de rafles nocturnes dans les rues des villes pour satisfaire à ses jeux sanglants, plus d'enfants dévorés dans ses orgies cannibales, ou jetés en pâture aux tigres enfermés dans ses caves. J'abolirai la loi qui réserve le trône aux femmes. Je serai le premier roi de Westalie ! Je décréterai qu'aucun monarque ne pourra plus honorer d'autre dieu que le Grand Kàn, ni lui sacrifier d'êtres humains.

— Oui, Erik. Tu seras un bon roi.

— Je mettrai au pas toutes ces duchesses et ses marquises qui ont soutenu la reine et qui refusent de voir un homme monter sur le trône. Je repousserai les pillards Lehrs jusque dans leurs montagnes et je restaurerai la grandeur et la gloire de la Westalie.

— Oh, mon amour, ce sera magnifique…

C'était des paroles échangées sur un ton étrange, un ballet de mots cent fois répété au cours des années passées. Comme un rituel immuable où s'enfermaient ces deux amants. Il y eut un bruit de cuir froissé, un sanglot étouffé.

— Si seulement je pouvais te tenir entre mes bras, Marlaine… Je me sens tellement diminué, tellement maladroit.

— Un jour, tu guériras, mon amour.

— Oui, bientôt.

— Quand tu auras suffisamment de calame pour conjurer la malédiction. Quand tu seras roi. Quand le royaume tout entier sera tourné vers toi.

— Quand je serai roi, oui…, répéta-t-il.

Maura entendit un sifflement bref et strident, comme une goutte d'eau sur une pierre brûlante. Le bruit des larmes, peut-être, d'un homme qui brûlait de l'intérieur.

— Tu es si fort, mon amour, murmura Marlaine. Tu gagneras cette guerre.

— Avec le temps, oui.

— Tu gagnes toutes les guerres.

Pendant un moment, Maura n'entendit rien d'autre que le silence. Puis le roi répondit finalement, avec une légère inflexion d'inquiétude dans la voix :

— Que veux-tu dire, mon cœur ?

— Depuis combien d'années as-tu déjà vaincu la Princesse Sanglante, Erik ? demanda-t-elle avec douceur.

— De… De quoi parles-tu ?

— Depuis combien d'années es-tu déjà monté sur ce trône dont tu rêvais ? Depuis combien d'années as-tu mis fin au règne des reines et de leur clique de duchesses corrompues ? Depuis combien d'années as-tu déjà maté les pillards Lehrs et restauré la puissance de ce royaume ?

— Marlaine, voyons ! Qu'est-ce qui te prend ?

Elle ne parlait plus avec douceur, maintenant, elle haussait la voix. Mais ce n'étaient pas des cris, qu'elle poussait, c'étaient des sanglots et des larmes.

— Depuis combien d'années me tiens-tu enfermée ici ? Coupée de mon fils ? Et encore combien d'années vas-tu lui mentir, à lui aussi ?

— Tu perds la tête. C'est absurde ! Je sais que… je sais que cela fait bien trop longtemps que tu ne sors plus de cette forteresse à cause des assassins de la Princesse Sanglante, et que n'importe qui finirait par en perdre l'esprit. Mais tout ce que tu dis n'a aucun sens. Que puis-je t'offrir, mon amour, pour te faire encore patienter jusqu'à la fin de la guerre ? Des livres ? Un chat, un chien ? Un oiseau rare des îles ? Certains peuvent, à ce que l'on dit, parler comme les humains et chanter aussi bien que des artistes. Non, je sais ! Veux-tu que nous partions en voyage ? Juste toi et moi, dans une calèche aux rideaux tirés, en amoureux, en inconnus, sur les routes du royaume ? Laisse-moi seulement une semaine. Un mois. Laisse-moi un mois et…

— Une semaine, un mois, un an… Combien de fois m'as-tu promis ce voyage que tu repousses toujours, Erik ?

— Je sais, mon amour, je sais… La guerre, les batailles… Je suis happé par mes généraux, l'ennemi n'attend pas, il progresse chaque jour et ruine toutes les promesses que je te fais. Je suis tellement désolé… Mais je te promets, cette fois, je te jure que nous partirons dans un mois, tous les deux. Où tu veux ! Même dans l'Empire sapàn si tu me le demandes. J'oublierai tout pour toi, je sacrifierai tout ! Tu n'as qu'à demander !

La reine pleurait encore.

— Je t'ai tellement aimé, Erik. Tu étais le meilleur des hommes. Quand mes parents m'ont promise à toi, je ne t'avais jamais vu et j'ai eu peur que tu ne sois laid ou cruel. Mais je t'ai rencontré, je t'ai parlé, et je t'ai tout de suite aimé.

— Il n'est pas trop tard, Marlaine ! Donne-moi encore une chance ! Dès que j'aurai gagné cette dernière bataille…

— Je sais tout, Erik.

— Tu ne sais rien du tout ! Tu crois savoir ! Est-ce que quelqu'un t'a parlé ? Un domestique peut-être ? Un soldat ? Les espions de la princesse sont partout, mon amour. Ils ont pu venir jusqu'à toi, t'embrouiller l'esprit avec des mensonges. Qu'est-ce qu'ils ont inventé, hein ? Que la guerre était finie, c'est ça ? Ne les crois pas ! Ils t'ont manipulée pour te donner envie de sortir d'ici, t'assassiner et m'atteindre à travers toi ! Qui est-ce ? Dis-le-moi ! Qui t'a parlé ? Une femme ? Un homme ? Que t'a-t-il raconté pour que tu n'aies plus confiance dans la parole de ton propre mari ?

— Je sais que notre fils est en vie, Erik. Comment as-tu pu nous couper l'un de l'autre ?

— Il… Il est mort. Tu le sais bien. Je ne pourrai jamais me le pardonner. Il est mort, tué par les soldats de…

— Il est vivant et c'est ton héritier. Cela fait dix ans que tu es sur le trône.

— Dix ans ? Crois-tu que j'aurais pu te mentir pendant tout ce temps ? Je ne peux pas te mentir, mon amour. Je n'ai jamais su ! Tu lis en moi comme dans un livre. Crois-tu vraiment que je serais capable de… Dix ans ! Enfin, Marlaine, c'est insensé !

— Comment as-tu pu te perdre ainsi en chemin, Erik ?

— Crois-tu que je serais encore cet homme rongé par le feu, après dix ans de calame ? Si j'étais sur le trône, je serais dans notre palais, dans tes bras… Cette malédiction aurait disparu depuis longtemps, je serais…

— Le *Roi Lumière*. Je sais maintenant que c'est ainsi que tu te fais appeler dans tout le royaume. Et tu aurais vraiment pu être le roi de toutes les lumières, Erik, si tu n'avais pas oublié tes promesses, ta foi en l'avenir, et l'homme que tu étais.

— Le… Le Roi Lumière ? Est-ce un nom que tu as inventé aussi ?

— C'est ton nom, répondit la reine. Tu n'as plus à me mentir.

Le silence, de nouveau. Pesant, dense. Et toujours plus chaud. Le roi avait de plus en plus de mal à contrôler son pouvoir.

Puis le soleil dans la pièce reflua soudain, la lumière tomba. Une porte fut ouverte puis claquée si violemment que les murs en tremblèrent. Le roi était sorti de la chambre.

Sa voix s'éleva dans le couloir :

— Ici ! hurla-t-il. Ici, tous ! Soldats, lingères, femmes de chambre, venez ici immédiatement ! Votre Majesté vous l'ordonne !

— Erik ! hurla la reine, tambourinant sur la porte. Ne leur fais aucun mal, ils n'y sont pour rien !

Le plancher de l'étage vibra sous l'effet de pas précipités de nombreuses personnes. Il y eut des éclats de voix, des cris, puis des hurlements de souffrance à peine étouffés par l'épaisseur des murs, intenses, déchirants… et qui laissèrent soudain place à un silence plus insupportable encore.

— Erik ! cria encore la reine.

Après un moment qui parut un siècle à Maura, la porte se rouvrit enfin. Les gonds grincèrent, la chaleur afflua de nouveau, si dense, si puissante que l'air devint presque irrespirable dans le coffre. Une odeur de viande grillée flotta jusqu'à ses narines.

— Erik, répéta la reine dans un murmure. Qu'as-tu fait ?

— Tu as raison, répondit doucement le roi, je t'ai menti. J'ai cru que je pouvais… Que je serais assez fort pour tout réussir à la fois… mais je ne pouvais pas… Tu comprends ? Je ne pouvais pas concilier tous mes rêves : mes vœux pour ce royaume et mes vœux pour nous deux. Les uns empêchaient les autres. Toi, le trône. Notre fils. Tout cela ensemble était impossible.

De nouveau, il y eut le crissement de la vapeur d'eau, la vapeur *de larmes*.

—Je m'en veux tellement, Marlaine. J'aurais tellement aimé t'offrir une meilleure vie que celle-là… Je… Tu as raison au sujet de Sebastian : il est vivant. Il va bien, il est beau et fort comme toi. C'est le meilleur des princes. Mais je ne pouvais pas te le dire ! C'était une torture pour moi aussi. Tu n'aurais jamais accepté de rester enfermée si tu n'avais pas cru à sa mort. Ce n'était qu'un enfant, il n'aurait jamais pu s'empêcher de parler à tout le monde de sa mère, s'il t'avait rendu visite… Et je ne pouvais pas, tu comprends ? Je ne POUVAIS PAS régner avec une reine à mes côtés ! Ce n'est pas ma faute, Marlaine. Je luttais contre des siècles de dynasties de reines. J'aurais eu beau porter la couronne, c'est vers toi que mes sujets se seraient tournés.

—Je ne t'aurais jamais trahi. Je serais restée à tes côtés.

—Je le sais, mon amour. Tu m'aurais fidèlement soutenu, je n'ai aucun doute à ce sujet. Mais que tu l'eusses voulu ou non, la plus grande part du calame serait allée vers toi et je n'aurais eu que des miettes. Je n'avais pas le choix, je n'aurais pas survécu sans le calame ! Je ne l'ai pas fait juste pour moi, juste pour rester en vie… Non, je l'ai fait pour le royaume et pour le peuple de Westalie. C'était cela ou le chaos ! Le retour de la lignée maudite de reines ! J'ai fait cela contre toi, contre moi, contre notre bonheur à tous les deux, c'est vrai. Mais c'était pour le bonheur de millions d'autres hommes… J'ai sacrifié notre amour, je te demande pardon pour cela. Mais comment aurais-je pu faire autrement ? Quelle était la solution que j'aurais dû choisir ? Je t'en prie, dis-moi que je peux encore faire quelque chose ! Dis-moi que tout n'est pas fini ! Marlaine, dis-le-moi ! Marlaine, parle-moi !

Il hurlait, maintenant. Il hurlait et il pleurait.

— Notre fils, gémit la reine d'une voix faible, déjà à moitié étouffée par la chaleur. Veille sur notre fils…

— Qu'est-ce que… Qu'est-ce que tu fais, mon amour ? cria-t-il. Non, n'enlève pas ton masque ! Non, n'ouvre pas ton vêtement de cuir, tu vas…

La voix de la reine, étouffée, entrecoupée de hoquets, s'éleva une dernière fois :

— Tu as décidé de ma vie. Au moins, c'est moi qui choisirai ma mort.

— Marlaine, ne t'approche pas de moi, tu vas te consumer, non ! Non !

L'air était maintenant si chaud que Maura elle-même entendit à peine le cri déchirant du roi. Elle suffoquait, haletait, bouillie dans son coffre dont le bois commençait à fumer, et dont les ferrures lui auraient cloqué la peau si elle les avait touchées.

Ce fut le froid qui la tira de l'inconscience.

L'air glacial du dehors continuait de s'engouffrer par la double fenêtre brisée, à travers le rideau, et son coffre à vêtements était juste en dessous. C'était sans doute ce qui l'avait sauvée. Elle fit de ses mains des pattes de loup pour en ôter les liens. Puis, avec mille précautions, elle souleva le couvercle et jeta un coup d'œil dans la pièce : il y faisait sombre, maintenant. Le feu dans la cheminée était mourant, mais une lumière rougeoyante y éclairait encore faiblement le centre de la salle. Il régnait une écœurante odeur de viande brûlée dont Maura tentait d'oublier la provenance.

Le Roi Lumière était parti. Cela, elle aurait pu le dire bien avant de regarder. Mais elle ne vit pas non plus la reine.

Du lit à baldaquin massif, il ne restait que les montants en bois rongés et fumants : les draps et les tentures n'étaient plus que des lambeaux calcinés.

Personne.

Elle se risqua à sortir la tête de son abri, puis le buste, et regarda plus attentivement autour d'elle. Les poutres au plafond avaient noirci. Des étagères, des armoires et coffres qui s'étaient trouvés près du roi, on ne voyait plus que des carcasses brûlées. Les seuls meubles encore à peu près intacts étaient dans l'autre moitié de la chambre. Et encore, le bois de son coffre lui-même avait roussi d'un côté – celui qui avait fait face au roi. Elle posa le pied par terre ; le sol était chaud et couvert de cendres. Elle s'approcha en silence du trou béant dans le mur à l'endroit où s'était tenue la solide porte en chêne.

Un squelette noirci gisait ici sur le parquet fumant, les mains crispées sur sa poitrine, comme si la reine avait jusqu'à la fin tenu quelque trésor entre ses mains. Maura en déplia les phalanges, dont les os tombèrent à demi en poussière, et découvrit un petit cœur de diamant blanc. La chaînette d'or du bijou avait fondu.

Maura posa les mains sur ses propres joues, puis effleura le crâne encore chaud de la reine.

— La bénédiction du Grand Kàn soit sur vous, Marlaine de Homgard, dit-elle en essuyant une larme.

Chapitre 31

Quand le conteur et ses deux gardiens firent le chemin vers la cellule de la jeune Maura, ils traversèrent des couloirs sombres et déserts, où soufflait par les trous dans le sol le vent glacial du dehors. Frankand s'était vidée d'une partie de sa garde.

Une fois devant la porte, le conteur dut s'adosser au mur pour ne pas tomber. Son cœur tambourinait dans sa poitrine, et ses jambes avaient à peine la force de le porter.

Va-t-elle m'apprendre qu'Hélène est libre ? Ou bien vais-je trouver cette cellule vide ?

Une barre de sûreté. La seconde. Puis le battant que le soldat poussait violemment. Toute cette attente lui était insupportable. Quand il plongea le regard à l'intérieur, chaque détail lui sembla d'une netteté irréelle. Le raclement du bois contre la terre battue, l'odeur écœurante d'une cellule dont on n'avait pas changé le pot. La flamme de la lanterne aux vantaux ouverts, qui s'inclinait légèrement vers l'avant avec le mouvement d'air de la porte…

— Rebonjour, conteur, fit la jeune fille.

Elle était là.

Du regard, il inspecta ses mains, ses cheveux.

Il y avait du sang séché sous ses ongles. Des traces noires sur sa joue. Elle sentait la suie et la fumée.

Oui, pensa-t-il. *Elle a quitté sa cellule. Elle est partie en quête d'Hélène.*

Mais l'a-t-elle sortie de cette prison ?

— Av… Avez-vous quelque chose de nouveau à me dire ? bafouilla-t-il, portant la main à sa poitrine qui lui faisait mal.

L'inquiétude se peignit sur le visage de Maura.

— Ne restez pas debout, conteur, vous tremblez ! Aidez-le, les Dragons, soutenez-le. Vous voyez bien qu'il se sent mal !

Les deux soldats passèrent chacun un bras sous les épaules de d'Arterac, qui peinait à reprendre son souffle, et le déposèrent sur son tabouret où il s'écroula en haletant.

— Je suis… Je suis un vieil homme au seuil de la mort, murmura-t-il.

— Taisez-vous ! le corrigea Maura. On ne dit pas des choses pareilles !

— Tout ce que je veux savoir, c'est si vous avez *quelque chose de nouveau* à me dire.

Il gémissait, il implorait presque.

— De nouveau, oui, concéda-t-elle, en jetant un regard en coin aux deux Dragons qui les écoutaient. Mais pas ce que vous avez envie d'entendre.

Cette réponse eut l'effet d'une douche glacée sur le conteur. Il reprit ses esprits, se racla la gorge et posa ses mains devant lui sur son écritoire.

— J'y suis allée, déclara soudain Maura. Mais elle n'était pas là. J'ai cherché partout, j'ai vérifié chaque pièce de la Grande Tour, j'ai pris d'énormes risques. Mais elle n'était pas là !

Le premier Dragon s'avança jusqu'à elle et lui empoigna le menton.

— De quoi parles-tu, sorcière ? Où es-tu allée ? Qui n'était pas là ?

Le conteur regarda ses deux mains : aucune brûlure, aucune entaille. Maura ne lui mentait pas et ne lui cachait rien au sujet de sa fille.

Il sentit un poids terrible lui peser de nouveau sur les épaules. Ainsi, rien n'était réglé. Hélène était toujours prisonnière. Pire : sa seule piste menait à une impasse, et il n'en avait aucune autre.

La princesse Véra m'aurait-elle menti ? Hélène ne serait-elle pas à Frankand ?

— La jeune Maura parle du château de Long-Ba, répondit-il au Dragon à la place de la prisonnière. N'est-ce pas ? La première bataille que Darran a dû livrer, et sa première victoire. Le début de son épopée.

— Et de *qui* parle-t-elle ? cria le Dragon, visiblement aussi méfiant à l'égard de Maura que de d'Arterac. Ne me prenez pas pour un imbécile, vieillard !

— De ma mère ! répliqua Maura, sourcils froncés. De ma mère adoptive, que je n'ai pas trouvée !

Les larmes perlèrent au coin de ses yeux et dévalèrent ses joues.

— À Long-Ba ? Mais votre mère n'était-elle pas loin de vous, avec…, commença le Dragon, avec cet homme du nom de Bragol ou…

— Quoi ? Vous allez me faire croire que vous avez écouté tout mon récit depuis le début, et tout retenu ? fit Maura en ricanant.

— Allons jeune homme, fit le conteur de sa voix de gentil vieillard, vous faites votre travail et cela est parfaitement normal. Mais s'il vous plaît, laissez-moi faire le mien au nom de Sa Majesté. Je connais mieux que vous le récit de cette jeune fille, n'est-ce pas ?

Le soldat recula d'un pas en se raclant la gorge, puis il concéda d'une voix sèche :

— Bien. Il est vrai que Sa Majesté attend votre légende.

C'est aussi le cas des Grands Kerrs, jeune homme…, pensa d'Arterac en soupirant.

— Je suis fatiguée, conteur, fit Maura, si fatiguée… Ne pourriez-vous pas sortir me laisser encore un moment pour dormir ?

La jeune fille tremblait presque d'épuisement. Mais le conteur savait que ce n'était pas du repos qu'elle souhaitait : c'était repartir dans la forteresse pour libérer son père. S'il accédait à sa requête, alors elle disparaîtrait, il n'aurait jamais la fin de son histoire et le roi s'en prendrait à Hélène.

Si seulement j'avais trouvé le moyen de la libérer.

— Je suis navré, je dois absolument continuer de vous interroger, dit-il d'une voix qu'il voulut ferme, mais qui sonna comme une excuse.

Maura soupira et baissa la tête.

— Ouais, je vois.

— Alors, cette première bataille ? fit-il, plume en main. Pourquoi le château de Long-Ba ?

Elle ferma les yeux et cala son dos contre le mur.

— Parce que c'est là que Bragal m'a suggéré qu'on frappe en premier. Et que j'ai réussi à en convaincre Darran, qui a réussi à en convaincre la princesse.

Chapitre 32

Le château du duc de Long-Ba verrouillait la route qui filait vers la frontière du pays Lehr, notre but. Deux armées nous talonnaient : l'une au nord et l'autre au sud, et il nous fallait absolument cette route. Mais si Bragal a choisi ce château, c'était surtout pour les prisonnières qui s'y trouvaient.

Depuis des années, le Roi Lumière avait décrété que toutes les « sorcières » devaient se déclarer aux autorités. À Kenmare, Breena-la-noire avait refusé de le faire et une troupe de soldats était venue jusque dans notre village pour la jeter sur un bûcher… Vous vous souvenez ? J'avais dû faire appel à une nuée d'oiseaux pour la sauver. Mais les autres sorcières, celles qui se déclaraient, que devenaient-elles ?

Eh bien, elles étaient tout simplement vendues.

Si elles avaient une magie de bataille, il était interdit d'en faire commerce en Westalie, car elles étaient trop dangereuses, mais on les échangeait contre de l'or à des royaumes alliés. Toutes les autres, les femmes dont la magie était sans danger, étaient achetées par des hommes riches de la région, des marquis ou des barons, parfois des marchands. Non, toutes les femmes n'étaient pas exhibées sur les « foires aux épouses » comme celle de Kiell-la-Rouge. Il y avait d'autres « marchés » de femmes réservés aux hommes les plus puissants. Et ces femmes, on les faisait venir de tout le Bas-Royaume au château de Long-Ba, où le duc les retenait prisonnières dans des cellules séparées en attendant de trouver des acheteurs intéressés.

Dans la région, on l'appelait « le château des sorcières ». Les gens voyaient ces femmes entrer et sortir, escortées par des hommes en armes, et s'imaginaient toutes sortes d'histoires sur ces mindarans. Les superstitions allaient bon train, il suffisait que le lait d'une vache se mette à tourner pour que les paysans du coin accusent à voix basse les « sorcières » du château.

Ce que Bragal a vite compris, c'est que ces mindarans pouvaient nous apporter un avantage en combat contre les armées royales. On n'avait qu'une poignée de guerrières mal équipées et on affrontait des centaines d'hommes lourdement armés. Ce qu'il nous fallait, c'était une force de frappe. Des femmes pas trop nombreuses, parce qu'on n'aurait pas eu de quoi les nourrir. Mais dangereuses. Et qui n'avaient rien à perdre.

Le problème, c'était que Long-Ba était tout sauf un petit château : c'était une sacrée forteresse. Perchée au sommet d'un piton rocheux de cent cinquante coudées de hauteur, elle était entourée par les deux bras d'une rivière qui lui servaient de douves. Une barbacane en défendait l'accès : deux tours massives qui gardaient une porte en chêne cloutée, épaisse comme le bras. Il y avait aussi une dizaine de balistes au sommet, qui pouvaient embrocher trois hommes en armure d'une seule grande flèche. Et si par chance un ennemi s'emparait de la barbacane, pour accéder au château lui-même, il lui fallait passer par un chemin à flanc de falaise. Tout ça sous le feu des gardes qui pouvaient vous flécher à l'aise et faire dégringoler sur vous des rochers à travers les mâchicoulis. Je ne vous parle même pas de la garnison du château : des soldats nombreux et bien équipés, à la hauteur du trésor qu'ils gardaient. Parce que ces femmes valaient une fortune et parce que… eh bien, elles étaient dangereuses.

Sur le papier, on n'avait pas une chance sur mille d'y arriver : la garnison était de trois fois vingt hommes et on avait à peine cinquante panthères aguerries.

Oh, bien sûr, on avait aussi une foule de filles sans expérience et une vingtaine de paysans de Kenmare, aussi utiles à la guerre qu'une charrue pour une chasse au fauve. Sans compter une demi-douzaine de fillettes mal nourries. En cas de bataille, toutes celles-là étaient plus des cadavres en sursis que des guerrières.

Bref. C'était vraiment mal parti.

Quand on a quitté la forêt de Torn-Val après trois jours de marche, personne n'a regretté ses marécages. La région autour du château était un paysage de collines où des chemins serpentaient le long de petits cours d'eau. On était à la fin de l'été, il faisait encore chaud, mais c'était une chaleur humide qui éclatait souvent en orages.

On avançait la nuit, en silence, comme les panthères avaient appris depuis longtemps à le faire. On a bien volé quelques charrettes en passant, pour y déposer nos vivres et les gamines qui n'arrivaient pas à suivre le rythme, mais on n'a touché ni aux granges ni aux habitants, pour ne pas se faire repérer trop vite. Et à l'aube du quatrième jour, quand la haute silhouette du château s'est découpée sur l'horizon, on s'est camouflées dans un bois à flanc de colline pour admirer l'ouvrage.

C'était un sacré spectacle, ce piton rocheux d'où jaillissait un fouillis de tours crénelées plantées dans le roc, empilées les unes sur les autres. C'était tellement plus énorme que le malheureux petit château de Kenmare ! On aurait dit qu'un géant avait ramassé deux ou trois châteaux dans la plaine et les avait entassés les uns sur les autres sur ce pic solitaire.

Les bannières du duc de Long-Ba flottaient au vent et la garde veillait sur le chemin de ronde. Au pied du château, la barbacane formait une masse noire à l'ombre du piton. Et un gros village avait prospéré à une distance respectable des murs.

On se tenait accroupies à la lisière du bois, cachées dans les buissons, et ça bruissait de chuchotis dans tous les coins.

— Moi, j'habiterais bien dans un château comme celui-là, a dit Gràinne Braddy.

— Je t'y vois bien, a répondu Tomey en ricanant, en tant que soubrette avec une coiffe sur la tête.

— Imbécile, a fait Gràinne. Un jour, je me marierai avec un baron et il te collera au cachot.

Ces deux-là se disputaient tout le temps comme à l'époque de Kenmare.

— Comment tu te sens, Tara ? lui a demandé Breena. Tu appliques les feuilles d'achillée sur la plaie matin et soir ?

Tara avait été blessée à Kiell. Muette lui a défait son pansement avec soin et a nettoyé la plaie avec un peu d'eau.

— Je n'ai plus mal depuis que Darran a demandé à Soigneur de me guérir, a fait Tara, qui semblait en effet aller beaucoup mieux.

— C'est vrai que tu as pris un coup de lance pour protéger cette imbécile de Gràinne Braddy ? lui ai-je demandé.

Muette a acquiescé vigoureusement de la tête. Tara était devenue sa nouvelle héroïne.

— N'importe qui en aurait fait autant, a répondu Tara, qui était épuisée et blanche comme un linge.

— Moi non, j'ai dit. Je l'aurais laissée se faire transpercer la panse.

La voix de Gràinne s'est élevée quelque part derrière moi :

— Je t'ai entendue, Maura.

Muette a gloussé un peu et m'a jeté un regard complice.

— Et toi, Maura, m'a demandé Breena, c'est vrai que tu as pu t'enfuir de la citadelle par le même souterrain que nous ?

— Je... Oui, c'est ça.

— Et tu n'as pas réussi à nous rattraper ? Pourtant, notre piste était facile à suivre.

— Certaines parties du tunnel se sont effondrées. C'était l'enfer. J'ai failli y rester.

Ça au moins, c'était vrai.

« *Bien. Ne leur dites pas la vérité, surtout*, m'a soufflé Bragal. *Personne ne doit savoir que je suis dans votre tête. Du moins pas pour l'instant : ils ne vous feraient plus confiance.* »

J'étais surprise de m'apercevoir que j'étais contente de tous les revoir, même cette peste de Gràinne. Ils me rappelaient Kenmare, mon enfance, ma cabane à l'orée du village avec Karech et Onagh, comme un parfum de chez-moi. J'avais été traitée comme une étrangère, là-bas, mais après nos aventures, je découvrais que j'avais de la tendresse pour eux.

Par réflexe, j'ai cherché Aedan du regard et j'ai vu cet imbécile avec Noreen, ils étaient en train de se bécoter à l'écart. À côté d'eux, le kerr Owain discutait à voix basse avec une panthère grande et maigre du nom de Cala. Elle passait son temps à lui envoyer taloches et moqueries, mais curieusement, elle ne le quittait jamais des yeux et restait toujours auprès de lui.

— Je parie que t'en as troussé des gueuses, dans des châteaux comme celui-là, hein, le kerr ? D'ailleurs, il paraît que les kerrs ont une toute petite queue.

Owain semblait s'être habitué à sa présence et à ses grossièretés.

— Le peu de temps que j'ai passé dans des châteaux, j'y ai surtout consulté des ouvrages. Si vous saviez lire, Cala, les livres pourraient vous défaire de vos idées reçues. D'ailleurs, je pourrais vous apprendre.

Elle a craché dans les taillis.

— Plutôt crever. Les livres sont tous écrits par des hommes, j'préfère les brûler.

— Détrompez-vous. Beaucoup de femmes écrivent, elles aussi.

Les autres se blottissaient déjà dans leurs couvertures ou avalaient en vitesse quelques galettes de pain noir avant de se rouler en boule pour dormir.

— Ben moi, a murmuré La Beste en se glissant à ma gauche, j'aurais bien aimé être sergente dans un château comme celui-là. Une bonne solde. Une paix royale. Merde, j'suis trop vieille pour ces foutus camps de guerre où on dort par terre.

Darran a marché jusqu'à nous et s'est assis à son tour.

— Et moi, j'ai répondu en me couchant tout près de lui, je dormirais n'importe où, tellement je suis fatiguée…

« *Je suis navré, ma chérie, mais vous devrez encore attendre un peu*, m'a soudain dit Bragal. *Je suis actuellement avec le Baron de Fer et ses troupes au sud de votre position. Grand Kàn ! Cet homme est d'un rustre : il a noué une corde de pendu à la selle de son cheval et il l'a promise à Darran Dahl le jour où il le trouvera. C'est d'un vulgaire… Cependant, c'est de l'autre armée qu'il faut pour l'instant vous méfier, celle des mercenaires qui viennent du nord : un de leurs messagers vient de nous prévenir qu'ils sont bien plus proches de vous que nous ne le pensions.* »

— Je veux dormir, grommelai-je pour toute réponse.

« C'est malheureusement impossible. Vous n'avez que quelques heures pour vous emparer de cette place forte. Après quoi, deux cent cinquante hommes seront sur vos arrières, et si vous n'avez pas renforcé vos troupes avec des sorcières, ce sera un massacre. »

— On ne pourrait pas juste contourner le château, prendre la route de l'autre côté et s'enfuir vite fait ?

— Mauvaise idée, m'a répondu La Beste, qui croyait que je lui parlais. Les châteaux ne sont pas construits au petit bonheur la chance, gamine. Ils sont faits pour bloquer totalement une vallée ou une route. Si on passe à côté, on se heurte à des cours d'eau, des rochers, des pentes raides. Et on est sous l'angle de tir des archers et des catapultes postés sur les tours.

« Saintes Gottarans ! Comme ton amie est laide, la pauvre femme... Tourne un peu la tête vers elle, que je voie mieux son visage ? Oh, par le Kàn, c'est abominable à regarder ! Mais elle a toutefois raison. Pour contourner le château, il faudrait franchir la rivière à la nage et abandonner vos chariots ainsi que toutes vos provisions. »

« Mmh. Mais je suppose que vous avez une brillante idée, mon aimé ? »

« Je suis navré, le Baron de Fer m'appelle et je ne peux me permettre de le faire attendre. Vous devrez vous débrouiller par vous-même pour l'instant. Mais n'oubliez pas : le temps vous est compté ! »

Ce jour-là, Bragal a sauvé nos têtes grâce à l'information qu'il nous donnait. Sans lui, l'armée de mercenaires nous serait tombée dessus et nous aurait massacrés ou capturés.

J'ai levé les yeux vers Darran. Il était toujours assis, immobile, en train de regarder fixement quelque chose au creux de sa main. C'étaient les fameuses graines rouges qu'il portait toujours sur lui.

— Darran, on a un problème, je lui ai dit. Les troupes royales sont toutes proches. Je… J'ai senti leur odeur. On a une heure pour prendre le château. Après, ce sera trop tard.

Il n'a rien répondu. Il n'a même pas tourné la tête vers moi.

— Dire que c'est moi qui ai suggéré de prendre ce château…, ai-je ajouté. Je ne pensais pas qu'il était aussi bien défendu ! Je nous ai jetés droit dans un piège.

— Il n'y avait pas de meilleur choix, a-t-il dit finalement en rangeant les graines dans sa poche, mais toujours sans me jeter un regard. Réveille La Beste et suis-moi.

La Beste a grogné, mais elle a été sur ses pieds en un clin d'œil. Darran s'est dirigé tout droit vers la princesse, encore debout avec Dounia en lisière du bois, en train d'étudier une carte du royaume.

— Est-ce que ça va, toi ? j'ai dit en courant presque pour me maintenir à sa hauteur. Tu as été blessé à mort à la citadelle, et ensuite tu es resté inconscient plusieurs jours. Est-ce que tu te sens vraiment prêt à combattre ?

Pour la première fois, il m'a regardée droit dans les yeux. Il avait l'air surpris.

— Moi ? Toujours.

Ça a été sa seule réponse. Mais soudain, il a semblé se souvenir de quelque chose, alors il s'est de nouveau tourné vers moi. Et il a demandé à son tour :

— Et toi ?

C'était peut-être la première fois qu'il me posait cette question. J'ai été tellement estomaquée que je n'ai rien répondu.

— Tu as l'air… différente, a-t-il dit.

Devine-t-il que Bragal est dans ma tête ? Est-ce que ça se voit sur ma figure ?

Mais à ce moment-là, la princesse a levé les yeux vers nous.

— Ce château est une vraie forteresse, a-t-elle dit d'une voix sèche, un assaut nous coûtera du monde.

— Un assaut serait un massacre, a rétorqué Darran.

D'un geste du bras, il a désigné les dormeuses autour de nous : quelques panthères aguerries, mais surtout de jolies paysannes arrachées à leur famille, qui n'avaient pas vingt ans.

— Gardez vos discours de défaite ! a répondu la princesse. Si je m'étais contentée de regarder Kiell de loin en me lamentant sur ses fortifications, la ville serait encore debout et le vice-roi vivant.

— Un assaut serait un massacre, a répété Darran. Mais on peut les avoir par la ruse.

Dounia a éclaté de rire.

— Toi, mon corniaud ? C'est ton point fort, la ruse ? Les muscles, je veux bien, mais pour la tête, ça m'étonnerait que...

— Je vous fais prisonnière, a dit Darran en attrapant le bras de la princesse.

Elle a essayé de se dégager en poussant un cri.

— Qu'est-ce qui vous prend ?

Dounia avait déjà dégainé son épée.

— Si tu veux piéger ton ennemi, montre-lui ce qu'il désire.

— Et que désire le duc de Long-Ba ? a sifflé la princesse. Cet homme a déjà tout : la loi, la force, les titres et l'or !

— Encore de l'or, a répondu Darran. Plus ils en ont, plus ils en veulent.

— Ah, je comprends, a soudain fait Dounia en rangeant son épée. Pour entrer dans le château, le couillu veut nous faire le vieux coup des geôliers qui amènent des prisonnières. Un peu éculé, non ?

Chapitre 33

Il n'y avait pas vraiment de route qui menait au château depuis notre bois, juste une colline en pente douce et un vague sentier. Les soldats postés sur la barbacane nous ont vues venir de loin, mais ils n'ont pas semblé particulièrement inquiets.

« Ils n'accepteront pas de laisser entrer plus de quatre personnes à la fois, avait dit Darran. Deux chasseurs de sorcières et deux prisonnières. »

La princesse et moi, on jouait les deux prisonnières, les mains attachées. Il vaut mieux avoir de vrais pouvoirs quand on joue les sorcières.

Darran et La Beste étaient les chasseurs.

La princesse avait insisté pour que ce soit plutôt Dounia, « la meilleure guerrière de sa troupe », à quoi Darran avait répondu : « Foutaises, la meilleure guerrière à cent lieues à la ronde, c'est La Beste. »

La barbacane était de plus en plus impressionnante au fur et à mesure qu'on s'en approchait. C'étaient deux tours massives aux toits plats garnis d'une dizaine d'engins de siège. « Des balistes, avait dit La Beste, des arbalètes géantes qui vous embrochent trois hommes en armure à deux cents pas. Rien de tel pour empêcher des assiégeants de construire des catapultes un peu trop près des murs ; sacrées bites de Kàn, ce sont de jolies pièces. »

Il faisait frais ce matin-là et des volutes de brouillard traînaient encore au pied de la colline, mais le soleil nous réchauffait un peu. La rumeur de la rivière s'est faite de plus en plus forte, et tout à coup, l'eau a été là, à dix pas sous nos pieds, cascadant furieusement contre le roc, s'écoulant le long des falaises où était juchée la barbacane.

La Beste s'est mise à crier pour couvrir le bruit :

— Ça sent le lard grillé !

Devant l'immense pont-levis relevé, Darran a fait signe à deux soldats postés sur les tours. Ils étaient trop loin et le bruit de l'eau était trop fort pour qu'on puisse leur parler. Mais l'un d'eux a fini par descendre dans les entrailles d'une des deux tours.

La princesse ne disait rien et gardait les yeux rivés sur le château au-dessus de nos têtes. Son prochain objectif de guerre. Sa possible source de calame.

On a attendu là un bon moment, debout dans le froid, sous l'œil morne du second soldat posté derrière les créneaux.

— Tu pourrais atteindre cet homme ? a demandé Darran à La Beste.

Avec un sourire carnassier, que sa moitié de visage brûlé rendait effrayant, La Beste a tâté sa fronde en cuir enroulée autour de sa taille, cachée sous sa ceinture.

— On est à peine à soixante pas. Je pourrais faire un trou dans sa tête aussi facilement que dans une motte de beurre.

L'immense pont-levis s'est finalement ébranlé dans un grincement de chaînes, dévoilant une arche et une herse en acier noirci.

— Il doit y avoir au moins un guerrier-né dans la garnison de cette barbacane, caché parmi les autres, a dit Darran. Il faut le repérer. Je m'occuperai du reste.

Le reste ? Est-ce qu'il entendait par là *massacrer tout le monde* ?

J'adorais mon père.

— Comment peut-on le reconnaître ? j'ai demandé.

— Il aura des gestes rapides, un équilibre parfait.

— Les guerriers-nés sont presque toujours brutaux et coléreux, a ajouté la princesse avec une grimace de mépris. Parce qu'ils sont habitués à résoudre tous leurs problèmes par la violence. Ils sont aussi insubordonnés, la plupart du temps, et peu appréciés de leurs camarades.

— Sauf quand ils leur sauvent les michetons sur le champ de bataille, a précisé La Beste.

Le soldat sur la tour nous a fait signe d'avancer sur le pont-levis. Un sergent moustachu nous attendait là, en casque et cotte de mailles, et un troufion se tenait à un pas derrière lui avec une arbalète chargée entre les mains.

— Le château n'ouvre pas avant la neuvième heure ! a-t-il crié à travers la grille noircie au goudron.

— On peut entrer dans la barbacane ? a demandé La Beste. Mon camarade et moi, on a marché toute la nuit et on en a marre de se geler le cul. Ça sent le lard à cent mètres, z'en auriez pas un peu pour nous ?

Le sergent a lissé sa moustache. Il n'a rien dit sur la couleur noire du visage de La Beste, ni sur son côté gauche ravagé, mais il ne pouvait en détacher le regard.

— C'est quoi, votre marchandise ?

— Du premier choix, mon gars, a répondu La Beste. Une femme qui peut changer de visage à volonté pour que son maître ne se lasse jamais de la besogner. Pas vrai, ma petite Véranette ?

Elle a donné un coup de coude dans les côtes de la princesse, qui lui a jeté un regard noir.

— Et la rouquine ? a dit le sergent en me reluquant des pieds à la tête. L'est pas mal.

— La rouquine, c'est la meilleure chasseuse que t'aies jamais vue. Elle entend une souris à cent pas et elle peut voir la nuit. Elle peut même sentir l'odeur de ton cul à trois lieues et dire ce que tu as bouffé la veille.

L'arbalétrier s'est esclaffé dans le dos du sergent, qui l'a fait taire d'une taloche.

— Ta gueule, Vireton.

— Pardon, sergent.

Il a pointé Darran du menton.

— Et toi, tu dis rien ?

Darran lui a donné raison : il n'a rien dit.

— Allez, venez manger un morceau avec nous, a finalement concédé le sergent. On vous conduira au château quand ce sera l'heure.

Il a mis ses mains en porte-voix et il a beuglé un ordre au-dessus de lui. Alors la herse s'est relevée par à-coups, dans un crissement aigu, avant de s'arrêter à trois pieds au-dessus du sol.

— Il la montera pas plus haut, a expliqué le sergent, faut dire que ça pèse un foutu poids. Il faudra vous pencher pour passer. Ah, et donnez-moi vos armes, je vous les rendrai à votre départ.

Darran a tendu sa hache. La Beste a donné son arc et deux poignards en grommelant. Mais le sergent n'était pas né de la dernière pluie et il avait repéré sa fronde cachée sous la ceinture, ainsi que deux autres couteaux, l'un dans la botte, l'autre dans une gaine au creux du dos.

— Va me mettre ça en lieu sûr, Vireton, a-t-il ordonné à l'arbalétrier. Et reviens tout de suite après !

On s'est glissés sous la herse, qui est retombée derrière nous avec un fracas infernal, faisant trembler tout l'édifice.

Le sergent et le dénommé Vireton nous ont conduits à un escalier dans la tour de gauche, on s'est retrouvés dans une cuisine où mangeaient deux hommes en chemise. Une fille brune, assez jolie, s'est éclipsée immédiatement. Avec son maquillage et sa robe rouge légère, elle ressemblait plus à une putain qu'à une domestique.

— Salut la compagnie ! a claironné La Beste en s'asseyant. Il reste à manger ?

On lui a désigné la poêle froide sur la table et elle s'est servie directement avec la main.

— Par le Kàn, a dit Vireton en se tournant vers elle. Il est arrivé quoi, à ton visage ?

La Beste a cessé de mastiquer son lard.

— C'est de naissance.

Quoi ? j'ai pensé. *Alors cette histoire d'étagère remplie de flacons d'acide, c'était un mensonge ?*

L'un des deux hommes attablés a étouffé un gloussement.

— Qu'est-ce que t'es moche.

La Beste a éclaté de rire.

— Tu l'as dit, mon couillon ! Avant que je vienne au monde, le Grand Kàn a dit à ma mère : « Je suis bien emmerdé, j'ai un visage et une cervelle pourris à écouler, qu'est-ce que tu préfères pour ta fille ? » Elle a choisi le visage. Alors le Grand Kàn t'a refilé la cervelle.

L'homme s'est levé d'un bond, un poignard au poing.

— Tu dis que je suis stupide, c'est ça ?

— Jans ! a crié le sergent. Range ce couteau !

Mais l'homme ne lui a pas obéi.

— Oh là, on se calme, a fait Darran de sa grosse voix grave, qui a résonné dans la pièce.

Ça a figé tout le monde.

— Ma coéquipière n'aime pas qu'on se moque de son visage, a-t-il dit. On ne veut pas d'ennuis. On attend la neuvième heure, on se fait payer pour nos sorcières et on repart.

Jans a jaugé la carrure de Darran et n'a pas osé le défier, mais il n'a pas non plus rangé son poignard dans sa gaine.

— J'suis sûr que j'vous ai jamais vus par ici, vous deux, a-t-il dit. Une gueule comme celle de ta partenaire, on peut pas l'oublier. Alors vous êtes qui, hein ? Vous venez d'où ? On nous a prévenus que Darran l'indestructible était dans la région. Et moi je trouve que tu ressembles sacrément à sa description. Tu viendrais pas directement de Kiell après y avoir foutu le feu, par hasard ?

Les autres soldats n'ont rien dit, mais ils nous ont dévisagés avec méfiance. Vireton a discrètement levé son arbalète vers La Beste, prêt à lui ficher un carreau dans la gorge.

— N'importe quoi, Darran Dahl est noir, tout le monde sait ça ! a menti La Beste. De toute façon, on n'est que deux et vous avez pris nos armes. Vous voulez quoi de plus ?

Le sergent s'est tourné vers moi, l'air suspicieux.

— Il paraît que tu peux entendre une souris à cent pas, hein ? Alors, combien y a de souris dans cette foutue barbacane, à ton avis ?

— Pour les souris, je ne sais pas, j'ai répondu en tirant sur mes liens, il y a trop de bruit partout. Mais je peux vous dire qu'il y a deux femmes dans ces deux tours, et deux huitaines de gars.

Le sergent a froncé les sourcils. Je l'ai entendu murmurer pour lui-même en comptant sur ses doigts :

— Deux huitaines d'hommes ? Neuf soldats… Le capitaine à l'étage… Cinq domestiques hommes et femmes…

Il y avait donc dix hommes d'armes dans ces deux tours. On venait déjà de récolter un renseignement précieux et La Beste m'a jeté un coup d'œil approbateur.

Le sergent a levé la tête.

— Tu t'es trompée d'un, n'importe qui aurait pu en faire autant.

— Je ne me suis pas trompée. Il y a un gars dans la pièce à côté qui n'a pas des bottes de soldat, il n'est peut-être pas d'ici.

Le sergent s'est frappé le front avec la main.

— C'est vrai qu'on a un visiteur, je l'avais oublié. Foutre-Kàn, alors le compte y est !

Jans a hoché la tête en silence, impressionné.

— Tes oreilles… Elles sont… On dirait qu'elles sont devenues pointues tout à coup, et poilues !

— Et toi, j'ai ajouté, tu as mangé de l'oignon et du poireau, hier soir. Avec des tranches de pain noir un peu rassis.

J'ai marqué une petite pause juste pour l'effet.

— Oh, une dernière chose : un homme et une femme s'envoient en l'air au troisième. Je crois que c'est son épouse parce qu'elle l'appelle « mon petit chou de mari ». Votre capitaine, peut-être ? Vu comme il fait bouger le lit, je dirais qu'il pèse au moins deux cents livres, je me trompe ?

Tous les soldats m'ont dévisagée bouche bée, oubliant le lard, les rebelles, le visage de La Beste et tout ce qu'ils étaient en train de faire.

— On demande dix rois d'or pour la rouquine, a déclaré Darran pour rompre le silence.

J'ai été suffoquée de surprise. Dix rois d'or ? Je n'avais jamais vu autant d'argent de ma vie ! Le sergent a hoché la tête, la bouche toujours ouverte.

— C'est pas avec moi qu'il faudra négocier le prix, mon gars. Mais si je peux te donner un conseil, pour une chasseuse comme celle-là, tu peux en demander trente.

Et il a ajouté :

— Payable en diamants.

Plus personne n’a demandé d’où on venait. Ils étaient tous en train de compter la prime qu’ils allaient toucher sur ma vente.

— Mes sires et mes dames de Long-Ba ! a soudain fait une voix claire de l’autre côté de la porte. Le spectacle va commencer !

J’ai poussé un cri de surprise. Quelque chose dans l’air de la pièce est devenu plus léger et je crois que j’ai éclaté de rire.

Cette voix !

C’était celle d’Alendro !

Chapitre 34

Les soldats n'ont pas remarqué mon trouble, ils se sont levés et nous ont invités à les suivre.

— C'est un saltimbanque, nous a expliqué le sergent. Il nous a demandé l'hospitalité en échange de ses spectacles. Faut dire que c'est pas tous les jours qu'on rigole, ici... Ça fait deux jours qu'il est là et il est vraiment drôle !

Darran m'a posé la main sur l'épaule. Lui aussi avait reconnu la voix d'Alendro. Mais il semblait inquiet. Le Veronien allait également nous reconnaître. Quelle allait être sa réaction ? Allait-il nous trahir sans le vouloir, dans sa surprise de nous revoir ?

Je dois dire que je m'en fichais totalement. Alendro m'avait tellement manqué ! Si j'avais pu, j'aurais couru et je lui aurais sauté dans les bras. Darran a fini par suivre les autres dans la pièce d'à côté, ne sachant comment justifier un refus au sergent.

C'était une grande salle de garde ronde qui occupait presque tout l'étage. Des râteliers de hallebardes, de piques et de haches côtoyaient les rangées de boucliers. Des arcs et des arbalètes étaient pendus à des crochets.

Bien sûr, je n'ai rien vu de tout ça quand je suis entrée. La seule chose qui a capté mon regard, c'était Alendro en costume noir et chemise blanche, écharpe de soie bouffante et souliers vernis. Il était debout sur les épaules d'un mannequin d'entraînement et frappait dans ses mains.

« Dames et damoiseaux,
Je m'incline bien bas !
Gardiens de Long-Ba
Je vous tire mon chapeau ! »

Quand je l'avais quitté, j'étais dans une colère noire contre lui, je crois même que je l'avais insulté. Mais tous mes griefs ont disparu en un instant, balayés par une irrésistible envie de rire et de le serrer contre moi : il avait échappé à l'incendie de Kiell ! Il était vivant !

Cela me faisait un bien fou de le revoir.

Si Darran avait eu peur qu'il nous reconnaisse et nous interpelle par nos noms, il avait eu tort de s'inquiéter : Alendro nous a totalement ignorés. Je n'ai pas pu m'empêcher de lui faire un grand sourire, mais il ne m'a pas accordé un regard. Au lieu de ça, il a sorti une magnifique rose de la poche de sa veste et l'a jetée d'un geste théâtral à la jolie fille en robe rouge, la prostituée, qui l'a attrapée au vol.

— Une *rosë rouja* pour la plus belle des *rosë rouja*, a-t-il dit en la saluant bien bas.

Une pointe de jalousie m'a transpercé le cœur. C'était moi, sa *rosë rouja* ! Celle-là n'était même pas rousse ! Comment pouvait-il l'appeler « *rouja* » ? Et elle était vulgaire, en plus !

« Ah, mon amour... Me revoilà ! Je suis navré pour ce contretemps, le Baron de Fer est d'un bavard, si tu savais ! Ce jeune homme est intarissable sur le sujet des exploits de son père pendant la guerre des Princes... Avez-vous réussi à libérer les sorcières ? »

Je n'ai rien répondu, je bouillais de rage contre Alendro.

« Oh, vous avez utilisé cette vieille ruse des geôliers et des prisonnières pour entrer dans le château ? C'est une bonne idée. Les astuces les plus éprouvées sont souvent les plus effic… »

Il s'est arrêté net. Et il s'est soudain mis à hurler tellement fort que j'ai essayé de mettre mes mains sur mes oreilles par réflexe – ce que je n'ai pas pu faire à cause de mes liens.

« Par tous les saints Gottarans ! Mais c'est mon idiot de frère qui se donne en spectacle ! Que fait-il ici, celui-là ? Il va tout gâcher ! Quelle déchéance : un saltimbanque dans la famille royale… Regarde-le pérorer ! N'est-il pas ridicule dans cet accoutrement ? »

Que pouvais-je lui dire ? Je savais que j'étais fiancée à Bragal, et d'une certaine manière, j'étais certaine d'être amoureuse de lui. Mais Alendro perché sur son mannequin d'entraînement, à cet instant précis, était pour moi l'homme le plus beau du monde. Par bonheur, Bragal était sans doute trop en colère pour lire cette pensée, car il a continué à tempêter.

J'ai fini par l'arrêter :

« Bragal, on doit trouver le guerrier-né de la garnison. Ça peut être n'importe lequel des dix soldats de la barbacane, et six d'entre eux ne sont même pas dans cette pièce. »

« Volontairement ou non, mon imbécile de frère semble en partie remédier à ce petit problème. »

Il avait raison : grâce à Alendro, la salle s'était soudain remplie de monde. Trois soldats qui dormaient à l'étage étaient descendus, torse nu et les yeux encore bouffis de sommeil, mais impatients de voir le spectacle. Et plusieurs domestiques, hommes et femmes, essayaient eux aussi de se faire une petite place sans trop se faire remarquer. Même le gros capitaine, un homme joufflu à moustache, sortait de l'escalier tout essoufflé en remettant ses bretelles, tenant la main à une femme aussi mince et sèche qu'il était gros.

« Bon, d'accord, il y en a maintenant huit sur dix dans cette salle. Mais comment je peux savoir lequel c'est ? »

« Laissez-moi faire, mon amour », m'a répondu Bragal.

« Vous ? »

« Vous et moi… Vous savez bien que je ne peux lire un esprit que si je touche le sujet. Votre part du travail sera d'avoir un bref contact physique avec chacun d'eux. »

Mais comment ? J'étais attachée, moi. Et prisonnière. Je n'étais pas censée me promener dans la pièce en serrant la main de chaque bonhomme.

Baissant la tête, j'ai murmuré à la princesse : « Je dois les toucher. »

« Pardon ? »

Heureusement, la salle était bruyante et les regards tournés de l'autre côté.

« Pour détecter le guerrier-né ! Je dois les toucher ! »

« Tu peux savoir si quelqu'un est mindaran juste… en le touchant ? Décidément, tu as bien des pouvoirs… »

J'ai commencé à m'approcher des hommes en cercle autour d'Alendro qui nous tournaient le dos. J'avançais par petits pas, comme si je voulais moi aussi profiter du spectacle.

— Savez-vous la différence entre un mindaran pauvre et un mindaran riche ? a claironné Alendro. Non ? Le pauvre porte une vraie marque sur le corps. Le riche a payé mille domestiques pour dire qu'il en porte une !

L'assistance a ri un peu et on s'est approchées davantage. Ma main a effleuré la jambe d'un des soldats par-derrière. J'ai aussitôt senti le même picotement que j'avais déjà éprouvé quand Bragal s'était glissé dans la tête de Darran endormi. Des sons, des odeurs, des images d'une mémoire qui n'était pas la mienne ont afflué dans ma tête à une vitesse folle. Puis tout s'est arrêté.

« Ce n'est pas lui : cet homme a un esprit ordinaire, très banal. Il en reste neuf. »

— Messires, a poursuivi Alendro, comment savez-vous si vous plaisez ou non à une mindaran charmeuse ? Si à votre seconde rencontre, elle a l'air dix ans plus jeune, c'est que vous lui plaisez. Si elle a l'air dix ans plus vieille, c'est qu'elle ne veut pas de vous !

Nouveaux éclats de rire. Nouveaux déplacements furtifs de notre côté.

J'ai touché un second soldat, puis un troisième : aucun d'eux n'était mindaran. Mais à chaque contact, je voyais un peu plus de leurs souvenirs, et je comprenais un peu mieux comment fonctionnait le pouvoir de Bragal.

« C'est peut-être Vireton, le chien de garde du sergent », a fait la princesse dans un chuchotement.

« Pourquoi ? »

« Ou alors Jans, celui qui s'est énervé tout à l'heure. Les mindarans guerriers sont souvent des abrutis agressifs. »

Je me suis écriée : « Pas Darran ! »

J'avais parlé trop fort. Le sergent m'a jeté un regard soupçonneux et s'est approché de nous.

— Qu'est-ce que vous faites ici, toutes les deux ? Reculez ! Le spectacle n'est pas pour vous. Je ne veux pas vous voir traîner près de mes hommes.

— Oui, messire, a susurré la princesse.

Mais en reculant, elle a fait semblant de trébucher et m'a légèrement poussée sur lui. Pendant un bref instant, ma main a effleuré celle du sergent. Cela a été suffisant pour Bragal :

« Ce n'est pas lui non plus. »

Puis, il a ajouté sur un ton triomphant :

« Mais il sait qui c'est ! Votre mindaran est un dénommé Vireton, je l'ai lu dans son esprit. »

L'arbalétrier ! Celui qui avait demandé à La Beste pourquoi son visage était ravagé…

« C'est Vireton », ai-je soufflé à la princesse.

« J'en étais sûre, m'a-t-elle répondu avec un sourire. C'est lui que le sergent a choisi d'avoir à ses côtés, quand il nous a ouvert la herse. Et les autres soldats ne savent peut-être même pas qu'il est mindaran. Je crois que c'est un *tireur*-né, comme notre chère La Beste. Pourquoi lui aurait-on donné le surnom d'un carreau d'arbalète, sinon ? »

Un tireur-né ! Voilà pourquoi il ne correspondait pas à la description !

— Et vous, mes dames, a continué Alendro : si un homme vous dit qu'il est mindaran, comment pouvez-vous savoir s'il vous ment ou s'il vous dit la vérité ?

— En couchant avec lui et en regardant partout sur son corps ? a braillé une grosse lingère au fond de la salle.

Alendro a éclaté de rire.

— J'aime beaucoup votre façon de faire, ma dame. Mais j'en ai une autre : en le demandant à sa maîtresse ! Et si elle vous dit qu'il a la marque, alors c'est qu'il n'en a aucune et qu'elle veut se débarrasser de lui ! Si elle vous dit qu'il ne l'a pas, c'est que c'est un vrai et qu'elle veut le garder pour elle.

« Attention à la jeune fille en robe rouge, m'a soufflé la princesse. Chaque fois qu'elle rit, elle cherche le regard de Jans. Je crois qu'elle est son amante. Si c'est le cas, elle le défendra bec et ongles quand nous attaquerons. »

J'ai hoché la tête. Et moi qui l'avais prise pour une prostituée…

La Beste était pliée en deux de rire, donnant des coups de coude aux soldats à côté d'elle et applaudissant à tout rompre à chaque sortie.

Darran, complètement imperméable au spectacle, m'a jeté un regard interrogateur. D'un coup d'œil, je lui ai désigné Vireton et il a lentement acquiescé de la tête pour signifier qu'il avait compris.

C'est à ce moment-là qu'Alendro a sauté de son perchoir et s'est promené parmi son public en ôtant son chapeau, saluant chaque personne bien bas, roucoulant des mots chantants dans sa langue natale qui me faisaient des frissons de plaisir rien qu'à les entendre.

— *Ey la pini, colo tao vesta*, disait-il aux femmes.

— *Ey la lopa, bono aevo*, disait-il aux hommes.

J'ai soufflé à la princesse :

« Vous savez parler le veronien ? »

« Oui. Il dit qu'il faut faire vite », a-t-elle répondu à voix basse.

« Il dit que le sergent vient d'envoyer un gamin là-haut pour faire venir du renfort du château, m'a traduit Bragal avec plus de précision. *Il s'est méfié de vous. »*

Chapitre 35

Alendro est passé près de nous sans s'arrêter, sans nous jeter un regard, mais j'ai senti comme par magie la pression de mes liens se distendre sur mes poignets, puis disparaître. La Beste, un peu plus loin, avait cessé de rire. Elle avait fourré une main sous sa cape.

Est-ce qu'il lui avait glissé un poignard ?

Tout s'est déroulé en un clin d'œil.

Des objets ont volé à travers la pièce : un couteau de La Beste, d'abord, puis un carreau de Vireton qui a dévié sa course en plein vol, le renvoyant sur La Beste, qui à son tour l'a dévié d'un second couteau… Puis Darran a levé sa hache et a fracassé le crâne de Vireton avec un craquement humide.

Aucune autre personne dans la pièce n'a compris ce qui se passait. Mais une fois que leur mindaran a été tué, la partie était déjà perdue pour les soldats. L'un d'eux était toujours en train de rire au spectacle d'Alendro quand un troisième couteau de lancer s'est fiché dans son œil. J'avais à peine vu bouger La Beste…

La grosse lingère s'est mise à hurler de terreur. Les deux soldats sans arme se sont précipités pour décrocher des haches au mur. J'aurais bien voulu faire quelque chose, mais je n'en ai pas eu le temps : La Beste a pris deux hachettes avant eux et chacune s'est retrouvée plantée dans la poitrine de ces hommes. Ensuite, elle s'est mise à courir le long du mur arrondi, attrapant au hasard ce qui passait à sa portée ; elle ne semblait pas se soucier de savoir si les armes qu'elle prenait étaient faites pour le lancer ou le corps à corps : tout dans ses mains devenait un projectile mortel. Une épée courte a traversé la pièce en sifflant, se fichant dans la gorge du capitaine. Il s'est mis à hurler en agitant les bras. Puis une hache de bataille est allée se ficher dans le torse d'un homme qui venait de saisir une lance. Quant au suivant, c'est une demi-bouteille en verre, que La Beste avait brisée sur un coin de la table, qui s'est enfoncée dans son cou en faisant pisser le sang.

Pendant tout ce temps, Darran est pratiquement resté les bras croisés, à regarder la scène de ses yeux mi-clos qui ne manquaient pas un détail. Mais quand le soldat Jans a tenté de se glisser dans le dos de La Beste avec un poignard, il a fait deux pas vers lui et, d'un geste naturel, presque détendu, il lui a décollé le bras du reste du corps d'un coup de hache.

Le hurlement de Jans a été couvert par celui de la fille à la robe rouge, qui s'est précipitée sur lui. Le cœur de Jans a lâché très vite et il s'est figé dans un soubresaut, les yeux grands ouverts. D'un bond, la fille s'est retournée vers Darran et a tendu les mains vers lui en hurlant :

— Meurs ! Meurs !

Sur le visage de mon père, la peau s'est mise à cuire et à cloquer comme si de l'huile bouillante lui avait ruisselé sur le front. Il a poussé un cri, il est tombé à genoux et s'est couvert les joues de ses mains. Je n'ai pas réfléchi. Aucune pensée ne m'a traversé l'esprit, si ce n'est celle de protéger mon père. J'ai fait un bond en avant, un bond impossible pour un humain. Mon corps a heurté celui de la fille et on a roulé au sol, mes griffes ont crevé la peau de son ventre et mes crocs se sont refermés sur sa gorge, où se nichait la petite marque noire d'un bâton mindaran de sorcière… Sa chair molle s'est déchirée sous moi et le sang a giclé sur mon visage. J'ai senti ses muscles se relâcher quand la vie l'a quittée.

Alors je me suis précipitée vers mon père, il était toujours sur les genoux, la tête entre les mains. Mais quand il les a lentement baissées, il ne portait plus la moindre trace de blessure au visage.

— Darran ! Est-ce que ça va ? Ta peau était rouge et elle fumait !

Il a haussé les épaules et il a répondu :

— Je suis Darran l'indestructible.

Puis :

— Où est passée la princesse Véra ?

Au centre de la pièce, les domestiques se tenaient les uns contre les autres en tremblant, et l'épouse du capitaine pleurait sur le corps de son mari, les mains barbouillées de sang.

Tout à coup, la guerre ne me semblait plus si juste, ni si simple. Qui étaient les gentils et les méchants, dans cette pièce ? Qui se battait pour sauver les femmes victimes de leurs bourreaux les hommes ? J'avais encore dans la bouche le goût du sang de cette jeune fille, qui me donnait des haut-le-cœur.

— Venez vite, messires, c'est par ici ! Ils ont besoin de vous !

De l'escalier nous parvenaient des bruits de pas précipités, ainsi qu'une imitation stupéfiante de la voix de la grosse domestique.

La princesse : elle nous apportait sur un plateau les derniers soldats de la barbacane.

Quand deux hommes ont accouru, les armes à la main, La Beste en a abattu un d'un carreau d'arbalète dans la bouche. Quant à Darran, en embuscade, il a enfoncé le tranchant de sa hache entre les jambes du second, de bas en haut : la brigandine a explosé sous le choc en faisant voler ses lamelles de fer dans la salle, et chez cet homme, tout a été réduit en bouillie du ventre jusqu'à la poitrine.

La grosse femme qui les suivait de près s'est soudain métamorphosée en princesse Véra. Elle a avisé les cadavres, dont celui de la fille en robe rouge, et m'a jeté un regard amusé.

— Alors, elle l'a bien défendu, son joli soldat ?

J'ai acquiescé de la tête.

— L'amour est idiot…, a-t-elle conclu d'un air méprisant.

L'amour d'une sorcière pour un soldat de Long-Ba ? Cette fille avait fait cloquer la peau de mon père avec son pouvoir. Elle était une mindaran de bataille qui aurait pu être vendue pour une énorme somme. Que faisait-elle dans cette barbacane, au bras d'un des soldats qui gardaient le château ? Je ne l'ai jamais su, mais je me suis imaginé une histoire d'amour, une fille cachée par un soldat à ses propres officiers, protégée, aimée. Des projets de fuite à deux, de vies vécues loin d'ici… Peut-être que cet homme et cette femme se seraient battus dans notre camp, si on leur en avait seulement donné l'occasion. Je me sentais sale et écœurée.

« *Bien bien bien*, a dit Bragal dans ma tête. *Rien de cassé, mon amour ? Ah, toutes ces batailles m'ont toujours ennuyé, je l'avoue. Ce sang, ces tripes, ces cris, c'est d'un vulgaire… Enfin, il faut bien en passer par là.* »

« *Je me demande parfois si ça vaut vraiment le coup, Bragal* », ai-je répondu.

J'avais envie de vomir. Je me suis penchée sur l'un des soldats morts, et avec sa chemise, j'ai essuyé le sang qui maculait mon visage du mieux possible, en murmurant « pardon ».

— Bon, il reste encore un soldat sur l'autre tour, a claironné la princesse. Je vous le ramène.

La Beste est venue jusqu'à moi et m'a posé une main sur l'épaule.

— Ils font tous la grimace quand ils voient mon visage… Mais c'est ça qui est le plus laid, tu vois ? Le sang et la chair après la bataille.

— C'est… C'est toujours aussi horrible, la guerre ?

Elle a secoué la tête.

— Non. Là on a gagné. C'est bien pire quand les cadavres sont ceux des gens que tu aimais.

Un doute affreux m'a soudain saisie.

— Où est Alendro ?

Je l'ai retrouvé caché dans une armoire remplie d'armures en tissu, recroquevillé en position fœtale. Quand j'ai ouvert la porte, il a sursauté de frayeur : il était blanc comme un linge. Mais dès qu'il m'a reconnue, un sourire a transfiguré son visage. Il est sorti de son armoire et il a jeté un coup d'œil horrifié sur les cadavres, un instant perdu et apeuré, puis son regard s'est de nouveau posé sur moi. Alors il s'est mis à épousseter son costume noir comme si de rien n'était.

— Ma *rosë rouja* ! Tu aurais dû laisser les hommes se battre… C'est dangereux pour une fleur fragile comme toi.

J'ai éclaté de rire. Il n'avait pas changé, mon Alendro !

— Ça m'avait manqué d'entendre tes idioties ! Toujours des leçons à me donner, hein, mon grand guerrier ?

— Toujours, ma *rosë rouja*. Il faut te protéger de toi-même, tu es si délicate.

— Dis donc, tu as le « *rosë rouja* » facile, toi, ces derniers temps… La dernière fois, c'était pour la fille à la jolie robe.

Il s'est incliné comme un artiste après sa représentation.

— Il y a d'innombrables *rosë rouja* en ce monde, ma petite *sorceia*, mais aucune qui ait autant d'éclat que toi.

— Je parie que tu dis ça à toutes les filles…

Mais je n'ai pas pu effacer le grand sourire qui rayonnait sur mon visage.

Oui, parler avec Alendro m'a fait un bien fou. Avec lui, je me sentais comme dans une bulle où tous ces cadavres n'existaient pas et où je n'avais pas égorgé une femme avec mes dents. Un monde à part juste pour lui et moi, où le reste de l'univers était un instant suspendu.

« Diantre. J'avais oublié à quel point vous appréciiez mon frère… », a murmuré Bragal d'un ton sec dans le secret de mon esprit.

Et soudain sa voix s'est faite plus grave, plus puissante.

« Mon frère n'est qu'un misérable petit vaurien, un homme de peu de valeur. C'est un pitre, un singe, un fagotin. La honte de sa famille. Et c'est ainsi, désormais, que vous le verrez quand vous poserez les yeux sur lui. Vous n'aurez pas de haine pour lui, pas plus que je n'en ai, ce serait faire trop de cas de ce minable. Non, vous n'éprouverez à son égard que du mépris et le plus profond désintérêt. M'avez-vous bien compris, mon amour ? Maintenant, vous allez cesser de l'aimer, aujourd'hui et à tout jamais. »

Ça a été comme une douche glacée.

Je me suis brusquement écartée d'Alendro comme s'il avait été en feu.

Le sourire s'est évanoui sur mon visage, remplacé par une grimace de dégoût. Comment avais-je pu le trouver drôle ? Il était ridicule. Comment avais-je pu le trouver beau ? Il était pathétique dans ses vêtements de bouffon.

J'ai tenté de mettre de l'ordre dans mes pensées, sans arriver à en retrouver le fil. De quoi avions-nous parlé ? Pourquoi étais-je si heureuse un instant plus tôt ?

— *Rosë rouja* ? Qu'est-ce que tu as ? Eh ! Qu'est-ce que j'ai dit ?

— Rien, Alendro, je…

Une lutte terrible avait lieu dans mon esprit, un tourbillon de sentiments contradictoires, une bataille enragée que je ne comprenais pas moi-même. J'aimais Alendro et tout mon cœur refusait de renier cela. L'ordre de Bragal commençait à s'effacer.

Mais alors sa voix, plus douce et plus feutrée que jamais, a prononcé les quelques mots qui ont définitivement brisé tout mon attachement pour son frère :

« *Vous lui avez déjà plusieurs fois clairement montré votre intérêt pour lui, Maura. A-t-il essayé de vous embrasser ? A-t-il daigné vous prendre la main ? A-t-il seulement laissé entendre que vous lui plaisiez ? Je ne parle pas de ses logorrhées de compliments farfelus dont il noie toutes les femmes. Je parle d'un véritable indice montrant qu'il vous apprécie et vous désire. Non, n'est-ce pas ? Mon frère prétend faire la cour aux femmes, mais si jamais l'une d'elles y répond favorablement, il s'enfuit aussitôt. Pas une seule fois, je ne l'ai vu accompagné. Jamais il ne vous donnera son cœur ni son corps. Alors Maura, ma chère amie, soyez honnête avec vous-même : souhaitez-vous vraiment souffrir comme toutes les femmes avant vous qu'il a séduites, mais qu'il n'a ensuite jamais satisfaites ? Non, vous ne le voulez pas. Vous allez donc éprouver de la haine et du ressentiment pour mon frère. Cela vous épargnera bien des souffrances.* »

Bragal ne pouvait pas contraindre les esprits, il me l'avait dit lui-même. Éprouver de l'indifférence pour Alendro, c'était un ordre auquel j'aurais résisté de toutes mes forces.

Il avait donc changé de tactique, car il savait manipuler les esprits mieux que personne. Oui, il avait touché en moi une faiblesse : j'étais une solitaire peu à l'aise avec les sentiments, effrayée à l'idée d'être vulnérable. Or, Alendro m'avait en effet rejetée. Il avait ignoré toutes mes tentatives pour lui avouer qu'il me plaisait.

Alors la lutte a pris fin en moi. J'ai regardé Alendro droit dans les yeux, et c'était un regard si froid que j'ai lu la tristesse et l'incompréhension sur son visage.

— Laisse-moi tranquille, imbécile.

C'est à ce moment-là que Darran est arrivé dans notre dos, la hache sur l'épaule.

— Merci pour ton aide, saltimbanque.

Alendro s'est incliné.

— Je suis venu au château de Long-Ba dès que j'ai pu, *Sainor* Darran Dahl, a-t-il continué. J'étais presque sûr que vous tenteriez quelque chose ici. Le château des sorcières ! Le verrou de la route du Nord ! J'ai voyagé le jour et la nuit, j'ai marché comme un fou pour contourner la forêt, j'avais peur d'arriver trop tard. J'ai toujours l'intention d'être votre *sui cantor*, votre ménestrel attitré, messire. Je vous ai fait la promesse de veiller à ce que votre réputation ne soit pas… ne fasse pas de vous…

— Un fou ? a dit Darran.

— Oui ! Et je m'y tiendrai, je resterai à vos côtés. Je ferai de vous un héros !

Darran a haussé les épaules.

— Et pourquoi tu ferais ça ?

— *Sainor* Darran… Parce que vous *êtes* un héros. Pour un ménestrel comme moi, vous n'imaginez pas quel honneur et quelle chance c'est de…

Je l'ai coupé d'un ton sec :

— Tu vas encore jacasser longtemps ? On a une armée aux fesses et des sorcières à libérer, par Kàn !

J'ai tourné les talons et je l'ai laissé là. J'ai fait semblant de ne pas remarquer sa peine de m'entendre dire ça.

« *Bien bien bien*, a ronronné Bragal, satisfait. *Nous pourrons tout de même l'inviter à notre mariage, si vous y tenez.* »

« *Oh, peu importe, mon amour*, lui ai-je répondu. *Qu'il soit là ou non, quelle différence ?* »

Inexplicablement, une larme coulait sur ma joue.

Pourquoi ? Je n'en avais aucune idée.

Chapitre 36

— Je ne comprends pas très bien, fit soudain d'Arterac en lâchant sa plume et en redressant le buste. Certes, toute cette partie concernant Bragal est pour moi très intéressante et totalement méconnue. En revanche, la bataille de Long-Ba est bien renseignée. C'est la première au cours de laquelle les rebelles ont fait usage de leurs étranges engins de siège, ces arbalètes géantes capables de répandre le feu et la terreur parmi les troupes royales. Et vous ne me parlez que d'une échauffourée dans la première tour de garde, comme si c'était l'apogée de cet affrontement d'une importance capitale.

Maura frissonnait de froid sous l'effet des courants d'air qui lui gelaient les pieds.

— Vous ne m'avez pas encore parlé des sorcières du château. Les chansons parlent de leur pouvoir, de ces femmes qui enchantèrent les balistes de Long-Ba et qui… attendez, que je vous retrouve cela… ah, voilà !

Il sortit un feuillet de sa sacoche.

Les sorcières en furie, libérant leur magie,
Enchantèrent catapultes, balistes et javelines,
Qui firent de ce château une montagne de ruines.

— Honnêtement, conteur, vous qui êtes mindaran, avez-vous vraiment cru à cette histoire de balistes enchantées par des sorcières ?

— Eh bien je… à vrai dire, j'ai toujours trouvé cela étrange. Aucune armée n'avait jamais eu dans ses rangs ce genre de sorcier. Mais j'ai pu constater par moi-même que ces armes avaient fait voler en éclats les murailles de Homgard, alors force m'a été d'admettre que…

— À votre avis, qui a écrit cette chanson sur les sorcières ? répondit Maura d'un air amusé.

Le conteur resta un instant interdit.

— Vous allez me dire que c'était Alendro, n'est-ce pas ?

— Vous êtes tous deux de grands artistes, d'Arterac, mais vous, vous êtes un conteur. Lui, c'est un baladin. Vous tueriez pour découvrir la vérité. Lui, il mourrait pour une bonne histoire.

— Que voulez-vous dire ? Il aurait menti dans ses chansons ?

— Diriez-vous d'un poète qu'il est un menteur, quand il dit d'une femme qu'elle est une rose ? Alendro ne ment pas : il enchante le monde.

— Ah ! s'écria le conteur, une lueur de triomphe dans le regard. Alors ces armes ne sont pas celles que l'on croit. Et grâce à vous, je connaîtrai enfin la vérité à leur sujet, n'est-ce pas ?

— Oui, je vais vous dire la vérité. Mais je vous souhaite bien du plaisir quand vous essaierez d'en parler dans votre légende sans jamais mentionner le calame.

Le vieil homme sortit un quignon de pain de sa sacoche et commença à le grignoter, pensif.

— Continuez, je vous écoute. La barbacane était à vous. Mais si je me souviens bien, une armée de mercenaires, forte de trois mille hommes, vous est tombée dessus par-derrière.

Vous avez été pris entre deux feux : en hauteur, le château imprenable et sa nombreuse garnison, et en bas, l'armée du Baron de Fer.

Maura éclata de rire.

— Trois mille hommes ? Et pourquoi pas trente mille ? Vous croyez vraiment qu'on peut trouver trois mille mercenaires au pied levé, comme ça, dans une région qui n'a pas connu la guerre depuis des années ? Le Baron de Fer a embauché tout ce qu'il a pu trouver : une compagnie franche et un ramassis de soudards. Ils n'étaient même pas trois cents.

— Je tiens pourtant ces informations de multiples témoignages !

— De qui ? De gens qui étaient vraiment sur place ?

Le comte hocha la tête.

— Il est vrai que les informations qui voyagent ont toujours tendance à diverger quelque peu de la réalité. Trois cents mercenaires, admettons.

— Deux cent cinquante à peine.

— Mais cela ne me dit pas comment vous avez pu les terrasser sans utiliser vos arbalètes infernales !

— Je vais vous le dire, moi, comment on a fait. Vous allez voir qu'il n'y a pas de sorcières là-dessous, ni de miracle du Grand Kàn.

Pour commencer, vous avez raison : la première troupe du Baron de Fer, celle que Bragal m'avait annoncée, nous a rattrapées. Les mercenaires sont arrivés encore plus vite que prévu et nos femmes ont dû quitter les bois et se réfugier dans la barbacane. Heureusement que Bragal m'avait prévenue et qu'on avait fait en sorte que tout le monde soit prêt à partir.

On s'est retrouvées entassées à plus de cent cinquante dans ces deux tours, à regarder d'un côté les mercenaires prendre position dans la plaine, et de l'autre la garnison du château préparer ses catapultes. C'est qu'il y avait du matériel là-haut – et pas du bas de gamme.

— Couillards, a dit La Beste. On a encore une heure avant qu'ils les mettent en batterie. Ensuite cette barbacane sera réduite en bouillie, et nous avec.

Ce n'était pas une insulte : « couillard », c'était le nom de ces engins. Cette sacrée machine, selon La Beste, était capable d'envoyer un boulet de pierre du poids d'un homme avec une précision mortelle.

Le château, lui, ne craignait pas nos petites balistes à nous, qui ne tiraient que de grandes flèches. Et on était en contrebas, à près de cinquante pas en dessous d'eux. Nos projectiles auraient à peine pu effleurer leurs remparts en bout de course.

Non, si on a réussi, c'est par un autre moyen.

Dans les tours, les filles et les gars s'entassaient dans la cuisine et les salles d'armes en tremblant et en se demandant comment tout ça allait se finir. Beaucoup priaient Kàn de leur offrir une mort rapide.

Moi, j'étais au sommet de la plus grande des deux tours avec les autres. La Beste était occupée à armer les balistes, Darran croisait les bras, et la princesse, Dounia à ses côtés, regardait l'horizon avec des yeux avides, comme si tout ce pays lui appartenait déjà. Le kerr Owain parlait à Alendro qui ne l'écoutait pas, parce qu'il me regardait d'un air triste.

Et moi j'étais accroupie dans un coin à ressasser la haine que j'éprouvais pour Alendro.

— On disperse la défense des mercenaires avec nos arbalètes géantes, a proposé La Beste, ensuite, on se taille un chemin au corps à corps, on vole leurs chevaux et on s'enfuit.

— Quoi ? hoqueta le kerr Owain. Combien s'en tireraient avec un plan pareil ? Une poignée seulement. Et encore, avec beaucoup de chance !

— Qu'est-ce t'en sais, le kerr ? Tu en as connu beaucoup, des batailles ?

— Pendant les guerres du désert, j'ai été aumônier des armées, ma dame ! J'ai vu plus de sang et de combats que la plupart de vos panthères !

Le kerr Owain ? Un ancien aumônier de guerre ? J'en apprenais tous les jours. C'était sans doute là qu'il avait appris un peu de chirurgie.

— Moi, je dis qu'il faut donner l'assaut sur le château, a lancé Dounia. Vous êtes d'accord avec moi, princesse ?

— Ouais, a répondu La Beste, sauf que le seul accès, c'est le chemin à flanc de falaise qui mène à leurs portes. On ne fera pas dix pas sans se faire cribler de flèches.

— Dounia a raison, a tranché la princesse. Nous sommes venues pour libérer nos sœurs sorcières de leurs chaînes, même si l'accès au château semble difficile.

— Peut-être existe-t-il un autre moyen ? a hasardé Alendro. Escalader les rochers, grimper aux remparts et les surprendre par-derrière ?

La Beste a pointé les falaises du menton.

— Ces rochers-là ? C'est pas un grimpeur qu'il nous faudrait, beau gosse, c'est un oiseau.

J'ai relevé la tête.

— Je peux être un oiseau.

Tout le monde a tourné les yeux de mon côté. Je crois qu'ils m'avaient un peu oubliée.

— Ne fais pas ça, a dit Darran.

La Beste a hoché la tête.

— Tu peux peut-être te faire pousser des oreilles de chat, petite, mais si tu te changes tout entière, tu vas oublier que tu es humaine. Tous ceux qui ont essayé sont restés prisonniers de l'animal.

— Je me suis déjà changée en louve. J'y arriverai.

Alendro a pâli.

— *Rosë rouja*, tu ne peux pas réussir. Seul un sorcier qui serait à la fois animaliste et « amin-guela » pourrait redevenir humain après cela.

— Amin-guela ?

— Sorcier de l'esprit. Il peut projeter son esprit hors de lui-même et le défendre contre une attaque. Il pourrait…

J'ai commencé à ôter mes vêtements, ce qui l'a coupé dans sa phrase, jusqu'au petit pendentif d'écureuil en bois qui avait été un cadeau de Darran.

— Garde-le, a murmuré Alendro. Tu en auras peut-être besoin là-haut.

J'ai haussé les épaules mais je l'ai finalement gardé. Et puis j'ai grimpé sur un merlon, face au château.

— Je vais libérer les sorcières, attaquer la garde à revers et vous ouvrir les portes.

J'étais stupide. Je voulais épater mon père, et peut-être aussi La Beste. Je voulais qu'on me regarde comme une adulte.

Je me suis jetée dans le vide la tête la première en battant des bras. Et là, au moment où j'ai vu le sol se ruer sur moi à toute vitesse, je me suis souvenue que la seule fois où je m'étais transformée en louve, c'était involontaire, et c'était à moitié seulement.

— Mais vous avez réussi, n'est-ce pas ? demanda le conteur, les mains rivées à son écritoire.

— Au tout dernier moment, oui. Quand j'ai cessé de réfléchir et que j'ai laissé l'instinct parler. Le hurlement de terreur que j'ai poussé s'est changé en cri d'oiseau : j'étais un aigle.

Chapitre 37

J'ai complètement perdu la notion du temps et de tout le reste.

Comment vous décrire ça avec des mots humains, conteur ?

Le monde s'était soudain changé en… autre chose. Les couleurs, les odeurs, les contrastes. Et l'air surtout. L'air n'était plus seulement ce que je respirais ou sentais sur mon visage. L'air était maintenant comme un entrelacs de routes et d'escaliers, un fluide qui coulait sous mes ailes, tantôt pour me porter en hauteur, tantôt pour me faire glisser vers les profondeurs. Les constructions humaines avec leurs étages n'avaient pour moi plus aucun sens. Les dimensions avaient changé, le monde était vertical. Chaque rocher de la falaise, même le plus escarpé, était devenu mon territoire.

C'est le pendentif de Darran à mon cou qui m'a rappelée à l'ordre. Il était lourd et oscillait désagréablement à chacun de mes mouvements. Mon premier réflexe a été d'essayer de m'en débarrasser pour voler plus librement, mais pour une raison que je ne m'expliquais pas, j'ai été incapable de le faire.

— Maura ! hurlait quelqu'un en dessous de moi.

C'était l'un de ces grands animaux perchés sur une étrange montagne ronde en pierre. Des animaux bien trop lourds pour être emportés dans les airs avec mes serres, comme les lapins ou les agneaux. Possiblement dangereux. À fuir.

Certaines choses ont fini par me revenir à la mémoire, des images qui s'imposaient à moi. Des images stupides, qui me suggéraient de faire des choses stupides. Monter au sommet de ce pic étrange, aux formes étranges, rempli d'animaux dangereux. Se poser, se… transformer ?

Tout ce que je demandais, moi, c'était de continuer à voler. De m'éloigner de cet endroit et de chasser dans la plaine. J'y voyais du mouvement. Lièvres, campagnols, grenouilles et autres délicieuses petites proies.

Mais toujours, cette chose à mon cou oscillait et gênait mon vol. Et faisait de nouveau naître des images ennuyeuses.

Quand je me suis finalement posée sur l'une des tours du château, je croyais que les images bizarres me laisseraient enfin tranquille. J'étais perchée sur les remparts humides, à distance prudente d'un humain debout devant moi qui m'avait vue arriver.

— Que tu es beau, toi…

Il s'est lentement approché.

Je l'ai regardé d'un œil méfiant, la tête penchée, guettant un mouvement hostile.

— Tu sais que mon maître paierait une petite fortune pour un bel oiseau de chasse comme toi, hein ?

Il parlait avec douceur, il souriait et il marchait très lentement. D'un geste très doux, il a ôté la veste matelassée qui lui servait d'armure et l'a déployée entre ses mains.

— Qu'est-ce que tu es calme… On dirait que tu n'as pas peur des humains.

J'aurais pu partir. J'aurais *dû* partir. Quelque chose d'incompréhensible m'obligeait à rester ici et à prendre des risques absurdes. Tout mon instinct animal me hurlait de fuir.

— Ne bouge pas, mon joli… ne bouge surtout pas…

Soudain, un poids s'est abattu sur moi. Le noir complet a remplacé la lumière blanche du soleil. Dans un mouvement de panique, mon premier réflexe a été de battre des ailes, mais quelque chose les empêchait de se déployer.

L'homme a poussé un cri de triomphe :

— Et voilà ! Tu es à moi, maintenant !

Le tissu grossier pesait douloureusement lourd et me retenait prisonnière. J'ai piaulé, j'ai donné des coups de bec, mais en vain. J'ai senti qu'on me soulevait, qu'on me transportait. L'air et les odeurs ont changé. On est descendus quelque part en intérieur.

— J'ai capturé un putain d'aigle, sacré Kàn, j'y crois pas ! Ce couillon ne s'est même pas enfui quand je me suis approché !

Quelque chose s'est alors passé. Le tissu s'est soudain fait moins lourd, moins grand, et l'homme qui me portait a poussé un cri de surprise et m'a lâchée. Mon poids augmentait brutalement : je me transformais.

Je me suis retrouvée debout dans une salle de garde, nue, face à un homme figé comme de la pierre.

— Kàn-aux-deux-visages…, a-t-il murmuré. C'est pas un aigle que j'ai chopé, c'est une de ces foutues sor…

Il n'a jamais fini sa phrase : mon bras s'est changé en une énorme patte d'ourse et mes griffes lui ont arraché la moitié du visage. Il s'est écroulé. Et moi aussi.

Ma magie m'avait épuisée.

— Putois de putois de putois !

J'avais déjà tué, mais je ne m'y étais pas encore habituée. Au bout d'un long moment, j'ai regardé autour de moi : la salle était ronde et sombre, percée d'une seule meurtrière, et elle sentait le renfermé. J'étais sur un plancher disjoint, seule dans un château hostile avec un cadavre. Mes amis allaient se faire massacrer, et moi, j'étais leur dernier espoir. Tout ça parce que j'avais fait une promesse idiote.

— Bragal ? Bragal, tu m'entends ? Il faut que je trouve les prisonnières, vite !

Aucune réponse.

J'ai enfilé les vêtements du soldat, bien trop grands pour moi, et j'ai descendu un escalier branlant jusqu'à la porte qui donnait sur l'extérieur. La cour du château était remplie d'animaux et de chariots. Quelques soldats y traînaient, mais la plupart étaient postés du côté de la grande porte, attendant un assaut.

Un énorme donjon fortifié se tenait à trente pas derrière moi, et c'était sûrement là que les sorcières étaient emprisonnées. Mauvaise nouvelle : il était entouré d'une seconde enceinte que j'étais incapable de franchir.

— Bragal, putois ! Où es-tu ? J'ai besoin de toi !

Silence.

J'ai discrètement longé la tour pour évaluer la hauteur de la muraille. Se changer en aigle était risqué et j'étais déjà épuisée, mais c'était sans doute ma seule option. J'ai fermé les yeux et j'ai commencé à me concentrer sur ma magie, quand deux soldats se sont approchés de ma tour en bavardant.

J'ai cherché du regard un endroit où me cacher, et c'est là que j'ai remarqué l'entrepôt au pied du rempart. Le cœur battant, j'ai poussé la porte en silence et je me suis plaquée de l'autre côté. Les soldats sont passés.

Il faisait humide, là-dedans, et ça sentait la paille. Il y avait là des cordes, des outils, des caisses, des ballots de foin empilés jusqu'au plafond. Et aussi quelque chose de très grand dissimulé sous une bâche goudronnée. Par curiosité, j'en ai soulevé un pan : c'était un empilement de grosses pierres. Pour l'entretien du château, peut-être ? Bizarre, elles étaient mal taillées.

« Me revoici, mon amour. Tout va bien ? »

— Bragal ! Enfin !

« Navré ma chère, j'étais occupé à convaincre le Baron de Fer de prendre un mauvais chemin qui le retardera d'une journée. Je vous épargne trois cents soldats de plus à combattre, vous pourriez être reconnaissante. »

— Ouais. Sauf qu'ici, on a une armée de mercenaires dans la plaine et trois vingtaines de soldats retranchés derrière leurs murailles. Et je ne sais PAS comment retrouver ces putois de sorcières !

« Ne jurez pas, mon amour. Cela se marie si mal à votre jolie bouche. »

C'est à ce moment qu'une grosse cloche d'alarme s'est mise à sonner au château. J'ai entrouvert la porte et j'ai jeté un coup d'œil dans la cour : c'était la pagaille, tous les soldats se ruaient aux tours d'entrée du château.

— Merdasse ! Darran est en train de donner l'assaut. Et je n'ai toujours pas passé cette deuxième enceinte !

« Vous ne pourrez jamais libérer les sorcières. C'était une idée stupide, ma chère. Pensiez-vous vraiment pouvoir faire cela toute seule ? »

Ça m'a vexée. Mais il avait raison : j'avais été stupide.

— Alors, vous proposez quoi ?

« Mettez le feu à l'entrepôt. »

J'ai refermé la porte.

— Un feu de paille ? Vous croyez que ça peut aider Darran ?

« Avez-vous remarqué cet empilement de pierres grises, dissimulées sous une toile goudronnée ? C'est de la caledà*, de la « pierre froide » de mon pays. Vous souvenez-vous du petit*

fragment de ce matériau qui nous a sauvé la vie dans l'incendie de Kiell-la-Rouge ?»

Évidemment que je m'en souvenais. Cette pierre que Bragal avait sortie dans les souterrains, qui irradiait du froid : sans elle, on n'aurait jamais survécu à la chaleur infernale.

— Qu'est-ce qu'ils font avec toute cette pierre froide entassée ici ?

« Ils rafraîchissent leur château au plus chaud de l'été. Et la pierre restitue cette chaleur en hiver dans leurs grandes salles. Tout le monde a cela chez soi, à Veronao. Le duc de Long-Ba doit être richissime pour l'importer de mon pays. Mais il s'est fait refiler de la mauvaise qualité, et une mauvaise pierre froide déjà gorgée des chaleurs de l'été ne supportera pas un incendie. Elle deviendra dangereuse. »

— À quel point, dangereuse ?

« Souvenez-vous de l'explosion qui a soufflé le palais de Kiell, au beau milieu de l'incendie, et failli nous tuer tous les deux en projetant des débris à des centaines de toises à la ronde. Voilà à quel point une réserve de mauvaise pierre froide est dangereuse si elle est exposée au feu. »

Un grand sourire s'est dessiné sur mon visage.

— J'adore votre idée.

Je n'ai eu aucun mal à trouver des réserves d'huile et une pierre à briquet. Le feu a pris très vite au pied des ballots de paille.

« Et maintenant, il vous faut quitter ces lieux au plus vite. »

— Mais je n'ai pas trouvé les sorcières !

« Vous ne les trouverez pas. Et si vous restez, vous serez capturée. »

Les flammes commençaient à se propager aux caisses.

— Cet incendie ne suffira pas à aider Darran, même si les pierres froides détruisent une partie du rempart. Je dois trouver les sorcières, maintenant, Bragal. J'ai récupéré un peu de forces : je vais de nouveau me changer en aigle et franchir cette putois de seconde enceinte.

« Maura, je vous l'interdis ! »

Je suis allée contre sa volonté. J'ai grimpé tout en haut de la tour et je me suis une nouvelle fois déshabillée et jetée dans le vide. Alors mon esprit s'est de nouveau senti libre et sauvage, mes ailes m'ont portée sur les courants tournoyants. Vent. Soleil. Silence.

L'oubli encore a failli m'emporter. Bragal n'a plus prononcé un seul mot dans mon esprit. Mais moi, je me suis répété aussi fort que possible dans ma tête d'oiseau : *« Je suis Maura de Kenmare, je porte le pendentif de Darran à mon cou. »*

Ça n'a duré qu'un très bref instant et, tout du long, j'ai réussi à garder le contrôle de justesse.

Chapitre 38

Quand j'ai repris forme humaine, j'étais perchée sur le toit d'une tour, cette fois si épuisée que mes jambes ont plié sous mon poids et que je me suis retrouvée par terre, agitée de tremblements. Ce n'était pourtant pas le moment de flancher. Je devais me cacher. Entrer à l'intérieur, trouver les sorcières.

— Alors tu l'as fait, hein ? a dit quelqu'un. Tu l'as *vraiment* fait ?

J'ai relevé la tête. C'était La Beste.

Je n'étais pas allée sur le bon rempart. Je m'étais tellement concentrée pour ne pas oublier ma nature humaine que j'avais laissé l'aigle aller à sa guise – alors il était revenu à l'endroit qui lui était le plus familier : la barbacane d'où il était parti.

J'ai voulu parler, mais je n'ai pas pu émettre le moindre son : l'air se bloquait dans ma gorge, mes muscles tétanisés n'arrivaient plus à se desserrer. Alendro est apparu dans mon champ de vision.

— *Rosë rouja* ? Tu vas bien ?

Je me tordais sur le sol, les mains sur la gorge. Alors il m'a allongée par terre, les bras en croix, il a pincé mon nez et collé ses lèvres aux miennes pour souffler directement dans ma bouche. Le soulagement a été immédiat.

J'en ai eu des frissons dans tout le corps et une douce chaleur a commencé à remplacer le froid glacial.

— *Rosë rouja*, ce serait peut-être une bonne idée de… euh… tu sais…

Putois ! J'étais toujours nue. Alendro m'a tendu mes vêtements et m'a regardée dans les yeux, ce que peu de garçons auraient fait à sa place.

— Tu as réussi, *rosë rouja* ! Tu es redevenue humaine.

Je n'ai pas pu répondre. Pas la force. Pas l'envie. Réussi, moi ? Je n'avais pas libéré une seule sorcière.

« *Bragal*, j'ai pensé. *Dites-moi que cette pierre froide va bientôt exploser.* »

« *Il faut laisser le temps aux flammes, ma chère.* »

Là-haut, un discret filet de fumée s'échappait de la tour d'où je venais de sauter, mais personne au château ne devait l'avoir remarqué, car la cloche ne sonnait plus.

— Oh, foutre-Kàn, venez voir ça ! a crié La Beste, qui était aux remparts.

Je me suis traînée jusque-là et j'ai regardé entre deux merlons.

Darran se tenait seul sur le chemin, à cinquante pas des grandes portes. Face à toute une forteresse.

— Putois ! j'ai dit. Qu'est-ce que… Qu'est-ce qu'il fait, par le Kàn ?

— Il fait diversion pour que tes sorcières aient le champ libre pour frapper, m'a dit La Beste. C'était ton plan, je te rappelle. Alors, qu'est-ce qu'elles attendent ? Et c'est quoi leurs pouvoirs ? C'est maintenant qu'on a besoin d'elles !

— Je… Je suis désolée, je n'ai pas réussi à… Putois, il faut le rappeler ici tout de suite !

Mais ma dernière phrase a été couverte par les paroles de défi qui montaient depuis la foule des femmes massées au pied des tours, d'abord doucement, puis de plus en plus fort :

« DA-RRAN ! DA-RRAN L'INDESTRUCTIBLE ! »

Je me suis mise à les murmurer à mon tour, avec Alendro et La Beste, comme pour mieux y croire moi-même. Nos murmures se sont changés en mots et nos mots en cris.

Grand Kàn, j'ai pensé, *je vous en supplie, faites que ces fichues pierres sautent maintenant.*

Les femmes tapaient à présent du pied et la clameur de ces dizaines de voix devint si forte que le sol se mit à trembler.

Une flèche de baliste tirée du château, longue comme un homme, a soudain jailli tout droit vers Darran et l'a fauché en plein ventre. Il a été plié en deux sous le choc et projeté dans le fossé en lisière du chemin. J'ai ressenti la douleur dans mon estomac comme si c'était moi-même qu'elle avait frappée.

Les défenseurs ont poussé des « hourra », ils ont ri, ils ont frappé dans leurs mains, ils se sont moqués du grand Darran Dahl soi-disant « indestructible ».

Mais les cris et les rires se sont éteints quand sa grande silhouette s'est lentement relevée dans le fossé, quand il est remonté sur le chemin, la longue flèche entre ses mains. Et quand, sans cesser de défier les murailles du regard, il l'a cassée en deux sur son genou comme une brindille. Alors il a de nouveau avancé vers les grandes portes, un pas après l'autre, bravant encore une fois les hommes et leurs machines.

— L'incendie, Bragal, j'ai murmuré d'une voix blanche. Où en est ce putois d'incendie ?

C'est à ce moment que la guerre a basculé, conteur. Tout s'est joué ici, sur un coup de dés, sur un pari que j'ai fait. Jamais la rébellion n'aurait pu balayer la cavalerie lourde du roi, plus tard, ni remporté la moitié de ses batailles, sans ce qui s'est passé à ce moment précis.

Oui, c'est là que j'ai eu une idée qu'on peut qualifier, je crois, de géniale.

J'ai soudain dit à La Beste :

— Tournez les arbalètes vers le château. Maintenant.

Elle m'a regardée comme si je l'avais personnellement insultée.

— Écoute, petite. Les animaux, c'est peut-être ton *minda* à toi, mais moi, c'est le tir. D'ici, une flèche de baliste n'aurait aucune force en arrivant au château.

Je me suis remise debout en chancelant et je me suis agrippée à elle.

— La Beste, j'ai trouvé les sorcières, je les ai contactées. Elles ont enchanté nos balistes avec leur magie.

— Quoi ? a fait La Beste. À distance ? Comme ça ?

— Je suis sorcière, sœur mindaran : faites confiance à ma marque. Alors maintenant, tirez sur cette putois de tour qui fume, là-haut. Avec toutes les balistes disponibles !

« *Je vais la convaincre*, a dit Bragal. *Continuez de la toucher et laissez-moi faire…* »

« *Je vous interdis d'entrer dans la tête de La Beste. Elle va accepter.* »

La vieille soldate m'a longuement regardée. Et puis, le côté brûlé de son visage a tressailli et s'est contracté. Je crois que c'était un sourire en coin.

Mais avant qu'elle puisse me répondre, une nouvelle clameur s'est élevée du côté des femmes en contrebas et on a regardé vers le château.

Darran.

Une catapulte ennemie a envoyé en l'air un énorme boulet de pierre, qui devait bien peser deux cents livres. C'était un tir exécuté de main de maître. Le boulet a décrit une longue trajectoire en cloche et percuté Darran en plein dans la tête. Il a disparu dans un nuage de poussière.

J'ai retenu mon souffle, et mon cœur s'est mis à battre à cent à l'heure.

— Relève-toi ! j'ai chuchoté. Relève-toi ! Relève-toi !

Qui pouvait résister à un choc pareil ? La poussière s'est peu à peu dissipée.

Darran s'est dressé une nouvelle fois sur ses jambes et a recommencé à marcher droit vers les grandes portes.

— Vite ! j'ai crié à La Beste. Tirez sur le château ! Tirez !

— Faut pas t'inquiéter pour lui. Il est indestructible, tu sais ? m'a répondu La Beste.

Elle y croyait vraiment. Tant de gens y croyaient…

En peu de temps, trois balistes ont été pointées vers la tour où j'avais atterri sous forme d'aigle. La Beste a réglé la hausse de chacune et a évalué le vent.

— À toi l'honneur, gamine.

Je lui ai pris la main :

— Allez d'abord aux créneaux. Appelez toutes les femmes et dites-leur de regarder ça : la magie des sorcières de Long-Ba.

— Y aura du spectacle, c'est ça ? a-t-elle dit avec des yeux brillants. Hâte de voir ça.

La Beste a mis ses mains en porte-voix, elle s'est mise à gueuler en direction des femmes en contrebas et dans la tour d'en face :

— Ça va chauffer, les filles ! Les sorcières ont enchanté nos balistes, regardez-moi ça !

Il nous fallait des témoins. Le plus de témoins possible.

Quelques têtes se sont tournées vers nous, mais pas suffisamment.

Alors Alendro a grimpé sur un merlon, il a ôté son chapeau et salué la foule des femmes, et il a fait ce qu'il savait le mieux faire : de l'esbroufe. Je crois qu'il avait compris ce dont j'avais besoin ; il connaissait le secret du calame et il était loin d'être idiot. Alors d'une voix puissante qui a résonné entre les deux tours, il a déclamé comme un héraut des temps passés :

— Oyez, *damasellas*, *damasellos*, filles de rien, filles de tout, soldates de la justice ! J'ai une annonce à vous faire. M'entendez-vous ?

La clameur d'une centaine de voix lui a répondu, où on a distingué des « On t'entend, magicien ! » « Dis ce que t'as à dire ! »

— Sous vos yeux de guerrières, reprit-il, le courroux des sorcières de Long-Ba est sur le point de s'abattre sur le château. Soyez témoins, mes sœurs, mes frères de lutte, car dans un instant, elles vont…

Il hésita soudain au milieu de sa phrase et me chercha du regard.

— Elles vont faire quoi tes sorcières, exactement, *rosë rouja* ?

— Casser le château.

— Je vois.

Il s'est tourné de nouveau vers son public de femmes et cria dans le vent :

— … Elles vont réduire en poussière ces tours orgueilleuses comme si elles étaient de sable, abattre ce pic jusqu'à ce qu'il n'en reste qu'un amas de rochers ! Hourra mes sœurs ! Hourra mes frères ! Hourra pour les sorcières de Long-Ba !

« HOURRA ! lui a répondu un chœur de voix déchaînées. HOURRA POUR LES SORCIÈRES DE LONG-BA ! »

Avec un clin d'œil, il s'est de nouveau adressé à moi :

— J'ai fait ma part, *rosë rouja*. À toi de ne pas les décevoir.

J'ai hoché la tête et dégluti. Sous les yeux de toutes les rebelles, je me suis approchée de la baliste et j'ai pressé le déclencheur.

La corde s'est détendue d'un seul coup. La longue flèche de bois est partie en sifflant dans les airs, elle a décrit un grand arc de cercle…

Grand Kàn, je vous en prie, faites exploser cette pierre froide maintenant!

… et elle est mollement retombée au pied du rempart en produisant à peine un petit « clac ».

En dessous de nous, les rebelles ont salué cet échec d'un « ooooh » déçu. Puis elles ont hurlé en chœur:

« EN-CORE ! EN-CORE ! »

— Ouais ? a commenté La Beste, perplexe. C'est ça, ta magie des sorcières ?

Je ne me suis pas découragée :

— Il faut recommencer ! À vous de tirer, vite !

Après un haussement d'épaules, elle a relâché à son tour la corde de sa baliste. Sa flèche est allée un peu plus haut que la mienne, elle a frappé les créneaux ou elle aurait peut-être même pu blesser quelqu'un, s'il y avait eu âme qui vive à cet endroit. Mais il n'y avait personne.

Cette fois, les rebelles en contrebas n'ont plus rien dit. Elles regardaient le château, là-haut, perplexes, et essayaient de comprendre ce qu'elles étaient censées voir.

— Désolée, petite, a dit La Beste. Je crois que tes sorcières t'ont lâchée sur ce coup-là. Elles étaient censées faire quoi, ces flèches ?

Je me suis tournée vers Alendro et la troisième baliste, mais La Beste a secoué la tête.

— On arrête les frais. On se ridiculise, là, et c'est mauvais pour la troupe. Ces balistes nous serviront contre les mercenaires. On ne perdra pas une flèche de plus. Allez, beau gosse, aide-moi à les remettre en place.

J'ai regardé Alendro dans les yeux et je lui ai dit d'une voix faible :

— Tire. Je t'en supplie. Fais-le pour moi.

La Beste s'est fâchée :

— Laisse-le donc remettre cette machine en place ! Ah ! Tu es sacrément têtue, toi, hein ?

Le claquement de la corde qui se détend a rompu le silence, puis le sifflement d'une troisième flèche dans les airs : Alendro m'avait écoutée, il venait de tirer à son tour.

— Mais bougre d'âne, pourquoi tu écoutes cette péronnelle ? C'est parce qu'elle a les nichons à l'air que tu fais tout ce qu'elle te dit ?

La flèche s'est élancée tout droit vers le château, plus haut encore que celle de La Beste. Elle a fait une belle courbe, a perdu de sa vitesse et a semblé presque s'arrêter juste au-dessus des créneaux. Et puis elle a disparu à nos yeux derrière les remparts, comme avalée par le château lui-même.

— Kàn-aux-deux-foutres ! Encore une flèche de perdue ! Ah, vous faites bien la paire, tous les deux. Réarme la baliste, maintenant, et plus vite que ça !

Alors un éclair a illuminé le ciel et un craquement assourdissant a déchiré les airs. Le piton rocheux tout entier a tremblé sur ses bases, les tours de la barbacane ont grondé et vacillé, nous jetant au sol tous les trois. Une pluie d'éclats est retombée à cent pas à la ronde, des rochers, des moellons et des gravillons par milliers, dont certains ont claqué autour de nous. Quand on a relevé la tête, un énorme panache de fumée s'élevait au-dessus du piton, masquant totalement le château.

Elle s'est peu à peu dissipée et tous les yeux se sont tournés de ce côté : un pan entier de la muraille de Long-Ba, avec plusieurs de ses tours, avait été arraché au piton et dispersé aux quatre vents. Il n'en restait plus qu'un vide béant, un gigantesque trou fumant qui avait creusé le roc lui-même.

Le fier château de Long-Ba était défiguré.

Un silence assourdissant s'est fait chez les défenseurs comme chez les attaquants. Alors je me suis ruée aux remparts et j'ai piaillé, aussi fort que je le pouvais :

— Hourra pour les sorcières !

Et cent voix ont repris mon cri, qui a roulé comme une vague jusqu'au château mutilé, humilié, où les survivants se regardaient les uns les autres, rendus sourds par l'explosion.

— HOURRA POUR LES SORCIÈRES !

C'est ce jour-là que nous avons forgé les armes qui allaient nous donner la victoire : des balistes enchantées au calame.

Une idée géniale, je vous dis.

Chapitre 39

D'Arterac reposa sa plume et se leva de son tabouret pour faire les cent pas dans le cachot.

—Attendez, attendez… Vous dites que cette… cette « pierre froide », cette « *caledà* » a été la cause de l'explosion qui a détruit le château de Long-Ba ? Une pierre qui aurait prétendument la propriété de rafraîchir pendant l'été et de réchauffer pendant l'hiver ?

—Vous êtes du Nord, vous. Vous n'aviez jamais entendu parler de la *caledà* ? Vous n'avez pourtant pas tiqué quand je vous ai raconté l'incendie de Kiell.

—Je pensais qu'il s'agissait d'un objet unique aux propriétés magiques, mais… c'était donc de la simple pierre ? Je suis navré, tout cela ressemble à une mauvaise plaisanterie. De la pierre venue d'un pays étranger, qui refroidit ? De la pierre qui explose ? Vraiment ?

Maura gloussa et se redressa sur son siège.

—Ça ressemble à un conte de bonne femme, je sais.

D'Arterac s'arrêta de faire les cent pas et hocha la tête.

—Eh bien, vous avez raison, poursuivit Maura : *c'est* un conte de bonne femme.

Elle éclata franchement de rire, cette fois.

—Vous êtes déjà entré dans un temple, conteur ? Ou un château ? La pierre *est* froide en plein été, pas vrai ? Sous la chaleur du soleil, vous vous y réfugiez pour trouver de la fraîcheur.

— Certes, concéda d'Arterac. Et alors ?

— Dans un royaume du Sud écrasé de chaleur comme Veronao, quand les gens veulent de la fraîcheur, ils vont la trouver dans les bâtiments de pierre. Et l'hiver, quand ils ont froid, ils se réfugient dans les mêmes endroits. Les gens parlent, leur imagination s'enflamme et ils se persuadent vraiment que la pierre *refroidit* l'air, et que la pierre *réchauffe* l'air.

Figé au milieu du cachot, le conteur ne semblait toujours pas convaincu.

— C'est une *légende*, conteur ! Vous, au moins, vous devriez comprendre. Quand vous avez vu Frankand avec sa minuscule colonne qui supporte toute la forteresse, vous n'y avez pas cru non plus, n'est-ce pas ? Et quand on vous parle d'un dragon qui crache le feu sur une armée entière, vous êtes sceptique aussi, je parie ? Le calame, conteur, le calame ! Il est partout, dans chaque région, dans chaque ville, dans chaque royaume, et il prend toutes sortes de formes. Il suffit que les gens y croient !

— Mais enfin ! fit d'Arterac. Dans ce cas, quel rôle ont joué les sorcières de Long-Ba dans cette explosion ?

Il se tourna vers les deux Dragons derrière eux et les pria de les attendre un instant dans le couloir. Ils hésitèrent puis obéirent finalement.

— Tout le monde dit que vos sorcières possédaient un fulgurant pouvoir magique collectif, poursuivit le conteur à voix basse. Un pouvoir qui…

— Les sorcières n'ont joué aucun rôle, putois ! Vous n'avez pas écouté ? Je ne les avais pas libérées. Je ne les avais même pas *vues*. Comment auraient-elles pu enchanter nos flèches de balistes ? J'ai juste fait courir ce bruit, c'est tout.

— Mais c'était un mensonge !

— Quand une seule personne invente une histoire, c'est un mensonge. Quand une foule le répète, cela devient la vérité.

Maura sourit dans la pénombre et eut un petit rire triste.

— Notre rébellion est un fait unique dans l'Histoire de ce royaume, conteur. Pour la toute première fois, ses chefs connaissaient le secret du calame et l'ont utilisé comme une arme. Entre nos mains, il était bien plus puissant qu'entre celles du roi : pour lui, le calame était un but à atteindre, il était terrifié à l'idée que l'on découvre son secret. Pour nous, c'était un outil. On n'avait pas peur de s'en servir. Nos balistes prétendument enchantées ont été l'instrument de presque toutes nos victoires, par la suite, quand l'histoire a été connue de suffisamment de gens.

Le vieil homme secoua la tête, bouche entrouverte. Mais Maura poursuivit :

— Par la suite, on a laissé la vie sauve à la garnison pour qu'ils parlent. Tous ces gens ont été tellement frappés de peur et de surprise qu'ils ont été marqués à vie par ce qu'ils ont cru voir… Et tous les habitants des lieux ont entendu le fracas de tonnerre au moment du combat, ils ont senti le sol trembler sous leurs pieds, et ils ont *vu* le château éventré. Ce château qu'ils croyaient indestructible. Souvenez-vous comment ils l'appelaient : le « château des sorcières ». Pour eux, ça n'a pas fait le moindre doute, les sorcières s'étaient vengées de leurs geôliers. La chute de Long-Ba a été racontée dans toute la région. Et après ça, Alendro en a fait des chansons, il en a fait des poèmes et des plaisanteries qui ont été repris par tous les saltimbanques du royaume.

— Mais les sorcières elles-mêmes ? Elles devaient bien savoir qu'elles n'étaient pour rien dans cette explosion !

— Détrompez-vous, elles ont été les premières à le croire. J'ai raconté que j'avais libéré *certaines* d'entre elles, mais que je tenais leurs noms secrets. Elles étaient détenues séparément, elles ne se connaissaient pas entre elles, alors chacune se demandait lesquelles de leurs consœurs avaient cet étrange pouvoir. Elles m'ont crue. Comme tout le monde.

— Le calame utilisé comme une arme…, murmura d'Arterac, fasciné. Je suppose que la princesse Véra n'a pas aimé cela ?

Maura poussa un long soupir.

— Évidemment. Elle aurait voulu en garder chaque miette pour elle et tenir les roturiers dans l'ignorance. Mais vous savez bien qu'à ce stade de la rébellion, ce n'était déjà plus la princesse qui donnait les ordres.

Reprenant ses cent pas dans le cachot, d'Arterac se prit la tête entre les mains.

— Et comment vais-je pouvoir parler de cette bataille dans ma légende sans parler aussi du calame, moi ?

— Je vous avais prévenu…

Maura observa les deux Dragons dans le couloir, qui n'avaient peut-être pas suivi leurs derniers échanges, mais qui avaient entendu son récit. Allaient-ils comprendre ce qui s'était passé et répéter ce qu'ils avaient entendu à leurs amis ? À leurs familles ? Le secret du calame, l'avaient-ils vraiment compris ? La plupart des gens refusaient tout simplement d'y croire.

Un gamin déboula soudain dans le couloir et essaya d'entrer dans le cachot, aussitôt arrêté par les deux soldats.

— M'ssire d'Arterac ! M'ssire d'Arterac ! On vous d'mande !

— Recule ! gronda l'un des Dragons en l'empoignant par le bras.

Le conteur se figea dans ses réflexions. L'enfant était visiblement un domestique de la forteresse, peut-être un commis de cuisine.

— Je suis très occupé, petit.

— Y faut que vous v'niez ! Tout de suite, m'ssire !

Le gamin tremblait et semblait terrifié. Alors le conteur le regarda mieux. Des traces de brûlure lui piquetaient la joue et quelque chose clochait dans ses cheveux : il lui en manquait des touffes sur un côté et le reste fumait. Une partie de ses vêtements avait brûlé et le gamin tapait encore de la main sur sa manche noircie pour y éteindre des braises.

— C'est Sa Majesté qui me demande ? C'est ça ? fit le conteur.

Le gamin éclata en sanglots.

— Il faut v'nir tout de suite, si vous plaît, gémit-il.

Le conteur se tourna vers Maura :

— Je vous prie de m'excuser, jeune fille. Je reviens dès que possible. Vous ne m'avez pas parlé du terrible affrontement avec les trois cents mercenaires qui vous bloquaient toujours l'accès à la plaine !

Maura pencha la tête et lui fit un regard malicieux en guise d'adieu. Tous deux savaient bien que dès que la porte se serait refermée, elle quitterait ce cachot pour tenter de libérer Darran. Le conteur était mortifié à l'idée qu'il perdait son principal témoin et qu'il n'aurait peut-être jamais la suite de son histoire.

— M'ssire ! implora encore le gamin.

Intrigué, mais inquiet, le conteur se leva, quitta la pièce et fit signe aux Dragons de refermer la porte derrière lui.

— Où puis-je trouver Sa Majesté ?

— Aux portes de Frankand, répondit le gamin. Il a dit que… Il a dit que si j'revenais pas tout de suite avec vous, il m'retrouverait et il m'brûlerait complètement, cette fois. Il… Il a déjà complètement carbonisé Jeannot et Mirette, m'ssire, ils… ils criaient, m'ssire. Ils criaient et ils suppliaient, et y z'avaient rien fait de mal !

Le gamin était agité et confus. Pendant que les Dragons les conduisaient à travers les couloirs vers l'unique porte de la forteresse, d'Arterac sentait son cœur battre à tout rompre, la tête emplie de questions angoissantes. Il y avait mille raisons pour lesquelles Sa Majesté pouvait souhaiter le voir, mais aucune ne lui plaisait. Certaines le terrifiaient.

— Pardon, messire, lui dit soudain l'un des deux Dragons. Ce que la prisonnière a dit sur les balistes des rebelles, est-ce que c'est vrai ?

D'Arterac tourna la tête vers lui, mais ne put croiser son regard : la visière de son casque était aussi opaque qu'un miroir. C'était bien la première fois qu'un Dragon faisait preuve de curiosité.

— Tu parles ! a répondu l'autre à la place du conteur. Une sorcière, c'est traîtrises et mensonges, il ne faut pas les écouter. N'est-ce pas, messire ?

D'Arterac acquiesça distraitement. Ils arrivèrent dans l'antichambre de Frankand et un Dragon en faction les arrêta :

— Messire d'Arterac ? Sa Majesté vous attend.

— Vous voulez dire… en bas ?

— Non. De l'autre côté de cette porte.

Le soldat poussa les deux battants et un flot de chaleur les enveloppa aussitôt. Dans la salle longue et voûtée qui servait d'antichambre à Frankand, il flottait une odeur de viande carbonisée et une fumée grasse empoissait l'air, si épaisse qu'on n'y voyait rien à deux pas. Des cartes à jouer étaient étalées sur le sol, comme si une partie avait été interrompue, et quand il entra, le conteur trébucha sur un petit amoncellement de choses noires et fumantes…

Chapitre 40

D'Arterac fit quelques pas en tremblant dans l'antichambre. Par réflexe, il ferma les yeux pour ne pas les brûler à la lumière du roi.

Il avança, résigné, presque apaisé à l'idée que la mort l'attendait.

— Approchez, murmura une voix derrière lui.

Une voix si faible qu'on aurait dit celle d'un enfant.

— Je ne vous ferai aucun mal. Je suis… Je suis froid, maintenant.

Le conteur entrouvrit lentement les paupières. Cela faisait bien longtemps qu'il n'avait pas entendu Sa Majesté parler d'elle à la première personne. Le roi se tenait là, derrière la porte, recroquevillé sur lui-même. Il tourna la tête et d'Arterac vit son visage – un visage aux traits harmonieux, bien que ses cheveux et ses sourcils aient depuis longtemps disparu sous l'effet des flammes. Erik n'était plus le jeune homme d'autrefois, bien sûr, et encore moins l'enfant dont d'Arterac avait été le précepteur. Mais c'était encore un homme dans la force de l'âge, au corps bien dessiné, aux belles mains. Et son visage était aujourd'hui sillonné de larmes.

— Chantez-moi une berceuse, d'Arterac, comme autrefois, fit-il d'une petite voix. Chantez-moi *Le petit chiot du roi.*

Le conteur resta un moment interdit devant le spectacle du plus puissant monarque du monde, accroupi dans une pièce vide et demandant une berceuse au vieil homme qui avait presque été son père. Il s'assit juste à côté, et le roi, dans un sanglot, tendit les bras vers lui et cala sa tête sur ses genoux. Alors d'Arterac chantonna de sa belle voix de conteur :

« Le prince dans son palais,
Avait un petit chiot,
Et il le protégeait,
Des vauriens et des sots… »

Le roi sanglotait de plus en plus fort et ses larmes devenaient de plus en plus chaudes.

« Joue, petit chiot
Dors, petit chiot
Je veille sur toi.
Joue, petit chiot
Dors, petit chiot
Je n'aime que toi. »

— Vous avez toujours la même voix, d'Arterac, murmura le roi. Vous souvenez-vous quand vous me chantiez cette chanson pour m'endormir ? C'était les soirs où ma mère m'avait frappé avec une tige de saule et que je ne trouvais pas le sommeil. Je pleurais. Vous me teniez la main et je me blottissais contre vous. J'aimais tant votre odeur d'encre et de vieux cuir. Quand j'étais enfant, je m'imaginais que vous étiez le gentil prince et moi le petit chiot, murmura le roi. Aujourd'hui, c'est moi le prince. Et mon petit chiot à moi vient de mourir.

D'Arterac ne comprit pas ce que voulait dire le roi. Quelqu'un venait-il de mourir ? Un proche du roi ? Un être cher ? Mais il se garda bien de le contredire ou de le questionner. À la moindre saute d'humeur de Sa Majesté, il aurait été carbonisé.

Au lieu de cela, le conteur passa une main sur ce crâne chauve, là où il avait si souvent caressé les cheveux blonds du prince. Une larme grossit lentement au coin de ses paupières, roula sur sa joue ridée et tomba sur le plancher de l'antichambre. Il avait tant aimé cet enfant.

Le roi se retira doucement des bras du conteur.

— J'ai tant donné, d'Arterac. À ce royaume. À tous ceux qui y vivent.

Mais pas à ces deux enfants que vous venez de brûler sous les yeux de leur ami, pensa le conteur.

— … Comment peuvent-ils se soulever contre moi et me traiter de tyran ?

Il semblait sincèrement ne pas comprendre.

— Alors que c'est moi qui les ai libérés de la tyrannie de cette lignée de femmes ?

De nouveau, la chaleur monta. Une lueur d'abord rouge sombre, puis de plus en plus jaune, irradia de son visage ; le conteur ferma de nouveau les yeux, se releva et recula un peu.

— Saviez-vous qu'un Gottaran, aussi puissant soit-il, ressent aussi fort la perte d'un être aimé que n'importe qui ? Aujourd'hui, j'ai effacé encore un peu plus l'homme que j'étais avant de monter sur le trône. Le poids de ce royaume m'écrase, d'Arterac. Le Gottaran consumera bientôt entièrement la personne que j'étais, le calame me dévorera et ne laissera de moi qu'une coquille vide. Il ne restera plus de cet homme, de cet enfant que j'ai été, que des souvenirs et des chansons.

Un corbeau, quelque part sur les toits, poussa un cri rauque. Et au-dessus de leurs têtes, Frankand résonna du pas des soldats sur les poutrelles et les planchers de fer.

— Que reste-t-il au Gottaran à m'arracher encore ? Quelle sera sa prochaine victime parmi les êtres que j'aime le plus au monde ? Mon fils, que je garde cloîtré dans mon palais ? Et puis encore ? Vous, peut-être, d'Arterac ?

Le conteur déglutit.

— J'aimerais tellement pouvoir revenir en arrière, reprit le roi, et vivre un seul instant de ma vie d'autrefois…

Vous venez de le faire en vous blottissant dans mes bras, pensa le conteur. *Mais cela ne vous a pas apporté la paix.*

— Darran et moi avons été proches autrefois. Je crois que je ne vous l'avais jamais dit.

Je l'ai découvert par moi-même.

— C'était mon garde du corps, il m'était entièrement dévoué. Il jouait parfois avec mon fils, et ma femme l'adorait. Chaque fois qu'elle le voyait, elle le traitait presque comme son second enfant, ce gaillard qui la dépassait de deux têtes et qui était bâti comme un lutteur. Elle disait qu'il avait assez souffert pour toute une vie et qu'il avait besoin d'une famille. Elle aurait voulu en faire un prince. Ah ! Imaginez-vous ce qui serait advenu si j'avais accédé à sa demande ? En simple gueux, il a déjà réussi à mettre mon royaume à feu et à sang. Qu'aurait-il pu faire avec un titre, des terres et de l'or à sa portée ?

— Peut-être ne se serait-il jamais révolté, s'il s'était senti aimé, répondit le conteur.

Le roi laissa passer un long silence, que le conteur ne sut comment interpréter.

— Absurde ! cria-t-il finalement d'une voix aiguë, comme un enfant en colère. Croyez-vous que l'on gouverne en aimant ses sujets ? Ma femme se trompait. Elle était trop douce pour le pouvoir. Elle croyait tout ce qu'on lui disait ! Elle accordait sa confiance à tout le monde ! Est-ce ma faute, à moi, si elle était si naïve ? Je lui ai dit bien souvent d'être plus méfiante, je lui ai dit de prendre garde aux mensonges et aux faux-semblants… Est-ce ma faute si elle croyait tout ce que je lui disais ?

Il sembla se rendre compte qu'il avait dérivé de son idée initiale, marqua un silence et reprit brusquement :

— Faire de Darran un prince ! Quelle idée brillante, vraiment ! Elle a d'ailleurs reconnu son erreur quand il m'a trahi autrefois. Oui, Darran m'a trahi pendant la guerre des Princes, cela non plus vous ne le saviez pas !

Le conteur ne répondit rien cette fois, car une douleur intense venait de lui traverser la main droite. Celle du mensonge. Il ne put retenir une grimace et serra sa main contre sa poitrine.

Darran ne l'a jamais trahi autrefois, comprit le conteur. *Ce n'est qu'un mensonge que le roi se répète à lui-même encore et encore depuis des années.*

D'un geste réflexe, il rouvrit un instant les yeux et il vit Erik debout devant lui, irradiant de lumière comme un brasier ardent. Il referma aussitôt les yeux.

Il sait que je l'ai percé à jour, pensa d'Arterac.

Le roi avait eu un instant de faiblesse, il avait oublié à qui il parlait : le plus grand conteur du royaume, le mindaran qui savait distinguer la vérité du mensonge. Le seul homme qui ne le croirait jamais, qui ne ferait même pas semblant de le faire.

— Conteur, fit le roi, il est temps.

Au changement dans sa voix, d'Arterac comprit que quelque chose s'était brisé. Le dernier instant où Erik avait pu être lui-même, son ami, presque son fils, cet instant était mort et ne reviendrait plus jamais.

— Demain matin, vous lirez à tous mes sujets la légende de Darran Dahl.

— Bien, Votre Illustrissime Sainteté.

— Et plus important encore : vous ferez ce que nous vous avons ordonné, vous dresserez un portrait calamiteux de Darran Dahl, vous l'enfoncerez, vous le rendrez non pas haïssable, mais méprisable, lâche, et indigne de foi. Vous y ajouterez tous les détails de votre invention et vous mêlerez la vérité au mensonge, car c'est le meilleur moyen d'être cru.

— Je vous demande humblement pardon, Votre Illustrissime Sainteté, mais vous savez bien que je suis incapable de mentir, c'est là à la fois un don et une malédiction… Vous ne pouvez me demander de…

La lumière se fit soudain si vive devant lui que, même paupières fermées, il en fut ébloui et se couvrit le visage de sa manche.

— Nous avons été trop tendre avec vous et avec vos petites manies, d'Arterac. Cette fois, vous mentirez pour nous. Ou bien nous ferons confisquer vos notes et nous les adresserons à un autre conteur, qui écrira et lira l'histoire à votre place.

— Mais l'Église, Votre Sainteté, la sainte Église de Kàn m'a demandé la vérité !

— Les Grands Kerrs nous le feront peut-être payer cher plus tard, mais qu'importe, nous paierons ce prix s'il le faut. Nous n'avons plus le choix, d'Arterac : Darran Dahl lui-même menace nos armées.

Le conteur secoua la tête.

— Pardonnez-moi, je vous ai mal entendue, Votre Illustrissime Sainteté. Vous avez parlé de Darran Dahl ?

Le roi serra le poing et sa voix se fit rauque.

— Nous nous étions mépris sur le véritable sens du mot « indestructible », d'Arterac, nous avons sous-estimé la force du calame. Certes, nous avons terrassé et brûlé Darran Dahl sur le champ de bataille, mais ce deimonaran s'est relevé de ses cendres…

— Darran Dahl est *vivant* ?

Une vague de chaleur intense traversa d'Arterac, qui dut reculer jusqu'à sentir le mur de la salle cogner contre son dos.

— La mort ne l'a pas arrêté ! poursuivit le roi. Il continue de nous tourmenter ! Darran s'acharne sur nous, il nous tyrannise, il nous poursuit ! Vous n'avez pas idée d'Arterac. Nous sommes sa victime, encore et toujours. Pendant dix ans de règne, nous avons tout fait pour effacer la menace de cette lignée de reines qui avaient apporté la ruine à ce royaume, et voilà que Darran Dahl s'allie avec la propre fille de la Princesse Sanglante et qu'il emmène une armée jusque sous nos propres portes pour nous…

— Et où est-il ? le coupa d'Arterac, si stupéfait qu'il en oublia à quel point il était dangereux d'interrompre un Gottaran.

Le roi s'arrêta net.

— Sur les plaines de Frankand, d'Arterac. Sous la forme d'un dragon rouge qui massacre toutes nos armées qui s'approchent de la cité.

Fou, il est devenu fou, pensa-t-il d'abord. Mais il se ravisa. Les dragons avaient disparu depuis dix ans, et voilà que l'un d'eux réapparaissait juste au moment où mourait Darran Dahl, un homme bourré de calame et si obsédé par les dragons qu'il en avait gravé un sur le plancher de sa maison.

Ce n'est pas impossible, pensa-t-il. *Avec le calame, rien n'est impossible.*

— Vous mentirez au royaume, d'Arterac, poursuivit le roi. Ou bien nous rendrons nous-même visite à votre fille afin de lui exprimer toute la fureur que nous éprouvons à l'encontre de son père…

D'Arterac sentit son estomac se nouer.

— Hélène…, murmura-t-il. Avez-vous une lettre de sa part ?

— Encore une lettre ! Vous en réclamez toujours davantage, ma parole !

Des lettres : c'est le seul lien que tu m'as laissé avec elle, Erik.

— Croyez-vous que nous n'avons que cela à faire ? Pensez-vous vraiment qu'un roi passe son temps à surveiller le courrier des prisonniers de Frankand ?

Puis il se radoucit un peu.

— S'il y a une nouvelle lettre, je vous la ferai parvenir quand vous aurez achevé votre récit. Et maintenant, un millier de fripouilles en révolte dans ma propre capitale attendent la leçon qu'ils méritent et je m'en vais la leur offrir.

Il marcha jusqu'à la passerelle puis s'interrompit et ajouta finalement :

— Au fait, vous devrez vous passer de votre témoin principal… Cette Maura est notre meilleur atout pour vaincre ce dragon. On ne pourrait trouver plus grande spécialiste des animaux *et* de Darran Dahl. Excellent choix que vous avez fait là, conteur, comme toujours. Trouvez-vous quelqu'un d'autre pour vous faire raconter la suite de l'histoire, car cette fille fera l'objet d'un interrogatoire. Mes hommes sauront bien la faire parler.

Frankand, pensait d'Arterac. *Il a bien dit « le courrier de Frankand », alors c'est qu'Hélène est bien ici.*

Il n'avait plus rien entendu d'autre après cela.

Chapitre 41

Quand la porte de son cachot s'ouvrit de nouveau brusquement, Maura sursauta. Elle dormait si profondément qu'elle n'avait entendu ni les pas arriver dans le couloir, ni le bruit des barres de sûreté.

Putois ! Qu'est-ce que je fais là à dormir ? Je voulais aller libérer Darran et je... je crois que je me suis écroulée de sommeil comme une idiote !

Elle se rassit sur son banc en grognant.

— Encore vous, conteur ? Je croyais que...

Une silhouette haute et massive passa l'encadrement de la porte à contre-jour.

— Navré de vous décevoir, jolie demoiselle.

C'était une voix d'homme. Jeune. Assurée. Une belle voix, pensa-t-elle malgré elle.

Qu'est-ce que c'est, encore ? Quand est-ce qu'on me laissera un putois de moment de libre pour m'échapper ?

— J'ai bien peur, reprit l'homme, que le comte d'Arterac ne vous rende plus jamais visite.

Cette nouvelle la tira aussitôt de ses réflexions.

— Pourquoi ? Il... Il lui est arrivé malheur ?

Elle lui en voulait de l'avoir obligée à chercher sa fille, mais à l'idée qu'il avait pu trouver la mort, elle ressentit bien plus de peine qu'elle ne l'aurait pensé.

— Rassurez-vous, il se porte à merveille.

L'homme se planta devant elle. C'était un Dragon, bien qu'il n'en portât pas le casque. Et un bandeau vert passé à l'épaule indiquait qu'il devait s'agir d'un officier. Il était d'une beauté insolente, qui avait dû faire tourner la tête à bien des femmes et des hommes.

— Capitaine Javols, pour vous servir.

Il lui saisit brutalement les poignets et inspecta sa planche à trous. Il vit aussitôt que le bois avait été rongé et agrandi pour laisser passer les mains… et que ses doigts de sorcière avaient été libérés de leurs entraves. Il jeta un coup d'œil au mur et remarqua la poussière et les gravats autour du puits d'aération. Il fit trois pas jusque-là et donna un coup de pied dans le mur : les moellons autour du trou s'écroulèrent les uns sur les autres.

— Eh bien, en voilà une surprise… Dragons ! Attachez-moi cette sorcière ! Cette jolie demoiselle se croit libre comme l'air dans cette prison.

Prise au piège, Maura essaya de dégager ses mains, mais quatre Dragons accoururent, deux d'entre eux ouvrirent la planche à trous et deux autres lui lièrent les poignets derrière le dos si étroitement qu'elle grimaça de douleur.

— Lâchez-moi, sales brutes !

— Depuis combien de temps te promènes-tu impunément dans Frankand, hein ? lui demanda le capitaine. C'était donc toi, la « bête » qui dévore mes soldats ?

Les deux Dragons la forcèrent à se mettre debout et l'homme lui souleva le menton de la main.

— Quand mes Dragons m'ont dit qu'une mindaran rousse les avait attaqués ce matin, j'ai d'abord demandé s'il nous manquait une prisonnière. Mais comme ce n'était pas le cas, j'ai cru que c'était une rebelle qui avait réussi à s'introduire dans Frankand. J'avoue que je n'ai même pas imaginé que ce pouvait être une fille encore volontairement cloîtrée dans sa cellule, et encore moins la petite protégée de d'Arterac... Tu aurais mieux fait de t'enfuir quand tu le pouvais, jolie petite demoiselle.

Elle lui cracha au visage.

L'homme la gifla de sa main gantée de fer. Bien qu'il eût retenu sa force, le choc lui fendit la lèvre et l'assomma à demi.

— La fête est finie, pour toi. Sa Majesté a ordonné que tu sois interrogée.

Maura sentit un frisson glacé lui parcourir l'échine. Interrogée ? On allait la torturer ?

— Brünwek ! fit le capitaine Javols. Viens ici !

Un grand homme voûté, entre deux âges, entra dans la pièce à petits pas, tout en jetant des regards apeurés autour de lui. Il portait une cape grise sur un paletot usé, mais aucune arme apparente.

— C'est elle ? murmura-t-il d'une voix faible. On dit qu'elle est puissante.

Le capitaine eut un rictus méprisant.

— Te paierait-on pour avoir peur ? C'est juste une animaliste, elle parle aux oiseaux et aux autres bestioles. Pour le reste, tu n'as rien à craindre.

J'ai brisé le dos d'un de tes hommes pas plus tard que ce matin. C'est ça que tu appelles « parler aux bestioles » ?

Le capitaine Javols saisit Brünwek par le poignet et le jeta contre Maura.

— Allez ! Entre dans sa tête et arrache-lui tous les renseignements qui nous intéressent !

Un amin-gucla, pensa aussitôt Maura.

Une vague de pure terreur la submergea un instant à l'idée que, de nouveau, quelqu'un allait entrer dans sa tête et souiller son esprit de sa présence.

Puis elle se reprit.

Regarde-le, Maura : il a peur du capitaine. Il a peur des Dragons. À sa place, Bragal aurait fait taire ce petit capitaine d'une seule pression du doigt. Et tu as survécu à Bragal…

Pendant que les deux Dragons lui tenaient encore fermement les bras dans le dos, le sorcier tendit la main vers elle. Il la posa sur le front de la prisonnière en murmurant quelques mots dans une langue ancienne qu'elle ne comprit pas.

« *Amin-guela, ehimon-dela. Amin-guela, tehilon-dela.* »

Quelque chose commença à rôder autour des frontières de son esprit, comme ces monstres dans les histoires que lui racontait sa mère, qui rampaient jusqu'à l'orée des villages à la recherche d'un enfant ou d'un vieillard égaré pour le dévorer. Il était malveillant, elle le sentait. Empli d'un désir de revanche sur sa vie misérable. Affamé de conquêtes.

Elle le laissa approcher des secrets de son âme sans chercher à se défendre, elle gémit un peu, secoua faiblement la tête et feignit la crainte.

Alors l'esprit malveillant s'enhardit. Il s'approcha plus près, il perdit sa prudence.

Peut-être que si le capitaine avait traité cet homme avec respect, Maura aurait eu trop peur de lui pour se défendre. Mais il l'avait rabaissé et humilié. Cela l'aida grandement.

Lentement, elle déplia deux doigts dans son dos. Les Dragons lui tenaient les mains, mais ils avaient légèrement relâché leur prise à la vue du spectacle et oublié que, si les mains étaient les seuls instruments de la plupart des mindarans pour user de magie, pour les plus puissants d'entre eux, les doigts suffisaient. Un peu de sueur faisait glisser son index sur le majeur. Suffisamment pour créer de la magie.

L'esprit de l'amin-guela était maintenant entièrement dans le sien. L'homme avait fermé les yeux, il laissa lentement glisser sa main sur le visage de Maura et il murmura distinctement :

— Tu es en mon pouvoir, à présent, femme. Révèle-moi tout ce que tu sais au sujet du dragon qui ravage la plaine de Frankand.

Elle redressa brusquement la tête, ouvrit les mâchoires et mordit violemment sa main. Le sang gicla contre son palais, quelque chose craqua et une matière chaude et molle resta dans sa bouche. Un morceau de doigt.

L'amin-guela hurla de douleur, répandant du sang contre le tissu de son paletot, gémissant, pleurant et se recroquevillant sur lui-même.

Maura cracha le morceau de doigt.

— Tu es un chien ! Tu n'es pas digne d'être mindaran, tu es le toutou obéissant de ton maître le Roi Lumière !

Et sous les yeux effarés des Dragons, les gémissements du sorcier se rapprochèrent de plus en plus des jappements apeurés d'un chiot.

Alors elle regarda crânement le beau capitaine.

— Qu'est-ce que tu croyais, joli petit damoiseau ? Que votre sorcier de carnaval me ferait peur ?

Et elle cria fièrement :

— Moi aussi, je suis amin-guela !

Tu croyais me briser, Bragal ? C'est le contraire : tu m'as rendue plus forte. Je suis toujours là, je lutte debout. Et toi, où es-tu aujourd'hui ? Hein ?

Le capitaine lui enfonça soudain son poing dans l'estomac. La douleur la plia en deux et lui coupa le souffle.

— Changement de méthode, fit-il d'une voix glaciale. Ton chef Darran Dahl était un dur à cuire, mais toi, tu n'es qu'une gamine sortie de sa campagne. Les vieilles recettes seront peut-être plus efficaces sur toi : je vais démolir ton joli corps à coups de poing et après ça, tu me diras tout ce que je veux savoir.

Elle trouva la force de relever la tête et d'esquisser un sourire moqueur.

— Touche-moi encore une fois et je te ferai braire comme une mule !

Elle n'en avait évidemment pas le pouvoir. Si elle l'avait eu, elle l'aurait exercé sur les deux Dragons qui la retenaient prisonnière. Mais le capitaine Javols jeta un coup d'œil au sorcier accroupi sur le sol de terre battue, qui poussait de petits aboiements plaintifs de chiot. Et il retint le nouveau coup qu'il s'apprêtait à lui porter.

— Hi han ! Hi han ! crâna Maura, essayant de toutes ses forces de ne pas montrer sa douleur au ventre et son envie de vomir. J'espère que tu aimes brouter ?

— Attachez-lui les poignets ! cria le capitaine aux Dragons. Et maintenez-lui tous les doigts ensemble, par les deux visages de Kàn ! Nous l'emmenons en salle d'interrogatoire : les sangles de nos tables de torture sont faites pour les mindarans les plus retors.

Il se pencha vers Maura :

— Là-bas au moins, tu ne pourras pas nous jouer tes tours de sorcière.

Chapitre 42

D'Arterac resta un moment dans la sombre antichambre de Frankand, cette salle sinistre percée de trous au plafond où veillaient les Dragons. L'odeur d'huile brûlée de la forteresse était encore mêlée à celle de la viande carbonisée, là où le Roi Lumière avait entièrement consumé deux petits commis dans sa rage aveugle.

Quelque chose avait touché le roi. Quelque chose de grave, de douloureux. D'Arterac ignorait ce que c'était, mais il n'arrivait plus à le plaindre.

Le roi lui donnait une journée pour faire de Darran un objet de haine et de mépris. Si le conteur voulait libérer sa fille de son cachot, c'était maintenant. Le lendemain, il serait un outil usagé et sans valeur entre les mains des puissants, sans plus aucune influence.

Il n'avait qu'une seule idée en tête : le courrier de Frankand. Par où transitait-il ? Où le stockait-on ? Qui venait le chercher dans les cellules ?

Puis le conteur frappa à la porte de fer et un Dragon lui ouvrit. Le dernier enfant était là, secoué de sanglots, et deux miliciens tentaient maladroitement de le consoler en lui proposant de la bière et une partie de cartes.

D'Arterac courut presque jusqu'à lui.

— Petit, tu travailles ici, n'est-ce pas ?

Le gamin leva vers lui des yeux embués de larmes et acquiesça distraitement de la tête.

— Sais-tu…, commença le conteur, sais-tu qui ramasse le courrier des prisonniers ? Les lettres que les gens écrivent. Quelqu'un doit bien venir les chercher ? Et cette personne doit bien les emporter quelque part ?

Le gamin s'essuya le nez de sa manche et lui jeta un regard haineux.

— Va lécher les bottes de ton maître !

Le conteur s'accroupit à sa hauteur.

— Mon maître ? Tu veux dire le roi ?

Le gamin cracha par terre. D'Arterac lui dit d'une voix douce :

— Le roi n'est pas mon ami. Il a jeté ma fille en prison il y a dix ans. Et depuis, il menace de la tuer chaque fois qu'il me demande de faire quelque chose.

— Le roi t'a volé ta fille ? grommela l'autre, intéressé.

— Une femme brune, quarante ans, plutôt petite. L'as-tu déjà vue quelque part ici ?

Le gamin ne répondit pas. Il était peu probable qu'il ait pu voir des prisonniers.

— Et leur courrier ? Ces prisonniers écrivent des lettres, parfois, sais-tu qui les prend ? Et où on les met ?

— Les lettres, c'est le grand Bert qui les récupère dans les chambres des prisonniers d'la haute. Vous l'trouverez dans la salle des poulies.

— La salle des poulies ?

— Ben ouais, fit le gamin. Vu que ça fait des heures que Sa Majesté monte et descend la colonne, ça bloque tout. Les gars des cuisines et des entrepôts sont obligés de faire passer les caisses par des cordes. Bert est sûrement là-bas à cette heure-ci.

D'Arterac contempla un moment le visage renfrogné de cet enfant trop vite grandi qui venait de perdre deux de ses amis, et il considéra d'un œil nouveau la forteresse de Frankand.

Il n'avait jamais prêté attention à cette armée silencieuse, ce monde dans le monde qu'étaient les domestiques, plus nombreux ici que les soldats et peut-être même que les prisonniers. La nourriture, le linge, l'éclairage, le nettoyage et l'entretien des lieux exigeaient une armée de petites mains invisibles.

— Merci, petit. Je suis… Je suis désolé pour tes amis.

Les deux Dragons de son escorte l'avaient attendu tout ce temps. Ils l'accueillirent d'un hochement de tête.

— Je dois me rendre à la salle des poulies, fit d'Arterac.

— Il n'y a aucun prisonnier à cet endroit, messire.

— Je dois parler à un domestique, un certain « Bert », c'est très important.

— Nous avons reçu l'ordre de vous conduire auprès des prisonniers, messire, mais pas…

– Si je vous dis que je dois voir ce domestique, c'est que je dois voir ce domestique ! cria d'Arterac en frappant du poing sur la cuirasse du garde, qui rendit un « bong » étouffé.

Le Dragon resta un instant silencieux puis, d'un geste de la main, l'invita à le suivre. D'Arterac frotta ses phalanges endolories.

Cette fois, ils ne croisèrent aucune troupe ; en fait, la forteresse semblait étrangement déserte. Les attaques contre le dragon dans la plaine l'avaient vidée d'une partie de ses gardiens.

Ils trouvèrent assez vite la salle des poulies, où le conteur n'était encore jamais entré. C'était une grande salle, presque aussi vieille que la salle des mindarans. Les murs y portaient encore les traces d'anciennes peintures à la gloire de rois oubliés. Elle était ronde et des bœufs y tournaient en continu, attachés à des barres. Au centre, des cordes s'enroulaient autour d'un moyeu et faisaient remonter dans la forteresse des grappes de ballots et tonnelets à travers un grand trou dans le plancher. De nombreux domestiques se pressaient là, détachant les caisses et en préparant d'autres à renvoyer vers la cité.

Le conteur héla le premier venu, un joli jeune homme au visage fin, vêtu d'une chemise matelassée un peu inhabituelle, et lui demanda où il pouvait trouver Bert. Le jeune homme parut déconcerté, presque effrayé à la vue des Dragons.

— Je... Je ne sais pas, je suis nouveau ici, répondit-il en évitant son regard.

Ce jeunet avait une étrange manière de parler, un accent qui n'avait rien de Frankand. En fait, il avait un peu les mêmes intonations que...

... *que Maura*, pensa-t-il, surpris.

— Je vais me renseigner ! dit finalement le jeune homme.

Il avait une démarche alerte, presque bondissante, et d'Arterac se fit la réflexion qu'il y avait chez lui quelque chose qui ne ressemblait pas à un comportement de domestique. Ce mélange de servilité et de lassitude, cette manière de s'effacer et d'exécuter ses tâches d'une façon routinière... Non : ce garçon n'avait rien de tout cela ; il était nerveux, presque excité.

Il revint avec un domestique plus âgé, qui commandait aux autres et qui salua les deux Dragons derrière d'Arterac d'un hochement de tête.

— Oué ? C'est pourquoi ?

Lui parlait avec un accent de Frankand aussi épais que sa moustache. Sa blouse de travail était celle d'un homme de peine, et des auréoles de graisse montraient qu'il devait occasionnellement donner un coup de main aux cuisines.

Il jeta un coup d'œil à d'Arterac, à son chapeau en cuir, ses doigts tachés d'encre et à sa petite mallette en cuir.

— Vous êtes le nouveau scribe ? J'ai point été prévenu. Lamar est encore malade ?

Le conteur ne répondit rien.

Dans quoi suis-je en train de me fourrer ? pensa-t-il.

Mais il avait l'intuition qu'il était sur le point de découvrir quelque chose d'important. Un scribe, dans une prison ? Il prit soudain la décision de creuser cette nouvelle piste.

— Oui, répondit-il. Je suis le nouveau scribe.

— Vous savez y faire, au moins ? fit l'autre. Vous avez quel âge ?

— Je ne vous permets pas, jeune homme !

Bert haussa les épaules.

— Et personne ne vous a dit où aller, j'parie ?

— Personne, confirma d'Arterac.

En poussant un soupir agacé, l'autre lui fit un signe de tête.

— Bon, suivez-moi, je vais vous conduire. Vous avez vot'matériel d'écriture sur vous, au moins ?

D'Arterac désigna sa mallette.

— Encre, plume, papier, tout est là.

Mais l'autre l'écoutait à peine, trop occupé à se frayer un chemin parmi les ballots et les manouvriers.

— Et ces deux-là, murmura le domestique en désignant discrètement les deux Dragons qui les suivaient tant bien que mal dans cette cohue, ils pouvaient pas vous y emmener directement, hein, ces bougres d'ânes en fer-blanc ? J'ai pas qu'ça à faire, moi…

Il le conduisit, presque en courant, à travers de nouvelles salles et de nouveaux couloirs, jusqu'à une porte en bois verni dont il déverrouilla la serrure avec son trousseau de grosses clefs.

— J'vous accompagne pas, c'est la folie aux poulies, j'ai un tas de caisses à déballer… il paraît que ces foutues rebelles sont pas assez nourries, on a reçu du pain frais et des fruits pour ces petites chéries ! Du pain frais, j'vous demande un peu. On va pourtant toutes les pendre, ces gueuses, pas vrai ? On marche sur la tête, j'vous le dis, moi.

Il s'éclipsa en bougonnant et laissa le conteur devant la porte vernie avec ses deux Dragons.

— Vous ne l'avez pas interrogé, fit remarquer l'un des deux.

Le conteur se tourna vers eux.

— L'homme que je cherche se trouve à l'intérieur.

— Il n'y a pas de prisonnier, ici.

— Et alors ? Je vous ai dit que je devais voir un homme. Je n'ai pas parlé d'un prisonnier.

D'Arterac posa la main sur la porte et, le cœur battant, la poussa.

Il n'y avait personne. C'était une pièce sans fenêtre, il y avait juste une porte entrouverte au fond. La salle du scribe était petite et ne ressemblait à aucune autre à Frankand. L'odeur d'encre et de vieux cuir y remplaçait celle de la sueur et de l'urine des cachots. Un feu ronflait dans une cheminée et les murs étaient recouverts d'étagères remplies de gros livres reliés – sauf une, où étaient empilées une dizaine d'étranges caisses en bois.

Sur un secrétaire en acajou, qui trônait au centre de la pièce, l'une de ces caisses était ouverte et, juste à côté, une lettre était posée.

Le conteur s'approcha, le cœur battant, et en lut les premiers mots. Était-ce celle de sa fille ?

Mon cher neveu,

Pardonne-moi, voilà plus d'un mois que je ne t'avais pas écrit...

La main tremblante, il jeta un coup d'œil dans la caisse en bois et y trouva une autre lettre, celle-ci au papier ancien et jauni, et qui commençait elle aussi par « Mon cher neveu ». L'écriture était la même... ou presque.

— Je ne comprends pas, murmura-t-il.

Il fouilla le casier et y trouva un petit livret dont la couverture portait le titre de « Otage Armand de La Vallière », qu'il ouvrit à la première page.

Naissance : année 1230 après Grand Kàn

Personne d'intérêt liée à l'otage : baron Cléonce de La Vallière, possède le fief et le château de La Vallière. Ancien soutien de la Princesse Sanglante

Lien avec l'otage : a été élevé par son oncle Armand

IMPORTANCE ÉLEVÉE

Date de mise en détention : 12e jour, Lune Sainte Bianca, année 1285 après Grand Kàn

Échantillons d'écriture : huit lettres numérotées

La suite du livret décrivait avec un luxe de détails les habitudes de l'otage Armand de La Vallière, ses goûts, ses humeurs, le nom de ses amis et du reste de sa famille, ainsi que les événements importants de sa vie. Mais d'Arterac ne vit rien de tout ceci, car quelques mots avaient happé toute son attention :

Cause de la mort : pneumonie

Les jambes soudain sans force, il essaya d'atteindre l'étagère aux casiers, mais se cogna contre le bord du secrétaire et tomba sur les genoux. Il porta une main à son cœur. De ses yeux exorbités ne coulait aucune larme, car c'était la stupéfaction, avant la tristesse, qui l'avait saisi. Les deux Dragons qui l'observaient depuis le seuil entrèrent pour lui porter secours, mais il se releva sans leur aide.

— Je crois qu'il ne devrait pas être ici, murmura l'un des deux Dragons à son camarade d'une voix embarrassée. On prévient le commandant ?

— Le commandant a dit qu'il pouvait interroger toute personne de son choix ! répondit l'autre. Qui travaille dans cette pièce, tu crois ?

— Aucune idée, ça fait moins d'une semaine que je suis en poste à Frankand. Mais je n'aime pas ça.

Il se tourna vers le conteur :

— Messire d'Arterac, vous ne pouvez pas rester ici.

— Vous avez raison, sortons, bredouilla le vieillard, je… je ne me sens pas très bien.

Les deux soldats l'aidèrent à marcher jusqu'à la porte et lui firent franchir le seuil. Il faisait sombre et froid dans le couloir, en comparaison de la douillette salle du scribe.

— Voulez-vous que nous fassions appeler un médecin ?

— Ne prenez pas cette peine, je vais juste reprendre mon souffle, répondit d'Arterac d'une voix chevrotante en s'appuyant contre la porte. Ce qu'il me faut, c'est juste… J'ai seulement besoin de…

Soudain, le vieil homme bondit en arrière, s'engouffra de nouveau dans la salle et claqua la porte derrière lui. Il tendit la main vers une grosse clef de fer accrochée au mur à un anneau et donna un tour dans la serrure. Et quand les deux soldats tambourinèrent au battant en lui ordonnant d'ouvrir, il les ignora.

— ... j'ai seulement besoin d'aller jusqu'au bout, dit-il dans un souffle.

Chapitre 43

Dans la petite pièce du scribe, le conteur enfin seul s'avança jusqu'aux caisses en bois sur l'étagère. Chacune portait un nom sur une étiquette, classée par ordre alphabétique. Il arpenta fébrilement les rangées et trouva ce qu'il redoutait le plus : le nom de « Hélène d'Arterac ».

Oubliant les cris et les coups des Dragons sur la porte, il tira le casier à lui et en sortit un livret semblable à celui qu'il avait trouvé sur le secrétaire.

Naissance : année 1255 après Grand Kàn
Personne d'intérêt liée à l'otage : comte Jean d'Arterac, mindaran conteur, légendier officiel de Sa Majesté
Lien avec l'otage : père d'Hélène d'Arterac
IMPORTANCE CAPITALE
Échantillons d'écriture : quatre lettres numérotées

Incapable de lire la suite du livret, il saisit le premier feuillet et reconnut l'écriture de sa fille. C'était une lettre datée de cinq ans plus tôt.

Mon cher papa,

Je sais fort bien que cette lettre ne te parviendra jamais, mais je l'écris pour le père qui m'accompagne à chaque instant dans mes rêves et mes pensées, qui me répond et

me console dans le secret de mon âme, quand la tristesse est trop forte.
Je l'écris au premier et au dernier homme de ma vie, puisque Erik m'a volé tous les autres hommes du monde, quand il a volé ma vie entière.
Mon cher papa, je n'ai pas choisi d'être ta fille, ni toi mon père. Le destin nous a donné ces deux rôles, comme à ces femmes et ces hommes que l'on oblige à vivre ensemble le reste de leur vie, ou comme à ces cartes d'un jeu de Gottarans que le hasard a placées dans la même main.
Mais ce fut une heureuse main, papa, et une heureuse vie ensemble. Je n'aurais pu imaginer plus beau cadeau que ce hasard qui nous a réunis.
Je sais que tu te détestes d'être la cause de mon enfermement. Mais pour moi, tu n'as jamais été cela. Tu n'as été que douceur, larmes et rires partagés.
Cette lettre, je te l'écris comme un dernier baiser, une dernière étreinte entre deux êtres qui se sont aimés et qui savent qu'il leur faut maintenant se quitter.
C'est en t'imaginant à mes côtés, ta main dans la mienne, ton regard posé sur moi, que je m'échappe enfin de ma prison l'esprit en paix, délivrée de la peur.
Merci pour cette courte vie vécue aux côtés de la tienne, papa. Et ne pleure pas ta fille, car tous les gens de ce royaume sont aussi tes enfants, puisses-tu rendre ceux-là heureux par tes histoires.

Hélène

— Non, non, ce n'est pas possible, murmura-t-il, cette lettre ne prouve rien, Hélène ne peut pas être… Peut-être a-t-elle cru qu'elle allait… mais elle est forcément encore en vie. Grand Kàn ! J'ai reçu des dizaines de lettres d'elle !

Les larmes brouillaient sa vue, roulaient sur ses joues et tachaient le papier jauni de grosses auréoles sombres, mais il parvint tout de même à saisir de nouveau le livret et à en lire la suite :

« Date de la mort : 3e jour, Lune Saint Geralt, année 1290 après Grand Kàn
Cause de la mort : suicide par perforation des veines du poignet, avec la pointe taillée d'un calame, que la prisonnière elle-même avait demandé à des fins d'écriture et de dessins

— Non… Non… Non !

De la main, il tâta la poche de son manteau, en sortit la dernière lettre que le roi lui avait remise en mains propres quelques jours plus tôt et signée du prénom de sa fille.

L'écriture ressemblait à celle d'Hélène, la verve aussi. Mais il avait beau essayer de se convaincre du contraire, il savait maintenant que c'était un faux.

Sa fille était morte cinq ans plus tôt.

Et le roi le lui avait caché.

Il avait payé un scribe pour écrire de fausses lettres afin de donner le change.

Sur ce petit secrétaire en acajou, muni d'échantillons d'écriture et de renseignements précis sur la vie de sa fille, quelqu'un d'autre avait écrit toutes les lettres qu'il avait reçues chaque semaine. Quelqu'un qui s'était fait passer pour sa fille. Quelqu'un qui se faisait passer pour dix autres personnes mortes en captivité, et qui étaient trop précieuses à Sa Majesté pour que leurs proches comprennent qu'elles avaient déjà disparu.

Le scribe.

D'un pas lourd, d'Arterac se dirigea vers la porte au fond de la pièce et tira lentement à lui la poignée. Dans une alcôve ronflait un petit homme au visage rond, couché sur un matelas de paille. Une bouteille de vin presque vide trônait à son chevet.

—Alors c'est toi qui as lu chaque lettre que j'écrivais à Hélène ? murmura-t-il. Et qui as rédigé chaque mot des réponses que je recevais ? Tu dois être un véritable artiste, car c'étaient de belles lettres qui m'ont fait rire et pleurer, et qui ont éclairé chacune des semaines que j'ai vécues depuis cinq ans… Peut-être devrais-je refermer cette porte, rentrer chez moi et attendre de nouvelles lettres en essayant d'oublier que ce n'est pas ma fille qui me répond ? Toi et moi, nous pourrions continuer de nous écrire en faisant revivre un peu Hélène à chaque échange ?

Un instant, il lui vint à l'idée de tendre les mains vers ce cou et de le serrer jusqu'à ce que ces bras se débattent, que ce visage devienne violacé, que ces yeux s'ouvrent et reflètent la panique, la douleur puis la mort.

Au lieu de cela, il referma doucement la porte et, le pas lourd, traversa la salle du scribe pour faire tourner la clef dans la serrure. Les deux Dragons, qui commençaient à enfoncer la porte à coups d'épaule, se précipitèrent dans la salle.

Chapitre 44

L'un des deux soldats saisit d'Arterac par les poignets et cria à travers son casque :

— Pourquoi vous êtes-vous enfermé ? Qu'avez-vous fait à l'intérieur ? Répondez !

— Je... Je devais savoir..., murmura le vieillard d'une voix tremblante, le visage sillonné de larmes.

— Bon, ça va, dit l'autre Dragon en revenant : il n'y a rien de cassé ici et le scribe va bien.

— Fouille-le ! Il a peut-être pris une arme !

L'esprit noyé de chagrin, d'Arterac sentit vaguement que deux mains aux gantelets de fer lui palpaient rudement les côtes et les jambes. Mais c'était comme si cela arrivait à un autre homme. Il n'était plus vraiment ici et maintenant, dans cette forteresse lugubre. Il était perdu dans de lointains souvenirs à des siècles de là, dans les yeux que sa fille posait sur lui quand elle était enfant, confiants et graves.

— Qu'est-ce qu'il a bien pu faire pendant que la porte était fermée ? dit le premier Dragon. Il faut tout de suite l'emmener au capitaine Javols !

— T'es fou ? C'est notre faute s'il est entré là-dedans ! Ils vont nous coller ça sur le dos. On va s'faire renvoyer du régiment !

— Qu'est-ce qui te prend ? Depuis quand un Dragon ment à ses supérieurs ? Toi aussi, je vais signaler ton comportement au capitaine !

Le premier Dragon empoigna brutalement le conteur par le bras et le tira vers la porte. Ce fut dans un brouillard confus que d'Arterac remarqua que la poigne de cet homme se faisait soudain plus molle.

Alors il tourna la tête et il vit l'autre Dragon : il venait d'enfoncer dans le cou de son camarade un poignard au défaut de l'armure.

— Que… Qu'est-ce qui…, bredouilla le conteur. Par les deux visages de Kàn !

Alors que le premier Dragon tombait à genoux, remuait les bras et essayait de parler en glougloutant dans son propre sang, le second l'écarta du pied pour aller jusqu'à la porte, qu'il referma à clef. Puis il récupéra sa lame d'un coup sec et marcha à grands pas jusqu'à l'alcôve du scribe. Il en ouvrit la porte à la volée et, alors que le gros homme s'éveillait en sursaut, plaqua une main sur sa bouche et l'égorgea d'un geste souple et rapide. Le sang éclaboussa son armure pendant que le scribe se débattait, et le Dragon ne le relâcha pas avant que toute vie l'eût quitté. Alors il s'avança jusqu'au conteur qui le regarda sans trembler.

— Allez-y, fit d'Arterac, tuez-moi. Vivant ou mort, quelle différence cela fait-il ?

— Une énorme différence, répondit le soldat.

Il jeta par terre son poignard poissé de sang et, des deux mains, souleva son grand casque à visière en forme de tête de Dragon, découvrant un visage de femme. Elle était grande, maigre, et ses yeux perçants allaient du conteur au cadavre, puis du cadavre à la porte, sans jamais sembler au repos. De petites rides au coin des yeux trahissaient la trentaine passée, peut-être même la quarantaine, et une vie qui ne lui avait pas donné souvent l'occasion de sourire.

— Cala, dit-elle en lui tendant la main.

D'Arterac, stupéfait, baissa les yeux vers cette main recouverte de métal, puis vers cette femme qui venait d'égorger deux personnes en quelques instants.

— Vous n'allez pas me tuer.

C'était une pensée à voix haute. Pas vraiment une question.

— Foutrement pas.

Sa voix avait un timbre grave, qui avait pu passer pour celui d'un homme.

— Vous faites partie de la rébellion ? Depuis combien de temps avez-vous donné le change dans cette armure ?

— Depuis ce matin.

— Vous avez dit « Cala » ? fit soudain d'Arterac après un temps de réaction. Serait-il possible que vous soyez cette femme dont le kerr Owain m'a parlé, qui le surveillait pendant la fuite des panthères après l'incendie de Kiell, et qui se montrait cruelle et insultante envers les kerrs ?

Un voile de tristesse passa dans le regard de la femme.

— Cruelle ? C'est ce qu'il a dit ?

— Non, il a simplement dit que vous l'aviez frappé et menacé de mort. Et que vous sembliez vous acharner tout particulièrement sur lui parce qu'il était kerr de l'Église de Kàn.

Cala ne répondit rien. Elle alla jusqu'au cadavre du scribe et arracha un lambeau de tissu à sa chemise blanche pour essuyer son armure et son poignard.

— Vous connaissez rien à ma vie, conteur. Les hommes comme Owain, doux et généreux, moi j'pensais pas que ça existait avant de le rencontrer. J'regrette de l'avoir maltraité au début. Mais croyez-moi, les kerrs sont pas tous comme lui.

Elle fit quelques pas jusqu'à la porte, secoua la poignée pour éprouver la résistance de la serrure, puis elle renversa le secrétaire en acajou, répandant au sol lettres, encre et plumes, et le poussa jusqu'au battant pour mieux le bloquer.

— Que diable faites-vous ? demanda d'Arterac.

— J'sais pas combien de temps ça va leur prendre avant de s'apercevoir qu'il leur manque deux Dragons et un scribe, mais j'suis à peu près sûre qu'ils vont pas apprécier.

— Cette pièce est sans issue, vous feriez mieux de vous enfuir.

— C'est pas ma mission.

— Et quelle est-elle, par Kàn, votre mission ?

Glissant son poignard dans un étui à sa ceinture, Cala inspecta encore la pièce de son œil inquisiteur et décida de vider une première étagère de tous ses livres afin de l'utiliser pour renforcer les défenses de la porte.

— Vous garder en vie.

— Comme les Dragons qu'on a chargés de ma sécurité ? Tout le monde veut me garder en vie, on dirait…

— J'en ai profité pour vous écouter toute la matinée, vous savez ? Vous et surtout Maura. Elle sait foutrement bien raconter, la gamine. Mieux qu'moi, c'est sûr. Et pourtant, j'en aurais des choses à dire, moi aussi.

Elle renversa des deux mains une seconde étagère, dont les centaines de livres basculèrent au sol avec un grondement sourd, et la traîna à son tour devant la porte pour parfaire sa barricade.

— Je suis navré, mais je ne prends plus de notes, fit tristement d'Arterac. C'est fini, je n'écris plus de légendes. J'ai consacré ma vie à mon art, et pour quel résultat ? Les puissants m'ont utilisé comme un outil, ils ont fait de moi leur jouet.

La peur et le sang avaient momentanément accaparé son attention, mais à présent, la douleur revenait, et avec elle une immense lassitude. Il n'avait plus qu'une envie, c'était de disparaître de ce monde. Sa fille n'était plus. Que lui importait le reste ?

Cala passa la main dans ses cheveux courts et cracha par terre par habitude.

— Parfois on est des outils dans la main de quelqu'un. Et parfois, c'est nous, la main. Vous avez écrit toute votre vie. C'est quoi, qui vous a fait changer d'avis ?

Le conteur, qui tenait toujours la lettre d'adieu d'Hélène, l'agita mollement tandis que les larmes coulaient de nouveau sur ses joues.

— Ma fille…, murmura-t-il finalement.

Il ne dit rien de plus. Sa fille avait été la saveur, la couleur de ce monde, elle avait été tout ce qui l'avait rendu beau et vivant à ses yeux. À présent qu'elle l'avait quitté, l'univers tout entier lui semblait morne et indistinct, dépourvu de chaleur.

— Ah, vous avez une fille ? Moi j'ai jamais eu d'enfant.

— Elle est morte. Je… Je n'ai pas pu la sauver.

— Condoléances, fit Cala en hochant la tête et en faisant jouer les unes contre les autres les plaques de métal qui recouvraient presque intégralement son corps. Cette foutue armure me rend folle, moi j'ai toujours préféré les protections légères.

— La vie de ma fille a été misérable. J'ai été le pire des pères pour elle.

— Pire que quoi ? répondit Cala. Moi j'ai jamais connu mon père. Il a fait les yeux doux à ma mère, il l'a baisée, et il a foutu le camp dès qu'il a su qu'elle était enceinte. Vous devez être un sacré foutu salopard si vous avez été pire que ça. Vous l'avez violée ? Vous lui avez cassé les dents à coups de trique ?

— Grand Kàn, non !

— Alors c'est pas mes oignons, hein, mais j'pense qu'il y a pas mal de gars qui méritent un peu plus que vous le titre de pire des pères.

Cala inspecta la pièce du regard pour la millième fois. Elle avait fracassé les étagères et s'était servie des planches pour mieux bloquer la porte. Aucun homme ne pourrait plus l'enfoncer à coups d'épaule, il aurait maintenant fallu un bélier pour entrer.

— Ma mère valait pas mieux que lui, poursuivit-elle. Elle me filait des torgnoles. À vingt ans, j'me suis laissé attendrir par les beaux yeux d'un gars et j'me suis mariée. Mais quand il a eu besoin d'argent, il m'a revendue sur un marché aux femmes. Des kerrs de monastère se sont cotisés pour m'acheter. Ils cherchaient une domestique, qu'y disaient… Tu parles, c'était surtout mon cul qu'ils voulaient. Et ça a duré des années. La nuit, ils me passaient dessus. Le jour, je nettoyais leur linge et je leur servais à manger.

D'Arterac l'écoutait, horrifié.

— Vous trouvez toujours que votre fille a eu une vie misérable ? fit Cala avec un geste de défi du menton.

— Je… Je suis navré. Je ne sais pas quoi dire, ma dame.

— Un jour, j'ai caché un bout de viande et je l'ai laissé pourrir dans un placard. J'ai patiemment attendu la fête des saints. Et quand ils ont été tous ronds comme une queue de pelle, je leur ai fait boire du vin aux herbes où j'avais laissé macérer le pourri. Un verre chacun, pas de jaloux. J'ai mis tellement d'épices dedans et ils étaient déjà tellement pleins qu'ils ont tout bu sans se rendre compte de rien. Et ensuite, quand ils se sont mis à quatre pattes pour vomir tripes et boyaux, et qu'ils me suppliaient de leur apporter de l'eau ou d'appeler un guérisseur, je les ai égorgés, un par un, en les regardant chacun dans les yeux. Avec ce couteau qui m'avait servi à couper leurs carottes pendant des années. Douze, qu'y z'étaient. Et les douze, ils ont crevé.

Cala marqua une pause, les poings serrés.

— J'ai été condamnée à mort. Par un kerr qui trouvait que mon crime était odieux. Odieux, c'est ce qu'il a dit. Un homme, évidemment. Bizarrement, il a rien dit pour les crimes de ces porcs. Il a fait tout un discours sur la volonté du Grand Kàn, sur la barbarie, la folie meurtrière et animale. Ouais, je m'étais vengée comme un animal, et alors ? C'est comme ça qu'ils m'avaient traitée, pas vrai ? Le procès a duré cinq minutes, sur les bancs du temple, entre deux soldats. J'ai tellement gueulé qu'on m'a cognée pour me faire taire. Le lendemain, je suis allée jusqu'à la potence la tête haute, devant une foule de villageois qui me jetaient de la merde et des caillasses.

Le conteur ne fit pas un geste pour se saisir de ses feuillets blancs. Il jeta un coup d'œil machinal à sa sacoche, à son encrier et sa plume qui l'attendaient comme de vieilles amies, mais il lutta contre la force de l'habitude. Non, il ne prendrait plus de notes.

— L'Grand Kàn voulait pas que je meure ce jour-là, poursuivit Cala. Les panthères avaient entendu parler de mon cas : j'étais la femme qui avait égorgé ses maîtres, la vengeresse, la tueuse de kerrs. Elles ont préparé leur coup dans l'ombre, elles ont encerclé le village et elles ont attaqué par surprise. Cent bonnes femmes, les pieds nus, les joues peintes, qui ont surgi de nulle part comme des furies et qui ont massacré tout le monde : les soldats, le juge, le bourreau et même tous ces sales gueux qui avaient applaudi bien fort. À la fin, y avait toute une jonchée de corps. Un lac de sang, qu'c'était, conteur. J'y ai trempé mes paumes et j'ai ri, j'ai ri ! Et alors j'me suis fait une promesse à moi-même : j'me suis juré d'agrandir ce lac de sang moi aussi, jusqu'à ce qu'il recouvre le monde entier...

Cala renversa la tête en arrière, mais son visage n'exprimait ni le rire, ni la colère, ni le désir de tuer. Il n'exprimait que le dégoût.

— La haine, ça vous permet d'oublier, ça vous grise comme un alcool fort, ça vous fait dire des horreurs et *faire* des horreurs pires encore. Ouais. Mais ça ne vous donne pas une vie. On y étouffe. On s'y retrouve enfermée, piégée comme une bête dans un filet. Et plus on lui donne, à la haine, plus le filet se resserre. J'ai brûlé des temples, j'ai torturé des kerrs, j'ai coupé leurs têtes sur leurs lieux sacrés. Ça m'a pas soulagée. C'est plutôt ça, une vie misérable, conteur, vous croyez pas ? J'suis sûre que votre fille n'a pas vécu ça.

— Je... Non, on ne peut pas dire cela.

— J'me suis quand même sortie du piège. Du filet. De la haine.

— Avec Darran Dahl ?

— J'm'en fous de Darran Dahl. Avec La Beste et Maura, qui me faisaient rire. Avec le kerr Owain, qui était doux comme un soleil avec moi, même si j'l'avais d'abord traité comme un chien. On s'en sort pas seule, vous savez ? Pour un moment passé avec ceux-là, conteur, j'suis prête à aimer ma vie et à la vivre jusqu'au bout.

Cala soupira et, dans un tintement de métal, s'assit sur le tas de livres renversés.

— Moi j'ai pas d'enfant et j'en veux pas. J'ai que mon poignard et mes souvenirs. Mais pour ce que ça compte, votre légende du prince Erik, je l'ai entendue gamine et je l'ai aimée, moi. Et j'aurais aimé l'entendre, votre légende de Darran Dahl. J'suis sûre que le royaume aurait besoin de la connaître et de la vivre jusqu'au bout. Parce que le royaume, il va mal. Ou alors, c'est que vous voulez que rien n'change, c'est ça ? Que des femmes soient encore vendues, violées, battues et ensuite condamnées par des lois ? Qu'elles soient encore enfermées comme vot'fille par le Roi Lumière ?

Ces mots éveillèrent quelque chose dans l'esprit du conteur. Il s'approcha de la cheminée pour relire la dernière lettre de sa fille à la lueur des flammes.

« Et ne pleure pas ta fille, disait Hélène, *car tous les gens de ce royaume sont aussi tes enfants, puisses-tu rendre ceux-là heureux par tes histoires. »*

Les larmes se remirent à couler sur son visage, mais une étrange pensée se forma dans son esprit et, tout en continuant de pleurer, il fut secoué d'un gloussement nerveux.

— Tous les gens de ce royaume ! Tous les gens de ce royaume ! cria-t-il en levant les mains en l'air.

En son for intérieur, il pensait : *Mes armes à moi ne sont pas faites d'acier, Erik de Homgard, elles sont faites d'encre et de mots, mais devant les deux visages de Kàn, je jure que tu en sentiras la morsure cuisante.*

Chapitre 45

Pendant que les quatre Dragons traînaient Maura dans un escalier qui descendait vers les entrailles de Frankand, elle essayait vainement de libérer ses doigts.

Ils vont me torturer.

Ils empruntèrent un couloir sombre et froid, qu'elle traversa comme dans la brume d'un cauchemar. Parfois, elle trébuchait, et les soldats la traînaient en la soulevant par le col.

Puis le capitaine s'arrêta devant une porte entièrement en métal, qui grinça sur ses gonds quand il l'ouvrit.

Quand elle se referma sur Maura et ses geôliers, le claquement résonna longuement dans la semi-obscurité. L'odeur qui imprégnait les lieux était abominable, c'était celle du sang et des viscères. La salle était très grande, haute de plafond, et la lanterne du capitaine Javols n'éclaira d'abord que l'entrée : un carrelage au sol et des murs blancs plantés de clous, où pendaient des scies, des pinces, des marteaux et des tiges de métal.

Le capitaine fit quelques pas en avant et le fond de la salle s'éclaira peu à peu, découvrant plusieurs rangées de corps pendus par les pieds à des chaînes, qui oscillaient encore faiblement. Les premiers étaient des domestiques, deux femmes, deux hommes, reconnaissables à leurs livrées blanches à demi arrachées. À la grande surprise de Maura, plusieurs autres étaient des soldats – des Dragons qui portaient encore des pièces de leurs armures, cuirasses et jambières. Elles jetèrent de pâles éclats dans la pénombre.

Les quatre soldats traînèrent Maura vers le centre de la salle et elle distingua peu à peu les bras tordus et ensanglantés des cadavres. Quand elle vit leurs visages, elle poussa un cri d'horreur : on leur avait crevé les yeux et arraché au scalpel une partie de la peau du cou, laissant visibles par endroits les nœuds de muscles et de nerfs. Leurs bouches ouvertes, leurs traits convulsés, exprimaient une souffrance au-delà des mots.

— Ces gens travaillaient à la Grande Tour de Frankand, lui dit le capitaine Javols. Le roi en a brûlé certains lui-même, il m'a confié les autres.

La Grande Tour de Frankand ! Là où le roi cachait sa propre femme, paix à son âme.

— Je vous présente les domestiques à ma gauche et la garde à ma droite, poursuivit le capitaine. Et notre invité de marque : le commandant Osgarat en personne.

— Le... Le commandant ? s'étrangla l'un des Dragons qui tenaient Maura, ce qui provoqua un regard courroucé de son capitaine.

— Parfaitement. Sa Majesté les a tous reconnus coupables de haute trahison : ils ont laissé des rebelles s'introduire auprès des prisonniers les plus précieux de la Grande Tour de Frankand. Ils sont soit complices, soit rebelles eux-mêmes !

Le roi a cru que c'était eux qui avaient parlé à son épouse. Mais c'était moi ! C'était moi ! Ces femmes et ces hommes ont été torturés par ma faute !

— Le... Le commandant Osgarat a avoué, mon capitaine ? demanda le Dragon.

Le capitaine se tourna vers lui d'un air exaspéré.

— Silence, soldat !

— Oui, mon capitaine.

— Peu importe qu'il ait avoué ou non ! On ne compte plus les traîtres parmi les vieux soldats de la dernière guerre, ces « licorniers » qui ne pensent qu'à comploter et à renverser leur seigneur. Darran Dahl était un licornier ! Est-ce qu'il vous faut une autre preuve ?

Maura ressentit un frisson de terreur à la vue de ces cadavres, et quand on la traîna jusqu'aux chevalets de torture, alignés au fond de la salle, elle céda à la panique.

— Non ! hurla-t-elle. N… Non, je ne veux pas ! Laissez-moi !

C'étaient de grandes tables en bois où l'on allongeait les victimes. On y avait vissé des anneaux en métal, que l'on pouvait ouvrir pour y attacher les poignets et les chevilles d'un prisonnier.

— Je vais vous dévoiler notre programme, ma jolie, fit le capitaine avec un demi-sourire. Nous allons transpercer tes molaires avec une vrille spécialement faite pour cela. Les dents ont ce double avantage : une douleur absolument insupportable, et d'un autre côté, des dégâts relativement peu visibles. Le sujet, après cela, continue d'espérer s'en tirer sans séquelles de nature à ruiner sa vie… Sans espoir, il n'y a pas de torture, n'est-ce pas ?

— Pas mes dents ! Putois, p… pas mes dents !

Elle n'osait déjà plus ouvrir la bouche en grand et, dans un réflexe absurde, tentait de les protéger de ses lèvres.

— Mais tu es sorcière, je crois ? Avant les dents, nous allons donc d'abord briser tes doigts un par un, en les tirant lentement, très lentement vers l'arrière. Tu verras, cela produit un petit claquement, comme celui d'un os de poulet, quand le ligament se déchire. Et puis nous les réduirons en miettes à coups de marteau. Après cela, tu seras comme nous autres : tu n'auras plus le moindre pouvoir…

Il marcha jusqu'au mur et y décrocha une masse en métal si lourde qu'il devait la tenir à deux mains.

— Oh, tu hurleras, bien sûr. Mais rapidement, ta voix ne sera plus qu'un filet éraillé. Nous pourrons alors faire une petite pause bien méritée et boire un verre à ta santé. Eh, vous autres, quelqu'un a pensé à prendre une bouteille de bon vin ?

Maura sanglotait maintenant comme un bébé, comme une enfant qu'elle était encore.

— Pourquoi faites-vous ça... Pourquoi faites-vous ça...

Il se pencha alors vers elle et murmura à son oreille :

— J'adore ces petits moments où les fortes têtes dans ton genre se mettent à supplier. Ils nous insultent et nous crachent dessus dans les couloirs et, tout à coup, une fois franchie cette porte, les voilà doux comme des moutons. Tu es peut-être mindaran, damoiselle, mais tu vois, ça, c'est mon petit pouvoir magique à moi ! Ah, tu le regretteras, ce pauvre amin-guela qui aurait juste fouillé dans ta tête.

— Vous n'avez pas besoin de me faire du mal. Je vous dirai tout ce que je sais !

Elle aurait voulu rire de leurs menaces et supporter la douleur en silence, comme les reines Gottarans des contes de son enfance. Mais la vie n'avait rien d'un conte et la terreur avait submergé sa fierté.

— Bien sûr que tu me diras tout. D'abord, tu mentiras. Ensuite, tu lâcheras des bribes de vérité, peu à peu, juste pour obtenir un répit, un tout petit arrêt dans la souffrance. Tu sais bien que ce sera provisoire, mais tu diras tout ce que tu peux pour un bref soulagement. J'ai vécu cela tellement souvent, si tu savais.

— Darran ! hurla-t-elle d'une voix déchirée. Darran, au secours ! Ne m'abandonne pas !

Elle jeta un regard du côté de la porte : de l'acier, c'était une grande plaque d'acier de deux pouces d'épaisseur.

Même Darran ne pourrait pas l'enfoncer.

— Vois-tu, Sa Majesté nous demande parfois de garder le prisonnier présentable avant son exécution, mais dans ton cas, il n'a rien précisé, comme pour… (Il se tourna vers les corps qui pendaient au plafond.) … comme pour ceux-là. Nous pouvons te violer, te défigurer, te trancher les pieds ou te peler vive comme un fruit mûr. Et sans doute qu'après cela… oh, pauvre petite sorcière… sans doute seras-tu moins jolie ?

Elle ruait, pleurait et tirait sur ses bras pour se dégager pendant que les quatre Dragons la couchaient de force sur la planche.

— Lâchez-moi ! Lâchez-moi !

S'ils me lâchent les doigts ne serait-ce qu'un instant, un seul minuscule instant, je me changerai en animal.

Lutter contre ces cinq hommes en armure.

Tuer Javols avant tous les autres.

Puis mourir vite.

Tout le long du trajet, les Dragons lui avaient écrasé les doigts dans leurs gantelets de fer, mais ils allaient devoir lui tenir les chevilles et les poignets pour les enfiler dans les anneaux. Ils seraient donc forcés de la relâcher un bref instant. C'était le moment, le *seul* moment où elle pourrait utiliser sa magie.

— Grand Kàn, pria-t-elle dans un murmure. Grand Kàn tout-puissant, je vous en supplie. Par les dieux et les hommes, par vos deux visages bénis, par les…

Les hommes lui lâchèrent enfin les doigts. Elle sentit le picotement de la magie le long de ses mains.

Maintenant ! Vite !

Mais au moment où son corps était prêt à se laisser traverser par la magie, Javols la frappa au ventre et une vague de souffrance la plia en deux. Elle en eut le souffle coupé. Un goût de bile lui remonta dans la gorge.

— Entravez-lui les mains ! fit le capitaine.

Le coup avait fait voler en éclats toute sa concentration. Les Dragons enserrèrent ses mains dans des bandelettes de tissu. Ils serrèrent si fort que ses articulations craquèrent et elle en eut les larmes aux yeux.

Ils vont me briser les doigts, pensa-t-elle, *ils vont les briser et je ne me changerai plus jamais en animal !*

— Bien, fit le capitaine en posant sur la prisonnière un regard satisfait. Te voilà prête, nous allons pouvoir commencer.

Il s'approcha, le sourire aux lèvres, et elle étouffa en elle les pleurs, les suppliques et la panique. Elle avait eu un moment de faiblesse. Mais désormais, elle serait une statue.

Son corps serait peut-être détruit, ses os brisés, sa peau arrachée. Mais son esprit, lui, demeurerait intact, elle s'en fit le serment. Il s'échapperait loin de ce cachot glacial, il irait galoper dans les collines de son enfance, au soleil de Kenmare, dans les souvenirs heureux que personne ne pourrait lui voler.

J'ai eu une belle vie.

Je me suis battue. J'ai aimé.

Jamais tu ne pourras briser cela.

Écartant une partie des bandelettes qui tenaient prisonniers les doigts de Maura, le capitaine dégagea son auriculaire. Il empoigna ce petit doigt fragile, qu'il tira en arrière, très lentement. Le sourire du capitaine s'élargit, mais à sa grande déception, Maura ne montra cette fois aucun signe d'émotion – si ce n'était la respiration qui soulevait de plus en plus vite sa poitrine. Quand les ligaments commencèrent à se déchirer, la souffrance la submergea, sa bouche s'ouvrit malgré elle sur un gémissement qu'elle étouffa le plus possible, jusqu'au craquement final. Alors elle hurla.

Chapitre 46

— Eh bien, petite demoiselle, fit le capitaine Javols, que sais-tu de Darran Dahl ?

— C'est… C'est drôle, que vous me demandiez ça…, articula-t-elle avec difficulté, faisant tous les efforts pour rire au nez de cet homme, mais ne parvenant qu'à un halètement rauque. Ça fait des jours que j'essaie de répondre à cette foutue putois de question… Ce que je sais de Darran ? Vous n'avez qu'à le demander à votre conteur !

— Tu as tort de le prendre sur ce ton. Je ne te demande pas de parler du passé. Je veux tout savoir sur Darran Dahl, ici et aujourd'hui.

Ils savent qu'il est vivant ? se demanda-t-elle avec une terrible angoisse.

— Darran est mort !

Le capitaine haussa les épaules.

— Bien sûr. Mais c'est un deimonaran puissant et il est revenu à la vie sous la forme d'un dragon rouge. Ce que nous attendons de toi, c'est de savoir comment le vaincre ou le faire fuir. N'es-tu pas la personne qui le connaît le mieux ? Et celle qui connaît le mieux les animaux ?

Les mots du capitaine tintèrent dans la tête de Maura comme une musique dépourvue de sens ; il lui fallut fournir un puissant effort de concentration pour enfin comprendre ce qu'il lui avait dit.

— Vous avez dit… sous la forme d'un dragon rouge ?

Malgré la douleur et le désespoir, le rire la prit par surprise. Un rire tonitruant, qui explosa et se répercuta sur ces murs qui n'avaient guère entendu de semblable son au cours des derniers siècles de leur existence.

— Un dragon rouge ! répéta-t-elle, les larmes aux yeux, incapable de retrouver son calme. C'est le Roi Lampion qui vous a dit ça ? Quel couillon à deux sous, celui-là !

— Peut-on savoir ce qui est drôle à ce point ? demanda le capitaine d'un air pincé.

Elle lui jeta un regard hilare.

— Je vous conseille de l'attaquer de front, ce dragon… Ouais, tous vos soldats disponibles. Le plus possible en même temps, avec des haches et des épées. Et en avant les cadavres !

L'annulaire craqua à son tour et la dernière réplique de Maura s'acheva dans un nouveau hurlement.

— Bien, fit le capitaine. Visiblement, je n'ai pas été assez clair. Je vais donc répéter ma question : que sais-tu de Darran Dahl ?

— Je… Je vais tout vous dire, murmura Maura.

Il s'approcha de son visage, satisfait.

— Darran Dahl est… Il est…

— Je t'écoute. Il est… quoi ?

— Il est mon *père* ! hurla-t-elle.

Et elle lui cracha au visage.

— Il viendra te chercher et il te montrera quel minable petit salopard tu es ! Tu ne seras même pas capable de tirer ta foutue épée qu'il t'aura déjà ouvert le ventre !

— Darran Dahl est ton père ? Intéressant. Dans ce cas, siffla le capitaine, je te garderai en vie. Défigurée, démembrée, tous les os de ton corps brisés. Et quand il viendra pour toi – si jamais il vient –, je verrai son regard de père s'éteindre en découvrant ce que j'ai fait de toi.

Un léger grincement l'interrompit : c'était l'un des corps suspendus à des chaînes qui venait de remuer légèrement – le plus grand et le plus massif de tous, celui du commandant Osgarat.

Javols se tourna vers ses hommes :

— Ne touchez pas aux cadavres, bande d'idiots !

— Mais, protesta l'un des Dragons, personne ne les a touchés.

Soudain, la pièce s'emplit d'un beuglement de bête blessée si puissant que tous les soldats sursautèrent. Pendu la tête en bas à une chaîne de fer, l'ancien commandant sembla brusquement renaître à la vie tel Kàn surgissant des enfers. De ses deux énormes mains, il saisit à la poitrine l'un des Dragons, qu'il souleva en l'air avec une force colossale.

— Grand Kàn-aux-deux-visages…, murmura Javols, livide.

Le soldat poussa un glapissement aigu pendant que, toujours suspendu à l'envers, Osgarat saisissait la garde de son épée directement dans son fourreau et la tirait d'un coup sec. Puis il jeta le Dragon au sol d'un mouvement tournoyant qui l'envoya retomber la tête sur le carrelage, assommé sous le choc. Osgarat arqua alors son corps tout entier et frappa du tranchant de l'épée sur sa chaîne. Il y eut une étincelle bleutée, un tintement aigu de métal, et le colosse se réceptionna lourdement sur ses pieds, faisant trembler les instruments de mort pendus aux murs.

Il se redressa lentement, des moignons de chaîne encore accrochés à ses pieds nus, la peau du visage à moitié écorchée vive. Ses yeux crevés pleuraient un mélange de caillots bruns et de glaires blanchâtres. Il vacillait sous l'effet du reflux du sang dans son corps trop longtemps resté la tête en bas. On aurait dit l'une de ces créatures à demi vivantes et à demi mortes des contes de village, qui hantent la lande et dévorent les voyageurs.

Les Dragons, abasourdis, ne firent pas un geste contre leur ancien maître jusqu'à ce que Javols aboie des ordres :

— Achevez-le, bande d'idiots ! Il est aveugle et il tient à peine sur ses pieds, par Kàn !

Le commandant Osgarat portait encore sa cuirasse et ses jambières. Sur son chevalet de torture, sans doute pour gagner du temps, on n'avait dénudé que ses bras, sa tête et ses pieds. Et la petite marque noire des guerriers-nés s'affichait encore nettement au-dessus de la pliure du coude, sous la peau vieillie et le saillant de ses muscles.

Mindaran.

Mais les Dragons étaient eux aussi des combattants exceptionnels – presque tous des guerriers-nés, selon la légende. Deux d'entre eux tirèrent leurs épées et s'élancèrent à l'assaut pendant que le dernier hésitait encore à affronter son ancien commandant. Osgarat tendit l'oreille, à l'écoute du pas et du souffle de ses ennemis. Quand le premier tenta de lui trancher la tête, il pivota sur lui-même dans un mouvement stupéfiant de vitesse et de précision, évitant le coup. Son bras libre heurta l'épaule de son adversaire : au toucher, il estima la posture de son ennemi. Alors la pointe de son épée sembla jaillir de nulle part et se ficha dans la jointure entre le heaume et le gorgerin, protégée à cet endroit très précis par une lamelle plus fine. Il y enfonça sa lame de toutes ses forces avec un rugissement de fauve. Le fer traversa l'armure et le cou dans un crissement métallique, le Dragon poussa un cri noyé dans le sang, et un flot rouge s'échappa de sa gorge par toutes les fentes de son armure. Son arme tinta sur le carrelage et ses mains dans leurs gantelets d'acier tentèrent vainement de se porter à son cou quand il s'écroula.

— Je t'avais dit de travailler ta garde basse, Wiesel…, murmura le commandant d'une voix d'outre-tombe.

Osgarat ne voyait plus : il écoutait, il calculait. Son expérience du combat et sa magie de mindaran lui tenaient lieu de vision.

Le second Dragon frappa à son tour et le commandant Osgarat s'était trop exposé pour éviter ce coup. Il n'essaya même pas : anticipant l'attaque, il tourna sur lui-même, et la lame, au lieu de trancher son bras découvert, heurta violemment le haut de sa cuirasse où elle rebondit sans dommage.

Son adversaire tenta par trois fois de l'embrocher, mais Osgarat exécuta une série de bonds et d'esquives, soufflant bruyamment, gueulant, jouant de sa voix comme d'une arme pour surprendre ou étourdir l'ennemi. Ce corps mutilé, massif et lourd comme un ours, se déplaçait avec une fluidité surnaturelle.

— Javols ! hurla-t-il en postillonnant des gouttelettes de sang. Où qu'tu te caches, soldat de carnaval ? Tu laisses mes propres hommes se faire tuer pour toi ?

Le capitaine, effaré par la tournure des événements, saisit par le bras le troisième soldat, celui qui n'avait pas encore osé affronter son commandant, et lui ordonna de lui donner son casque pour s'en protéger. L'homme s'exécuta en tremblant. Mais Osgarat esquiva le Dragon qui lui faisait encore face, il se fendit vers l'homme désormais sans casque et enfonça la pointe de fer dans son crâne, qu'elle perfora de part en part.

Le dernier Dragon valide voulut venger son camarade en frappant violemment Osgarat dans le dos : la cuirasse ne se rompit pas, mais le commandant tomba à genoux sous le choc. Le jeune homme s'avança encore d'un pas et leva son épée au-dessus de la tête nue de son ennemi.

Il hésita le temps d'un battement de cœur.

— Pardon, mon commandant, murmura-t-il.

C'était plus qu'il n'en fallait pour Osgarat : toujours à genoux, il frappa dans les jambes avec une telle force que son épée se brisa contre l'armure. Le Dragon, fauché par la violence du choc, retomba sur le carrelage dans un fracas de métal, sonné sur le coup. Osgarat fut sur lui en un clin d'œil, tâtonna de la main sur son casque, releva la visière et enfonça son moignon de lame dans le visage découvert. Le Dragon ne fit pas un bruit en mourant, il n'eut qu'un dernier soubresaut au moment où la vie le quittait.

— Faut jamais hésiter, mon petit Janks. Je te l'ai dit cent fois. En combat, hésiter, c'est mourir…

Sa grosse voix sourde tremblait de sanglots.

L'épée du capitaine Javols le perfora par le haut. La pointe s'enfonça d'un empan dans la chair de l'épaule et jusque dans la poitrine, déchirant les muscles, crevant le poumon. Un coup mortel, là où le commandant ne portait plus d'armure. Osgarat souffla du sang, mais il ne s'écroula toujours pas.

— Combien de fois faudra-t-il donc vous tuer ? grommela Javols, son beau visage déformé par la rage.

Osgarat lui agrippa soudain le bras. Le capitaine, paniqué, essaya de reculer pour dégager son épée, mais le vieil homme était un colosse dont la force surpassait la sienne. Il se leva en poussant un gémissement sourd, les dents et le menton dégoulinants de rouge. De sa main libre, il donna un coup de poing dans le casque que le capitaine n'avait pas eu le temps de bien ajuster, et qui sauta en l'air avant de tinter sur le carrelage loin en arrière. Les deux hommes restèrent un bref instant face à face, l'un livide, l'autre écarlate. Javols, le bras droit toujours pris, frappa Osgarat au visage de son poing gauche ganté de fer, mais le vieux soldat sembla à peine remarquer le coup.

D'une poussée formidable, il renversa Javols tandis qu'il lui bloquait la jambe de son pied : le capitaine chuta en arrière et sa tête nue s'enfonça dans l'angle de la table de torture avec un craquement humide, laissant échapper un peu de matière blanchâtre.

Il ne se releva pas.

Alors Osgarat, l'épée de Javols toujours plantée de biais dans l'épaule, tâtonna à la recherche de la table, la trouva et, dégoulinant de sang, y prit appui en soufflant comme un bœuf.

— T'as dit que… que t'étais la fille de Darran Dahl ? Est-ce que c'est vrai ? murmura-t-il en agitant la tête, comme s'il cherchait à voir Maura bien qu'on lui ait ôté la vue.

— Oui, répondit Maura. Vous l'avez connu ?

De sa main nue, Osgarat trouva la jambe de Maura puis son bras. Il toussa violemment, éclaboussant la prisonnière de gouttelettes de sang, puis, les doigts tremblants, libéra le crochet qui maintenait l'un des anneaux fermé.

Maura dégagea aussitôt sa main. Ses deux doigts brisés lui faisaient horriblement mal, mais elle réussit à se débarrasser de ses bandelettes avec ses dents. Alors elle ouvrit elle-même les trois anneaux restants et se redressa sur les coudes.

— Est-ce qu'il est… encore vivant ? murmura encore le vieil homme.

— Oui, répéta Maura dans un souffle.

Le visage aveugle d'Osgarat, crispé par la douleur, s'éclaira d'un immense sourire.

— Alors dis-lui que je regrette c'qui s'est passé… Que… Que j'aurais dû le croire, j'aurais dû l'écouter…

Oh, par Kàn, j'aurais dû… C'était le prince qui était devenu fou. C'était pas Darran.

Il s'écroula sur les genoux, la tête au niveau du corps de Maura, les deux mains agrippées à la table.

— Dis-lui que… j'pensais pas ce que j'ai dit… Tu lui diras ça, hein ?

Maura lui prit la main et la serra fort.

— Et surtout, dis-lui… Dis-lui que j'suis *fier* de lui. Ouais, j'suis fier…

Un dernier sourire flotta encore sur son visage. Ce fut ainsi que la mort le surprit.

La jeune fille passa la main sur son front gluant de sang et murmura :

— Je lui dirai tout cela, guerrier.

Chapitre 47

Dans la petite salle du scribe, sur le sol couvert de livres et d'encre, le conteur s'était assis en tailleur. À la lueur déclinante du feu dans la cheminée, il avait étalé devant lui les feuillets de ses travaux, rédigeant fiévreusement les nouveaux chapitres de sa légende à partir des notes prises le matin même. Il semblait avoir retrouvé une nouvelle vigueur, un enthousiasme passionné, barrant une phrase, en recopiant une autre, poussant de petits grognements quand un mot ne lui convenait pas et des cris de joie quand il était particulièrement satisfait d'une tournure.

Cala s'était assise le dos contre le secrétaire renversé devant la porte et, d'un geste répétitif, presque obsessionnel, frottait la lame de son poignard contre une petite pierre à aiguiser.

— Ça avance ? demanda-t-elle.

Le conteur releva brusquement la tête, ses petites lunettes glissèrent de son nez et tombèrent sur ses papiers.

— Oui, oui… mais il me manque encore tant de matière. Je n'aurai jamais fini avant demain matin.

— Vous croyez vraiment qu'on vous laissera la lire demain, vu ce qui s'est passé ici ?

Le conteur bougonna en retrouvant ses lunettes.

— Vous avez raison, ça n'arrivera pas. Sa Majesté ne me laisserait probablement jamais me rendre dans la chapelle de son palais pour m'adresser aux pierres-de-paroles. Mais si j'arrive à le terminer avant de mourir, mon ouvrage sera peut-être retrouvé plus tard et lu dans le royaume. Quel autre choix me reste-t-il ? Si j'étais un guerrier, j'ouvrirais cette porte et je me battrais contre les Dragons de cette forteresse ! Mais je suis conteur. Alors, je conte.

Il se remit à écrire, puis s'interrompit brusquement :

— Comment avez-vous pu vous faire passer pour un Dragon ?

— On a peut-être perdu la bataille de Homgard, mais pas mal de Dragons ont été tués. On a pu cacher quelques corps, voler leurs armures. Quoi, vous croyez qu'une femme ne peut pas rentrer dans une armure d'homme ? Y a pas de différence.

— Et comment avez-vous fait avec vos… avec les…

— Avec les nichons ? Ça rentre, j'vous dis. L'important, c'est surtout d'être assez grande pour une armure d'homme et d'avoir une voix grave. Après, au combat, j'dis pas, les hommes bien entraînés ont presque toujours plus de force physique que les femmes, mais ils sont pas invulnérables.

Le conteur écrivit encore quelques lignes, puis il releva de nouveau la tête.

— Y en a-t-il d'autres ? Des rebelles : y en a-t-il d'autres dans la forteresse ?

Cala s'arrêta un instant de frotter sa lame contre sa pierre.

— Je serais sacrément stupide si j'étais v'nue ici toute seule. Croyez pas ? La princesse va libérer du monde. Ceux dont elle a besoin pour gagner la guerre. Et elle va repartir. Ça se fera en douceur, sans que personne remarque rien – sauf les couillons qui se feront trancher la gorge, mais ceux-là auront la politesse de pas faire de bruit.

— Elle va donc choisir quelques personnes à libérer et laisser les autres se faire exécuter ? s'étonna d'Arterac.

— On est en guerre, conteur.

— Quelque chose me dit qu'il y aura peu d'hommes parmi ces heureuses âmes qu'elle sauvera.

— Et alors ? Des hommes, y en a pas beaucoup dans toute la rébellion, de toute façon. Mais si c'est pour votre trogne que vous vous faites du souci, j'peux vous rassurer tout de suite : vous faites partie de ceux qu'elle récupérera.

Le conteur eut un petit rire sans joie.

— « Récupérera », le mot est bien choisi… Elle ne sera pas la première à essayer.

Il soupira et relut ses dernières notes.

— Qu'attendons-nous ici, au juste ?

— Soit la princesse, soit les Dragons : c'est selon qui nous trouvera en premier. Normalement, j'devais juste vous protéger jusqu'au moment où la princesse serait là avec ses panthères, et puis zigouiller l'autre soldat par surprise. Mais j'ai dû prendre un peu d'avance, sans quoi ce couillon de Dragon vous aurait livré à son capitaine pour trahison. Alors on attend, maintenant. Y a que ça à faire.

— Bien, dans ce cas, dame Cala…

— J'suis qu'une fille, vous savez. Pas une dame.

— Pour moi, toutes les femmes sont des dames, et tous les hommes des messires.

— J'aimerais bien vivre dans votre tête, ça doit être plus beau que dans la mienne.

— Dame Cala, puisque nous devons attendre ici, ne pourriez-vous pas m'aider à combler quelques-uns des trous qu'il reste dans le récit de Maura ? Elle s'était arrêtée à l'explosion d'une partie du château de Long-Ba. Il y restait cependant une garnison. Et surtout, trois cents mercenaires bloquaient toute tentative de fuite par la plaine.

Cala frotta de nouveau la lame de sa miséricorde sur la pierre d'un geste machinal.

— Vous voulez m'interroger ? Moi ? fit-elle avec un sourire. J'suis pas importante, vous savez. J'suis pas princesse comme dame Véra ou mindaran comme La Beste.

— Vous vous sous-estimez, m'a dame. Vous êtes un témoin précieux. Et plus les témoins sont nombreux, plus justes sont les faits. Alors, dame Cala, ces mercenaires !

Elle haussa les épaules.

— Comme vous voudrez.

Pendant un moment, elle resta perdue dans ses pensées, puis elle dit tout à coup :

— Vous savez, conteur, y a une partie de la guerre qui se passe sur le champ de bataille. Le sang, les tripes, le compte des morts et des blessés, le terrain conquis ou perdu… C'est la partie qui se voit. Mais la partie la plus importante, elle s'passe dans la tête. Ces trois cents mercenaires – ou deux cents, ils étaient pas si nombreux –, ils auraient pu nous bloquer la voie et peut-être même nous tailler en pièces. Mais après avoir vu le château sauter en l'air et retomber en petits morceaux avec la magie des sorcières, il s'est passé quelque chose de nouveau dans leur tête : ils ont arrêté de nous voir comme des perdants. J'suis pas en train de vous dire que c'était des lâches qui ont eu peur de nous. Nan. Mais ils ont juste… commencé à s'dire qu'on avait une *chance* de gagner.

Elle planta son poignard dans l'acajou du secrétaire renversé pour retrouver l'usage de ses deux mains.

— Imaginez un bateau en pleine mer. Le pont penche parce qu'un abruti de marin, appelons-le Messire-le-Destin, a entassé tous les tonneaux du même côté. Si vous ajoutez un tonneau sur le pont, il va rouler avec les autres et faire encore plus pencher le bateau, pas vrai ?

Et v'là que tout à coup, une grosse vague fait tanguer tout le navire, et tout le paquet de tonneaux se retrouve de l'autre côté. Si j'ajoute un nouveau tonneau, il va aller où, hein ? Il va toujours rouler du côté où ça penche, mais cette fois ce sera dans l'autre sens. Ben c'est un peu ce qui s'est passé : l'explosion du château par les balistes des sorcières, ça a été comme une grosse vague qui a fait pencher le bateau de notre côté. Et les mercenaires, ça a été comme le tonneau en plus lâché sur le pont.

— Que voulez-vous dire ? Les mercenaires ont trahi leurs engagements ? Ils ont rejoint la rébellion ? C'est contraire à la chanson de Long-Ba, ne me dites pas que vous ne la connaissez pas !

« La muraille, en grondant, disparut dans les flammes,
Et les hommes dans la plaine, tremblants et terrifiés,
Déposèrent les armes, priant d'être épargnés »

Cala eut un sourire amusé.

— Alendro a un vrai don pour le spectacle, pour ça d'accord. Mais entre nous, ses rimes, c'est de la merde, non ? En tout cas, faut pas trop vous fier aux chansons, conteur : les trois quarts, c'est lui qui les a écrites et il a toujours eu de p'tits arrangements avec la vérité.

— Alors racontez-la-moi, cette vérité !

— Pour commencer : vous savez qui c'était, ces mercenaires ?

D'Arterac secoua la tête.

— Le Baron de Fer avait chargé un de ses hommes de recruter deux compagnies, fit Cala. La première faisait à peu près soixante bonshommes, elle s'appelait « les Corbeaux », je crois. C'était un ramassis de couilles molles habituées à bastonner des mauvais payeurs, à escorter des voyageurs ou à surveiller des entrepôts. Ils avaient jamais vu une vraie bataille de leur vie, ils s'connaissaient pas entre eux et ils s'étaient juste regroupés pour ce contrat. La seconde était la plus grosse des deux : elle faisait cent cinquante têtes et elle s'appelait « les Sanglants ». C'étaient des vétérans qui revenaient des guerres contre les barbares du désert. Et les trois quarts de ses membres étaient d'anciens soldats de la Princesse Sanglante.

— Des soldats reconvertis dans le mercenariat après la guerre ? Classique. Alors ils ont pris fait et cause pour sa fille Véra, c'est ça, en souvenir de sa mère pour qui ils avaient combattu autrefois ?

— Vous êtes malade ? Pourquoi un mercenaire ferait une chose pareille ? La guerre des Princes était bien loin et la Princesse Sanglante était détestée de ses propres troupes, alors personne aurait fait ça... Arrêtez de m'interrompre, vous allez comprendre.

Il faut vous dire que même après que les sorcières ont explosé le château à coups de balistes enchantées, on était encore dans la merdasse jusqu'aux yeux : d'accord, un bout de muraille avait sauté en l'air en tuant quelques gars, mais les défenses près de la porte avaient tenu bon et le château avait encore la plus grande partie de ses soldats. Pour nous, un assaut frontal aurait sûrement été suicidaire. Alors on était toujours coincées dans la barbacane, avec le château d'un côté et les mercenaires de l'autre : on était prisonnières. Et une deuxième armée ennemie allait arriver d'ici une journée ou deux. Évidemment, tout le monde attendait que les sorcières enchantent une seconde salve de flèches de balistes, mais apparemment, elles étaient pas pressées de refaire leur petit exploit et, en fait, personne ne pouvait dire si oui ou non, elles en étaient vraiment capables...

Et là-dessus, côté mercenaires, voilà que trois plantons se mettent à agiter un drapeau à deux visages : ils veulent parlementer. En soi, c'était plutôt une bonne nouvelle, parce que les deux autres options, c'était soit qu'ils nous affament, soit qu'ils nous massacrent. Alors, parlementer, on n'était pas contre.

Sauf qu'il n'y avait ni Darran ni la princesse pour les recevoir : Darran était devant la porte du château et la princesse était en reconnaissance, en train d'escalader les rochers jusqu'à la brèche. On aurait pu les rappeler et attendre, mais y avait un risque pour que les mercenaires changent d'avis si on les faisait mariner. Alors c'est Maura et La Beste qui ont pris les choses en main. Et moi aussi, parce qu'ils étaient trois en face et que je me trouvais là, alors La Beste m'a fait signe de la suivre : j'étais une combattante fiable et y en avait pas tant que ça de disponibles. On a un peu levé la herse, juste pour passer dessous, et La Beste a commencé à gueuler à ceux d'en face qu'on allait les attendre sur le pont-levis.

C'était un bon terrain neutre : on pouvait facilement les truffer de flèches de balistes, et eux, ils pouvaient nous plomber à l'arbalète. Il y avait le vide sous nos pas, qui empêchait de se cacher ou de s'enfuir, et le foutu bruit du torrent qui faisait que personne d'autre que nous n'entendrait rien. Alors ils ont accepté.

Ils étaient trois, comme j'ai dit. Le premier, c'était un vieux connard de la noblesse du genre qui pète dans des culottes de soie pendant que des larbins lavent son linge, essuient la merde de ses fesses et sucent sa bite. Cette crevure se croyait supérieure à nous comme si elle planait à plusieurs lieues au-dessus, vous voyez c'que j'veux dire. Quand il nous parlait, c'était de haut, de loin, comme si c'était contagieux d'être roturier. C'était lui qui avait recruté et payé les mercenaires – ça devait être un oncle du Baron de Fer, j'me souviens plus de son nom, on va l'appeler « Cul-de-soie ». Le deuxième, c'était un gars très grand avec une dent en or, sourire conquérant, cuirasse de seconde main et au moins cinq épées qui lui battaient les flancs sans fourreau. Il devait penser que ça le rendait féroce, ce corniaud-là. C'était le chef de la compagnie des Corbeaux, il a dit qu'il s'appelait « le Tranchoir ».

Le troisième parlait pour les Sanglants, l'autre compagnie de mercenaires. Enfin, quand je dis « parlait », je me comprends : ce troisième-là ne disait rien. Ça regardait dans les coins, ça calculait déjà les lignes de fuite, les trajectoires des armes de jet… Un vrai regard de serpent. Petit, mince, la bouche tordue par une ligne de points de suture, çui-là portait un casque, une cotte de mailles un peu vieille mais bien entretenue, et une petite masse d'armes qui semblait ridicule à côté des cinq épées de l'autre grande brute. J'ai tout de suite vu que c'était çui-là, le plus coriace des trois. Ce que j'ai pas vu, par contre, c'est que c'était… Ah, mais j'vous le dirai plus tard. Il a pas dit son nom.

Là-dessus, Cul-de-soie se met à parler à La Beste et Maura :

— Je croyais que nous traiterions directement avec Sa Gracieuseté la princesse Véra de Homgard. Devons-nous vraiment croire que vous parlez toutes deux au nom de votre troupe ? Une enfant et une… une étrangère à la peau noire.

La Beste a pointé le ravin du doigt, sous nos pieds.

— Tu peux toujours parler aux poissons, si tu préfères.

Cul-de-soie a poussé un soupir.

— Soit, parlons donc. Cela ne change guère votre situation : vous êtes prises au piège et vous le savez. Le Baron de Fer est à moins d'une journée de marche et d'autres troupes sont en route. De votre côté, vous ne pouvez compter sur aucun renfort.

Le Tranchoir a ricané et il a dit avec une voix bizarrement trop aiguë pour son grand corps :

— Moi et mes hommes, on va vous faire tomber sur le cul d'une pichenette. Après ça, on va vous soulever les jupons et vous réapprendre à être de gentilles bonnes femmes.

— Essaie un peu, grand couillon, a répliqué La Beste en rigolant deux fois plus fort. Moi et mes balistes, on t'offrira une deuxième bite dans le dos, en bois, avec une pointe de fer, et bieeeeeen plus grande que la tienne.

Le sourire sur le visage du Tranchoir a disparu, remplacé par la rage. Ce gars ne savait même pas contrôler sa colère.

— Répète un peu, pour voir, sale putain ?

— Il suffit ! a crié sèchement Cul-de-soie en frappant du plat de la main sur le bras du Tranchoir, comme il aurait fait avec un cheval à mater. J'ai une proposition à vous faire, manantes : livrez-nous le rebelle Darran Dahl et la princesse Véra et je vous donne ma parole de gentilhomme que vous aurez toutes la vie sauve. Je vous fais cette offre généreuse, car je ne souhaite pas faire couler inutilement le sang de faibles femmes.

— Généreuse ? a couiné la petite Maura. Vous voulez nous revendre sur vos marchés aux esclaves, oui !

— Bien entendu, petite damoiselle, a concédé Cul-de-soie en pinçant les lèvres. Nous avons engagé des frais. Tu peux bien comprendre cela, je suppose, même à ton âge.

Ça a mis la petite dans une rage folle, d'être traitée comme une gamine.

— Et si on vous envoyait plutôt une salve de nos balistes enchantées ? qu'elle a crié. Et si on effaçait votre sourire dans une bonne grosse tempête de flammes ? Ça les rembourserait assez, vos putois de frais, ou il faudrait encore vous faire exploser le crâne à coups de masse d'armes pour faire bon poids ?

— Tu nous baratines, gamine ! a fait le Tranchoir. Tes balistes du diable, tu crois qu'elles nous font peur ? D'accord, vous avez démoli le château avec votre magie. Mais c'était un coup de chance : si vous en aviez encore dans le ventre, vous l'auriez déjà utilisée.

— Nan, a répondu La Beste en crachant un glaviot dans le torrent trente pas plus bas. C'est juste que pour notre prochain tir, on hésite encore entre faire sauter votre camp ou raser le reste du château.

C'était pas bête de la part de La Beste. Les balistes des sorcières étaient notre seul avantage dans la négociation. En fait, c'était sûrement la seule raison pour laquelle il y *avait* une négociation. Et tant qu'ils se demandaient si on pouvait recommencer l'exploit, il nous restait un atout à jouer.

C'est là que le troisième gars s'est manifesté. Il n'a pas ouvert la bouche, non. Il m'a discrètement fait signe de m'approcher de lui, pendant que les autres s'échangeaient joliment des insultes.

On s'est un peu écartés. Oh, pas bien loin, juste un pas ou deux, mais avec le bruit du torrent, ça suffisait à couvrir nos voix.

— Comment vous avez fait ça ? a-t-il demandé en pointant le menton vers le pan de muraille éventré loin au-dessus de nous.

— Sorcières. Magie.

Il a hoché la tête.

— Première fois que je vois ça. Avec dix de ces engins, j'en aurais gagné, des guerres.

— Pourquoi tu veux me parler ? Qu'est-ce que t'as à dire ?

La tête un peu penchée, il a eu l'air de me jauger. Ma force. Ma détermination. Je ne sais pas ce qu'il a vu, mais il a fini par répondre.

— Je veux la moitié de tout l'or qu'on trouvera dans ce château, pour commencer. Le droit de changer mon nom. D'afficher mon visage. Et d'exercer mon métier.

Je n'ai pas compris.

— Donnez-moi tout ça et je les tue tous les deux.

En pointant du pouce le camp des mercenaires derrière lui, il a ajouté :

— Je vous débarrasse aussi de tous les autres Corbeaux.

— Tu… Tu trahirais ton employeur ?

— Le vieux en bas de soie ? C'est un connard. Il a violé une de mes filles.

Je jure que je n'avais toujours pas compris ce qu'il voulait dire avant qu'il n'ajoute :

— Ça fait dix ans que moi et mes femmes, on se fait passer pour des hommes pour trouver du travail et que nos employeurs font semblant de ne rien voir. On en a marre de porter de faux noms. On en a marre d'être payées deux fois moins que des étrons comme le Tranchoir, pour que des hommes riches fassent comme s'ils ne voyaient pas nos seins sous nos cottes de mailles.

La voix m'a manqué. Ma bouche s'est ouverte en grand, je crois que j'ai eu l'air stupide. À côté de nous, les négociations semblaient s'enliser et le silence avait suivi les cris et les menaces.

— Un mot. Dis-moi un seul mot, a-t-elle dit.

— Ton nom : tu pourras le retrouver.

Elle m'a tendu la main :

— Je m'appelle Bodicée, et putain, ça fait du bien de ne plus dire « Bodic ».

Les bras en l'air, elle a gueulé vers le ciel :

— Bodicée ! Je m'appelle Bodicée !

Chapitre 48

— Des femmes ? murmura d'Arterac. Le Baron de Fer avait recruté une troupe de femmes pour combattre les panthères de la princesse ?

— Ça n'a rien d'étonnant : j'vous avais dit que la compagnie des Sanglants était composée d'anciens soldats de l'armée de la Princesse Sanglante. Y avait un bon tiers de femmes dans cette armée. Sauf qu'après sa victoire, le roi a fait voter ses foutues lois contre les femmes et elles se sont retrouvées interdites dans tous les métiers de guerre. Alors elles ont fait quoi, à votre avis ? Elles ont pris des noms d'hommes et elles ont vendu leurs services comme mercenaires. Leurs employeurs faisaient semblant de ne pas s'en rendre compte.

— Alors elles vous ont rejointes juste parce que c'était des femmes ?

Cala secoua la tête.

— Non. Plutôt parce que le Roi Lumière lui-même les a poussées dans notre camp avec ses lois stupides.

Elle eut un petit rire.

— Bodicée a fait péter le crâne de « Cul-de-soie » comme un melon bien mûr, d'un coup surprise de sa masse d'armes en plein visage. Le Tranchoir a poussé un hurlement et il a essayé de saisir la poignée d'une de ses cinq épées, n'importe laquelle, mais ce corniaud a glissé sur le pont-levis et il a fait le grand plongeon en contrebas, où il s'est fracassé le cou sur les rochers. Dans le camp des mercenaires, les Sanglants, qui étaient plutôt des « Sanglantes » et qui n'attendaient qu'un signe de leur capitaine, ont passé tous les Corbeaux au fil de l'épée : les soixante bonshommes. Ça n'a pas été long, la surprise était totale. Je crois qu'une fille a reçu une entaille au front, ça doit être tout le dégât qu'ils ont causé avant d'être tous égorgés comme des porcs. Ensuite, j'peux vous dire que dans toutes les batailles qui ont suivi, les Sanglantes ont été le fer de lance de l'armée rebelle, de vraies lionnes.

— Et la garnison du château ?

— Quand il a vu le massacre et quand il a compris que notre camp venait de récupérer cent cinquante vétérans, le baron a négocié sa reddition. Le bateau, la vague, les tonneaux… vous vous souvenez ? Tant que la pente est dans ton sens, tout le monde te soutient, les emmerdes disparaissent devant toi et tu gagnes la guerre…

Cala s'interrompit, songeuse, puis murmura : « Tant que la pente est dans ton sens… »

Quelqu'un frappa soudain à la porte.

Cala et d'Arterac échangèrent un regard.

— Panthères ou Dragons ? murmura la guerrière pour elle-même en enroulant ses doigts sur la garde de son poignard.

— Scribe ? fit une voix d'homme de l'autre côté de la porte. Scribe, vous êtes là ?

— Domestique, conclut-elle.

— Scribe, ouvrez ! cria la voix, et l'homme tambourina de nouveau à la porte. Jean d'Arterac et son escorte ont disparu, on nous a dit qu'ils sont passés ici.

Tremblant et d'une voix qu'il voulut assurée, le conteur finit par répondre :

— Qu'on ne me dérange pas ! J'ai encore cinq lettres à écrire à des imbéciles !

Le vieillard et la guerrière retinrent leur souffle, l'oreille aux aguets. Un silence se prolongea. Puis l'homme de l'autre côté marmonna qu'il reviendrait avec des soldats et s'en alla.

Le conteur soupira bruyamment.

— Cala, ma chère, je crois qu'il est temps de quitter cet endroit.

— Bonne idée. Au fait, conteur, vous avez déjà enfilé une armure ?

Chapitre 49

Depuis ses deux doigts aux ligaments déchirés par Javols, la souffrance traversait par vagues le corps de Maura, si intense qu'elle faillit perdre connaissance. Les larmes sillonnaient ses joues crasseuses et sa main blessée se recroquevillait d'elle-même dans sa main valide, comme un petit animal en quête de réconfort. Les deux doigts meurtris pointaient encore monstrueusement vers l'arrière.

— Allez Maura, tu dois les remettre dans le bon sens… Prends ta respiration, compte jusqu'à trois : un, deux…

Avant le « trois » fatidique, elle les remit en place d'un seul coup. La douleur lui arracha un hurlement et lui coupa toute force. Elle se retrouva sur les genoux, une boule de souffrance au creux de la paume. Deux hématomes grossissaient à vue d'œil sur sa main. Elle ravala ses larmes, attrapant la petite lanterne de Javols.

— Pi… Pitié ! gémissait l'un des Dragons à terre, les mains crispées sur sa tête.

C'était celui qu'Osgarat, encore accroché à ses chaînes, avait happé en l'air pour lui prendre son épée et le jeter au sol : il était tombé sur le carrelage dès le début de l'affrontement et s'y était violemment cogné la tête. Du sang gouttait de son casque. Une de ses jambes s'était brisée sous son poids dans sa chute.

Maura posa la lanterne à terre, se pencha sur le corps de Javols et, de la main gauche, se saisit du poignard que le capitaine portait à sa ceinture.

— Pitié ! répétait le Dragon, rampant vers la porte. J'ai mal !

Grimaçant de douleur à chaque pas, Maura s'approcha de lui en titubant, les doigts crispés sur le manche de l'arme. À travers la fine fente du casque, elle vit les yeux brillants de peur de cet homme, incapable de se relever.

Elle lui saisit la tête par-derrière et il se débattit faiblement. De sa main blessée, elle releva brusquement la visière du casque et vit son visage : il était très jeune, presque de son âge, et il avait les mêmes yeux et cheveux noirs qu'Alendro.

Elle essaya de plonger son poignard dans ce visage. Mais l'homme bougeait la tête, pleurait et criait pour qu'on l'épargne. Maura pleurait elle aussi, et s'efforçait de maintenir sa prise malgré ses doigts blessés. La pointe du poignard crissa une première fois sur l'acier du casque, manquant la partie du visage découverte, et l'homme se mit à pousser des hurlements aigus. Elle frappa de nouveau, mais cette fois, la lame se coinça entre deux lames de l'armure et lui échappa des mains, retombant sur le carrelage avec un tintement métallique.

— Pitié ! Ne me tuez pas ! piaillait le soldat sans force.

Il remuait le dos et les bras autant qu'il le pouvait, mais ne parvenait pas à échapper à l'étreinte de la jeune femme.

Ils étaient aussi épuisés l'un que l'autre, aussi affaiblis et maladroits. Mais dans le cœur de Maura brûlait plus de rage de vivre que dans celui de ce jeune homme.

— T'en as eu, toi, de la pitié, pendant que j'étais sanglée à la table ? T'en as eu ?

Des griffes de lynx lui poussèrent au bout de ses doigts – ses doigts valides, sa main intacte. Et elle lui lacéra les joues, le nez, les lèvres, pendant qu'il hurlait de douleur.

— T'en aurais pour moi, si je te laissais vivre ? hurla-t-elle, aveuglée par ses propres larmes. T'en aurais, de la pitié ?

Les griffes fouaillèrent encore et encore cette chair molle, s'enfoncèrent de plus en plus profondément, trouant le nez, crevant un œil.

— Tu me tuerais aussitôt ! Tu me tuerais si je te laissais vivre !

Le jeune homme ne se défendait déjà plus. Dans ses bras, tout contre elle, il s'était fait lourd et immobile.

Maura, la main barbouillée de sang, pleura encore longtemps ces morts, cette guerre et ces tueries morbides. Dans une autre vie, qui sait, peut-être aurait-elle aimé ce garçon, l'aurait-elle embrassé, tenu dans ses bras. Peut-être aurait-elle eu peur pour sa vie plus que pour la sienne.

— On est en guerre. Faut pas se laisser happer, marmonna-t-elle.

Maura se releva, essuya ses larmes d'un revers de sa manche et avança jusqu'à la porte, laissant derrière elle la petite lanterne de Javols. Elle n'avait plus qu'une seule main valide. Et entre le poignard et la lumière, elle choisit le poignard.

Avec sa main blessée, lever les barres de sûreté de la porte de fer fut une épreuve, mais le grincement des gonds fut sa récompense quand le lourd battant pivota sur lui-même. Le vent froid des couloirs sifflait dans les trous d'aération au sol. Il apportait l'air vif des hauteurs où flottait la triste Frankand. L'air libre du dehors.

Maura jeta un coup d'œil méfiant à gauche puis à droite, et elle s'avança en rasant les murs, fragile ombre grise, la main crispée sur le manche du poignard. Il faisait si sombre qu'elle voyait à peine à un pas devant elle.

Elle buta contre le premier cadavre à un embranchement de couloir et le tâta de la main : il était encore chaud et couvert de sang. Il portait une cuirasse sur le torse et elle sentit les contours coupants du casque sur sa tête.

Un Dragon.

Qui avait bien pu abattre un Dragon en plein Frankand ?

À quatre pattes dans le noir, Maura chercha d'autres corps et trouva une femme, la tête fracassée, qui portait une broigne rapiécée. Une panthère ? Une autre gisait un peu plus loin, allongée le visage contre la pierre, le bras posé sur un second Dragon immobile – comme si ces deux-là étaient morts enlacés. Tout le haut de leurs corps était gelé. En fait, il était si froid que, quand elle les toucha, elle faillit s'y arracher la peau des doigts.

— Gaïa, la sorcière de Long-Ba, murmura-t-elle. Le froid est sa magie.

La dame-aux-cent-visages avait tenu parole : les rebelles étaient dans Frankand.

Maura ferma les yeux et son visage se transforma peu à peu, ses oreilles et son nez s'allongèrent, se couvrant d'un fin duvet de poils bruns. Et Frankand fut bientôt pour elle un tout autre endroit, densément peuplé de parfums étranges et de sons assourdis. La princesse était passée par là, avec Dounia ; elle sentit aussitôt leurs odeurs.

Comment les panthères avaient-elles pu entrer ?

Elle se concentra davantage, faisant appel à sa mémoire de rat qui avait conservé dans les moindres détails les couloirs de la forteresse. Elle entendit des respirations, des bruits de bottes, des cris. Au-dessus de sa tête se trouvait une grande salle : les panthères étaient là. Combien ? Cinq ou six, peut-être. Mais d'autres Dragons s'avançaient dans des passages qui les menaient droit sur elles.

La princesse a dû se faire repérer, ils la cherchent.

Elle courut aussi vite qu'elle le put, gagna un escalier, parcourut des couloirs, se fiant à son ouïe pour se guider. Elle fut arrêtée par un groupe d'hommes en marche dans le noir, qui lui tournaient le dos.

Les soldats parlaient à voix basse :

— Est-ce qu'on doit les tuer toutes, sergent ? Ou juste les faire prisonnières ?

— Je… Je ne sais pas. Nous n'avons pas d'ordre. Ne les tuez que si c'est nécessaire.

Eh oui, pensa Maura. *Vos chefs sont introuvables. Osgarat et Javols se sont entre-tués, mais vous ne le savez pas encore.*

Pour des soldats très disciplinés comme les Dragons, combattre sans chef et sans ordre était un handicap majeur, qui avait dû désorganiser leur défense.

— En avant, Dragons.

Ils tirèrent leurs épées. Dans un instant, ils débouleraient dans la grande salle. Et les panthères s'y trouvaient – cela, elle en était sûre : elle entendait leurs respirations étouffées.

Maura, si tu ne te bouges pas les fesses maintenant, ça va être un massacre.

Son corps se transforma soudain, se durcit, il se débarrassa de sa prison de tissu, ses jambes rétrécirent et une queue lui poussa. Chien. Elle était un mâtin semblable à ceux du baron de Kenmare, aussi lourde qu'un homme, musclée, rapide. L'une de ses pattes lui faisait mal, mais elle oublia la douleur et fonça au milieu de cette forêt de jambes en mouvement.

Chapitre 50

« Que fait ce chien ici ? » chuchotèrent les soldats sans comprendre, mais ils ne l'arrêtèrent pas.

Maura déboula dans une étrange salle, très grande et ronde, percée de douze portes flanquées d'autant de statues. Alertées par le bruit, la princesse et ses panthères s'étaient cachées derrière l'une de ces portes. Maura les y retrouva dans l'ombre d'un passage et reprit forme humaine.

— C'est toi, Maura ? murmura la princesse dans le noir.

— Tu les as attirés sur nous, cracha Dounia.

Elle portait sur sa poitrine une cuirasse de Dragon récupérée sur un cadavre.

— Ils sont huit, fit la jeune fille sans même relever l'accusation de Dounia.

Les panthères étaient cinq. Elles n'avaient pas la moindre chance de s'en sortir vivantes.

Maura eut soudain très froid et, avec un soupir, elle prit conscience qu'elle n'avait de nouveau plus de vêtements depuis qu'elle s'était changée en chien.

Putois de magie !

— On n'avait pas besoin de toi, Maura ! marmonna Gaïa, la sorcière de Long-Ba.

C'était une fillette de treize ans à peine, aux grands yeux noirs, et probablement la fille la plus haïssable de toute l'armée rebelle.

— Tiens, Gaïa ! fit Maura. Laisse-moi deviner, tu as gaspillé toute ta glace dès le début et maintenant, tu es sèche ?

Aux tremblements qui agitaient le corps de la jeune fille et à la sueur qui perlait sur son visage, il était facile de voir qu'elle n'était plus capable de grand-chose.

— J'suis meilleure sorcière que toi ! C'est pas en te changeant en moineau que tu vas nous aider !

— Plus un mot ! chuchota la princesse.

Elle avait raison : les Dragons déboulèrent dans la chambre des mindarans. Ils restèrent un moment au centre, méfiants, pendant que les panthères reculaient en silence dans le passage où elles s'étaient réfugiées.

— Allume la lanterne, fit une voix d'homme. On va explorer les douze passages, elles ne doivent pas être loin.

Maura chuchota :

— Suivez-moi. Je connais par cœur les plans de Frankand.

— Pourquoi on t'obéirait ? protesta Gaïa.

— Faites ce qu'elle dit, trancha la princesse. Vite.

Les oreilles allongées et les yeux luisants dans les ombres, elle les fit s'enfoncer lentement dans le dédale de couloirs, tandis que les Dragons exploraient les douze issues de la grande salle une à une.

— Où nous emmènes-tu, Maura ? lança la princesse d'une voix un peu plus forte maintenant qu'elles s'étaient éloignées.

— La cellule de Darran est sur la gauche.

— Alors c'est pour lui que tu es venue nous trouver ! siffla Dounia. On n'a pas besoin de ce…

— Sur la gauche, allons-y, la coupa sèchement la princesse.

Elles marchèrent de nouveau en silence.

— Tu pues le chien mouillé, chuchota Gaïa dans son dos.

— Et toi la neige crottée.

Parfois, Maura entendait le bruit de bottes d'une patrouille et les faisait attendre, puis elle repartait. D'autres Dragons étaient à leur recherche.

Maura ouvrit une porte et elles se retrouvèrent dans une cour à ciel ouvert, entourée de quatre hauts murs de pierre. Le froid était mordant et le sol couvert de neige verglacée. Un passage voûté s'enfonçait dans les ombres à leur gauche et une massive porte de bois leur faisait face.

— C'est celle-ci, fit-elle.

En plus des habituelles barres de sûreté, la porte était fermée par une serrure. Probablement parce que, dans la tête des Dragons, une cellule d'hommes devait être mieux protégée qu'une cellule de femmes.

— Dounia, fit la princesse, enfonce la porte.

La grande femme décrocha dans son dos une hache de bûcheron, écarta Maura et abattit sa cognée contre la porte.

— Ça va faire du bruit, souffla-t-elle. Ils vont finir par nous entendre.

— Quand on aura Darran avec nous, on s'en foutra pas mal, répondit Maura en frottant ses bras l'un contre l'autre pour lutter contre le froid.

Dounia frappa encore et encore, entaillant peu à peu le bois épais et durci qui refusait de rompre, faisant souvent tinter le fer contre les renforts métalliques. Très vite, elle fut à bout de souffle, cognant sans plus se soucier du bruit, gueulant même à chaque coup pour se donner du courage.

— Je pense que… Je pense qu'on peut y aller au pied-de-biche, maintenant, fit-elle en nage, pointant du doigt une grosse entaille que ses coups avaient formée dans le bois.

Une autre fille lui tendit l'outil et elle l'inséra dans cet espace, avant de pousser de toutes ses forces pour faire craquer une première planche.

La porte d'où elles étaient venues s'ouvrit soudain à la volée dans leur dos. Il y eut le sifflement d'un carreau d'arbalète et la panthère à côté de Maura s'écroula, la tête transpercée de part en part.

Quatre Dragons se tenaient maintenant derrière elles. Deux arbalétriers, deux hallebardiers.

Dounia, son pied-de-biche à la main, fonça sur eux en hurlant. Elle eut le temps de donner un grand coup pour écarter l'une des deux hallebardes avant que la seconde ne s'abatte sur elle : sa cuirasse la protégea mais elle fut projetée sur le côté. Dounia ne s'avoua pas vaincue. Elle était aussi courageuse, aussi butée qu'une bête sauvage : elle lança le pied-de-biche à toute volée sur le second arbalétrier dont le carreau claqua sur le mur au lieu de transpercer une nouvelle panthère.

— Par Kàn…, murmura la princesse d'une voix blanche.

Les deux hallebardiers abaissèrent leurs armes, prêts à frapper de nouveau Dounia.

Mais soudain, quelqu'un déboula depuis le passage voûté de l'autre côté, et un troisième carreau d'arbalète fila dans les airs. Il frôla la gorge de Maura, déchira légèrement la chemise de la princesse, fit voleter les cheveux de Gaïa… puis en tournoyant sur lui-même, se ficha dans l'étroite fente de la visière d'un hallebardier. L'homme s'effondra.

— La Beste…, fit Maura avec un grand sourire.

Elle seule, dans tout le royaume, était capable de réussir un tir pareil.

C'était bien elle… Et déjà, elle jetait son arbalète et saisissait un poignard à sa ceinture. Le second hallebardier poussa un juron et pointa le doigt vers La Beste comme pour la maudire. La vieille guerrière s'écroula d'un coup, comme frappée par un mal invisible.

— Attention ! Sorcier ! cria Gaïa.

Derrière les soldats restants retentit le pas ferré d'une troupe en marche. Alors surgirent les huit Dragons qui les avaient traquées et manquées dans la chambre des mindarans.

Maura échangea un regard avec Gaïa.

— On tente un dernier coup avant de mourir, le glaçon ? murmura-t-elle.

La fillette, pourtant épuisée, acquiesça et serra le poing.

— Femmes mindarans ! cria-t-elle fièrement.

Mais à cet instant, un formidable choc ébranla la porte de la cellule et une volée de miettes de bois retomba dans la cour enneigée. Quelqu'un terminait le travail commencé par Dounia, mais en enfonçant la porte *de l'intérieur*.

Dans la cour, tous les combattants se figèrent.

Le fer d'une hache de bataille frappa encore, traversa la porte et tordit les montants en métal comme s'ils étaient aussi mous que de la mélasse.

Une hache ? À l'intérieur de la cellule ?

Il n'y avait qu'une seule explication possible.

— Grand Kàn, murmura l'un des Dragons. Darran, *le guerrier à la hache*.

— Darran *l'indestructible*, fit un autre.

À grands coups de pied, un homme défonça les dernières planches de la porte, puis il franchit l'ouverture. Dans la pénombre, sa silhouette sombre semblait aussi large que celle d'un dieu.

Papa, pensa Maura, le cœur battant. *Enfin*.

D'un regard, Darran évalua la situation. Le sorcier parmi les Dragons tendit la main vers lui et ferma à demi les yeux pour concentrer toute sa magie. Mais Darran ne s'écroula pas comme l'avait fait La Beste : il était indestructible.

Il fondit sur les Dragons ; le bois et le fer des hallebardes volèrent en éclats. Puis la hache frappa les armures, déforma les plaques, perfora le métal, s'enfonça dans les chairs. Le sorcier à la hallebarde voulut saisir un poignard : un moulinet d'acier lui trancha le bras au niveau du coude et son arme retomba en tintant sur le sol.

Puis Darran vit qu'il n'y avait plus d'ennemi. Les survivants avaient tous tourné les talons. Alors il reposa sa hache au sol et dit :

— Maura, tu es là ?

La jeune femme se releva, les jambes tremblantes, les larmes aux yeux. Elle courut jusqu'à lui, se serra contre sa poitrine et éclata de rire.

— C'est bon de te revoir en vie, murmura-t-il, les yeux fermés.

Elle répondit par un flot de paroles :

— Ils m'ont tordu deux doigts, ils voulaient que je leur parle de toi, mais j'ai rien dit ! Osgarat les a tous tués, Javols lui a planté son épée dans l'épaule, mais Osgarat l'a massacré quand même. Je savais que tu étais vivant, j'ai compris ton message ! *Kar-vaët*, le taureau fou, c'était génial de te faire passer pour Erremon ! Ça fait des *jours* que je prépare une évasion, j'aurais pu m'enfuir depuis longtemps, mais je ne serais jamais partie sans toi, tu sais ?

— Osgarat est mort ? dit finalement Darran.

— Il a dit… Il a dit qu'il aurait dû te croire. Qu'il ne pensait pas ce qu'il avait dit. Qu'il était fier de toi.

Darran murmura tout bas :

— Que le Grand Kàn en personne t'accueille dans le monde suivant, vieil homme.

Puis il referma ses bras autour de Maura et elle eut l'impression, pendant un bref instant, d'être de nouveau à Kenmare dans la maison du dragon. Heureuse avec son père.

— Darran, putois, ne meurs plus JAMAIS, c'est compris ?

Chapitre 51

Ils auraient sans doute pu rester ainsi longtemps si La Beste ne s'était pas avancée en disant à Darran :

— Tu as deux carreaux d'arbalète plantés dans le torse.

D'une poigne ferme, il les arracha lui-même de sa chair sans paraître en souffrir.

— La Beste ! s'écria Maura. Tu vas bien ? Il t'a fait quoi, ce sorcier ?

La vieille soldate haussa les épaules.

— Il m'a fait faire la sieste, je crois.

De la cellule de Darran sortirent l'un après l'autre le kerr Owain, le jeune Tomey et plusieurs autres hommes de Kenmare et d'ailleurs.

— Ainsi donc, vous étiez vivant tout ce temps, murmura la princesse à Darran, et vous auriez pu briser cette porte par vous-même depuis le début. Pouvez-vous me dire pourquoi j'ai risqué la vie de mes femmes pour venir vous délivrer ?

— Ce n'est pas lui que vous êtes venue délivrer, cracha Maura, c'est vos panthères !

— Une partie du royaume avait cru à ma mort, répondit sombrement Darran, cela m'a affaibli. Mais ce matin, il s'est passé quelque chose… Un brusque afflux de calame.

— De calame ? répéta la princesse.

L'envie, une terrible *envie* tordit son visage – une jalousie et une soif de pouvoir qui faillirent submerger sa raison.

— Si le conteur a déjà pris la parole devant les pierres-qui-parlent pour annoncer ta légende, fit Maura, peut-être que les gens ont déjà commencé à…

Mais Darran ne l'écoutait déjà plus, il s'était remis en marche. Il s'engagea dans le passage voûté et s'arrêta devant la première porte qu'il enfonça à coups de hache. Un flot de femmes en guenilles en sortirent et poussèrent des cris de surprise en le voyant. Puis il passa à la porte suivante. On entendit bientôt dans les salles et les passages sombres des exclamations étouffées : « C'est vraiment lui ? » « Darran est vivant ! » « Darran l'indestructible ! »

— Gràinne ? cria Darran. Gràinne Braddy ? Es-tu là ?

— Eh, Maura ! fit un jeune homme déguisé en domestique, qui joua des coudes pour arriver jusqu'à la jeune fille occupée à enfiler les vêtements d'un mort. C'est moi, Aedan ! J'étais avec La Beste.

— Tiens, tu es vivant, toi ?

— C'est moi qui ai eu l'idée d'utiliser les marchandises montées par les poulies, lui expliqua-t-il pendant qu'ils suivaient Darran d'une porte de cellule à l'autre. Tu es blessée à la main ?

— Ce n'est rien.

Ils progressaient méthodiquement, cellule après cellule, ouvrant des portes, libérant des femmes, guettant des Dragons mais n'en voyant plus aucun. Et derrière eux se formait une foule de plus en plus dense et bruyante de femmes qui les suivaient en riant, en pleurant et en se retrouvant après la terrible épreuve de l'enfermement.

— Je me suis dit qu'une forteresse comme celle-là, il fallait forcément la ravitailler, tu comprends ? poursuivit Aedan. Et on ne peut pas le faire uniquement avec cet escalier interminable. Tu imagines ? Impossible de se croiser dessus, alors qu'il faut apporter des dizaines de caisses et de tonneaux de nourriture par jour ! Et de l'eau par barriques entières quand il ne pleut pas, sans compter les armes, le courrier, les outils et tout le reste.

Depuis qu'elle avait retrouvé son père après des jours d'angoisse, Maura éprouvait un profond soulagement. Aedan se méprit sur la cause de son sourire rayonnant : elle ne l'écoutait pas.

— Alors je me suis infiltré à l'intérieur avec quelques autres. On a pris le contrôle de la salle des poulies et on a remonté les panthères cachées dans des caisses pour venir vous libérer !

Il cherchait son regard, heureux d'avoir été l'un des héros de l'attaque de Frankand, convaincu que Maura le verrait autrement, désormais, tant il avait lu de livres où la jeune fille tombait amoureuse de l'homme qui accomplissait de grands exploits.

— On s'est séparés en plusieurs groupes. Moi je voulais libérer d'Arterac ; tu sais, le célèbre conteur ? Mais mon groupe a eu une autre mission : faire sortir La Beste de sa cellule. Seulement, on s'est fait attaquer par une patrouille de Dragons et on a eu des pertes… Je me suis défendu !

— Aedan, fit-elle soudain.

— Oui ?

— Tu as vu Alendro ?

La déception se peignit sur le visage d'Aedan, mais elle ne le vit pas, car elle ne le regardait pas vraiment.

— Il… Il est monté par les poulies, lui aussi. Il doit être quelque part dans la forteresse.

— J'ai hâte de le revoir ! Au fait, Noreen va bien ?

— Elle a disparu à la bataille de Frankand, répondit le jeune homme. J'espère qu'elle est saine et sauve quelque part. On est… un peu séparés depuis quelque temps.

— Oh, je suis vraiment désolée.

— Alerte ! hurla soudain La Beste.

Deux Dragons se dressaient au milieu du couloir, curieusement immobiles.

L'un des deux trébucha, s'étala par terre et s'écria :

— Loué soit Kàn-aux-deux-visages ! Nous allons enfin pouvoir ôter cet horrible casque ! Je ne vois rien du tout, j'ai les yeux au niveau de la cuirasse.

Et Maura eut un sourire, car elle avait reconnu la voix du conteur.

Maura garda sa main serrée dans celle de son père et resta en avant avec le petit groupe de tête. Elle ne pouvait se défaire de l'idée que si elle le lâchait, il pourrait bien disparaître de nouveau.

Ils n'avaient plus guère rencontré de résistance depuis le dernier combat – juste quelques miliciens égarés, qui avaient jeté les armes et s'étaient enfuis en apercevant Darran. Les Dragons s'étaient semble-t-il repliés sur une autre ligne de défense.

Darran continuait de briser des portes et, chaque fois, appelait Gràinne Braddy de sa voix puissante. Il finit par la retrouver, sale, amaigrie et de mauvaise humeur, non pas parmi les prisonnières, mais dans les rangs des guerrières qui avaient libéré la forteresse.

— Ouais, je suis là ! Qu'est-ce que tu veux ?

Dès lors, Darran la garda auprès de lui et la surveilla sans cesse du regard comme s'il voulait la protéger de tous les dangers du monde – ce qu'il faisait déjà depuis des mois, au grand agacement de l'intéressée et de Maura.

Ils débouchèrent bientôt sur un couloir étroit dont le sol était percé de fines rainures donnant sur le vide. Une grande porte de fer, au fond, menait à l'antichambre de Frankand. Là, Darran s'arrêta et fit signe à la princesse de le rejoindre.

— C'était quoi, la suite de votre plan ? lui demanda-t-il. Maintenant que vous avez été repérées, si on redescend par les poulies, les soldats nous cueilleront en bas.

— Il est fâcheux que nous ayons été découvertes si tôt, fit-elle. Mais nous redescendrons par l'escalier de la colonne, voilà tout !

— Il leur suffira d'aligner une compagnie d'archers en bas pour nous massacrer, répondit Darran.

La princesse eut un petit ricanement satisfait.

— L'usurpateur ne dispose pas d'une compagnie d'archers. Les émeutes en ville, fomentées par mes soins, ont affaibli le peu de forces qui lui restaient à Homgard. Et nous venons de décimer ici même ses derniers soldats d'élite. Croyez-moi : il est aux abois ! S'il veut continuer de garder son palais, c'est tout juste s'il peut nous opposer une poignée de Dragons et une centaine de miliciens pouilleux !

— Comment ça ? s'écria le kerr Owain. Il n'a fait venir aucune troupe depuis les garnisons qui entourent Homgard ?

La princesse lui répondit avec un sourire de triomphe :

— Sachez que, pendant que vous étiez enfermés ici, un dragon a réapparu. Et il détruit systématiquement sur la plaine de Frankand toutes les troupes que l'usurpateur fait venir des garnisons extérieures. La capitale est sans défense ! Maintenant que j'ai libéré nos sœurs de l'armée rebelle, nous avons une occasion unique de prendre notre revanche ! Le palais n'attend plus que nous.

— Vos sœurs *et vos frères*, bougonna le kerr.

— Un dragon ? répéta Darran, les yeux écarquillés. Vous avez bien dit : « un dragon » ?

— D'où sort-elle, au juste, cette bestiole ? fit le kerr Owain, les sourcils froncés. Le dernier des dragons a été tué il y a dix ans.

Darran se tourna vers lui, et son visage, pour la première fois depuis très longtemps, exprimait de la joie :

— Ne l'appelez pas « bestiole », kerr ! Les dragons sont une merveille de la nature, ils sont plus beaux, plus grands que les humains ne le seront jamais. Un dragon parle, mais ne ment pas. Un dragon pense, mais ne trompe pas. Un dragon meurt, mais jamais pour lui-même ; il se bat pour une cause, pour un pacte, pour une parole donnée !

Tous se tournèrent vers Darran, stupéfaits de le voir parler avec tant d'ardeur, lui qui s'exprimait si peu d'habitude.

— Personne ne sait comment cette bête est apparue, admit la princesse, c'est un mystère. Mais en tout cas, elle fait bien nos affaires.

— C'est Grantë, murmura Maura, c'est moi qui l'ai créé.

Personne ne l'entendit, mais Dounia lui jeta un regard étrange.

— Je vais entrer seul dans l'antichambre pour l'instant, fit Darran. Les soldats seront sûrement nombreux et ils ont pu poser des pièges. Quelqu'un doit nettoyer ça. En attendant, fouillez la forteresse. Il reste peut-être des prisonnières enfermées.

— Je viens avec toi jusqu'à la porte, décréta Maura. Je pourrai te dire combien ils sont et je pourrai les voir dans l'obscurité s'ils se cachent. Si tu me dis non, je m'en fiche pas mal : je me change en souris et je le fais quand même.

Darran ne répondit rien, alors elle lui emboîta le pas. C'était par ici que les rebelles étaient entrées en vaincues, quelques jours plus tôt, enchaînées et la tête basse. C'était sur ces pierres rugueuses et humides qu'elles avaient traîné leurs bottes trouées ou leurs pieds nus, la tête emplie de noires pensées. Aujourd'hui, Darran et Maura arpentaient le même couloir en sens inverse et en vainqueurs. Ce lieu qui avait tenté de les broyer dans ses entrailles, elles l'avaient conquis et fait leur.

Les massives portes de fer leur barrèrent la route de l'antichambre.

— En bas, il y a la salle au plafond percé de trous et de meurtrières, chuchota Maura. En haut, il y a la salle où des Dragons sont prêts à tirer à l'arbalète ou à balancer des caillasses par les trous. On ferait mieux de commencer par la salle haute.

Darran acquiesça de la tête.

— De nouveau la bataille, fit Maura. Comme au bon vieux temps, hein ?

— Comme au bon vieux temps, fit-il.

Il se tourna vers elle et elle crut discerner sur son visage l'ombre d'un demi-sourire.

— Alors ? Combien en comptes-tu ?

Maura ferma les yeux et laissa son corps s'imprégner de magie. Bientôt, elle entendit le grincement des vieilles poutres, le froissement de l'air qui s'engouffrait dans l'antichambre ouverte, le bruissement menu des rats qui furetaient à même le sol…

Quand elle rouvrit les yeux, elle fut formelle :

— Ils ont foutu le camp.

Darran la toisa, le visage dépourvu d'expression.

— Tous ?

— Je n'entends aucune respiration. Et les rats se promènent en toute liberté : ils ne feraient pas ça s'il y avait encore des humains ici.

Pendant un long moment, son père resta parfaitement immobile, comme si ces derniers mots l'avaient changé en pierre. Puis il porta un formidable coup de hache à la jointure entre les deux portes de fer, qui s'ouvrirent à la volée dans un fracas assourdissant.

Au fond de la salle basse, les vantaux extérieurs étaient ouverts et la passerelle abaissée. Un vent glacial sifflait à travers les ouvertures dans le sol. Les lieux portaient encore les traces d'un départ précipité : des bandages ensanglantés qui jonchaient le sol, un casque de milicien, et surtout des centaines de papiers déchirés, piétinés par des bottes boueuses, qui devaient être tout ce qui restait des archives de Frankand. Dans la salle haute où ils montèrent par une échelle, même constat : les Dragons avaient filé, ne laissant derrière eux que des piles de caillasses et des sacs entiers de pieds-de-corbeau en fer, ces petites étoiles à quatre pointes que l'on répandait au sol pour blesser des assaillants.

— C'est mauvais signe, fit Darran.

Ils redescendirent à la salle basse et s'avancèrent de quelques pas sur la passerelle pour jeter un coup d'œil en contrebas. Là, ils comprirent.

Si les Dragons avaient abandonné Frankand, ce n'était pas par faiblesse ou par peur d'être vaincus dans un affrontement. Non : c'était parce que les panthères de la princesse, loin d'avoir libéré leurs consœurs, s'étaient elles-mêmes jetées dans un piège.

Une armée se tenait au pied de la forteresse. La princesse avait cru que le roi serait incapable d'aligner une seule compagnie d'archers ? Il y en avait au moins quatre, disposées en bon ordre autour de la colonne et sur les tours de garde. Et sur leurs flancs, de l'infanterie lourde, des balistes, et même des unités de cavalerie qui caracolaient dans les rues adjacentes, chassant les habitants et prenant leurs quartiers dans le bas Homgard.

— Ils sont… Ils sont des milliers…, murmura Maura.

— Mille cinq cents, je dirais, jugea Darran.

— Et le dragon ? Il ne les a pas arrêtés ?

Leurs regards dérivèrent au-dessus des autres quartiers de la ville, franchirent les murailles de la capitale et se posèrent sur les plaines enneigées, y cherchant la forme allongée d'un dragon.

Rien.

— Les dragons sont les gardiens millénaires de Homgard, fit Darran. Ils empêchent toute armée hostile de s'approcher de la ville.

— Il a commencé à s'attaquer aux troupes que le roi faisait venir des garnisons de la région, dit Maura, mais…

Darran la coupa :

— … Mais le roi a dû ouvrir un vieux livre sur les dragons et comprendre comment le tromper.

— Il suffisait de camoufler les soldats en civils, c'est ça ? De les faire passer par petits groupes, déguisés en marchands et en pèlerins, avant de leur donner des armes à l'arrivée ? Les dragons n'arrêtent que les armées.

D'un signe de tête, Darran acquiesça.

— Jamais un dragon n'attaquera un civil. C'est déjà étonnant qu'il ait interprété les armées royales comme une menace, alors que les portes étaient grandes ouvertes et ces soldats accueillis par la garde.

— Ces armées *sont* une menace pour la ville, marmonna Maura.

Darran se tourna vers elle.

— Ce dragon. C'est ta magie, pas vrai ?

Elle baissa la tête.

— Je suis désolée de te décevoir, Darran. Ce n'est pas un vrai dragon, c'est moi. C'est *littéralement* moi : trois cheveux ramassés sur le sol de ma cellule, une créature minuscule que j'ai appelée « Grantë ». Au départ, c'est ce qu'il était, en tout cas. Ensuite, il m'a échappé. Il a reçu le calame des gens de Homgard et il est… devenu autre chose, hors de mon contrôle.

Darran ne semblait pas déçu. En fait, il souriait.

— Merci pour ça, Maura. Rien que de savoir qu'un dragon vole de nouveau dans le ciel de ce monde, c'est… c'est un cadeau merveilleux pour moi. Je suis heureux de cela, Maura, très heureux.

— Oh, regarde ! cria-t-elle en pointant le doigt vers la plaine.

Un petit point de lumière dansait à l'horizon, prenant rapidement de la hauteur. Il grossit peu à peu et s'enveloppa bientôt d'une fumée grise, puis il s'approcha encore et ils virent une longue silhouette rouge aux ailes immenses. Le dragon passa loin au-dessus des portes de Frankand, puis disparut dans les nuages aussi soudainement qu'il était apparu.

— Qu'il est beau…, fit Darran.

Il ouvrait de grands yeux éblouis et, pour la première fois, Maura réussit à imaginer l'enfant que Darran avait été.

Chapitre 52

Les principaux chefs de la rébellion s'accroupirent en cercle dans l'antichambre de Frankand, hors de portée des oreilles indiscrètes. La Beste, Véra, Owain et les autres… Les visages étaient sombres, l'humeur morose malgré les rais de soleil qui avaient enfin percé la grisaille et filtraient à travers les meurtrières. Il faisait froid et le vent sifflait par mille interstices dans le sol, mais au moins, la pièce était préservée des odeurs nauséabondes du reste de la forteresse.

— Nous sommes piégés ici, fit Darran.

Un court silence suivit, seulement troublé par le brouhaha des rebelles de l'autre côté de la porte défoncée.

— Peut-être qu'on pourrait attendre la nuit, hasarda La Beste, faire pendre des cordes jusqu'en bas et se laisser glisser au sol ?

La princesse secoua la tête :

— Ils ont plus de mille hommes pour surveiller la zone autour de Frankand. Ils vont allumer de grands feux en bas et attendre le moindre signe de fuite de notre part.

— On pourrait leur balancer des caillasses depuis la forteresse pour les chasser ? fit Cala. Ça doit faire mal, une caillasse qui tombe de si haut.

— Ça en tuerait une poignée, concéda la princesse. Mais les autres se mettraient vite à l'abri.

Dounia, l'œil haineux, désigna Maura du menton :

— Elle n'a qu'à fabriquer un nouveau dragon, elle ! Elle en a le pouvoir. Elle pourrait lui ordonner de nous débarrasser de cette armée !

— Je… Je ne peux pas faire ça, répondit Maura.

— Tu ne peux pas ou tu ne *veux* pas ? Moi, je crois plutôt que tu n'as pas très envie de nous aider. Il paraît que tu avais les mains déliées dans ta cellule, c'est bizarre, non ? Pourquoi tu ne t'es pas enfuie ?

Dounia se leva d'un bond et pointa le doigt vers elle :

— Je vais te le dire, moi, pourquoi : c'est parce que tu es avec eux depuis le début ! C'est toi qui nous as vendues à l'ennemi ! Quand on a attaqué Homgard, il devait y avoir *une* compagnie de Dragons pour défendre la ville, cinquante hommes. Et quand on est arrivées, il y en avait *dix* !

— Tu m'accuses de trahison ? s'étrangla Maura. Je me suis libéré les mains toute seule ! Encore heureux, parce que sans moi, les Dragons vous auraient trouvées dans les couloirs, toi et ta princesse, et tu aurais les tripes à l'air à l'heure qu'il est !

Un murmure gagna le cercle, les uns et les autres parlaient à voix basse, faisant des gestes, s'échauffant et se disputant.

— Je ne crois pas qu'il y ait de traîtresse parmi nous, déclara la princesse pour calmer les esprits.

Il était bien sûr impossible de le savoir. Le Roi Lumière avait-il seulement deviné leurs intentions ou repéré leur armée ? Avait-il été averti ? Le doute minait le cercle et tout le monde regardait son voisin avec suspicion.

— Maura ne pourra pas créer d'autre dragon, dit Darran. Ni forcer celui-ci à combattre pour nous.

— Vous avez sans doute raison, concéda la princesse. En revanche, messire Dahl, votre magie *à vous* pourrait être notre salut. N'êtes-vous pas indestructible ? Un dernier assaut frontal, avec vous en première ligne, ne pourrait-il pas nous apporter la victoire ?

— Ça n'a pas très bien marché la première fois, répondit-il.

Un éclat de rire de femme du côté de la porte défoncée leur fit tous tourner la tête, alors que la silhouette longiligne d'Alendro s'avançait parmi les papiers des archives étalés sur le sol.

— Que faites-vous ici ? s'écria la princesse. Panthère ! Pourquoi avez-vous laissé entrer cet homme ? C'est un conseil de guerre.

Une jeune fille armée d'une lance passa la tête dans l'ouverture, pliée en deux de rire et consacrant toutes ses forces à essayer de se maîtriser.

— Toutes mes excuses, princesse, j'ai essayé de l'arrêter, mais ce… c'est qu'il m'a fait rire, ma dame !

Alendro, dans son costume noir, ôta son extravagant chapeau, se tourna vers la panthère et pointa un doigt en l'air :

— Comme quoi, il faut toujours se méfier d'un Gottaran qui a un chapeau sur la tête !

La panthère explosa de nouveau de rire, incapable de faire le moindre geste pour le raccompagner et encore moins pour le poursuivre quand il s'invita au milieu du cercle.

— Mes gentes dames, fit-il en s'inclinant bien bas, mes beaux sires, *mà hommajes*.

Maura ouvrit la bouche de surprise et lui sauta au cou.

— Alendro ! Alors, c'était vrai ! Tu es vivant !

Le jeune homme, un peu embarrassé, tenta vainement de la décoller de lui.

— *Rosë rouja, pardàona me…*

— Alendro a mérité sa place dans le cercle, fit soudain Darran.

Dès lors, plus personne ne contesta la présence du jeune homme. D'un geste élégant, il reconduisit Maura à sa place, où elle se rassit à contrecœur.

— Veuillez pardonner mon ignorance des choses de la guerre. Je ne suis pas un *soldato*. Je n'ai jamais tenu dans ma main la poignée d'une épée.

Il fit quelques pas en avant, quelques pas en arrière, chercha le regard des membres du cercle puis ouvrit grand les bras.

— Malgré tout, je crois comprendre que militairement, nous sommes dans une impasse.

Le mot resta suspendu dans les airs un instant, afin que chacun puisse le peser et y réfléchir.

— Moi, je suis un troubadour. Mon épée, c'est ma musique. Mon arc, ce sont mes chansons.

Sacré Alendro, il faut toujours qu'il en fasse trop, pensa Maura.

Mais cela ne l'empêchait pas de le dévorer des yeux.

— On ne va pas vaincre deux mille soldats avec un chapeau, l'artiste, grogna La Beste.

Dounia, pour une fois, l'approuva d'un signe de la tête.

— Certes non, dame La Beste, répondit Alendro. Je serais bien incapable de vous aider, cette fois, je l'admets.

— Alors que fais-tu donc ici, au milieu de notre cercle ? s'agaça la princesse.

— Je suis venu vous dire que si jamais il existe encore une chance de vaincre le Roi Lumière, alors la seule personne qui pourrait vous aider n'a pas été invitée parmi vous.

Les murmures reprirent parmi les chefs rebelles, les questions fusèrent.

— D'Arterac ? lança soudain la princesse.

Alendro s'inclina bien bas.

— Votre Altesse a vu juste.

Elle se tourna vers Darran Dahl et tous les deux échangèrent un regard entendu. Le grand guerrier bondit soudain sur ses pieds et tonna :

— Tout le monde dehors !

Sa voix était si puissante que les murmures du cercle en furent soufflés comme la flamme d'une bougie. Les hommes et les femmes eurent un instant d'hésitation, puis, un par un, ils se levèrent sans discuter et gagnèrent la porte.

— Pas vous, Maura, fit la princesse. Ni vous, Alendro.

En un instant, le conseil des chefs de guerre se résuma à quatre personnes : les seuls qui connaissaient le secret du calame. Ils restèrent debout et si proches les uns des autres que leurs visages se touchaient.

— D'Arterac a été béni par l'Assemblée des kerrs ce matin même, chuchota Alendro. Il a annoncé à tout le royaume à travers les pierres-qui-parlent qu'il raconterait prochainement la légende de Darran Dahl.

— Les gens ont dû beaucoup parler de moi dans tout le royaume, murmura Darran, pensif. C'est pour cette raison que j'ai retrouvé ma hache et mes forces, aujourd'hui.

— Évidemment, cracha la princesse, jalouse. Le calame ne sort pas de nulle part ! Je me doutais bien que d'Arterac était à la manœuvre.

— Avec plus de calame, Darran pourrait peut-être vaincre le Roi Lumière, cette fois, dit Alendro. Il resterait toujours les mille soldats, mais… se battraient-ils contre Darran l'indestructible si leur roi était vaincu ?

— Le roi est détesté à Frankand, fit Maura. S'il tombe, ses soldats n'auront plus de raison de se battre.

Darran tourna la tête vers l'ouverture. Quelques flocons de neige perdus flottaient dans l'antichambre, poussés par des bourrasques.

— Et s'il laissait ses soldats m'affronter, moi ? dit-il. Je finirais par crouler sous le nombre.

— S'il se dérobait au combat, ce serait mauvais pour sa réputation, et donc pour son calame, répondit la princesse. Je pense plutôt qu'il vous affrontera, car il s'imagine qu'il ne peut pas perdre. Messire Dahl, avec ce nouveau flux de calame, pourriez-vous vaincre le Roi Lumière, cette fois ?

Darran secoua la tête.

— Non, il est trop puissant. Il m'en faudrait plus.

— Sainte mère Gottaran ! tonna la princesse.

— Alors d'Arterac doit poursuivre son récit devant les pierres-qui-parlent, fit Maura.

— Je suis d'accord. Mais le seul endroit où un conteur peut s'adresser à un royaume tout entier, répondit Alendro, c'est dans une *regia capella*, la chapelle d'un palais royal, devant le Kàn-aux-mille-visages.

— Ne soyez pas stupide, saltimbanque, siffla la princesse. Pensez-vous vraiment que nous pourrions attaquer le palais cette nuit même ?

— On pourrait peut-être s'y glisser discrètement, hasarda Maura. Pas toute une armée, mais juste… le conteur et une ou deux autres personnes ? On pourrait entrer dans la chapelle pendant la nuit et attendre le matin ?

La princesse secoua la tête, pensive.

— Il faudrait encore que le conteur puisse parler pendant un long moment, et cela au cœur du palais… Ce serait un miracle que personne ne l'interrompe.

— Si je suis sur place, fit Darran, je pourrai retarder l'arrivée des soldats… ou du roi.

La princesse poussa un soupir.

— C'est une solution désespérée, mais au point où nous en sommes, je n'en vois aucune autre.

— *Sene que*…, fit Alendro d'une voix hésitante. Il faudrait encore trouver un moyen de faire sortir trois personnes de Frankand.

Maura hésita et répondit :

— Vous vous souvenez de l'idée de La Beste ? Les cordes qu'on pourrait laisser pendre jusqu'en bas ? Si je me change en oiseau et que je m'accroche un fil à la patte… je pourrais voler hors de la zone surveillée par les soldats.

— Tu pourrais alors tirer une corde vers toi, murmura Alendro, la tendre en oblique, l'attacher à une cheminée ou un poteau et faire descendre quelqu'un à un endroit où il n'y aurait aucun soldat.

— De cette façon, le conteur et Darran pourraient se laisser glisser le long de la corde sans se faire repérer.

— L'homme est un vieillard, il ne pourra jamais descendre. Et s'ils ont des torches en bas, ils verront sûrement la corde, fit remarquer Darran.

— Peut-être, ou peut-être pas, répondit Maura. Mais c'est la seule chance qu'on ait. Deux hommes et une femme, pas une personne de plus.

Les chuchotis laissèrent place au silence. Le vent gémit un peu dans les meurtrières et joua dans les pans de leurs vêtements.

— Deux hommes et *deux* femmes, dit finalement la princesse. Je peux changer de visage et je connais le palais royal par cœur, vous aurez besoin de moi.

Et vous ne voulez surtout pas rester dans l'ombre…, pensa Maura.

Darran hocha la tête en signe d'assentiment.

— C'est un plan complètement fou, conclut Alendro. Il n'a pas une chance sur mille de réussir. Mais c'est toujours une chance !

— Cette nuit, conclut Darran.

— Il reste encore un détail à régler, fit Maura : le conteur n'a pas encore entendu la fin de notre histoire.

Chapitre 53

Dans la forteresse, il régnait une atmosphère étrange. Les rebelles n'étaient pas en alerte : il était pratiquement impossible de prendre Frankand par la force et l'ennemi le savait bien. Cependant, il était tout aussi impossible d'en sortir. Dès lors, il ne restait plus rien d'autre à faire qu'à tuer le temps. Les rebelles avaient des vivres pour un jour ou deux ; après cela, c'était une mort lente qui les guettait. En attendant, la forteresse semblait un lieu hors du temps et de l'espace qui échappait aux lois d'Erik de Homgard. Les rebelles avaient toujours recréé cela partout où elles allaient : un espace de liberté pour les femmes, où toutes les normes habituelles étaient foulées aux pieds. Mais cette fois, elles ne se cachaient pas, elles n'étaient pas en fuite. Non, elles étaient dans ce lieu qu'elles avaient conquis par le fer et par le sang, elles étaient ici *chez elles*, aussi précaire et éphémère fût ce minuscule royaume.

Pour la plupart d'entre elles, il n'était plus temps de surveiller l'ennemi, de s'entraîner aux armes ou de parler de reconstruire le monde. Non : elles n'avaient plus que quelques jours devant elles, alors elles vivaient cette liberté aussi intensément que possible.

Quand Maura quitta l'antichambre à la recherche du conteur, elle vit des femmes joyeuses, riant et chantant sans se soucier du lendemain. Un petit groupe de gamines, qui n'avaient pas plus de quatorze ou quinze ans, avaient troqué leurs masses cloutées pour une flûte, un tambourin et une viole de gambe, dénichés Kàn sait où, et improvisaient des airs endiablés qui faisaient danser toute une foule. En rougissant, Maura vit même parmi les danseuses certaines femmes qui s'enlaçaient ou s'embrassaient ouvertement.

— Eh ! Maura ! s'écria La Beste en la prenant par le bras. Viens danser !

La mindaran était euphorique, le blanc de son œil valide illuminait le noir de sa peau d'ébène. Sa moitié de visage ravagé, cette pâtée de chairs rouges où les dents affleuraient, Maura s'y était habituée et n'y trouvait plus aucune laideur. Juste le visage d'une amie.

— Tu voudrais pas qu'on s'envoie en l'air, toutes les deux ? lui cria La Beste pour dominer le bruit de la musique et des hourras. Tu as déjà essayé avec une femme ?

Avec personne, pensa tristement Maura.

— Tu demandes ça à tout le monde ? lui demanda-t-elle.

— Oui ! confirma La Beste. Ça fait des années que je me suis pas remué le coquillage, je voudrais le faire une dernière fois avant de mourir.

Maura éclata de rire.

— Désolée, pas intéressée ! répondit-elle.

— Merde. Tu en connais d'autres qui voudraient bien baiser avec un monstre ? Qui, je m'en tamponne, tant qu'elle est pas aussi moche que moi !

— Sais pas. Essaie Aedan, peut-être ? Il fait la cour à toutes les femmes.

La Beste eut un drôle de regard en coin avec son œil unique.

— Il me faudrait une sacrée biture pour croire que c'est une fille. Et puis, Aedan ne fait la cour qu'à toi depuis qu'il n'est plus avec Noreen.

Maura quitta les danseuses et s'enfonça dans les couloirs plus sombres, où elle eut d'autres surprises : Tomey, un sourire ravi aux lèvres, se laissait gentiment bousculer par deux filles plus âgées qui le trouvaient à leur goût. Un peu plus loin, elle aperçut aussi la jeune Muette qui retrouvait singulièrement de la voix sous les efforts d'une blonde dont la tête était plongée entre ses cuisses.

Gaïa, les bras croisés, apostropha Maura en la voyant passer :

— C'est dégoûtant, hein ? On dirait que d'un seul coup, toutes les filles ne pensent qu'à se faire lécher le berlingot ! Et il y en a qui font ça avec des hommes, en plus !

La petite sorcière semblait préférer les combats guerriers à ceux, plus doux, qui se déroulaient sous ses yeux.

— Jalouse, Gaïa ?

— Pas du tout ! s'offusqua-t-elle.

Maura, elle, l'était un peu : la seule personne qu'elle désirait vraiment n'aurait pas avec elle de relations charnelles, elle le savait trop bien.

— Tu n'aurais pas vu d'Arterac, le conteur ? demanda-t-elle à Gaïa.

La fillette ouvrit de grands yeux stupéfaits, puis ses traits se tordirent de dégoût.

— Beurk ! Tu veux faire ça avec ce vieux tout ridé ? Il y a vraiment quelque chose qui tourne pas rond, chez toi !

Maura soupira et s'éloigna. Gaïa n'était qu'amertume, dignité froissée et reproches permanents envers tout et tout le monde. C'était épuisant.

Elle distingua la longue silhouette de Cala se glisser par une porte ouverte dans une pièce sombre et elle s'apprêtait à lui demander où était d'Arterac… jusqu'à ce qu'elle entende la voix du kerr Owain, à l'intérieur, susurrer à l'oreille de Cala d'une voix aguicheuse :

— Alors, comment tu me trouves, en armure ?

C'était le plus vieux couple de la troupe.

Finalement, elle croisa des joueuses de dés qui lui dirent avoir vu le vieux conteur au bout d'un couloir. Elle entra dans une grande pièce qui lui sembla étrangement familière : c'était ici qu'elle s'était battue contre quatre Dragons, alors qu'elle cherchait encore Hélène d'Arterac. Le tas de bûches à côté de la cheminée était toujours intact, là où elle avait essayé de se cacher. Sa main courut sur le mur, éprouvant sous ses doigts l'entaille que l'épée d'un Dragon y avait faite, et elle vit la cheminée où elle s'était enfuie sous forme d'écureuil.

Puis elle sursauta brusquement : dans la pénombre, d'Arterac était accoudé à la table, la tête entre les mains, si immobile qu'elle se demanda s'il n'était pas mort.

— Conteur ? fit-elle d'une voix tremblante.

Pendant un long moment, il ne réagit pas. Puis il releva très lentement la tête.

Des crevasses lui minaient les yeux et des rides noires sillonnaient son front. Il lui parut plus vieux, plus desséché qu'elle ne l'avait jamais connu. Ses yeux, toutefois, brillaient toujours d'intelligence.

— Maura…, marmonna-t-il. Je suis navré, je n'ai pas le cœur à… à me réjouir avec les autres.

Elle s'assit à côté de lui et, en le voyant si misérable, elle lui prit la main. Sa peau était rugueuse et froide.

— Avez-vous retrouvé votre fille ?

— Non.

— La forteresse est grande. Elle se trouve peut-être encore enfermée quelque part. Je vais donner des ordres pour qu'on la fasse chercher dans tout Frankand !

Elle se levait déjà de sa chaise quand il la retint de la main.

— Hélène est… Hélène s'est donné la mort, fit-il, comme s'il était trop dur de prononcer cette phrase en une seule fois. Dans sa prison. Il y a cinq ans.

— Par Kàn, murmura-t-elle.

D'un geste maladroit, elle passa un bras autour des épaules du vieil homme.

— J'aurais aimé pouvoir vous aider, glissa-t-elle à son oreille. Vous m'avez toujours montré de la gentillesse, conteur, même quand j'étais traitée par tous les autres comme une criminelle.

Il hocha la tête.

— Vous n'êtes pas une criminelle, Maura. Vous êtes une guerrière.

— Et vous, vous êtes un homme bon.

Elle se pencha davantage et baissa encore la voix d'un ton :

— Je ne connaissais pas votre fille et j'ignore tout de ce qu'elle a vécu. Mais je suis sûre d'une chose, conteur : vous l'avez aimée, parce que vous êtes de ces gens qui aiment. Et cet amour a éclairé sa vie.

Le vieil homme sanglota doucement. Puis il essuya ses larmes et, avec tendresse, écarta la main de Maura.

— Pourquoi êtes-vous venue jusqu'ici, jeune fille ? Je doute que vous ayez encore beaucoup de temps à vivre, ne le perdez donc pas avec un vieil homme comme moi. Jouez, dansez, embrassez l'homme ou la femme qui vous plaît !

— Et votre légende, conteur ? Allez-vous renoncer si facilement à la terminer ?

— Vous savez bien que je n'aurai plus jamais l'occasion de continuer mon récit devant les pierres-qui-parlent...

Elle sourit et se rassit à côté de lui.

— Et si je vous disais qu'il existe peut-être un moyen pour cela ?

Il secoua la tête.

— À moins que vous ne puissiez me faire entrer magiquement dans le palais contre la volonté du roi, alors je ne vois pas comment.

— La magie, conteur, ça me connaît, répondit-elle avec un clin d'œil.

— Vous... (Il la regarda un instant, stupéfait.) Vous avez vraiment un moyen ?

— Aucun, si vous ne me laissez pas vous raconter la suite de l'histoire.

Le conteur sembla peu à peu reprendre vie. Il se redressa sur sa chaise et un faible sourire s'attarda sur ses lèvres.

— Hélène m'a demandé de continuer à raconter mes histoires au royaume, je pourrai honorer ainsi sa mémoire. Elle m'avait écrit une lettre, voyez-vous, dans laquelle elle disait que...

Il s'interrompit soudain et fronça les sourcils.

— Au fait ! Vous m'aviez caché que Darran était vivant, et qu'il se faisait passer pour Erremon ! C'était tout simplement un coup de génie de sa part. Et dire que je l'ai vu, devant moi, jouer le personnage et s'accuser lui-même. Par le Kàn, quel acteur !

Maura eut un sourire triste.

— Darran ne joue pas un rôle quand il s'agit de s'accuser lui-même... Mais c'est vrai que je vous ai fait des cachotteries, conteur.

Et moi, pensa le vieil homme, *dois-je vous dire que depuis toutes ces années, votre père sait qu'il a une enfant ? Et qu'il croit la voir dans toutes les autres filles de Kenmare ?*

D'Arterac était conteur, il écoutait, il consignait. Mais s'il y avait une chose dont il avait horreur, c'était d'intervenir dans la vie d'un témoin, de briser la position de celui qui écoute pour endosser celle de celui qui parle. Cela, et le fait qu'il ignorait totalement s'il ferait ainsi le bonheur ou le malheur de Maura, le retint de parler.

Chapitre 54

— Et si nous reprenions ? fit la jeune fille. Je vous avais laissé à Long-Ba, je crois, après l'explosion de la muraille.

— La dénommée Cala m'a relaté le revirement de la compagnie des Sanglants, qui se sont révélés être les « Sanglantes ». Le temps nous est compté, reprenez plutôt votre récit à partir de là.

— Ah ! fit Maura, pensive. C'est vrai que Cala était aux premières loges quand Bodicée a gueulé son nom de femme sur le pont-levis. Écoutez, je ne vais pas avoir le temps de tout vous raconter, conteur, chacune des escarmouches, des marches et contremarches, des raids pour nous approvisionner. J'adorerais, mais on en aurait pour dix jours. Laissez-moi sauter quelques semaines et vous dresser le tableau. Long-Ba avait été une sacrée belle victoire pour nous. Bodicée avait eu son or, on avait récupéré cent cinquante mercenaires aguerries, une poignée de sorcières dont certaines étaient redoutables au combat, des chevaux, des chariots et de bonnes réserves d'approvisionnement.

— Et vos fameuses balistes enchantées !

— Oui, on a mis les dix dans des chariots.

Le conteur acquiesça de la tête et, sans même y penser, étala une feuille devant lui avant de se mettre à noter.

— Malgré tout ça, on était loin, très loin d'être tirées d'affaire. L'objectif de Darran, c'était de trouver refuge au pays Lehr, mais la frontière était à deux cents lieues au nord. L'armée du Baron de Fer nous collait toujours au train, plus nombreuse et plus forte que la nôtre. Deux autres venaient à notre rencontre, l'une par l'est et l'autre par le nord, pour nous barrer la route de Lehr.

Ce qu'ils ne savaient pas, ce que *personne* ne savait, c'est que j'avais un espion dans leurs rangs : Bragal continuait de faire route avec le Baron de Fer. Toutes nos soirées se passaient en petits mots doux du genre : *« Mon amour, le baron et ses gens vous ont tendu une embuscade à Châteauneuf. Prenez le premier chemin vers l'ouest. »*

Et moi, je glissais le soir même à l'oreille de Darran mon avis sur nos déplacements : « On devrait prendre ce sentier à l'ouest, ils ne s'attendront jamais à nous voir quitter la grand-route. »

— Et il vous écoutait ?

— Bien sûr. Je lui disais que je m'étais changée en aigle, que j'avais plané loin au-dessus des panthères, et je revenais en prétendant avoir vu l'ennemi. Le Baron de Fer enrageait : sa seule stratégie, c'était de nous acculer au combat. Au lieu de ça, on lui filait toujours entre les doigts. Et avec l'arrivée de l'hiver, ses armées ont commencé à lui coûter cher.

À force de sillonner le pays dans tous les sens en pillant les villages pour se ravitailler, les barons saccageaient leurs propres fiefs. Sans compter qu'une partie de leurs soldats étaient des mercenaires qu'il fallait payer chaque semaine. À la fin de l'automne, un premier baron est rentré chez lui avec toute sa chevalerie : il arrêtait les frais.

— Et vous, comment avez-vous pu vous ravitailler ?

— On était moins nombreuses. Rien que la troupe du Baron de Fer, avec ses six cents gars et toute leur traîne de putains et de domestiques, mangeait quatre fois plus que nous. On n'avait pas non plus de cavalerie, donc pas besoin de fourrage, sauf pour les quelques chevaux qui tiraient les chariots. Et puis, on avait récupéré les énormes réserves de couvertures et de nourriture de Long-Ba, le plus riche château de la région.

Au bout de trois mois à zigzaguer entre les villages et les barons, on a enfin réussi à atteindre les contreforts des montagnes Lehrs sans un seul combat. Les deux armées ennemies se cachaient aux alentours pour nous barrer le chemin, mais grâce à Bragal, on s'est faufilées entre les mâchoires de leurs pièges – une marche forcée à la lueur des étoiles, en silence, à cent pas des sentinelles ennemies. Je vous raconterai ça un autre jour si on en a l'occasion.

En tout cas, on s'est retrouvées avant eux dans la vallée de Qua-Lehr, qui mène à la frontière. La plupart d'entre nous n'avaient jamais vu de montagne de leur vie. C'était magnifique ! À Kiell-la-Rouge, j'avais détesté la grande ville, mais la montagne... J'ai adoré la montagne ! Jamais je n'aurais imaginé que la terre pouvait monter aussi haut vers le ciel. Ce vent, ce froid, ces sommets déchiquetés d'un blanc étincelant, c'était la plus belle chose que j'avais jamais vue ! Et quand on a commencé à remonter la vallée vers le col, quelque chose d'énorme est descendu vers nous. On aurait dit que la terre ondulait, grondait et se mettait en mouvement. C'étaient des centaines de bêtes gigantesques recouvertes d'une épaisse fourrure noire, aux cornes immenses. Elles étaient plus grandes que nos chevaux, plus massives que des bisons. Des « yacks sauvages », d'après La Beste. Ils redescendaient dans la vallée à l'approche de l'hiver. Ils sont passés à côté de notre troupe, sans même nous jeter un regard. Quelle beauté, conteur, quelle puissance brute.

— Vous aviez donc atteint votre objectif, l'interrompit d'Arterac, vous étiez arrivées à la frontière. Et la princesse ?

Son but n'était pas de fuir le royaume, n'est-ce pas ? Elle voulait la couronne, elle voulait des batailles.

Maura esquissa une petite moue dubitative.

— Le peuple Lehr était en guerre contre le Roi Lumière. Elle espérait y trouver une aide militaire, sous forme d'or ou de guerriers. Les intérêts de Darran et de la princesse étaient donc provisoirement convergents.

On avait atteint la frontière. Mais il y avait mieux encore : on avait gagné la bataille du calame. Les gens des environs avaient pris parti pour nous et contre nos ennemis. Alendro partait souvent seul à cheval et allait de villages en petites villes pour raconter nos exploits aux habitants. Il est vite devenu très populaire. À Hendel, on l'appelait « le prince des jupons », et à Judd-Far, « le baron de la lune », parce qu'il disparaissait toujours au petit matin. Il donnait ses spectacles dans des granges, dans des caves, se cachant des milices locales – ou les soudoyant, parfois. Ses chansons et ses histoires drôles faisaient le tour de la région et, de là, elles se répandaient peu à peu dans tout le royaume. Eh oui, une guerre peut aussi se gagner avec des chansons, des poèmes et des histoires drôles.

Mais il faut vous dire une chose, conteur : je vous raconte mon histoire telle que je la vois aujourd'hui, libérée de l'influence de Bragal. À cette époque, à cause des paroles empoisonnées que son frère avait semées dans mon esprit, Alendro n'était pour moi qu'un sinistre imbécile qui se donnait de l'importance et menaçait de nous trahir par ses allées et venues. Chaque fois que je le croisais, des griffes me poussaient au bout des doigts et j'avais une terrible envie de les lui enfoncer dans le visage.

« *Regardez-moi ce pauvre niais qui se croit important,* ricanait Bragal dans ma tête. *N'est-il pas grotesque, avec son chapeau rond ? Au fait, ma chère, votre mère vous envoie ses amitiés et vous fait dire que les saltimbanques sont tous des gibiers de potence. Vous avez parfaitement raison, Onagh.* »

Et moi, je répondais quelque chose comme : « *Je devrais lui déchirer le cou avec mes crocs* » ou « *Darran devrait lui fendre la tête en deux* ».

Bragal m'approuvait en gloussant.

Un jour, j'ai failli suivre Alendro quand il quittait le camp, avec le projet de l'attaquer au bord d'une route et de lui trancher la gorge. Pouvez-vous imaginer cela, conteur ? J'ai failli assassiner l'une des personnes que j'aime le plus au monde. C'était ça, le pouvoir de Bragal…

Chapitre 55

Mais je m'égare.

Nous étions dans la vallée de Qua-Lehr. Nous avions dressé le camp plus en hauteur, à côté d'une étable abandonnée. Une fine couche de neige s'accrochait à la terre gelée et l'air avait l'odeur piquante des sapins qui hérissaient les pentes de la vallée. Sur un espace caillouteux à côté du chemin, on avait tendu nos grandes toiles goudronnées et les filles s'étaient emmitouflées dans des manteaux et des couvertures en peaux de bête.

— Tu crois qu'ils nous aideront ? ai-je demandé à Darran pendant qu'on plantait les piquets dans le sol gelé. Les Lehrs, tu crois qu'ils se battront avec nous contre le Baron de Fer ?

Il n'a rien répondu.

— Tu crois qu'ils nous laisseront juste traverser leur pays et prendre la mer ? J'aimerais bien qu'on s'installe de l'autre côté de l'océan, dans l'Empire sapàn. Il paraît que leur cuisine est la meilleure du monde, on y mange des amandes au miel.

Darran ne disait toujours rien. Il a plongé la main dans sa poche et en a sorti une poignée de ses fameuses graines rouges.

— Et si les Lehrs nous prenaient par erreur pour des soldats du roi ? Et s'ils nous tiraient dessus au lieu de nous aider ?

Dans la paume de sa main, Darran a fixé ses graines du regard un long moment, comme si elles pouvaient répondre à toutes les questions du monde. Et puis, il les a portées à son oreille.

— Possible, a-t-il dit finalement.

J'aurais voulu lui poser cent autres questions, j'aurais voulu qu'il réponde encore, qu'il s'échauffe, qu'on imagine l'un et l'autre les mille hypothèses possibles... Mais je lui avais déjà arraché un mot. Je pouvais m'estimer heureuse.

— Salut, gamine, a fait La Beste en surgissant derrière moi.

À l'époque, je ne m'étais toujours pas habituée au côté ravagé de son visage, ni à la couleur presque noire de sa peau.

— Salut, camarade, a-t-elle dit à Darran. Dis-moi, on a enfin réussi à atteindre la frontière et les filles voudraient fêter cette victoire. C'est la Sainte-Bianca aujourd'hui, la patronne des guerrières, on la célèbre sur tout le continent. Je crois qu'il faut souder ce groupe. Faut casser les barrières.

— Le Baron de Fer est tout près d'ici, j'ai répondu. S'il voit des feux ou s'il entend des voix, il va faire marcher ses hommes toute la nuit et nous tomber dessus au petit matin.

— D'accord pour la fête, a tranché Darran. Mais pas de bruit. Pas de feux. Pas d'alcool. Et tout le monde se couche tôt.

La Beste a fait la grimace. Ouais, Darran avait de drôles d'idées en matière de fêtes...

Il y a soudain eu des éclats de voix de l'autre côté du camp et le hennissement d'un cheval : Alendro avait réussi à nous retrouver juste à temps, après une tournée dans les villages des environs. Il était épuisé ; ça se voyait qu'il avait passé la semaine à parcourir le pays à cheval et à faire des spectacles toutes les nuits. Mais il est quand même monté sur un tonneau pour attirer l'attention générale.

— Cet imbécile va nous faire repérer ! j'ai grogné en m'élançant vers lui.

Darran m'a retenue par le bras.

— Laisse-le, s'il te plaît.

Les filles et les gars se sont groupés en masse autour d'Alendro sans faire de bruit. À la lumière du soleil couchant, sa chemise blanche semblait avoir pris feu dans ses habits noirs, et son visage avait pris des teintes dorées comme ces statues des temples. Il n'y avait pas de vent, ce jour-là, et aucun bruit dans cette vallée déserte. Alors quand il a pris la parole, sans hausser la voix, la plupart des gens l'ont entendu.

— Ce soir, *damasellas* et *damasellos*, point de discours. Ce soir, j'ai préparé une chanson très spéciale. Une chanson juste pour vous.

Les filles de la troupe avaient appris à le respecter, elles savaient qu'il risquait chaque jour de se faire capturer par les milices et de se faire pendre. Alors quand il a commencé à chanter à voix basse, sans même sortir son luth, elles ont fait pour lui un silence complet.

Cette chanson très spéciale dont il parlait, c'était *Les fantômes*. Il venait de la composer, et pour une fois, elle ne célébrait pas Darran l'indestructible et sa hache : non, elle parlait de nous, de notre courage, de notre intelligence, de la façon dont on avait déjoué tous les pièges des soldats. Et depuis, ses paroles ont fait le tour du monde.

— « Marchons, sœur fantôme, marchons comme le vent », fredonna d'Arterac.

— « Les ombres pour royaume, le silence pour amant… », poursuivit Maura.

Je connais la chanson par cœur. Mais ce soir-là, je l'entendais pour la première fois. Dès le lendemain, les femmes et les hommes de la troupe se sont mis spontanément à s'appeler eux-mêmes « les fantômes ». On n'entendait presque plus parler de « panthères », de « colonne de Kenmare » ou de « Sanglantes ». Alendro nous avait donné un nom, et cela nous a toutes fait sentir plus proches les unes des autres.

Les femmes autour de moi étaient subjuguées. Elles ne pouvaient pas frapper dans leurs mains ni chanter avec lui, alors elles se balançaient en cadence toutes ensemble, et ça faisait comme des vagues dans une mer de femmes. Plus de deux cents filles se sont prises par la main, avec les quelques gars de Kenmare. Elles ont murmuré le refrain tout doucement, formant des cercles autour d'Alendro qui marchait dans l'ombre et le silence, comme dans la chanson. Darran lui-même s'est campé debout les bras croisés, les lèvres remuant avec le rythme de la mélodie. J'ai vu des femmes qui se haïssaient se prendre dans les bras en pleurant, j'ai vu des filles qui avaient été violées ou battues par des hommes embrasser des gars de Kenmare sur la joue, leur prendre la main et mettre de côté leur douleur.

« *Regardez-le se trémousser devant ces femmes…*, a dit Bragal dans ma tête. *Votre mère me dit que ce genre d'homme est un fléau pour les filles honnêtes.* »

J'ai marmonné rageusement entre mes dents :

— Nous, on croise la mort tous les jours, on se bat avec nos piques, avec nos pieds, juste pour survivre au lendemain. Et lui, qui se garde un de nos meilleurs chevaux et qui s'enfuit à la première alerte, il se fait une célébrité sur notre dos.

« Et vous verrez, après cela, il en profitera pour se pavaner comme un prince au milieu des filles. N'est-ce pas, Onagh ? Votre mère est d'accord avec moi. »

— Oui, il couchera sûrement avec une ou deux greluches, cette nuit.

Cette idée me remplissait de rage, pour une raison que je ne m'expliquais pas vraiment.

Alendro est descendu de son tonneau et a déambulé au milieu des guerrières, et alors il s'est passé quelque chose d'extraordinaire : la lumière rasante et rouge du soleil a traversé son corps comme s'il était fait de verre. La magie de spectacle d'Alendro était à l'œuvre, il se changeait en fantôme, et les femmes autour de lui ouvraient de grands yeux stupéfaits. On voyait à travers ses mains, son visage, son étrange vêtement en tissu noir, et quand elles essayaient de le toucher, leurs mains passaient à travers lui…

Alors il s'est arrêté juste devant moi quand la toute dernière strophe est doucement morte sur ses lèvres :

« Elles déploient dans la nuit
les ailes de leurs rêves,
les dames de Westalie. »

Il a cessé d'être un fantôme et le dernier rayon du soleil a caressé son sourire charmeur. Des centaines de filles nous regardaient tous les deux à la lueur du crépuscule, des centaines de voix se sont mises à murmurer ensemble : « Alendro, Maura ! Alendro, Maura ! »

Il m'a tendu la main.

— *Rosë rouja*, vas-tu encore déployer tes ailes d'oiseau, cette nuit ?

Je lui ai craché dessus.

— Vous êtes ridicule. Votre vêtement est démodé, votre jeu de scène éculé, je vois tous vos petits trucs de saltimbanque à dix lieues. Vous pouvez toujours éblouir une poignée de vagabondes en manque de spectacle, mais vous n'avez pas le moindre talent.

J'avais sorti ces mots de ma bouche comme on crache des braises. Le visage d'Alendro s'est décomposé. Son sourire s'est fané, ses yeux se sont éteints. Sa main est lentement retombée dans le vide.

— Je n'ai pas de… Je n'ai pas de talent ? a-t-il murmuré d'une petite voix misérable qui ne lui ressemblait pas.

Darran m'a regardée, il a regardé Alendro et il a simplement dit :

— Moi, j'ai trouvé cette chanson magnifique.

Alors je me suis penchée à l'oreille d'Alendro et j'ai chuchoté rien que pour lui :

— Tu te prends pour un prince, mais tu n'es même pas un homme.

Alendro a soudain disparu comme s'il avait fondu dans la foule. Pas assez vite, cependant, pour que je ne voie pas les larmes dans ses yeux. Les filles me regardaient toutes avec un air de reproche et je me suis mise à crier :

— Je suis donc la seule à voir clair dans son jeu ?

Quelqu'un m'a soudain collé une gifle à m'en dévisser le crâne, mon cou a craqué et j'ai failli me retrouver par terre. C'était La Beste.

— Darran a dit : aucun bruit.

Et j'ai lu dans son regard que je l'avais blessée. Peut-être parce que j'avais insulté Alendro. Peut-être parce que sa chanson l'avait fait se sentir plus grande et plus belle, peut-être parce que toutes les filles s'étaient aussi senties blessées.

« Laissez donc, mon amour. Votre mère me dit que toutes ces idiotes sont jalouses, car c'est vers vous que ce bellâtre s'est tourné en premier. »

« Mais je croyais que La Beste était mon amie… »

« Oh, vous êtes déçue, ma chérie ? Je suis navré d'avoir à vous le dire, mais aucune des femmes de cette troupe ne sera jamais votre amie. Elles ne vous aimeront pas vraiment. Pas comme je vous aime, moi. »

Chapitre 56

Je suis restée seule, ce soir-là. Les autres se sont couchées tôt, comme l'avait ordonné Darran, et la plupart d'entre elles se sont écroulées de sommeil sous l'abri précaire de la toile goudronnée. Moi, je ne dormais pas. Une boule de rage et de tristesse s'était formée dans ma gorge et je ne comprenais même pas pourquoi. J'essayais de me convaincre que c'était à cause de La Beste et de sa gifle, et je ruminais toutes les répliques cinglantes que j'aurais pu lui faire, quand quelqu'un m'a soudain secouée par le bras. Je me suis retournée en sursaut : c'était Muette.

— Qu'est-ce qui se passe ? j'ai chuchoté.

Elle n'avait pas de manteau sur elle, pas de couverture. En fait, elle ne portait qu'une chemise – et encore, toutes ses attaches étaient défaites.

— Eh ! Tu vas mourir de froid, viens donc te réchauffer contre moi.

Mais Muette m'a saisie par le bras avec une poigne surprenante et m'a tirée vers elle.

— Aïe, tu me fais mal !

Elle m'a obligée à me lever et à la suivre à travers les corps endormis. On n'y voyait rien, sous la toile goudronnée. J'ai dû enfoncer mes bottes dans le ventre de deux ou trois filles, parce que je me suis ramassé une bordée d'insultes.

— Qu'est-ce que tu veux ? Où tu m'emmènes ?

Je pouvais lui poser autant de questions que je voulais, hein, je savais bien qu'elle ne me répondrait pas. Mais contrairement à son habitude, elle n'a même pas essayé : elle avançait juste droit devant elle.

J'aimais bien Muette, elle était toujours de bonne humeur. À l'entraînement, elle était devenue redoutable avec une pique et, en tant qu'assistante de Tara aux approvisionnements, c'était un vrai dragon pour celles qui essayaient de négocier du rab.

J'étais tellement occupée à ne pas tomber que je n'ai pas vu les deux formes sombres se glisser dans mon dos. Quelqu'un a brusquement saisi mes mains par-derrière et écrasé sur mon nez un mouchoir imbibé d'une atroce odeur de pourriture. J'ai réprimé un haut-le-cœur et entrouvert la bouche : c'est là qu'on m'y a enfoncé un chiffon roulé en boule pour m'empêcher de crier.

— Bouge tes doigts de mindaran une seule fois et je te fracasse mon bâton sur la tête, a chuchoté une voix de femme à mon oreille.

Il y avait quelque chose avec le chiffon qu'on avait poussé dans ma bouche. Deux grosses baies rondes de la taille d'une cerise, un peu sucrées, que j'ai été forcée d'avaler. Qu'est-ce que c'était ? Du poison ?

— Suis-nous, a dit une autre.

J'ai eu tellement peur que j'ai failli perdre le contrôle de ma vessie, mes jambes étaient molles comme du beurre. J'ai été emmenée de force dans un endroit à l'écart du camp en contrebas, près d'un ruisseau.

« Bragal ! j'ai crié dans ma tête. *Bragal ! J'ai besoin de vous, au secours ! »*

— Tenez-lui bien les doigts, Breena dit qu'elle n'a jamais vu une mindaran aussi rapide qu'elle.

Cette fois, j'ai reconnu cette voix : c'était Tara la régisseuse. Alors, elle était du complot ? Elle qui avait toujours été douce avec moi ! Ça m'a fait mal de l'entendre. Tara et Muette me tenaient les doigts serrés, et l'odeur écœurante du mouchoir sur mon nez me donnait la nausée : impossible de me faire pousser des griffes.

— Pas de souci à se faire…, a répondu l'autre.

Gràinne ! Gràinne Braddy ! La sale garce qui avait fait de mon enfance un enfer au village !

— … la belladone va l'envoyer dans les nuages, d'après Breena, a poursuivi Gràinne. Dans cinq minutes, elle aura oublié comment elle s'appelle.

La belladone ? Alors elles m'avaient bien empoisonnée ! Je ne comprenais pas, je ne comprenais rien. Pourquoi de la belladone ? Pour me faire tenir tranquille et me mettre en travers d'un cheval ? Pour aller me vendre aux trois barons contre un sac d'or ?

J'ai hurlé dans mon bâillon et je me suis débattue. Un coup de bâton à la tête m'a arrêtée net. Un coup pas très puissant, juste assez pour me surprendre.

— Si tu gigotes encore, je frappe plus fort ! m'a soufflé Gràinne d'une voix pleine de hargne.

— Tout doux, Gràinne, ne lui fais pas de mal, a dit Tara.

— Elle se débat, cette idiote.

— Maura se débat toujours, a répondu Tara, tu le sais bien.

Gràinne m'a saisie par les cheveux et forcée à m'agenouiller pendant que Muette m'attachait les doigts ensemble avec un cordon de cuir pour m'empêcher d'utiliser mes pouvoirs. Je me suis retrouvée dans une boue glaciale à côté d'un ruisseau, les mains et les pieds attachés, incapable de faire un geste.

« Bragal, mon amour ! Dites quelque chose, aidez-moi ! »

Aucune réponse n'est venue.

Les trois traîtresses se sont levées. Gràinne a jeté son bâton et essuyé ses mains pleines de terre l'une contre l'autre. Et puis Tara a secoué la tête d'un air triste.

— Je suis vraiment désolée, ma chère Maura, nous n'avions pas le choix.

Pas le choix ? C'est comme ça qu'elle se justifiait ? Si je n'avais pas été attachée, j'aurais réduit son visage en bouillie.

Muette a avancé la main vers moi, j'ai reculé le buste par réflexe, mais, d'une façon qui m'a complètement prise au dépourvu, elle a simplement passé la main sur ma joue d'un geste tendre.

Sale fourbe. Je te hais. Je vous hais toutes !

J'ai continué à crier et à gigoter dans mes liens, je me suis à peine rendu compte qu'elles étaient déjà parties. La belladone commençait à faire effet : j'avais une boule de douleur au ventre et le visage en feu. Combien j'en avais avalé ? Deux baies ? Est-ce que j'allais mourir ?

Le pas léger d'un homme s'est approché dans l'ombre.

Nous y voilà. Un envoyé du baron. Qui va m'enlever à Darran et à la troupe. Qui va me torturer.

Je ne comprenais toujours pas. Si les hommes du baron savaient où nous étions, pourquoi n'attaquaient-ils pas avec leur armée ? Et s'ils voulaient enlever quelqu'un, pourquoi moi ?

— Alors, *rosë rouja*, a dit l'homme en s'accroupissant à ma hauteur. Quel beau ciel, n'est-ce pas ? Dans mon pays, on appelle ça une « nuit d'étoiles ». *Estola Nuoto.*

Chapitre 57

Je suis restée un moment sans comprendre. Alendro ? Alendro était un espion ? Il m'avait vendue ? J'étais sidérée, anéantie, j'étais… Des larmes ont coulé sur mes joues, j'ai étouffé un sanglot. *Alendro ! Pourquoi as-tu fait ça ?*

— Il dort ? m'a-t-il demandé.

Je n'ai pas compris sa question. Est-ce qu'il parlait de Darran ? Et maintenant, est-ce qu'il allait me traîner jusqu'à un cheval et…

— Il a toujours été un couche-tôt. C'est l'une des nombreuses différences entre nous.

Pendant un moment, Alendro n'a plus rien dit.

Il avait raison : le manteau de nuages s'était déchiré sur une trouée de ciel piqueté de milliers d'étoiles. À côté de nous, le ruisseau clapotait entre des rochers recouverts d'un fin chapeau de neige. C'était un endroit magnifique… et personne ne pouvait nous entendre. J'avais cessé de me débattre. Trop mal au ventre, trop faible.

— J'espère que tu pourras me pardonner un jour pour cela, *rosë rouja*.

Jamais.

— Je devais te parler mais tu ne m'aurais jamais écouté si j'avais essayé. Tu ne m'aurais pas laissé prononcer un seul mot.

Je voudrais n'avoir jamais entendu un seul mot de ta bouche, traître.

— Maura, ce regard que tu as quand tu poses les yeux sur moi, je l'ai déjà vu des dizaines de fois dans les yeux d'autres femmes. Crois-tu que tu sois la première à qui il ordonne de me haïr ?

Je ne pouvais pas parler et je ne pouvais pas me boucher les oreilles, mais rien ne pouvait me forcer à l'écouter. J'ai crié dans mon bâillon et j'ai secoué la tête dans tous les sens pour ne pas avoir à l'entendre. Alors Alendro a éclaté de rire.

— Tu n'abandonnes jamais, toi ! Tu es vraiment la plus têtue des femmes que je connaisse. Et j'en ai connu beaucoup, tu peux me croire !

Je n'en doute pas, beau parleur. Muette en chemise, en pleine nuit ? Tu as couché avec elle, c'est sûr. C'est comme ça que tu l'as fait entrer dans ta combine.

Merdasse, j'ai pensé. *Je l'ai écouté, finalement.*

— Les effets de la *belladona* vont se faire sentir de plus en plus fort. Tu auras d'abord très mal au ventre, ton cœur va battre plus vite et tu auras du mal à respirer. Sache que c'était le seul moyen pour moi de t'aider.

M'aider ? En m'empoisonnant ?

— La dose est petite : les effets devraient disparaître d'ici quelques heures. Mais en attendant, la *belladona* va plonger ton esprit dans le désarroi et la confusion, car c'est de confusion qu'il a besoin. Quelqu'un y a mis trop de barrières et de certitudes.

Je ne comprenais pas un seul mot de ce qu'il disait. Je commençais à plonger dans un monde étrange où le ruisseau ondulait doucement comme un serpent, où les rochers couverts de neige murmuraient des prières au Grand Kàn.

— Il dort, en ce moment, a répété Alendro. Son pouvoir est moins fort quand il dort. Et ce soir, c'est la Sainte-Bianca.

Pour tous les Gottarans, le calame est toujours plus faible les nuits de fêtes populaires.

Il ne semblait pas pressé d'aller me vendre aux barons. Apparemment, il préférait perdre son temps en jacasseries. Tant mieux : Darran finirait bien par s'apercevoir de mon absence et par venir jusqu'ici lui fracasser la tête.

— Tu comprends, *rosë rouja* : quand les gens font la fête, ils ne pensent plus aux rois, aux princes et aux personnes célèbres, ils se libèrent la tête de tout cela. Ils boivent, ils dansent, ils font l'amour et ils s'endorment sous les étoiles, en rêvant de chansons et de tendres bras. Tous ceux qui possèdent du calame redoutent ces moments où leur pouvoir sur les âmes s'affaiblit. J'ai pensé que ce serait la bonne nuit pour te parler.

Un peu plus ou un peu moins de calame, ça n'empêchera pas Darran de te botter les fesses tellement fort que tu iras les voir de près, tes putois d'étoiles.

Malgré tout, son petit discours commençait à me mettre mal à l'aise. J'avais compris, au fond de moi, de qui il parlait.

— Je me suis d'abord demandé pourquoi tu étais devenue si froide d'un seul coup avec moi. Alors d'autres questions me sont venues : comment savais-tu tous les mouvements de l'ennemi ? Comment avais-tu réussi à survivre à Kiell, toute seule ? Tu as dit que tu avais trouvé le souterrain toi-même, mais…

Il a secoué la tête. Des paillettes d'or sont tombées de ses cheveux. À moins que ce ne soit un effet de la belladone.

— J'ai mené ma petite enquête auprès des filles : la princesse avait refermé la porte du souterrain derrière elle. Cette porte était dissimulée dans le mur et il fallait connaître le mécanisme secret pour entrer.

De profonds cernes marquaient son visage, et sa voix était enrouée à force de chanter et de passer des nuits blanches. Mais il me parlait avec douceur.

— Et ta façon de te changer entièrement en aigle, puis de redevenir humaine ! Il fallait que tu aies un pouvoir amin-guela pour réussir, le pouvoir de contrôler les esprits. Qu'une puissante mindaran comme toi apprenne une deuxième forme de magie, cela n'a rien d'étonnant. Mais pourquoi le pouvoir amin-guela ? Il ne te ressemble pas, Maura. Tu n'es pas de celles qui manipulent les gens. Pardon, *rosë rouja*, mais… tu n'es pas de celles qui *s'intéressent* suffisamment aux gens, en dehors des quelques personnes que tu aimes. Ton amour à toi va aux animaux et à la nature.

Il parlait un peu plus fort, maintenant, sans s'en rendre compte, et il faisait des gestes avec ses mains comme il le faisait toujours. Sous l'effet de la belladone, je voyais des plumes sur ses bras et il m'apparaissait comme un immense oiseau sur le point de prendre son envol.

— Et puis, j'ai compris tout à coup : ce pouvoir, pour toi, ce n'était pas un moyen de manipuler les esprits des autres. C'était une défense de ton esprit pour *ne pas* être manipulée. C'est pour cela que j'ai de l'espoir pour toi. Il n'avait pas prévu que tu développes ce pouvoir, je suis sûr qu'il ne l'a même pas remarqué. Il a toujours eu trop confiance en lui. Les gens, il ne les voit pas vraiment. Ce sont des objets, pour lui. Il est capable d'être ébloui par la beauté d'un bel esprit, mais cette beauté, il ne l'admire pas : il la convoite.

Alendro m'a fait un sourire triste.

— Moi, j'aime la beauté. Je n'essaie pas de la comprendre ou de la posséder, il me suffit de la regarder pour être heureux.

La beauté ? De quoi me parlait-il ? J'avais horriblement soif et une bile acide me remontait dans la gorge. Tous les mots d'Alendro se bousculaient dans ma tête. Le torrent rigolait en me regardant, les rochers priaient de plus en plus fort et me traitaient de mécréante.

— Je croyais que tu serais trop forte pour lui, je croyais qu'il ne pourrait jamais entrer dans ton esprit. Mais peut-être que… que c'est volontairement que tu t'es ouverte à lui ? Pour Darran, c'est cela ? Pour Darran et la rébellion, pour que Bragal nous aide ? Oh, *rosë rouja*… Tu lui as offert ton brillant esprit pour nous sauver ?

Bragal. Il avait enfin prononcé son nom.

Je crois que je l'avais su depuis le début ; Alendro n'avait jamais eu d'autre but que de me parler de son frère : pas d'or, pas de traîtrise, pas de baron. Il avait juste voulu m'aider. Et pour cela, il avait convaincu trois femmes, Kàn savait comment, de me ligoter, de m'intoxiquer et de m'emmener jusqu'ici.

Ce qui me troublait encore plus, c'est que je n'éprouvais plus pour lui ni dégoût ni mépris. Était-ce aussi un effet de la belladone ? J'aurais dû le haïr encore plus fort, pour ce qu'il venait de me faire, mais curieusement, c'était l'inverse : ma colère contre lui s'était évanouie. Et cela me faisait peur, comme si le sol s'effondrait sous mes pieds, comme si mes certitudes s'écroulaient soudain.

— Combien de temps ? a-t-il demandé. Depuis combien de temps est-il là-dedans ?

Il a fait le geste de se tapoter le crâne du bout du doigt : dans ma tête, son index faisait un petit bruit mouillé de bisou chaque fois qu'il touchait sa tempe.

— Depuis Kiell ou peu après, a-t-il répondu lui-même. Au moins trois mois en tout cas. Tu sais, je n'ai jamais réussi à sauver une femme qui était restée sous son emprise plus de trois jours. Après ça, c'est *finido*, il n'y a plus rien à faire, ses griffes ont eu le temps de s'enfoncer trop profondément dans son esprit. Pour elle, Bragal devient l'égal d'un dieu, elle mourrait et tuerait pour lui. Et cela se finit toujours de la même façon : au bout d'un moment, il se lasse de son jouet humain. Alors elle est dévorée par l'obsession de lui plaire et de le séduire à nouveau, mais elle ne l'intéresse plus. Le désespoir emporte cette femme lambeau par lambeau et, tôt ou tard, elle finit toujours par se pendre ou par se jeter du haut d'un pont.

Les mots d'Alendro ont ouvert un gouffre en moi. J'ai regardé autour : le ruisseau avait disparu, ainsi que la montagne. J'étais sur un escalier vertigineux au-dessus du vide et je grimpais toujours plus haut, marche après marche, avec la certitude qu'une fois arrivée à la dernière, je chuterais dans l'abîme. Une terreur pure s'est emparée de mon esprit. Je me suis mise à trembler, à gémir, à tirer sur mes liens comme si c'étaient ces dérisoires petits bouts de chanvre qui me retenaient réellement prisonnière.

— Il choisit toujours des femmes intelligentes et libres, à l'esprit fort, a poursuivi Alendro.

Il m'a regardée intensément et il a serré les poings. L'escalier a disparu, son visage en face de moi était crispé sur une expression douloureuse.

— Mais toi, *rosë rouja*, tu es plus forte encore qu'il l'imagine !

Il s'est approché de moi, mais il n'a pas commis l'erreur de me toucher. Il savait que c'était trop tôt.

— Je n'ai jamais rencontré d'esprit aussi sauvage que le tien. Il t'a peut-être mise en cage, mais tu peux en briser les barreaux.

D'un geste vif, précis, il m'a arraché le bâillon sans même effleurer ma peau. J'ai aussitôt vomi un flot de liquide noir. Quand j'ai relevé la tête, malgré ma faiblesse physique, malgré mes liens aux poignets, malgré l'humiliation de cette matière gluante qui coulait de mes lèvres, je ne m'étais jamais sentie aussi libre depuis trois mois. Non, je n'ai pas hurlé. Je n'ai pas appelé Darran.

— Co… Comment tu… tu as…

— Ne parle pas trop, Maura.

— Comment as-tu convaincu Muette, Tara et Gràinne de…

— Tara ? Ce n'est pas moi qui l'ai convaincue, c'est elle qui est venue me voir pour me supplier de t'aider.

— Alors c'est… elle qui a eu l'idée de…

— De t'enlever et de t'attacher ? Oh non, l'idée ne vient pas d'elle. Ce genre d'idée ne viendrait jamais à l'esprit de Tara.

— Alors qui… qui a eu cette idée ?

— C'est toi.

J'avais le corps tellement brûlant que je voyais des flammes sortir de mes bras, et je ne comprenais toujours rien de ce qu'il disait.

— Moi ?

— Tara s'est aperçue que tu murmurais dans ton sommeil, nuit après nuit. Tu répètes la même chose pendant des heures : « Au secours, libérez-moi. » Elle a d'abord pensé que tu rêvais, mais depuis quelque temps, tu lui saisis la main dans ton sommeil et tu l'appelles par son nom. Parfois, tu appelles aussi Muette ou La Beste. Tara se soucie de toi, tu sais ? Elle est allée voir Breena, qui est restée toute une nuit à côté de toi à t'écouter, et à un moment, tu as dit : « Je crois qu'Alendro sait », alors elle est venue me parler. Elles n'ont aucune idée de ce qui t'arrive, elles ont juste voulu t'aider. Tu as de bonnes amies, Maura. Muette a accepté de t'aider parce qu'elle t'aime beaucoup, et Gràinne parce qu'elle adorait l'idée de te donner des coups de bâton. Mais ta meilleure amie, c'est toi-même.

— Pou… Pourquoi Muette était en chemise ? Tu as couché avec elle ?

Il a ouvert de grands yeux étonnés ; ce n'était pas la question à laquelle il s'attendait. Muette s'était probablement juste changée avant de dormir… Mais il a fait un geste des deux mains. Dans ma tête, c'étaient les deux ailes d'un grand papillon.

— Toutes les femmes le voudraient, *rosë rouja*, mais je ne peux pas toutes les satisfaire !

— Ce soir, j'étais trop occupé, a-t-il poursuivi avec un sourire. Je devais préparer un spectacle très spécial pour sauver une amie.

Et il a ajouté, l'air soudain très préoccupé :

— À ce propos, pensais-tu vraiment ce que tu disais tout à l'heure ? Quand tu as dit que je n'avais aucun talent ?

— Alendro, je… j'aime Bragal, je suis amoureuse de lui. Je vais me marier avec cet homme.

Cette fois, il a tranché mes liens, il a pris mes mains dans les siennes et il s'est passé quelque chose à son contact, un frisson est remonté le long de mon corps. J'ai eu chaud, et froid, et chaud de nouveau, et j'aurais donné tout ce que j'avais pour qu'il ne lâche jamais mes mains.

— Répète après moi, Maura : tu ne vas pas te marier avec Bragal.

J'ai pris une grande inspiration, et un soulagement intense m'a traversée quand j'ai prononcé ces mots :

— Je ne vais pas me marier avec Bragal.

— C'est bien, *rosë rouja* ! Je ne pensais pas que l'on irait si loin ce soir.

J'ai vu l'eau du ruisseau monter, monter, déborder de son lit et couler entre mes pieds. Elle a atteint mes jambes et ma taille, et c'était comme si l'eau nettoyait mon corps d'une matière noire, que le courant arrachait à moi. Alors

Alendro a remonté ses mains le long de mes bras, et les a posées délicatement sur mes joues rouges de fièvre.

— Est-ce que je vais me souvenir de tout cela demain ? j'ai demandé.

— Demain, tout redeviendra comme avant. Tu renieras ce que tu m'as dit cette nuit et tu me haïras de nouveau. Je n'aurai probablement plus d'occasion de te parler : quand la fête de la Sainte-Bianca sera terminée, son calame sera de nouveau fort et son emprise sur ton esprit redeviendra complète.

La terreur m'a saisie de nouveau.

— Alors… tout ça n'aura servi à rien ?

— J'espère que si, *rosë rouja*. Peut-être garderas-tu enfoui en toi le souvenir de ce qui s'est passé cette nuit. Peut-être cela t'aidera-t-il à briser le joug de Bragal si ton pouvoir amin-guela devient un jour assez fort pour cela.

Il m'a souri et il a murmuré :

— Et maintenant, répète encore cela après moi : tu n'es pas amoureuse de Bragal.

— Je… Je ne suis pas amoureuse de…

Quelque chose bloquait dans mon esprit, une force inconnue qui refusait que je finisse ma phrase. Alors j'ai laissé pousser mes griffes au bout de mes doigts, je les ai enfoncées dans mes propres poignets.

— Je… Je ne suis pas amoureuse de…

— Vas-y, c'est bien. Tu y es presque.

Et je me suis mise à hurler comme une démente :

— Je… Je *hais* Bragal ! Je veux le crever, le *crever*, tu m'entends ?

Chapitre 58

Le conteur sursauta quand Maura se leva brusquement en renversant sa chaise, le visage déformé par la rage.

— De ma vie, je n'avais jamais ressenti une telle haine, conteur. Si Bragal avait été devant moi cette nuit-là, je lui aurais sauté à la gorge, je lui aurais déchiqueté les chairs, j'aurais plongé mes mains dans son ventre et j'en aurais arraché les entrailles !

Des éclats de rire retentirent dans le couloir et deux hommes passèrent en courant devant la porte avec des torches. Maura se calma soudain et passa une main dans ses cheveux.

— Bragal m'a rendue plus forte, sans doute. Mais j'aurais mille fois préféré ne jamais avoir connu cette haine.

« *Bonjour, ma chérie, avez-vous bien dormi ?* m'a-t-il demandé au réveil. *Dépêchez-vous de vous préparer, la journée sera longue.* »

« *Je… Bonjour, Bragal. Je voulais vous dire quelque chose…* »

Je me souvenais très vaguement de ce qui s'était passé la veille, c'était comme les bribes d'un rêve. Je ne pouvais pas y repenser sans frissonner de peur. Avais-je dit du mal de Bragal ? De l'amour de ma vie ? Il me revenait en mémoire des mots que j'avais prononcés et qui me faisaient maintenant terriblement honte.

« Oui ? J'espère que c'est important, car vous n'avez guère de temps à perdre. »

« Je vous aime, Bragal. Je vous aime de tout mon cœur, et je suis tellement heureuse de savoir que nous allons nous marier, vous et moi. J'attends ce moment avec une grande impatience. »

« Bien bien bien. Je suis ravi de l'entendre. »

Autour de moi, les filles dormaient encore, mais Tara était assise dans les ombres et m'enveloppait d'un regard inquiet.

— Je vous déteste, ai-je dit d'une voix sourde. Muette, Gràinne et surtout toi.

Tara a souri tristement et m'a soufflé à l'oreille :

— Parfois le rôle des amies est de vous sauver de vous-même. Je serai toujours là pour toi, Maura.

« À qui parlez-vous, ma chère ? »

« À personne, mon amour. »

Au réveil, le paysage avait changé : il neigeait dru et la vallée s'était comme adoucie sous cette caresse, estompant ses rochers et ses aspérités. Nos guetteuses en contrebas avaient repéré l'armée ennemie beaucoup plus près que nous ne le pensions, à quelques heures de marche à peine. Si le Baron de Fer l'avait su, il aurait envoyé sa cavalerie lourde à l'attaque et c'en aurait été fini de nous.

C'est donc dans un silence presque surnaturel que les « fantômes » ont replié les toiles goudronnées recouvertes de neige et harnaché les chevaux aux chariots. Il faisait plus froid que la veille et le vent avait forci. Alendro avait de nouveau disparu, mais quelques filles fredonnaient encore tout bas sa chanson de la veille, un sourire aux lèvres. Aujourd'hui, c'était le jour de la délivrance : après trois mois de traque, nous allions enfin trouver un refuge. On avait toutes hâte de franchir la frontière.

On s'est mises en route à l'aube et on n'a plus entendu que le grincement des roues des chariots, le pas lourd des sabots des chevaux et le vent léger soulevant la poussière de neige.

« *Le Baron de Fer s'est mis en route, lui aussi,* m'a annoncé Bragal, *je n'ai pu le retarder davantage. Il s'est juré de vous rattraper avant votre arrivée à la frontière, et même de vous poursuivre au-delà s'il le faut.* »

« *Alors, il lui faudra affronter les Lehrs en plus de notre troupe…* »

« *Vos pensées sont étranges, ce matin, ma chérie. Je sens en vous comme une… fatigue, peut-être. Êtes-vous sûre que vous avez bien dormi, cette nuit ?* »

Je n'ai rien répondu. Je ne voulais pas lui mentir. Je ne voulais pas non plus lui dire la vérité.

« *Je veux me marier vite, Bragal. Je le ferais dès aujourd'hui, si vous étiez là.* »

« *Patience, ma petite mindaran. Je veux que cela soit parfait.* »

« *Je ne veux pas attendre.* »

« *Votre enthousiasme me va droit au cœur. Votre mère est ravie également, elle dit que nous serons très heureux ensemble.* »

« *Ne vous prend-elle pas pour son mari Karech ?* »

« *Eh bien… ces derniers temps, votre mère est devenue… comment dire ? Un peu confuse, peut-être.* »

« *Comment ça ? Elle va bien, au moins ?* »

« *Oh, parfaitement bien. Son esprit vagabonde parfois loin des choses matérielles de ce monde, voilà tout. Mais elle approuve notre union et elle est très heureuse pour nous deux, soyez-en assurée…»*

Darran était avec moi en tête de la colonne, à pied, et la princesse restait à l'arrière-garde avec Dounia et leur nouvelle grande amie Bodicée-la-mercenaire.

— Tu crois que les Lehrs vont finir par se montrer? ai-je demandé à Darran.

— Oui.

— Tu en as déjà vu, toi? Tu en as déjà combattu?

— Non. Et non.

— Quand j'étais petite, Tomey me traitait parfois de «sale Lehr puante». Ils puent vraiment, les Lehrs? La Beste dit que leurs femmes se battent encore plus férocement que les hommes. Et que leurs anciens fabriquent un alcool à base de lait de yack. Ça doit avoir un goût bizarre, non?

Un grand oiseau de proie est passé loin au-dessus de nos têtes, comme je n'en avais jamais vu à Kenmare – trop haut pour que je puisse toucher son esprit.

— Ça te dérange quand je te parle? je lui ai demandé.

Il a enfin tourné la tête vers moi et j'ai cru voir un demi-sourire sur son visage.

— Pas du tout.

Pendant un long moment, il n'y a plus rien eu d'autre que le vent sur nos visages et le crissement de nos pas dans la neige. La pente grimpait dur, et sur nos flancs, les deux versants de la vallée se sont inclinés de plus en plus jusqu'à devenir presque des falaises de roche. Au bout d'une heure de marche, le col, qui avait paru si près vu d'en bas, ne semblait pas s'être approché d'un pouce.

— Ils nous attendent là-haut, ai-je dit à voix basse.

Les Lehrs étaient trop loin pour que je puisse les entendre. Mais ce que j'entendais en revanche, c'était le silence: les bêtes avaient déserté le col, elles avaient flairé l'homme.

— En combien de temps on y sera, tu crois ? j'ai demandé. Une heure ? Deux heures ?

— Quatre.

— Pourquoi se cachent-ils de nous ?

— Ils se méfient.

— Ils nous tendent une embuscade ?

Darran a longtemps gardé le silence. Il a plongé la main dans sa poche, en a sorti ses graines rouges et, après les avoir soupesées dans sa paume, il a répondu :

— Je ne crois pas.

— Pourquoi ? Ce sont tes graines qui te l'ont dit ?

Je lui avais mille fois demandé ce que c'était, pourquoi il les regardait et les écoutait, mais je n'avais jamais eu la moindre réponse. Et ce jour-là, je ne sais pas pourquoi, il a lâché à voix basse :

— Ce ne sont pas des graines.

— Alors qu'est-ce que c'était ? fit soudain le conteur. Vous l'a-t-il enfin dit ? Les avait-il rapportées de la guerre ? Y avait-il un rapport avec sa brûlure à l'épaule ?

— Je n'en sais pas plus que vous, conteur.

Il agita les bras en l'air, surexcité.

— Comment sont-elles, ces… ces petites choses rouges ?

— Opaques et sombres. Très rondes, régulières, chacune à peu près de la taille d'une perle.

— Peut-être des perles en bois d'un collier de femme, qui auraient été taillées par son père ébéniste ? Un souvenir de sa mère qu'il n'a jamais connue ? Ou de Rachaëlle, son ancien amour ? Et si c'étaient des rubis qu'il aurait volés au prince Erik, son ancien maître pendant la guerre ? Ses fontes étaient pleines d'or en revenant à Kenmare, peut-être y avait-il aussi des pierres précieuses !

— Il les consultait, en tout cas, comme si elles lui parlaient ou lui adressaient un signe. C'était très étrange.

— Des pierres au pouvoir magique ? Un trésor ancien des rois et des princes ? Par elles, Darran aurait pu apprendre autrefois sur son maître un secret qu'il n'aurait jamais dû savoir. Cela pourrait expliquer pourquoi le prince a envoyé Osgarat à ses trousses pour lui rapporter sa tête !

— Moi aussi, je l'ai harcelé de questions, fit Maura en secouant la tête, frustrée, et je n'ai jamais eu de réponses.

Le conteur frotta son crâne chauve avec fébrilité, oubliant un instant sa fille, la guerre et le monde entier pour se concentrer sur sa légende et ses mystères. Il releva soudain la tête et ses yeux brillaient de plaisir :

— Vous, peut-être pas, fit-il finalement avec un sourire, mais… à présent, je peux l'interroger moi-même !

Maura haussa les épaules.

— Libre à vous de tenter votre chance, mais je vous préviens : je suis à peu près la seule personne au monde à qui il confierait un secret. Ça m'étonnerait qu'il vous en dise plus à vous qu'à moi.

— Eh bien, nous verrons cela, marmonna le conteur. Je suis impatient de vous entendre raconter la bataille de Qua-Lehr, mais j'irai ensuite le trouver.

Chapitre 59

Darran avait raison : il nous a fallu encore quatre heures pour atteindre le col. Plus on s'approchait et plus la pente était raide. Les chevaux tremblaient sous l'effort et grelottaient malgré les couvertures jetées sur leurs reins. Les fantômes poussaient les chariots par l'arrière pour les aider, mais les roues bloquaient souvent sur des caillasses rendues invisibles par la neige. Alors qu'on était à cent pas du col, La Beste nous a rejoints en tête de cortège.

— Qua-Lehr, « la chauve-souris de Lehr », a-t-elle murmuré à Darran.

C'est vrai qu'avec son espace plat entre deux pics massifs, ce col avait un peu la forme d'une tête de chauve-souris, qui aurait eu des oreilles longues et pointues. C'était l'endroit rêvé pour une embuscade, en tout cas. Le passage ne faisait pas plus de cinquante pas de large.

— Il y a des hommes ici, ai-je dit le cœur battant. Je sens leur odeur.

— Après trois mois de marche, l'instant de vérité…, a fait La Beste.

D'un seul coup, le sol a tremblé. De petits éclats de rocher ont dégringolé des pentes, une plaque de neige s'est décrochée et s'est effondrée à quelques mètres devant nous en soulevant un nuage de cristaux de glace. Toute la troupe s'est arrêtée net. De nouveau, la montagne tout entière a vibré sous nos pieds. Quelque chose devant nous s'approchait. Quelque chose d'énorme.

Alors il est apparu, ombre gigantesque, qui obstruait tout l'espace du col. Un géant. Un yack sauvage de la taille d'un château fort. Il était noir, bossu, ses cornes larges comme des troncs d'arbre, longues comme la lune, et son pelage épais descendait jusqu'au sol. Dans ses naseaux ronflait un souffle puissant qui se changeait en volutes argentées, et ses gros yeux ronds, placides, reflétaient quelque chose qui était au-delà de l'intelligence, au-delà de la sagesse. Comme un reflet d'éternité.

— Quelle merveille…, ai-je murmuré.

— Yeqh, a dit Darran.

— Le dieu protecteur du peuple Lehr, a dit La Beste, qui a fait par réflexe le triangle de Kàn sur son épaule. Je croyais que c'était une légende !

Darran a répondu à voix basse :

— *C'est* une légende.

« *Bragal, tu vois ça ?* » ai-je pensé.

« *Par le Kàn, quelle monstruosité ! Mon amour, cette créature est mortellement dangereuse ! Surtout, ne…* »

Mais soudain, par centaines, les Lehrs sont apparus sur nos flancs, comme surgissant des rochers qui les avaient cachés à nos yeux. Ils étaient perchés sur les pentes presque verticales, en équilibre sur des saillants minuscules comme ces bouquetins qui escaladent des falaises. Ils portaient sur leurs visages des crânes de cerf qui leur donnaient un air redoutable et sinistre. Leurs fourrures blanches les rendaient presque invisibles sur la neige et ils étaient armés de longs arcs en corne ainsi que de courtes lances. Ils auraient pu nous cribler de flèches et on n'aurait rien pu faire pour les en empêcher : ils étaient trop hauts et il n'y avait nulle part où se mettre à couvert.

Darran a levé la main et a touché ses deux joues, l'une après l'autre, pour demander la paix de Kàn sur nous.

« Maura, ma chérie, le Yeqh est l'œuvre du calame de tout un peuple. Il est redoutable ! Je vous en conjure, tenez-vous-en éloignée ! Ce genre de créature est sauvage et sanguinaire, elle pourrait… »

Mais soudain, la voix de Bragal a été soufflée dans mon esprit. Une flamme de bougie effacée par le vent. Géant, le yack l'était aussi par l'esprit : sa seule présence faisait disparaître celle de Bragal. L'énorme tête de l'animal s'est lentement abaissée, sa bouche aux lèvres épaisses a frotté contre le sol gelé. Il a avancé une patte, puis une autre, faisant gronder le roc autour de lui, et s'est approché de nous si près que j'aurais pu courir et me plonger dans la fourrure de son cou. La Beste a instinctivement reculé, Darran est resté campé sur ses jambes, et moi… je me suis avancée vers le dieu, les yeux écarquillés. De ma vie, je n'avais jamais vu de bête aussi puissante, aussi magnifique.

— Maura, reviens ! a crié La Beste derrière moi.

Je l'ai à peine entendue.

— Yeqh, j'ai murmuré. C'est ton nom, n'est-ce pas ? Comme tu es beau.

Le yack a posé ses yeux sur moi et c'était comme si je plongeais dans un abîme. Il y avait un monde dans ces yeux-là, un univers d'une profondeur insondable.

Alors Yeqh m'a parlé.

Je ne saurais dire s'il a réellement prononcé des mots ou si c'est à mon esprit qu'il s'est directement adressé. Je ne pourrais même pas vraiment exprimer ce que j'ai entendu. C'était au-delà des paroles, c'étaient des sensations, des images, des émotions intenses. Et je n'ai sans doute compris qu'une infime partie de ce qu'il exprimait.

Enfants de la plaine.

C'était par ces mots qu'il me désignait, moi, ainsi que tous les autres rebelles de la troupe. Ce nom, il le donnait à tous ceux qui n'étaient pas de sa montagne, et il portait mille sens : la chaleur, les forêts humides, les fleuves paresseux et les horizons immenses. Il évoquait les amours au bord de l'eau, les vaches aux pis gonflés de lait, les hommes au labour. Mais il appelait aussi d'autres scènes plus sombres : les chevaliers aux armures brillantes qui franchissaient les cols au printemps. Le pillage, le meurtre et l'enlèvement de femmes, la menace qui rampait au pied des montagnes et montait comme des vagues sanglantes, que Yeqh et son peuple devaient sans cesse repousser. La guerre ancestrale entre la Westalie et Lehr.

Enfant de la plaine.

Que voulait-il dire ? Les mêmes mots. Mais cette fois, je crois qu'il parlait de celle qui se tenait devant lui et dont il lisait l'esprit comme un livre. Un écureuil, un loup noir, un aigle. La cabane de mon enfance, ma mère Onagh, la maison-au-dragon de Darran et le château de Kenmare. C'était tout cela qu'il voulait dire à la fois.

— Yeqh, nous demandons refuge dans ton pays. Les chevaliers et les soldats pleins de haine nous poursuivent nous aussi, ce sont aussi nos ennemis. Nous avons besoin de traverser tes montagnes.

Enfants de la plaine, a répondu Yeqh.

Et ces mots évoquaient maintenant mille nouvelles choses. C'était une réponse à ma demande. Pour lui, nous étions des *enfants de la plaine,* nous l'étions tous : le Baron de Fer, les fantômes, Darran et moi, il ne faisait aucune différence entre nous. Nous étions la multitude qui menaçait de submerger son pays. Le danger. Les envahisseurs. Et j'ai compris en une seconde que ces archers sur les pentes du col n'étaient pas là pour nous accueillir, ils n'étaient même pas là pour nous tenir à distance. Non : ils étaient venus pour nous exterminer, ils n'attendaient qu'un signe de sa part.

— Nous ne sommes pas là pour faire la guerre !

Les balistes sur nos chariots, nos épées, nos lances, nos haches, les arbalètes attachées dans le dos des Sanglantes : Yeqh m'a laissée voir à travers ses yeux tels que nous lui apparaissions, comme pour me faire comprendre quelque chose. Pourquoi nous étions dangereux. Pourquoi il devait nous piétiner, nous refouler, nous massacrer jusqu'au dernier. Ce n'était pas par haine ou par vengeance pour toutes les guerres passées. C'était pour la survie, la défense du territoire, les pâturages pentus, les villages à flanc de montagne, les troupeaux de chèvres. Yeqh n'était pas un prédateur, c'était le dominant d'une harde, et cette harde était le peuple Lehr tout entier.

— Non, ne faites pas ça ! ai-je crié. Si vous nous laissez traverser le col, nous abandonnerons nos balistes, nos armes et même nos chariots ! Nous vous paierons avec de l'or, puis nous repartirons et nous ne reviendrons jamais !

Yeqh n'a rien répondu. Par ses naseaux, il a soufflé un air tiède qui a tourbillonné autour de moi et m'a enveloppée tout entière. C'était un geste de partage : Yeqh me réchauffait. Il nous massacrerait peut-être à la fin de notre échange, mais pendant cet instant de palabre, il était tendre et protecteur. Pour autant, il refusait ma requête : non, Yeqh ne nous laisserait pas traverser ses montagnes, rien ne pourrait le faire changer d'avis. Je le voyais, je le sentais. Il ne mettrait jamais la harde en danger.

— Derrière nous vient la guerre, ai-je dit un ton plus bas. D'autres *enfants de la plaine*. Plus nombreux, mieux armés, plus féroces. Aujourd'hui, ils sont venus pour nous. Demain, ils viendront pour vous. Ce sont nos ennemis *et* vos ennemis. Si vous nous attaquez, nous nous défendrons, vous perdrez des membres de la harde. Mais eux ne perdront rien. Ils se réjouiront de notre mort, car nous avons bravé leurs lois, ce que personne n'avait jamais fait avant nous.

Yeqh a retenu son souffle pendant un long, long moment. Il a levé la tête, observé notre colonne, nos chariots, ces femmes et ces hommes qui grelottaient de froid dans leurs vêtements trop minces. Et je crois que, éclairé par mes paroles, il a vu au-delà de cette poignée de fugitifs. Dans son esprit, j'ai vu les flammes d'un incendie, un embrasement de l'immense plaine, et lui, Yeqh, observait le feu depuis sa montagne et se réjouissait pour sa harde. Oui, c'est à travers les yeux de Yeqh que j'ai compris pour la première fois l'importance de notre combat pour la Westalie. Le royaume tout entier pourrait se soulever contre le Roi Lumière, nous pouvions être l'étincelle qui répandrait le feu.

Alors, il m'a de nouveau toisée de ces yeux mondes, il a battu des paupières et il a prononcé quatre derniers mots :

Enfant de la forêt.

C'était le nom qu'il me donnait, à *moi seule*. Et je sus aussitôt, avec une certitude absolue, qu'il avait décidé de nous épargner. J'avais désormais un nom, pour lui. Et à ceux qu'il piétinait de ses sabots pour la harde, il ne faisait pas le don d'un nom.

Yeqh a tourné la tête, son corps immense s'est courbé sur le côté, ses pattes se sont mises en mouvement et il a fait demi-tour vers le col de sa démarche de géant. J'ai regardé son dos rond aux muscles puissants, à la fourrure épaisse, disparaître peu à peu derrière le passage entre les deux montagnes.

Je ne l'ai plus jamais revu.

Chapitre 60

— Alors ? m'a demandé La Beste d'une petite voix en s'approchant. Il… Il va nous laisser passer ?

Je crois que c'était la première fois que je voyais de la peur dans son regard. La Beste n'avait peur de personne et elle ne craignait pas la mort, mais Yeqh n'était ni l'un ni l'autre. C'était un dieu marchant parmi les hommes.

— J'ai cru qu'il allait te dévorer, a-t-elle dit, il n'arrêtait pas de grogner, il montrait les dents.

— Il ne grognait pas, il me parlait. Tu ne l'as pas entendu ?

Darran s'est approché à son tour, observant les guerriers Lehrs sur les pentes, qui n'avaient pas bougé d'un cil tout ce temps et qui continuaient de nous menacer de leurs arcs.

— Ils n'attaqueront pas.

Ce n'était pas une question. Le guerrier en lui l'avait compris. À moins que ce ne soit ses graines – qui n'étaient pas des graines.

La princesse est remontée le long de la colonne en courant, malgré la neige épaisse, et elle est arrivée devant nous rouge comme une crête de coq.

— La créature est partie, n'est-ce pas ? Qu'attendez-vous pour avancer ? Quelles conditions avez-vous négociées pour le passage des panthères ?

Elle était peut-être la dernière de la troupe à appeler *ses* guerrières « les panthères ».

— Il n'y aura pas de passage, ai-je dit en secouant la tête.

— Quoi ? a crié La Beste. Qu'est-ce que tu as foutu, gamine ?

— Par toutes les Saintes ! a hurlé la princesse. Je vous ai vue de loin, en train de vous improviser ambassadrice pour nous toutes, comme si vous aviez la moindre autorité et le moindre talent pour cela ! Et vous avez échoué, bien sûr !

Elle s'est tournée vers Darran :

— Et vous, vous l'avez laissée faire ? Vous n'avez même pas jugé utile d'attendre que je sois là ?

Darran ne l'a même pas regardée.

— Taisez-vous.

J'ai cru que la princesse allait s'étouffer de rage.

— Sachez que notre accord ne tient qu'à un fil, Darran, a-t-elle sifflé d'une voix glaciale. C'est moi, la princesse de Westalie. Et c'est moi qui monterai un jour sur le trône, n'oubliez jamais cela, petit roturier de basse province.

— Les Lehrs nous écoutent, a simplement répondu Darran.

Plusieurs guerriers et guerrières Lehrs avaient encoché une flèche et nous observaient d'un air méfiant.

— Au moindre signe d'agressivité de notre part, ai-je dit d'une voix blanche, ils reviendront sur l'accord.

— L'accord ? a fait la princesse, ulcérée, mais un ton plus bas. Ils nous ferment l'accès à leurs montagnes ! Alors de quel accord me chantez-vous ?

— Taisez-vous, a répété Darran.

L'un des Lehrs était en train de descendre de la pente en quelques bonds. Puis il a chaussé des raquettes et s'est avancé vers nous à pas rapides. Comme les autres, son visage était dissimulé sous un crâne de cerf qui lui tombait jusque sur la poitrine, mais de près, sa démarche et la forme de son corps trahissaient une femme. Une guerrière, au vu du sabre qui pendait dans son dos. Elle portait une magnifique armure de bois laqué sous une peau de loup et des gants en fourrure de renard des neiges. Elle s'est campée à dix pas devant nous, bras croisés en signe de défi, et elle a crié pour couvrir le bruit du vent :

— Enfant-de-la-forêt ! Avancer !

Les autres se sont regardés d'un air surpris.

J'ai murmuré : « C'est moi », et j'ai marché jusqu'à elle.

— Moi Aïd Keh La Jaha Deka Lehr, a-t-elle dit en frappant son poing contre sa cuirasse de bois.

Sacré nom, je me suis dit.

— Enfant-de-la-forêt. Yeqh choisir toi. Pour parler au nom femmes-de-la-plaine.

J'ai légèrement incliné la tête. Sa voix était sèche et glaciale, son accent rocailleux cachait mal le dégoût qu'on lui inspirait.

— Yeqh a parlé : Lehrs pas tuer femmes-de-la-plaine. Cette fois.

Visiblement, ça lui écorchait la bouche de parler notre langue. Surtout pour dire ça.

— Yeqh a dit : Lehrs pas laisser passer femmes-de-la-plaine, mais apporter aide. Nourriture. Raquettes. *Nigaugeks*.

— *Nigau... Nigaugeks* ?

Aïd Keh est restée silencieuse un instant, comme si elle réfléchissait.

— Lunettes de... neige. Soleil sur neige brûler les yeux. *Nigaugeks* protéger.

— Les fantômes remercient Yeqh.

Aïd Keh a jeté un regard à notre colonne et répété pensivement :

— Fantômes.

Peut-être qu'elle ne connaissait pas ce mot. Ou peut-être qu'elle trouvait que le nom nous allait bien. Des femmes à bout de forces, usées par des mois de marche et de peur.

— À nos trousses, il y a une armée, j'ai dit en agitant le bras derrière moi. Six cents hommes bien armés. Une cavalerie lourde, des chevaliers en armure. Tu dis que tu nous épargnes, mais c'est la mort qui nous attend en bas.

— La mort, a-t-elle approuvé. Beaucoup de gloire.

J'ai secoué la tête.

— Merci pour la nourriture et les… les *nigaugeks*. Mais si tu veux vraiment nous aider, alors viens avec nous. Donne-nous cent guerriers. Avec vos arcs et votre connaissance de la montagne, on peut les battre.

La guerrière est restée silencieuse sous son crâne de cerf. Tellement silencieuse que j'ai continué sur ma lancée :

— Regarde : nous sommes des femmes, comme toi. Nous nous battons pour abolir une loi qui permet à des hommes de nous vendre, de nous violer et de nous exploiter.

Est-ce qu'elle comprenait ce que je lui disais ? Sa connaissance de notre langue semblait assez lacunaire.

Tant pis, je continue.

— Les femmes Lehrs combattent comme les hommes, elles sont libres. Vous pourriez nous aider, vous battre à nos côtés, changer la place des femmes chez nous. Nous apprendre !

Aïd Keh a lentement soulevé le crâne de cerf, révélant un visage à la peau burinée par le soleil de montagne. Elle portait deux traits de couleur sur les joues, l'un rouge et l'autre blanc – sans doute des peintures de guerre –, et elle n'exprimait pas la moindre émotion. D'un signe de tête, elle a désigné les guerriers sur les rochers, hommes et femmes mêlés.

— Pas de femmes.

Je n'ai pas compris ce qu'elle voulait dire. Pas de femmes ? Pourtant, j'en voyais un grand nombre.

Elle a ajouté :

— Juste Lehrs.

Puis, d'un geste de la main, elle a englobé toute notre colonne.

— Enfant-de-la-forêt voir trois fois cent femmes ? Aïd Keh voir trois fois cent ventres-de-la-plaine. Ventres donner enfants plus tard. Et enfants devenir guerriers-de-la-plaine.

Des ventres ? C'était tout ce qu'on était pour elle ?

— Aïd Keh espérer que ventres-de-la-plaine tuer soldats…

Ah ? J'ai eu une lueur d'espoir.

— … que beaucoup ventres-de-la-plaine mourir…

Oh.

— … que ensuite ventres-de-la-plaine brûler villes, avec enfants-de-la-plaine dedans.

Il y avait de la haine dans ses yeux. Et de la hargne quand elle a craché à mes pieds.

— Voilà pourquoi Aïd Keh aider femmes-de-la-plaine. Mais jamais, JAMAIS Aïd Keh ou AUCUN Lehr se battre avec toi.

La guerrière a effacé rageusement les deux traits de couleur sur ses joues et rajusté le crâne de cerf sur son visage, puis elle a fait deux pas en avant et a piétiné symboliquement les traces que j'avais laissées dans la neige.

— Jamais enfant-de-la-forêt revenir sur ses traces, m'a-t-elle dit d'une voix chargée de menace. Ni elle, ni enfants de son ventre. Sinon, Aïd Keh planter la flèche dans son cœur. Yeqh donner ce droit.

Alors elle m'a présenté son dos en signe de mépris : elle tournait vers moi la partie la plus vulnérable de son corps pour montrer qu'elle ne me craignait pas.

Chapitre 61

— Bien, l'interrompit le conteur avec un sourire. Maintenant, la bataille de Qua-Lehr ! L'incendie de Kiell et la prise de Long-Ba avaient suffi à rendre Darran célèbre dans une vaste région, mais la bataille de Qua-Lehr a fait parler de lui dans tous les châteaux de Westalie, et de là dans toutes les chaumières du royaume. Il faut dire que cette bataille est inouïe ! Racontez-moi : vos balistes enchantées, peut-être, vous ont donné la victoire ?

Maura se leva et commença à faire les cent pas autour de la pièce.

— Non, pas pour cette bataille. Elles n'avaient pas encore reçu assez de calame.

— Alors comment vous avez fait ? Tailler en pièces une troupe quatre fois plus nombreuse que la vôtre, infanterie lourde, compagnie d'archers, puissante chevalerie montée… cela tient du génie ou du miracle !

Maura secoua la tête et soupira.

— C'est vrai qu'on était mal partis…

Le chemin qu'on avait parcouru le matin même en peinant contre la pente, on a dû le refaire en sens inverse. Sauf que cette fois, on marchait droit vers l'ennemi.

La Beste a gentiment enfoncé son coude dans les côtes de Darran.

— Ça te rappelle pas le bon vieux temps, toi ? Les hurlements des blessés, le hennissement des chevaux en train de crever, l'odeur des tripes et du sang. C'est fou ce que ça m'avait manqué, pas toi ?

Son petit sourire tordu indiquait qu'elle n'en pensait pas un mot.

— T'as peut-être cru que tu pouvais t'en tirer comme ça, a-t-elle continué, à te cacher au fin fond du royaume dans un village de merdeux, à essayer d'oublier ces foutues batailles qui tournent et tournent dans nos têtes. Mais la vérité, c'est que quand on a vécu ça, on n'y échappe jamais complètement.

Ils avaient tous les deux connu la guerre, les massacres et la mort qui frappe de près. C'était une chose qui les coupait de la plupart des gens, mais qui les rapprochait, eux.

« Vous aurez l'occasion de connaître votre lot de batailles, vous aussi, m'a susurré Bragal. *Et cela vous changera comme cela les a changés… »*

J'ai été si surprise de l'entendre que j'ai sursauté.

— Tu as raison, on n'y échappe jamais complètement, a dit Darran.

Et il a ajouté :

— Dommage que tu aies été dans le camp d'en face, autrefois. J'aurais aimé combattre avec toi.

— Tu parles. Avec moi dans son armée, le prince aurait gagné la guerre en dix jours ! On n'aurait pas eu le temps de s'amuser.

À ma grande surprise, je les ai vus sourire tous les deux. Pendant les trois mois qui venaient de s'écouler, à coups de silences, de regards et de petites piques de la part de La Beste, ces deux-là s'étaient étonnamment rapprochés.

Ou peut-être qu'ils n'avaient jamais été loin l'un de l'autre, dans leurs têtes, pendant toutes ces années ? Ils s'étaient affrontés, de ça au moins, j'en étais sûre. Je ne savais pas ce qui s'était passé, ni où, ni quand, même si j'aurais donné un bras pour l'apprendre. Mais apparemment, ça avait dû être marquant, parce que dix ans plus tard, ils s'en souvenaient encore.

Cette complicité de vieux guerriers, je n'avais jamais vu mon père la partager avec qui que ce soit. En fait, je ne l'avais jamais vu partager la moindre complicité avec personne. Sauf avec moi, peut-être ? Ça lui faisait du bien. Et je crois que ça faisait du bien à La Beste, aussi. Elle s'était sentie seule depuis trop longtemps, comme une étrangère parmi les autres panthères.

— À ton avis, a-t-elle poursuivi, comment on peut battre une armée quatre fois plus nombreuse, alors qu'on crève de froid et qu'on a les pieds en sang ?

— *Deux* fois plus nombreuse, l'a corrigée Darran. La moitié de leur troupe, ce sont des civils. Marchands, cantinières, prostituées.

« *Votre père a raison*, a fait Bragal dans ma tête. *Mais l'avantage numérique reste écrasant. Et ils ont de meilleures armes et armures.* »

— Ils sont encore loin, à ton avis ? m'a demandé La Beste.

« *À peine à trois ou quatre mille pas devant vous*, a répondu Bragal. *Si la vallée ne faisait pas un tournant après ce gros rocher, vous verriez déjà les troupes du Baron à l'horizon.* »

— Ils sont tout près, j'ai dit à voix basse.

La vieille soldate m'a mis une bourrade dans le dos.

— Ça sert, d'avoir une femme aux oreilles de louve dans la troupe !

— Les chevaliers se seront mis en tête pour la gloire du combat, a prédit Darran. Ils ne pourront pas être à cheval sur ce terrain, mais ils seront quand même pratiquement invulnérables avec leurs armures. Les fantassins suivront et ils seront imbattables s'ils forment un mur de piques. Ensuite viendront les archers de métier, leurs plus précieux combattants, bien protégés par les autres.

« Diantre, votre père s'y connaît en hommes et en batailles, c'est exactement la formation que j'ai sous les yeux. »

— Il faut laisser passer les chevaliers et saigner leur ventre mou par les côtés, sans leur laisser le temps de former des rangs avec leurs piques, a fait La Beste.

— Oui, a répondu Darran. Mais ça ne suffira pas : les archers nous tailleront en pièces. Il faudra aussi attaquer par l'arrière.

La Beste a eu un grand sourire.

— Je vois ce que tu as en tête.

Elle s'est tournée vers moi.

— Ramène tes fesses, gamine, ça va être à nous. Et fais une prière à Kàn, parce qu'on a bien une chance sur deux d'y rester.

Soudain, le soleil a percé à travers les nuages. La neige s'est aussitôt changée en un tapis de diamants ; c'était si aveuglant que j'ai dû fermer les yeux.

— Attendez, a dit Darran.

Il nous a tendu deux objets bizarres en bois.

— *Nigaugeks.*

J'ai murmuré :

— Les lunettes de neige. Ça marche vraiment, ces bouts d'écorce bricolés ?

Les Lehrs nous en avaient fait cadeau : de simples rondelles de bois percées d'une fente pour les yeux, avec une ficelle pour les attacher derrière la tête. Quand je les ai enfilées, le soulagement a été immédiat : je voyais de nouveau.

Darran s'est tourné vers moi et m'a posé les deux mains sur les épaules. Mon cœur s'est mis à battre la chamade.

— Je te demande beaucoup. Ce sera dangereux. Personne ne pourra t'aider. Alors quand tu seras débordée, fuis, transforme-toi en ce que tu veux et quitte le combat.

J'ai répondu crânement :

— Je vais pas me défiler.

Il m'a frappé sur la joue du plat de la main. Pas fort, juste une petite tape. Mais j'en ai ouvert grand la bouche de surprise.

— Pardon ! Je… Je suis désolé, a-t-il dit aussitôt.

— C'est rien, Darran, j'ai pas eu mal.

Il a baissé la tête, il a rougi. Il avait été élevé comme ça par son père, à coups de poing, et je crois qu'il aurait donné tout ce qu'il avait pour ne pas ressembler à cet homme.

— Écoute, petite. Tu VAS avoir la trouille. Tu VAS être débordée. Et tu VAS mourir si tu ne fuis pas. Il n'y a aucune gloire à mourir, il y a juste la mort. Tu m'écoutes ? Tu me crois ?

J'ai acquiescé de la tête pour lui faire plaisir. Mais il y a des leçons qu'on ne peut pas apprendre avec des mots. Il faut les vivre pour les retenir.

Darran a voulu partir, mais La Beste l'a retenu par le bras.

— Les deux visages te regardent, frère mindaran.

— Qu'ils te protègent, ma sœur, a répondu Darran.

Puis il a fait de grands gestes pour arrêter la troupe. À cet endroit, le terrain formait comme une cuvette bordée de petits sapins, la neige était poudreuse, épaisse et terriblement lumineuse. C'était le bon endroit pour piéger l'ennemi.

Darran a commencé à donner des ordres brefs à chaque femme, à chaque homme de la troupe. La Beste m'a empoignée par l'épaule et m'a dit avec un sourire :

— On a une mission. Traînasse pas, chérie. À la guerre, le temps, c'est de la mort.

On a redescendu le chemin, marchant sur le côté dans les rochers pour ne pas laisser de traces. Le silence glacé de la montagne avait quelque chose d'immense et d'effrayant. Au loin, les pics enneigés, avec leur beauté millénaire, se souciaient de nous autant que de la poussière sur leurs flancs.

— On va où ? j'ai glissé à La Beste. On fait quoi ?

— Tu as entendu Darran : on attaquera par où ils s'y attendent le moins. Il y a toute une chiée de domestiques et de putains à l'arrière. On va gentiment se mélanger à ces filles.

J'ai failli m'étrangler.

— Se… Se mélanger à ces filles ?

La Beste a éclaté de rire.

— Te plains pas, ce sera plus facile pour toi que pour moi. Avec ma peau noire et mon visage en viande hachée, je passe pas inaperçue.

— Mais… pourquoi nous deux ?

La Beste a haussé les épaules.

— Parce qu'on est les deux seules qui vont pas torcher le boulot ? Et que Darran le sait ?

J'ai cherché de loin le regard de Darran derrière nous et je l'ai croisé juste un instant. Impossible de lire son visage, mais je crois que… je crois qu'il s'inquiétait pour moi. J'ai senti mon cœur se gonfler de fierté. Ça m'a presque fait oublier qu'il venait de me jeter dans la gueule du loup.

« C'est un plan terriblement risqué, ma chère, a fait Bragal dans ma tête. *Je vous suggère de rester à l'écart et de laisser faire La Beste. »*

« Je ferai ce que j'ai à faire pour Darran, mon amour. »

On a marché quelques centaines de pas, toujours sous le couvert des sapins et des rochers. Puis le vent m'a apporté l'odeur de l'ennemi : celle du cuir et des chevaux, celle de la transpiration et du vin. Les éclats de voix, aussi, sont arrivés jusqu'à nous, répercutés par les parois rocheuses. Des cris brefs, des rires échangés entre les chevaliers qui s'étaient massés en avant. Ces hommes marchaient droit vers la guerre et le meurtre, et ils semblaient aussi gais que s'ils allaient à un mariage.

On s'est rencognées derrière un bosquet de sapins. La Beste a rabattu son capuchon sur sa tête et caché sa fronde sous son manteau. Les chevaliers, ces petits points colorés posés au loin sur la neige, sont peu à peu devenus des silhouettes humaines. Derrière eux sont apparus les fantassins par centaines, fatigués de marcher contre la pente avec leurs longues piques, puis la masse encore indistincte des archers et des civils qui les suivaient. Par Kàn, quelle armée ça faisait !

Une sueur froide a coulé sur mon front et jusque dans les yeux. Les battements de mon cœur me faisaient mal et je luttais contre une violente envie de vomir.

La Beste a posé une main sur mon bras.

— C'est normal d'avoir les tripes en pelote avant la bataille, chérie. Mais tu es une foutue bête de guerre, tu t'en souviens, au moins ?

Sa voix toujours égale, plus que ses paroles, ont un peu chassé la peur.

Chapitre 62

Les seigneurs se sont encore approchés. Devant eux allait une rangée de domestiques tirant leurs chevaux par la longe, chargés de tasser la neige devant ces messires, car elle leur arrivait à mi-cuisse. Les armures rutilaient au soleil, bien brossées, bien graissées par leurs écuyers. Boucliers dans le dos, les chevaliers avaient ôté leurs heaumes, car malgré le froid, la montée leur donnait très chaud, et si certains riaient très fort, d'autres étaient rouges d'effort.

À dix pas derrière eux, soigneusement séparés de leurs maîtres, les fantassins innombrables arrivaient en désordre – un troupeau de casques ronds et de longues pointes. Ils parlaient entre eux, aussi, mais un ton plus bas que les gentilshommes comme pour respecter la hiérarchie et leur rang inférieur. Puis venaient les archers, une soixantaine de gaillards vêtus de surcots rembourrés de laine. La pratique de l'arc avait rendu leurs corps difformes : un bras un peu plus long que l'autre, le dos parfois tordu. Enfin, le tour est venu des chariots de ravitaillement, des domestiques, des muletiers et des femmes.

— Et voilà ce qui nous intéresse, a murmuré La Beste.

J'ai essayé de repérer Bragal dans cette foule mais je ne l'ai pas vu.

« J'ai prétexté un mal de ventre pour me réfugier dans un chariot tout à l'arrière, j'éviterai ainsi les affrontements. Mais je puis vous donner un renseignement utile : le Baron de

Fer a enfilé un surcot de couleur noire et son bouclier porte les armoiries à tête de corbeau de l'un de ses chevaliers. »

« À quoi ça peut nous servir ? »

« À gagner cette bataille, ma chère. Les chevaliers sont les vassaux du baron et les soldats se battent pour son or. Si cet homme est tué ou capturé, toute son armée rendra les armes. C'est pourquoi les grands seigneurs ne portent jamais leurs propres armoiries au combat pour éviter d'être la première des cibles. »

— Tu rêvasses, ma jolie ? m'a dit La Beste. Ôte-moi ces *nigaugeks* ou ils vont les remarquer.

J'ai sursauté et j'ai ôté mes lunettes.

— Viens, a-t-elle dit. On se mélange.

— On… On se fond discrètement dans la masse, c'est ça ?

— Discrètement ? Jamais ! Sauf si tu veux te faire repérer.

Elle m'a tirée par le bras hors de notre cachette, le capuchon toujours rabattu, et a éclaté de rire en marchant droit vers la troupe des femmes.

— Foutraille ! a-t-elle crié en me tapant l'épaule du plat de la main. La prochaine fois, évite de pisser sur mes chausses !

Quelques regards surpris se sont tournés vers nous.

— Pose-moi une question, vite, m'a glissé La Beste, n'importe quoi.

Je n'ai pas réfléchi.

— Est-ce que… Est-ce que tu es amoureuse de Darran ?

Elle a marqué un temps d'arrêt et elle a de nouveau explosé de rire, encore plus fort cette fois.

Une grande fille sèche, qui portait un sac sur le dos, lui a demandé en nous voyant arriver :

— Vous êtes qui, vous ?

La Beste s'est tournée vers elle et lui a posé la main sur l'épaule, sans toutefois lever la tête pour ne pas montrer son visage.

— Elle me demande si je suis amoureuse du chef ! T'y crois, toi ?

— Ben, j'ai répondu, je ne sais pas, vous avez l'air de bien vous entendre. Peut-être que…

— T'es mignonne, chérie. Mais je préfère les bichonnes aux bichons, si tu vois ce que je veux dire.

J'ai ouvert de grands yeux surpris.

— Tu aimes les femmes ?

La grande fille sèche a haussé les épaules et a repris sa marche. La Beste, elle, s'est arrêtée et m'a regardée droit dans les yeux. Je pouvais voir ses cicatrices dans l'ombre de son capuchon.

— C'est pas de l'amour entre Darran et moi, c'est…

Elle a réfléchi assez longuement.

— … du respect ? a-t-elle dit. De l'estime ? Ah ! Bites de Kàn, y a que des mots trop faibles.

La Beste et moi, on s'est mélangées aux autres filles. Certaines se demandaient d'où on sortait, mais la plupart ne se souciaient pas de nous : elles avançaient en silence en peinant contre la pente et la neige.

— Darran et moi, on est comme des artistes qui se comprennent l'un l'autre. Comme des jumeaux qui auraient été séparés à la naissance. C'est la seule personne dont j'accepte un ordre.

Elle a soupiré.

— Moi, mon genre de fille, ce serait plutôt Dounia, si elle n'était pas si stupide. Et toi, chérie, tu es amoureuse de Darran ? On te voit toujours lui tourner autour !

« *Comme elle est sotte !* a dit Bragal. *C'est de moi que vous êtes amoureuse !* »

J'ai secoué la tête, amusée.

— Je les préfère plus jeunes. Plus bruns. Moins… musclés de partout.

« Joliment tourné, mon amour. »

— Plus artistes, aussi.

— Ouais. Tu en pinces pour Alendro, en fait. Tu as une drôle de façon de le lui montrer…

« Quoi ? »

— Pas du tout, je…

Elle a légèrement relevé la tête. On arrivait à un tournant derrière un grand pan de rocher, et de l'autre côté se trouvait la cuvette enneigée où Darran avait préparé son embuscade.

— Maintenant ! a dit La Beste en faisant glisser sa main sous sa capeline.

Je lui ai murmuré à l'oreille :

— Le Baron de Fer est un chevalier noir, avec un corbeau sur son bouclier. Tue-le et on gagne.

La Beste m'a fait un sourire hilare.

— Un jour, tu m'expliqueras comment tu as su ça ? Sacrée putain de magote, va…

En début de colonne, les chevaliers ont dû apercevoir quelque chose devant eux : sans doute quelques femmes qui servaient d'appât. Ils ont soudain poussé de grands cris de joie et se sont rués à l'assaut. Ces messires pataugeaient dans la neige épaisse, les épées tirées, beuglant comme des ânes et se bousculant en hurlant : « Elles sont à moi ! » « Attendez, j'ai droit à ma part ! »

Ça faisait trois mois qu'ils nous couraient après, alors ils ont oublié toute méfiance. Ce n'étaient que des femmes, n'est-ce pas ? La même engeance qu'ils baisaient le soir dans leur tente pour deux sous. Ils se croyaient tellement supérieurs.

Les fantassins derrière eux s'avancèrent plus lentement, formant un mur de piques dirigées vers l'avant. Les archers encore plus en arrière essayaient d'y voir quelque chose. Des mots circulaient dans les rangs : « des chariots renversés », « des femmes », « les voilà enfin ».

Les premiers traits ont sifflé depuis les hauteurs : perchées au sommet de l'énorme rocher qui obligeait la route à faire un virage, les arbalétrières des Sanglantes visaient les têtes nues des chevaliers massés en dessous d'elles. Et je peux vous dire qu'elles étaient précises : on a vu ces fiers messires s'écrouler les uns après les autres sans même comprendre ce qui se passait, frappés à mort. Un tiers d'entre eux sont tombés avant qu'ils ne pensent à remettre leurs heaumes. Les archers devant nous ont encoché leurs flèches pour répliquer, mais le soleil a réapparu de derrière un nuage : ils s'y sont brûlé les yeux. Leurs flèches se sont égaillées sans toucher leurs cibles, certaines retombant même sur leurs propres troupes.

— Remets tes *nigaugek*s, m'a soufflé La Beste.

Tout de suite, j'ai vu clairement de nouveau. On s'est faufilées en avant vers le combat ; personne ne nous a prêté attention. Les chevaliers s'étaient empêtrés dans la neige, qui était plus épaisse dans cette cuvette choisie par Darran : elle leur arrivait jusqu'au ventre. Épuisés par leur course, effrayés par les cadavres de leur cousinade autour d'eux, ils essayaient de comprendre d'où viendrait la prochaine attaque. C'est là qu'ils se sont rendu compte qu'ils s'étaient trop avancés et coupés de leurs fantassins. Ils les ont appelés à grands cris : « À nous ! À nous la piétaille ! »

Les soldats ont accouru à leur rencontre, perdant un peu de leur cohésion. À ce moment exact, déboulant des deux côtés des bosquets et des rochers, une horde de femmes s'est abattue sur eux en hurlant. Ils crurent qu'ils auraient le temps de former deux imparables rangs de piques de part et d'autre, mais ces femmes semblaient danser sur la neige et ont fondu sur eux en un clin d'œil. Elles avaient chaussé les raquettes données par les Lehrs et allaient trois fois plus vite que ces lourdauds.

Elles ont fait un massacre dans les premières lignes avant que les autres soldats ne se ressaisissent et ne reforment un rang solide, abandonnant leurs piques désormais inutiles pour des glaives et des hachettes. La fulgurance de l'embuscade avait ôté aux piquiers l'immense atout de leur mur de pointes, mais ils avaient toujours l'avantage du nombre et ils ont repoussé peu à peu les rebelles. Le sang des femmes a coulé à son tour. C'est là que La Beste a sorti sa fronde et m'a soufflé :

— Les deux visages te regardent, sœur mindaran.

— Qu'ils te protègent.

Elle a tiré ses billes de plomb, aussi rapide, aussi précise que le deimonaran de la mort. Un soldat s'est écroulé en hurlant, frappé au cou, puis un autre, et un autre encore. Chaque tir touchait et chacun était mortel. À elle seule, La Beste ne pouvait pas renverser le cours de la bataille, mais elle a réussi à semer le chaos : les hommes, stupéfaits, regardaient en arrière, leurs rangs se sont ouverts à plusieurs endroits où les femmes se sont engouffrées.

Et moi, je restais là, pétrifiée.

Derrière nous, les archers s'étaient repris et tiraient maintenant sur les rangs des femmes. Certains autres cherchaient des yeux celle qui tirait à la fronde. Alors j'ai ôté un gant et j'ai mordu ma main jusqu'à sentir le goût du sang sur ma langue. Des picotements sont remontés le long de mes bras et de mes jambes. J'ai arraché les *nigaugeks*, mon manteau, mes chausses puis mes bottes, exposant ma peau à la morsure du froid. Certains archers se sont arrêtés net en me voyant nue. Mais l'étonnement dans leur regard a laissé place à la terreur quand mon corps a peu à peu doublé, puis quadruplé de volume, que des poils noirs ont recouvert mon dos et que de longues cornes ont poussé sur mon crâne.

Je me suis retrouvée à quatre pattes.

Yack, j'étais un yack.

Et une fureur rouge m'aveuglait à demi.

Pourquoi cette fureur ? Parce que ma harde était attaquée.

J'ai foncé, j'ai beuglé. La neige s'enfonçait sous mes sabots, l'air froid entrait et sortait de mes naseaux en bouillonnant. Tête baissée, j'ai cogné dans des corps qui se sont brisés sous le choc. J'ai ignoré les cris, piétiné des bras, des ventres. J'ai tourné sur moi-même, levé la gueule, mugi dans l'air glacé. Autour de moi : des yeux ronds, des hurlements, des bêtes qui reculaient en désordre. Des pointes ont aiguillonné ma peau, comme des brindilles de bois sur mon cuir. Cela m'a rendue plus furieuse encore.

Mais bientôt, j'ai été encerclée. Tout autour de moi, de longues pointes. Une douleur vive dans la patte. La panique a commencé à me gagner. Comment m'échapper ?

L'épuisement m'a emportée. Ma magie n'était pas encore aussi puissante qu'aujourd'hui. Mon corps s'est transformé de nouveau, le froid m'a gagnée.

La neige sur ma peau nue. Une plaie à la cuisse.

Trente soldats et dix archers en cercle m'ont vue redevenir humaine, mais j'étais maintenant dans un tel état de fatigue que je pouvais à peine garder les yeux ouverts. Ai-je rêvé ? J'ai vu la neige elle-même se soulever et prendre vie au milieu d'eux. Un nuage, une poudre brillante. Elle a pris forme humaine. Le hurlement terrifiant de Darran au combat m'a glacé les sangs. Il s'était caché ici, allongé, recouvert lui-même de neige, et avait attendu son heure.

Son art du camouflage était tel qu'il était resté totalement invisible.

La hache a tournoyé autour de lui à une vitesse ahurissante. Une pluie de chairs et de sang accompagnait ses coups. La Beste s'est précipitée vers lui, fronde à la main. Alors, dos à dos, comme deux danseurs aux gestes parfaits, ils ont abattu tous les soldats qui me menaçaient encore. Jusqu'à ce que La Beste pointe du doigt trois chevaliers restés en arrière au milieu des archers : l'un d'eux était habillé de noir et portait un écu frappé d'un corbeau.

— Protégez votre seigneur ! beuglèrent les deux autres. Tous ici, avec nous !

Mais il ne restait plus grand monde debout parmi les archers, et ceux qui avaient survécu n'étaient pas pressés de se faire massacrer par les deux mindarans. Alors j'ai vu La Beste murmurer quelque chose à Darran et tous les deux ont échangé un sourire.

J'ai sombré dans l'inconscience avant la fin de la bataille. Une fois ou deux, j'ai ouvert un œil : Darran me portait dans ses bras, La Beste à ses côtés, l'œil brillant et son visage brûlé barbouillé de rouge.

Tout ce que je peux vous dire, c'est ce qu'on m'a raconté par la suite. Les cadeaux d'Aïd Keh avaient été les meilleures armes dont on pouvait rêver : *nigaugeks* et raquettes avaient donné un sacré avantage aux femmes. Le paquet de chevaliers à l'avant, sans leurs chevaux, décimés et encerclés, n'avaient pratiquement pas eu le temps de combattre. Nos sorcières de Long-Ba avaient été précieuses en neutralisant les sorciers de l'ennemi. Et la pagaille de notre attaque par l'arrière avait été décisive. Apparemment, à moi seule, j'avais fait un carnage parmi l'archerie du baron.

Mais c'est Darran et La Beste qui avaient définitivement mis fin à la bataille en terrassant les deux guerriers-nés qui protégeaient le Baron de Fer et en tranchant la tête de leur maître. Quand ils l'ont brandie autour d'eux, les nobles ont déposé les armes et appelé leurs troupes à cesser le combat.

Maura fit une pause, perdue dans ses souvenirs.

— Ces hommes se voyaient déjà en train de planter leurs bites flétries dans nos ventres et c'est de l'acier qu'ils ont reçu à la place.

Le conteur esquissa un sourire triste.

— Vous aviez déjà eu un aperçu de la guerre à Long-Ba, mais cette fois, c'était votre première bataille rangée, n'est-ce pas ?

— La neige était rouge tout le long de la pente, conteur. Tout ce sang ! Comment peut-il y en avoir autant dans le corps d'un homme ? Les domestiques s'enfuyaient par peur d'être massacrés, les femmes de leur colonne pleuraient leurs amants tués... Et cette odeur, Grand Kàn, cette odeur ! Désolée, conteur, je n'ai pas envie de vous donner plus de détails. En fait, je n'ai pas envie de me souvenir de ça.

— Je comprends, murmura d'Arterac. J'ai connu mon lot de carnages, moi aussi, par le passé.

Chapitre 63

Un silence se fit entre eux, brisé seulement par des gloussements dans le couloir et des éclats de voix, ailleurs dans la forteresse.

— Alors, vous allez interroger Darran ? fit Maura. Si vous devez raconter sa légende au royaume, il faudrait peut-être lui parler à lui aussi, vous croyez pas ?

À cette idée, un sourire d'enfant illumina le visage du vieil homme.

— Ce sera la première fois que je recueillerai le témoignage d'un homme de légende qui n'est ni roi ni prince.

— Mouais. Seulement s'il accepte de vous parler. Ça marchera peut-être mieux si j'y vais avec vous. Mon petit doigt me dit qu'il ne sera pas bavard…

Ils quittèrent tous les deux la grande pièce sombre et s'engagèrent dans les couloirs qui menaient à l'antichambre de Frankand.

— Aviez-vous conscience, à l'époque, demanda le conteur tout en marchant, que votre histoire commençait à être connue du royaume tout entier et que l'on parlait déjà des femmes de Darran Dahl jusque dans les cités situées à l'autre bout du continent ?

— Pas du tout. Vous savez, au quotidien, on se préoccupait surtout de rapiécer les vêtements troués et de garder les pieds secs. C'est bien plus tard, qu'on a compris. Je suppose que le talent et l'acharnement d'Alendro sont pour beaucoup dans la façon dont notre légende a fait le tour du royaume, mais je crois aussi que le pays était mûr pour cette révolte. D'un bout à l'autre du Haut et du Bas-Royaume, des troubles ont commencé à éclater. Au début, c'était peu de choses : des femmes esclaves qui assassinaient leurs maîtres, qui prenaient la fuite ou se rassemblaient en bandes. Et puis, il y a eu des émeutes dans les villes, des révoltes dans les campagnes, il y a même eu des grèves dans les ateliers de tissage ou dans les cantines qui employaient beaucoup de femmes. On saccageait les commerces, on brisait les vitraux dans les églises – ces nouveaux vitraux où l'on ne voyait plus que des hommes et dont les femmes avaient été ôtées.

Et puis la ville d'Hansea a été mise à feu et à sang, et son bourgmestre a été pendu par les pieds. La cité était devenue la plaque tournante des marchés aux femmes du Nord, un port de commerce qui « exportait » des filles vers l'Empire sapàn et où la moitié des bordels du royaume venaient se fournir en prostituées : la ville en était pleine. Pendant une nuit sanglante, à travers toute la cité, ces dames se sont entendues secrètement pour trancher la gorge à leurs clients ; ça a été un bain de sang. Elles ont reçu le soutien des ouvriers du port, si bien qu'elles ont réussi à prendre le contrôle de la ville et à la déclarer « République d'Hansea ». Là, je crois que l'Église de Kàn et le trône ont vraiment compris qu'il se passait quelque chose. Une république, en Westalie ? Ça commençait à devenir vraiment dangereux pour leurs fesses !

Et vous savez ce qu'ils ont découvert, quand ils se sont enfin intéressés à ces révoltes ? Les femmes se réclamaient toutes de Darran *l'indestructible*, Darran *le guerrier à la hache*, un homme surgi de nulle part qui tuait les violeurs et les marchands de femmes, qui n'hésitait pas à affronter les barons et leurs armées. On voyait ses initiales tracées sur tous les murs, au charbon, à la suie, à la peinture, et même sur le front de ces femmes, qui beuglaient son nom dans les rues et sur les balcons.

— Je suis bien renseigné sur tout cela, répondit le conteur. Mais vous, les fantômes, qu'avez-vous pensé en quittant Qua-Lehr ? Vous n'aviez plus ni but ni refuge possible.

Maura acquiesça de la tête, tandis qu'ils débouchaient dans un couloir parcouru par l'air froid du dehors.

— Vous avez raison, conteur. Quand il avait fallu affronter le Baron de Fer, on n'avait pas le choix, on devait bien se battre ensemble. Mais ensuite…

Maura laissa sa phrase en suspens. En entrant dans l'antichambre, cette longue salle aux murs noirs ouverte sur le vide, ils furent éblouis par la lumière extérieure, car les deux vantaux donnant sur la passerelle étaient ouverts sur le soleil couchant. La princesse se trouvait là, en cotte de mailles, entourée de ses fidèles, et Maura ne souhaitait visiblement pas continuer son récit en sa présence.

D'Arterac se pencha bien bas.

— Mes hommages, Votre Altesse.

— Où est Darran ? demanda Maura à la princesse.

Avec un petit rire nerveux, celle-ci pointa du doigt la passerelle à l'extérieur :

— Maintenant que je l'ai libéré du cachot où il moisissait, il est occupé à reprendre en main son rôle de chef de la rébellion à ma place.

Maura, soudain inquiète, se précipita vers l'ouverture. Le vent siffla à ses oreilles, plaquant ses cheveux contre son visage. Elle plongea le regard vers l'interminable escalier en spirale de la colonne de Frankand.

— Putois…, murmura-t-elle.

Darran, déjà loin en contrebas, descendait les marches. Et à sa rencontre, depuis les minuscules tours de garde sur le sol de Homgard, montait face à lui un homme seul recouvert d'un étrange vêtement noir. Elle ne l'avait jamais vu, mais elle n'eut aucun mal à deviner de qui il s'agissait.

Elle s'élança sur la passerelle.

— Ne faites pas cela, jeune fille ! s'écria d'Arterac en l'agrippant par le col.

— Lâchez-moi !

Le tissu de sa chemise de prisonnière commença à se déchirer.

— Ils ne vont pas se battre, fit le vieil homme, ils vont parlementer.

— C'est ça ! Comme la dernière fois, quand Darran a failli mourir brûlé ?

D'un geste rageur, elle repoussa le conteur pour se dégager, avant de se remettre à courir sur la passerelle.

— Maura ! cria d'Arterac, qui avait perdu l'équilibre.

Il bascula dans le vide mais, par miracle, parvint à se rattraper à la passerelle par les deux mains. Son chapeau en cuir fut emporté par le vent et voleta longtemps dans les airs, découvrant son crâne abîmé.

La jeune fille resta figée un instant, hésitant entre son père et le conteur, entre l'homme qui l'obsédait et celui qui l'écoutait. D'Arterac battit des jambes dans le vide, les yeux écarquillés par la peur.

— Maura, murmura-t-il, il n'a pas besoin de vous…

Avec un grognement de frustration, elle revint sur ses pas, s'accroupit devant d'Arterac et le hissa sur la passerelle. Il reprit lentement son souffle, le visage rouge briquc, la main sur le cœur.

— M… Merci.

Ils restèrent un moment ainsi, sous le vent de Frankand, à attendre que le vieil homme reprenne ses esprits.

— Mes excuses, conteur. Je ne voulais pas vous faire tomber.

— Votre père est la seule personne au monde qui peut survivre à une attaque de Sa Majesté, fit d'Arterac. Si vous descendez, vous mourrez et vous ne lui serez d'aucune aide.

Maura acquiesça en silence.

— Erik de Homgard et Darran Dahl, poursuivit le vieil homme, c'est une rencontre étonnante, historique. Moi, je me changerais en petite souris pour entendre ce qu'ils ont à dire… si j'avais la chance d'avoir ce pouvoir mindaran.

La jeune fille esquissa un sourire.

— En petite souris ?

— C'est la première fois qu'ils se parlent depuis dix ans et peut-être la dernière ! Deux personnages de légende se rencontrent, leurs armées se sont affrontées dans tout le royaume, ils…

— Je vous vois venir, le coupa Maura. Pour un conteur, c'est une occasion rêvée.

— Et vous, n'êtes-vous pas curieuse ? Ne pensez-vous pas que cela pourrait aider votre père, si vous saviez ce qui se dit en ce moment sous nos pieds ?

Le soleil couchant accrochait des fils d'or et de feu dans les cheveux rouges de Maura. Et pour la première fois, le conteur ne vit plus l'extrême jeunesse de ses traits. Elle ne lui apparut plus comme une petite fille trop tôt arrachée à l'enfance, mais comme une femme, solide et forte, prête à affronter sa propre vie.

— Alors ? fit-il. Allez-vous les écouter ?

Elle rit un peu, lui tapota affectueusement l'épaule.

— Je vous aime bien, conteur. Vous ne voudriez pas être mon grand-père ? Je n'ai jamais eu de grand-père.

Et elle ajouta aussitôt :

— Une souris mettrait un temps fou pour les rejoindre en bas. Mais il y a d'autres moyens.

Aussi fine et légère qu'une danseuse, elle traversa la passerelle en quelques bonds et disparut dans l'escalier. Puis le conteur aperçut, loin en contrebas, une chouette des neiges qui descendait en tournoyant le long de la colonne de Frankand, et il sut que chaque mot de cette conversation serait entendu. Et, peut-être, lui serait rapporté.

Chapitre 64

Maura ne resta pas longtemps sous forme animale, le risque était trop grand d'oublier son but. Elle plana un moment, puis se laissa tomber avec grâce sur les marches de l'escalier au-dessus de Darran et retrouva son corps d'humaine. Le froid saisit aussitôt sa peau nue.

Darran descendait toujours. Elle entendait le crissement de ses pas sur la neige tassée en glace par des milliers de bottes avant les siennes. Le souffle lourd de sa respiration sous l'effort.

Du Roi Lumière, elle n'entendait pratiquement rien. Comme si c'était lui, le fantôme.

Ils se rencontrèrent exactement au milieu de l'escalier. Pas un soldat à leurs côtés, pas un témoin – ou du moins le croyaient-ils. Pendant un long moment, il n'y eut entre eux que le silence, parfois déchiré par une saute de vent.

— Alors c'est vrai, tu es vivant, commença le roi.

Le soleil orangé était caché derrière la colonne et Maura grelottait de froid, jusqu'à ce qu'une épaisse fourrure brune recouvre peu à peu son dos et ses jambes.

Darran ne répondit rien, d'abord, puis dit d'une voix sourde :

— Je ne vous ai pas trahi.

Le souffle du roi se fit soudain plus rapide.

— Comment appelles-tu cela ? Un an de rébellion, mon royaume à feu et à sang, ma capitale ravagée, mes soldats décimés. Quand on m'a rapporté qu'un certain Darran Dahl avait mis le feu à la ville de Kiell, j'ai cru que c'était un ancien licornier qui avait pris ton nom. Dans ma garde, beaucoup d'hommes t'admiraient, l'un d'eux aurait pu te rendre hommage. Osgarat t'avait retrouvé mort dans un ravin, alors comment cela aurait-il pu être toi ? Bataille après bataille, révolte après révolte, toi et ton armée de femmes vous êtes rapprochés de Homgard. Mais ce n'est qu'en t'affrontant devant mon propre palais, nos armées face à face, que j'ai dû reconnaître l'évidence : c'était toi, depuis le début. Mon traître.

— Je ne vous ai pas trahi, répéta Darran.

Puis il ajouta :

— Autrefois.

Après toutes ces années, après tous ces mensonges, la blessure était encore ouverte. C'était peut-être uniquement pour jurer son innocence que Darran avait descendu cet escalier.

— Te souviens-tu de ces années à combattre ensemble, mon petit Darran ? fit le roi d'une voix soudain adoucie. Quand nous avons attendu le ventre vide pendant près d'une semaine un convoi de ravitaillement de la princesse, cachés dans des trous boueux, trompant la faim avec l'eau croupie des mares ? Le festin que nous avions fait après ! T'en souviens-tu ? Ils avaient de l'hydromel ! Et des galettes de miel pour la princesse !

Le roi rit doucement et poussa un soupir.

— Et les trois jours de combats acharnés à essayer de prendre d'assaut les remparts d'Hansea, quel épouvantable carnage ! Te souviens-tu de ce que je t'ai dit, le soir même, dans ma tente ? « Mon petit Darran, il faut nous replier. Si j'ordonne un quatrième assaut, les hommes se mutineront. » Et toi, tu m'as répondu : « Seigneur, si les autres refusent de remonter aux remparts, j'irai à l'assaut pour vous, tout seul s'il le faut. » Tu étais un vrai chien fou, à cette époque. Et pendant tout le temps où nous discutions dans la tente d'attaquer ou de se replier, le bourgmestre d'Hansea agitait le drapeau de la reddition sur sa tour pour nous remettre les clefs de sa ville !

Darran ne répondit rien.

— Ces années-là me manquent, tu sais… Certes, je suis roi, aujourd'hui. Je suis fier du chemin accompli, et pourtant, ces années-là me manquent. Peut-être que si j'avais…

Une rafale de vent effaça ses paroles. Maura essaya de se rencogner un peu plus contre le pilier afin de trouver une position mieux protégée.

— … si seul sur le trône, si seul quand on gouverne, disait encore le roi. J'avais une épouse que j'aimais, à cette époque. J'étais entouré d'amis. Où sont-ils tous, aujourd'hui ? Disparus, envolés aux quatre coins du royaume ! Ils m'ont abandonné ! Tu as été le premier, Darran, mais après toi, ils sont *tous* partis les uns après les autres.

Comme Osgarat, que vous avez fait torturer ? pensa Maura avec amertume. *Comme d'Arteruc, dont vous avez emprisonné la fille ? Comme votre femme, que vous avez enfermée entre quatre murs et mille mensonges ?*

Le roi fit silence et Darran ne disait toujours rien. Une cloche tinta quelque part en contrebas, un fiacre passa dans la neige au pied de la colonne.

— J'ai eu une enfance solitaire, Darran, tu le sais. J'ai vu naître chacun de mes petits frères et sœurs avec l'espoir de ne plus grandir seul. Puis je les ai vus mourir au berceau l'un après l'autre, emportés par les fièvres et les dysenteries. Toi, tu as été le petit frère parfait qu'un enfant s'imagine pour ses jeux : tu m'écoutais, tu m'admirais. Nous avons été de vrais amis, Kàn en est témoin, de cette amitié que bien peu de gens connaissent dans une vie. Certes, quand nous couchions dans un château, tu dormais par terre et moi sur un matelas, mais pour le reste, la guerre et la faim nous rendaient égaux, toi et moi.

Un égal qui te donne des ordres, pensa Maura. *Un égal à qui tu cèdes tes dernières provisions.*

— Alors, mon très cher Darran, toi qui étais comme un fils, toi en qui j'avais toute confiance, comment as-tu pu me faire cela ?

— Je ne vous ai pas trahi.

— Je suis pratiquement mort en sortant de cette caverne ! Et depuis ce jour, je meurs chaque matin, chaque nuit ! Je meurs en permanence, je meurs depuis dix ans à chaque instant de ma vie !

La voix du roi montait en force et Maura sentait sa chaleur s'intensifier et affluer jusqu'à elle. La glace tassée sur les marches de l'escalier commençait à craqueler et à se fendre.

— Ne reste pas là, Darran, ne fais pas l'idiot..., murmura-t-elle en se tordant les mains.

— J'ai échoué ce jour-là, c'est vrai, murmura Darran d'une voix si faible qu'elle dut se concentrer intensément pour l'entendre. J'aurais dû vous sauver...

— Oui, tu aurais dû ! Oh oui !

Mon Dieu, il va le brûler.

Pendant un instant, cette pensée fut si forte qu'elle fut incapable de suivre la conversation qui se tenait à dix pas sous ses pieds. Puis il y eut un hurlement si puissant qu'elle sursauta et faillit basculer dans le vide :

— Tu m'as trahi ! criait le roi. Trahi ! Trahi !

— J'ai fait tout ce que vous m'aviez demandé ! répondit Darran, dont la voix puissante était pour une fois surpassée par une autre, plus forte que la sienne. Je l'ai fait pour vous, et vous, vous m'avez…

— Tu devais me protéger, tu devais me soutenir, et au lieu de ça, tu as…

— Je vous *ai* protégé !

— Quand j'ai eu besoin de toi, tu as failli. Et quand je n'avais pas besoin de toi, alors tu as fait ce que personne d'autre que moi n'aurait dû faire…

— Je vous ai sauvé la vie !

— Quelle vie ? Attends-tu un merci alors que je souffre comme un damné à chaque jour qui passe ? Sais-tu seulement quelle vie est la mienne depuis que tu as échoué dans ta mission ? Je te faisais confiance, Darran !

— J'aurais fait n'importe quoi pour vous ! J'aurais échangé ma vie contre la vôtre, si vous me l'aviez demandé ! Je vous ai tout donné, tout !

Et le son de la voix de Darran déchira le cœur de Maura, car pour la toute première fois depuis qu'elle le connaissait, il pleurait.

— Et aujourd'hui, tu me reprends tout ! répondit le roi.

Le silence, de nouveau, s'imposa entre eux et s'étira douloureusement.

Puis Darran répéta :

— Je ne vous ai pas trahi.

Et il ajouta cette fois :

— Reconnaissez-le. C'est tout ce que je vous demande.

Pendant un long, un très long moment, Maura n'entendit plus le moindre son.

— Je pourrais te tuer maintenant, fit le roi.

Vous avez déjà essayé, pensa Maura, *et Darran est toujours debout. Si vous échouez à nouveau, votre royaume doutera de votre pouvoir.*

Il y eut de nouveau le léger crissement de la neige tassée sous les pas d'un homme – le roi, sans doute, qui redescendait les marches. Mais le bruit s'interrompit soudain, comme s'il s'était brusquement arrêté.

— Tu t'es longtemps caché de moi, Darran. Ensuite, tu as couru à l'autre bout du royaume pour m'échapper. Et maintenant, tu te terres comme une bête dans sa tanière en espérant que je ne puisse pas t'atteindre. Mais cette fois, c'est la fin. La chasse est terminée.

Maura crut qu'il en resterait là, mais le bruit de ses pas se fit attendre et sa voix s'éleva finalement de nouveau.

— Mes amitiés à mon cher ami Jean d'Arterac. Il a choisi son camp, à ce que l'on m'a dit. Il en paiera le prix, comme vous tous. Et n'espérez pas trop que sa légende soit un jour connue de mes sujets : s'il prenait l'envie à votre petite espionne de s'introduire dans mon palais et d'approcher la salle-des-mille-Kàns, dites-lui que j'ai rempli le grand temple royal d'une compagnie entière de mes soldats.

Chapitre 65

La nouvelle de l'entrevue de Darran avec le Roi Lumière avait ameuté dans l'antichambre une petite foule d'hommes et de femmes. Maura frottait ses bras contre sa poitrine pour essayer de se réchauffer, et le conteur lui passa son manteau sur les épaules.

Tous les regards se tournèrent vers Darran quand il entra d'un pas lourd.

— Alors ? a demandé la princesse Véra d'une voix glaciale. Puisque mon cousin vous a fait l'honneur d'un entretien, avez-vous pu négocier les termes de notre sortie ?

Darran la regarda d'un air étonné. Mais ce fut Maura qui répondit :

— Le roi a toujours voulu nous exterminer. Je ne vois pas pourquoi il nous laisserait sortir.

Une jeune femme du nom de Yannah, dont le regard exprimait une confiance absolue en son chef, lui demanda d'une voix presque joyeuse :

— Mais vous allez trouver une solution, seigneur Dahl, n'est-ce pas ?

Elle l'avait toujours vénéré comme un dieu.

— Il y a *toujours* une solution, a fait La Beste en hochant la tête.

— Il n'y a rien de changé, répondit finalement Darran. Maintenez la garde. Rationnez la nourriture.

— Il y a tout de changé, murmura Maura, nous sommes perdus.

Darran s'apprêtait à traverser la foule, mais le conteur l'interpella au passage :

— Messire Darran Dahl !

Darran se retourna et sembla le remarquer pour la première fois.

— Messire, répéta le vieil homme en accourant jusqu'à lui, je suis en train d'écrire votre légende. J'ai besoin de savoir ce qui s'est passé autrefois entre le roi et vous. Osgarat l'ignorait et La Beste refuse de répondre, mais puisque nous nous rencontrons enfin, vous pourriez…

— C'est vous qui avez écrit la légende du Roi Lumière ? l'interrompit Darran en le toisant d'un œil froid.

— J'ai cet honneur, messire.

— Alors je n'ai rien à vous dire.

— Mais…, fit d'Arterac, surpris, je vous en supplie ! C'est de la plus haute importance !

Darran se pencha jusqu'à l'oreille de d'Arterac et murmura tout bas :

— Plus rien n'a d'importance, conteur.

D'Arterac resta un moment stupéfait, pendant que Darran quittait l'antichambre.

— Il a raison. Vu que le temple du palais royal est bourré de soldats, notre plan est tombé à l'eau, marmonna Maura. On va tous mourir…

— Pas vous ! chuchota le conteur. Vous pouvez vous faire pousser des ailes, vous êtes la seule personne ici qui pourrait s'échapper. Vous pourriez rejoindre une cité en révolte, je pourrais vous laisser mes notes et vous pourriez faire connaître à tout le royaume la légende de…

— De Darran ? Quand il sera mort ? l'interrompit Maura.

Elle soupira et poursuivit :

— Oui, je peux m'échapper. Et je mentirais si je vous disais que je ne le ferai pas, si je n'ai pas le choix.

Elle se tourna vers lui et ses yeux étaient brillants de larmes.

— Mais ne me dites pas ça maintenant, s'il vous plaît. Dites-moi qu'il y a encore un espoir et que nous allons nous en sortir.

Le vieil homme ouvrit la bouche, la referma et secoua la tête d'un air navré.

— Je suis désolé. Je déteste mentir.

Elle se détourna brusquement et se fraya un chemin à coups de coude à travers la foule encore agglutinée dans la salle.

— Maura, attendez, vous n'avez pas terminé ! J'ai encore besoin de votre témoignage pour terminer ma légende !

Elle se retourna et lui fit un sourire triste.

— Je vous aime bien, conteur, mais je préfère employer le peu de temps qui nous reste à essayer de trouver une solution, plutôt que de papoter avec vous.

— Ce récit peut sauver la rébellion, si vous emportez mes notes !

— Je ne veux pas juste sauver la rébellion, je veux sauver mes amis.

— Pensez à la postérité, pensez au royaume, pensez à ces millions de femmes qui…

Maura était déjà partie et, dans l'antichambre, la foule se dispersait elle aussi. Le conteur attrapa Breena par la manche :

— Ma dame, accepteriez-vous d'être de nouveau mon témoin ? Maura n'a pas eu le temps de terminer son récit et j'ai besoin de…

Breena, qui au beau milieu de Frankand, avait trouvé l'occasion de laver son visage, passa la main dans ses cheveux impeccablement peignés et répondit d'une voix suave :

— Navrée, conteur. Je suis comme Maura : s'il ne me reste que quelques heures à vivre, je n'ai pas l'intention de les passer à discuter du bon vieux temps.

— Dans ce cas, savez-vous à qui je peux m'adresser ? Edbert de Kenmare, peut-être ?

— Ce cher Edbert est resté caché en bas, à Homgard. C'est un homme de loi. Ceux qui sont montés à Frankand avaient l'intention de libérer des prisonnières par la force. Pas de faire un procès devant le parlement.

Breena disparut dans un nuage de parfum, laissant le conteur pratiquement seul dans l'antichambre. Mais un homme restait dans l'ombre. Il était sale et en guenilles, mais d'Arterac reconnut sa silhouette massive : c'était le kerr Owain.

— Je vous ai mal jugé, conteur. Vous avez signé votre arrêt de mort en restant ici. Et moi qui vous croyais dans l'autre camp.

D'Arterac eut un petit gloussement.

— J'essaie de n'être dans aucun camp ; c'est peut-être ce qui rend ma vie si dangereuse.

Le kerr haussa les épaules.

— Vous n'avez trouvé personne pour vous dire la suite de l'histoire, n'est-ce pas ? Je veux bien vous la raconter, moi, si cela vous intéresse. Je vous ai entendu parler avec Maura : si elle réussit à emporter vos notes, peut-être qu'elles seront lues plus tard. J'aimerais que les gens de notre royaume connaissent l'histoire des fantômes.

Le kerr Owain fit le tour de la pièce du regard. Un endroit désert, froid et ouvert sur le vide. Puis il s'assit en tailleur.

— Pourquoi pas ici même ?

Le conteur s'assit à son tour sur le sol en faisant craquer ses vieux os, puis sortit sa plume et ses feuillets de la sacoche.

— Fort bien ! Fort bien ! J'ai hâte de connaître la suite – et j'avoue que je ne serai pas fâché de m'occuper l'esprit en attendant la mort. Le récit de Maura s'est arrêté après la bataille de Qua-Lehr. Auriez-vous l'amabilité de me dire ce qui s'est passé ensuite ?

Le kerr soupira.

— Ce n'est pas le moment que je préfère… Mais soit.

CHAPITRE 66

La victoire de Qua-Lehr aurait dû nous rapprocher. Au lieu de cela, nous avons failli nous entre-tuer. Il y a parfois des victoires plus dangereuses que les défaites, conteur.

Les derniers soldats ennemis se sont enfuis dans la neige, et les fantômes ont achevé les blessés. Puis il a fallu fouiller les morts, régler les disputes pour le partage du butin et faire un bûcher pour les corps des fantômes tombés au combat : on ne pouvait pas les enterrer dans la terre gelée. Ensuite, nous nous sommes tous écroulés de fatigue.

C'est le lendemain que les conflits ont éclaté.

Darran a annoncé qu'il allait gagner le port le plus proche sur la côte ouest et emmener les gens de Kenmare par bateau. La princesse a hurlé qu'elle avait besoin de lui pour continuer sa guerre. Elle voulait marcher jusqu'à Homgard et espérait soulever une révolte. Maura l'a défendue bec et ongles, car la foire aux femmes de Kiell l'avait rendue folle de rage. Elle a essayé de convaincre Darran qu'il fallait abolir la loi sur les femmes et renverser le roi. Mais Darran n'avait aucune intention de soulever le pays : il voulait juste sauver les gens du village.

— Tu as tort, Darran, disait Maura. Et tu finiras par t'en apercevoir.

Il lui a simplement répondu :

— Pars avec la princesse, si c'est ce que tu souhaites.

Je crois qu'elle en a été mortifiée. Elle a écrasé une larme, mais n'a plus rien dit.

— Vous n'êtes qu'un porte-glaive sans la moindre vision, sans la moindre ambition ! a craché la princesse à Darran.

— Oui, et alors ? a répondu Darran en haussant les épaules.

Pendant que ces deux-là s'expliquaient, ils se sont rendu compte que Bodicée se préparait à partir de son côté avec sa troupe de mercenaires.

— Vous nous avez payées pour vous escorter jusqu'à Qua-Lehr et on l'a fait. On est restées trois mois, on s'est battues, on a eu des pertes : on a mérité notre or. Si vous avez encore besoin de nos services, il faudra un nouveau contrat.

En réalité, les Sanglantes avaient le projet de piller la ville de Calaban, dont le plus gros de sa garde venait d'être massacré à la bataille de Qua-Lehr. Elles se savaient maintenant hors la loi et escomptaient piller le pays tant qu'elles en avaient l'occasion, avant de se disperser et disparaître.

La princesse a essayé de faire du chantage : il y avait eu des blessées au cours de la bataille et elle a menacé d'interdire à son esclave du nom de Soigneur de guérir les plaies de celles qui partaient. Darran a failli la décapiter d'un coup de hache et je crois bien que Bodicée lui aurait prêté main-forte.

Finalement, à la surprise générale, c'est Maura qui a apaisé tout le monde. L'avez vous déjà vue dans ces moments de grâce, conteur ? C'est une fille étonnante. Elle s'est présentée devant Bodicée et elle l'a prise dans ses bras. L'autre a eu un mouvement de recul, mais elle ne l'a pas rejetée. Ensuite, Maura a marché jusqu'à Dounia – Dounia, conteur ! Maura et elle se détestaient depuis le début. Mais ce jour-là, elle l'a serrée contre elle, et la grande femme s'est laissé faire.

Je n'ai jamais compris ce geste. Cela lui ressemblait si peu. C'était comme si elle avait été inspirée par une sainte d'autrefois ou peut-être par le Grand Kàn lui-même. En tout cas, il tenait du génie.

Les tensions se sont peu à peu dissipées et chaque groupe est parti de son côté.

Nous avions tous la gorge serrée en quittant les autres. À l'époque, je m'étais rapproché de Cala, à qui j'apprenais l'alphabet. Je ne m'attendais pas à ce qu'elle reste avec nous, mais… à un au revoir, au moins. Au lieu de cela, elle m'a ignoré comme un étranger et elle est partie se mêler aux autres panthères. J'ai compris plus tard que c'était justement parce que les adieux lui étaient insupportables qu'elle les évitait. Mais j'en ai été très peiné.

Et je n'étais pas le seul à trouver cruelles ces séparations. Je me souviens aussi de La Beste, droite comme un piquet, les yeux rivés sur Darran, attendant qu'il lui demande de le suivre. La neige s'accrochait à ses cheveux crépus et elle frissonnait de froid dans le vent. Comme il ne demandait rien du tout, elle a fini par l'attraper par la manche.

— T'as qu'un mot à dire et je reste avec vous.

Darran avait son air des mauvais jours. Lointain, indifférent. Triste.

— Fais ce que tu veux, La Beste.

— Je m'en fous de savoir où vous allez, ce que vous faites, a-t-elle encore dit. Je sais qu'avec toi, je me battrai pas dans le mauvais camp.

— Ton camp, tu es libre de le choisir.

— Mais foutre-Kàn, tu vas me demander de rester, oui ou merde ?

Il a soupiré.

— Je ne demande rien à personne.

Elle a tourné les talons, exaspérée, et elle est retournée au groupe des panthères. Darran faisait souvent cet effet aux gens.

Chapitre 67

Alors nous nous sommes retrouvés bien seuls.

Nous avions été une armée de soldates venues des quatre coins du monde et nous n'étions plus que cette poignée de voisins partis de Kenmare. En fait nous étions moins nombreux que lors du départ de la colonne, car certains étaient morts, ou bien partis sans que personne ne songe à les retenir. Seuls Alendro et quelques-unes des filles trouvées sur la route sont restés avec nous. Une sorcière de Long-Ba a également choisi notre groupe, une enfant du nom de Gaïa qui pouvait geler des objets et qui, semblait-il, s'était entichée de Gràinne Braddy.

Après avoir quitté les contreforts des montagnes Lehrs, le froid était moins mordant, mais l'hiver pointait. Une neige fine tombait le matin et s'accrochait aux aiguilles des pins avant de fondre au soleil de midi. Nous sommes arrivés dans la région des pastels, faite de collines boisées et de petits châteaux, sillonnée de rivières où abondaient les moulins. Les routes y étaient sûres, mais nous croisions sans cesse des voyageurs qui pouvaient nous reconnaître et nous dénoncer.

Maura était rassurante à ce sujet. Elle disait que le « dernier baron » avait dû poursuivre Bodicée ou la princesse, car il n'y avait aucun signe de son armée derrière nous. C'est pour cette raison que l'attaque nous a pris totalement au dépourvu.

— C'était à Sarteroi, n'est-ce pas ? l'interrompit d'Arterac. Je ne me rendais pas compte que vous étiez déjà si loin au nord.

Le kerr Owain secoua la tête.

— La bataille de Sarteroi a eu lieu bien plus tard.

— Dieterberg, alors, peut-être ?

— Non, conteur. La bataille dont je vais vous parler n'est mentionnée dans aucune chanson.

C'était au crépuscule. Tout le jour, nous nous étions cachés dans les bois en attendant notre heure et nous venions de reprendre notre route quand un cavalier est arrivé en sens inverse : c'était Alendro et il était très agité. Il levait les bras en l'air, ses yeux brillaient de peur et il gesticulait comme un diable.

— Des soldats ! Des centaines de soldats ! Une armée nous barre la route, il faut faire demi-tour !

Maura lui a répondu avec la morgue habituelle qu'elle avait pour lui. À cette époque, elle semblait le détester, je suppose que ce n'était qu'une querelle d'amoureux. Maura se comportait de manière étrange depuis Kiell : plus distante, plus triste, plus tendue.

— Tu n'aurais pas confondu une armée avec une patrouille de milice locale, par hasard, l'histrion ? Tu t'affoles toujours pour un rien.

— Des centaines, *rosë rouja* ! Des centaines !

Darran a tranché.

— Demi-tour. Marche forcée. Tout de suite.

— Tu ne vas pas croire cet imbécile sur parole, quand même ? a fait Maura en éclatant de rire. C'est un turlupin de foire, pas un éclaireur ! Moi, je te dis que l'armée du baron…

Darran l'a regardée droit dans les yeux.

— Et moi je dis : demi-tour.

Il a répété son ordre vers l'arrière, les mains en porte-voix.

Personne n'a discuté. Les hommes et les femmes se sont retournés, Gràinne est descendue du chariot et, avec Tomey, ils ont commencé à manœuvrer les chevaux. Maura, vexée d'être contredite, a filé de l'autre côté de la colonne. Si sa colère contre Alendro ne l'avait pas déconcentrée, peut-être aurait-elle détecté la présence des soldats cachés dans les taillis avec sa magie de mindaran. Mais cela n'a pas été le cas et ils nous ont surpris au pire moment, alors que la colonne était dispersée et en désordre.

Les premiers carreaux d'arbalète ont sifflé dans les airs. La hache de Darran est apparue entre ses mains, et d'un seul moulinet fulgurant, il en a cueilli plusieurs au vol. Mais les carreaux venaient de toutes parts, c'était une vraie pluie de bois et d'acier !

Alendro s'est jeté à terre et les autres se sont cachés du mieux qu'ils le pouvaient, mais nous nous sommes rendu compte que nous n'étions pas visés. Les carreaux n'avaient qu'un seul objectif : Darran. Sa hache a eu beau danser dans les airs et dévier plusieurs projectiles, d'autres ont percé ses défenses. En un instant, tout son corps a été hérissé de hampes noires, dans sa poitrine, sur ses bras, dans son cou. Seul de tous, il restait pourtant debout et ne se cachait pas, comme pour attirer sur lui toute la fureur de l'ennemi.

Très vite, les tirs ont cessé – une arbalète ne se recharge pas aussi vite qu'un arc. Darran n'est pas tombé ; le sang inondait sa vieille cotte de mailles et son corps était percé de toutes parts, mais il semblait à peine s'en rendre compte.

— Combien ? hurlait Maura derrière lui.

Je ne sais pas à qui Maura croyait parler. Parfois, elle donnait l'impression d'avoir à moitié perdu la raison.

— Combien de fois peut-il mourir ? Dis-le-moi !

Darran n'a pas montré la moindre faiblesse. Pas une plainte. Pas une grimace. Il a foncé tout droit vers les taillis sur le bord du chemin. Alors Tara s'est relevée et, en brandissant sa lance, elle a crié : « Pour Darran ! »

J'ai couru au combat avec les autres. Des hommes luttaient en hurlant. Darran semblait tourbillonner et voler au-dessus du sol. Une jonchée d'hommes morts était étalée à ses pieds, d'autres gémissaient encore et rampaient pour lui échapper. Un soldat, avec un cri de rage, lui a donné un puissant coup de lance. Darran l'a dévié mais le fer s'est planté dans sa cuisse et y est resté fiché. Il s'est arrêté une seconde, et alors nous avons vu son visage : un coup lui avait emporté l'oreille, un autre avait arraché un pan de sa mâchoire. Il était aussi effrayant que ces démons à moitié morts et vivants des histoires de village.

Un carré de soldats en livrée bleue lui tenait tête, alors Tara a hurlé : « Fantômes ! Pour Darran ! » Nos lances ont percé leurs jambes, leurs bras, leurs gorges. La lutte a été rapide et sanglante, nous les avons terrassés.

Le combat, toutefois, ne nous avait pas tous laissés indemnes. Tomey avait été blessé à l'œil. Le beau Cahal, le charpentier de Kenmare, avait pris un mauvais coup de hache dans le flanc. Les blessures de Darran, en revanche, avaient disparu comme d'habitude. Il a arraché lui-même la lance de sa jambe. Des carreaux d'arbalète plantés dans son corps, il ne restait d'autre trace que des entailles dans sa cotte de mailles et une couche de sang à demi coagulé.

« Darran l'indestructible », a murmuré Yannah. Et tout le monde l'a répété après elle.

Il est passé parmi nous. Il s'est penché sur le corps de Kaital, qui avait eu la tête transpercée d'un coup de lance, et il l'a bercée dans ses bras avec douceur. C'est vraiment un homme étrange : je crois qu'il n'avait jamais parlé à Kaital. Mais chaque fois qu'une fille de Kenmare mourait, il semblait bouleversé.

On l'a enterrée sommairement et j'ai prononcé pour elle la dernière prière au Kàn.

— Quelques-uns se sont échappés, a finalement dit Darran. Il faut partir. Vite.

On a repris la route, la peur au ventre. Mais au bout de cinq lieues, le ciel s'est couvert et, avec lui, la lueur des étoiles qui nous guidait. Il est devenu impossible de faire un pas devant l'autre.

— J'allume une torche ? a proposé Gràinne.

On entendait le clapotis d'une rivière toute proche et le grincement familier des pales d'un moulin à eau.

— Non, ils la verraient à dix lieues, a dit Darran. On attend le jour.

Chapitre 68

Le lendemain, une bruine froide tombait d'un ciel plombé.

Une lumière pâle nous a dévoilé l'endroit où nous étions. Le moulin que nous avions entendu la veille continuait à tourner à vide en grinçant. Quelques maisons étaient accrochées à la pente d'une colline, et des sous-bois montait une odeur de terre humide.

Le pauvre Cahal avait rendu l'âme dans la nuit. On a dû le déposer dans un fossé et couvrir son corps de brassées de terre et d'aiguilles de pin, après avoir murmuré la prière au Grand Kàn.

— Maintenant, a fait Darran, on se cache loin du chemin et on efface nos traces avant que des éclaireurs ennemis ne nous repè…

Il s'est interrompu : deux cavaliers légers, armés d'arcs courts et de lances, étaient apparus au loin sur la colline et nous observaient en silence. Un instant plus tard, ils avaient disparu.

— Changement de plan, a dit sombrement Darran. Vous allez vous disperser dans la campagne par groupes de deux ou trois. Il nous reste un peu d'or : allez jusqu'à un port de pêche, prenez n'importe quel bateau et fuyez aussi loin que vous le pourrez.

— Et vous ? lui a demandé Tara en lui posant une main sur le bras.

— Je vais attendre leur armée ici. C'est moi qu'ils cherchent.

— Darran Dahl est indestructible, a dit Yannah avec une jubilation presque effrayante.

Mais Maura a murmuré d'une voix blanche :

— Non, il ne l'est pas.

Darran ne l'a pas contredite. Il aurait dû mourir dix fois la veille. Vingt fois, peut-être. Son pouvoir avait-il une limite ? J'avais cru remarquer, au matin, qu'il boitait légèrement après le terrible coup de lance dans sa jambe.

Nous disperser, c'était le condamner. Et c'était aussi condamner la plupart d'entre nous.

Alors Aedan a levé un doigt timide.

— Je… J'ai peut-être une autre idée.

Tout le monde s'est tourné vers lui. Aedan n'a peut-être pas la carrure de bûcheron du jeune Tomey, mais c'est un garçon remarquablement intelligent.

— Ils recherchent sûrement une armée de femmes, pas une petite colonne comme la nôtre. Ils pourraient passer devant nous sans nous reconnaître si, par exemple, nous nous faisions passer pour des marchands.

— Nous n'avons pas de marchandise, a objecté Edbert.

Aedan a fait un geste qui a englobé toutes les guerrières.

— Nous avons des femmes.

Les hommes de la colonne ont eu l'air horrifiés. Se faire passer pour des esclavagistes ? Eux qui les avaient pourchassés à travers la moitié du royaume ?

— C'est une meilleure idée que la mienne, a tranché Darran.

Il a rassemblé autour de lui tous les hommes survivants de Kenmare. À trente-neuf nous étions partis du village, mais douze seulement étaient encore là.

Il a désigné Edbert :

— Tu seras le marchand et Aedan ton apprenti. Toi, Owain, tu seras le kerr qui soigne les filles et atteste qu'elles sont bien traitées.

Il a continué à distribuer les rôles : le cocher, le domestique, le cuisinier, le garçon de chevaux, les mercenaires d'escorte.

— *Maïcar !* Et moi, je fais quoi ? a demandé Alendro. Je peux faire tous les rôles, je suis un grand acteur !

Darran l'a jaugé du regard.

— Ta tête est mise à prix. Tu te cacheras.

Puis il s'est tourné vers les filles.

— Femmes, vous êtes des guerrières. Vous êtes libres. Vous êtes fières et vous vous êtes battues pour l'être.

Les femmes l'écoutaient en silence, les yeux brillants. Breena, Muette, Gràinne et les autres. Elles étaient en guerre et il était leur chef.

— Mais aujourd'hui, votre combat, vous ne le mènerez pas avec vos armes de fer et de bois. Aujourd'hui, votre lance, ce sera un air triste. Votre bouclier, une tête baissée. Votre armure, ce sera de répondre « oui, seigneur » si quelqu'un s'adresse à vous. Et votre victoire, ce sera de les voir passer leur chemin sans se rendre compte que vous êtes les héroïnes de Long-Ba et de Qua-Lehr.

— Ça ne marchera pas, a soudain fait Gaïa, la petite sorcière. J'ai fait partie d'un convoi de femmes, un vrai. Les filles sont toujours propres et correctement habillées, alors que nous…

Elles étaient sales, puantes de sueur et de sang séché. Certes, elles avaient ôté leurs cottes de mailles et leurs casques, mais leurs vêtements dessous étaient crasseux et rapiécés de toutes parts.

— Maman est très forte pour l'apparence, a répondu Aedan, c'est sa magie de mindaran. Elle peut nous aider !

Breena-la-sorcière a poussé un soupir et acquiescé de la tête.

— N'attendez pas de miracle, jeunes filles, a-t-elle dit d'un air pincé. La plupart d'entre vous sont déjà laides au naturel, mais après trois mois de marche forcée, vous êtes toutes des souillons.

Maura lui a posé la main sur le bras.

— Vous n'aurez jamais assez de magie pour nous toutes. Vous allez vous épuiser.

— Peut-être bien, petite.

Breena s'est campée devant Darran et elle a pointé du doigt son poignard à sa ceinture.

— Il faudra que ce soit net.

À la surprise générale, elle s'est agenouillée devant lui et elle a déposé sa main bien à plat sur une pierre du chemin.

— Tranchez mon petit doigt.

— Ne faites pas ça ! s'est écriée Maura. Vous m'aviez dit qu'une mindaran ne devait jamais amputer une partie de son corps ! Qu'elle perdrait à jamais une part de sa magie !

— Oublie ce que je t'ai dit. Darran, dépêchez-vous.

— Maman ! a crié Aedan. Tu vas perdre ta magie ?

Darran a sorti son poignard, aiguisé comme un rasoir, et a frappé. Breena a poussé un cri bref et il y a eu du sang, un peu. Blanche comme un linge, elle a ramassé son propre doigt dans la boue et l'a serré contre elle. J'ai accouru avec un peu de charpie pour faire un pansement.

— Plus tard, kerr Owain, a-t-elle croassé.

En crispant sa main valide sur son moignon de doigt, elle s'est placée devant Maura et a tracé des signes dans les airs. Les taches de boue, la paille, le sang, tout cela a disparu en un clin d'œil. Ses vêtements crasseux se sont changés en une robe simple et propre, les bottes en sabots, ses cheveux rouges en broussaille se sont retrouvés peignés, brossés, lavés de toute la poussière des chemins. Maura n'en croyait pas ses yeux, elle regardait ses mains, ses pieds, et répétait sans cesse en chuchotant, les larmes aux yeux : « Merci Breena, par Kàn, merci. »

— Je ne le fais pas pour tes beaux yeux, gamine. Je le fais pour sauver ma peau et celle de mon fils.

Breena a fait de même pour les dix-huit filles et femmes qui restaient encore, puis, tremblante d'épuisement et vacillant sur ses jambes, elle m'a enfin laissé la soigner.

En quelques instants, nos piques, arbalètes et autres armes ont été mises sous une bâche dans le chariot. Puis Darran et Alendro, les deux les plus reconnaissables, se sont glissés sous les essieux.

Il était temps : les chevaliers sont arrivés peu après sur la colline dans leurs armures brillantes et leurs surcots de mille couleurs, se pavanant avec leurs longues plumes sur leurs heaumes. Ils ont descendu le chemin au trot, nous observant à travers leurs visières baissées.

— Les hommes, ôtez vos chapeaux et calottes, a soufflé Edbert. Les femmes, en retrait. C'est moi qui parlerai, sauf si on vous interroge.

Les chevaliers se sont arrêtés devant notre misérable petite troupe.

Les hommes avaient la tête baissée, les femmes fixaient le bout de leurs pieds et gardaient les mains jointes. J'étais terrifié ; je crois que nous l'étions tous. L'un des seigneurs en armure s'est approché d'Edbert et a relevé sa visière. Il était vieux et avait l'air soucieux.

— Dis-moi, l'ami, a-t-il dit sans prendre la peine de descendre de sa monture. Nous cherchons une troupe de hors-la-loi qui ont assassiné vingt de mes soldats. C'est une armée de plusieurs centaines de femmes, toutes abusées par la magie maléfique du deimonaran Darran Dahl. Auriez-vous vu une semblable équipée ? Ou peut-être ses traces ?

Edbert a roulé des yeux effrayés.

— Nous… Nous n'avons croisé personne, mon seigneur.

Les chevaliers ne sont pas partis pour autant.

— Que fais-tu sur mes terres, avec ces filles ?

— Je ne suis qu'un modeste marchand, mon seigneur. Je me rends à la foire aux femmes de Bundadt où j'espère écouler ma marchandise.

Le seigneur a fait faire un pas en avant à son cheval, de sorte que son flanc touche presque le pauvre Edbert.

— Il n'y a pas de foire aux femmes, sur mes terres. Juste une foire aux épouses, où des veuves et des orphelines trouvent un mari convenable pour les protéger et faire leur bonheur de mère. Tu n'es pas un marchand, l'ami, tu es un marieur.

En voilà un qui aime se mentir à lui-même, ai-je pensé.

— Toutes mes excuses, mon seigneur.

— Quel drôle d'accent tu as, l'ami ! Tu n'es pas d'ici, assurément.

— Je suis né dans l'Ouest, mon seigneur. Dans l'Ouest profond.

Le seigneur a éclaté de rire.

— L'Ouest pouilleux ! Le pays de la crotte et de la misère ! Je comprends que tu sois venu sur mes terres.

Un de ses chevaliers est alors descendu de son cheval. Il s'est avancé jusqu'à Edbert et l'a saisi par les cheveux.

— Où est ton livre de comptes ?

Il avait une voix plus jeune que l'autre, et plus dure.

— A… Aedan, le livre de comptes pour mon seigneur ! a coassé Edbert.

Aedan a improvisé aussitôt :

— Je suis navré, maître, nos livres étaient dans le bagage qui est tombé dans la rivière, il y a deux jours.

Edbert lui a jeté un regard empli de gratitude. Mais le chevalier, lui, l'a toisé d'un air mauvais. Puis il s'est approché du petit Tomey, qui avait un bandage ensanglanté sur l'œil.

— Tu t'es blessé, mon garçon ?

— Une bagarre de taverne, seigneur, a répondu Tomey sans se démonter. Vous devriez voir la tête de celui d'en face.

Derrière nous, se déroulait sur le chemin une longue colonne de soldats sur deux rangs, armés de hallebardes et d'arbalètes, portant des casques et des gambisons de bonne facture. Ils étaient des centaines, silencieux, disciplinés, et ceux-là n'étaient pas ceux qui nous avaient poursuivis depuis Long-Ba puisqu'ils arrivaient en sens inverse. Le seigneur de Bundadt avait dû être prévenu du désastre de Qua-Lehr par pigeon voyageur.

D'un pas lent, le chevalier a déambulé parmi les femmes, soulevant le menton de la jolie Gràinne, effleurant les cheveux d'enfant de Gaïa, caressant les mâchoires crispées de Maura.

Puis il a soudain saisi le poignet de Tara et a observé la paume de sa main.

— Ta main possède d'étranges cals, d'où viennent-ils ?

— Je manie tous les jours le calame et la plume, mon seigneur, cela m'a laissé la bosse des scribes sur le majeur. Je sais lire et compter. Tenir les registres, vérifier les comptes.

— Fort bien…

Le chevalier a brutalement tiré Tara hors des rangs et l'a entraînée derrière lui jusqu'au groupe des chevaliers en armure.

— Mon oncle, je vous ai trouvé un cadeau d'anniversaire ! Vous qui avez perdu votre intendant, voici une femme à la tête aussi bien faite que bien pleine, qui vous aidera à tenir vos comptes.

Il glissa la main dans sa bourse et jeta deux souverains d'or aux pieds d'Edbert, qui roulèrent dans la boue du chemin.

— Je n'ai pas vu ton livre de comptes, mais je doute que tu gagnes souvent autant d'argent que cela en une seule vente. Ne me remercie pas, l'ami.

— Elle est parfaite pour moi, merci mon neveu ! s'est écrié le seigneur.

— La donzelle est jolie, mais elle a au moins trente ans, a gloussé un troisième chevalier. Deux souverains ? Mon cousin aime faire le généreux.

L'autre a pris un air modeste.

— Il faut bien qu'ils vivent, tous ces petits marchands qui rendent les femmes heureuses.

Tara ne nous a pas trahis. Elle n'a pas émis une plainte, elle n'a pas résisté quand le duc l'a fait monter en amazone sur son cheval devant lui, elle n'a même pas relevé la tête vers nous. Sauf une fois, brièvement, en direction du chariot où se cachait Darran.

Et nous avons été trente frères et sœurs d'armes, la mort dans l'âme, à la regarder partir loin de nous, à devenir esclave pour que ces hommes si fiers d'eux-mêmes ne devinent pas qu'ils passaient à côté du légendaire Darran Dahl et de ses plus fidèles compagnes.

Le kerr s'arrêta de parler, et le conteur vit qu'une larme perlait sur sa joue.

— J'aimais beaucoup Tara, murmura-t-il. Tout le monde aimait Tara.

— Vous n'avez pas pu la libérer par la suite ?

— Je ne l'ai jamais revue, conteur.

D'Artcrac fit un sourire contrit.

— Peut-être… Peut-être est-elle heureuse, là où elle est ?

Le kerr haussa les épaules.

— Elle est heureuse de nous avoir tous sauvé la vie. De cela, au moins, je suis certain. Nous nous sommes juré que si l'issue de cette guerre nous était favorable, nous ferions tout notre possible pour la retrouver. Mais cela semble mal parti…

Chapitre 69

Maura nous a conseillé de bifurquer vers le nord, pour éviter à la fois la direction que l'armée avait prise et celle des châteaux de ses seigneurs.

Sur le chemin, nous avons été rejoints par de nombreux voyageurs qui allaient dans le même sens : des chariots, des cavaliers et des caravanes entières de gens très joyeux qui semblaient affluer de tous les environs. Quand j'ai interrogé un jeune homme à ce sujet, qui voyageait à pied avec toute sa famille, il m'a répondu avec son drôle d'accent des pastels :

— Ça se voit que vous êtes des étrangers ! Nous allons à la dernière feste du soleil, au village d'Estrée.

Sa mère s'est tournée vers nous, elle portait un fichu bleu pâle et un manteau un peu rapiécé.

— À chaque an, en première journée d'hiver, l'été revient en Estrée. Chaleur et soleil à vous dorer la peau pour la feste. On l'appelle « le miracle d'Estrée », et de toute la région, les gens viennent oublier ici la neige et le vent avant de passer le long hiver, et festoyer tout un jour et toute une nuit.

Elle a ouvert les pans de son manteau et nous a montré, tout sourire, une jolie robe d'été très simple qu'elle avait piquetée de fleurs blanches en tissu. Son mari a hoché la tête sous son chapeau de paysan.

— Et vous, que venez-vous don'faire dans la région, étrangers ? Drôle de sacrée famille, que vous faites là ! Êtes-vous tous cousins, frères ou sœurs ?

— Nous sommes des... des marchands de femmes, ai-je répondu par réflexe.

La petite famille nous a regardés avec des yeux ronds, leurs sourires se sont fanés et le mari a craché à mes pieds avant de mettre toute la distance possible entre nous.

— Braves gens : ils nous détestent, a murmuré Maura.

Le premier jour de l'hiver est célébré partout dans le royaume, mais au village d'Estrée, il prenait un tour extraordinaire. Plus nous nous sommes approchés du village, plus nous avons vu de choses étranges se produire. Le duvet blanc qui recouvrait les champs a peu à peu fondu, ainsi que le givre sur les branches des bouleaux. Le vent froid qui battait la plaine s'est adouci, puis apaisé. Le blanc du ciel s'est déchiré sur un soleil éblouissant, qui brillait si fort que nos manteaux d'hiver se sont faits de plus en plus lourds sur nos épaules, jusqu'à ce que l'on s'en débarrasse complètement.

— Eh, regardez ces mésanges ! a dit Maura, soudain heureuse comme une enfant. Ce sont des oiseaux de printemps !

— Il me faut une nouvelle robe, a fait Gràinne, qui regardait les filles autour d'elle dans leurs vêtements d'été.

Je crois que c'était la première fois que ces deux-là ouvraient la bouche depuis que nous avions perdu Tara. Et elles avaient raison : les hirondelles piaillaient sur les clôtures, les papillons voletaient autour de nous et de grosses abeilles noires bourdonnaient dans les taillis, l'air embaumait le chèvrefeuille et la violette. Les gens étaient à l'avenant, les hommes portaient des braies courtes de couleur vive et les femmes des robes légères.

Le village d'Estrée était au sommet d'un petit mamelon verdoyant et des milliers de visiteurs s'étaient déjà installés sur les pentes et les pâtures alentour. Des tentes, des charrettes, des baraquements de bois avaient été dressés à la va-vite. On y vendait de l'hydromel et du vin épicé, du fromage et des fruits.

Au pied de la colline se dressait une grande statue de bronze haute comme trois hommes qui représentait l'Hiver. On le reconnaissait à sa barbe neigeuse, aux épines de glace qui hérissaient sa couronne et à son manteau fait de branches mortes. La statue avait les yeux fermés, les mains jointes, et semblait dormir debout malgré les ribambelles d'enfants qui lui couraient autour en chantant à tue-tête : « Le prince Hiver s'met les quatre fers en l'air ! Le prince Hiver s'fait mal au derrière ! »

Tout le monde était émerveillé par ce miracle. Cette joyeuse foule nous faisait penser à notre grande foire aux bestiaux de Kenmare, sans l'odeur et le beuglement des bœufs parqués par centaines dans les enclos. C'était, en tout cas, l'endroit parfait pour se fondre dans la masse, soigner nos blessés et se faire oublier des soldats. Il y avait bien quelques miliciens locaux qui s'occupaient de calmer les bagarres, mais ils semblaient se soucier de nous comme d'une guigne : des étrangers, il y en avait plein le village.

Nous avons tiré notre chariot en bordure du village dans un verger dont les poiriers croulaient sous les fruits. Ils poussaient presque à vue d'œil au milieu de feuilles nouvelles d'un vert éclatant.

— On se repose ici le temps de la fête, a décrété Darran. On n'entre pas dans le village. On ne parle à personne. On se fait oublier.

Personne n'a dit un mot. Nous avions tous en tête le souvenir de Tara qui s'était sacrifiée pour que l'on ne se fasse pas repérer. Nous avons donc passé la journée sous nos poiriers, les pieds et les bras dénudés, se gorgeant de soleil, de chaleur et des odeurs d'herbe grasse. Il y a eu quelques parties de Gottaran avec des cailloux en guise de mises, Gràinne et Tomey ont dormi dans l'herbe, pendant que Gaïa, allongée sur le dos, s'amusait à geler et dégeler des poires directement sur l'arbre en essayant de ne pas se faire voir de Darran – ce qui était voué à l'échec, comme elle l'a vite compris.

À un moment, un kerr aux cheveux blancs qui passait près de nous a pris Darran par le bras en désignant notre petit groupe.

— Vous venez de les acheter, toutes ces jouvencelles ? a-t-il dit en louchant sur les plus jolies filles de la colonne. Diantre, vous en avez de la chance ! Je peux vous marier à toutes celles que vous voulez ! Oui, m'ssire, la loi du Roi Lumière vous y autorise, maint'nant. J'vous fais un mariage pour une couronne d'argent, mais… pour trois couronnes, je vous en fais quatre. Une affaire ! Vous aurez les cierges, la médaille de Kàn-aux-deux-visages et je dirai toutes les prières de…

Darran a murmuré tout bas :

— Et si je mariais plutôt ma hache avec ton cou, l'ami ?

Le kerr a reculé, terrifié.

— Quelle honte pour l'Église…, ai-je grommelé, horrifié.

— On aurait dû rester avec la princesse, a fait Maura. Marcher sur Homgard, renverser le roi et effacer ces putois de lois !

— Ce n'était qu'un minable kerr de village, a répondu Gràinne. Il faut toujours que tu dramatises.

— Et Tara ? a hurlé Maura. Je dramatise aussi, pour Tara ?

Une voix derrière elles les a interrompues.

— Je suis ravie de voir que nous sommes toujours d'accord, toi et moi, ma chère Maura.

C'était une jeune fille aux cheveux blonds, au sourire d'ange, vêtue d'une robe blanche à bretelles et entourée de deux fillettes.

En un bond, Darran a été sur ses pieds.

— Princesse ?

La jeune blonde a mis un doigt sur ses lèvres.

— Mes petites espionnes m'ont rapporté votre présence, a-t-elle dit en caressant la joue de l'une des fillettes qui faisaient partie de la troupe des panthères.

— La dame-aux-cent-visages…, a murmuré Aedan.

— Vous… (Darran a soudain baissé la voix et regardé avec méfiance autour de lui.) … Vous êtes toutes là ? Toutes les panthères ?

— Pas seulement les panthères. Les Sanglantes sont aussi avec nous. Nous nous sommes mêlées à la foule par petits groupes. On ne pouvait rêver meilleur endroit pour passer inaperçues et nous ravitailler.

— Vous deviez filer droit vers Homgard. Et Bodicée descendre vers Calaban.

La princesse s'est accroupie dans l'herbe aux côtés de Darran.

— Nous avons finalement changé de route : il s'est passé quelque chose d'inattendu, mon cher Darran. Il semblerait que nous ayons tous les deux sous-estimé l'un des nôtres.

— Qui ça ? a demandé Maura.

— Votre ami Alendro, votre étonnant bateleur. Où est-il, d'ailleurs ?

Il avait échappé à la vigilance de Darran pour explorer les lieux. Cet homme savait disparaître à volonté.

— La ville d'Hansea est à feu et à sang, a dit la princesse. Les esclaves prostituées de la ville ont massacré la garde et entièrement pris le contrôle de la cité. C'est là que nous nous rendons, afin de tomber sur les arrières de l'armée ennemie qui campe sous les remparts.

Nous nous sommes regroupés autour d'elle, buvant ses paroles avec stupéfaction. Aucun d'entre nous n'avait jamais vu Hansea, mais nous savions que c'était le plus grand port de commerce des deux royaumes. Et tout le monde s'efforçait d'imaginer des femmes outrageusement fardées tenant les remparts contre une troupe de chevaliers en armure.

— Petite Maura ? a fait la princesse. Ne voulais-tu pas renverser le roi et ses lois iniques ? Eh bien, cela commence à Hansea et vous êtes toutes et tous les bienvenus.

Maura s'est tournée vers Darran puis vers elle, hésitante.

— Nous allons en parler entre nous, princesse, a-t-elle dit.

— Faites. Mais faites vite. Nous partons demain.

Son visage s'est soudain couvert de rides de vieillesse. Et c'est une femme à l'apparence âgée qui s'est relevée avant de disparaître dans la foule.

Alors tout le monde s'est mis à parler en même temps.

— Allons à la bataille ! a fait Tomey en brandissant le poing.

— Bataille ! Bataille ! a répété la petite Gaïa, tout en écrabouillant une poire mûre avec une autre qu'elle avait complètement gelée.

Maura avait les yeux brillants et les joues en feu.

— Il faut aider ces femmes, Darran. Sinon quoi ? On va laisser les seigneurs reprendre la ville et toutes les massacrer ?

— Gràinne, a soudain dit Darran. Qu'en penses-tu ?

Gràinne a serré les poings. C'était une peste, mais aussi une fille courageuse.

— On y va. Nous aussi, on aurait bien aimé que des gens nous viennent en aide quand des trafiquants nous ont enlevées.

— C'est ce qu'on a fait, a grommelé Maura.

— Caitrin ? Macha ? a fait Darran.

Tout le monde s'est demandé pourquoi il leur demandait leur avis. Il ne leur parlait jamais, c'était même étonnant qu'il se souvienne de leurs prénoms.

Caitrin était une fille au visage morne, aux épaules tombantes, qui n'avait jamais su s'adapter à la vie sur les routes et semblait perpétuellement malheureuse depuis qu'elle avait été arrachée à son village.

— Je veux revoir ma maman, a-t-elle gémi en pleurnichant. J'en ai assez des marches et des batailles.

Darran a hoché la tête.

— Et toi, Macha ?

Macha était une fille silencieuse, efficace et discrète, elle faisait toujours sa part de travail sans rechigner et s'était vite montrée habile à manier la lance. Elle a longuement hésité et finalement dit :

— Maura a raison. Nous aussi, on aurait pu être vendues comme prostituées à Hansea ou ailleurs. N'importe quelle femme dans ce royaume le pourrait.

— Alors j'irai à Hansea, a conclu Darran avec un soupir. Que chacun fasse ce qu'il veut.

La fin de sa phrase a été couverte par des tambours et des sonneries de trompettes. Du bas de la colline, au milieu d'une foule compacte, montait une immense créature de métal : c'était la grande statue du prince Hiver qui s'était mise en marche sous les hourras des paysans. Elle gravissait pesamment la pente vers le village où l'attendait une arche en bois couverte de fleurs.

Nous sommes restés un petit moment à contempler le spectacle et, quand le dieu a franchi l'arche pour entrer dans le village sous des milliers d'applaudissements, Maura avait disparu.

Chapitre 70

Maura explorait chaque recoin de la forteresse à la recherche d'une idée : cellules, caves, tours, cuisines, entrepôts. Elle courait d'une pièce à l'autre, arpentant les couloirs obscurs et les réserves poussiéreuses. Des situations impossibles, ils en avaient déjà vécu ! À Long-Ba, à Qua-Lehr, qui aurait misé un sou sur les fantômes face aux soldats ? Et pourtant, ils s'en étaient toujours sortis !

— Il doit bien y avoir une solution quelque part. Il y a *toujours* une solution.

Depuis l'entrevue du roi avec Darran, les fantômes semblaient avoir changé d'attitude. L'heure n'était plus à la fête : on aiguisait les lames, on murmurait tout bas, on cherchait de la nourriture car elle allait bientôt manquer.

— Qu'est-ce que j'oublie qui pourrait nous aider ? marmonna-t-elle. Quatre cents hommes et femmes piégés. Trois cents toises au-dessus du sol. Deux mille soldats en bas…

Cela ressemblait à l'un de ces problèmes de calcul que sa mère lui faisait faire autrefois.

Sainte Hisolda a cent couronnes et trois cents bronzes dans sa bourse, peut-elle s'acheter une robe de bal à dix reines d'or ?

Une bouffée de tristesse lui serra soudain le cœur.

Ne pas penser à ma mère. Elle est heureuse là où elle est.

— J'étais sûre de te trouver là, fit la voix de La Beste dans son dos.

Avec son sourire étrange, tordu par sa moitié de visage ravagé, elle lui flanqua une tape amicale dans le dos.

La jeune fille se rendit compte que ses pas l'avaient menée, malgré elle, dans la chambre des mindarans, à la croisée du regard des douze statues de pierre.

— Le marin, la guerrière, le chasseur, la sorcière…, fit La Beste. Les anciens étaient aussi stupides que les gens d'aujourd'hui. Il n'y en a pas douze différents, des mindarans : il y en a mille !

La Beste se campa devant la statue d'une femme âgée figurée avec une arbalète.

C'était la tireuse-née.

— Regarde comment ils m'ont représentée, cette bande de fumiers ! Une grand-mère à moitié chauve avec le nez crochu, qui louche comme une ivrogne.

Elle passa la main sur les formes arrondies de l'arbalète, fascinée malgré elle par toute évocation d'une arme de jet.

— Tu sais que je suis née ici, juste sous l'ombre de Frankand, dans le quartier des Quatre couteaux ? J'ai grandi dans la rue avec une bande de gosses. On dormait dans des greniers, on faisait la manche, on rapinait les bourgeois. Certains de ces gosses sont peut-être devenus des soldats du roi, maintenant…

La Beste fit un pas de côté et considéra un instant la statue de la sorcière. Elle était figurée comme une jolie femme avec un tricorne sur la tête et un bâton noueux dans une main, l'autre tendue en avant pour dessiner quelque sortilège dans les airs.

— T'as plus de chance que moi, la sorcière est carrément plus gironde avec son décolleté et ses cheveux défaits.

Elle passa un bras autour de la taille de la statue et déposa un baiser sonore sur ses lèvres.

— Au fait, tu n'as pas changé d'avis sur les femmes ? Je n'ai toujours pas trouvé quelqu'un dans la forteresse pour se câliner le bonbon avec moi.

Maura sourit.

— Comment tu peux caresser un homme ? poursuivit La Beste. C'est tout plat, y a pas de courbes. Tu es toujours amoureuse de ce beau petit gars du Sud, hein ? C'est vrai qu'il a une jolie voix. Est-ce qu'il te mignotte bien, au moins ? Il est tendre au lit ? Est-ce qu'il est sauvage comme un étalon ?

Maura soupira. Ce sujet-là était de ceux qui la rendaient triste et elle n'était pas prête à l'aborder – fût-ce avec La Beste.

— Ce ne sont pas nos pouvoirs de mindaran qui vont nous sauver, cette fois, fit Maura.

La vieille guerrière haussa les épaules.

— Peut-être ou peut-être pas. Au fait, on m'a raconté que tu avais trottiné dans toute la forteresse sous forme de rat, avant l'attaque. Tu as encore fait de sacrés progrès !

— Mouais, soupira Maura, pour ce que ça m'a servi. Je n'ai même pas pu permettre au conteur de retrouver sa fille. Au lieu de ça, je suis tombée sur la femme du Roi Lumière emprisonnée dans la Grande…

Elle s'interrompit soudain, frappée d'une idée subite.

— Dans la grande quoi ? fit La Beste.

— Dans la Grande Tour de Frankand ! cria Maura qui sortit de la salle en trombe.

Elle n'eut aucun mal à retrouver l'escalier de pierre noire qui menait à la tour, juste au-dessus de la salle des mindarans.

Les otages ! pensait Maura. *Les nobles que le roi gardait prisonniers dans la Grande Tour de Frankand, qui étaient là avant l'arrivée des rebelles ! Et si on s'en servait de monnaie d'échange pour négocier avec le roi ?*

Elle gravit les marches quatre à quatre, sans se soucier des ondes de douleur que chaque pas faisait naître dans ses doigts blessés.

La porte était grande ouverte quand Maura s'engouffra dans la première salle, celle des enfants. Mais elle s'arrêta sur le seuil : les lieux étaient vides, les lits défaits, la grande table encore dressée pour un dîner qui n'avait jamais eu lieu.

— Putois ! Où sont passés les gamins ?

Elle courut à l'étage suivant, celui des femmes. Ici aussi, elle trouva la porte ouverte. Douze lits étaient répartis comme les douze heures d'une horloge, mais leurs draps étaient défaits et tous étaient vides. Le sol était jonché de dentelles, de bottines et d'épingles à cheveux comme si ces dames étaient parties précipitamment. Elle eut un coup au cœur lorsqu'elle aperçut du mouvement derrière une commode.

— Qui est là ? Montrez-vous ! Je ne vous veux aucun mal !

Elle s'approcha, pleine d'espoir, mais tomba nez à nez avec deux jeunes fantômes à demi nues, surprises en train d'essayer des sous-vêtements de luxe. Elles gloussèrent en la voyant.

— Les Dragons ont emmené les otages…, marmonna-t-elle. Évidemment, ils étaient bien trop précieux aux yeux du roi.

Refusant de se décourager, elle grimpa à l'étage des hommes. Des éclats de voix s'élevaient à l'intérieur : ici non plus, la salle n'était pas entièrement déserte.

Deux hommes étaient assis à la grande table. L'un d'eux était Alendro, qui lui tournait le dos, l'autre portait un masque de nacre sur son visage et la toge brodée d'or des Grands Kerrs.

— Ah ! La voilà ! fit ce dernier en lui faisant signe de prendre une chaise à ses côtés.

Son masque incrusté de diamants évoquait les traits d'un jeune homme au sourire joyeux, d'une grande beauté. Mais la voix était celle d'un vieil homme, et les yeux troués du masque s'ouvraient sur des pupilles froides et calculatrices.

Elle s'avança avec méfiance.

— Grand Kerr, fit-elle en inclinant légèrement la tête en signe de respect.

— *Rosë rouja* ! fit Alendro. Je te présente…

— Grand Kerr Heinkress, l'interrompit l'homme en étudiant la nouvelle arrivante avec attention.

Il avait de grosses bagues à chaque doigt et portait une étrange couronne d'or dont le motif faisait penser à deux visages se tournant le dos, tous deux hurlant comme des damnés.

— Enfin, nous nous rencontrons, Maura de Kenmare.

La jeune fille passa instinctivement la main dans ses cheveux roux, qui l'avaient encore trahie.

— Vous me connaissez ?

Le Grand Kerr se leva de sa chaise et lui tendit le dos de sa main. Elle la regarda d'un air étonné.

— Le Grand Kerr te donne sa main à baiser, *rosë rouja*, fit Alendro, c'est un grand honneur.

Elle considéra cette main du regard, mais n'y toucha pas.

— Que faites-vous ici ? Où sont les autres otages ?

— Les Dragons les ont évacués à la première alerte, répondit Alendro.

— Ils nous ont ordonné de sortir, fit le Grand Kerr en reprenant sa main sans paraître s'offusquer du refus de Maura, les combats faisaient rage et… j'ai malencontreusement perdu de vue mon groupe au détour d'un couloir.

Il éclata de rire.

— J'avais bien trop envie de vous rencontrer en personne, Maura de Kenmare.

Chapitre 71

Maura inspecta la grande salle ronde. Les jeunes hommes enfermés ici avaient abandonné au sol épées de bois, jeux de cartes et dessins coquins de filles dénudées.

— Vous ne ressemblez pas aux autres otages, fit-elle au Grand Kerr. Qu'est-ce qui me dit que vous n'êtes pas un espion laissé derrière eux par les Dragons ?

— Allons, jeune fille, le roi n'a plus aucun besoin d'espion parmi vous, à présent. Il vous tient déjà tous au creux de sa main. Quant à moi, j'étais déjà enfermé ici depuis bien longtemps. Depuis très exactement une semaine, jour pour jour, avant que la cité de Kiell ne soit réduite en cendre par une bande de rebelles inconnues. Cet incendie et cette rébellion m'ont d'ailleurs sans doute épargné le désagrément d'une exécution en place publique. C'était il y a un an. Le roi s'est alors soudain souvenu qu'il avait besoin des finances et du soutien des kerrs de l'Église.

— Le fameux conflit entre le roi et les Grands Kerrs ? fit Maura en prenant une chaise à côté d'Alendro. L'époque où il essayait de dépouiller l'Église de Kàn de ses richesses et d'exécuter les Grands Kerrs récalcitrants ?

L'homme acquiesça de la tête en silence.

— Quatre Grands Kerrs ont été décapités sous nos pieds, ici, à Homgard, sous de fausses accusations de haute trahison.

Maura se tourna vers Alendro :

— Qu'est-ce que tu faisais ici avec le Grand Kerr, toi ?

Le jeune homme ramassa à la hâte tous les papiers étalés devant lui.

— Votre ami me transmettait ses chansons, ses poèmes et ses rimes pour qu'ils ne soient pas perdus et que je les fasse connaître à d'autres ménestrels lorsque je sortirai d'ici. Il sait que le roi ne me fera aucun mal, il a encore bien trop besoin des immenses ressources financières de l'Église de Kàn pour lever et entretenir ses armées.

— Et s'il vous les prenait de force, vos richesses ?

— Ce serait hasardeux de sa part. Les cent mille kerrs de ce royaume cesseraient de chanter ses louanges dans les temples des villes et des villages des deux royaumes. Au moment où un autre personnage légendaire accapare déjà une grande part de l'attention de ses sujets, son calame s'effondrerait. Et cela, il le craint plus que tout au monde.

— Alors d'un côté, vous soutenez la rébellion, et de l'autre, vos kerrs continuent de nous étriller dans leurs prêches et de faire prier le petit peuple pour le salut du Roi Lumière ?

Le vieil homme leva les mains en signe d'impuissance.

— Nous essayons de survivre, comme tout le monde.

— Non : nous, on essaie aussi de changer la loi.

— Certes ! Et vous et les vôtres pourrez le faire à votre guise lorsque le Roi Lumière sera renversé. Nos intérêts sont communs, croyez-moi. L'important ici, c'est que le roi ne touchera pas à un cheveu de ma tête. Oui, jeune dame, de toute cette forteresse, je serai le seul à même de diffuser les vers et les chansons de votre ami après sa mort.

— Après sa…

Maura ouvrit grand la bouche et se jeta tout contre Alendro, le serrant fort contre elle.

— Tu ne vas pas mourir ! On va trouver un moyen, on va se tirer de là !

Alendro était rouge d'embarras ; il glissa à Maura en chuchotant :

— Son *Ilustra Santao* Heinkress est l'un des trois Kerrs Suprêmes de l'Église de Kàn, non seulement dans ce royaume, mais sur tout le continent. C'est l'un des hommes les plus puissants et les plus influents du monde après le Roi Lumière lui-même.

Le kerr se contenta de sourire modestement.

— Et comment vous me connaissez ? lui demanda Maura. Vous avez… Vous avez lu les notes de d'Arterac, c'est ça ?

— D'Arterac a toujours travaillé pour l'Église de Kàn, jeune fille, on dirait que vous le découvrez ! Sachez que c'est *moi* qui ai décidé d'engager un conteur pour écrire la légende de Darran Dahl afin de placer une autre figure de la rébellion sur le trône. C'est *moi* qui ai choisi Jean d'Arterac pour l'écrire. Et c'est encore *moi* à qui il transmet régulièrement une copie de ses notes. J'ai un petit retard à rattraper, mais j'ai déjà lu un certain nombre de vos aventures…

Devant l'air suspicieux de la jeune fille, il précisa :

— Je suis prisonnier ici, mais cela ne m'a nullement empêché de continuer à diriger les affaires de l'Église.

Le vieil homme eut un regard amusé.

— J'ai découvert avec passion votre vie au village de Kenmare, vos relations avec Darran Dahl et vos exploits de mindaran prodige. Cette façon dont vous avez acquis à votre cause un espion du vice-roi par vos charmes, quelle surprise, quel talent !

Acquis un espion à ma cause ? Par mes charmes ?

Maura frissonna.

Il n'a rien compris.

— Et cette idée d'utiliser le calame comme une arme pour enchanter des balistes ! poursuivit Heinkress. Nous ne pourrons bien sûr pas révéler ce trait de génie aux gens de ce royaume, mais je l'ai apprécié à sa juste valeur. Darran Dahl est peut-être la figure de proue de votre mouvement, mais la vérité, c'est que les fantômes vous doivent beaucoup, à vous. Oui, Maura de Kenmare, je connais tous vos petits secrets. Vous êtes remarquable, et maintenant, vous êtes *remarquée.*

Maura se sentit humiliée, mise à nu. Elle avait toujours su que le conteur écrivait pour le royaume tout entier, mais au fil de ses confessions, elle avait fini par l'oublier. Elle parlait au vieil homme comme à un ami sans plus penser pour qui elle le faisait.

— Le conteur ne travaille plus pour personne, fit Maura. Le palais est bloqué, un régiment entier campe devant la chapelle du Kàn-aux-mille-visages. Sa légende ne sera jamais lue dans les églises du royaume.

— Pourquoi ? Comptiez-vous sur cette légende pour sauver vos amis ?

Maura acquiesça de la tête.

— Avec suffisamment de calame, Darran aurait pu vaincre le Roi Lumière et alors tout aurait été possible. Nous aurions eu une chance de nous en sortir vivants.

Le Grand Kerr hocha la tête.

— Peut-être, reconnut-il, mais je ne peux pas vous aider à réaliser ce rêve : la chapelle du Kàn-aux-mille-visages est hors de ma portée. Certes, la légende sera lue, mais plus lentement, par d'autres biais, et entendue par moins de gens. Avec le temps, elle finira par se diffuser sur tout le continent, mais trop tard pour sauver vos amis aujourd'hui.

Il se pencha vers Maura et plongea ses yeux dans les siens.

— Nous savons tous les deux que vous, vous pourrez vous enfuir de cette forteresse sans la moindre difficulté. Ce récit soutiendra la révolte et vous en reprendrez le flambeau.

Maura serra la main d'Alendro dans la sienne.

— Vous parlez comme si mes amis étaient déjà morts. Cela ferait bien vos affaires, n'est-ce pas ? Une rébellion que vous pourriez manipuler à votre guise pour vos petits jeux de commerce et d'influence.

— Détrompez-vous. Il serait dans mon intérêt de renverser le Roi Lumière au plus vite. Mais je ne vois pas comment. À moins que vous ne me trouviez un autre palais et une autre chapelle-aux-mille-visages pour vous adresser aux pierres-qui-parlent, je crains fort de…

Il s'arrêta au milieu de sa phrase.

— Que faites-vous, jeune homme ?

Alendro s'était soudain levé de sa chaise. Il grimpa sur la longue table avec ses bottes boueuses, puis marcha jusqu'au mur où elle était accolée.

Il tendit les mains au-dessus de sa tête, se dressa sur la pointe des pieds et décrocha du mur un tableau ancien cloué ici au milieu de paysages fleuris, de batailles et de scènes religieuses. Il en souffla la poussière et le regarda de plus près.

— *Manificà*.

Il revint en courant, renversant verres, assiettes et reliefs de repas qui se trouvaient encore sur la table, avant de brandir fièrement le tableau devant lui.

— Un autre palais, disiez-vous, *Ilustra Santao* ? Une autre chapelle-aux-mille-visages ?

La peinture était vieille et craquelée, mais on y reconnaissait la grande salle des mindarans de Frankand, aux douze statues. Elle était plus blanche, plus lumineuse, et au centre de la salle, un personnage en armure dorée gisait agonisant sur le sol, une épée plantée dans la poitrine.

—Alendro, demanda Maura, qu'est-ce que tu fais debout sur la table avec ce tableau dans les mains ?

Il s'accroupit à sa hauteur, une petite flamme malicieuse dansait dans son regard.

—Mon maître de chant m'a un jour conté la ballade de *La bête de Frankand*. Cette « bête » a hanté Frankand au cours des siècles et emportait princes et barons dans leur sommeil. Je ne vous conterai pas son histoire, mais seulement deux choses : on y apprend qu'avant d'être une prison et une forteresse, Frankand était le palais des anciens rois de Westalie.

—Le palais des anciens rois ? répéta Maura.

—La seconde, poursuivit Alendro, c'est que la « bête » était le fantôme d'un roi assassiné au cœur même de son palais, dans la *chapelle*.

Sur le tableau, Alendro pointa le doigt sur la couronne que portait le personnage dans la salle des mindarans, puis sur le titre du tableau écrit en fines lettres dorées : « La bête de Frankand ».

—Il semble que ce que nous appelions « salle des mindarans » était en réalité une chapelle de Kàn. Et si nous avons un palais et une chapelle, alors n'avons-nous pas, à notre disposition, une chapelle royale ?

La salle des mindarans, pensa Maura. *Les anciens n'étaient pas si stupides que le disait La Beste : ils n'avaient pas voulu représenter tous les mindarans dans ces douze statues, ils avaient voulu représenter douze facettes du Grand Kàn lui-même.*

—Nul besoin de nous rendre à la chapelle-des-mille-Kàns au cœur du palais du Roi Lumière, conclut Alendro.

Depuis Frankand, le conteur pourra s'adresser à tous les temples et toutes les églises du royaume.

Maura se tourna vers le Grand Kerr, dont le masque incrusté de diamants affichait toujours le même sourire et le même visage aux lignes parfaites.

— Est-ce possible, Grand Kerr ? Peut-on utiliser cette chapelle pour s'adresser aux pierres-qui-parlent à travers tout le royaume ?

Le vieil homme hésita.

— En théorie, peut-être… La célébrité de Jean d'Arterac et le fait qu'il a déjà reçu la bénédiction des mille kerrs devraient avoir attiré suffisamment de calame pour le permettre… Oui, ce pourrait bien être possible.

— Comment peut-on vous aider ? demanda Maura. De quoi avez-vous besoin ?

Le masque du Grand Kerr restait bien sûr figé dans la nacre et le diamant, mais Maura sut qu'il souriait.

— D'un récit, jeune fille. D'une légende puissante, authentique et… complète.

Alendro tapota l'épaule de Maura.

— Qu'est-ce que tu attends, *rosë rouja* ? Va retrouver le conteur !

Chapitre 72

À l'ouest, le crépuscule mêlait des lambeaux d'orange et de bleu nuit dans le ciel, faisant rougeoyer les sommets enneigés. Maura se frotta les mains l'une contre l'autre et le conteur fit la grimace.

— Vraiment ? fit le vieil homme en remontant le col de son manteau. Vous souhaitez continuer votre histoire ici, sur les murailles, alors qu'il fait un froid de Lehr ?

Une fois sur le chemin de ronde, Maura referma la porte de la tour. Puis elle s'enroula dans la chaude couverture qu'elle avait récupérée à la réserve.

— Pourquoi ? Vous n'aimez pas la vue, conteur ? fit-elle d'une voix forte pour couvrir le bruit du vent.

Homgard plongée dans la nuit était bien moins laide que sous la lumière du jour. La ville brillait de ses feux comme un diamant dans son écrin de montagnes.

— La vue ? fit d'Arterac.

Il regardait, lui, de l'autre côté : vers le chaos de tourelles et de gouttières tordues des toits de Frankand, vers les terrasses où les squelettes des anciens condamnés à mort claquaient au vent, cloués sur leurs croix noires.

— Alors comme ça, vous avez trouvé le moyen de me faire dire ma légende à tout le royaume depuis cette forteresse, fit-il, pensif. Y a-t-il une seule chose, une seule personne qui ait jamais résisté à votre opiniâtre volonté, jeune fille ?

Elle éclata de rire.

— C'est Alendro qui a trouvé la chapelle royale de Frankand, conteur. Et pour répondre à votre question, il y a certaines choses qui m'effraient, oui. Vous raconter ce qui s'est passé à Estrée, par exemple…

Frissonnant de froid, elle lui demanda :

— Le kerr Owain s'est bien arrêté à notre arrivée au village d'Estrée, c'est bien ça ?

— Oui, jusqu'à vos retrouvailles avec la princesse et les Sanglantes.

— Alors la suite de ce récit, je veux que personne ne l'entende. Ici, au moins, on ne sera pas dérangés.

Prise de pitié pour le vieil homme, elle ouvrit sa couverture pour les envelopper tous les deux, puis ils s'accroupirent à l'abri de la tour, où le vent était moins féroce. Ils se blottirent épaule contre épaule, trouvant un certain réconfort l'un auprès de l'autre.

— Vous apprêtez-vous à me confesser quelque chose ? demanda d'Arterac. Je ne suis pas kerr, vous savez.

— Non, je veux juste éviter que les autres fantômes sachent ce que je vais vous dire.

— Quel que soit votre secret, le royaume entier le connaîtra demain matin. Vous le savez, n'est-ce pas ?

— Demain, ce sera demain. Ce soir, je ne parle qu'à vous seul.

Elle soupira.

— Mais vous avez raison, conteur : c'est une confession.

Depuis des mois, je vivais avec la peur au ventre. C'était comme une bête tapie profondément en moi. J'essayais de toutes mes forces de la nier, de l'oublier, mais je n'ai jamais cessé de savoir qu'elle était là. Je marchais avec les autres, je chantais, je riais… mais la peur restait cachée dans chaque pas, chaque sourire, chaque parole. J'avais passé un pacte avec le diable et je le savais.

Et cette nuit-là, à Estrée, ma peur a cessé de se cacher. Cette nuit-là, le diable a réclamé son dû.

Le village d'Estrée était fascinant. C'était un lieu de calame comme je n'en avais encore jamais vu. La tradition de la fête d'hiver y était si forte et si ancienne que des centaines de milliers d'âmes dans toute la région s'attendaient à ce que le climat change dans ce village pendant deux jours hors des saisons. Et la nature se pliait à leur volonté : une bulle d'été se formait pendant la fête et une foule de gens venaient de loin l'admirer. Puis ils rentraient chez eux raconter l'extraordinaire phénomène – ce qui le faisait renaître l'année suivante, et ainsi de suite depuis des siècles.

J'aurais adoré me mêler à ces gens, admirer la magie à l'œuvre et me laisser emporter par la fête. Hélas, j'avais de plus sombres préoccupations. Aujourd'hui, je ne peux plus me souvenir d'Estrée sans repenser à tout le reste. Ce nom seul me fait frissonner de peur.

Pendant que les autres s'émerveillaient devant la statue de bronze de l'Hiver grimpant la colline jusqu'au village, la voix de Bragal a résonné dans ma tête. Cette voix si sûre d'elle, si arrogante qu'elle vibrait de mépris pour toutes les autres voix de ce monde.

« Maura, mon amour, mon ange, mon cœur adoré, allez retrouver les panthères de la princesse. Ce soir est un soir très spécial, je suis certain que vous allez l'adorer. »

Cela était tourné comme une invitation, mais en réalité, l'emprise de Bragal sur mon esprit était devenue si forte que je lui ai obéi comme un pantin et que j'ai quitté mes amis sans un mot. Mes jambes me portaient, ma poitrine se soulevait et s'abaissait, un sourire fleurissait sur mes lèvres, mais je n'étais plus pour grand-chose dans tout cela. Je ne m'en rendais pas compte, mais il usait de moi comme d'une marionnette dont il aurait tiré les fils. Au plus profond de mon âme, à l'intérieur de ce corps et de cet esprit qui ne m'appartenaient plus, je n'étais qu'un cri aigu de terreur et d'impuissance – un cri étranglé que, moi-même, je m'efforçais de ne pas entendre.

Je me suis retrouvée de l'autre côté de la colline, marchant vers les chariots alignés des panthères et des Sanglantes. Ces femmes étaient restées discrètes et ne s'étaient pas mêlées à la fête, elles veillaient en silence. Elles avaient reproduit dans la foule leurs schémas de défense habituels : sentinelles discrètement postées autour du camp, guerrières sur le qui-vive, prêtes à prendre les armes à tout moment.

Dounia et Bodicée m'attendaient devant une vieille statue de pierre recouverte de lierre et représentant une ancienne reine Gottaran. On la reconnaissait à sa couronne en pointes de flèche : c'était Bianca-la-guerrière, la reine conquérante qui avait vécu cent ans et soumis tous les autres peuples et royaumes connus de l'époque. Bianca, qui avait assassiné sa propre mère pour s'arroger son trône.

Bodicée était accoudée à la reine et mâchonnait un brin d'herbe. Dounia était debout, les bras croisés.

J'attendais ce rendez-vous depuis des semaines. Je l'attendais depuis ce moment, à Qua-Lehr, où les trois troupes s'étaient déchirées après la victoire : depuis que Bragal m'avait suggéré de prendre Bodicée puis Dounia dans mes bras pour qu'il puisse entrer dans leurs esprits, les « calmer » comme il l'avait dit. Il les avait manipulées, et sur le moment, je lui en avais été reconnaissante. Grâce à lui et même si je détestais toujours autant sa méthode, on ne s'était pas entre-tuées après la bataille. Mais Bragal ne s'était pas contenté de faire retomber leur colère : il leur avait aussi ordonné de faire en sorte de se trouver ici, à Estrée, le premier jour de l'hiver, et d'être présentes sur ce lieu de rendez-vous avec moi.

« Faites-moi confiance, mon amour : je travaille à la réunification des fantômes, avait-il dit ce jour-là, et cela m'avait semblé raisonnable. *Vous allez bientôt former de nouveau une seule troupe et marcher sur Homgard. N'est-ce pas ce que vous souhaitez ? »*

C'était vrai, c'était ce que je souhaitais. Et il avait tenu parole : aujourd'hui, Sanglantes, panthères et Kenmariens étaient de nouveau réunis ici, à Estrée, comme il l'avait prédit, le jour même où il l'avait prédit.

— Tu as mis le temps, gamine, a fait Bodicée en crachant par terre.

Elle avait enfilé son casque de bataille, sa cotte de mailles, et elle portait à la ceinture la petite masse d'armes avec laquelle elle avait fait des merveilles à Qua-Lehr.

— On avait dit « rendez vous à Estrée pour le premier jour d'hiver », j'ai répondu. J'y suis, non ?

Dounia n'a rien dit. Elle gardait la tête baissée.

Bodicée m'a pointée du menton.

— Tu as fait ton boulot, au moins ?

Mon boulot : attendre que Bragal me donne une « occasion » de faire bifurquer la colonne de Kenmare vers le nord, vers Estrée. Une embuscade et une armée ennemie… C'était une « occasion » qui avait tué Cahal. Qui avait fait de Tara une esclave.

J'étais certaine que Bragal avait prévenu ces soldats et ces chevaliers de notre arrivée. Il avait fait en sorte que la colonne de Kenmare croise leur chemin.

Mon boulot, aussi : verser dans la gourde de Darran une décoction de plantes dont je n'avais pas la moindre idée de l'effet. Dont Bragal m'avait dit qu'elle ne ferait que « l'apaiser ».

— J'ai fait mon boulot. À vous de faire le vôtre, maintenant.

« Maura, mon petit oiseau d'été, dites-moi que vous m'aimez. »

« Je vous aime, Bragal. »

Les danses, les chants et les rires battaient leur plein, on a patiemment attendu qu'ils prennent fin. Alors on s'est faufilées à travers les tentes, les braises des feux de camp, les corps alanguis par la chaleur de l'étrange été. Évitant les couples qui chuchotaient encore enveloppés dans les ombres, on est arrivées au camp de la colonne de Kenmare. Gràinne aurait dû monter la garde, mais à elle aussi, j'avais fait boire la décoction de Bragal sur son ordre et elle dormait comme une souche. Les autres étaient allongés dans l'herbe les uns contre les autres, épuisés par le voyage et abrutis par la brusque chaleur.

Darran était le seul à dormir sous une tente, si on peut appeler ainsi une toile goudronnée tendue entre un chariot et un tronc d'arbre. Je crois qu'il n'aimait pas dormir avec les autres, peut-être aussi voulait-il se montrer le moins possible, pour éviter qu'on le reconnaisse.

Son odeur de cheval et de vieux cuir se mêlait à celle du vin qu'il avait bu pendant la soirée. Sa large poitrine se soulevait avec une lenteur effrayante. Déposés à côté de lui : sa cotte de mailles trouée et son ceinturon, sa hache de bataille, ses bottes usées. La décoction que je lui avais fait boire avait dû l'assommer, car en temps normal, il se serait réveillé à notre approche. Et il n'aurait pas laissé traîner son poignard dans l'herbe. Il l'aurait gardé caché contre lui.

Il dormait entièrement nu, sur le dos et les bras en croix. Je ne l'avais jamais vu aussi vulnérable. Ses cheveux avaient poussé au cours des dernières semaines et s'étalaient dans l'herbe sous sa tête. À la lueur de la lune, sa peau semblait blanchâtre comme celle d'un cadavre. J'ai regardé ses bras noueux, son torse puissant, le duvet de poils sur le poitrail, j'ai détourné les yeux devant le bout tordu du sexe qui m'avait engendrée. Sur son épaule, la cicatrice de brûlure formait une boursoufflure rougeâtre, et sur sa jambe, la flèche d'autrefois avait laissé une marque en forme d'étoile. Ces blessures étaient depuis longtemps guéries. Mais là où une lance l'avait transpercé à la cuisse la veille, un petit filet de sang avait récemment coulé d'une croûte noirâtre. Cette plaie-là ne s'était pas encore refermée et Darran boitait depuis ce combat.

Cela ne pouvait signifier qu'une chose : son calame avait atteint ses limites. Presque toutes les autres blessures de l'embuscade avaient disparu et il avait survécu à dix ou vingt morts au moins, mais cette magie était momentanément épuisée. Darran était de nouveau mortel, pour une nuit ou peut-être deux.

« *Bien sûr qu'il est mortel*, a dit Bragal qui lisait mes pensées. *Sinon, le breuvage que vous lui avez fait avaler n'aurait pas eu d'effet sur lui.* »

« *J'ai fait tout ce que vous m'avez demandé. J'ai mené la colonne à Estrée, j'ai fait boire votre mixture à Darran et à Gràinne, j'ai amené Dounia et Bodicée jusqu'ici. Maintenant, voulez-vous bien me dire le but de tout ça ?* »

« *Voyons, ma petite fleur des champs, vous le savez déjà, n'est-ce pas ? Ne l'avez-vous pas deviné depuis tout ce temps ?* »

Bodicée s'est accroupie à la droite de Darran. Dounia s'est placée de l'autre côté. Elles ont posé sur moi un regard lourd d'attente. Alors Bragal m'a demandé de m'asseoir à mon tour, la tête de Darran entre mes genoux, et de sortir un poignard que j'avais pris à Qua-Lehr sur le cadavre d'un chevalier. Une arme que j'avais polie et aiguisée chaque jour sur son ordre.

« *Vous allez le frapper au cœur, maintenant, ma petite chérie.* »

Chapitre 73

— Attendez ! s'écria le conteur, si fort qu'il fit sursauter Maura pelotonnée contre lui. Frapper Darran pour le tuer ? C'est bien ce que vous avez dit ?

— Ne criez pas comme ça dans mon oreille.

La nuit avait entièrement recouvert le ciel de ténèbres et le froid était de plus en plus mordant. Tous les deux, le dos calé contre la pierre glaciale, avaient rentré leurs têtes sous la couverture.

— Bragal n'a pas pu vous demander cela ! Il avait promis de vous aider, il avait *besoin* de Darran !

Maura eut un rire triste.

— Besoin ? Oui, Bragal avait besoin de Darran. Comme un vautour a besoin d'une proie blessée. Comme un vampire a besoin de sang frais. Laissez-moi finir, conteur, c'est déjà assez dur comme ça à raconter.

Bragal avait raison : au fond de moi, j'avais toujours su qu'il me demanderait de tuer Darran. C'était de cela, que j'avais eu si peur tout ce temps. J'avais juste essayé à toute force de me cacher la vérité à moi-même.

« Je ne peux pas faire ça, Bragal. »

Je m'adressais à lui dans ma tête avec des mots, avec des phrases, d'un ton calme et mesuré. Mais dans mon cœur, c'était un hurlement.

« Bien sûr que si, mon amour. Il y a trois mois, vous n'en auriez peut-être pas eu le courage. Mais vous avez grandi, vous avez appris et vous en avez maintenant la force. Vous le pouvez, croyez-moi. Et vous savez que c'est la meilleure chose à faire pour lui. »

« C'est mon père. »

« Et c'est précisément pourquoi vous allez le tuer, ma chérie. Vous savez que cet homme a déjà tenté de mettre fin à ses jours, autrefois, dans cette auberge où il s'est réveillé à Kenmare. Il a peut-être retenu son geste après avoir lu cette lettre de Rachaëlle, mais vous savez parfaitement que ce n'est pas par amour de la vie. Peut-être a-t-il fait quelque promesse qui l'empêche d'accomplir ce geste libérateur, mais vous, vous avez le pouvoir de l'en soulager enfin. Cet homme souffre chaque jour qui passe. Il ne demande qu'à trouver la paix et aller rejoindre sa bien-aimée dans le monde suivant. »

« Mais je l'aime, Bragal. »

« Je le sais, mon amour. Et je sais que vous serez triste de le perdre. Mais vous ne devez pas vous abandonner à ce sentiment égoïste. Si vous l'aimez, alors vous ferez son bonheur, même si cela doit vous priver de lui. Soyez forte, mon amour. Soyez-le par amour de lui. »

—Attendez ! Attendez ! répéta le conteur, s'agitant de nouveau dans la couverture.

Il leva le doigt comme un élève interrompant son maître, comme si par ce geste, il pouvait empêcher Maura d'enfoncer le poignard dans le cœur de son père, comme si ces événements ne s'étaient pas déjà produits.

— Alors... vous étiez vraiment prête à trahir votre père ?

Maura eut un frisson et ferma les yeux, plutôt que d'affronter le regard du vieil homme.

— Je vous avais dit que c'était une confession. Je n'ai pas envie de la faire et vous n'avez pas envie de l'entendre, mais il le faut et vous le savez.

— Je ne comprends pas ! Vous n'aviez cessé jusqu'à présent de le protéger, de vous inquiéter pour lui chaque fois qu'il partait en combat !

— Vous ne m'avez pas écoutée. Bragal ne peut pas obliger quelqu'un à agir contre sa volonté. Mais il peut manipuler l'esprit pour convaincre n'importe qui de faire n'importe quoi. En tuant Darran, j'étais certaine de faire son bien. De mettre fin à ses souffrances. De l'aider à accomplir ce geste qu'il aurait voulu faire lui-même.

D'Arterac secoua la tête comme pour se débarrasser de cette idée.

— Et Dounia ? Et Bodicée ?

— À Qua-Lehr, Bragal avait touché leurs esprits à elles aussi. Dounia aurait vendu son âme pour sa princesse, et il l'avait convaincue que Darran était le seul obstacle qui empêchait Véra de devenir cheffe de la rébellion, puis reine. Quant à Bodicée, il l'avait persuadée que Darran ne valait pas mieux que ces hommes qui l'avaient humiliée et exploitée pendant toutes ces années. Le mal fait à cette femme, il l'avait mis à profit pour lui-même.

— Dans ce cas, pourquoi n'a-t-il pas essayé de convaincre la princesse elle-même ? Elle avait cent fois plus de raisons que ces deux-là de détester Darran !

Maura secoua la tête et une larme coula sur sa joue.

— La princesse était d'une autre trempe que Dounia ou Bodicée, je peux lui reconnaître ça : elle avait trop de volonté, elle ne se serait jamais laissée envahir. Et maintenant, laissez-moi aller jusqu'au bout.

J'ai levé le poignard au-dessus de Darran. Les deux autres n'étaient pas censées l'attaquer. Elles devaient juste le tenir fermement et l'empêcher de se défendre si le calame le sauvait encore une fois et si plusieurs coups s'avéraient nécessaires.

« Frappe ! »

J'ai levé le poignard. J'ai fermé les yeux.

Ce n'est pas moi. Ce n'est pas Darran. Je ne suis absolument pour rien dans ce qui va se passer. D'ailleurs, il ne va rien se passer.

C'est incroyable comme on peut se cacher la vérité à soi-même quand elle est trop brutale. Je lui aurais sûrement enfoncé cette lame dans la poitrine si Dounia n'avait pas dit d'une petite voix :

— Vous êtes sûres que c'est une bonne idée ?

J'ai rouvert les yeux.

Bodicée lui a lancé un regard chargé de mépris.

— Tu te dégonfles ?

— C'est juste que… la princesse n'a jamais vraiment demandé qu'on… Elle aurait pu se débarrasser de lui si elle l'avait voulu, mais elle a toujours…

Elle a secoué la tête, sourcils froncés.

— Je ne comprends pas, c'est comme si je ne voulais pas vraiment faire ça.

Je serai éternellement reconnaissante à Dounia d'avoir prononcé ces mots, conteur. C'est une garce et une brute sans cervelle. Elle n'a aucune subtilité, aucun talent. Je n'ai pas honte de dire que je suis plus intelligente et plus forte qu'elle. Mais ce jour-là, c'est elle qui m'a sauvée.

Parce que moi non plus, je ne voulais pas faire ça.

« Mais si, vous le voulez », m'a répondu Bragal.

« Bragal, mon amour, je vous en supplie, ne m'y obligez pas… »

Son étau s'est resserré plus fort sur mon esprit, comme un rapace qui enfonce ses serres dans la chair de sa proie pour l'empêcher de s'échapper.

« Darran lui-même le veut. »

« Par pitié… »

« Maura, ma petite fée des bois, vous me décevez grandement. Ne vous ai-je pas sauvés cent fois, vous et vos amis ? Je croyais que vous m'aimiez ! Nous allons nous marier, mon amour, est-ce ainsi que vous traitez votre futur mari ? »

Ces paroles ont déclenché un souvenir en moi, mais certainement pas celui qu'il aurait voulu.

J'ai revu Alendro, la nuit, près d'un ruisseau de montagne.

« Tu es plus forte encore qu'il l'imagine », avait-il dit.

« Maura ? Mon amour ? » a fait Bragal, soudain inquiet.

« Il t'a peut-être mise en cage, mais tu peux en briser les barreaux. »

« Maura, je n'arrive plus à… je ne peux plus entendre ce que vous me dites, je ne vois plus rien à travers vos yeux, je ne comprends pas… »

« Répète après moi, avait aussi dit Alendro. Tu ne vas pas te marier avec Bragal. Tu n'es pas amoureuse de Bragal. »

Et ma réponse m'est soudain revenue comme un coup de tonnerre :

« Je hais Bragal ! »

Chapitre 74

Une fureur est montée en moi, comme jamais je n'en avais éprouvé de semblable. Ce n'était pas du ressentiment, ce n'était pas de la colère, c'était une rage brute et sauvage qui a tout submergé.

Il y avait un lien entre mon esprit et le sien. Oh oui, je le sentais, maintenant. C'était comme un fil invisible entre nous deux, aussi fin qu'une poussière, aussi long qu'une route à travers le royaume, un fil qui nous reliait *dans les deux sens*.

Et soudain, je me suis retrouvée dans sa peau, dans ses yeux, dans sa tête, à des dizaines de lieues du village d'Estrée. Il était sur un matelas brodé, dans des draps de satin, couché dans une petite tente militaire éclairée par une bougie. Je voyais le bout de ses pieds nus, de ses jambes poilues. Au-dehors, on entendait de nombreuses respirations de dormeurs, le ronflement de braseros, les craquements familiers d'une forêt toute proche. L'armée du dernier baron. L'air sentait le cheval et le gruau insipide recuit au fond des marmites.

Nos deux magies étaient semblables, Gottaran et mindaran : elles se rejoignaient, même si Bragal se reposait sur des milliers d'âmes pour l'utiliser, alors que je ne tirais ma force que de moi-même.

— Maura ? disait Bragal à mi-voix. Répondez-moi, mon amour, ne faites pas l'enfant. Votre attitude me peine beaucoup.

Soudain, j'ai compris que je pouvais lire une fraction de ses pensées. Ses plans me concernant, ses manigances, son ambition, tout était là. C'était d'une clarté glaciale, d'une logique parfaite, totalement dénuée de compassion ou de tendresse.

Bragal nous avait aidées depuis le début, nous les fantômes, c'était vrai. Mais c'était uniquement par calcul. Il n'avait jamais eu l'intention de demander à Darran de mener une armée pour reconquérir son royaume de Veronao, et encore moins de sauver la moindre femme : son unique but avait été d'accroître peu à peu le calame de Darran, comme on engraisse une oie, pour mieux s'en repaître à l'heure de la mise à mort.

Sans les victoires des rebelles à Long-Ba et à Qua-Lehr, à quoi aurait ressemblé la rébellion ? Une poignée de fugitives vite rattrapées par la loi des barons, pendues ou revendues, et oubliées de tous en peu de temps. Et Darran, le boucher de Kiell ? Il aurait peut-être laissé un certain souvenir dans le cœur des gens qui avaient perdu leur cité, mais certainement pas dans les millions d'âmes du royaume tout entier.

Alors Bragal avait patiemment aidé Darran à se bâtir une immense réputation de guerrier infaillible, victoire après victoire, à travers tout le royaume. Et en décidant de l'assassiner cette nuit à Estrée, il avait prévu le meilleur moment possible : Darran était à présent célèbre, il avait survécu à une catapulte, détruit un château fort, échappé à trois armées et vaincu une troupe deux fois plus forte que la sienne. On murmurait ses exploits dans tout le royaume et on se révoltait en son nom, personne ne l'oublierait avant longtemps. Mais il n'était pas encore tout à fait invincible !

Son calame était considérable et s'accroissait chaque jour. Dans une semaine, un mois, il serait devenu si puissant qu'il aurait été hors de portée, mais cette nuit-là, il ne l'était pas encore. Bragal avait organisé l'embuscade des soldats qui avait affaibli Darran par vingt blessures mortelles. De plus, la fête de l'hiver qui battait son plein dans tout le pays diminuait son calame.

Quel brillant choix des circonstances de la part de Bragal ! Le meurtre aurait lieu au milieu d'une foule considérable. Des gens venus de toute une région commerçante, des gens qui repartiraient ensuite dans les villages et les ports marchands avec une histoire incroyable à raconter : comment un homme, qui avait le pouvoir de contrôler les esprits, avait réussi à prendre la vie du guerrier réputé invincible. Oui, le calame peut se voler d'un homme à l'autre, conteur, on peut se coller à celui qui en possède et espérer lui en arracher des miettes, on peut aussi l'absorber tout entier, se l'approprier. Devenez l'ami d'une personne célèbre et un peu de cette gloire retombera sur vous. Tuez-la, et ce sera vous, la célébrité. Oh, et tuez-la avec une excellente histoire à raconter, et là, vous deviendrez *encore plus célèbre* que votre victime.

Comment Bragal comptait-il tuer Darran ? De la manière la plus éclatante possible pour un homme qui manipule les âmes : en persuadant sa propre fille de commettre le meurtre et de le clamer elle-même aux quatre vents ! Ne serait-ce pas la preuve de sa très grande puissance ? La rumeur de cet exploit aurait fait le tour du royaume. Non, du continent !

C'était le rôle que Bragal m'avait choisi depuis le début : j'étais son outil, l'instrument de sa victoire, le moyen par lequel il serait enfin inondé du calame qui jusqu'à présent le quittait peu à peu. Après cela, il se marierait à moi, cette femme qu'il avait si bien manipulée. Tout le monde pourrait voir mon profond amour pour lui malgré l'horreur du crime qu'il m'avait demandé de commettre. Il ferait de moi son trophée, la preuve vivante de son incroyable pouvoir de dominer les autres. Avec cet afflux de calame, son pouvoir de manipulation serait décuplé. Même les plus puissants esprits seraient des marionnettes entre ses mains, il deviendrait capable de retourner à son profit des armées entières. Et il irait à Veronao arracher à son oncle le trône que son père n'avait pas su prendre, car qui peut résister à un maître des âmes craint et admiré de millions et de millions d'âmes ? Le souverain d'un petit royaume n'aurait jamais un calame plus puissant que le sien à lui opposer.

— Maura, ma colombe, je n'apprécie guère votre silence. Cessez ce petit jeu et répondez-moi ou je serai très fâché contre vous.

J'ai répondu directement dans sa tête :

« Tu me cherches, Bragal ? Je suis là. Juste là. »

C'était la chose la plus stupide que je pouvais faire.

Il a bondi et crié comme si je l'avais touché au fer rouge.

— Sors de ma tête ! Hors d'ici ! Sors de là !

« Ça fait un drôle d'effet de sentir quelqu'un d'autre fouiller dans tes secrets, hein, mon petit cœur ? »

— Personne, PERSONNE n'entre dans ma tête !

Sa rage a tout submergé : je lui avais arraché son masque et j'avais regardé l'abîme qui se trouvait derrière. Maintenant, il était en furie.

Il s'est mis à beugler dans sa tente :

— Misérable idiote de mindaran, tu te crois de taille à lutter contre le grand Bragal Enpraccoù Dropracca, le maître des âmes ? Hors de ma tête, femelle stupide !

Il avait raison : dans une lutte d'esprit à esprit, je n'étais pas de taille à le battre. Toute sa force s'est concentrée sur une seule tâche : me jeter dehors.

C'est à ce moment-là que j'ai senti le second lien invisible, aussi fin et puissant que celui qu'il avait tissé avec moi, mais beaucoup, beaucoup plus court. C'était le lien avec Onagh, ma mère adoptive.

Bragal a tourné la tête. Alors je l'ai vue à travers ses yeux et j'ai soudain pris conscience de la puissante odeur corporelle et animale qui régnait dans la tente. C'était une odeur de sexe. Ma mère était juste à côté de lui sur ce matelas, dans ces draps de soie, nue. *Nue.* Elle était assise en tailleur et posait sur lui un regard terriblement vide comme s'il avait détruit son âme.

Je n'ai plus éprouvé de rage ni de colère. Juste un immense élan d'amour pour cette femme qui m'avait portée dans ses bras, consolée, nourrie de tendresse et de sourires, et qui avait fait de moi l'être humain que j'étais aujourd'hui. Alors j'ai laissé Bragal m'expulser de sa tête. Et j'ai touché l'esprit de ma mère.

— Maura ? C'est toi ? a-t-elle articulé avec difficulté.

« Maman, maman, maman », je ne pouvais rien dire d'autre.

— Maura, je voudrais avoir…

À travers ses yeux, je voyais maintenant Bragal. Il était nu lui aussi, les cheveux défaits, la bave aux lèvres et le souffle court. Beau, toujours, de cette beauté symétrique et glaciale. Il a essuyé sa bouche et un sourire s'est étiré sur ses lèvres, car il était en train de reprendre son empire sur lui-même.

— Onagh, ma chérie, tu sais que ta santé et ta raison sont fragiles. Mais tu peux compter sur moi, ton mari Karech, l'amour de ta vie. Ne laisse personne te dire le contraire.

« Cet homme te ment, maman, ai-je dit, *et tu le sais. »*

— Maura, je voudrais avoir ta force... Je voudrais pouvoir briser ce... cette...

« Tu veux ma force, maman ? Tu veux être libre ? »

— Oui, a-t-elle murmuré.

« Tu le veux au point de tout effacer et de ne plus jamais revenir en arrière ? »

Sa réponse a déchiré la nuit, un hurlement plutôt qu'un mot :

— OUI !

— Onagh, écoute-moi, a susurré Bragal. Je vais toucher ta main, là, comme ça, et tu vas oublier tous ces petits tracas qui te rendent triste. Nous serons de nouveau heureux, toi, moi et Maura, tu verras. Ce n'est qu'un mauvais moment qui n'aurait jamais dû arriver. Je vais effacer tout cela chez elle et toi, et tout rentrera dans l'ordre.

Il le pouvait, il en avait la force. Il détruirait nos souvenirs de cet instant dans l'esprit de ma mère et dans le mien, puis il m'obligerait à tuer mon propre père. Le plan continuerait jusqu'à son terme, jusqu'au mariage, jusqu'au trône de Veronao.

Déjà, il commençait à effacer chez ma mère la scène qu'elle était en train de vivre.

— OUI ! a de nouveau hurlé ma mère tant qu'elle le pouvait encore.

Alors j'ai *été* elle. Entièrement. Littéralement.

J'étais dans ce corps plus âgé que le mien, sur ce matelas brodé d'or, dans ces draps de soie si insupportablement doux sur ma peau. J'étais nue, je me sentais sale et faible dans les yeux de l'homme qui me faisait face, et j'éprouvais une haine brûlante. Des poils bruns ont commencé à pousser sur mes bras, sur mes mains. Mon corps a grandi, forci, ma mâchoire s'est allongée dans un craquement. La voix de Bragal s'est faite toute petite, ténue comme un murmure.

— Ne fais pas cela, Onagh ! Je suis l'homme qui t'aime, celui qui te sauvera... Onagh, que t'arrive-t-il, oh par Kàn, non, ne laisse pas cette sorcière te détruire, ce n'est même pas ta vraie fille ! Reste avec moi, Onagh, elle va faire de toi un monstre !

Mais Bragal n'avait aucun pouvoir sur les animaux. Il ne pouvait commander qu'aux humains – et humaine, je ne l'étais déjà plus. Bientôt ses mots n'ont plus eu aucun sens, aucune valeur pour moi. Je n'étais plus ce jouet entre les mains de Bragal. J'étais sauvage, animale. Je n'avais qu'un seul souvenir en tête : cette bête sans poil devant moi, qui criait dans mes oreilles, m'avait causé de grandes souffrances. Alors j'ai crié moi aussi. Ma voix était puissante et rauque, cent fois plus forte que la sienne.

Je me suis dressée sur mes pattes arrière. Jamais je n'avais été si grande. La toile de tente a été arrachée de ses attaches, les piquets renversés, les draps de soie déchirés. La bête rose et terrifiée devant moi m'est soudain apparue comme elle était : vulnérable. Cet homme m'avait fait croire pendant des semaines qu'il était le centre du monde, un être formidable et invincible. Maintenant, l'illusion était tombée et je voyais enfin à quel point il était faible – comme il l'avait toujours été.

Je l'ai à peine effleuré de la patte et il a été projeté au sol. Une traînée de sang a été bue par la terre. Il a hurlé, il s'est relevé et il s'est mis à courir. Mais ma rage était encore intacte. Le retrouver, l'écraser, le réduire en lambeaux, je ne pouvais penser à rien d'autre. Il a louvoyé entre les tentes, espérant m'échapper. J'ai arraché tout ce qui se trouvait sur mon chemin. D'autres bêtes réveillées en sursaut sont apparues. Bragal s'est agrippé à elles, il m'a montrée du doigt.

Je les ai écartées d'un coup de patte. Il courait, il courait toujours, et moi je le poursuivais. Sa patte a buté contre une chose étrange, ronde, en métal, sur un feu éteint. Il est tombé, il a rampé. Il a ramassé quelque chose par terre. Un bâton, avec une pointe. Il a essayé de me frapper avec cette chose, mais son bras n'avait pas de force, le coup a glissé sur mon poil et ma peau épaisse. Alors j'ai sauté sur lui de tout mon poids, ses os ont craqué, les jambes, les côtes. Mes crocs se sont refermés sur son épaule, j'ai arraché un morceau de viande juteuse, l'os a cédé. Il hurlait à s'en déchirer la voix, comme une proie qui n'a pas encore cessé de croire en la vie. Alors j'ai mordu de nouveau, encore et encore, jusqu'à ce que je prenne sa tête entre mes dents. Cette tête qui m'avait fait tant de mal. Elle était tout entière dans ma gueule. J'ai serré, serré. Et il se débattait, oui, avec des coups sans force. Jusqu'au bout, il refusait de mourir. Et soudain l'os rond a explosé sous mes mâchoires. Alors la bête sans poil a enfin cessé de crier. Un intense soulagement a traversé tout mon être. J'ai hurlé, j'ai lacéré son corps, j'ai fait une bouillie de sa chair et je m'en suis repue.

Autour de moi, des feux. Les bêtes étranges à l'odeur familière qui me regardaient en reculant. J'avais la gueule pleine de sang frais, de touffes de cheveux et de morceaux d'os gluants. Cela m'emplissait d'un inexplicable sentiment de triomphe.

J'ai bondi au milieu de ces bêtes vêtues de fourrures brillantes, qui gesticulaient et fuyaient devant moi. J'ai quitté leur territoire et j'ai gagné les bois. Mon nouveau royaume.

La terre sous mes griffes, les branches qui fouettaient mon museau humide, le ronflement de ma respiration puissante à chaque foulée de mes quatre pattes. Les bois. Un monde plein d'odeurs, de chasse et d'herbes sauvages.

Et puis, je n'ai plus été *elle*. Le lien entre nous s'est distendu, affaibli. Bragal ne le maintenait plus. Onagh n'avait plus de lien avec personne. Onagh n'était *plus* une personne.

J'étais de nouveau Maura. Elle était ourse. Un être différent, animal, libéré de ses souffrances passées.

« Maman, je… je ne peux pas te faire redevenir humaine. Tu es libre, tu es forte, mais tu ne peux pas revenir en arrière… »

L'ourse s'est arrêtée un instant de courir, elle a levé la gueule en l'air, elle a reniflé l'air, comme pour essayer de sentir mon odeur, elle a doucement grogné et j'ai entendu son souffle chaud.

« Sois heureuse, maman. Je t'aime. »

L'ourse n'a rien répondu, elle a cligné des yeux, elle a gratté la terre de ses pattes.

Et elle s'est remise à courir dans les bois.

Chapitre 75

— Eh ! a fait Bodicée. Qu'est-ce que tu fous par terre, pisse-de-Kàn ? Tu vas le frapper, oui ou non ? Si Dounia m'avait pas retenue, j'aurais déjà fini le boulot à ta place, moi !

J'étais allongée dans l'herbe, le couteau m'avait glissé des mains et mes deux complices étaient penchées sur moi. Darran était toujours plongé dans un profond sommeil et la colline d'Estrée dormait autour de nous.

— Tu t'es écroulée par terre et tu t'es mise à convulser comme si tu avais un deimonaran au corps, a dit Dounia.

J'ai cligné des yeux, secoué la tête. Quelque chose avait changé dans l'air, dans la lumière. Quelque chose de merveilleux qui me rendait infiniment heureuse. Libre ! J'étais libre ! J'avais envie de rire et d'embrasser ces deux femmes et tous les gens de la fête, les gens du monde entier. Danser, courir, chanter, aimer, j'avais une immense soif de tout cela à la fois.

— Tu es sûre que ça va ? m'a encore demandé Dounia en fronçant les sourcils.

En une fraction de seconde, j'ai su ce que je devais faire. J'ai fait un grand sourire à Bodicée, j'ai redressé le buste et j'ai discrètement tracé un dessin en l'air avec mes doigts.

— Si ça va ? Ça va très, *très* bien ! Je ne me suis jamais sentie aussi bien de toute ma vie !

Ma mâchoire a forci, s'est élargie, la peau de mes joues s'est peu à peu couverte d'écailles d'un bleu-vert brillant. Dans ma bouche, deux de mes dents ont poussé jusqu'à devenir de longs crochets suintant d'un liquide amer. Mais Bodicée n'a rien vu de tout cela, car il faisait très sombre et qu'elle était occupée à me dire :

— Ouais, ben maintenant que tu as eu tes vapeurs, sors-toi les doigts du con et fais le boulot, foutue tire-au-flanc. Enfonce-lui ton poignard dans les côtes et qu'il crève.

— Et si on laissait tomber tout ça ? a murmuré Dounia.

— Quoi ? a fait Bodicée. Bande de dégonflées ! Je vais le faire moi-même !

J'ai allongé le cou, mon cou qui était maintenant si flexible, si musclé, et d'une attaque fulgurante, j'ai planté mes crochets dans sa gorge. Les pointes se sont enfoncées dans sa chair molle comme dans un fruit mûr et un flot de venin s'est déversé dans ses veines. J'ai relâché ma prise, puis j'ai frappé de nouveau, et de nouveau encore. À la joue. Au nez. À la nuque. Sans aucune pitié.

Bodicée a poussé un cri étranglé sous l'effet de la douleur et a tenté de me repousser en reculant. Ses yeux se sont agrandis de terreur. Sa main s'est portée à sa ceinture et ses doigts se sont refermés sur le manche de sa masse qu'elle a soulevée d'un geste réflexe. Alors une botte a frappé son bras, son arme lui a été arrachée de la main. C'était Dounia qui, au lieu de s'en prendre à moi, me venait en aide.

Un flot de sang inondait le cou et le visage de Bodicée dont la peau se marbrait de rouge et de blanc. Mes crochets, longs comme des poignards, l'avaient saignée à blanc, et maintenant le poison se répandait dans son corps.

Elle a bavé du sang, elle s'est mise à trembler. Les deux mains sur la poitrine, le souffle court, elle a ouvert la bouche sur un gargouillement presque inaudible.

— P… Pourquoi ?

— Parce qu'il t'avait dit de tuer Darran. Parce que dans ta tête, il y avait tout ce qui restait de lui, ai-je répondu en sifflant.

— De qui ?

— Peu importe. Il est mort. Je suis libre. Et tu es libre aussi, maintenant.

Elle s'est effondrée. Son corps a tressauté pendant quelques instants, puis elle s'est figée, les yeux grands ouverts.

Dounia m'a saisie par le bras.

— On doit pas tuer Darran. Si c'était ce que voulait la princesse, elle l'aurait dit.

J'ai acquiescé de la tête.

— J'ai rien compris, a-t-elle ajouté, je veux pas comprendre, je veux même pas savoir. Tout ça, ça n'a jamais eu lieu, hein ? On va cacher son cadavre et il s'est rien passé. D'accord ?

— D'accord. On n'en reparlera plus jamais, toi et moi.

On a porté le corps de Bodicée toutes les deux dans un fossé et on l'a recouvert de terre.

Quand je suis revenue, les mains sales, la bouche pleine de sang et la tête d'images de meurtres, je suis allée trouver Alendro endormi et je l'ai secoué comme une folle.

Il a ouvert grand les yeux.

— *Maïcar… Qué së te nao…*

Puis il m'a vue à la lueur des étoiles. Et sans réfléchir, il a dit :

— Ça y est. Tu es libre.

Il le savait. Il le voyait. Alendro était la seule personne au monde qui pouvait comprendre ce qui venait de se passer.

— Je te demande pardon pour ce que je t'ai dit, Alendro.

Le sortilège de Bragal n'avait plus d'effet sur moi, et mon amour pour Alendro ressurgissait intact.

— J'adore ton chapeau noir, je ne te trouve pas démodé ni ridicule, et pour moi tu as beaucoup, *beaucoup* de talent.

Il a fait son habituel sourire de séducteur.

— Quand tu as dit que je n'en avais pas, j'ai tout de suite su que tu n'étais pas toi-même, *mia rosë rouja*.

— Alendro, j'ai dû tuer ton frère. Non, ne dis rien ! Je ne regrette pas une seconde ce que j'ai fait, c'était l'être le plus ignoble que j'aie jamais rencontré. Mais c'était ton frère, alors si tu me détestes, je comprendrai.

— Maura, a-t-il dit.

C'était rare qu'il m'appelle par mon nom.

— Bragal était mon frère.

J'ai baissé la tête.

— Je sais.

— Sur qui s'est-il entraîné en premier, à ton avis, quand il a découvert son pouvoir ?

Lentement, j'ai relevé le regard. Ses mains tremblaient, ses yeux étaient brillants.

— J'ai passé mon enfance à subir les mille tortures de son emprise, alors je sais quelles souffrances il peut infliger. Peut-être est-il mal de prendre la vie d'un homme, peut-être que certains diraient que tu mérites un tribunal, un juge et un cachot. Mais je ne serai pas ce tribunal. Je ne serai pas ce juge. Parce que si quelqu'un comprend ce que tu as fait cette nuit, c'est moi. Et si quelqu'un peut te dire à quel point il t'admire et te respecte pour cela, c'est aussi moi.

Une larme a coulé sur ma joue. J'ai un peu ri, j'ai pleuré. J'avais envie de hurler à quel point j'étais heureuse et libre. Grâce à un meurtre, peut-être, mais libre et sans honte. Avec cet homme qui ne me jugeait pas et me comprenait si bien.

J'ai posé mes deux mains pleines de terre sur ses joues et je l'ai embrassé à pleine bouche.

—Ce qui s'est passé ensuite, conteur, par décence, je ne vous le raconterai pas. Sachez seulement que nous avons passé une nuit inoubliable, lui et moi.

D'Arterac gloussa un peu et marmonna :

—Il faut bien que jeunesse se fasse…

Sa main gauche le brûlait et il sut que Maura lui cachait quelque chose, mais il n'eut pas le mauvais goût de lui demander ce que c'était.

La jeune fille se laissa aller tout contre le vieil homme, comme sa fille Hélène, autrefois, quand ils regardaient les étoiles ensemble. Comme quand elle lui parlait de sa passion pour les plantes, de son projet de serre pour les fleurs rares venues du bout du monde, et des prénoms des enfants qu'elle aurait…

Quant à Maura, elle pensait à bien autre chose.

Elle se souvenait de cette nuit-là, sous la chaleur d'Estrée, quand elle avait dénoué les cordons de la chemise d'Alendro, découvert sa poitrine, passé maladroitement ses mains sur son corps. Quand il avait passé les siennes sous ses vêtements crasseux, caressé le bout de ses seins durcis, puis défait doucement le nœud de ses braies de femme pour découvrir sa toison intime, ses lèvres humides. Elle se souvenait quand elle avait à son tour palpé son entrejambe, pressée d'apaiser le désir ardent qu'elle ressentait et de toucher ce sexe mâle, encore mystérieux et nouveau pour elle. Et quand elle n'y avait découvert qu'un petit appendice flétri, désespérément mou.

— Je suis désolé, avait murmuré Alendro, penaud.

— Tu… Tu n'aimes pas les femmes ? Tu préfères les hommes, c'est ça ?

Il avait secoué la tête.

— J'aime les femmes.

— Alors c'est que… tu n'as pas envie de moi ?

— *Rosë rouja*, je te désire depuis le premier jour où je t'ai vue à Kenmare.

— Je ne comprends pas. Mais si tu ne peux pas durcir, peut-être que l'on pourrait, tu sais… faire autrement que…

Il avait soupiré.

— Ce n'est pas qu'un problème physique. Dans mon pays, vois-tu, les gens m'ont connu enfant. J'étais le petit prodige, le petit magicien du palais. Je suis en exil depuis des années et, par bonheur, beaucoup m'ont oublié depuis cette époque, sinon je n'aurais jamais grandi. Mais encore trop de gens, à Veronao, gardent le souvenir d'un petit garçon de huit ans du nom d'Alendro de Dropracca. Quand ils pensent à moi, quand ils parlent de moi, ils m'imaginent comme un enfant et un enfant ne peut pas apporter ce genre de… de satisfaction à une femme.

— Et une femme ne peut apporter ce genre de satisfaction à un enfant, avait conclu Maura avec une boule douloureuse au fond de la gorge.

Alors Maura avait enfin compris la vie étrange d'Alendro. Sa façon de s'entourer de jolies filles, de leur faire gentiment la cour sans jamais s'approcher de trop près d'une seule. Elle avait aussi compris pourquoi il avait fait semblant d'ignorer les nombreux signaux qu'elle lui avait envoyés : il ne l'avait pas rejetée, elle en particulier. Il se savait juste incapable de lui apporter ce qu'une femme pouvait attendre d'un homme.

— Je déteste le calame, avait-elle murmuré en se blottissant contre lui.

Chapitre 76

— Alors Darran n'en a jamais rien su ? fit soudain le conteur, interrompant les rêveries de Maura qui se perdait dans son souvenir d'Alendro – avec juste un ou deux petits changements de son cru.

Elle sursauta.

— Pour Alendro ?

— Euh, non. Pour cette tentative d'assassinat sur sa personne. Pour Bragal. Pour la mort de Bodicée.

Maura secoua la tête.

— Darran s'est réveillé le lendemain comme tous les autres matins. Sa blessure à la jambe a guéri et le calame s'est peu à peu reconstitué. Dans la colonne, personne ne s'est rendu compte de rien et nous avons rejoint le camp des panthères et des Sanglantes.

— Tout de même, répondit le conteur, Bodicée avait disparu ! Personne n'a-t-il posé de questions à son sujet ?

— Si, bien sûr, on l'a cherchée un moment, mais une rumeur a couru sur elle. On a prétendu qu'elle avait déserté avec une partie de l'or de la troupe. Dounia connaissait la vérité, mais elle n'a rien dit. Alendro, lui, avait compris ce qui s'était passé avec Bragal, mais il ne savait rien du reste. Quant à Muette, j'ai failli tout lui dire le lendemain. Je suis allée la serrer dans mes bras et la remercier de m'avoir enlevée avec Tara cette nuit-là à Qua-Lehr, de m'avoir conduite à Alendro au bord de ce ruisseau et de m'avoir fait avaler la belladone. Mais finalement, je ne lui ai rien dit sur Bragal. Personne n'a jamais connu toute l'histoire en entier, je l'ai gardée pour moi jusqu'à aujourd'hui.

Le conteur serra doucement sa main dans la sienne.

— Je suis honoré que vous vous soyez confiée à moi.

— Et moi, je suis terrifiée à l'idée que tout le monde l'apprenne demain…

Il se racla la gorge.

— Finalement, Bragal a probablement épargné à la rébellion d'être écrasée dès le début. Il a sans doute sauvé la vie de Darran – et la vôtre de manière certaine, à Kiell et ailleurs.

— Il paraît que la peste a rendu service au royaume, autrefois, en emportant la reine Marge-la-folle qui avait ordonné à chaque habitant de tuer ses propres enfants. Ça n'en reste pas moins la peste.

— Certes, certes… Mais cette rébellion a décidément eu beaucoup de chance, même ses ennemis l'ont aidée. Et maintenant, vous allez pouvoir me parler de la bataille de Sarteroi, du siège d'Hansea et de la déroute de la cavalerie royale à Dieterberg. Un an de campagnes victorieuses contre toutes les armées envoyées pour vous combattre. Que d'exploits militaires !

Maura sourit tristement.

— J'aimerais bien, conteur, mais on n'a plus le temps pour ça. Vous n'aurez qu'une matinée pour tout raconter, il va falloir que vous fassiez des ellipses. Les secrets de la rébellion, je vous les ai déjà tous révélés. Je suis sûre que vous savez déjà tout ce qu'il y a à savoir sur ces batailles. Qu'est-ce que je peux vous dire de plus ? Nos balistes enchantées ont fait merveille. Sans elles, il aurait été impossible de vaincre des troupes plus puissantes que la nôtre. Darran est devenu de plus en plus redoutable : des régiments entiers ont déposé les armes par peur d'avoir à le combattre. Des milliers de femmes et d'hommes nous ont rejoints, certains même parmi les soldats que les ducs et les marquis envoyaient contre nous. Plus notre armée se renforçait, plus nombreux étaient les seigneurs qui nous laissaient passer sur leurs terres sans nous combattre. D'autres nous donnaient même secrètement des vivres ou des chevaux en espérant remporter nos bonnes grâces au cas où l'on gagnerait cette guerre. Mais tout ça, vous le savez déjà. Ce que vous ignorez peut-être, c'est le froid, la boue, la faim, l'attente. C'est le sang et les boyaux sur les champs de bataille, les cris des mourants. Les maladies, les blessures qui pourrissent. Ouais, et aussi les compagnons qu'il fallait enterrer en chemin, comme Caitrin qui a reçu une flèche dans l'œil à Hansea, Soigneur qui est mort de la dysenterie sur la route de Homgard, ou la grande Macha, que j'aimais bien, qui est morte de la manière la plus stupide qui soit – en coupant un fruit et en se blessant la main avec son propre couteau, emportée par les fièvres quand la plaie s'est infectée.

Oui, cette boucherie abominable qu'on appelle la guerre a duré un an. Pendant tout ce temps, les révoltes éclataient un peu partout et on signalait Darran à dix endroits différents. Les armées royales s'épuisaient à courir d'une ville à l'autre sans jamais nous trouver, sauf quand nous leur tombions dessus à l'improviste pour les mettre en pièces.

— Mais Homgard ? fit le conteur. Dites-moi au moins comment vous avez réussi à franchir les montagnes qui entourent la capitale sans passer par les forteresses qui en gardent les cols ! La ville est réputée inattaquable, protégée par ses murailles naturelles infranchissables. Et pourtant, votre armée a surgi de nulle part devant la ville en prenant de court le roi lui-même.

— Vos montagnes infranchissables, répondit Maura, c'est un mythe : Darran et La Beste nous ont conduits par un passage à travers des grottes. Un passage étroit et difficile, semé de précipices où quelques-uns des nôtres ont perdu la vie. Ils nous ont dit qu'eux seuls connaissaient ce souterrain. Mais avec le recul, je crois plutôt, moi, que le roi savait très bien que ces grottes existaient et qu'il nous tendait un piège : il nous attendait à Homgard avec dix fois plus de Dragons que ce qu'on croyait. La suite, vous la connaissez : la dernière bataille, la chute de Darran face au Roi Lumière, la défaite, l'emprisonnement…

— Certains d'entre vous ont parlé d'un traître ou d'une traîtresse dans vos rangs qui aurait averti le roi, je crois ?

Maura haussa les épaules.

— Peut-être. Ou peut-être aussi qu'on avait sous-estimé leur nombre au départ. Peut-être que le roi a juste été plus prudent qu'on ne l'imaginait. On ne saura jamais la vérité. Le résultat, c'est que la bataille de Homgard a été un massacre pour les fantômes. Ça a été notre première et notre seule défaite, mais elle a suffi à nous balayer.

La jeune fille s'étira et bâilla.

— Maintenant, il faut que je rentre à l'intérieur, sinon, je vais geler sur place. De toute façon, je vous ai dit tout ce que je savais.

Elle se leva et la chaleur de la couverture se dissipa aussitôt, laissant le froid mordant tirer le conteur de la douce quiétude où il s'était plongé. Ils entrèrent dans la tour, laissant le vent à la porte. Il faisait si sombre à l'intérieur que le conteur faillit buter contre une marche.

— Donnez-moi la main, murmura-t-elle, je vais nous conduire vers un endroit éclairé. Et ne prenez pas peur si vous voyez mes yeux luire dans le noir.

Ils avancèrent en silence dans des couloirs déserts où seul bruissait le chuchotement du vent dans les évents sous leurs pieds, percés dans la pierre. Le conteur ne voyait rien d'autre que des ombres noires et s'en remettait à la main de Maura.

Puis ils débouchèrent sur un long corridor dont le fond était doucement caressé par le halo d'une torchère.

Alors Maura se tourna vers le conteur et chuchota :

— Votre récit porte sur Darran. Alors vous n'êtes pas obligé de dire que je suis sa fille, si ?

Le vieil homme observa le visage de la jeune femme, tendu, anxieux, dont la lueur de la torche enflammait les yeux clairs et les cheveux roux. Le Roi Lumière avait exigé que sa légende rabaisse Darran. La sainte Église de Kàn attendait qu'elle élève Maura au rang de reine. Mais que voulait-il, lui, d'Arterac ? Quelle sorte de récit allait-il faire, maintenant qu'il était enfin libre de toute influence ?

— Ma chère Maura, si vous souhaitez que Darran Dahl puisse vaincre le Roi Lumière, je dois dire la vérité au royaume. Et la vérité, c'est que Darran et vous êtes aussi importants l'un que l'autre dans cette rébellion, et que vous êtes père et fille. Mais je n'ai pas l'habitude de trahir un témoin, aussi je ne ferai rien sans votre accord.

Elle déglutit et baissa la tête.

— Faites-le.

Chapitre 77

D'Arterac se sentait minuscule et mal à l'aise dans la salle des douze, vaste comme la coupole d'un temple. Une armée d'hommes et de femmes s'employait à nettoyer les statues et à décrasser les murs, découvrant des traces de dorures et de peintures. On discernait encore par endroits des bribes de visages de rois oubliés, des croupes de chevaux au galop, les corps dénudés de sorcières et de monstres. On avait même monté à la va-vite un échafaudage de fortune pour gratter le plafond, où il s'avéra qu'une mosaïque en pierre de jade était incrustée dans les arches. Le temps en avait arraché quelques fragments, mais on distinguait encore une immense représentation du dieu-aux-deux-visages. Celle-ci était étrange, car l'un des deux visages était celui d'un homme et l'autre celui d'une femme.

— Le culte a fait bien des progrès depuis cette époque barbare, fit le Grand Kerr Heinkress.

— Vous êtes sûr que cela fonctionnera, Votre Sainteté ? demanda d'Arterac.

Le Grand Kerr poussa un bruyant soupir qui semblait étrangement incongru sur le visage jeune et souriant de son masque.

— En temps normal, je vous aurais dit non. Mais des millions d'âmes attendront autour des pierres-de-paroles d'entendre votre voix, alors je pense que cela fonctionnera. Vous-même, vous devez y croire fermement. Cela vous aide-t-il, de voir au-dessus de votre tête ce Kàn bizarre qui… qui n'est ni homme ni femme ? C'est à lui que vous êtes censé vous adresser.

Le conteur leva les yeux vers la mosaïque de jade et admira l'extraordinaire beauté de ces deux visages sans âge, la sagesse et la sérénité qui transpiraient de leurs traits d'une incroyable finesse.

— Je crois plutôt qu'il est *à la fois* homme et femme, murmura-t-il.

Le Grand Kerr haussa les épaules et tenta vainement d'ajuster ses lunettes en demi-lune sur son masque de nacre.

— La peste soit de ce masque…, murmura-t-il.

Puis il se tourna vers le conteur.

— Il vous reste quelques heures, vous feriez bien de prendre exemple sur votre témoin, fit-il en pointant du menton Maura qui avait fini par s'enrouler dans une couverture et sombrer dans un profond sommeil.

Le conteur dormait quand il sentit une main se refermer sur son bras et le secouer sans ménagement.

— Hein ? Quoi ? fit-il en se réveillant en sursaut. C'est déjà l'heure ?

— Fermez-la et suivez-moi ! chuchota une voix dans le noir.

C'était La Beste.

Il régnait une obscurité totale et, autour d'eux, le silence était troublé par les respirations lourdes des dormeuses. Il se leva en bâillant et murmura :

— Cela ne peut-il pas attendre demain, ma dame ? murmura-t-il.

— Nan, ça peut pas.

Elle gratta un briquet et alluma un bout de chanvre dont la braise révéla son visage ravagé. Puis elle se faufila entre les femmes endormies.

— Pas la peine de prendre votre paperasse avec vous, l'ancêtre.

Il la suivit d'un pas mal assuré jusqu'à la porte, puis dans le couloir où sifflaient des courants d'air glacials, lui faisant regretter la chaude couverture qu'il avait abandonnée. La Beste alluma une torche et le conduisit à travers Frankand jusqu'à une porte basse : il reconnut le petit cachot qu'il avait utilisé pour ses entretiens, dont la table et les chaises avaient disparu. Ils s'assirent tous deux en tailleur sur la pierre froide et se regardèrent un instant en chiens de faïence. La torche que La Beste brandissait toujours emplissait l'air d'une odeur d'huile brûlée et exposait leurs deux visages à la délicieuse morsure de sa chaleur.

— Alors ? fit-elle. Est-ce que vous continuez à travailler pour le vieux salopard qui crame tout ce qui bouge ?

— Si vous faites allusion à Sa Majesté le Roi Lumière, alors je crois que ma présence ici parle d'elle-même. Il n'a plus aucun ordre à me donner.

— J'ai parlé avec Cala, hier soir. Elle pense qu'on peut compter sur vous. Elle m'a dit que le roi avait tenu votre fille en otage pendant tout ce temps et que c'est pour ça que vous le serviez. Elle m'a aussi dit que cette fille était morte, maintenant, et qu'il n'avait plus aucune prise sur vous. Alors je veux bien essayer de vous faire confiance.

D'Arterac garda un moment le silence, puis dit d'une voix étonnée :

— M'avez-vous réveillé pour me parler, ma dame ?

Elle se pencha vers lui et répondit tout bas :

— Je peux vous dire d'où vient cette brûlure sur mon visage. Et celle de Darran à l'épaule. Je peux aussi vous dire pourquoi il avait une flèche dans la jambe et d'où venait l'or des fontes de son cheval. Personne n'a pu vous expliquer ça et Darran refuse de le faire, j'ai pas raison ? Me dites pas que ça ne vous intéresse pas : je vous croirais pas.

D'Arterac ouvrit de grands yeux gourmands.

— Je le savais ! Vous avez connu cet épisode de sa vie ! Osgarat n'a vu Darran qu'après sa fuite du camp du prince. Maura n'a connu que son retour à Kenmare. Mais vous, vous savez ce qui s'est passé juste avant. Vous avez la pièce manquante, la raison pour laquelle le prince l'a traité de traître ! La réponse au mystère !

Il s'arrêta soudain.

— La dernière fois que je suis venu vous interroger, vous avez refusé de me répondre à ce sujet.

Elle fit un de ces sourires effrayants qui déformaient son hideux visage.

— Maintenant, je sais qu'on est dans le même foutu bateau, vous et moi.

— Ce que vous allez me dire serait de nature à renforcer l'image de Darran Dahl auprès du peuple de Westalie ?

La Beste éclata de rire.

— Ce sera mieux que ça, conteur. Ça va tout balayer.

Sur la torche de La Beste, les flammes diminuèrent et se mirent à charbonner, répandant une fumée âcre. Puis elles s'éteignirent tout à coup, plongeant la pièce dans une pénombre où rougeoyait encore faiblement le bout en bois.

Elle se pencha alors à l'oreille de d'Arterac et murmura tout bas :

— Darran ne vous dira rien parce qu'il n'a pas confiance en vous et parce qu'il a profondément honte de ce qu'il a fait. Ouais, Darran est rongé par le remords. Mais il a tort.

Un silence se fit, pesant et froid. Pour une raison inconnue – peut-être une jarre renversée dans une pièce au-dessus, l'eau dégouttait du plafond sur une flaque invisible dans la pénombre, produisant des « floc » et des « flac » à intervalles irréguliers.

— Je vous écoute, chère Beste.

— La Beste, le corrigea-t-elle.

— Nous savons tous les deux que vous ne pouvez me mentir sans que je le sache, précisa-t-il encore.

— Je sais, je sais…

La voix de La Beste s'étrangla dans sa gorge et ce fut par un murmure qu'elle poursuivit :

— Ce que je vais vous dire n'est pas facile à raconter. Je n'en ai jamais parlé à personne. Parce que ce jour-là, conteur… ce jour-là, j'ai connu la pire terreur et la pire souffrance de toute ma vie, et elles n'ont jamais complètement disparu depuis.

D'une voix soudain forte et claire, comme pour chasser ses propres murmures, elle fanfaronna de nouveau :

— J'en ai pourtant vu des horreurs, l'ancêtre. J'ai grandi dans la fange de Homgard, vous imaginez même pas ce que j'ai fait pour survivre, ni ce que j'ai bouffé. Et ensuite, j'ai fait dix ans de guerre. J'vous ai dit qu'une fois, en pleine bataille, un gars m'avait crevé la panse d'un coup de pique et que je l'avais étranglé à mains nues ? Que j'avais remis moi-même les boyaux dans mon propre ventre ? Et arraché un nerf à son cadavre pour recoudre ma plaie à vif ?

— Ma dame. Vous éludez.

La Beste faisait maintenant les cent pas dans le noir. Au « floc » de la goutte tombant sur la flaque s'ajouta le bruit de succion de ses bottes dans l'eau.

— Vous avez raison. C'est la peur. Mais je me lance.

C'était la fin, conteur. La princesse le savait et elle sombrait de plus en plus dans la folie. Elle avait fait pendre par les pieds ses propres généraux. Elle enlevait des hommes jeunes et vierges qu'elle faisait égorger pour prendre des bains dans leur sang. Elle se faisait même appeler « la Kàn rouge ».

L'armée du prince Erik était devant les montagnes de Hom alors qu'elle avait envoyé le gros des troupes à l'autre bout du royaume.

Les licorniers du prince ont vite réussi à prendre le contrôle d'un des cols. Le prince était à trente lieues de la capitale et tout c'qu'il lui restait à faire pour gagner cette foutue guerre, c'était de bouger son cul jusque-là et d'attendre que la ville se soulève et lui ouvre les portes.

La Beste s'interrompit un instant.

— Ouais, je sais ce que vous vous dites. Je me battais dans le mauvais camp. La princesse était complètement hors de contrôle et le royaume tout entier la détestait. Mais vous savez quoi ? Y avait pas de bon camp dans cette guerre. J'suis même pas sûre qu'il y ait jamais un bon camp, quelle que soit la guerre. Sauf peut-être… Sauf peut-être le camp des camarades, des frères d'armes, de ceux qui chient et qui meurent à côté de toi et pour qui tu serais prêt à tuer père et mère. On s'engage toujours pour l'or de la solde ou pour les belles paroles du recruteur, conteur, ou alors pour la patrie, la famille, l'honneur ou je ne sais quelle connerie. Mais au final, on oublie tout ça très vite. Et si on continue à se battre jusqu'au bout, c'est toujours pour les frères d'armes.

— Ma dame. Vous éludez encore. Vous m'avez promis une information exceptionnelle, pas des bavardages de caserne.

— Ouais, ouais…

Elle recommença à faire les cent pas. Désormais, les yeux du conteur s'étaient habitués à l'obscurité et il la voyait tourner en rond dans la pièce, comme un fauve en cage.

Chapitre 78

Le dragon. Il restait ce foutu dragon. In-Gao-Da, littéralement, « le dernier fléau ». Cette bestiole vivait là depuis cinq ou six siècles à bouffer des sapins. Ses frères et sœurs avaient disparu les uns après les autres, personne ne savait pourquoi, mais lui, il était resté. L'avait peut-être la tête plus dure.

On le voyait le matin dériver au-dessus de la plaine et, si on avait de la chance, plonger sur un arbre, le déraciner et repartir aussitôt dans les airs. Certains disaient qu'il brûlait tous ceux qui s'approchaient, d'autres qu'il parlait aux gens comme vous et moi. Du monde entier, des générations de mystiques dérangés du bocal faisaient le chemin jusqu'à Frankand et grimpaient sur les montagnes de Hom juste pour le rencontrer et lui poser des questions sur Dieu, les hommes, l'univers ou tout un fatras de fadaises. Y en avait aussi qui voulaient savoir leur avenir, leur chance de devenir patron à la place de leur patron, de faire fortune ou de baiser la pucelle de leurs rêves – ou le puceau. La plupart de ces rigolos revenaient de ces montagnes avec juste des engelures et des ampoules aux pieds, d'autres prétendaient qu'ils avaient reçu l'illumination.

Ce que valait le bestiau dans un combat contre des soldats, on pouvait pas vraiment l'savoir, vu qu'y avait pas eu de guerre dans le coin depuis deux ou trois cents ans. Alors ouais, y avait des peintures et des tapisseries plein les châteaux qui montraient le zinzin en train de cramer des armées entières, déchiqueter des chevaliers en armure d'un coup de griffes ou croquer des catapultes comme si c'était des biscuits. Mais faut se méfier des tapisseries. On y voit aussi des seigneurs qui sautent par-dessus des fleuves et qui tranchent trois têtes d'un coup d'épée.

N'empêche que ce foutu dragon, c'était tout ce qui nous restait, c'était notre seule chance. Et dans le camp de la princesse, on espérait tous que c'était pas un gros pépère qui faisait du gras depuis trois siècles, juste bon à bouffer des sapins.

On a été fixés quand le prince a fait cavaler une trentaine de gars en éclaireurs dans la cuvette de Frankand, histoire de savoir comment la bestiole réagirait. Ben ça a pas loupé, mon cochon : le bourrin s'est ramené en deux minutes et il en a fait de la viande rôtie. Ça a même pas eu l'air de le fatiguer. Une minute après, il était en l'air et il crânait au-dessus des armées du prince massées derrière le col. Ouais, selon la légende, les dragons n'attaquent que les armées qui franchissent les montagnes. Ça s'est vérifié ce jour-là, il a pas touché au camp. Mais y en a plus d'un qu'ont eu les chocottes chez les soldats du prince, je crois.

Ça a duré deux semaines comme ça et on a fini par croire qu'on était tirés d'affaire : nos armées envoyées à l'est revenaient vers Homgard à marche forcée et le prince était toujours coincé par le dragon. Sauf que des guetteurs à nous avaient aperçu des éclaireurs ennemis franchir les cols et rôder autour des repaires de la bestiole. On se demandait ce qu'ils mijotaient. Est-ce qu'ils prévoyaient de bloquer le dragon dans une caverne ? De l'attacher ou le blesser ? On n'en savait trop rien, mais ces gars de la Licorne étaient de sacrés malins. Plus d'une fois, on avait été sur le cul en les voyant faire ce qu'on croyait impossible.

Alors ma capitaine m'avait ordonné, à moi et à quelques autres, de surveiller le dragon, de le protéger si on le pouvait, et surtout de voir si les gars d'en face essayaient de l'approcher en douce. Le problème avec ce foutu zoziau, c'était qu'il ne restait jamais au même endroit. In-Gao-Da avait au moins une vingtaine de repaires différents qu'il avait creusés lui-même dans la roche, et il passait de l'un à l'autre de manière complètement imprévisible. Et le problème avec nous, c'était qu'on n'était plus qu'une poignée et qu'on n'avait clairement pas assez de monde pour cette mission. Moi, j'étais avec mon pote Safar-la-lune – un surnom qui lui venait d'une cicatrice en forme de lune sur la joue. Un type bizarre, qui s'entaillait les bras, qui se fourrait tout le temps les doigts dans les narines, mais qui savait vous trancher une gorge comme personne. Safar-la-lune avait clairement un pet à la carafe, mais ça faisait six ans qu'on faisait équipe et je l'aimais comme un frère.

Bref, on devait surveiller un repaire situé à côté de la passe du Guerrier-Né. C'était une caverne haute comme un château fort, où le dragon adorait suçoter les troncs de sapin qu'il arrachait à la montagne et piquer un roupillon pendant la journée. Y avait pas de sentier pour y accéder ; on a dû grimper là-haut en rampant sur la rocaille gelée avec nos gros sacs sur le dos, à se faire étriller le visage par les éclats de glace arrachés aux pentes par le vent. On avait pris ce qu'il fallait, hein, les gros manteaux, les gants en peau, les bottes fourrées, mais je peux vous dire qu'on se gelait les nichons là-haut, et qu'on s'est demandé pas mal de fois ce qu'on foutait là.

— Putain, on va louper la fête de l'hiver avec cette couillonnade, je disais toutes les dix minutes. L'a pas besoin de nounou, cette foutue bestiasse, pourquoi on se casse les miches à grimper jusque là-haut ?

Et Safar-la-lune me répondait tout le temps :

— Parce que la capitaine l'a dit.

Il grimpait avec le sourire, sans jamais se plaindre, et il me tendait la main chaque fois que j'avais besoin de lui.

— J'adore ta peau noire, Maisie, pourquoi tu veux pas m'épouser ?

Maisie, c'était comme ça qu'on m'appelait à cette époque.

— Parce que t'as pas de seins, La-lune, t'as pas de fesses et t'as pas de minou. Tu sais bien que je préfère les filles. Ça fait six ans que tu me demandes.

— Mais si j'étais une fille, tu m'épouserais ?

J'ai éclaté de rire et je lui ai filé un coup de poing affectueux dans l'épaule.

— Deux filles devant l'autel, ce serait une première ! Il faudrait trouver un kerr complètement cuité pour nous marier ! Allez, fous-moi la paix, La-lune, et grimpe.

On a fini par atteindre la caverne. Ça sentait fort là-dedans, mais pas une odeur désagréable. Un peu comme un feu de bois, ou de charbon. Et avec ça, une puissante odeur animale même si le dragon n'était pas là

— Voilà, on y est. Et on fait quoi, maintenant ?

Safar-la-lune a ôté un gant, s'est fourré un doigt dans le nez et a commencé à fouiller dedans d'un air pensif.

— On regarde s'il y a des traces de l'ennemi dans la caverne. On vérifie que personne n'entre et on attend la r'lève.

— Ouais, on attend la relève.

Cette partie de la mission était la seule que je comprenais.

On a essayé de voir des traces à l'intérieur, mais notre lanterne n'avait plus d'huile et on n'a pas pu aller bien loin. Alors on a attendu le dragon ou l'ennemi, ou n'importe quoi d'autre qui nous aurait empêchés de mourir d'ennui.

Jusqu'à midi, ça allait encore parce que le soleil nous dorait le bonbon, on jouait aux dés et je plumais ce pauvre Safar qui n'avait pas compris que j'avais plombé la face du mindaran. Mais en début d'après-midi, on s'est retrouvés dans l'ombre et le vent a forci. Des nuages qui avaient une sale gueule se sont accumulés au-dessus de nos têtes et ça a pété en tempête de neige. On aurait gelé sur place si on était restés sur le bord. Alors j'ai proposé de nous enfoncer un peu dans la grotte pour se mettre à l'abri du vent. C'était une sacrée bonne idée parce qu'on s'est rendu compte que l'air de la caverne était tiède à l'intérieur : le dragon avait tellement chauffé les pierres à certains endroits que certaines étaient encore fumantes. On a avancé au milieu des cendres de sapins calcinés et des écailles noires laissées par le bestiau.

Safar-la-lune en a ramassé une longue comme la main : c'était plus dur que l'acier et tranchant comme un diamant. Foutu Kàn. L'épée qui aurait pu percer ça, elle était pas encore forgée.

— Ça te ferait un joli pendentif, pas vrai ? a dit Safar. Noir sur ta peau noire !

Je me suis bidonnée.

— Le noir, c'est pour les blondes, tête-de-paille ! Et puis, t'imagines ce bazar se balader entre mes seins ? Il les tailladerait comme un rasoir !

— J'ai compris : tu veux que je l'offre à la capitaine, c'est ça ?

Là, j'ai franchement éclaté de rire.

La caverne était bien plus profonde qu'on ne l'avait cru. En fait, on aurait dit qu'elle avait carrément pas de fond. On s'est posés là, et au bout d'un moment, on a oublié les vents qui sifflaient à l'entrée et on s'est sentis au chaud comme dans une vraie maison. Sauf qu'il faisait sombre, aussi, et silencieux. Et puis on en avait ras la couenne d'attendre, y avait rien à faire, il faisait trop noir pour jouer aux cartes. Alors au bout d'un moment, la fatigue nous a rattrapés. J'ai proposé à Safar de prendre le premier tour de garde, mais la vérité, c'est que le sommeil a fini par m'emporter, moi aussi.

Chapitre 79

C'est Safar qui m'a secouée en chuchotant :

— Maisie ! Maisie !

La tempête soufflait toujours, dehors.

Je m'étais endormie, putain ! Je m'endormais *jamais* pendant une garde.

Safar continuait à me secouer.

— Maisie ! Maisie !

— Lâche-moi, La-lune ! Qu'est-ce qu'il y a ? La relève est arrivée ?

Il a plaqué la main sur ma bouche et j'ai compris qu'il se passait quelque chose. J'ai essayé de retrouver de quel côté était l'entrée de la caverne. Ce n'était pas facile, il faisait noir partout. Mais un des deux côtés était – comment dire ? – légèrement moins noir que l'autre, il y avait comme une clarté. Sauf que la clarté *bougeait*. Elle s'intensifiait. Elle s'approchait.

Et il y avait des voix.

Qui chuchotaient dans le noir.

— Tu avais raison, a fait quelqu'un, ça sent le dragon.

Ils avaient une lanterne.

— Vous en doutiez encore, mon seigneur ? Ça fait une semaine que je viens ici et que je prépare cet endroit pour votre arrivée. Je vous ai même rapporté des preuves pour vous convaincre que j'avais trouvé un de ses refuges.

— Oui, des preuves très… convaincantes. C'est vrai.

Deux hommes. Au moins.

J'ai levé la tête vers Safar-la-lune. Je distinguais son visage, maintenant, et ses grands yeux brillants. Il pensait exactement à la même chose que moi : le gars avait dit « mon seigneur ».

Un seigneur capturé, que ce soit un duc, un marquis ou un baron, ça pouvait être la chance de la vie d'un soldat. Un tas d'or, les honneurs, une charge de capitaine. Mais ça voulait aussi dire un paquet d'ennuis. Des gardes du corps, des chevaliers, des armures de bonne qualité.

Safar-la-lune a levé deux doigts en l'air.

Il y avait deux voix, oui, mais un seigneur ne se promenait jamais sans une plus forte escorte. Donc il devait y avoir d'autres gugusses.

— Comment y-z-ont pu arriver ici ? a chuchoté Safar.

J'ai roulé des yeux pour lui faire comprendre de la boucler. Il devait y avoir un passage depuis l'autre versant de la montagne. Ou alors ils l'avaient creusé eux-mêmes. On s'en foutait, c'était pas notre problème le plus urgent. Avec des gestes très lents pour ne faire aucun bruit, j'ai pointé sa masse d'armes du doigt et j'ai sorti trois flèches de mon carquois. On allait peut-être en avoir besoin.

— C'est son antre préféré, a dit la deuxième voix. Je crois qu'il a des souvenirs heureux, ici.

— Comment peux-tu savoir cela ? a dit le seigneur.

— Je le sens. C'est dans l'air. Comme une odeur. Il y a des émotions qui imprègnent cet endroit. Il faut se laisser traverser, et là, vous les comprenez : c'est ici que le dragon se relâche, qu'il se sent en sécurité, qu'il ferme les yeux. Vous la ressentez pas, vous, cette sécurité ? Cette envie de dormir ?

Bites de Kàn ! C'était pour ça que j'avais cramé mon tour de garde ? À cause de ces putains d'émotions de dragon qui imprégnaient la caverne ?

— On dirait que tu aimes cette bête, dit le seigneur.

— C'est pas… Toutes mes excuses, mon seigneur, mais c'est pas vraiment une *bête*. Il est intelligent – plus que nous, les humains. Et il éprouve toutes sortes de sentiments. C'est… C'est même un artiste.

— Un artiste ?

— Oui, mon seigneur. Regardez !

La lanterne s'est approchée d'une paroi. Je n'ai pas vu grand-chose, parce qu'il aurait fallu que je relève le buste, mais j'ai cru distinguer des sortes de lignes sur la roche, des courbes. Des images de dragons, je crois. La bestiole avait dessiné des dragons avec ses griffes ! Peut-être sa famille ou ses amis disparus ? Peut-être qu'ils lui manquaient ? C'était pas vraiment un dessin, en fait, parce que c'était aussi en volume. Ça épousait la forme des pierres : elles étaient creusées à certains endroits, et à d'autres, elles étaient rondes ou bombées comme s'il les avait fait fondre avec son souffle et modelées ensuite. Ces dessins, on les avait pas remarqués dans le noir, mais les murs en étaient couverts. Il y en avait partout !

— Magnifique, tu as raison…, a dit le seigneur. Et qui sont ces humains figurés à côté des dragons, à ton avis ?

— Je sais pas, Votre Seigneurie. Peut-être des amis. Peut-être des gens qu'il a aimés. Des gens que le dragon ne voulait pas oublier.

Le seigneur a soudain crié vers l'arrière :

— Asinn ! Venez par ici au lieu de traînasser !

— Tout de suite, a dit une troisième voix un peu plus lointaine. Je… Je m'étais perdu !

Celui-là avait un accent étranger.

— Perdu ? a marmonné le seigneur pour lui-même. Il me prend pour une buse. Il se remplissait les poches, oui.

Puis il a ajouté à l'intention de son autre serviteur :

— Donc tu penses que le dragon sera ici cette nuit ? Ce serait inespéré, nous sommes le jour même de la fête de l'hiver. Toutes les âmes de la région seront distraites et il sera plus faible.

— J'en suis pas sûr, mais c'est possible, Votre Seigneurie. Il faut le voir comme… une espèce d'oiseau, voyez ? Il a creusé des nids dans la roche pour se reposer quand il est vulnérable. D'habitude, un oiseau ne fait qu'un seul nid, mais celui-ci est si vieux qu'il a eu le temps d'en faire plusieurs et il en change chaque nuit pour qu'on ne puisse pas savoir où il ira. Mais je crois qu'il choisit son nid en fonction du temps. Quand le vent est fort et froid, comme cette nuit, avec beaucoup de neige, il va dans cette caverne pour s'abriter. Je l'ai senti dans les souvenirs qui sont ici. D'autres dragons ont vécu à cet endroit autrefois et il s'y réfugie quand il est triste ou effrayé. Ou qu'il a froid.

— Un dragon peut donc avoir froid !

— Oui, et c'est pour cette raison que je vous ai demandé d'emmener Asinn avec nous. Le corps du dragon a besoin de beaucoup de chaleur, Votre Seigneurie. Le froid l'épuise. Il est pas différent des autres oiseaux, pour ça.

— Me voilà ! a crié le troisième homme juste avant un cri et un bruit d'éboulis, puis un sonore : Tout va bien ! Juste une petite chute !

— Moins fort, Asinn ! a fait le seigneur. Cette créature a l'ouïe plus fine qu'un chat.

— S'il nous entend, il viendra pas, a dit l'autre.

— Pourquoi ? Aurait-il peur de trois petits humains insignifiants comme nous ?

— Cet oiseau a plus de cinq siècles, Votre Seigneurie. Il connaît les humains bien mieux qu'on se connaît nous-mêmes. Il sait que de toutes les créatures de ce monde, c'est nous les plus dangereuses. Et s'il a survécu tout ce temps, c'est qu'il est prudent.

La lanterne s'est encore approchée, illuminant les parois de la caverne et faisant tourner les ombres autour des trois hommes.

Avec Safar, on faisait les étoiles de mer, planqués dans un creux du roc. Ça devait être une de ces traces que le dragon faisait avec ses griffes quand il les aiguisait contre la pierre comme un chat contre un arbre.

J'aurais pu me lever d'un coup et flécher ces trois gars. Je ne ratais jamais mon coup, j'avais trois flèches en main et je pouvais les tirer en très, très peu de temps. Des hommes ordinaires seraient morts avant d'avoir dit merde. Mais une « Seigneurie » ne se promène pas avec deux jobards, en général. Soit il y avait cinquante gars qui suivaient – mais ça, je commençais à en douter parce que je n'entendais pas un bruit, derrière –, soit ces deux types étaient des putains de tueurs.

Une tueuse, j'en étais une, moi aussi. Mais pas Safar. C'était un vétéran et il se battait bien dans son genre, mais il n'était pas mindaran.

Alors j'ai décidé de laisser couler.

Au mieux, on trouverait le bon moment pour attaquer ou fuir. Au pire, on ferait les morts et on attendrait qu'ils partent. On ne survit pas à dix ans de guerre en prenant des risques à tout-va. Moi, je suis du genre prudente.

— Encore une chance qu'il n'existe plus qu'une seule de ces créatures, a fait le seigneur à voix basse. Regardez ces dessins ! Il y a vraiment eu tant de dragons par le passé ?

— Ce sont des créatures étranges, Votre Seigneurie, a répondu l'amoureux des dragons. Y a deux siècles, quand les empereurs sapàns avaient conquis la moitié du Nord et menaçaient de submerger le royaume, les dragons étaient jusqu'à huit dans le ciel de Homgard pour repousser les légions noires et leurs mercenaires.

Le troisième homme, Asinn, a étouffé un petit rire.

— Huit ? Un seul dragon, ce sera déjà bien assez difficile à tuer !

On s'est regardés avec Safar.

Tuer le dragon : c'était donc pour ça qu'ils étaient là.

— C'est captivant, a fait la Seigneurie. Tu connais décidément tout sur ces… ces grands oiseaux.

— Ils me passionnent, Votre Seigneurie. Ce sont des créatures fascinantes, une des merveilles du monde. J'ai connu une dame, autrefois, qui avait lu quantité de livres sur les dragons. J'aurais pu l'écouter m'en parler pendant des heures, je la relançais toujours sur le sujet jusqu'à ce qu'elle en puisse plus.

— Une dame ? Toi, Darran ? Je crois que je ne t'ai jamais vu avec une fille !

Darran : le deuxième homme s'appelait Darran. C'était la première fois que j'entendais ce nom.

— C'est que…

— On te mariera après la guerre, va ! Avec une belle baronne. Ou une comtesse. Je suis sûr que Marlaine t'a déjà préparé une liste. Elle t'aime bien, Marlaine, tu sais ? Allons, encore un dragon à terrasser et nous pourrons penser à la paix.

Le seigneur eut un petit rire joyeux, puis il reprit d'un ton plus grave :

— Sache que je suis navré que tu aies à voir cela, Darran. In-Gao-Da est le dernier de sa race.

Pour toi qui aimes tant les dragons, je sais que ce doit être difficile d'en arriver là.

Darran garda un instant le silence et répondit d'une voix faible :

— C'est vrai, mon seigneur, j'en suis très triste. Mais je ferais n'importe quoi pour vous. Vous le savez.

— Je crois qu'il arrive, a soudain dit Asinn, je sens un trouble dans l'air. Éteignez la lanterne, vite!

Et il a ajouté ces deux petits mots qu'aucun d'entre eux n'avait encore jamais prononcés:

— Votre Majesté.

Là, on a enfin compris qui était ce seigneur.

Chapitre 80

La porte du cachot s'ouvrit brusquement, un flot de lumière éblouit d'Arterac et La Beste. C'était Maura, une lanterne à la main.

— Conteur, je vous cherchais partout ! Qu'est-ce que vous fabriquez ici ? Ça va bientôt être l'heure. Tout le monde vous attend dans la chapelle !

Il marcha jusqu'à elle en marmonnant :

— Je suis à vous dans un instant, jeune fille, mais je dois absolument m'entretenir encore un peu avec dame La Beste.

Le regard de Maura alla de l'un à l'autre et une lueur de curiosité s'y alluma aussitôt.

— Je peux rester à vous écouter ?

— Vous saurez tout quand vous entendrez mon récit, comme tout le monde !

Il lui ferma la porte au nez.

— Poursuivez, ma dame, vite ! Darran, Asinn, le prince, le dragon… Que s'est-il passé ?

— Vous oubliez Safar-la-lune, conteur. Tout le monde a oublié Safar.

— Il va pas nous bouffer, le dragon, hein Maisie ? m'a glissé Safar. On est de son côté, pas vrai ? Pis les dragons, ça bouffe pas les humains, si ?

— Ta gueule, La-lune.

Il faisait de nouveau un noir d'encre, mais on a tout de suite su quand le dragon est arrivé. D'abord la température a monté d'un coup. Ensuite, le bruit du vent est retombé, comme si quelqu'un avait soudain tiré un rideau géant à l'entrée – sauf que là, c'était deux ailes immenses. Mais surtout, on l'a su parce que sa *présence* a rempli la caverne.

L'amoureux des dragons avait dit que c'était « dans l'air », que c'était « comme une odeur », et qu'il y avait des « souvenirs » dans cet endroit. Eh bien, quand la bête est entrée, ça a été cent fois plus fort. Je pouvais le sentir dans mon corps, dans ma tête, comme une vibration.

— J'ai tout prévu, mon seigneur, a murmuré le fameux « Darran ». Restez avec moi et il ne vous arrivera rien.

— Je te fais confiance, a dit le prince. Asinn, l'épée, vite.

— Tout de suite, Votre Majesté.

Ils étaient à deux pas de nous, tous les trois groupés. Et j'ai ressenti du froid. C'était bizarre, pas comme du vent, pas comme la tempête de tout à l'heure. Juste du froid, compact, épais, tout autour d'eux. Et une lueur blanche, légèrement bleutée, a troublé l'obscurité.

Qu'est-ce qu'il avait dit, l'autre, déjà, le Darran ? Quand le prince s'était étonné qu'un dragon puisse avoir froid ?

« C'est pour cette raison que je vous ai demandé d'emmener Asinn avec nous. »

Ouais, c'était ça qu'il avait dit.

Asinn est un sorcier de glace, j'ai pensé. *Ce gars est mindaran.*

Alors ils avaient un plan.

Ils avaient un spécialiste des dragons, un petit génie qui avait non seulement trouvé son antre mais aussi son unique faiblesse : le froid. Et ils avaient un sorcier de glace pour faire le boulot.

Ils ont une vraie chance d'arriver à le tuer.

Le dragon dans la caverne s'est approché lentement. J'ai relevé la tête, juste un peu, et je l'ai enfin vu de près. Les trois hommes avaient éteint leur lanterne, mais chaque fois qu'il soufflait de l'air par les naseaux, des étincelles rouges crépitaient et éclairaient faiblement sa gigantesque silhouette. Ce qui m'a frappée, en plus de sa taille vraiment, vraiment plus grande que ce que j'imaginais, c'est qu'il semblait maladroit sur la terre ferme. Il avait raison, le Darran : c'était un oiseau, un énorme, un gigantesque oiseau. Il était fait pour le ciel et les grands espaces, pas pour le plancher des vaches. Il se dandinait comme un canard géant pour avancer et toute la caverne grondait à chacun de ses mouvements.

Il s'est arrêté à dix pas de nous. Je ne sais pas si les autres s'étaient cachés, mais de toute façon, le dragon savait exactement où et combien on était. J'aurais pas été surprise s'il avait su aussi nos noms, nos dates de naissance et nos positions sexuelles préférées.

Il n'a pas ouvert la gueule pour nous brûler. Il n'a pas levé une patte pour nous frapper. Mais soudain, ma tête a été pleine de sa voix, de ses mots, de ses… j'sais pas comment dire. De sa pensée ? Il a dit des choses que j'oublierai jamais.

« Adieu, petite lune, adieu homme du froid. Pour vous comme pour moi vient l'heure du paisible repos. Noire bête, relève-toi de tes blessures, tu en as la force. Et toi, Morregan, dorénavant, tu seras mon sang, tu seras ma vie, sois digne de mon héritage. Retourne auprès de la femme et prends soin de l'enfant. »

Je n'ai pas compris grand-chose sur le moment. « Noire bête », ça devait être moi à cause de ma peau noire, mais pourquoi « bête » ? Et de quelles blessures il parlait ? Et puis c'était qui, Morregan ? C'était quoi, cette histoire d'héritage ?

Ces pensées étaient celles d'un dragon, pas d'un humain, et elles étaient faites autrement que les nôtres. Il y a des choses que j'ai comprises plus tard, dans ce qu'il a dit, et d'autres qui sont toujours des mystères pour moi. Mais j'ai pas oublié un seul mot.

« *Pauvre petite lumière*, il a encore dit. *Longue sera ta souffrance. Mais comme tous les mortels, toi aussi tu trouveras un jour la paix, comme je la trouve aujourd'hui.* »

Là, il m'a complètement perdue.

« *Merci à toi, guerrier de Dahl, enfin une main secourable après deux siècles d'attente. Enfin le repos et le droit de rejoindre les miens. Mon devoir est de protéger les humains de Homgard, mais aujourd'hui, de qui dois-je les protéger ? De toi, prince Erik, ou de ta sanglante cousine ? Comment puis-je sauver les humains de Homgard quand ils se déchirent entre eux ? Je suis un obstacle à la paix. Je n'ajouterai plus de sang au sang, alors affrontez-moi et laissez-moi être vaincu.* »

J'ai pas du tout aimé ça.

— Allez-y, Votre Seigneurie, a soufflé Darran au prince, c'est le moment.

Putain de Kàn, je me suis dit, *ils vont le tuer, ils vont vraiment le faire. Et ce foutu piaf va se laisser faire.*

Alors j'ai bondi sur mes pieds et la scène que j'ai vue est gravée dans ma mémoire.

Le prince était debout devant le dragon sur un rocher en surplomb. Je l'ai reconnu à ses cheveux noirs, à sa beauté légendaire et à son plastron de cuirasse à mille pièces d'or. Il brandissait au-dessus de sa tête une épée gigantesque et tranchante comme un rasoir, qu'il tenait à deux mains avec de gros gants en fourrure. La lame devait être sacrément glaciale parce qu'elle fumait, mais c'était une fumée qui tombait au sol au lieu de monter. Le sorcier était à dix pas derrière, un petit bonhomme chauve au crâne tatoué. Il était reconnaissable à ses mains tendues vers l'avant, tout occupé qu'il était à renforcer le froid de l'épée. Et entre les deux, y avait ce Darran, le spécialiste des dragons. Mais c'était pas un érudit de bibliothèque à petites lunettes, foutre non ! C'était un gars bâti comme une armoire, en cotte de mailles, qui tenait à une seule main une hache que n'importe qui d'autre aurait tenue à deux. Il exhibait sous les yeux du dragon une poignée de pierres rouges tout près de son maître, comme si c'était une sorte de talisman qui pouvait le protéger des flammes et de la colère de la bête.

Des œufs, ça doit être des œufs ! j'ai pensé. *Ce foutu génie les a trouvés dans la caverne, il sait que la bestiole n'osera jamais les brûler. Il s'en sert pour protéger son prince !*

Et le dragon ? Sacrées bites de Kàn, ce foutu zoziau ne faisait toujours pas un geste pour attaquer ou se défendre ! Il tendait le cou, le corniaud, comme une bête à l'abattoir qui attendait le coup de l'équarrisseur.

Ma première flèche est partie droit sur le sorcier. C'est toujours les sorciers les plus dangereux. Elle est rentrée par la joue et elle est ressortie par l'oreille. Avant même qu'il s'effondre, j'avais déjà encoché, non pas une, mais deux nouvelles flèches à la fois. Ouais : si le gars bâti comme une armoire, ce Darran, était un guerrier mindaran, alors il pourrait arrêter une flèche en vol. Donc il fallait que j'en tire deux ensemble. Il arriverait peut-être à briser celle qui allait le tuer, mais pas celle qui allait se planter dans le cou de son maître.

Ce que j'avais pas prévu, c'était les réflexes de Darran. Mon erreur, ça a été de croire que le sorcier était plus dangereux que lui.

Mes deux flèches sont parties en même temps. Je sais, c'est impossible, hein, de tirer deux flèches à la fois. Ben moi, je l'ai fait. Je suis la meilleure, je l'ai toujours été. Et mes deux flèches sont parties droit sur leurs cibles. Sauf que Darran venait de voir le sorcier se faire étendre derrière lui – je ne sais pas comment, honnêtement, ça avait duré à peine une fraction de seconde. Mais il l'avait vu. Et au lieu de sauver sa propre vie en arrêtant la flèche qui filait sur lui, il a sauté en l'air avec une rapidité surhumaine et, en plein vol, il a tranché en deux celle qui aurait tué le prince et mis fin à la guerre. La sienne, il se l'est prise dans la jambe. J'avais visé sa tête, mais il a bondi tellement vite et tellement haut que c'est la jambe qui s'est trouvée sur son chemin.

La seule chose qu'il a pas pu éviter, c'est de bousculer le prince au moment où l'autre frappait le dragon avec son épée de glace. La lame glaciale d'Erik de Kehen est partie en biais et elle a tranché les écailles comme du beurre. Mais au lieu de tracer une ligne bien nette dans le cou, elle a frappé à la mâchoire et un flot de salive orange et lumineuse a jailli, éclaboussant le prince des pieds à la tête.

J'y ai à peine prêté attention sur le moment, parce que Darran courait droit sur moi avec sa hache à la main. Et il allait tellement vite que je me suis rendu compte que je n'aurais pas le temps de prendre une nouvelle flèche à mon carquois, ni un poignard à ma ceinture, ni… rien en fait. C'est Safar qui m'a sauvé les miches. Il s'est jeté en hurlant sur le furieux d'en face et il a tenté un coup vicieux de bas en haut avec sa masse. Oh, ça l'a pas arrêté longtemps, le Darran : juste le temps d'écarter l'arme de Safar du manche de sa hache. Et puis, du même mouvement, d'enfoncer le même manche si brutalement, si incroyablement fort dans la poitrine de mon pote qu'il a pulvérisé les côtes et réduit le poumon en bouillie, malgré la cuirasse à lamelles. Le grand corps de Safar a été projeté en arrière, mais son intervention m'avait donné la fraction de seconde dont j'avais besoin pour saisir un poignard à ma ceinture.

On serait morts tous les trois, je crois, si le dragon, fou de douleur, n'avait pas agité la tête dans tous les sens avec sa mâchoire blessée, aspergeant de sang tout ce qu'il y avait autour de lui. Darran a pris une giclée sur l'épaule, et moi… sur… sur le visage.

Chapitre 81

La dernière image que j'ai emportée, c'est le prince hurlant au sol, et Darran, l'épaule fumante, qui ramassait l'épée de glace et qui achevait le dragon en lui tranchant le cou pour sauver la vie de son maître. Ce qui s'est passé ensuite, je… je sais pas exactement.

C'est le grand blanc.

Le sang de dragon, c'est pas comme le sang humain. C'est du feu. C'est de la brûlure à l'état pur, et elle provoque une… une souffrance, conteur. Une foutue putain de saloperie de souffrance comme vous pouvez même pas imaginer. J'sais pas comment vous le dire. Si on vous mettait la main sur une plaque de fer en fusion, vous auriez à peine une vague idée du centième de cette douleur.

J'ai perdu connaissance. C'est peut-être ce qui m'a sauvé la vie.

Quand j'ai repris conscience, j'ai eu l'impression qu'on m'avait dévoré la moitié de la tête et que des dents de feu continuaient à mordre et déchirer ma chair. J'ai hurlé. J'ai touché mon visage avec ma main. Par chance, j'avais gardé des mitaines fourrées : elles ont été noircies en une seconde, fumantes, grésillantes comme des saucisses sur la poêle. J'ai juste eu le temps de les jeter avant que ça atteigne ma paume. Alors, à tâtons, sans cesser de hurler par saccades, j'ai trouvé ma gourde à ma ceinture, j'ai fait sauter le goulot malgré mes mains qui tremblaient et j'ai versé tout son contenu sur ma tête. L'eau s'est mêlée au sang lumineux, l'ôtant de mon visage, quelques gouttelettes brûlantes de ce mélange sont tombées sur mes jambes, mais je ne m'en suis même pas rendu compte.

Je… Je pourrais pas vous décrire ce que c'est, conteur. Une de mes oreilles avait fondu, un de mes yeux avait fondu. Une moitié de *mon visage tout entier* avait fondu. J'étais plus moi-même, j'étais une version monstrueuse, amoindrie, grotesque de moi-même. Je voulais mourir et que la souffrance s'arrête, que ce cauchemar disparaisse. S'il n'y avait pas eu Safar, je serais restée allongée là à me laisser crever comme un chien.

Mais il était peut-être ici, quelque part, blessé, et je pouvais peut-être encore le sauver. L'air était puant de vapeurs suffocantes dans la caverne. J'ai craché des bouts de ma propre chair qui encombrait mes poumons. Je voyais encore d'un œil, et une lumière rouge bizarre irradiait du sol et des murs. C'était le sang de dragon qui rongeait la pierre, elle aussi. Il faisait une chaleur atroce. J'ai ôté mon manteau, ma cotte d'anneaux dont le fer était si bouillant que je me suis brûlé les mains en la retirant, et même ma chemise, jusqu'à me retrouver les mamelles à l'air, le corps en sueur et la gorge en feu.

— Safar ! j'ai gueulé.

Et rien que la vibration de ma voix dans mes os était un supplice.

— Safar, t'es où ?

T'as pas intérêt à être mort. Sinon, je te tue.

Je lui ai quasiment grimpé dessus sans le voir. Il était allongé sur les rochers, la poitrine défoncée par le coup de Darran, du sang plein la bouche. Il respirait comme un petit chien.

— T'as une… T'as une sale gueule, Maisie, a murmuré Safar entre deux halètements.

— Safar, oh putain, Safar…

— Maisie, si… si j'étais une fille… est-ce que… est-ce que tu m'épouserais ?

J'ai pas répondu. J'ai posé mon visage – la moitié intacte – contre son bras, et j'ai pleuré de mon seul œil valide. Safar a cessé de respirer presque aussitôt. Je crois qu'il attendait juste de me faire un dernier adieu avant de passer dans le monde suivant.

« Noire bête, relève-toi de tes blessures, tu en as la force », avait dit le dragon avant que tout ça n'arrive. Et je comprenais, maintenant.

La suite, conteur, elle concerne pas tellement Darran. Il était sorti de la caverne avant que je reprenne connaissance. Il avait emmené son prince, malgré sa flèche dans la jambe et sa brûlure à l'épaule.

Et moi, j'ai juré de le crever. Alors j'ai rampé à quatre pattes vers l'autre bout de la caverne pour les retrouver. Je suis passée par les squelettes et les armures des soldats tués par des générations de dragons et ramenés ici comme des trophées. Et puis… des tas et des tas d'or enfouis ici depuis des siècles – j'ai compris pourquoi le prince avait accusé Asinn de s'en mettre plein les poches, et quelle sorte de « preuve » Darran avait rapportée pour convaincre son prince que le dragon vivait bien là. Des écailles de dragon, peut-être, mais aussi de l'or. De l'or à remplir un château entier.

Mais je m'en foutais pas mal. Je voulais juste crever ce gars, ce Darran, ce Morregan ou peu importe son putain de nom. Le saigner jusqu'à voir son visage devenir rouge, puis blanc, et son corps se vider sur moi comme une putain de barrique. Ouais, c'est ce qui m'a maintenue en vie.

Je sais pas combien de temps j'ai avancé, ni quelle distance j'ai parcourue dans la montagne, je me souviens pas de grand-chose. Mais je suis arrivée de l'autre côté, dans le froid mordant, coupant, mortel, après la chaleur tout aussi mortelle de la caverne.

On m'a recueillie. Qui ? Je sais pas. Des gens, un village. J'étais à bout de forces. On m'a prise pour une de ces filles qui suivent les armées et qui se serait brûlée aux bûchers de fête de l'hiver – y en a tous les ans, des gens qui se crament à cette foutue fête. On m'a donné à manger et à boire. Et quand on m'a demandé mon nom, j'ai répondu sans réfléchir :

— Noire bête.

Depuis, tout le monde m'appelle « La Beste ». C'était mon nouveau nom, pour la nouvelle personne que j'étais. La brûlée, le monstre de foire, la moitié de celle que j'étais avant.

J'étais pas là quand le prince Erik a pris Homgard, j'ai échappé au massacre des fidèles de la princesse. Peut-être que je devrais dire merci au Grand Kàn, après tout ? J'avais juste perdu la moitié du visage, d'autres filles ont perdu bien plus que ça dans les jours qui ont suivi. Ouais, c'est ce que je me suis répété plein de fois, mais ça m'a pas beaucoup aidée.

C'est plus tard que j'ai cherché la princesse et ses panthères. J'avais juré de me venger du prince et de Darran. Je les ai trouvées et j'ai combattu des années avec elles. Mais ça, c'est une autre histoire et j'crois qu'on a pas vraiment le temps, conteur.

La Beste se tut. D'Arterac la voyait bien dans la pénombre, à présent. Elle s'était arrêtée de faire les cent pas et elle pleurait de son œil unique, sur Safar, sur son corps et sa jeunesse ravagés, sur sa souffrance et sur les camarades qu'elle ne reverrait jamais.

— Après cela, fit le conteur, le prince a accusé Darran de traîtrise et a ordonné son exécution.

La Beste haussa les épaules.

— Je sais pas exactement ce qui s'est passé entre eux, mais j'ai ma petite idée. Le plan s'était pas déroulé comme prévu, apparemment : c'est le prince lui-même qui aurait dû tuer le dragon et en retirer toute la gloire, mais à cause de mon intervention, c'est Darran qui l'a fait à sa place pour lui sauver la vie. Et le prince avait été couvert de la salive de la bestiole. C'est la salive qui permet au dragon de souffler du feu, vous savez ? Elle est bien plus dangereuse encore que son sang. Ça l'a pas tué sur le coup et je suppose que des mindarans soigneurs ont réussi à le maintenir en vie avec leur magie. Mais ça a dû le brûler de plus en plus et je pense que ça le brûle encore aujourd'hui. Le « Roi Lumière », c'est juste une jolie formule pour « le roi qui crame en permanence ». Comment il survit encore, ça j'en sais rien, il doit avoir une armée de sorciers pour le maintenir en vie.

Aucun sorcier ne pouvait le sauver, pensa d'Arterac en se levant et en faisant les cent pas à son tour. *C'est le calame qui le maintient en vie, celui de millions et de millions d'âmes qui le croient « maître du feu ». Il l'est réellement, quand il peut se concentrer suffisamment pour conserver cette maîtrise… Peut-être avait-il seulement voulu affronter seul le dragon pour se forger l'image d'un grand guerrier, mais en sortant de cette caverne avec Darran, il a su qu'il lui fallait changer ses plans : il devait mentir et s'attribuer seul la victoire contre le dragon. C'était le seul moyen d'obtenir suffisamment de calame pour survivre. Il a dû ensuite faire disparaître sa femme pour attirer tout le calame possible sur lui. Puis édicter des lois qui ont écarté du pouvoir toutes les femmes nobles qui auraient pu réclamer le trône, des lois qui ont fait de lui l'objet de toutes les haines, et surtout de tous les regards de son royaume.*

—Alors dans votre putain de récit de la guerre des Princes, cracha soudain La Beste, quand vous avez dit que c'était le prince qui avait tué le dragon, moi je savais bien que c'était faux. « L'homme dont les histoires ne mentent jamais » ? Tu parles ! C'est Darran qui a trouvé la caverne où se cachait le dragon, les œufs pour s'en protéger, le moyen de le tuer par le froid, et c'est Darran qui lui a tranché le cou.

Un vertige saisit soudain d'Arterac, qui s'affaissa.

—Vous… Vous avez raison, fit-il d'une voix faible.

Son corps tremblait, il porta ses mains à son visage.

—J'ai commis une terrible erreur. J'avais deviné à l'époque que le prince me cachait quelque chose, ma main gauche s'était couverte d'entailles, mais… Kàn-aux-deux-visages ! Je me souviens exactement de notre entretien. Il n'a jamais dit : « J'ai tué le dragon. » Il a dit : « Je suis entré dans cette caverne et j'en suis ressorti avec la tête de la bête. » Et moi… et moi… je n'ai pas entendu le mensonge. Car tout cela était vrai, vous comprenez ? Le lendemain de la mort du dragon, il était probablement *entré* de nouveau dans cette caverne. Et il était bien *ressorti avec la tête du dragon*, qu'il n'avait eu qu'à ramasser par terre. La tête avait été tranchée par Darran, mais cela, il a omis de me le dire. Il me connaissait fort bien, il avait été mon élève. Il savait exactement comment jouer sur les mots pour me piéger…

—Ouais. Tu m'étonnes que Darran ne vous fasse pas confiance.

—Asinn et Safar-la-lune étaient morts, murmura d'Arterac. Vous, vous étiez encore en vie, mais le prince Erik l'ignorait. Pour lui, Darran était le seul témoin de ce qui s'était passé. Au lieu de le récompenser, il devait l'éliminer.

Et moi, Kàn tout-puissant, qu'ai-je fait ? Je l'ai cru, j'ai répété ses paroles trompeuses à tout le royaume.

Si le prince le lui avait demandé, Darran se serait probablement livré sans combattre. Mais ce n'est pas ce qu'il a fait. Dès leur sortie de la caverne, il a dû ordonner à ses soldats de le tuer, pas à ceux de la Licorne, non, à des soldats ordinaires. Mais malgré ses blessures, c'est Darran qui les a massacrés ; c'étaient les six cadavres dont m'a parlé Osgarat. Puis Darran s'est enfui, blessé à la jambe et à l'épaule, avec l'or du dragon dans ses fontes, cette fameuse « preuve » qu'il avait rapportée de l'antre du dragon. Alors Erik a jeté Osgarat à ses trousses…

D'Arterac porta les deux mains à son cœur qui battait bien trop fort, accablé par son erreur, mais La Beste s'accroupit devant lui et lui posa la main sur l'épaule.

— Alors, vous êtes pas un menteur.

— Non, ma dame.

— Vous êtes juste un imbécile qui s'est fait rouler.

— Je… Oui, sans doute.

— Je peux pas vous en vouloir. On peut faire confiance à aucun de ces foutus nobles, conteur. Rois, princes et marquis, ce sont tous des faux jetons, tous des traîtres.

Elle a oublié que je suis comte, pensa d'Arterac, et il s'en réjouit.

Chapitre 82

— Je vous remercie infiniment d'avoir trouvé le courage de parler, fit le conteur en se relevant dans l'obscurité. Je sais à quel point cela peut être difficile.

Il n'avait pris aucune note, mais il était certain de ne rien oublier.

— Et maintenant, il va me falloir affronter le peuple de Westalie tout entier, mais je suis certain que cet ajout à mon récit sera d'une importance capitale.

Il chercha la porte à tâtons et l'ouvrit, mais elle se referma brusquement sous une pression de La Beste.

— Ma dame ?

— Votre légende. Elle sera d'autant plus forte qu'elle sera vraie, c'est ça ?

— Toujours, ma dame.

— Alors puisque vous parlez de courage, j'ai encore quelque chose à vous dire.

Elle se tenait tout contre lui, leurs deux visages se touchaient presque et elle chuchotait tout bas comme si les ombres pouvaient les entendre.

— Je... Je vous écoute, répondit le conteur, surpris. C'est encore à propos de Darran et du dragon ?

— Nan, c'est à propos de moi.

Le souffle de La Beste, rapide et court, caressait la joue du vieil homme, mais aucun mot ne sortait de la bouche de la guerrière. Alors il murmura à son tour :

— C'était vous la traîtresse, n'est-ce pas ? C'est vous qui avez prévenu le roi de l'arrivée des fantômes devant Homgard ?

Il s'attendit à des cris indignés, à des coups peut-être. Au lieu de cela, La Beste cessa un instant de respirer et déglutit.

— Foutre-Kàn, conteur, comment vous avez deviné ?

Il ne répondit pas tout de suite, stupéfait lui-même d'avoir vu juste.

— Votre défiance vis-à-vis de la princesse Véra, peut-être...

La Beste recula d'un pas.

— Je vais vous raconter une petite histoire, conteur. Vous vous souvenez de Soigneur, ce mindaran guérisseur qui avait les yeux crevés et que les panthères traitaient comme un chien ? À votre avis, c'était quoi, son crime ?

— Je... Je l'ignore. Avait-il violé une femme ? Ou l'avait-il tuée ?

— Il avait abandonné son épouse. Quand on est arrivées à son village et qu'on a massacré tous les hommes, c'est elle qui l'a dénoncé, elle le haïssait. Il était caché dans une cave avec son amant. Soigneur était comme moi : il couchait avec les gens de son propre sexe. C'est pour ça qu'il avait quitté sa femme. Et si elle le haïssait autant, je crois que c'est parce qu'elle l'avait aimé et qu'il n'avait pas été un si mauvais mari. Voilà le genre de personnes qu'étaient Véra, Dounia et les autres. Elles ont mutilé ce gars et elles en ont fait un esclave. Ces femmes voyaient un homme coupable d'un crime abominable, et moi je voyais un pauvre bougre qui n'aimait pas comme tout le monde. J'ai juste... J'ai juste pas voulu que ce soit ce genre de personnes qui prenne le pouvoir. Vous comprenez ?

— Alors, vous les avez trahies.

— Arrêtez avec ce putain de mot ! Il veut rien dire ! Moi, je suis restée fidèle à ce que je crois, à ce que je veux, j'ai rien trahi du tout. Si on avait pris Homgard, il se serait passé quoi, à votre avis ? Darran serait jamais monté sur ce foutu trône. Les jeux de pouvoir, il n'y connaît rien et il s'en fout. C'est la princesse qui aurait mis la couronne sur sa tête, parce que c'est son unique but depuis dix ans. Et comment elle aurait traité l'homme qui l'avait menée jusqu'au trône, à vote avis ? Elle aurait fait comme tous les rois et toutes les reines avant elle : au bout d'un moment, elle l'aurait fait assassiner dans l'ombre, lui et tous ceux qui l'avaient soutenu, Maura, Cala, Owain, Muette et les autres. Elle hait Darran depuis le tout début, elle lui doit sa guerre, sa victoire, et plus sa dette envers lui est grande, plus elle le hait. Elle serait devenue comme le Roi Lumière, elle serait devenue comme toutes les reines avant elle et comme sa propre mère !

Elle a raison, pensa d'Arterac. *Darran aurait été un obstacle à son règne de reine et à son calame.*

— Vous ne pouviez pas en être sûre, répondit-il. La princesse se serait peut-être comportée différemment.

Le conteur ne le vit pas, mais La Beste baissa la tête.

— Vous y croyez ? Répondez-moi honnêtement, conteur, vous qui détestez mentir. Vous y croyez vraiment, vous, que ça se serait passé différemment ?

Le conteur revit le visage du Roi Lumière dans l'escalier de Frankand, la Princesse Sanglante dans son palais et tous les souverains qu'il avait personnellement connus.

— Non, ma dame, je l'avoue.

Dans le noir, La Beste poussa un soupir de soulagement.

— Alors je suis pas la seule. J'ai pensé que si on trouvait une armée plus forte que la nôtre à Homgard, la princesse serait tuée mais pas Darran. Il est indestructible dans une bataille. Et lui vivant, la révolte aurait continué en Westalie. Le roi aurait fini par être renversé et Darran aurait été obligé de régner, mais lui, il ne serait pas devenu fou comme tous les autres. Il aurait gardé la tête froide, il l'a toujours gardée.

— Vous condamniez à mort toutes vos compagnes.

— À la défaite, conteur, pas à la mort. Elles avaient leurs chances sur le champ de bataille. Contre les assassins de la future reine Gottaran Véra, elles n'en auraient pas eu la moindre. Alors je suis allée voir en pleine nuit un de nos prisonniers, un officier, avec un message pour le roi. Je lui ai dit quand et où on allait frapper, en laissant à Erik juste assez d'avance pour qu'il rameute à Homgard ses garnisons de Dragons des alentours. Et quand on a commencé à s'approcher de la capitale…

— … vous avez libéré cet officier, la coupa d'Arterac.

— J'ai essayé de donner une chance à notre rébellion, conteur, et surtout à mes frères et sœurs d'armes. Les trahir, c'était la seule façon de les sauver. Vous direz bien que je l'ai fait pour ça, hein, dans votre légende ? Vous le direz ?

— Je dirai la vérité, ma dame.

Chapitre 83

Les fantômes avaient travaillé au petit matin : les murs étaient nettoyés, la mosaïque au plafond presque entièrement révélée. Quelqu'un avait allumé l'une des torchères au mur et quelques femmes continuaient à s'activer dans la demi-obscurité à déblayer les éclats de pierre tout en chuchotant pour ne pas réveiller celles qui dormaient encore.

Maura, qui attendait le conteur depuis un moment, lui tendit en guise de petit déjeuner un peu de gruau et une tasse d'une eau trouble à l'odeur suspecte.

– Vous avez mis le temps avec La Beste. Qu'est-ce qu'elle vous a raconté ?

— Vous le saurez bien assez tôt, jeune fille, répondit le conteur.

Elle avait les yeux cernés et les joues maigres.

— Vous allez parler de moi devant tout le royaume, fit-elle soudain.

— Nécessairement. Vous le saviez depuis le début, n'est-ce pas ?

Elle réfléchit.

— Oui, mais je… je ne voulais pas y penser. Dites-moi la vérité : alors, ça va m'arriver, à moi aussi ? Le calame ? L'appel ?

— Des millions de gens connaîtront vos exploits, ils vous admireront, vous haïront ou vous aimeront. Que vous le vouliez ou non, ils penseront à vous, ils vous confieront une part de leur âme.

— Peut-être que mes pouvoirs avec les animaux seront décuplés, fit Maura, ou peut-être que les gens me croiront capable de posséder l'esprit d'un homme à cent lieues de distance. Cela dépendra de ce que vous allez leur raconter et de ce qu'ils voudront bien en retenir, pas vrai ?

— Cela va vous transformer, oui. Cela va vous modeler et changer votre vie à tout jamais.

— Vous croyez que je serai meilleure que les autres, face à ça ? Que le Roi Lumière ? Que la Princesse Sanglante ? Que Bragal ? Est-ce que je vais sombrer dans la folie et l'obsession du calame, moi aussi ?

Le conteur baissa tristement la tête et ne répondit rien. *Oui, sans doute*, pensait-il.

— J'ai une faveur à vous demander, fit Maura. Une faveur très particulière.

— Quel genre de faveur ?

— Quelque chose que vous glisserez pour moi à la toute fin de votre récit. Acceptez, conteur, je vous supplie !

— Eh bien, ne faites pas tant de mystère, répondit le conteur avec un petit rire. Parlez, jeune fille, dites-moi ce que vous attendez de moi.

Dans le silence de la nuit, elle se pencha vers lui et lui glissa quelques mots à l'oreille. Le conteur l'écouta attentivement et hocha la tête.

— Cette histoire vous a transformée, Maura de Kenmare, et a fait de vous une femme d'une grande sagesse.

Chapitre 84

Au fur et à mesure que l'heure approchait, des guerrières entraient par tous les passages dans le temple des douze Kàns. Elles riaient et bavardaient joyeusement. On leur avait dit que le célèbre d'Arterac allait raconter leur histoire et elles étaient toutes curieuses de l'entendre. La plupart de ces femmes avaient affronté sans peur la faim, la mort et la guerre, mais elles avaient peu d'instruction. Beaucoup étaient superstitieuses, certaines d'une extrême naïveté sur les sujets qu'elles ne comprenaient pas. Le bruit avait couru que ce récit serait leur salut et elles y croyaient. Elles s'attendaient presque à voir surgir de la bouche du conteur un dragon ou sainte Bianca en personne. Parmi elles, les quelques hommes semblaient perdus : le jeune Tomey, un marin d'Hansea… Darran lui-même était absent.

— Dounia, fit la princesse, prends trois femmes et évacue la salle. C'est le sieur d'Arterac que le royaume doit entendre, pas les jacasseries d'une foule.

Pendant qu'Aedan s'occupait du vieillard en lui apportant à boire, Dounia et quelques guerrières donnaient du muscle et de la voix pour faire de l'espace autour du conteur : « Place ! Place pour le légendier royal ! » Elle commença elle-même à fermer les portes les unes après les autres et en tira les verrous pendant que les dernières retardataires partaient en traînant les pieds. Le conteur s'avança vers le centre, puis il se retourna et contempla un instant la grande salle maintenant presque vide, soudain saisi d'un mauvais pressentiment.

— Bien, fit le Grand Kerr Heinkress. C'est l'heure, nous allons pouvoir commencer.

Aedan avança une chaise au conteur et dressa devant lui sa table pliante. Mais le vieil homme le saisit soudain par le bras, jeta un regard effrayé vers Dounia et les autres panthères, puis chuchota à son oreille :

— Trouve Darran, petit. Trouve aussi Maura, La Beste et tous leurs amis. Dis-leur de venir ici toutes affaires cessantes.

Le jeune homme comprit aussitôt la menace. Il hocha la tête et courut jusqu'à la dernière porte qui n'était pas encore fermée et s'y faufila avec les dernières rebelles, juste avant que Dounia ne la claque et la verrouille derrière elle.

Alors la princesse, avec un large sourire, s'avança vers le conteur de sa démarche féline. Elle rayonnait et, sans que le vieil homme sût si c'était un effet de sa magie ou de sa bonne humeur, son visage semblait plus jeune et plus joli qu'à l'ordinaire.

— Jean d'Arterac, fit-elle en détachant bien les syllabes, comme si son nom seul était une gourmandise. Le célèbre, l'illustrissime Jean d'Arterac, le légendier des reines et des rois. Combien de souverains avez-vous servis, mon ami ?

Sa voix résonnait claire et forte sur les murs ronds et sur les hautes arches du plafond, où les toisaient paisiblement les deux visages de Kàn.

— Trois, ma dame, répondit le vieil homme, la gorge serrée, sentant venir le piège.

La princesse lui caressa la joue d'un geste d'une infinie douceur.

— Et avez-vous été traité comme vous l'auriez dû ? Avez-vous reçu les honneurs et les égards que mérite votre génie ? Non, n'est-ce pas ? Depuis des années, le roi vous terrorise et vous traite sans respect. Alors que diriez-vous d'être le mieux payé, le plus choyé, le premier parmi tous les serviteurs d'une nouvelle reine ? Avec moi, vous aurez un logement somptueux au palais, mille pièces d'or de rente et trente domestiques pour vous servir.

D'un air ingénu, elle lui tendit une liasse de feuillets. La page de garde portait, écrit en lettres capitales, le titre : « *LA LÉGENDE DE VÉRA DE HOMGARD* ». Les autres étaient entièrement noircies d'une écriture élégante et fine.

Son écriture, songea d'Arterac.

— Vous vous inquiétez à propos de la tournure que devrait prendre votre récit, je le sais, poursuivit-elle. Vous vous posez toujours la même question à propos de Darran Dahl : était-il fou ou sain d'esprit ? Une question que je me suis posée moi aussi bien longtemps… Oubliez donc ce benêt analphabète et le récit que vous avez été contraint d'écrire dans la précipitation. Lisez plutôt celui-ci, je vous garantis que vous y trouverez toutes les réponses à vos questions. Abandonnez tous les doutes qui vous rongent.

Le conteur devint blanc comme un linge.

Le doute est l'essence même de la vérité.

— Ma dame ! s'écria le Grand Kerr Heinkress. Il était convenu que ce soit le sieur d'Arterac qui rédige et lise au royaume son propre texte ! À aucun moment il n'était question de…

Elle se tourna vers lui et éclata de rire.

— Jouons cartes sur table, Grand Kerr, voulez-vous ? Nous savons tous ici de quels petits arrangements vous êtes convenu avec d'Arterac. Favoriser Darran Dahl ou quelque autre de ses sbires pour mettre en place un nouveau pouvoir plus favorable aux intérêts de l'Église. Qui serait assez naïf pour ne pas le comprendre ?

Dounia vint se placer derrière le Grand Kerr avec sa bâtarde sur l'épaule.

— C'est… C'est exact, ma dame. En faisant rédiger cette légende par Jean d'Arterac, le but de l'Église était de renverser le Roi Lumière, un tyran dangereux qui aurait fini par…

— Nous sommes d'accord sur ce point, le coupa la princesse. Erik a porté trop longtemps cette couronne qui ne lui appartient pas. Mais laissez-moi vous offrir une alternative bien plus crédible que ce roturier de Darran Dahl pour le trône de Westalie : une héritière légitime, une femme de haute lignée, la fille d'une ancienne souveraine : moi. Je vous promets en échange de soutenir la sainte Église lorsque je serai au pouvoir.

Le Grand Kerr sembla hésiter.

Va-t-il vraiment croire sur parole cette vipère assoiffée de calame ? pensa d'Arterac.

Placer sur le trône la fille de la reine la plus haïe de l'histoire des deux royaumes, c'était risqué. Qui était-elle, sinon une vagabonde, une hors-la-loi qui s'était comportée comme un brigand, qui avait pendu des hommes et qui était rejetée par toute la noblesse ? Cela pourrait provoquer une nouvelle guerre civile, d'autant plus que cette femme était incontrôlable. Mais d'Arterac se demanda combien de temps tiendraient ses arguments contre celui d'un couteau pointé sur sa gorge.

— Légendier, fit la princesse à d'Arterac, je sais que vous n'étiez pas favorable à la loi sur les femmes. Vous pouvez être certain que mon premier décret de reine sera de l'abolir.

Vous commencerez par de beaux gestes et de belles intentions, pensa d'Arterac. *Et puis vous finirez comme toutes les autres, dans la folie et la peur…*

Darran aurait-il été différent ? Et Maura ?

— Alors, mes beaux sires, fit la princesse avec un sourire, avons-nous un accord ? Légendier, le royaume tout entier nous attend. Vous pourrez enfin apprendre à tous quelle a été l'âme véritable de cette révolte, son guide et son inspiration.

Mais le vieil homme ne saisit pas la liasse qu'elle lui tendait.

— Ma dame, c'est bien trop d'honneur que vous me faites, je ne peux accepter. Je peux cependant vous assurer que mon récit fait une large place au rôle que vous avez joué dans cette rébellion, un rôle injustement méconnu et que je compte bien mettre en lumière !

La princesse se fit encore plus mielleuse :

— Vous refusez de lire mon récit ? Vraiment ?

Il la regarda droit dans les yeux.

— Ma fille est morte et j'arrive au terme de ma vie, ma dame. Je ne crains plus grand-chose à présent, sinon d'agir contre ma conscience.

La princesse croisa le regard de Dounia.

— Je t'avais bien dit qu'il dirait non. Les hommes sont si prévisibles. Si têtus.

Son sourire avait maintenant disparu, laissant place à un visage froid et dur.

— J'aurais mille fois préféré entendre votre voix résonner dans cette pièce et dans les cent mille églises du royaume. Les gens vous aiment tant…

Elle se tourna vers le Grand Kerr.

— Mais il doit bien exister un moyen de se passer du comte d'Arterac. N'est-ce pas, Votre Sainteté ?

Quand elle sortit un poignard de sa gaine, l'homme ouvrit des yeux terrifiés que le masque ne put cacher.

— Il est impossible de vous donner la même audience qu'à Jean d'Arterac, Votre Altesse. Son intervention a été préparée la veille par les prières de milliers de kerrs à travers le royaume ! Certes, les fidèles attendent de voir les pierres-qui-parlent prendre la parole, mais si ce n'est pas d'Arterac, une quantité bien moindre de calame sera…

— Moindre certes, le coupa la princesse. Mais il reste possible de me donner une certaine audience, n'est-ce pas ? Toutes les églises ne m'entendront peut-être pas, mais je me contenterai des plus faciles à atteindre, les plus vastes, les plus passionnées, même si elles ne sont que quelques milliers à travers le royaume. Ne me fâchez pas, Grand Kerr, et dites-moi plutôt que cela n'est *pas* impossible.

Le Grand Kerr hocha vigoureusement la tête.

— Ce… Ce n'est pas impossible. Cependant, je vous conseille de garder d'Arterac en vie. Un seul mot de sa bouche suffirait à vous donner une bien meilleure audience.

Chapitre 85

Aedan arpenta fiévreusement les couloirs déserts de la forteresse à la recherche de Darran.

« Trouve aussi Maura, La Beste et tous leurs amis. Dis-leur de venir ici toutes affaires cessantes », avait dit le conteur.

Depuis que Dounia avait chassé les femmes de la chapelle, elles s'étaient de nouveau dispersées dans toute la forteresse. Il passa finalement par un porche et tomba sur Tomey en train d'essayer d'impressionner la jolie Muette.

— Moi je vais descendre le long de la colonne en pleine nuit et tenter ma chance, j'suis sûr que je peux passer entre les gardes sans me faire repérer. Une fois, à Kenmare, j'ai grimpé à la muraille du château et personne ne m'a vu. Je peux être drôlement discret, si je veux.

La jeune fille ne l'écoutait qu'à demi, sans doute convaincue que la fin était proche pour lui comme pour elle.

— Quelqu'un a vu Darran ? fit Aedan.

Les deux autres sursautèrent. Sans vraiment s'en rendre compte, Aedan avait crié.

Muette lui posa la main sur le bras, visiblement inquiète.

— Qu'est-ce que t'as, P'tit Dan ? grommela Tomey, mécontent d'avoir été interrompu. Tu es rouge comme un cuir de bœuf.

— Le conteur est en danger. Il faut rassembler les anciens de Kenmare, vite ! Et La Beste, aussi, et tous ceux qui soutiennent Darran !

Tomey éclata de rire.

— Qu'est-ce que j'en ai à foutre, du conteur ? Y va pas nous sauver la mise, le vieux pépère.

Muette lui tapa sur le bras du plat de la main pour le faire taire, avant de pointer Aedan du menton.

— Oh, d'accord, je le laisse parler…, se renfrogna Tomey.

— On va peut-être tous mourir ici, mais la princesse veut nous voler notre histoire. Si on laisse le conteur à sa merci, le royaume ne se souviendra pas de nous et de Darran, mais uniquement d'elle.

Muette se tourna vers Aedan et plaça une main sur la moitié de son visage.

— Toi, tu vas chercher La Beste ? traduisit Aedan.

Muette acquiesça, puis pointa le doigt vers lui et mima une hache des deux mains.

— Et moi Darran ?

La jeune fille cligna des yeux pour confirmer puis mima une prière les yeux fermés.

— Et ensuite, rendez-vous à la chapelle, fit Aedan. C'est parti !

Darran, où vous cachez-vous ?

Aedan continua ses recherches et fut surpris de trouver ouvertes les portes des cuisines de Frankand. Les plafonds étaient bas et les poutres centenaires noires de suie, les murs constellés de taches de graisse. Il flottait ici une odeur millénaire de feu de bois et celle, datant de la veille, du pain cuit au four. Une vague clarté montait de grandes grilles au sol donnant sur le vide et servant à jeter les ordures en contrebas. S'y engouffrait un vent tourbillonnant où s'accrochaient quelques flocons de neige. La salle était jonchée de chaudrons vides et de sacs éventrés : avant leur départ et pour affamer les fantômes, les Dragons avaient renversé la farine dans les grilles. Aedan fit quelques pas à l'intérieur, ses bottes crissèrent contre des grains d'avoine déjà foulés par cent pieds avant les siens.

— Darran ? fit-il. Maura ?

La grande salle déserte lui renvoya l'écho de sa voix.

Il ramassa un bougeoir et un briquet puis s'apprêtait à sortir quand il entendit le léger grincement d'une porte de placard. Il s'approcha sans faire de bruit, posa sa main sur la poignée et tira d'un coup sec.

Maura se trouvait là, bâillonnée, ligotée, les mains enserrées dans des cordes qui l'empêchaient de remuer ses doigts de sorcière.

— Grand Kàn !

Il se précipita pour défaire ses liens.

— Ne fais pas ça, *bello*, fit une voix derrière lui.

C'était Alendro, qui avait dû se tenir tout ce temps caché dans l'ombre. Aedan saisit son poignard à sa ceinture et le brandit sous le menton du magicien.

— Et sinon, tu feras quoi ? Ta magie de mindaran est peut-être très forte pour faire tes spectacles, rimailleur, mais au combat, une bourrique se battrait mieux que toi.

Il avançait tout en parlant et le Veronien reculait devant lui.

— Je n'ai jamais été mindaran, répondit Alendro. Et tu as raison, je ne suis pas non plus un guerrier.

— C'était toi, le traître qui nous a vendus au Roi Lumière ? Pourquoi as-tu attaché Maura dans ce placard ? Donne-moi une seule bonne raison !

Alendro leva les mains en signe d'impuissance.

— Parce qu'elle me l'a demandé ?

Aedan cligna des yeux et se tourna vers Maura : elle acquiesça de la tête.

— C'est complètement idiot, fit-il, pourquoi veut-elle…

— Maura fait rarement des choses idiotes. Tu ferais mieux de lui faire confiance.

Alendro pointa le poignard du doigt :

— Pourrais-tu ranger ceci ? Un accident est vite arrivé.

— C'est vrai que… que tu n'es pas mindaran ? demanda Aedan.

Il regarda Maura dans son placard, puis Alendro dans sa redingote noire.

— J'avais toujours cru qu'elle te préférait à moi parce que tu avais la marque.

Alendro lui fit un sourire timide.

— Tu n'as pas besoin d'être mindaran pour être aimé d'une fille. Ou pour avoir le respect des gens.

Aedan pointa le placard du doigt et baissa la voix d'un ton :

— Même le sien ?

Alendro lui murmura à l'oreille :

— Tu t'imagines que, parce qu'une femme n'est pas amoureuse de toi, elle n'a pas de respect ou d'amitié pour toi ? Maura t'aime aussi, *bello*, et elle connaît ta valeur.

Maura acquiesça de nouveau. Alendro serra Aedan dans ses bras, ce qui le prit complètement au dépourvu. Puis il lui tapota affectueusement le dos en riant.

— Je te préfère quand tu n'as pas de couteau dans la main, *bello*.

Aedan rangea le couteau dans sa gaine et referma doucement la porte du placard, puisque c'était la volonté de Maura.

— Au fait, fit Alendro, pourquoi est-ce que tu cherchais Maura ?

Aedan se frappa le front.

— Je suis stupide ! Le conteur a besoin d'aide, vite ! Où est Darran ?

— Je n'en ai aucune idée, répondit Alendro. Mais connaissant l'homme, je dirais qu'il se trouve au dernier endroit où on penserait le trouver.

Aedan ouvrit grand la bouche mais aucun son n'en sortit. Puis il hurla : « Je sais ! », se mit à courir jusqu'à la porte et disparut dans le couloir.

Chapitre 86

— Kàn-aux-quatre-couilles, la princesse est pire que la vérole ! grogna La Beste tout en courant. Il a rien dit d'autre, Aedan ?

— Nan, répondit Tomey, il a juste dit : « Allez chercher La Beste et tous ceux qui soutiennent Darran. »

Derrière eux couraient aussi Breena, Cala et Owain. Tous ceux que Muette et Tomey avaient pu rassembler en attendant qu'Aedan trouve Darran.

— On va peut-être tous crever ici, fit La Beste, mais on ne laissera pas cette foutue duchesse réécrire notre histoire.

Le couloir s'arrêta brutalement sur une porte close où veillaient deux gardiennes. L'une était une panthère à l'air peu commode, armée d'une hache de bataille. L'autre était Gaïa, la petite mais redoutable sorcière du froid.

— Salut, camarades, lança La Beste.

— Dégagez d'ici, dit Gaïa. Le conteur ne doit pas être dérangé. Ordre de la princesse.

— Poisse alors ! fit La Beste. On venait justement voir si tout allait bien pour le vieux bonhomme.

La panthère leva sa hache et Gaïa se raidit, la main pointée vers La Beste.

— Je te préviens, cracha-t-elle, si tu t'approches, je te gèle.

— C'est pas une gamine de treize ans qui va…, commença La Beste.

Mais elle s'interrompit dans sa phrase, car Muette lui tapota l'épaule et lui indiqua poliment de lui laisser la place. Gaïa vit s'approcher la douce Muette avec méfiance.

— Qu'est-ce que tu veux, la débile ?

Muette traça un signe dans les airs, qui montait très haut.

— J'ai jamais rien compris à tes gestes, fit Gaïa.

Muette traça de nouveau le signe, aussi haut qu'elle put le dessiner. Gaïa leva la tête… Et Muette, de son autre main, lui envoya un coup de poing fulgurant à la mâchoire. Gaïa poussa un cri et s'effondra au sol.

Cala plongea sous la garde de la panthère à la hache et lui pressa la lame de son poignard contre la gorge.

— Et si on disait qu'tu nous ouvrais gentiment cette porte, hein ? chuchota-t-elle.

Pendant ce temps, Muette et les autres lièrent les mains de Gaïa et lui enfoncèrent un bâillon dans la bouche malgré une molle résistance.

— Tu dis toujours que t'es aussi forte que Maura, lui susurra La Beste. Alors vas-y, fais comme elle, libère tes mains !

Gaïa roula des yeux furieux, incapable de faire le moindre geste.

— Bon alors, cette porte ? fit Cala à l'autre gardienne. C'est pour aujourd'hui ou pour demain ?

La panthère releva le cou pour échapper à la morsure de l'acier, mais Cala enfonçait sa lame toujours plus loin, jusqu'à ce qu'une ligne rouge se mette à goutter sur sa peau.

— Je… Je ne peux pas ouvrir, c'est un loquet. Ça s'ouvre de l'intérieur !

— Tu t'foutrais pas un peu de ma gueule ? cracha Cala.

Owain l'apaisa d'une main sur le bras et dit à la panthère :

— Dans ce cas, frappez vous-même à la porte et demandez à entrer.

Elle s'exécuta et ce fut la voix de Dounia qui lui répondit :

— Qu'est-ce que tu veux ?

« Dites-lui que Darran veut parler à la princesse », chuchota le kerr.

Cala gloussa et jeta un regard admiratif à son homme. « Elle a une telle trouille de Darran, la Dounia… »

Le loquet fut tiré de l'autre côté de la porte et Cala poussa brutalement le battant. Dounia tenta de le refermer, mais Cala avait déjà déboulé dans la pièce et Owain faisait maintenant barrage de son corps. La Beste entra alors à son tour, sa fronde à la main.

À l'intérieur, la princesse s'était placée sous les deux visages de Kàn, une expression d'adoration sur ses traits et une liasse de feuillets à la main. Le Grand Kerr levait les bras au-dessus d'elle, interrompu dans ses prières et ses rituels. Un peu plus loin, d'Arterac était fermement tenu par deux panthères.

— Relâchez le vieux, fit La Beste aux panthères.

Elle se tourna vers Dounia.

— Jette ta bâtarde.

Puis vers la princesse.

— Et vous, laissez le conteur faire son boulot, foutre-Kàn !

Les trois panthères consultèrent la princesse du regard. Celle-ci était rouge de colère.

— La Beste ! siffla-t-elle. Combien de fois devrai-je vous rappeler de m'appeler « princesse » ?

Dounia essaya soudain de frapper La Beste par surprise – elle savait combien celle-ci était redoutable à distance, mais pensait sans doute avoir sa chance au corps à corps. La lame de sa bâtarde trouva le poignard de Cala sur son chemin et La Beste en profita pour tirer deux billes de plomb sur les panthères qui tenaient d'Arterac. L'une des femmes eut la mâchoire brisée et s'effondra, l'autre s'éloigna en titubant, sauvée par son casque mais sonnée par le coup. Owain et Cala firent reculer Dounia pendant que Muette et les autres s'engouffraient dans la chapelle. Soudain, Maura surgit de nulle part et releva d'Arterac effondré au sol.

— Vous allez bien ? Vous ont-elles fait du mal ?

Le vieillard papillonnait des yeux. Sans le chapeau, son crâne chauve et ses touffes de poils blancs le faisaient paraître plus vieux encore. Maura ramassa ses lunettes tombées par terre et les enfila sur son nez.

— Elle a voulu fouler aux pieds la vérité..., commença le vieil homme. Je n'ai pas accepté. Elle serait devenue puissante, si puissante !

La Beste s'écria à travers la salle :

— Fermez la porte, tirez le loquet !

— Attendez, fit Maura. Je vais aller chercher Darran.

— Qu'est-ce que tu fous là, gamine ? dit La Beste. Où t'étais passée ?

— Désolée, je suis arrivée trop tard. Foutue princesse, j'aurais jamais pensé qu'elle ferait un coup pareil !

Elle courut à la porte, s'engagea dans le couloir et claqua le battant derrière elle.

Le conteur épousseta son manteau et rajusta ses lunettes.

— Nous sommes des ânes. Ce n'était pas Maura. Elle n'aurait jamais dit : « foutue princesse ». Elle aurait dit : « putois de princesse ».

— Ben c'était qui, alors ? fit Cala.

— Regardez autour de vous, répondit-il avec un sourire. Ne manque-t-il pas quelqu'un ?

Muette soupira et montra son propre visage.

— La dame-aux-cent-visages..., murmura La Beste. Merdasse, j'ai beau la connaître, je me fais toujours avoir.

— Elle va revenir en force, dit le kerr Owain.

Il pointa du menton Gaïa allongée et attachée sur le sol.

— Elle va retrouver les autres sorcières et leur promettre monts et merveilles pour obtenir leur aide. Et ensuite, elle va revenir.

Muette et Tomey conduisirent le conteur sur sa chaise, l'aidant à retrouver son équilibre.

— Alors, fit le Grand Kerr en posant une main sur son épaule comme s'il ne s'était rien passé, nos petits arrangements reprennent leur cours, à ce qu'il semble. Ce sera donc votre récit que le bon peuple de ce royaume entendra. Et il est temps de commencer, mon cher, vous ne croyez pas ?

Le vieil homme hocha la tête.

Heinkress leva les mains sur lui et murmura :

— La bénédiction du Kàn soit sur toi, Jean d'Arterac.

Alors le conteur leva les yeux vers le Kàn de jade au-dessus de sa tête et trouva dans la contemplation de ces deux visages, femme et homme, une étrange sérénité.

— Messires et gentes dames, moi, Jean d'Arterac, légendier royal, pour la seconde fois, je m'adresse à vous, gloire en soit rendue à Kàn-aux-deux-visages. Que vous soyez femme ou homme, riche ou pauvre, enfançon ou vieillard, de haute ou de basse naissance, je vous conterai la légende des deux royaumes. Le royaume des Gottarans, qui possèdent le pouvoir, et le royaume des mindarans, des sans magie et des sans classe, qui le subissent. Le royaume vécu par les hommes et le royaume vécu par les femmes. Le royaume des barons, des marquis et des princes, et celui des révoltés, des rebelles et des hors-la-loi.

D'Arterac reprit son souffle et avala une gorgée d'eau directement au pichet.

— Car aujourd'hui, poursuivit-il, je vais vous conter l'histoire de Darran Dahl, général et guerrier invincible, fin stratège et homme de parole, et celle d'une femme dont vous connaissez les exploits sans le savoir. Une femme aux multiples facettes connue sous le nom de Maura de Kenmare, lieutenante rebelle, prodige de magie et âme de la révolte, cette femme des vertes collines de l'Ouest, cette inconnue qui fut enfant, qui fut sorcière, qui fut guerrière et amante, et qui, à force d'acharnement, fit de Darran Dahl l'égal des dieux.

Chapitre 87

Aedan leva son bougeoir, protégeant la flamme de sa main pour qu'elle ne soit pas soufflée par les courants d'air, et passa la tête dans le cachot à l'odeur écœurante. Il en avait reconnu la porte à la façon dont elle était enfoncée : vers l'extérieur, et non vers l'intérieur comme toutes les autres portes des cachots de Frankand. C'était là que Darran avait été retenu prisonnier.

Il fit quelques pas dans la pièce et le halo de la bougie découvrit des murs mangés de salpêtre, des anneaux rouillés encastrés dans la pierre, des dessins gravés par les prisonniers avec leurs ongles – un bateau, un soleil, un visage de femme. Puis il vit la forme allongée de la hache posée sur le sol et le reflet du casque juste à côté d'elle. Le grand Darran Dahl l'indestructible était accroupi tout au fond, la tête entre les mains. Il était de nouveau libre mais, de tous les autres anciens prisonniers de la forteresse, il était le seul à avoir choisi de revenir se terrer dans son propre cachot.

— Je savais bien que je vous trouverais ici, fit Aedan en s'asseyant devant lui, déposant son bougeoir sur le sol.

Seuls le silence et l'obscurité lui répondirent, à peine troublés par un léger chuintement du vent à travers un orifice d'aération et une pâle clarté tombant de la porte entrouverte. Darran ne prononça pas un mot, ne fit pas un mouvement.

— La princesse va essayer de forcer le conteur à raconter un récit en sa faveur. Nous avons besoin de votre aide.

Il attendit une réaction de la part de Darran, un regard, un geste, ou même un soupir. Il n'y en eut aucun, sinon le lent et profond mouvement de sa poitrine qui se soulevait et s'abaissait de manière régulière. C'était le seul indice que ce corps était encore animé d'une vie.

— Vous allez vraiment la laisser faire ? Je sais que vous n'avez pas confiance en Jean d'Arterac, mais… il a vraiment l'intention de dire la vérité à votre sujet et au sujet de la rébellion. Jusqu'à présent, le roi détenait sa fille prisonnière et l'obligeait ainsi à lui obéir. Ce n'est plus le cas, maintenant.

Darran releva soudain la tête et murmura :

— Pourquoi ? Cet homme a-t-il sauvé sa fille ?

Aedan sursauta.

— Je… Non. Elle est morte.

Darran replongea aussitôt la tête entre ses genoux et ne bougea plus.

— C'est un homme bon et honnête, poursuivit Aedan, il a toutes les raisons de nous aider. Nos amis sont en bas et se battent contre la princesse pour qu'il puisse raconter notre légende.

Il ne savait comment toucher cet homme, comment briser ce sortilège qui semblait l'avoir pétrifié. Il lui posa la main sur l'épaule, mais Darran n'eut aucune réaction.

— Nous avons encore besoin de vous, messire. La princesse ne fera pas une bonne reine et vous le savez. Vous êtes le seul à pouvoir encore l'arrêter.

Un grondement sourd couvrit la fin de sa phrase : les murs tremblèrent sur leurs bases, des éclats de pierre tombèrent du plafond et le bâtiment tout entier pencha d'un côté puis de l'autre. Aedan posa les mains par terre par réflexe pour ne pas être jeté au sol. Ses doigts glissèrent dans les jointures entre les pierres qui s'élargissaient. Un bloc de maçonnerie se détacha soudain du plafond et s'écrasa à deux pas d'eux, se brisant sous le choc et répandant un nuage de poussière.

— Par le Kàn ! cria Aedan. Qu'est-ce que c'est ? La forteresse change de forme, c'est ça ?

Mais tous les deux savaient que les changements de Frankand n'avaient jamais fait tomber quoi que ce soit des plafonds. La forteresse sembla s'apaiser peu à peu, mais les murs et le sol n'étaient plus tout à fait droits et un trou à leurs pieds laissait voir en contrebas les contours d'une salle de garde plongée dans l'ombre.

Par chance, la bougie ne s'était pas éteinte. Aedan regarda autour de lui, inquiet, s'attendant à de nouvelles secousses. Darran était resté exactement tel qu'il était : accroupi la tête entre les mains, au même endroit, dans la même position.

— C'était un tremblement de terre ? demanda Aedan.

— Non, c'était Erik, répondit Darran en relevant la tête.

— Le Roi Lumière ? Mais comment...

Le corps de Darran se déplia soudain, rapide comme l'éclair, et ses deux mains agrippèrent celles d'Aedan devant lui.

— Plus le choix, maintenant, il faut sortir d'ici. Sais-tu où se trouve Gràinne Braddy ?

— Gràinne ? Pourquoi elle ?

Le visage de Darran se tordit soudain de douleur et il s'écroula de nouveau sur le sol.

— Darran ? fit Aedan. Qu'est-ce qui vous arrive ?

— Le... Le calame se déverse encore, murmura Darran. Le conteur a commencé son récit...

— Le quoi ?

Mais Darran était recroquevillé les mains sur les oreilles, une grimace de souffrance au visage, et ne réagissait plus à rien.

Chapitre 88

Dans la salle des douze Kàns, les dégâts étaient mineurs. Quelques éclats de pierre étaient tombés des voûtes, l'une des statues avait perdu sa main. Cependant, une lézarde était apparue au plafond entre les deux visages de Kàn, homme et femme. Le conteur s'était interrompu dans son récit et s'épongeait le front.

— C'était quoi, ça ? demanda Cala.

D'Arterac but une gorgée d'eau.

— Je suppose que les sorciers du roi ont utilisé une sorte de magie explosive sur la colonne. Je ne serais pas surpris qu'elle soit brisée à sa base ; Frankand tient peut-être maintenant dans le vide.

— Ben c'est raté, son petit tour de sorcellerie, elle tient encore ! fit La Beste. On va pouvoir reprendre.

— Si l'escalier est brisé, comment on va redescendre ? demanda Tomey.

Muette, avec un grand sourire, traça un trait sur sa gorge pour signifier qu'ils allaient tous mourir de toute façon.

— Avec un peu de chance, dit le conteur, seul un petit morceau de la colonne a été brisé et il sera possible de descendre par des cordes ; cependant, je suppose que l'armée du roi garde toujours les lieux.

— Mais pourquoi il fait ça ? s'écria Tomey d'une voix aiguë. On est déjà à sa merci, pourquoi il veut abattre

Frankand et la faire tomber sur sa propre ville ? Ça n'a aucun sens !

— C'est à cause de mon récit, répondit d'Arterac. Le roi n'avait pas imaginé que je puisse, depuis Frankand, m'adresser au royaume à travers les pierres-qui-parlent. Cela a dû le rendre fou.

Il se tourna vers le Grand Kerr Heinkress, qui suait à grosses gouttes.

— Pourrait-il m'empêcher de continuer à parler au royaume ?

— Maintenant que le récit est commencé, des millions d'âmes attendent la suite. Si vous continuez votre récit dans cette chapelle, aucune magie ne peut les empêcher de l'entendre. Non, la seule chose qu'il peut encore faire, c'est vous empêcher physiquement de parler.

— Alors il ne s'arrêtera pas là, dit sombrement d'Arterac.

— Et que pourrait-il faire de plus ? demanda le kerr Owain. Il a déjà démoli la colonne.

— Je n'ose imaginer de quoi il est capable…, répondit le conteur. Mais je vais reprendre le récit de votre histoire : le temps nous est compté.

Chapitre 89

Rien n'aurait pu préparer Maura à ce qu'elle était en train de vivre.

Elle savait déjà tout du calame depuis bien longtemps, elle avait vu ses effets sur son père, sur la princesse et sur le Roi Lumière. L'indescriptible euphorie, le désir de puissance, l'altération de personnalité qui conduisait trop souvent à la folie et la soif dévorante d'en recevoir davantage. Tout cela, elle le savait, comme un homme qui croit connaître l'océan quand il a vu des tempêtes dessinées dans un livre.

Mais ce jour-là, elle le vécut elle-même. Au fur et à mesure que le conteur déroulait son récit, des millions de gens dans les temples l'écoutaient, captivés. Ils apprenaient pour la première fois le nom de « Maura de Kenmare », son apparence, son caractère. Ils suivaient son histoire depuis la découverte de son couffin de bébé devant l'église du village jusqu'à ses combats dans les salles de Frankand avec les plus mortels soldats du monde. Dans leurs têtes se formaient les images de son visage, de son corps, de ses pouvoirs hors du commun. Ils s'imaginaient une femme louve, une femme ourse, une femme capable d'entendre un moucheron à trois cents pas, de voler sous la forme d'un oiseau par-dessus les murailles d'un château fort. Certains se la représentaient comme les saintes des statues de village, d'autres comme une fille de leur connaissance, comme leur grande sœur, l'amante de leur jeunesse, l'amie de leurs jeux, d'autres encore la voyaient comme une déesse irradiant de lumière ou une géante à la force surhumaine. Ils admiraient ses exploits qu'ils fantasmaient et déformaient chacun à leur manière et vivaient à travers elle.

Une force brute déferlait en elle, traversait et imprégnait chaque parcelle de son corps, du bout de ses orteils jusqu'à la pointe de ses cheveux. C'était un bouillonnement d'énergie dans sa chair, un embrasement de son âme. Un nouvel univers gorgé de vie et de sensations nouvelles s'ouvrait à elle, riche de milliers de possibles.

En un instant, Maura comprit la cruauté, le désespoir, la rage et l'avidité de Bragal. Et elle se maudit d'avoir elle-même ordonné à Alendro de l'attacher et de l'enfermer dans ce placard.

Elle tira aussi fort que possible sur ses liens, elle cogna du genou sur la porte du placard, hurla dans son bâillon et rua de toutes ses forces, mais en vain : Alendro l'avait ficelée avec amour.

— Je sais, *rosë rouja*, je sais, fit sa voix douce à travers la porte, la Maura-de-tout-de-suite voudrait que je la détache. Mais la Maura-de-tout-à-l'heure m'a fait jurer de ne pas le faire, pour sauver la Maura-de-plus-tard.

Putois de rimailleur ! Détache-moi au lieu de faire de l'esprit ! Détache-moi !

Elle n'eut pas à attendre bien longtemps pour ressentir les premiers pouvoirs que lui conférait le calame. Les habitants de Westalie entendaient ses exploits sous forme d'animal. La façon dont elle avait appelé les oiseaux pour sauver Breena du bûcher, puis celle dont ses sens s'aiguisaient de manière extraordinaire quand elle faisait appel à sa magie. Sa vue, son ouïe, son odorat devinrent cent fois plus fins encore. Elle pouvait désormais sentir chaque parcelle de l'odeur du placard : avoine, poussière, crottes de souris, moisissure, miettes de pain et cent autres senteurs. Elle aurait pu en faire autant pour cette cuisine entière, pour le couloir attenant et pour chaque pièce de cette immense forteresse. Derrière ces portes closes, elle pouvait aussi y voir comme en plein jour. Et elle entendait mieux encore : le grattement des pattes de rats par milliers dans les conduits et les plafonds, tous les coups de boutoir des bottes et des sandales qui, par centaines, frappaient le pavé des salles du bâtiment. En fait, elle pouvait même entendre les conversations des soldats au pied de Frankand, et la respiration haletante des habitants de Homgard cachés dans leurs caves.

Au début, elle fut submergée par le trop-plein de sensations. Puis, comme elle l'avait déjà appris, elle parvint peu à peu à se concentrer uniquement sur une seule chose et à effacer tout le reste. Elle se focalisa sur la voix du conteur. Il racontait la légende de Darran et Maura, *leur* légende, et elle y reconnaissait son propre récit, tissé de mots à la façon unique du grand Jean d'Arterac. Elle savait où le mènerait cette histoire, depuis Kenmare jusqu'à Homgard, inexorablement, jusqu'à cet ultime final qu'elle redoutait tant et qu'elle lui avait elle-même demandé d'ajouter à son récit.

Je dois sortir d'ici. Je dois l'empêcher de le dire.

Ses propres paroles lui revinrent en mémoire :

« J'ai une faveur à vous demander. Une faveur très particulière. »

Putois de tête de couillonne, pourquoi je lui ai demandé ça ? Pourquoi ?

« Quelque chose que vous glisserez pour moi à la toute fin de votre récit. Acceptez, conteur, je vous en supplie ! »

Elle essaya de se changer en souris pour s'échapper de ses liens, mais… le conteur avait pris soin de dire à des millions de gens qu'elle avait besoin de ses doigts pour prendre la forme d'un animal. C'était elle-même qui lui avait demandé de le faire.

Je savais que je voudrais m'empêcher moi-même de… Putois! Quelle idiote!

La première secousse la prit par surprise. Un bocal lui dégringola sur la tête ; dans la cuisine, les casseroles s'entrechoquèrent puis un choc sourd fit trembler le sol. Elle était tellement absorbée par le récit qu'elle n'avait prêté aucune attention aux signes avant-coureurs : les vibrations dans les murs, le claquement des marteaux qui mordaient dans la pierre de la fine colonne de Frankand, les ordres donnés aux sorciers.

« Mmh ! Mmh ! » fit-elle dans son bâillon.

Alendro ! Est-ce que tu vas bien ? Dis-moi que tu n'as rien ?

— Je… Je n'ai rien, fit la voix blanche d'Alendro comme s'il avait lu dans ses pensées. *Maïcar !* Une poutre s'est effondrée, on voit à travers le plafond ! Je ne sais pas ce qui s'est passé, mais… *Rosë rouja*, je vais aux nouvelles. Je reviens !

Ce qui s'est passé ? La petite surprise du Roi Lumière. Puisque les rebelles ne veulent pas descendre de l'arbre, il en secoue le tronc… Mais on dirait que son joli plan n'a pas marché.

Dans la chapelle des douze Kàns, le conteur avait cessé de parler. Peut-être avait-il été blessé ? Pendant un instant, elle l'espéra presque, car cela aurait signifié qu'il ne lui ferait jamais la faveur qu'elle l'avait – si stupidement – supplié d'accepter. Puis elle se trouva abominable d'avoir pensé cela.

Maura concentra alors toute son attention ailleurs. Plus bas que l'étage du dessous, plus bas que le socle de pierre et de métal sur lequel reposait Frankand, plus bas que les marches de l'escalier où Darran avait rencontré le roi, plus bas même que la brèche dans la colonne de pierre. Une conversation avait lieu là, au pied de la forteresse, dans l'une des tours qui en gardaient l'entrée, et elle reconnut la voix cassante et tendue du Roi Lumière.

— Sebastian, sors de cette pièce.

D'autres voix d'hommes lui parvenaient en même temps, à l'extérieur de la tour.

« … devenu fou… »

« … toujours été, non ? »

« … comment peut-on ? Notre propre cité ! C'est… »

— Père, vos capitaines m'envoient vous parler, disait une autre voix beaucoup plus jeune.

Le petit prince Sebastian, sans doute ?

« … son fils le raisonnera. »

« Parce que vous croyez qu'il peut être raisonné ? Ouvrez les yeux, depuis des années, le roi est… »

— Sebastian, répondit le roi, mes capitaines savent fort bien que s'ils me le demandaient, je ne reviendrais pas sur ma décision. Ils ne t'envoient donc pas me parler. Ils t'envoient me *manipuler*. Ils croient pouvoir me faire fléchir en usant de mes sentiments…

« … Des milliers ! Des milliers de morts ! »

« … senti l'odeur ? C'est à vomir, je ne sais si… »

— … alors ils t'envoient pour me faire honte, pour me faire sentir coupable, pour utiliser contre moi l'amour que j'éprouve pour mon fils.

« … peux pas exécuter cet ordre. Qu'il aille en enfer. »

« L'ordre émane de Sa Majesté ! »

Maura ne pouvait rien voir de la scène, et ce qu'elle en entendait était parasité par un millier d'autres sons, certains beaucoup plus proches et plus forts. Mais elle perçut l'émotion vibrer dans la voix de Sebastian quand il répondit à son père :

— Peu importe qu'ils m'envoient ou non. Je sais que vous agissez toujours pour le bien du peuple et que parfois, les moyens d'y parvenir semblent cruels ou inhumains, mais…

— Alors tu sais tout ce qu'il y a à savoir, mon fils, et cette conversation n'a pas lieu d'être.

— Je pense que…

La voix de l'enfant tremblait. De peur, de déception, de tristesse – celle d'un fils qui comprend peu à peu que son père est un monstre, qui voit tous les mensonges de son enfance voler en éclats. Un fils qui se demande soudain à quel point la cruauté et la folie de son père imprègnent sa propre chair, et si l'homme qu'il deviendra un jour ressemblera à celui qui se tient devant lui.

— Fais très attention à ce que tu vas dire, Sebastian, car de tes mots dépendent un grand nombre de choses pour moi et pour toi.

— Vraiment, père ? Un grand nombre de choses dépendent de mes mots ?

— Bien sûr, mon fils.

— Cela signifie-t-il que vous écoutez ce que j'ai à vous dire ?

— Absolument.

— Et que vous agirez en fonction de cela ?

— Rien n'est plus vrai.

Le soulagement perçait dans le ton de Sebastian. L'idée que finalement, tout n'était pas perdu, que son père n'était pas celui qu'il avait cru et qu'il pouvait le sauver de lui-même.

— Alors voici ce que je pense, père : ce matin, vous avez incendié les quartiers nord qui abritaient des rebelles en empêchant quiconque d'en sortir. Dix mille personnes ont péri dans les flammes et j'approuve votre décision, car c'était un repaire de racailles et d'insoumis qui avaient toujours contesté votre pouvoir.

Que… quoi ? Qu'est-ce qu'il a dit ?

La concentration de Maura vacilla, des centaines d'autres bruits fusèrent soudain dans sa tête, des hurlements qu'elle n'avait pas voulu entendre jusqu'ici, toute concentrée qu'elle était sur le récit du conteur. Et cette odeur de brûlé qu'elle sentait si fort depuis des heures : c'était celle d'une partie de la ville en proie aux flammes !

Et soudain, ils furent là, dans ses oreilles, dans sa tête, à lui en briser la raison : les cris des gens piégés dans leurs maisons, les hurlements de ceux qui brûlaient vifs, ou qui, en essayant de s'échapper, finissaient embrochés par les flèches et les piques des soldats postés autour de l'incendie. Les prières de ceux qui s'étaient enfermés dans les caves, dans les temples, qui s'étaient réfugiés sur les toits des maisons, fuyant les étages en feu et voués à une mort certaine.

« … fait des choses dont je ne suis pas fier dans ma vie, mais là… »

« … pas le choix, tu sais bien que… »

« … seule chose qui changera si nous refusons, c'est que nous finirons nous aussi dans les flammes… »

— À cette heure, poursuivit le prince Sebastian, dans les quartiers du temple et de la Bourse du commerce, vous avez ordonné d'enfermer les habitants dans les églises et les palais. Vous avez clos les portes et entassé de la poix et de la paille tout autour pour faire subir à ces gens le même sort qu'aux canailles. Or ce sont des gens honnêtes, père, qui ne contestent pas votre autorité et n'aident pas les rebelles, ils vous sont utiles à bien des égards…

« Au secours ! hurlait une fillette quelque part dans les flammes. *Papa, le toit prend feu ! »*

« Tout ira bien, ma chérie. Prie ! Prie le Kàn ! Il nous sauvera. »

Oh, comme Maura les comprenait, maintenant, les hésitations des capitaines à poursuivre les ordres !

— Mon fils, la politique est un art ingrat, dit le Roi Lumière. Il faut parfois prendre des décisions difficiles. Certes, ces gens peuvent te sembler utiles, mais sans le savoir, ils causent aussi un grand mal au royaume.

« Pa… Papa… Peux plus respi… respirer. »

« Reste avec moi, ma chérie… »

— Quel mal ? demanda le prince Sebastian, prêt à tout croire pour chasser de son esprit la vision du monstre, pour l'éloigner de son père comme si c'était encore possible.

Alors le roi baissa encore la voix, et Maura dut concentrer tout son pouvoir pour l'entendre.

— Parce que ces gens sont nés et ont grandi à Homgard, mon fils. Ils ont toujours connu Frankand au-dessus de leur tête, et à cause de cela, ils croient qu'elle ne peut pas s'écrouler. Et moi, je dois l'abattre avant que d'Arterac ne me tue avec ses mots. Comprends-tu cela ? Les Homgardiens donnent du calame à cette maudite forteresse, et ce calame diminue chaque fois que l'un d'entre eux disparaît dans les flammes.

Il y eut un long silence, au cours duquel Maura n'entendit que la respiration saccadée du prince Sebastian.

— Père, je vais ordonner à vos capitaines de vous désobéir, fit-il finalement dans un souffle. Et si vous souhaitez m'en empêcher, alors vous allez devoir me brûler, moi aussi, car je *suis* un Homgardien.

Le Roi Lumière répondit par un murmure :

— Pourquoi faut-il que vous soyez tous si cruels avec moi ?

Et tout ce qu'elle entendit ensuite, ce fut le brusque ronflement avide des flammes du roi. Le prince ne poussa pas un cri, pas une plainte, pas même un soupir quand elles le consumèrent.

Maura hurla pour lui dans son bâillon.

Chapitre 90

Dans la chapelle-des-deux-Kàns, le conteur continuait son récit, parlant vite, éludant certains passages, allant droit à l'essentiel pour gagner de précieux instants. La forteresse grondait de plus en plus fort sur ses bases, et les rebelles présents dans la salle se regardaient entre eux, sur le qui-vive. De la poussière tombait du plafond et des fissures couraient sur les murs. Un fragment de pierre chuta sur le casque de Cala, qui poussa un juron.

— On va tous se faire aplatir…, marmonna-t-elle en serrant la main du kerr Owain.

Soudain, l'une des douze portes vola en éclats et cinq femmes déboulèrent dans la salle, suivies de Dounia et de la princesse. Ces cinq-là étaient bien connues de la troupe : elles faisaient partie des sorcières libérées de leur prison du château de Long-Ba, avec Gaïa et quelques autres. Des mindarans redoutables qui faisaient des ravages au combat.

La Beste sortit sa fronde, tandis que les autres se tenaient prêtes à se battre. Mais toutes et tous savaient qu'ils n'avaient pas la moindre chance de l'emporter à une seule mindaran contre cinq.

— Tuez tout le monde, aboya la princesse. Sauf le Grand Kerr !

Les sorcières hésitèrent.

— Ma Dame, ce sont des fantômes comme nous…, fit remarquer une femme aux cheveux gris du nom d'Allen, très respectée dans la troupe.

— Darran Dahl est-il d'accord ? protesta une autre, une toute jeune fille de bonne éducation, capable de faire bouillir le métal entre les mains de ses ennemis.

— Ce sont des traîtresses, répondit la princesse avec une rage froide.

Derrière eux, le conteur continuait son récit de sa belle voix de légendier, imperturbable. Ses mots tombaient les uns après les autres, ressuscitant le fer et le sang, la faim et le froid que ces femmes avaient toutes traversés.

La Beste éclata de rire et s'avança entre les deux camps, longeant le mur incurvé, passant la main sur les statues de pierre qui flanquaient chaque porte. Quand elle fut certaine d'avoir capté l'attention de toutes, elle jeta un dernier regard vers le conteur puis se tourna vers la princesse.

— Cala et Breena ? Des traîtresses ? fit-elle. Faut pas raconter n'importe quoi, princesse. Sans vouloir me vanter, y a qu'une fille ici qui mérite d'être appelée traîtresse.

Les autres la regardaient maintenant avec des yeux ronds.

Elle s'arrêta juste à côté d'une porte, fit tourner machinalement sa fronde dans le vide et dit finalement :

— C'est moi.

Elle s'adossa nonchalamment à la porte. Au fond de la salle, le conteur parlait de caverne, de dragon et de feu, il parlait d'un prince et d'une femme à la peau noire, d'un soldat à la hache et d'un sorcier de glace. Mais personne ne l'écoutait plus désormais dans la chapelle : toutes étaient abasourdies par la confession de La Beste. Devant elle, ses propres amies la regardaient, effarées.

— Tu… Tu nous as vraiment trahies ? s'étrangla Cala.

— Le conteur allait vous le dire dans un instant, si vous lui en aviez laissé le temps. C'est moi qui suis allée voir un officier ennemi parmi nos prisonniers, qui lui ai donné la date de notre attaque et qui lui ai permis de s'échapper.

— Tuez-la ! hurla la princesse, hystérique.

Son visage, sans qu'elle s'en rende compte, s'était hideusement déformé sous le coup de la fureur. Ses dents avaient poussé dans sa mâchoire, sa peau était devenue rouge et fumante, ses yeux énormes et brillants de haine… Elle était l'incarnation des démons des églises.

— La Beste, fit Allen, la princesse avait raison : tu mérites la mort.

La sorcière tendit les mains vers La Beste, mais celle-ci ouvrit brusquement la porte derrière elle et passa dans le couloir. Puis elle courut à toute vitesse pendant qu'une partie du plafond de la salle s'effondrait, faisant pleuvoir une pluie de poussière et de gravats qui couvrit sa fuite.

Déjà dans son dos parmi les gravats, ses ennemies et ses anciennes amies, et la princesse elle-même aveuglée par la rage, s'élançaient à sa poursuite.

— Longue vie à vous, Cala, Muette et les autres, murmura La Beste dans sa fuite.

En attirant les deux camps sur elle, elle avait sauvé ses sœurs d'armes d'une mort certaine.

Et pendant ce temps, le conteur poursuivit son récit…

Chapitre 91

Des milliers, des dizaines de milliers de morts…

Maura était la seule, dans la forteresse, à savoir par quel abominable moyen le Roi Lumière sapait les bases de Frankand et à quel point le phénomène était irréversible.

Darran, Alendro, ne restez pas là ! Vous pouvez essayer de vous échapper tant que la forteresse tient encore, alors fuyez, fuyez !

Elle hurla, elle rua, elle frappa de nouveau à la porte pour qu'on la libère. Hélas, elle avait elle-même demandé à Alendro de ne tenir aucun compte de ses propres protestations. Pire : elle lui avait demandé de rester auprès d'elle pour que personne d'autre ne la détache.

Idiote ! Idiote ! Idiote !

Les cris des mourants se faisaient de plus en plus forts dans ses oreilles. Elle aurait voulu plaquer ses mains sur sa tête pour ne plus les entendre, mais elle ne le pouvait pas. La fumée des incendies atteignait maintenant les hauteurs de Frankand, s'infiltrait par les aérations, les trous dans le plancher de fer et de bois, et imprégnait l'air qui s'épaississait de plus en plus.

Et soudain, aux cris des mourants dans les maisons et les caves s'ajoutèrent les cris des hommes en armes au pied de la forteresse. Alors Maura entendit le froissement des ailes et le ronflement du souffle d'une gigantesque créature volante.

Grantë.

Le pacte millénaire le contraignait peut-être à ne jamais entrer dans Homgard, mais que restait-il de la ville, maintenant que la plupart de ses habitants avaient péri ? Homgard n'était plus qu'une ombre, et le dragon estimait qu'il pouvait pénétrer sur ses ruines. Sans doute le Roi Lumière n'avait-il pas imaginé cela.

Grantë, s'il te plaît ! Grantë, mon tout-petit, si tu te souviens encore de moi, s'il te plaît, débarrasse-nous des soldats et permets aux dernières fantômes de s'enfuir !

Le dragon s'approcha en grondant et les hommes hurlèrent sur son passage. Ils se dispersèrent et abandonnèrent leurs positions aux abords de Frankand.

Peut-être que certains d'entre nous pourront s'échapper grâce à lui ?

Fuyez ! Fuyez tous ! Descendez de la forteresse tant qu'il en est encore temps !

Maura s'imagina des grappes de fantômes courant dans l'escalier de la colonne brisée, espérant pouvoir s'échapper du piège et voyant enfin la voie libre sous leurs pieds.

Tu auras peut-être au moins sauvé ces vies-là, mon Grantë.

Mais n'était-il pas déjà trop tard ? Les pierres de la forteresse se déchaussaient une à une et disparaissaient dans l'abîme, tombant sur Homgard en flammes. Après des siècles et des siècles d'existence, Frankand était happée par le vide, rattrapée par les lois ordinaires de l'univers, et s'effondrait morceau par morceau. Ce fut d'abord la périphérie : dans un grondement disparurent les murailles millénaires et les tours crénelées, ces sinistres contours qui avaient étendu si longtemps leur ombre noire sur la cité. Puis ce furent des couloirs, des salles d'armes, des cachots où les fantômes avaient passé des jours emprisonnées. Tous ces lieux s'écroulaient tour à tour en silence, avalés par le sombre océan de fumée noire qui flottait sur la ville. Certaines fantômes avaient déjà gagné ce qui restait de la colonne et tentaient désespérément de s'enfuir.

Au cœur même de Frankand, la chapelle de Kàn était abîmée mais n'était pas encore tombée, et elle serait sans doute la dernière à disparaître. Maura entendait encore le conteur, qui à aucun moment ne s'était arrêté de raconter leur histoire, indifférent aux conflits autour de lui et aux éclats de pierre qui tombaient du plafond.

Il parlait d'une caverne, d'une femme appelée « noire bête », puis d'une trahison… De quoi s'agissait-il ? Elle ne reconnaissait pas cette partie du récit. Mais elle savait une chose : le conteur s'approchait de la fin et il allait maintenant lui faire la faveur qu'elle l'avait elle-même supplié de lui accorder.

« Gardez-le pour la fin, pour la toute fin. Pourriez-vous faire cela pour moi ? »

Il va le faire dans un instant, pensa Maura, *et je ne peux rien pour l'arrêter.*

Quelque part dans un couloir loin au-dessus de sa tête, elle entendit soudain le crépitement de pas légers et focalisa son attention sur ce nouveau bruit.

— Enfin, je vous trouve ! cria une voix de femme à travers plusieurs cloisons et planchers, Venez avec moi, vite !

C'était Gràinne Braddy.

Maura releva la tête – autant que le lui permettaient les liens serrés par Alendro.

À qui elle parle, celle-là ?

— C'est trop tard, résonna une voix qu'elle ne connaissait que trop bien.

Darran.

— Nan, il y en a encore qui s'enfuient par la colonne. Il y a juste une petite cassure, le reste est encore debout ! répondit Gràinne.

Sa voix était à demi couverte par les coups sourds des pierres qui chutaient et le crépitement sec des éclats de mortier qui tombaient des plafonds.

— On peut encore courir jusqu'aux marches manquantes et sauter, fit-elle. Le dragon a fait fuir les soldats du roi. Vous me protégerez s'il y a du danger.

— Je… Oui, tu as raison, je peux encore faire ça pour toi.

Oui ! Oui ! Emmène mon père, Gràinne, sors-le de son trou ! Courez vous mettre à l'abri, tous les deux !

— Vous êtes blessé ? Vous êtes tout bizarre. Je vous ai jamais vu aussi lent. Allez, vite, suivez-moi !

Le calame, pensa Maura. *Le calame afflue en lui aussi et ça doit le rendre à demi fou. Darran l'a toujours détesté et refusé de toutes ses forces.*

Leurs bottes dans les couloirs déserts frappèrent des pavés disjoints, des planchers branlants – le petit pas léger et rapide de Gràinne, le pas lourd et lent de Darran, aux foulées deux fois plus grandes.

Vite ! Vite !

— J'ai bien vu votre petit manège, vous savez, dit Gràinne tout en courant. Vous me regardez tout le temps, vous me soignez quand je suis blessée. Quand on se bat, vous restez toujours près de moi et vous me protégez.

Quelle putois de bavarde ! Laisse-le courir, idiote !

— Vous êtes amoureux de moi, ça crève les yeux, fit encore Gràinne.

Quoi ?

Une pointe de jalousie traversa le cœur de Maura. Amoureux de Gràinne Braddy ? Son père ? Il avait deux fois son âge !

Elle est jolie, fit une petite voix triste dans sa tête. *Elle a toujours été la plus jolie fille du village.*

— Je ne suis pas amoureux de toi.

— Vous êtes pas obligé de nier, vous savez, fit Gràinne. Je suis habituée, ça m'arrive tout le temps. Moi, je veux bien me marier avec vous. Si le Roi Lumière et la princesse Véra meurent maintenant, c'est vous qui serez le prochain roi, non ?

— Je ne suis pas amoureux de toi, répéta Darran. Je te surveille et je te protège parce que tu es la dernière femme de Kenmare encore en vie qui pourrait être ma fille. Toutes les autres sont mortes, je n'ai pas réussi à les sauver.

Sa fille ?

Le petit pas léger de Gràinne s'arrêta net.

— Votre fille ?

La sidération s'abattit sur Maura.

Darran sait qu'il a une fille ?

Il croyait que c'était une des jeunes femmes de la colonne ?

Eveer. Caitrin. Macha. Toutes ces filles qu'il avait protégées, dont il avait écouté l'avis, et qu'il avait pleurées à leur mort… Le voile du mystère se déchira brutalement pour Maura, qui revécut un an de souvenirs en un instant. Darran l'avait cherchée tout ce temps dans d'autres filles. Et elle, tout ce temps, lui avait caché la vérité.

— Si je suis votre fille et si vous devenez roi, alors ça fera de moi…, fit soudain Gràinne, ça fera de moi une princesse ! Princesse, j'adore ! C'est presque aussi bien que reine ! Et en plus, je ne serai même pas obligée de me marier avec v…

La fin de sa phrase fut emportée par un terrible craquement, suivi d'un grondement sinistre : une grande poutre avait cédé sous leurs pas et le couloir tout entier venait de sombrer dans l'abîme. La voix de Gràinne Braddy se déchira dans un dernier hurlement strident qui s'étira tout le long de sa chute jusqu'au sol, interminablement, et que Maura entendit s'éteindre brutalement.

— Gràinne ! cria Darran. Gràinne, non !

Il hurla de rage et de désespoir.

Il croit qu'il a perdu sa fille, comprit Maura. *Il a vu mourir toutes les filles de Kenmare une par une, et il croit qu'il a échoué à protéger son enfant.*

Je suis là, papa, je suis là ! Je ne suis pas tombée dans le vide, moi, je suis vivante et je t'aime !

Elle comprit aussitôt ce qui allait se passer.

Darran en était revenu au même point que dix ans plus tôt à son retour de la guerre, dans cette auberge où il avait repris conscience et où il avait appris que Rachaëlle était morte.

Edbert lui avait apporté la lettre contenant les « instructions » de Rachaëlle, Maura s'en souvenait. C'était à ce moment qu'il avait dû apprendre l'existence de sa fille.

Quelle idiote, c'est seulement maintenant que je le comprends.

Il avait cherché sa fille pendant toutes ces années depuis son réveil, c'était la seule raison qui le maintenait en vie.

Il va se tuer. Il va sauter dans le vide et dans les flammes.

Et moi je suis attachée ici.

Sur mon ordre.

La porte du placard s'ouvrit à la volée et le visage résolu d'Alendro apparut dans l'encadrement.

— *Rosë rouja*, je sais que tu m'as fait jurer de ne pas ouvrir cette porte ni de te libérer. Mais cette forteresse ne va pas rester longtemps debout, et si je ne te détache pas, tu vas mourir.

Un couteau à la main, il trancha un à un les torons de la corde.

— Et moi, je ne veux pas que tu meures, murmura-t-il. Alors déteste-moi, appelle les rats pour me dévorer ou saute-moi à la gorge si tu veux, mais je te libère.

La première chose qu'elle fit fut d'arracher son bâillon et de presser ses lèvres sur celles d'Alendro.

— Je t'aime, lui glissa-t-elle avant de jaillir hors de son placard. Sors d'ici, Alendro, fuis par la colonne, sauve ta vie, vite !

Elle déboula comme une furie dans le couloir, où certaines pierres dans le sol s'étaient déjà descellées. Dans son esprit où résonnaient les mille bruits de Frankand, elle essaya de se représenter le plan des lieux tel qu'elle l'avait dressé dans sa tête de ratte, d'y placer l'endroit exact où elle avait entendu la voix de Darran, et de tracer mentalement le meilleur chemin possible pour y parvenir.

Quel animal serait plus rapide que moi ?

Aucun, pensa-t-elle. *Je dois rester sous forme humaine si je veux avoir une chance de le sauver.*

Chapitre 92

Au cœur de Frankand, le conteur continuait son récit, toujours indifférent aux grondements menaçants, aux hurlements des femmes blessées ou piégées dans les couloirs. Indifférent à la mort qui, pierre après poutre, plancher après couloir, se rapprochait inexorablement de lui.

Parmi les douze statues de Kàn, celle de la sorcière s'était fendue en deux et celle du légendier avait perdu ses mains, brisées par la chute d'un moellon. Du plafond tombaient sans cesse des éclats de mortier et parfois des morceaux de pierre qui auraient pu fracasser le crâne d'un homme.

D'Arterac contemplait toujours les deux visages de jade incrustés dans la voûte qui, même abîmés, continuaient de lui sourire avec une parfaite sérénité. De cette image de sagesse, il puisait la force de continuer son récit.

Le royaume l'entendait-il encore ? Les Westaliens dans leurs églises, serrés autour des pierres-qui-parlent, se passionnaient-ils pour son récit ou l'avaient-ils abandonné ? Il n'en savait rien, il ne s'en souciait guère. Sa fin était proche, mais il n'en avait nulle peur. Sa fille Hélène lui avait donné une mission, et jusqu'au bout de ses forces, il l'accomplissait le cœur léger. Oui, il faisait exactement tout ce dont il avait rêvé toute sa vie : dire la vérité, sans roi ni maître derrière son épaule, communier avec sa fille et bientôt la retrouver.

De celles qui s'étaient affrontées dans la chapelle des douze, il ne restait plus personne, ni La Beste et ses amies, ni la princesse et ses sorcières – oui, même Véra avait elle aussi couru à la poursuite de La Beste dans sa rage, puis sans doute ensuite jusqu'à la colonne. Certaines femmes avaient été écrasées dans cette salle par l'effondrement d'une partie de la voûte, d'autres dans les couloirs. D'autres encore avaient pu gagner l'antichambre de Frankand, peut-être. Le tout dernier public de d'Arterac, dans la salle, était le Grand Kerr Heinkress. Il avait eu la jambe brisée et gémissait sur le sol, tour à tour maudissant et suppliant son dieu, vouant aux démons ses pairs, son roi et le destin qui l'avait jeté là. Après avoir parlé avec tant de légèreté de la mort inéluctable des rebelles dans la forteresse, il se savait désormais aussi vulnérable que n'importe laquelle d'entre elles.

— Je vous demande humblement pardon, déclara d'Arterac avec un calme digne d'un saint, pour vous avoir autrefois rapporté les paroles du prince Erik sans les avoir comprises. Un témoin ne saurait me mentir et je ne saurais, moi, vous livrer autre chose que la vérité. Cependant, cette vérité est comme les mille facettes d'un diamant, chacune est pure et magnifique, aucune n'est fausse. Et pourtant, chacune reflète une lumière différente. Elles sont multiples, disjointes et trompeuses.

Il y a dix ans, amis Westaliens, je vous ai dit que le prince Erik était entré dans cette caverne et qu'il en était ressorti avec la tête du dragon. C'était la vérité. Mais c'était une vérité tronquée, masquée, une facette du diamant opposée à celle que j'aurais dû voir à cette époque.

Car ce n'est pas votre roi qui avait trouvé l'antre de la créature, ni le moyen de la vaincre. Ce n'est pas votre roi qui avait porté le coup mortel à In-Gao-Da, le dernier fléau, ni tranché cette tête sanglante qu'il a ensuite fièrement brandie devant son armée entière. Votre roi n'est pas un tueur de dragon, il n'est pas le maître du feu. C'est un imposteur qui vit depuis dix ans dans les ombres trompeuses du mensonge.

Sur mon honneur et sur mon art de conteur, devant vous, hommes et femmes de Westalie, je vous le jure : c'est son ancien soldat, Darran Dahl, qui a accompli tout cela à sa place. De sa main, cet homme qui aimait tant les dragons a ôté la vie au dernier de cette race pour sauver son maître. Et pour cet acte de pur dévouement, comment a-t-il été récompensé par l'homme à qui il avait voué sa vie ? Par une condamnation à mort. Par une fausse accusation de traîtrise qui a détourné de lui ses amis. Tandis que le prince Erik de Kehen devenait roi sur les bases de son mensonge, Darran s'enfuyait à travers le pays jusqu'à l'autre bout du monde. Et dans sa maison, il gravait à la pointe de son couteau l'image du dragon qu'il avait lui-même occis, essayant de lui rendre un dernier hommage à la manière de sa race.

D'Arterac marqua une pause. Il s'attendait presque à voir le Roi Lumière en personne entrer dans la chapelle des douze, déchaîner ses flammes dans toute la salle et démentir violemment tout ce qu'il venait de révéler à son royaume.

Mais cela n'arriva pas.

Malgré les révélations de La Beste, l'image du terrible roi était trop ancienne et encore trop bien ancrée dans l'esprit des Westaliens. Son calame venait d'être affaibli, sans doute, mais cela n'était pas suffisant pour abattre le maître du feu…

Chapitre 93

Maura se trouva soudain à un embranchement d'où partaient deux escaliers, l'un montait et l'autre descendait.

Darran est en haut.

Elle n'avait aucun doute à ce sujet.

Mais soudain, montant de la chapelle de Kàn en bas de l'escalier, les paroles du conteur résonnèrent à ses oreilles à l'ouïe décuplée par le calame.

Car tout en courant dans les couloirs pour sauver son père, Maura n'avait jamais complètement cessé de l'écouter. Et elle guettait malgré elle avec angoisse la fameuse faveur qu'elle lui avait demandée, espérant secrètement qu'il avait changé d'avis et qu'il s'y refuserait.

— Peuple de Westalie, fit d'Arterac, voici venue la fin de la légende des deux royaumes. J'espère que vous en garderez le souvenir et que vous en perpétuerez la mémoire, car Darran Dahl et Maura méritent que l'on se souvienne d'eux.

La faveur…, pensa Maura, *il va bientôt me faire la faveur que je lui ai demandée.*

L'escalier du haut ? L'escalier du bas ?

— Et maintenant, mes amis, mes frères, mes sœurs, maintenant, vous toutes et tous, à la demande de Maura de Kenmare elle-même, j'ai à vous faire une déclaration solennelle.

Les paroles que Maura avait soufflées à l'oreille du conteur juste avant son récit résonnèrent dans sa tête et ce fut comme un millier d'aiguilles enfoncées dans sa chair :

« *Mettez fin à la malédiction qui ronge ce royaume,* avait-elle dit, *révélez enfin le secret du calame aux millions d'âmes qui vous écouteront, libérez Darran de l'emprise de cette magie – et moi aussi quand elle se sera emparée de mon âme.* »

Quelque chose prit possession de Maura. Une force irrésistible, aussi puissante qu'une lame de fond, attirait chaque parcelle de son corps et de son âme vers l'escalier du bas, vers le conteur. Une force qui lui ordonnait impérieusement de faire taire d'Arterac, d'effacer chacune des paroles qu'il s'apprêtait à prononcer devant le royaume tout entier.

Le calame et la terrible peur de le sentir disparaître.

C'était précisément pour lutter contre cette force implacable qu'elle avait demandé à Alendro de l'attacher. Tant d'hommes et de femmes avant elle, bons et loyaux, y avaient succombé et s'y étaient perdus…

— Ce que je vais vous dire, poursuivit le conteur dans la chapelle de Kàn, cent siècles de mensonges vous sommeront de ne pas le croire, de le nier de toutes vos forces, de le rejeter par le rire ou par la foi.

Mais Maura ne céda pas au désir du calame. Bragal l'avait blessée, saignée, il avait marqué son esprit d'une blessure qui ne guérirait jamais complètement. Mais cela, et l'exemple de Darran, lui avait appris à résister. Sa volonté était de fer.

Alors ce fut l'escalier du haut qu'elle choisit finalement. Pour sauver son père.

— Mes chers amis, l'Église de Kàn vous ment depuis des millénaires. Non pas vos kerrs de village à qui l'on a aussi caché la vérité, mais les Grands Kerrs dans leurs palais d'or, derrière leurs masques de nacre, qui se moquent bien de vos vies et de vos âmes.

Maura grimpait maintenant les marches quatre à quatre, certaines s'enfonçaient sous ses pieds, d'autres à moitié déchaussées s'inclinaient sous son poids. Elle tomba plusieurs fois, mais chaque fois, elle se releva. Darran était au bout de ce chemin.

— Vous croyez que vos souverains sont bénis par les dieux et reçoivent leur pouvoir du ciel. En vérité, je vous le dis : il n'en est rien. La dame-aux-cent-visages n'a jamais eu qu'un seul visage, Alendro Pracca n'est pas un enfant aux pouvoirs miraculeux…

Un couloir, un pont dans le vide, une porte à ouvrir… Maura se rapprochait de Darran, elle était presque arrivée jusqu'à lui.

— C'est de vous que chacun de ces gens, prétendument Gottaran ou deimonaran, tire ses immenses pouvoirs. Oui, de vous, car ce que l'on vous cache, c'est que vous comptez bien plus que ce que vous ne croyez, vous faites et défaites le pouvoir des grandes gens. Vous décidez sans le savoir, vous tous, par vos milliers et vos milliers de rêves et de croyances, de la marche de ce monde. La Princesse Sanglante n'ouvrait pas les veines de ses ennemis par la force de sa pensée : c'était *votre* pensée. Le Roi Lumière n'a jamais été maître du feu : c'était *vous*, les maîtres de son feu. Et Darran Dahl n'a jamais été indestructible : ce sont vos âmes, vos craintes et vos espoirs qui le faisaient tel. Ce pouvoir s'appelle le calame. Concentré sur un seul monarque, il répand la ruine et le malheur sur ce royaume depuis bien trop de siècles. Alors je vous le demande, mes amis, prenez conscience de votre propre pouvoir. Ne le donnez pas sans le comprendre à un souverain aveugle à vos souffrances.

La faveur…, pensa Maura. *Le secret révélé.*

Si n'importe qui d'autre le leur avait dit, les Westaliens ne l'auraient pas cru. Mais le célèbre Jean d'Arterac, l'homme dont les histoires ne mentent jamais, était bien la seule personne au monde qui pouvait les convaincre.

— Darran Dahl et Maura auraient pu devenir vos maîtres et vos seigneurs, poursuivit-il. Au lieu de cela, ils vous font le cadeau du secret des puissants. Priez maintenant Kàn-aux-deux-visages pour le salut de leurs âmes à tous les deux, car la forteresse d'où je vous parle est en train de s'écrouler sur une ville en flammes, et le royaume suivant nous ouvre ses portes.

Maura ressentit dans sa chair et dans son âme, comme tant de princes et de rois avant elle, comme la princesse pendant toutes ces années, comme Bragal, comme Erik et encore tant d'autres, le déchirement atroce du calame en reflux, qui s'échappait d'elle et la fuyait, l'abandonnait, la laissait nue et faible, terriblement humaine. Si le conteur prononça d'autres mots, elle ne les entendit pas, car ses pouvoirs de mindaran n'étaient pas assez puissants pour cela, et ses pouvoirs de Gottaran ne le lui permettaient déjà plus.

Ce qu'elle entendit, en revanche, ce fut le terrible cri qui monta de Homgard sous leurs pieds, si puissant qu'il couvrit un instant le vacarme des murs en train de s'écrouler et les hurlements des mourants dans la cité. Rage, colère, impuissance. Et douleur, surtout. C'était le cri du Roi Lumière que le feu du dragon, après dix ans de sursis, était en train de consumer enfin sous le double coup de la révélation de son mensonge et du secret du calame.

Maura ne vit pas le feu l'embraser. L'entendit-elle ? Elle crut encore percevoir le ronflement des flammes qui jaillissaient des mains du roi, de ses bras, puis de son corps tout entier, et sur lesquelles il n'avait désormais plus aucun contrôle. Le grésillement de la chair brûlée, le craquement des os et cette voix inhumaine qui continua, jusqu'au dernier instant, de hurler : « Westalie ! Westalie ! »

Ce royaume dont, jusqu'au bout, il s'était cru le sauveur.

Une gigantesque boule de feu remonta le long du pied de Frankand, lécha un côté de l'escalier où périrent des dizaines de fantômes en fuite, puis percuta le socle de ce qui restait de la forteresse comme une vague irrésistible venue des profondeurs. Les immenses poutres d'acier qui soutenaient la structure furent pliées comme des brindilles, les solives de bois s'embrasèrent, le feu remonta par mille trous dans les salles et les couloirs. Les planchers, les plafonds, les murs déjà branlants se désagrégèrent sous cette formidable poussée. Les moellons qui tenaient encore furent arrachés, descellés, jetés en l'air comme des poussières soulevées par un ouragan de flammes.

Devant Maura, la dernière porte qui la séparait de Darran se brisa en éclats sous la pression de son cadre de pierre, et elle le vit là, juste devant elle, dans un couloir à demi éboulé dont il manquait les murs et le plafond. Il avait une jambe dans le vide, le regard plongé vers les flammes, prêt à se laisser happer par le néant. Dans un instant, Frankand retomberait en mille fragments sur le sol. Mais avant cela, ils seraient brûlés par la dernière vague de feu du Roi Lumière et rien ne pouvait plus les sauver : aucun oiseau ne pouvait échapper à une bulle de flammes ni à une pluie de pierres – et Darran n'était plus indestructible.

— *Papa…*, murmura-t-elle, les larmes aux yeux.

Elle sentit sous ses pieds remonter la vague brûlante.

Chapitre 94

Le temps se figea.

Les milliers de débris de la forteresse restèrent suspendus dans les airs.

Les flammes cessèrent tout mouvement. Elles n'étaient pas éteintes, non, mais elles ne montaient plus et ne s'agitaient plus.

Maura releva la tête.

Alors c'est ça, la mort? pensa-t-elle. *Le temps s'arrête et c'est tout?*

Darran était toujours là, un pied dans le vide, mais il n'était pas figé comme le reste: il tourna la tête vers la gauche, vers la droite, aussi stupéfait que Maura.

Une troisième personne apparut alors entre eux deux. Ni homme, ni femme. Ou à la fois homme et femme. Il était impossible de décrire ses vêtements ni leur couleur. Ils changeaient sans cesse, tantôt somptueux et parés d'or, tantôt misérables, grevés de trous et de reprises, tantôt d'un rouge éclatant, tantôt bleus, tantôt d'un noir profond.

Cette personne était très grande, et cependant de proportions humaines. Sa tête, pourtant, n'avait rien d'humain: elle n'avait pas de nuque, mais deux visages accolés et tournés dans des directions opposées, l'un vers Maura et l'autre vers Darran. Si parfaits et si beaux qu'ils en étaient presque douloureux à regarder.

— Qui… Qui êtes-vous ? fit Maura, bien qu'elle connût déjà la réponse.

Le dieu leva les mains, ses deux visages firent un même sourire d'excuse et sa bouche féminine lui répondit finalement :

— Kàn.

— Qu'est-ce que vous foutez là ? fit Darran, méfiant.

— Dans le royaume, répondit la bouche masculine du dieu, des millions d'âmes sont en train de prier Kàn-aux-deux-visages, toutes exactement en même temps, pour le salut de Maura de Kenmare et de Darran Dahl. Alors je suis apparu. Est-ce si étonnant ?

— C'est vous qui avez…

Maura agita la main pour désigner les milliers de fragments de pierre immobiles autour d'eux. Elle en toucha un du bout du doigt et fit une grimace : il était brûlant.

— … qui avez arrêté tout ça ?

— Les croyants me prêtent le pouvoir d'accomplir toutes sortes de miracles. Je peux figer le temps. Je peux éteindre un incendie. Je peux réassembler chaque pierre de cette forteresse les unes avec les autres, la suspendre de nouveau dans les airs ou la déposer délicatement au sol.

— Vous êtes entièrement fait de… constitué de…, commença Maura.

Ce fut Darran qui finit sa phrase, d'une voix sèche :

— De calame.

— Mais…, s'écria Maura. Le calame n'existe plus ! Le conteur vient de révéler son secret au royaume. Les gens sont des millions à savoir la vérité, maintenant !

Kàn éclata de rire, mais ce n'était pas un rire moqueur. C'était un rire doux, plein de compassion et de tendresse. Les millions d'âmes qui avaient prié pour son intervention l'avaient imaginé bon et protecteur. Nul doute que s'ils avaient prié pour la fureur du dieu, Kàn aurait été terrible.

— Jeune et naïve Maura… Tu as accompli un geste décisif en demandant au conteur de révéler le secret du calame. Je ne saurais dire si cela rendra plus heureux les gens de ce royaume, ou si cela les précipitera à la ruine. Ce que je sais, c'est que le calame n'a pas disparu avec son secret. S'est-il affaibli ? A-t-il seulement changé de forme ? Même le dieu que je suis ne peut le deviner aujourd'hui.

Maura s'approcha avec précaution en marchant sur les pierres immobiles figées dans les airs, qui vibraient légèrement sous son poids. Elle tendit la main et toucha le parfait visage de femme de Kàn. La peau était douce et tiède comme celle d'une vraie personne. Elle sentait l'encens des églises.

— Est-ce que vous avez vraiment existé ? Je veux dire, autrefois ? Est-ce que vous avez vraiment fait tout ce que disent les kerrs dans les prêches des églises ?

Kàn eut un double sourire.

— Toute légende se nourrit de vérité et de mensonge. J'ai existé, oui, et j'ai accompli bien des exploits. Mais je n'étais pas vraiment cette personne que tu vois devant toi et dont on parle dans les églises. Le calame déforme et sculpte la matière dont sont faits les héros.

— Étiez-vous un homme ou une femme ?

Le dieu sembla réfléchir à cette question et y répondit par une autre :

— Cela est-il si important ?

Darran jeta un coup d'œil dans le vide. Puis un coup d'œil vers le dieu.

— Est-ce que vous pouvez rendre la vie à quelqu'un ?

— Et à qui souhaiterais-tu rendre la vie, Darran Dahl ?

Il pointa du menton la ville sous ses pieds.

— Ma fille.

— Ah, nous y voilà, répondit Kàn. Mes amis, je peux accomplir toutes sortes de miracles, mais certains sont hors de ma portée…

— Alors, vous ne pouvez pas lui rendre la vie, hein ? fit Darran.

Le dieu se tourna vers Maura et termina sa phrase interrompue :

— … ces miracles-là, il appartient aux mortels de les accomplir par eux-mêmes.

— Si tu ne peux pas la faire revenir, marmonna sombrement Darran, ce n'était pas la peine de me sauver la vie…

Il s'avança vers l'abîme.

— Attends ! cria Maura.

Darran se tourna vers elle.

— Je te demande pardon, Maura. Tu seras sans doute la seule personne au monde qui sera *vraiment* triste de me perdre, même si je n'ai jamais compris pourquoi tu tenais à moi. Mais regarde cette cité en flammes ! Regarde cette forteresse en ruine ! Quoi que j'essaie, je ne fais que le mal autour de moi. Il faut que ça s'arrête.

— Darran Dahl, Maura de Kenmare, fit Kàn de ses deux voix à l'unisson. Je vous offre une bulle de temps pour vous parler enfin. Faites-en bon usage.

Maura s'avança vers Darran et tendit les mains.

— Ta fille n'est pas morte.

Des larmes brûlantes roulaient sur ses joues, et dans sa gorge s'était formée une boule douloureuse.

Darran regarda le vide, sans comprendre.

— Elle est tombée tout droit, comment veux-tu que…

— Ce n'était pas Gràinne.

Darran la regarda, interloqué.

— C'était… C'était…, commença Maura.

Mais comme chaque fois, les mots restèrent bloqués, trop énormes pour franchir sa bouche.

— C'était moi…

Darran secoua la tête.

— Impossible.

— Darran, Maura te dit la vérité, dit soudain le dieu de ses deux visages à la fois. C'est elle, ta fille.

Maura avala une grande goulée d'air, et un immense poids fut soudain ôté de ses épaules. Elle s'écroula sur les genoux, sans force, les yeux brouillés de larmes.

— Quoi ? balbutia Darran. Mais… tu n'étais même pas du village !

— Mettrais-tu ma parole en doute, mortel ? fit le dieu. Le prénom « Maura » commence comme « Morregan » et termine comme « Rachaëlle ». Le message était-il si difficile à comprendre ?

Darran ouvrit la bouche, puis la referma. Son regard erra un instant sur Homgard figée dans le temps, puis se posa sur Maura, à la fois souriante et secouée de sanglots.

Le dieu poursuivit de sa voix majestueuse :

— Quand ton père est allé trouver Rachaëlle, Darran, et qu'il l'a frappée comme il te frappait toi depuis des années, tu l'as affronté, mutilé, et tu as été obligé de t'enfuir du village. Rachaëlle a mis au monde Maura et, avant de mourir, elle a déposé l'enfant devant l'église de Kenmare. Un homme l'a trouvée et ramenée chez lui plus au nord, c'est pourquoi…

— Taisez-vous, l'interrompit Darran sans même tourner la tête vers lui.

— Je te demande pardon, papa, fit Maura d'une petite voix. Pardon de ne pas te l'avoir dit avant. C'était stupide. Stupide ! Stupide !

Il s'approcha d'elle et lui tendit la main. Il la releva doucement. Puis il la prit dans ses bras et la serra contre lui.

— De toutes les filles de Kenmare, murmura-t-il à son oreille, tu es celle dont je suis le plus fier d'être le père.

Alors ce colosse indestructible qui avait fait trembler tout un royaume sanglota comme un enfant.

Chapitre 95

— Je m'en veux terriblement de briser cet instant, firent dans leur dos les deux voix de Kàn, mais les prières simultanées de millions d'âmes ne durent jamais très longtemps. Alors que voulez-vous que je fasse pour vous. Cet incendie ? Cette forteresse ?

— Éteignez-le, fit Darran.

— Réparez-la et déposez-la doucement au sol, fit Maura.

Frankand gisait maintenant au milieu de Homgard – une Homgard en cendre, fumante et presque entièrement détruite, mais dont les flammes avaient été éteintes. La forteresse recouvrait l'emplacement de ce qui avait été des échoppes, des temples et des maisons incendiés, dont il ne restait plus rien. Mais ses tours, ses remparts et ses planchers étaient intacts comme s'ils n'avaient jamais été détruits. Sa colonne avec son escalier gisait à l'horizontale sur son toit, comme si elle avait délicatement été déposée là.

Des silhouettes humaines en descendaient prudemment, minuscules fourmis sur le dos d'un géant, escaladant les toits de Frankand pour s'échapper enfin de la forteresse. Et des décombres de la ville surgissaient aussi quelques rares rescapés noirs de suie, stupéfaits d'être encore en vie, qui contemplaient le champ de ruines autour d'eux.

Personne ne sut qu'au fond d'un couloir sombre, la célèbre Maura de Kenmare et le célèbre Darran Dahl étaient toujours enlacés tendrement.

— J'aurais dû être à Kenmare, avec Rachaëlle, murmura Darran, avec toi. J'aurais regardé tes premiers sourires, je t'aurais pris la main pour tes premiers pas. Je voudrais effacer cette vie, Maura, je voudrais disparaître, qu'on m'oublie, qu'on m'ignore.

Elle le laissa parler. Il parlait si peu.

— J'aurais voulu être quelqu'un d'autre, meilleur, différent. Avoir un visage qui ne me rappelle pas celui de mon père. Avoir un corps qui ne porte pas la trace de mon crime. Avoir un cœur capable d'aimer le monde entier.

Maura passa la main dans ses cheveux trop longs, sur sa joue trop barbue.

— Montre-moi tes graines rouges.

Après un instant d'hésitation, il sortit de sa poche les petits objets ronds, légèrement allongés, d'un rouge profond et presque lumineux. Elle en prit un délicatement entre ses doigts et l'approcha de sa tempe. Alors elle sentit la vie qui pulsait dans ce petit écrin, une vie étrange et belle, qui murmurait à son esprit comme le dieu Yeqh avait murmuré devant ses montagnes de Lehr, ou comme l'infâme Bragal dans le secret de ses pensées.

Une chose à l'intérieur était vivante. Elle éprouva une sensation d'apaisement, des images fugaces traversèrent son esprit. Un dragon taillé au couteau dans le plancher d'une maison. Une caverne creusée dans une roche noire. Darran debout devant elle.

Depuis toutes ces années, Darran écoutait ces œufs de dragon et, à leur manière étrange, ils lui parlaient, car ils étaient bienveillants et lui montraient des fragments d'avenir.

— Personne ne pourra te rendre Rachaëlle, papa, murmura-t-elle, et personne ne pourra effacer ton passé. Mais, moi je peux… je peux transformer ce corps que tu détestes, je peux te retirer de la compagnie des hommes, je peux faire de toi ce que tu aimes le plus au monde et si tu veux de nouveau être père, je peux te faire ce cadeau-là.

Il la regarda sans comprendre.

— Tu ne serais plus l'homme qui a mis fin à la race des dragons, poursuivit-elle, mais l'homme qui lui aura permis de renaître.

Il la regarda bouche bée et comprit ce qu'elle avait en tête.

— Tu pourrais faire ça ?

Elle eut un regard triste.

— J'ai bien changé ma mère en ourse pour effacer ses souffrances. Je peux aussi changer mon père en dragon.

Alors il eut un sourire éblouissant, un sourire entier, chaud, d'une sincérité absolue. Elle ne lui avait jamais vu un tel sourire.

Une dernière fois, elle se lova contre lui et, d'une grande inspiration, s'imprégna de son odeur pour ne jamais l'oublier.

Elle posa sa paume contre le front de son père, ferma les yeux à demi, et son esprit se coula doucement dans le sien. Elle revit des images de Rachaëlle et du passé de Darran, puis elle retrouva le petit garçon battu qu'il était encore au fond de lui : cette fois, le calame l'avait quitté. Il la regardait, debout devant l'immense dragon taillé sur le plancher de leur maison de Kenmare.

Le corps de Darran commença peu à peu à se métamorphoser. Sur ses bras nus, ses muscles noueux semblèrent rouler sous sa peau, ses épaules s'élargirent, le cou s'allongea. Sa vieille cotte de mailles se tendit puis, avec un claquement sec, se rompit et retomba sur le sol de pierre. De sa main, il toucha la joue de Maura, et le contact de ses doigts était chaud comme si le feu commençait déjà à couler dans ses veines. Sous sa tunique déchirée, la peau de sa poitrine se fit dure et sombre, presque brillante, ses yeux pâles s'arrondirent et son sourire s'élargit tandis que tout son visage se transformait à son tour. Il était entièrement nu, maintenant, mais n'avait plus forme humaine. Il avait triplé de taille et grandissait encore, son corps tout entier comprimé dans cet étroit couloir.

— Vas-y, papa, murmura Maura, les larmes aux yeux. Envole-toi, maintenant.

Alors, dans son dos, deux ailes noires surgirent, poussèrent et se déployèrent, elles abattirent les murs, crevèrent le plafond, et ouvrirent la prison de Frankand sur l'immensité du ciel.

Tout le monde vit alors s'élever un immense dragon, aussi noir que l'avait été In-Gao-Da. Sa silhouette majestueuse se découpa sur les mille nuances de rose et d'or de l'aurore. Il plana un moment au-dessus de Frankand et tournoya autour d'une minuscule silhouette humaine dressée toute droite sur les toits, comme pour la remercier. Puis un second dragon, plus jeune et plus petit, tomba du ciel et vint se frotter à lui comme un jeune chien fou qui trouve enfin un camarade de jeu. Les deux dragons montèrent alors si haut qu'ils disparurent peu à peu dans les bancs de nuages qui couvraient l'horizon. Personne ne sut jamais qu'ils portaient dans leurs serres les œufs d'une nouvelle génération de dragons. De petites créatures qu'ils pourraient enfin faire éclore en les réchauffant du feu de leurs gorges.

Ne m'oublie pas, pensa Maura. *Tu resteras toujours mon père.*

Comme une réponse lointaine, une image apparut soudain à son esprit : une représentation d'elle-même, taillée, creusée, fondue sur toute la surface d'une immense caverne.

Épilogue

— Alors, tu vas monter sur le trône, *rosë rouja* ? lui demanda Alendro debout devant un champ de ruines et pointant le doigt vers le palais royal, de l'autre côté de la ville.

De tout Homgard, c'était l'un des derniers bâtiments encore debout.

— Darran a disparu, l'héritier du Roi Lumière est mort… Je ne vois pas qui pourrait s'opposer à la grande héroïne de la rébellion, la maîtresse des bêtes et des esprits, Maura aux cheveux de feu !

— Ne me parle plus jamais de feu ni de trône, marmonna Maura en déblayant des éboulis pour libérer une vieille dame et sa fille, coincées sous le toit effondré d'un lavoir.

Les blessés étaient des centaines, des milliers. Certains intoxiqués par la fumée, d'autres brûlés, d'autres encore écrasés dans l'effondrement des bâtiments. Homgard était en ruine et ses habitants hagards. Autour d'eux, quelques rebelles rescapées creusaient aussi, apportaient de l'eau et des bandages. Elles croisaient parfois des hommes à l'uniforme de Dragon occupés aux mêmes tâches, mais qui évitaient leur regard. La méfiance était forte, il faudrait du temps pour renouer les liens.

Elle chercha des yeux les survivants. Cala et le kerr Owain lui firent un signe de la main – si ces deux-là avaient pu surmonter leurs rancœurs et s'aimer, alors peut-être que le royaume avait encore une chance de connaître la paix ? Aedan protégeait de la pluie une pile de livres anciens trouvés dans les décombres, en les recouvrant d'une bâche. La princesse Véra aidait les blessés avec les autres. Elle semblait différente, les traits marqués, le regard perdu, et pourtant plus détendue qu'avant, comme si un poids terrible avait été ôté de ses épaules. Et quand elle croisa le regard de Maura, elle lui sourit timidement. Le calame l'avait quittée, et sans lui, peut-être se sentait-elle terriblement abandonnée ? Mais aussi plus libre qu'elle ne l'avait jamais été ? Maura elle aussi avait vécu cette perte, même si elle n'avait connu l'euphorie du calame que pendant quelques instants.

Muette était blessée, Dounia mourante. Tomey et Breena étaient passés dans le monde suivant – on avait retrouvé leurs corps. Tara devait être quelque part dans le Sud et Maura remuerait ciel et terre pour la retrouver. De tous les autres, ils n'avaient guère de nouvelles. Quant au conteur…

— On retrouvera peut-être d'Arterac, fit Alendro comme s'il lisait dans ses pensées.

— Il n'est plus là, répondit Maura. Il a exercé son art jusqu'au bout et je crois qu'il est mort heureux.

Non seulement elle entendait les grattements et les cris étouffés des survivants appelant à l'aide sous les décombres, mais avec son second pouvoir de mindaran, elle pouvait désormais sentir leurs esprits – blessés, affamés, meurtris. Elle était presque sûre, par exemple, que La Beste était encore vivante quelque part, en fuite, et elle s'en réjouissait. La Beste était de celles qui survivaient à tout. Mais quand elle cherchait d'Arterac, cette âme unique de légendier et d'artiste, elle n'en trouvait aucune trace.

— Je ne serai pas reine, dit-elle finalement. Ou alors pas toute seule.

— Comment cela ?

— Le calame n'a pas disparu. Une seule personne à la tête d'un pays, c'est trop dangereux. Il en faudrait dix, cent ou même mille ! Je veux bien porter une couronne s'il y a mille autres personnes qui en portent elles aussi.

Alendro continua de déblayer des pierres.

— Et moi, je vais pouvoir écrire mille ballades avec ce qui s'est passé : « Le chansonnier qui a défait un roi », « La guerre des poèmes ». Oh, je sais : « La rose rouge et le saltimbanque, ou comment l'une des mille reines de Westalie a succombé à mon charme légendaire ».

Elle essuya une larme et esquissa un sourire. Contre la tristesse et le désespoir, Alendro était la meilleure personne à garder à ses côtés.

— Tu crois que…, lui murmura-t-elle à l'oreille.

— … que la scène de notre nuit à Estrée a eu un effet sur moi, quand d'Arterac l'a mentionnée devant tout le royaume ? Pourquoi pas ! C'est si facile, de tromper un conteur…

Discrètement, elle se lova contre lui et vérifia de la main s'il y avait du changement. Un grand sourire se dessina sur son visage.

Non, ce royaume ne serait plus jamais le même.

— Bon, et maintenant, au travail, fit-elle.

— Que veux-tu dire, *rosë rouja* ?

— On a une loi à changer.

Remerciements

Merci à Élodie, pour son soutien de tous les jours ; merci à Stéphane Marsan, pour m'avoir dit pour la toute première fois après avoir lu ce tome 2 « j'ai tout lu, c'est parfait, je n'ai rien à dire » (Stéphane, cette parenthèse est pour toi : je ne croyais pas qu'une telle chose était possible) ; merci à toute l'équipe de Bragelonne pour sa bonne humeur, sa créativité et sa gentillesse ; merci à Mickaël Bourgoin pour cette incroyable illustration de couverture ; merci à Anaïs La Porte, à Benjamin Hocine et à Aude Bourdeau, pour avoir tous les trois bêta-lu le premier jet et m'avoir chacune et chacun apporté de très judicieux conseils ; merci enfin à Lilie Bagage, pour m'avoir patiemment écouté à chaque fois que je bloquais en cours d'écriture et aidé à démêler toutes ces intrigues entrecroisées.

Achevé d'imprimer en février 2022
Par CPI Brodard & Taupin à La Flèche
N° d'impression : 3046084
Dépôt légal : mars 2022
Imprimé en France
2812057-1